Copyright © 2020 *by* Pedrazul Editora Ltda.
Todos os direitos reservados à Pedrazul Editora.
Texto adaptado à nova ortografia da Língua Portuguesa,
Decreto nº 6.583, de 29 de setembro de 2008.
Direção geral: Chirlei Wandekoken
Direção de arte: Eduardo Barbarioli
Tradução: Margaretha Freimann
Revisão: Fernanda C. F. de Jesus
Ilustração das capas: Raquel Castro
Foto da autora: Pamir Cazım Bezmen

B574k   Bezmen, Nermin, 1954 -.
           Kurt Seyit & Murka / Nermin Bezmen . – Domingos Martins, ES:
        Pedrazul Editora, 2020.

           384 p.
           Título original: Kurt Seyit & Murka

           ISBN: 978-85-66549-92-8

           1. Literatura turca. 2. Ficção. 3. Romantismo I. Título.
        II. Freimann, Margaretha.

                                                        CDD – 890

Reservados todos os direitos desta tradução e produção. Nenhuma parte desta obra
poderá ser reproduzida por fotocópia, microfilme, processo fotomecânico ou eletrônico
sem permissão expressa da Pedrazul Editora, conforme Lei nº 9610 de 19/02/1998.

 Pedrazul Editora
www.pedrazuleditora.com.br | contato@pedrazuleditora.com.br

KURT SEYIT & MURKA

Nermin Bezmen

Tradução de Margaretha Freimann

AGRADECIMENTOS

Meus mais humildes e sinceros agradecimentos à Pedrazul Editora e sua equipe, cuja excelente tradução, trabalho meticuloso, entusiasmo, e amor e respeito pelos livros, possibilitou aos leitores brasileiros conhecer meu trabalho literário.

Meu reconhecimento à minha querida avó, Murka. Devo-lhe minha infinita gratidão por me contar tudo que se lembrava, com grande paciência e honestidade, mesmo que na maioria das vezes lhe fosse doloroso. Essas memórias foram o ponto de partida dessa jornada. À minha querida mãe, Lemanuchka, a quem sou muito grata pelos momentos alegres e também tristes, os quais ela compartilhou comigo. Sobretudo por ela ter me ensinado o essencial que me tornou a Nermin de hoje.

Agradeço aos meus primos maternos: Lennara Eminova Bashkirtseva, Layla Eminova Cemilova, Rustem Emin, cujos rastros eu pude encontrar setenta e cinco anos depois que meu avô Kurt Seyit deixou a Crimeia. Agradeço imensamente pelas informações sobre a família que vocês me forneceram. Sou extremamente grata por ter conversado com Hüseyin Eminof, em 2018, e descoberto que se tratava do próprio filho de Osman, o que me levou a finalmente a saber o que tinha acontecido às margens de Alushta, em 1917, alterando toda a história deste livro.

Agradeço aos caros amigos Lola Arel, Leonid Senkopopowski, que descansem em paz, vocês se tornaram meus amigos. Meu reconhecimento também à minha querida baronesa Valentine von Clodt Jurgenzburg, minha querida Tinochka, irmã de Shura, que preencheu algumas lacunas com suas próprias memórias. Meu reconhecimento também a Jak Deleon, que você descanse em paz. Seus livros e sua amizade foram meu guia desde o início.

Aos caros Gürol Sözen, Müstecabi Ülküsal e Pars Tuğlacı por seus ensaios, livros que me deram tanta confirmação sobre meus momentos familiares. Gratidão!

Meu carinho e amor às minhas criações mais bonitas, meus queridos filhos: Pamira e Pamir Cazım, nunca esquecerei sua paciência, madura compreensão em relação aos momentos em que nem eu mesma conseguia suportar. Minha gratidão também ao meu falecido marido, querido Pamir Bezmen, meu reconhecimento especial e interminável por acreditar em mim, em minha paixão, criatividade, e por me apoiar durante o período de pesquisa e redação. Eu envio minhas intermináveis orações a você no céu.

E por último, mas não menos importante, obrigada meus queridos leitores brasileiros por abrirem seus amáveis corações à saga da minha família, aos meus heróis e heroínas. Vocês foram muito amorosos, compassivos e atenciosos desde o meu primeiro livro, *Kurt Seyit e Shura*. Vocês merecem o melhor e espero que *Kurt Seyit e Murka* e também *Shura* retribuam seu amor e paixão por mim. Recebam o meu amor!

Nermin.

INTRODUÇÃO

Meus queridos leitores,

Bem-vindos a segunda parte da saga da minha família, que vocês conheceram com *Kurt Seyit e Shura*. Muito descobri sobre essa história desde então; alguns fatos muito doces, outros muito amargos. Quando você mergulha na história as descobertas podem ser animadoras, mas também trágicas. O passado parece estar enterrado, mas na verdade nunca é estático. Quanto mais você cavar, mais ele se moverá, sairá de lá e virá ao presente conversar com você, pois o passado deseja ser lido e lembrado. Então, a história da minha família demonstrou exatamente isso, enchendo-me constantemente de emoções como também de maremotos; risadas e lágrimas, e parece que ainda não cheguei ao fim dessa jornada magnífica.

Quando fui à Crimeia, em agosto de 1992 com meu falecido marido, fui com a missão de encontrar minhas raízes e pensei que finalmente teria algum alívio para as dores do passado. Mas, ai de mim! Só aumentou a tristeza quando descobri os horríveis detalhes sobre a tragédia dos Eminofs e de toda a Crimeia. Voltei deixando meu nome, meu endereço físico, meu número de telefone e meu e-mail, esperando que algum dia alguém da minha família pudesse me alcançar.

Dois meses depois, para minha surpresa, recebi duas cartas, uma após a outra, uma de São Petersburgo e a outra de Tashkent. Eles eram de Lennara Eminova Bashkirtseva e Layla Eminova Cemilova, que eram minhas primas em segundo grau. O pai delas era irmão do meu bisavô Mirza Mehmet Eminof. Começamos a completar nossa árvore genealógica enquanto trocávamos emocionadas cartas. Nunca é fácil alcançar um conhecimento completo do seu passado quando seus antepassados, parentes e irmãos foram dilacerados pela guerra, revolução, derramamento de sangue, imigração e muitos anos somados a isso. De fato, tudo o que eu descobri sobre o passado da minha família, continuou mudando em pequenos detalhes aqui e ali durante todos esses anos. Sempre que alguém, ou algum documento aparecia para preencher uma lacuna, eu alterava o destino, ou as informações referentes a um dos meus personagens, e isso só me ajudou a enriquecer a história.

Mas a mudança mais significativa e emocionante foi a do destino de Osman.

Em *Kurt Seyit e Shura* eu havia narrado a aventura da fuga de Kurt Seyit de Alustha, em 1917, sob o fogo dos bolcheviques, deixando o corpo sem vida de seu irmão mais novo na praia, e como Seyit tivera que suportar a dor e a tristeza pela perda de Osman; o anseio por sua terra mãe, pela casa da família, pelos entes queridos, por seu passado, e pelos seus sonhos... Mas na ocasião em que visitei a Crimeia, uma senhora muito idosa, Remziye Nine, que havia conhecido bem os Eminofs, me levou à casa onde Osman havia morado. Então eu fiquei confusa, pois para mim Osman tinha morrido na fuga de Seyit de Alustha. Eu pensei que ela estivesse confundindo os nomes e as datas devido à sua idade avançada. E ela também me disse que os bolcheviques tinham matado Mahmut e sua esposa, mas que Osman tivera uma vida longa, porém, torturante.

Lembro-me de estar sentada em um galho perto do pequeno riacho em frente à casa de Osman, observando as velhas cortinas de renda rasgadas voando suavemente pelas janelas abertas sob a brisa do outono. Minha mente fechou à realidade e me transportou para o passado. Eu quase senti que, se olhasse as janelas com mais intensidade, seria capaz de ver os membros da minha família. Quando eles me acordaram da minha ilusão, lágrimas rolavam pelas minhas faces.

Embora eu não tivesse nenhuma outra confirmação sobre o relato de Remziye Nine, para o benefício da dúvida, fiz uma adição ao prefácio da nova edição do livro.

No verão de 2018, um telefonema surpresa veio de Alushta. Do outro lado da linha estavam meus primos: Lennara, Layla, Timur e Rüstem e eles queriam traduzir para mim o que Huseyin estava prestes a contar sobre a história de vida de seu pai. Quem era Hüseyin, afinal de contas? Bem, Hüseyin era filho de Osman!!! Eu me arrepiei em cada parte de meu corpo. Como Osman, de dezenove anos, poderia ter tido um filho? Ele já era casado? Ou ele tivera um filho de um caso secreto de amor? Como isso poderia ser? Tudo isso passou por minha cabeça como um relâmpago. Então Remziye Nine estava realmente certa? Depois de todas essas perguntas, descobri a história real, diretamente com o filho de Osman.

Osman, na verdade, foi levado pelo mesmo pescador que também ajudou a providenciar a fuga de Kurt Seyit. O pescador só queria ter certeza de que o rapaz tivesse um enterro decente. Mas ele percebeu que Osman estava em coma profundo, porém, ainda vivo. Ele, então, o escondeu em sua cabana e cuidou dele por meses. Quando Osman se recuperou, juntou-se à família Eminof em Alustha, e depois casou-se com sua namorada, a bela Mümine. Eles moraram no topo da Sadovi Road, na casa que Remziye Nine havia me levado. Tiveram três filhos, um deles sendo Hüseyin.

Osman foi recrutado pelo Exército Vermelho em 1941 e se tornou um prisioneiro dos alemães. Depois de três anos em campos de concentração na

Polônia, na Alemanha, na Hungria, cheio de tortura, humilhação, fome, ele foi libertado pelos aliados após a guerra. Quando ele voltou aos soviéticos, pensando que estaria abraçando o calor de sua família, em vez disso, foi enviado para o exílio pelo governo soviético, sob suspeita de ser um espião alemão. Foi dessa forma que a URSS recompensou os combatentes que voltaram do cativeiro, e Osman foi enviado para o exílio na Sibéria. Depois de dez anos mortais ele foi libertado para descobrir apenas que, com a ordem de Stalin, os crimeanos foram exilados e a maioria fora morta em 1944. Osman, então, iniciou uma jornada em busca de sua esposa e filhos. O que ele descobriu fez seu coração se partir em pedaços. Sua esposa e dois filhos haviam morrido durante os anos da deportação e um filho foi dado a um orfanato em Özbekhistan. Osman foi capaz de encontrar o orfanato e seu filho Hüseyin.

Osman, que se casou de novo, voltou para a Crimeia e teve três filhos de seu segundo casamento. E naquele dia de verão glorioso, Hüseyin estava do outro lado da linha me contando todo esse passado. Eu tinha lágrimas nos olhos, borboletas na barriga, arrepios na pele, enquanto Timur traduzia suas palavras do tártaro e do russo para o inglês.

Ao dizermos "adeus" pelo telefone naquele dia, fizemos um plano de que em um mês eu os visitaria. Mas, assim como Tina veio à minha vida, completou parte da minha história e faleceu, ouvi do primo Rustem no dia seguinte que Hüseyin tivera um ataque cardíaco e morrera naquela manhã. Fiquei sem palavras com a minha nova perda. Quão tarde ele tocou minha vida e quanto tempo depois ele partiu... Mas ele, com certeza, completou sua missão ao corrigir as partes incompreendidas da minha história.

Quando continuei compartilhando essas notícias nas mídias sociais, outra surpresa surgiu. Um cavalheiro, Mustafa Yalıboylu, se apresentou a mim com sua árvore genealógica. Mustafa era o neto de Osman de seu segundo casamento. Então, veja, caros leitores, a saga continua. Todos esses novas encontros, a alegria que sinto por elas, não diminuem minha dor pelo passado de minha família, mas me sinto tão orgulhosa das minhas raízes, cheia de força e amando a todos. E o amor é um grande consolo, se não for a cura.

Tenho certeza de que a verdade sobre o passado só poderá ser revelada integralmente depois que os opressores políticos ou históricos desaparecerem. Portanto, nossas histórias continuam sujeitas a modificações, alterações e acréscimos o tempo todo.

Então, com a história reeditada, desejo a vocês uma ótima jornada entre as páginas de *Kurt Seyit & Murka*.

Fiquem com meu amor!

Nermin

PRÓLOGO

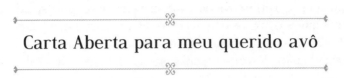

Carta Aberta para meu querido avô

Janeiro de 1993.

Como eu começo? Você não vai mais falar comigo? Pela primeira vez, isso não faz sentido. É por que eu parei o seu romance? Acredite, este é um momento muito difícil para eu adivinhar. Você sabe, eu não terminei este romance há meses, apenas para ficar com você. Você está comigo há oito anos, aqui, nesta mesa, ao meu lado. Sim, eu tive você vivo por todos esses anos. Seu olhar na fotografia, seus olhos azuis, um azul profundo e escuro; seu sorriso travesso, sua piscadela marota, sua risada sarcástica, sua voz rouca cheia de expressão: você caminha há anos nestas páginas. Você não disse que a qualquer hora em que eu estivesse aqui, você estaria comigo? Dia e noite? Certo?

Eu renasci com você e até fui marcada para segui-lo. Apaixonei-me e viajei por sua vida. Eu até fui à guerra nos Cárpatos. Fui ferida. Afastei-me da Revolução e fugi. Fui enganada. Tomei vodca com gelo com você. Chorei e sorri.

Sinto a sua falta, choro com você e choro por você.

Estou com raiva daqueles que moram com você e não consigo entendê-los.

Quantas vezes nevou enquanto eu virava essas páginas, muitos ventos chegaram a este lado das margens de Alushta, os aromas que você sentiu tanta falta. Fui aos lugares onde você nasceu, vaguei por onde você andou, chorei à margem do lago onde você nadou. Assisti ciprestes balançarem na chuva da Crimeia, ao luar do verão, e vi você dançar com as bailarinas russas à noite. Vi também os campos da Crimeia cobertos de vegetação.

Ah, eu senti a saudade de casa que você sentiu, e tenho chorado desde então. Meu coração se contorce como se a terra que você deixou para trás fosse minha. Talvez você não tenha chorado tanto.

Estou chorando por você agora. Eu andei com você em Pera, cantei com você as canções folclóricas da Crimeia e as antigas canções russas. Eu o vejo nas noites nubladas de Rejans, Volkof e Orient Bar.

E quando você necessitou de oxigênio, eu estava com você. Eu tentei respirar profundamente por você à noite toda. Eu sonhei seus sonhos pelos velhos tempos, aqueles que não voltam mais. Eu vi a morte no momento em que você a viu. Eu entendo por que você a viu. Você estava esperando por ela. Eu entendi tão bem... Eu não acho que a morte te entendeu tanto quanto eu.

Agora, meu querido, quando eu descrever sua morte, não pense que estou deixando você morrer mais uma vez. Você está prestes a renascer milhares de vezes em bibliotecas, nos sonhos dos milhares que lerão sobre sua vida: suas alegrias, conquistas, derrotas, tristezas e, sobretudo, sobre sua morte. E você vai viver depois de mim. Então, você me levaria através do tempo e me daria vida?

CAPÍTULO 1

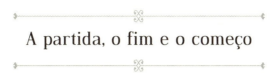

A partida, o fim e o começo

Istambul, primavera de 1924.

S eu coração doía. Estava partido como se tivesse recebido golpes sucessivos de uma faca afiada. Ele sentiu que sua vida era uma mistura dolorosa de tragédias. Quanto tempo se passou desde que ele deixou o cais de Karaköy? Uma hora, talvez duas. Ele continuou caminhando o mais longe possível. Não sabia para onde queria ir. De fato, não havia endereço para o qual ele desejasse ir. Tinha acabado de se despedir da mulher que ele amava. Foi há alguns minutos ou horas atrás? Como esse grande amor de oito anos terminava em duas palavras? A despedida de Shura ressoou fresca em seus ouvidos.

"Adeus, Seyit", dissera a jovem, com uma voz ressentida, sem virar a cabeça. Havia lágrimas nos olhos da sua amante, Seyit sabia disso. Ele sabia que choraria no minuto em que ela partisse. O amor, a felicidade, a aventura, os sonhos e a partilha de todos esses anos terminaram, com tanta rapidez e facilidade. O amor deles realmente havia acabado? Ou foi apenas congelado na memória, para ser lembrado novamente? Mesmo que não estivesse terminado, todas as velhas belezas iam junto com Shura, em um navio de cruzeiro a caminho de Paris.

Ele se sentiu exausto. Sim, não era apenas um grande amor que ele perdia; seu passado, sonhos que ele não podia alcançar, e sua cidade natal que ele não podia mais voltar. Sua família, amigos, tudo o que nunca mais poderia ver. Tudo sobre seu passado estava no mesmo navio com aquele grande amor, indo para outro país. Algo havia se quebrado. Ele nunca se sentira tão perto da morte quanto agora.

Nos últimos seis anos, parecia que ele havia sido preso em um tempo separado. Por que os anos passaram tão rapidamente? Tinha sido realmente rápido? Eles não fazem parte da mesma vida? Como é que algumas das coisas que aconteceram no mesmo processo pareciam estar próximas, e algumas distantes? Isso tinha a ver com dor ou felicidade?

Ele estava andando tão magoado, sua cabeça cheia de perguntas e seu coração amargurado, que ficou surpreso ao perceber que havia chegado à rua Kalyoncu Kulluk. Seus pés deveriam tê-lo levado ao endereço que conheciam muito bem.

Em frente à lavanderia, os garçons do restaurante Volkof estavam ocupados, arrumando as toalhas das mesas. Quando viram Seyit, abriram a porta para ele com respeito. Uma velha música folclórica russa era cantada por uma voz feminina que flertava com ele. Uma das garotas irônicas que o viram entrar, tentou silenciar sua amiga dizendo: — Shhh. A jovem, de repente, desistiu de seu esforço para manter a disciplina no local de trabalho. A música que a garota russa cantava soou como um vento frio que soprava das estepes da Rússia, das florestas de Yalta e do ar quente da primavera, e um fogo lhe queimou por dentro.

Ele subiu as escadas para seu quarto com uma saudação indiferente às garotas gregas, que o cumprimentaram com seus dialetos quebrados lhe dando boas-vindas, e as garotas russas em seu próprio idioma. Ele não queria falar com ninguém agora. Precisava ficar sozinho consigo mesmo e com seus sonhos.

Quando ele entrou na sala, colou as costas à porta e ficou lá por um tempo. Era como se ele tivesse deixado um certo mundo para trás. O que estava acontecendo e como seria o seu dia seguinte? À sua frente estava a imagem de um mundo que havia parado no passado, terminado e nunca se repetiria, e ele estava na fronteira entre esses dois mundos. Ele segurou a maçaneta da porta com a mão direita. Parecia querer se apegar ao tempo. Ao contrário das vozes vindas do mundo atrás dele, a quietude do quarto o convidava ao silêncio. Ele trancou a porta e foi até o console. Encheu o cálice com a vodca da jarra. Deu um grande gole e acendeu um cigarro. Quando ele percebeu o quão desconfortável estava com a luz e os sons vindos do vidro aberto, fechou a janela e as grossas cortinas de veludo. O que está acontecendo lá fora, quem fala, como vivem, não me importo em absoluto.

Sentado na cama, tomou outro grande gole de vodca e tragou fundo o cigarro. A amargura criada pela nicotina lambeu a amargura deixada pela bebida, desceu até a garganta e daí para os pulmões. Nada disso poderia fazê-lo esquecer sua dor. Outro gole, mais cigarro, depois um suspiro. As vozes que vinham de baixo diziam que os funcionários se dispersavam lentamente.

Despertou de seu devaneio quando alguém bateu à porta levemente. Era o contador, um russo educado, que perguntava se ele estava precisando de alguma coisa. Seyit, com uma voz imprudente, porém, educada, deu uma resposta muito curta:

— Obrigado. Boa noite, Pyotr Sergievic.

— Boa noite, Seyit Eminof.

De fato, sua profissão não tinha nada a ver com o que ele estava fazendo agora, exceto a proximidade de Pyotr Sergievic com os números. Ele fora um engenheiro de minas em Moscou. Era muito difícil adivinhar a idade dele. Seu cabelo não era branco, mas sua testa era calva. Ele tinha a pele branca, olhos azuis-pálidos e dedos finos. Não era difícil prever que ele vinha de uma família aristocrática, sempre com sua atitude contida e educada.

Quando Sebastopol fora abatida pelos bolcheviques, em 1920, ele fugira em um dos últimos navios do general Wrangel, que deixaram a costa da Crimeia. Ele não falava muito. Seyit só o ouvira falar uma vez que ele sentia falta do pai, do piano que deixara na Rússia e de uma mesa de bebidas. Pyotr Sergievic nunca mencionou uma mulher. Talvez ele não gostasse de uma; talvez sua amada o tivesse machucado tanto que ele não quisesse conversar. Assim como ele agora, pois falar não trazia as pessoas de volta. Mas pensar novamente levava à pessoa ao mundo do passado.

Era exatamente o que ele queria fazer agora. Queria voltar ao passado e ouvir todos aqueles que um dia conversavam com ele em dias distantes, viver os mesmos eventos sem se mexer. Ele tinha que se encontrar novamente e começar de novo.

Ele saiu da cama. Sua bebida refrescante e cigarro foram deixados no grande patamar da janela. Todos os sons ao redor foram substituídos pela escuridão da noite escura da primavera. Agora ele poderia viajar para os lugares e horários em que queria estar. Não havia som nem respiração para perturbá-lo. Apoiou a cabeça na cadeira e fechou os olhos. Bem, agora ele teria paz. Quão próximas estavam as memórias... as imagens de seu cérebro se transformavam em imagens diante de seus olhos. Ele poderia voltar por anos e anos.

Qual foi o ano mais distante em suas memórias, que ele conseguiu alcançar? Nunca tinha pensado nisso antes. Foi em uma circuncisão? Não, não, ele poderia ter ido muitos anos atrás. De repente, a vegetação e a frieza dos altos e centenários campos, os carvalhos e os pinheiros encheram a sala. Aquele jardim magnífico, o jardim de sua casa, do qual ele se lembrava desde a infância, estava bem diante de seus olhos. Ele viu seus irmãos correndo pela vasta vegetação que se fundia com a floresta e pensou: "Quão felizes e despreocupados eles eram"... estavam rolando na grama e rindo. Gradualmente, as cadeiras de ferro cinza e verde começaram a se instalar na grande varanda. Mesas com limonadas geladas, biscoitos e chá esperando no enorme samovar de prata.

De uma das janelas do andar superior, o som mágico do piano da mãe começou a se espalhar pelo jardim. Ele se lembrava bem disso. Na segunda parte do Concerto para Piano número um, de Chopin, ele começou a ouvir o fascinante tema noturno. Novas vozes, que não eram estranhas para ele, apareceram. Os dedos no piano pararam. De repente, ele viu sua mãe no topo dos grandes degraus de mármore da entrada principal. A jovem mulher, saindo pela porta de entrada enfeitada com vitrais, desceu as escadas segurando as saias, que se estendiam até o chão. Era uma figura elegante, esbelta, de pele clara, e grandes olhos azuis.

De repente, um homem entrou no jardim da frente, coberto de pedras e decorado com mudas de rosas, desceu do cavalo e entregou as rédeas ao mordomo. Enquanto respondia com um olhar animado ao rapaz dos olhos azuis-escuros que o cumprimentava, ele envolveu sua esposa nos braços e entraram na casa juntos.

Quão jovem e bonito seu pai era naqueles anos! Como ele era imponente quando usava seu uniforme decorado com medalhas, e botas estridentes! Como eles ficavam animados toda vez que o pai voltava de São Petersburgo! Mirza Eminof, toda vez que chegava, montava seu cavalo e examinava suas vinhas. Quanta prosperidade e amor havia nessa família! Enquanto ouvia as viagens de seu pai com o czar, os desfiles e balés que ele assistia durante suas visitas fugazes, Seyit entrava e imaginava o dia em que ele se tornaria um oficial de cavalaria no regimento do czar.

Lembrou-se da agitação da circuncisão, da atmosfera festiva em casa e dos presentes que recebeu. E do espanto ao abrir o enorme pacote brilhante. Quão excitado se sentiu ao perceber que era um presente do czar Nicolau[1]! Sentiu-se a criança mais importante do mundo. Viu o galo de bronze, que abria com uma chave, e o beijou, girando e destrancando. Era quase como assistir a uma caixa de feiticeiros várias vezes, por dias. Ao lado de seu pai, ele observava tudo com espanto e com alegria.

Estava empolgado por vestir o uniforme da Academia Militar Czarista, traje que ele ansiava usar há tanto tempo. No momento em que se matriculou na academia, viu seu pai ir para a guerra russo-japonesa. Ele estava tremendo de medo, cheio de lágrimas de solidão, mas escondia seus olhos úmidos, porque tinha vergonha de chorar. Quando eles se encontraram novamente, ele se lembrou do que seu pai havia dito.

"Meu querido filho, há momentos para tudo. Para sorrir, lamentar ou ficar chateado", disse o major Eminof sorrindo, enquanto inclinava a cabeça para trás e soltava no ar os anéis da fumaça do cigarro. Quão verdadeiras eram as palavras de seu pai! Sua vida havia tido um período, embora curto, no qual a alegria, o entusiasmo e aventuras de amor estiveram presentes. Momentos de infinitas expectativas e esperanças para um futuro brilhante. A cena do dia em que ele se formou na Academia, como primeiro-tenente, desfilou diante dele através de uma cortina enevoada, como se fosse uma fotografia de uma época muito distante. Ele pôde ver como o aluno da Academia se orgulhava de carregar as insígnias que o czar havia anexado ao seu peito. Pouco tempo se passou desde o dia em que ele teve que vendê-lo no Grande Bazar em Istambul. Tivera que se desfazer de tudo para sobreviver: quem agora estava usando o anel de

---

1 - Czar Nicolau II, o último czar a governar a Rússia. [N.T.]

sua família? Quem tinha no dedo o anel de safira e as joias de diamante que seu pai lhe dera quando ele tinha vinte anos?

Apertou a mão na frente do rosto, como se o gesto o livrasse de seus tristes pensamentos. Deve ter ajudado. De repente, jornadas agradáveis começaram a aparecer diante de seus olhos. O inverno de 1916, coberto pela neve, perto de Moscou. Seus pensamentos chegaram à noite em que seu coração louco e insano atingiu o caminho que outrora ele não conseguia entender. Quando se deparou com os olhos azuis brilhando, com um calor embaraçado, em uma pele branca. Seu cabelo loiro em torno de seu belo rosto, seus lábios que pareciam esconder as palavras. Ele estava realmente tão longe da noite em que conheceu seu primeiro amor? Ela tinha apenas dezesseis anos. Alexandra Julianovna Verjenskaya de Kislovotsk... sua pequena Shura. Sua doce Shura. Escondido atrás de sua infância e descoberta por Seyit, aquele espírito feminino cheio de desejo, paciência, compreensão nasceu para o amor. E agora ela estava em um navio a caminho de Paris, passando pelo Bósforo e perdida para ele. Seria para sempre?

Ele se levantou com um murmúrio de "Ahh!", que surgiu e desapareceu em seus lábios. Era doloroso. O que ele fizera, não importava mais. Mesmo que alguém pudesse lhe arrancar seu passado, ele poderia se livrar dos momentos em que vivera?

De repente, ele sentiu a outra dor que fizera com que perdesse Shura. As imagens da noite de Alushta, onde ele perdera o bem mais precioso de sua vida, de uma só vez. Seu coração gemeu ao pensar em seu pai, cujo coração havia sido quebrado por ele, por causa de Shura. Ele podia imaginar o tormento do pai. Mas pai e filho tinham a mesma teimosia. Afinal, Mirza Eminof não se gabava do filho mais velho porque ele se parecia consigo? Se pai e filho soubessem da emboscada dos bolcheviques, que fizera com que eles nunca mais se vissem, certamente, teriam agido de forma muito diferente. Se pudesse prever o destino seu pai não permitiria que o filho deixasse seu coração partido nas margens da Alushta, para nunca mais voltar. Não! Mas ninguém sabia de nada, tampouco que eles poderiam se arrepender. Ahh! Se ele tivesse a chance de reviver o mesmo momento... O que faria?

Ele se lembrou das exatas palavras ditas pelo pai, e elas ecoaram naquele quarto: "Traga essa mulher para esta casa, e enquanto você viver com ela, vou fingir que você não voltou". Aquela lembrança apertou sua garganta como se fosse uma corda. No momento em que ouvira essas palavras, ele sabia muito bem que esperava que seu pai se desculpasse. Ele foi correndo em sua direção na intenção de dizer: "Papai, eu te amo muito, mas eu também a amo. Por estar com ela, não faço uma escolha entre vocês, me entenda!" Mas ele teimosamente fechou os lábios e ficou em silêncio. Quando ele abriu a porta da rua, esperou por muito tempo à porta, mas o pai não voltou. Com a mesma teimosia, nas escadas do andar de cima, Mirza Eminof esperou por muito tempo o filho voltar e pedir desculpas. Ai de mim! Eles nunca mais se encontraram.

Quem estava certo ou quem estava errado? Isso importa? Ele apertou os olhos e passou a mão pelo rosto. Isso não ajudou. Como suportar a dor e a culpa por ter deixado seu pai ofendido? Era uma culpa que sempre estava entre ele e seu desejo para a vida. Meu Deus! Quanto tempo ele sentiu falta deles. Morria de saudades de sua família. Lembrou-se de como os dedos finos de sua mãe vagavam pelas teclas do piano e como ele a olhava com tanto amor. Um por um, seus irmãos começaram a passar na frente dos seus olhos como em uma grande tela. Ele nunca tivera a menor decepção com eles. No entanto, esse sentimento não o fazia feliz o suficiente para suprimir seu desejo. A imaginação começou a escurecer, aumentando sua angústia. Todo mundo saiu da sala agora, exceto uma pessoa. Seyit estremeceu. Não era medo do que ele via, mas um calafrio de profunda tristeza e desamparo. Estava escuro. O luar havia desaparecido no céu nublado. De repente, as ondas da costa e o cheiro de água salgada encheram a sala. As pedras da costa de Alushta deslizaram sob seus pés. As águas escarpadas do Mar Negro batiam nas rochas que se estendiam da colina à costa, com a espuma diminuindo. Osman, gritou sua voz, descendo a colina coberta por vinhedos. O rosto de seu irmão estava longe, mas Seyit conhecia muito bem o rosto de seus dezenove anos de frescura. Com olhos azuis, cabelos ruivos ondulados ainda com aparência infantil, a imagem de Osman se aproximava cada vez mais. Com os braços estendidos. Ele queria alcançar Seyit e segurá-lo. Por um momento, ele se esqueceu de onde estava. Pulou, estendendo a mão para agarrar e segurar seu irmão, abraçá-lo e levá-lo embora. Ele sabia exatamente o que iria acontecer se não o alcançasse. Mas ele estava atrasado. Estava simplesmente revivendo sua trágica história. O luar mais uma vez se despiu das nuvens. O interior da sala se iluminou. Seyit agora via seu irmão muito mais claramente, mas aquelas sombras novamente entraram em cena e ele ouvia os gritos do irmão. Seu grito se transformou em um gemido abafado. Os joelhos dobrados, os braços reunidos como se coletassem estrelas do céu. Seyit, enquanto olhava para o corpo de seu irmão, desabou no chão, e com sua cabeça na cadeira, ele chorava, gemendo de agonia. As lágrimas rolavam copiosamente, e ele disse: — Osman, meu querido irmão. Meu querido pequenino... — ele soluçou, levando as duas mãos ao rosto. Por um tempo ele só ouvia seus soluços, depois o eco de sua dor na solidão daquele quarto.

Mas parecia que chorar havia aliviado a rebelião de sua alma, lavando, por ora, seu passado. Logo ele saiu de sua exaustiva jornada de sonhos e começou a pensar com mais calma. De repente, ele se sentiu muito melhor com sua decisão. Era impossível curar a tristeza do passado com qualquer coisa, e ele não podia viver uma vida dupla. Os três iriam sofrer amargamente.

Ele estava casado com outra, tinha uma vida em suas mãos para cuidar, para fazer dela a melhor possível.

Por que ele se casara com outra? Porque tinha que ser dessa forma, estava escrito, ele jamais poderia ir contra a vontade de seu pai, da tradição. Ou nunca mais teria paz. Ele, Shura e todos seriam infelizes. Quisera ele ter sido diferente, mas não foi. Ele precisava acreditar que era possível, precisava arrumar forças para iniciar uma nova vida em seu novo país. E o motivo está logo descrito abaixo:

Quando ele pensou em Mürvet, alguns arrependimentos, um pouco de carinho e alguma preocupação assumiram o controle. Sua pequena esposa, que ansiosamente o esperava em casa. Logo eles teriam um bebê. Ele não tinha se acostumado com a ideia ainda, mas não havia nada que pudesse fazer com relação a isso. Mürvet, a Murka, estava grávida. Ela era jovem, inexperiente, longe de entender Seyit, tampouco de compartilhar seu passado. Ele até tinha dificuldade em compartilhar seu dia a dia com ela. Ela não tivera estudos, nem a perspectiva de vida nem as expectativas eram as mesmas. Mesmo assim, ele achava que valeria a pena tentar. Sua pequena esposa estava apaixonada por ele. Toda vez que ele pensava nisso, um sorriso aparecia em seus lábios e um calor subia nele. Ele não conseguia parar de rir quando jogou a cabeça para trás.

— Como isso é possível? Meu Deus! De certa forma, eu também amo aquela pequena mulher. Eu preciso assumir uma nova vida com minha pequena Murka.

Sim, ele estava determinado e tentaria. Sentia-se responsável por ela e pela criança. Esqueceria Shura. A criança o ensinaria a amar mais sua esposa, a demostrar mais seu amor e a compartilhar sua vida com ela. Talvez eles pudessem ter uma vida boa. Ele ficou aliviado por esses pensamentos.

Seyit precisava de um banho para aliviar o cansaço das horas em que se conectara com seu passado. Depois de tomar mais um copo de vodca, ele se deixou levar pela excitante água fria. Em seguida, decidiu que descansaria por uma hora ou duas e iria para casa pela manhã, mas não conseguiu dormir.

Seu cérebro e corpo estavam exaustos, pois ele não relaxava. Ele levantou e se vestiu antes que as primeiras luzes da manhã enchessem a sala. Ao fechar a porta, deu uma longa olhada pelo quarto. Ali, horas antes, ele havia revivido as profundezas de seu passado, que agora desapareceria de sua vista, como se a escuridão da noite houvesse encerrado um ciclo.

CAPÍTULO 2

MÜRVET

A varanda da casa de dois andares dava para um jardim. Das janelas da frente uma luz se espalhava, convidativa e com aspecto de lar. Uma coruja no galho da velha árvore gritou e bateu uma pequena asa na direção da cavidade abaixo. Era ainda muito cedo quando ele passou em frente à janela e a avistou no balcão de mármore da cozinha, cantando com uma voz suave e exuberante. Ele abriu a porta, devagar. Com os movimentos de um chef profissional, ela enrolava a massa, cortava e enchia de carne moída, que ela havia deixado preparada ao lado. A comida estava pronta e podiam se sentar à mesa para uma farta refeição.

Ele olhou para a esposa, enquanto ela arrumava a mesa do outro lado da sala. Ela olhou timidamente para ele, mas continuou esmagando a mostarda para o molho. Murka não perguntou por que ele desaparecera e só retornava àquela hora. Porém, Seyit sabia que seu silêncio não vinha do entendimento, mas do ressentimento e do medo de discutir. Ela assentiu, sorrindo, e continuou com sua música.

Mürvet deu uma olhada na mesa e viu se estava tudo certo. Ele caminhou até a janela e inalou o cheiro quente da manhã. Qual seria seu próximo passo? Ela o observava com as mãos confusas e esperava uma reação da parte dele, uma palavra, mas Seyit continuou olhando pela janela, absorto em seus pensamentos.

Murka estava chateada. Seu marido havia saído de casa pela manhã, desaparecido por dois dias, e então havia reaparecido sem lhe dar qualquer tipo de explicação. Talvez Seyit não a amasse. Mas se ele não a amava, por que ele voltaria para casa? E ainda com presentes. Mas desaparecer não era uma indicação de seu amor.

Mürvet não sabia o que fazer, o que perguntar ao marido, como perguntar. Ela já estava com medo de realmente falar, pois começava a chorar antes de terminar sua frase. Ela tinha medo de se aproximar dele. Mas, mais cedo ou mais tarde, eles teriam que conversar; quanto mais cedo fosse, melhor.

Todavia, o fato de ele estar de pé e observando a paisagem através da janela também era estranho. Desesperadamente, suas mãos se tornaram cada vez mais evidentes de seu desconforto, e a voz de Seyit veio em seu socorro.

— Nós vamos tomar café da manhã agora, Murka? Eu ajudo com isso. Não são os utensílios de mesa?

— Está tudo pronto, Seyit. Você deseja... — sua voz era tão sutil que ela falava para que não pudesse ser ouvida. No minuto em que ela começou a conversar com ele, Seyit temeu que a história de sua ausência pudesse ser mencionada. De fato, a resposta a essa pergunta, sobre a qual ela estava muito curiosa, também lhe despertava um tremendo medo. Um homem que poderia deixá-la com um bebê na barriga por alguns dias, poderia tê-la deixado para sempre. Talvez trazer presentes fosse para lhe preparar para tal decisão, pensava Mürvet.

De repente, ela sentiu que estava prestes a ficar doente. Deixou o prato no balcão e agarrou a prateleira com as duas mãos. Seyit correu até a esposa e a abraçou, perguntando nervosamente:

— O que há de errado com você, Murka? Você está bem? Vamos, segure em mim e venha se sentar.

Quando Mürvet se sentou na cadeira da cozinha, com a ajuda de Seyit, ela olhou para o marido, que segurava sua cabeça entre as palmas de suas mãos e a apoiava.

O medo que tinha tomado conta dela nas últimas horas foi dissipado pelos olhos do homem. O brilho daqueles olhos lhe dava paz de espírito. Não, não, todos os seus medos eram infundados. Como sempre, ela estava errada de novo. O marido a amava. Aqueles olhares não poderiam ser os de um homem que a deixaria. A tontura foi embora tão rapidamente quanto chegou.

Naquela noite, haveria uma mudança significativa em suas vidas.

Ela podia sentir. A maneira como ela olhou para o marido selou um acordo. Ela não queria que Seyit se preocupasse mais, então tentou se levantar sorrindo.

— Estou bem, Seyit, estou muito bem agora. Não sei o que aconteceu. Agora, acredite, estou muito bem.

Seyit acariciou a bochecha de sua esposa. Ele moveu suavemente o dedo indicador sobre os lábios carnudos. Não queria mais ver aquela nuvem de preocupação nos olhos de sua pequena esposa.

— Se houver algo que eu precise saber, fale, Murka.

Então ele sorriu e abraçou a esposa. Ele beijou os cabelos dela, envolvendo a cabeça em seu peito. Mürvet sorriu, aliviada.

— Não é nada, Seyit — disse ela, meigamente.

Um sorriso espontâneo veio em seus lábios e ela sentiu uma paz que não sentia há dias. Ele poderia convencê-la de seu amor assim tão rapidamente? Aquilo era o suficiente para ela ser feliz? Ela estava tendo pressa?

Seyit assou uma carne na churrasqueira da varanda da cozinha e chegou ao corredor com uma música nos lábios. Colocou o prato em cima da mesa e deu um beijo no rosto dela. A jovem sorriu, corando levemente. Seyit piscou para ela e perguntou:

— Vamos comemorar?

Mürvet, cujos últimos dias tinham sido solitários, sorriu, encantada.

Quando Seyit encheu seu copo, ela não se opôs pela primeira vez, não queria quebrar o feitiço. Ela iria acompanhar o marido. Além disso, um ou dois goles de bebida não lhe faria mal e ainda ajudariam a aliviar sua timidez, e ele sabia disso. Seyit levantou o copo e olhou nos olhos dela. Em seus olhos azuis-escuros havia lamentos travessos, bondade e esperança de uma nova vida.

Ele pensou em brindar ao nascimento de um novo amor, mas não conseguiu dizer as palavras. Ele ficou com o copo suspenso no ar e não sabia o que dizer. E ela era como uma garota atordoada, olhando para o marido com os lábios contraídos. Seyit dissimulou com um sorriso encantador e tirou a palavra da boca.

— Felicidades!

Mürvet repetiu:

— Felicidades.

Eles beberam um gole. Mürvet estava prestes a colocar o copo na mesa quando Seyit disse novamente:

— A nossa honra!

Ela respondeu, com um sorriso.

— A nossa honra. Felicidades.

Mais um gole...

Seyit aproximou o rosto do da esposa e continuou olhando nos olhos dela.

— Você pode repetir o que eu disse, Murka?

Ela corou intensamente e balançou a cabeça num gesto afirmativo.

— Agora, Murka, mais uma vez. Você vai dizer isso de forma audível. Está bem?

Mürvet, endireitando-se no lugar, respirou fundo. Quando ela tinha cinco anos, foi para a escola do bairro e fez sua primeira oração diante do professor. Naquele instante lhe veio à mente a mesma emoção. Ela nunca imaginou que seria tão difícil dizer a palavra, como o marido pretendia. Ela levantou o copo e disse:

— Felicidades.

Seyit riu e beliscou o rosto dela.

— A nossa honra!

— A nossa honra! — ela repetiu, timidamente.

— A uma vida linda!

— A uma vida linda! — ela repetia aquilo que ele falava.

— A nossa felicidade!

Depois de cada desejo eles tomavam um gole. O cálice de Seyit já estava vazio. De repente, eles não conseguiram mais se segurar e começaram a rir. O riso foi substituído pelas gargalhadas. O rosto de Mürvet estava corado e resplandecente, e o marido nunca conhecera aquela agradável mulher. Ele estava descobrindo nesta noite. A mudança repentina, no entanto, não resolvia a questão dos segredos dele para com ela, mas Murka agradeceu a Alá por ver o resultado de sua paciência de não perguntar ao marido onde ele estivera e por que havia desaparecido por dois dias. Ela não perguntaria mais. No momento, ela estava muito satisfeita com seu estado e sua mente.

Seyit decidiu que ensinaria sua pequena e jovem esposa a compartilhar de sua vida. Não importava quão imatura ela parecesse, Murka já tinha idade para entender a vida. Haveria muito o que explicar para ela.

Mürvet, por outro lado, feliz em sua inocência e inexperiência com as bebidas, não havia terminado sua primeira taça e sua cabeça já estava leve, e seus pés não estavam tão firmes no chão. Ela não estava bêbada. Mas era como uma embriaguez. A felicidade e a sensação de serenidade provocadas pela bebida a deixavam relaxada. Suas bochechas estavam coradas, seus olhos brilhavam, e ela podia sentir essas mudanças em seu corpo e se envergonhava de que seu marido as notasse.

Seyit narrava histórias engraçadas e Mürvet ria. Ela, que o via sempre sério ultimamente, como se sua vida fosse cheia de tristeza, assistia com espanto a toda aquela alegria. Por que ele não tinha sido assim até então? Seyit poderia ter mudado tanto de repente?

Naquela noite, ele era como uma lira, um homem travesso e sedutor para com sua jovem esposa. O que se passava por sua mente? Ele se levantou e deu um beijo nos lábios dela.

— Vou colocar a carne na grelha, Murka — disse ele, sorrindo sedutoramente para ela. Mürvet, gradualmente, começou a sentir o peso de sua barriga e apoiou seu corpo no encosto da cadeira. Ela fechou os olhos e ouviu a si mesma. Estava com febre, ou a emoção da noite agradável estava esquentando todo o seu corpo? Mas ela se sentia ótima, e suspirou profundamente. Há muito não se sentia tão bem.

Ela saiu de seu assento e se encaminhou para a janela. O cheiro de madressilva foi sentido. O luar parecia estar pendurado nos galhos das árvores centenárias, e ela ergueu seus olhos numa prece:

"Meu grande Alá, obrigada por esta felicidade. Que não seja breve, mas que permaneça".

Ela estava tendo uma de suas noites mágicas. O cheiro persistente da madressilva atingiu seu rosto novamente, então estendeu a mão e arrancou um galho fino. Ela estava muito animada. Correu para o aparador e pegou um pequeno vaso. O arranjo deveria estar na mesa antes que seu marido voltasse da cozinha. Ela o arrumava como se estivesse cometendo um crime, não queria ser vista. O que a impedia de mostrar seu amor pelo marido, dizendo que estava interessada nele? Por que ela tinha vergonha de tudo? Ela não conseguia descobrir. Fora criada com tantas "vergonhas". Havia aprendido que tudo era "pecado". Parecia que sua vida fora privada de amor e que esses sentimentos eram quase que proibidos para ela.

Quando Seyit voltou, notou que a mesa estava mudada. O perfume da madressilva não se sujeitou a ficar escondido. Ele olhou, admirado, para ela:

— Ótimo, Murka. Mas você podia ter me esperado. Iríamos fazer isso juntos — ele sorriu, grato. — Você também arrastou a mesa. Eu teria feito isso por você.

Mürvet ficou encantada por impressionar seu marido.

— Não aconteceu nada, Seyit. Eu só a empurrei um pouquinho, para que o brilho da lua... — ela hesitou, envergonhada. Depois de uns instantes em que ele aguardava que ela falasse, ela disse: — Você não gostou? Eu tiro daqui — ela apontou para o pequeno arranjo.

Seyit se inclinou sobre o vaso, cheirou a madressilva e fechou os olhos. Ele respondeu enquanto suspirava.

— Não, Murka. Ele fica aqui. Não sei por que não conseguimos pensar nisso antes. O mar parece ter entrado na casa.

Ele estendeu a mão e segurou a de sua esposa sobre a mesa.

— Que mãos bonitas você tem, Murka. Seus dedos são finos e longos. Parece que os vejo sobre as teclas de um piano.

Ela sorriu, surpresa.

— Eu?

— Sim. Você poderia tocar muito bem. Parecem as mãos da minha mãe. Ela tocava lindamente, sabia?

Murka, silenciosamente, balançou a cabeça para dizer que não sabia tocar piano. E percebeu que os olhos de Seyit estavam embaçados enquanto ele falava sobre sua mãe. Ela não queria que o riso dele se fosse, não queria perder aqueles momentos raros. Nada deveria quebrar o encanto daquela noite. Ela queria mudar o rumo de seus pensamentos, imediatamente.

— Nunca toquei piano, mas sei bordar — ela quase gritou.

Seyit, de repente, escapou das garras das lembranças de seu triste passado e levantou a cabeça, soltando uma gargalhada. As palavras ingênuas e infantis de sua esposa o trouxeram de volta ao mundo em que ele estava. Ele se aproximou dela e a beijou na testa e nas bochechas. Ficou contente por ela fazê-lo rir de novo.

A refeição foi incrivelmente agradável. Mürvet ficou surpresa com o tanto que ele tinha para conversar. Mas Seyit mal conseguia se impedir de rir enquanto observava sua esposa, que continuava bebendo. A bebida a tinha deixado mais desinibida, e ela se mostrava animada; ria profundamente, fechando os olhos e jogando a cabeça levemente para trás. Seyit, mais uma vez, estendeu a mão sobre a mesa e tocou com ternura o rosto de sua esposa. Ele a acariciou e disse:

— Doce garota...

Ela parou de rir. A esposa olhou para ele de forma severa.

— Você me vê como uma criança?

— Você é minha linda criança, Murka. Sempre será. Você vai continuar assim, por mim.

— Mas eu quero crescer.

— Para se parecer com quem?

Ela abaixou seu olhar ao se lembrar de sua mãe. Mas mudou de ideia e ergueu seu rosto para ele. A resposta que saiu de seus lábios surpreendeu a ambos. A bebida deveria ter sido eficaz.

— Eu não sei... Quero me parecer com todas aquelas mulheres...

Ela não pôde continuar.

Seyit esperou com grande curiosidade por sua resposta:

— Aquelas mulheres? Quais? — ele perguntou.

— Elas... Elas são todas maiores que eu.

— E então?

Meu Deus, Mürvet pensou, inclinando a cabeça na frente dele: *Por que ele está constantemente tentando me fazer falar sobre isso?*

— Eu pensei que... se talvez eu crescesse, você não as procurasse.

Ela não conseguia manter as lágrimas acumuladas em seus olhos. Suas mãos tremiam, e seus lábios, igualmente. Sua cabeça ainda estava inclinada na frente dele.

Seyit empurrou a cadeira para trás e riu.

— Criança, criança! Oh, você é mais criança do que eu pensava, pequena Murka. Você nunca vai crescer como aquelas mulheres.

Mürvet levantou a cabeça, em revolta. Seus lábios estavam tremendo, prontos para chorar. Com olhos vermelhos, ela perguntou:

— Por quê? Por quê? — ela se ergueu para sair dali.

Seyit também se levantou e a segurou, colocando-a sentada na frente dele. Ele pegou as mãos dela e as envolveu com as dele. O rosto dele, de repente, ficou sério. Mürvet estava olhando para ele com olhares interrogativos. O homem falou devagar.

— Porque, criança, mesmo que você tenha cem anos, não pode parecer com outras mulheres. Porque você sabe amar, você sabe ter ciúmes. Mas ódio, vingança, isso você não sabe ter. Você não saberia como usá-los. Você não deve tentar se parecer com essas mulheres.

Murka soluçou.

— Mas você gosta dessas mulheres.

Seyit pensou que levaria mais tempo para convencer sua esposa. Ele podia sentir.

— Não, querida. Elas gostam de mim, mas eu gosto apenas de você. Você não é minha esposa? Diga-me? Não me diga que do lugar que você veio é diferente. Um homem, quando se casa, tem que amar e honrar sua esposa. Não é isso que aprendemos com nossos pais? Não sei onde estão essas mulheres, com quem elas estão.

Eu não me importo. Mas você estará sempre na minha casa, ao meu lado, na minha cama. Agora, me diga, Murka, você ainda quer crescer?

Mürvet balançou a cabeça num gesto que não disse nem sim e nem não, ou ambos. Ela mesma ainda não sabia a resposta.

Ela se deitou no peito de Seyit e, corajosamente, disse o que se passava em sua mente.

— Estou sempre onde você quer, Seyit, mas você não está sempre comigo.

Ele estava acariciando os cabelos de sua esposa com as mãos e beijando-os. Pensava no quanto ela estava ofendida com ele. E com razão. Inclinando-se, pegou seu copo e tomou um longo gole. Ganhava tempo. O que diria? Ele tossiu, como se limpasse a garganta. A hora de dizer tinha chegado. Falar sobre isso machucaria os dois, mas não havia outra escolha. Não podia mais haver segredos ao longo de suas vidas. Eles não podiam se esconder em suas memórias. Ele começou a falar devagar, mas ainda assim, continuamente:

— Eu estava muito inquieto naquela noite, Murka. Eu não conseguia dormir. A minha cabeça estava pesada, meu coração estava perturbado... Eu não podia ficar na cama. Então, levantei-me e saí. Você estava dormindo tão docemente que eu não quis te acordar. Eu estava com algo preso em minha mente e esperava há muito tempo para resolver.

Mürvet olhou para o rosto dele. Havia perguntas em seus olhos. Mas era como se o marido não quisesse fazer contato visual com ela. Ele puxou a cabeça dela novamente em direção ao seu peito e continuou:

— Eu fui até Shura.

Seyit sentiu um corpo rígido entre seus braços. Mürvet se sentiu tonta e enjoada. Aquilo era demais. Ela não podia suportar mais. Mas ele não pensava assim. Os ouvidos de Murka estavam zumbindo nos ombros de Seyit.

Ele a acariciou.

— Shhh. Fique. Eu quero que você me escute — disse ele, quando ela fez menção de se afastar.

— Murka. Ainda não terminei. Se você ouvir, você entenderá. O que eu te disse? Eu disse que fui fazer um trabalho, não foi?

Mürvet não conseguia ouvir sua própria voz, mas ouviu as palavras que saíram de seus lábios.

— Você está indo embora, não é? Você vai com ela...

Ela começou a chorar. Seyit a segurou pelos ombros e a colocou na cadeira. Com um olhar obsceno no rosto, ele perguntou:

— Como você sabia que eu iria?

Mürvet, com uma mão, enquanto limpava as bochechas e os olhos com o guardanapo, de alguma maneira entendeu que tudo acabara, mas não se importava. Ela tinha que se manter forte.

— Você foi tão bom comigo esta noite. Provavelmente porque você quer que eu lembre de você assim.

Seyit começou a rir. Murka tinha entendido tudo errado. Ela entendera que ele estava ali se despedindo dela. Com lágrimas nos seus olhos, furiosa e com nojo, ela encarou o marido, que ria dela. Ele estava rindo dela enquanto ela sofria e chorava?

— Como você ousa? — disse ela.

— Minha querida esposa. Como eu poderia abandoná-la? Quem pensa que eu sou?

Ele sorriu carinhosamente para ela.

— Então você entendeu...

Mürvet se levantou, em rebelião, e começou a sair da mesa.

— Se você já se divertiu o suficiente, posso ir agora?

Seyit se levantou e puxou-a para si. Ele segurou firmemente a cintura dela enquanto a prendia em seus braços. Mas Mürvet não queria olhar para o marido. Ela fechou os olhos molhados.

Ele se inclinou e sussurrou.

— Então, eu não fiz bem em não ir? — disse ele, e ela não respondeu, mas a respiração entrecortada dela dava as respostas que ele esperava.

— Bem, eu tenho novidades, então. Pelo resto da sua vida, você terá que viver com um homem que se comporta mal. Porque esse homem não vai a lugar nenhum.

Mürvet abriu os olhos. Decepção, confusão, alegria, todos os seus sentimentos estavam juntos. Foi uma piada de novo? Ela não acreditava.

Seyit, sem afrouxar os braços, olhou para ela e disse:

— Eu e Shura conversamos. Ela não está mais aqui. Deixou Istambul. Está indo para a França. Neste momento ela está em um navio, indo embora, e eu estou aqui com você.

Murka ainda não conseguia falar. Ela orava para que aquele sonho não terminasse. Ele era só dela? Quão feliz ela estava!

— Você não vai dizer alguma coisa, Murka?

— Bem... Seyit, eu não sei. Não sei o que dizer. Estou cansada. Mas estou muito feliz.

— Minha pequena esposa. Agora você entende por que eu disse que você não podia crescer? Você sempre será infantil, sempre. E eu amo você assim.

Ele a abraçou. Mürvet primeiro hesitou, depois passou os braços com confiança ao redor do pescoço do marido. Ela fechou os olhos e deu o rosto aos beijos.

O passado foi aquecido ao luar, em meio ao cheiro da madressilva. Seu odor dava mais embriaguez do que beber. Mürvet sentiu seus pés se levantarem do chão. Ele a tinha erguido nos braços e a levava para o quarto. Ela sabia o que seria daquela noite. E crescera um pouco mais também.

CAPÍTULO 3

O restaurante

Mürvet, à medida que a gravidez progredia, começou a se sentir muito desconfortável. Seu estômago estava enjoado, ela frequentemente ficava tonta, suas mãos e pés estavam como gelo e ela estava cansada daqueles transtornos.

Não conseguia entender por que seus sintomas causavam tanta excitação. Ela só estava preocupada que algo lhe acontecesse quando estivesse sozinha. Por semanas, pela sua garganta mal passava alimento. Apesar da insistência de Seyit, ela deixava as refeições quase intocadas. Tudo o que ela comia era um punhado de grão de bico e goma de mascar no café da manhã, almoço e no jantar.

Mürvet passava os dias em repouso, já que Seyit a tinha aconselhado a não se cansar demais. O amor e a vida de casado deles parecia boa. Ela tinha uma ideia de que o amor tinha se moldado em sua barriga, e saber que o bebê pertencia a ele era uma razão ainda mais emocionante para ela. Entretanto, se preocupava com a hora do parto. Tinha medo de estar sozinha quando chegasse o momento do nascimento. Estavam impregnados na mente da jovem, desde a infância, os gritos das mulheres grávidas. Ela se lembrava de seus gemidos que, às vezes, duravam dias. Como um bebê tão grande sairia dela? Sua mente não conseguia entender. A infância de Mürvet fora marcada por partos, pois sua avó Haşime fora a parteira de todas as casas e mansões da Romênia. Parteira durante a Guerra dos Moscovitas, em 1878, na Crimeia. Ela escapara de Bahçesaray com seu filho de oito anos, Hasan, e se refugiaram na Turquia, ainda com vinte e dois anos, mas já viúva. Durante semanas viajaram na neve, entre as montanhas. Ela se lembrou dos discursos sobre mortes por perda de sangue e lágrimas durante o parto, quando ainda era solteira. No entanto, as conversas eram sempre veladas, em grande segredo, mas escaparam para seus ouvidos.

"Eu gostaria que minha avó estivesse viva e que ela fizesse meu parto".

Quão pouco sua mãe lhe contara sobre partos...

"Alá vai ajudar você", dizia sua mãe. "E tanto a parteira quanto eu estaremos com você".

Isso era tudo que Emine dizia para Mürvet se sentir melhor. Mas não era suficiente. Faltando um mês para o parto, ela não queria mais ficar sozinha em casa, quis estar com sua mãe. Mas Seyit e ela estava indo tão bem, e ele não queria ficar junto com a família dela de novo.

— Sua mãe?

Ele não queria ir e a convenceu de que não era uma boa ideia o casal voltar para a casa da sogra. De fato, além do medo do nascimento, Mürvet não tinha do que reclamar de sua vida naquele momento. Embora o trabalho de Seyit exigisse que ele estivesse sempre fora, e ela se sentisse muito solitária.

Outra noite, Mürvet arrumava a mesa enquanto esperava por Seyit. Estava contente e assobiava algumas canções. Ela era apaixonada pelo marido. Sua excitação era lida em seus olhos, ela não conseguia ficar parada. Quando ele chegou, a beijou fervorosamente.

— Vamos lá, prepare-se, Mürvet. Eu tenho uma surpresa maravilhosa para você. Vamos, vamos, apresse-se!

Mürvet agora entendia que morar com Seyit era ter uma vida de surpresas todos os dias. Ela riu.

— O que mais, Seyit? Para onde vamos? O que eu devo vestir? Dê-me alguma pista do lugar.

Você verá quando você for. Vista-se de forma elegante, extremamente elegante — disse ele, rindo.

Murka fez uma careta e apontou para sua barriga.

— Não importa. A gravidez não impede que se vista com elegância.

— Se você me disser qual é a surpresa, Seyit...

Seyit, com a mão na cintura da esposa, levou-a para o quarto.

— Venha, querida. Eu não entendo a sua objeção. Vamos. Vista-se imediatamente e nós dois vamos juntos. E você está uma grávida muito bonita, não precisa se preocupar.

Ela ouviu os elogios do marido enquanto se vestia. Escolheu um vestido de chiffon, colocou os brincos e um broche com pequenos rubis, o último presente de Seyit. Colocou o hijab em volta da cabeça, do mesmo tecido de seu vestido, e puxou o cabelo da testa e sobre as orelhas. Observou-se no espelho e seus olhos se arregalaram de espanto. Virou-se de lado e olhou como estava sua barriga. Sim, apesar de tudo ela estava bem charmosa. O mais agradável foi ver o brilho em seus olhos. Era o reflexo dos brilhos do lado de fora. Encantada, sorrindo, ela saiu do quarto. Seyit cumprimentou sua esposa com um assobio profundo de admiração. Ele estendeu a mão e puxou-a em direção ao seu peito. Ele deu um beijo rápido e paquerador nos lábios dela, e saíram. O carro que eles embarcaram mais tarde os deixou na Timyoni Street, em Tepebaşı, por instruções de Seyit. Mürvet, curiosa, segurava o braço do marido e olhava para todos os lados. Era a primeira vez que ela ia no bairro Beyoğlu.

Era como um lugar ao qual ela não pertencia. O calor da primeira noite de junho, que trazia uma doce paz, era ainda mais óbvio nesta rua. Até os cheiros eram diferentes.

Os sons das risadas saindo pelas portas, se misturavam ao cheiro das bebidas, do tabaco e dos perfumes. Tudo isso assustou Mürvet, mas não atrapalhou o prazer da noite. Ela não abriu a boca. Seyit parou e virou-se para o lado oposto, e perguntou a Mürvet:

— Murka, você vê aquela porta bem à nossa frente?

A jovem olhou para uma escada entre duas colunas de mármore, uma de frente para a outra, como duas mulheres se olhando, com as palavras "Crimean Restaurant üzerinde". A mesma coisa escrita em russo, como ela ficou sabendo logo depois. Seus olhos encararam os do marido. Ele abriu a porta adornada com vidro de cristal. Tirou o chapéu e guiou Mürvet com reverência.

— Bem-vinda, senhora, ao restaurante da Crimeia.

O espanto de Mürvet estava aumentando. Seyit segurando a mão dela e a levava pelo restaurante enorme e extremamente elegante, com esculturas de todos os tipos e espelhos de cristal nas colunas espalhadas pelo salão. À direita, alguns degraus acima, havia um espaço reservado para músicos. Um piano preto, com castiçais de bronze, ocupava grande espaço. Ele parecia tão glorioso que Mürvet sentiu desejo de passar seus dedos sobre ele. Ela continuou a admirar os maravilhosos conjuntos de jantar em porcelana e os cálices de cristal que adornavam as mesas, enquanto prendia a respiração. Seyit deixou-a por um instante e falou em russo com algumas pessoas que entraram pela porta nos fundos, e, pelo seu comportamento, Mürvet sabia que ele havia dado algumas instruções. Ela não conseguia entender nada daquilo.

Ele veio em sua direção, sorrindo.

— O que você achou, Murka? O que você está achando, não é bonito?

— É um ótimo lugar, Seyit. Muito bonito. De algum amigo seu?

Seyit, a pegou pela mão, e acompanhou o *maitre* até uma mesa.

— Agora, sente-se. Mas não chore, só se for de alegria, tudo bem?

Com uma risada, ele observou o olhar confuso de Mürvet, e perguntou novamente:

— Promete?

— Eu prometo.

— Está pronta? Bem, Murka, o dono deste maravilhoso e elegante restaurante está aqui diante de você.

Mürvet abriu a boca, espantada, para sorrir, e ficou parada, sem saber se acreditava ou não.

— Sim, Murka, você não entendeu errado. Este restaurante é nosso agora.

A jovem olhou em volta, com orgulho.

— Sim, eu trabalhei duro, mas aqui está. Será inaugurado amanhã à noite.

Eu queria que você visse isto antes. Mal podia esperar até amanhã.

Murka estava muito feliz, ainda mais porque ouviu do marido a palavra "nosso". Ela não conseguia prever que tipo de conexão haveria entre este restaurante e ela própria, mas a ideia de ser a esposa do proprietário era muito agradável. De repente, surgiu uma pergunta:

— Você vendeu a lavanderia?

Seyit sentou-se ao lado da mesa, puxando a cadeira.

Eu estou vendendo. Mas, por enquanto, as coisas estão como antes.

Eu me sinto confortável desde que Pyotr Sergievich está cuidando das contas, mas,

Murka, isso é outra coisa. Este lugar ficará cheio todas as noites. Você pode imaginá-lo transbordando? Balalaica, piano e bandura. O acordeão será tocado, as músicas da Crimeia serão cantadas e dançadas aqui, Murka!

Seyit continuou a explicar tudo com entusiasmo. Mürvet apenas escutava, como sempre. Ela sentiu que todo o prazer de sua vida havia acabado. Que tola ela tinha sido ao ficar feliz, no começo! O trabalho ali significava que Seyit não voltaria mais para casa à noite. Significava beber, cantar e dançar. Seyit iria se divertir todas as noites e ela ficaria em casa, à espera dele, uma esposa sem qualquer tipo de atrativo para o homem que ele estava se tornando. A expressão do rosto decaiu, mas ela não disse o que se passava em sua mente.

Naquele momento, uma bela jovem surgiu, saindo do que talvez fosse a cozinha, e justificou as preocupações de Mürvet. Parecia ter sido enviada do passado. Cabelos loiros, com grandes cachos que caíam luxuriosamente sobre os ombros, decote generoso e seios que mais pareciam duas romãs.

A jovem mulher de vestido vermelho e cinto marcando a cintura mergulhou na cavidade do salão. Ela se aproximou da mesa, com uma bandeja de bebidas e aperitivos em uma mão. Seyit a saudou em russo.

O sorriso aberto torceu o coração de Mürvet mais uma vez.

Ela só conseguia se lembrar do dia em que conhecera Shura. Ela, sentindo-se infantil e boba, e a outra, estonteantemente bela. Mais uma vez, Murka se sentiu impotente e inexperiente. Ela queria responder à gentil saudação da garota russa, mas falhou. Seu sorriso congelou nos lábios. Ela estava com raiva de Seyit por tê-la ferido. Mas, acima de tudo, ela se ressentia por não ser capaz de lidar com o momento.

A garçonete, conversando com Seyit, encheu os copos deles com vodca.

A garota estava dizendo alguma coisa para seu marido, apontando para as mesas e cadeiras. Obviamente, era sobre o restaurante. Mas ainda assim, seu marido e essa garota, no mesmo lugar, foi o suficiente para deixar Mürvet doente.

Como superar o problema sem chorar? Pessoas passavam com as mãos cheias de bandejas, era uma corrida febril lá dentro, eles estavam organizando mesas, cadeiras e objetos decorativos. Os preparativos para a inauguração estavam a todo vapor. Mas na mente de Murka, ela só via Seyit e a outra, conversando em voz baixa e rindo. Mürvet se sentia mortificada de ciúmes. Ela conhecia a besteira de seu pensamento, mas não podia evitar. Era como se ela estivesse amarrada na cadeira de veludo em que estava sentada. Ela compartilhou sua angústia com o copo de vodca que girava entre as mãos.

Seyit veio e disse para ela:

— Agora eles tocarão uma música para nós, Murka. Somente para nós. Vamos lá, pequenos aplausos, Murka!

Foi neste momento que ele olhou para a esposa e viu a mudança nos olhos dela.

— Você está bem, Murka? O que aconteceu de repente? Você está sentindo dor ou algo assim?

Mürvet tentou responder. Ela abriu os lábios, mas nada saiu.

Ela limpou a garganta com uma pequena tosse e disse:

— Nada, Seyit. Acho que estou um pouco cansada, só isso.

Ele não podia acreditar em sua resposta. Por que ela não podia falar sobre os pensamentos que estavam mexendo com ela e a mortificando?

— Agora, um gole de vodca fará você se sentir melhor. Vamos jantar e ouvir música. Você verá que não tem mais nada.

Mürvet tentou manter seus delírios de lado e acompanhar o marido. Mas foi difícil. A comida era ótima, mas faltava apetite e ela estava nauseada.

— Murka, é falta de educação não provar as refeições. Não seja teimosa. Prove, você vai adorar.

O murmúrio quase foi choroso.

— Seyit, meu estômago não está aguentando, eu não quero. Deixe-me beber a vodca e ver o que acontece.

Seyit riu e acariciou o rosto dela.

— Tudo bem. Beba como quiser — disse ele. E Mürvet pensou que ela nunca poderia crescer, evoluir, para se equiparar à educação do marido e se acostumar à vida dele. Mas dois goles de bebida foram suficientes para aliviá-la do nó em sua garganta. Agora ela podia pensar com mais facilidade. Aquele restaurante era apenas o trabalho do marido. Os funcionários ao redor faziam parte disso. Não havia nada de mal.

Seyit conversava com ela de forma doce e mostrava que sentia prazer em sua companhia. De vez em quando acariciava seu rosto e segurava as mãos de sua esposa, olhando nos olhos dela.

Ele continuava com um sorriso maroto nos lábios e olhava para a porta, à espera de alguém. Então chamou um garoto.

— Vá ao Orient Bar imediatamente e deixe-me saber se encontrou Iskender Bey e Manol Bey. Diga que eu estou esperando aqui.

— Está bem, senhor — disse o garoto, com uma expressão respeitosa.

Os músicos começaram a tomar seus lugares, um por um. Eles eram todos russos brancos. Durante a afinação dos instrumentos, até as vozes eram suficientes para fascinar Mürvet. Ela parecia ter esquecido sua angústia anterior. Sorrindo para o marido, com uma mão no queixo, ela continuava a assistir a cena.

— Agora a minha Murka está de volta — disse ele.

Seyit sentia satisfação ao ver sua esposa sorrindo, não gostava de vê-la triste. Ele sempre quis vê-la assim. Queria que ela risse, se divertisse e cantasse com ele. Quão divertida era a vida deles quando eles realmente se divertiam juntos! Mas nem sempre era assim.

A jovem começou a aproveitar a noite. A luz das velas acesas, piscando nas grandes mesas. As canções que inebriavam sua mente. O salão inteiro era apenas deles. Ela prometeu a si mesma não quebrar aquela magia e lamentava os momentos antes, em que se deixara envenenar pelo ciúme.

A maioria das músicas tocadas não parecia estrangeira, pois eram as canções que Seyit cantava em casa. Ela viu com olhares lânguidos um grupo de homens rindo e se aproximando. Assim que Seyit os viu, ele se levantou e foi ao encontro deles, cheio de alegria. Mas para Mürvet eram estranhos. Ela ainda não conhecia nenhum amigo do marido. A vida de Seyit fora de casa era completamente estranha para ela. Mas a culpa era dela. Muitas vezes Seyit quis levá-la com ele, mas ela sempre encontrava uma desculpa e recusava. Ela não queria conhecer os amigos russos que ele tinha.

Mürvet enfrentava dificuldades novamente. Ela estava sentada numa mesa cercada por homens. Tinha o marido ali perto, mas ainda assim sentia-se entediada. Ainda bem que sua mãe não podia vê-la agora. Emine sempre dizia que Beyoğlu não era o bairro de mulheres direitas e da família. O que os amigos de Seyit estavam pensando sobre ela? Talvez eles achassem que ela era uma mulher da vida. Mas eles eram amigos de seu marido. Além disso, todos eles foram muito gentis com ela. A inquietação novamente atingiu seu rosto. Seyit, extremamente gentil, passou o braço pelas costas da esposa, conversando com prazer com seus convidados. Eles falavam em russo. Seyit viu o tédio estampado no rosto de Mürvet, incapaz de entender o que era falado, e virou-se para ela:

— Eu vou te ensinar russo, Murka. Eu acho que você deve aprender.

Mas Mürvet não ficou entusiasmada com este assunto. Muito pelo contrário, sentiu ciúmes e raiva daquele idioma. O idioma russo era algo que a separava do marido. Quando Seyit falava russo, ele parecia estar voltando à sua antiga vida, a Shura, e deixando-a.

Seyit, para explicar o que seus amigos falavam, traduzia ocasionalmente para ela.

Iskender Beyzade, que estava à mesa, era um homem grande e bonito. Ele e Manol fora um dos últimos combatentes da costa da Crimeia, no exército voluntário do general Wrangel. Por acaso, eles conseguiram embarcar no último navio que deixara o porto. Pyotr Sergievic, que cuidava da contabilidade da lavanderia, também estava com eles.

A conversa dos homens era febril. Mürvet, que pegava uma palavra aqui outra acolá, parecia ter escutado o nome de Shura ser pronunciado. Ela tinha mesmo escutado aquele nome ou fora apenas uma palavra que se assemelhava a ele? Ela imediatamente ficou tensa. Aquelas pessoas tinham conhecido Shura muito bem e sabiam sobre seu passado com Seyit.

Todos que o conheciam certamente conheciam Shura. E eles teriam adorado se a outra estivesse em seu lugar agora, ela pensou. Shura provavelmente estaria se divertindo muito, uma vez que falava russo fluentemente. Ela poderia falar com eles na mesma linguagem. Ela também não teria vergonha de se sentar à mesma mesa com os homens e beber. Ela supunha que Shura teria entrado na conversa com uma risada. Uma jovem encantadora, certamente. Mürvet se contorcia de inveja da pele branca como a neve, dos olhos azuis e dos cabelos amarelos. Enquanto ela se sentia cada vez mais desconfortável, com um sentimento de inadequação. Naquele instante, não importava o quanto ela tentasse, era como se fosse uma convidada em um mundo estrangeiro, ao qual ela não pertencia. Que sentimento extraordinário é aquele de querer estar em qualquer outro lugar no mundo ao invés de naquele, e naquela situação. Vendo-se estranha, sentindo-se estranha, e sabendo que os outros a julgavam como uma estranha. Ela queria estar invisível.

Um recém-chegado aliviou um pouco o desconforto de Mürvet. Era Selim. Selim, seu primo. Enquanto escapava da revolução bolchevique, Selim perdera a esposa e o filho. Para continuar vivendo, ele havia passado uma esponja no passado e tentava ser feliz com sua nova esposa. Seyit tinha sido seu padrinho de casamento. Assim que chegou, Selim beijou Mürvet e se sentou do outro lado dela.

— Que surpresa encontrar você aqui, Mürvet! Saindo de casa à noite? — disse ele, sorrindo.

Mürvet imediatamente se inclinou e sussurrou no ouvido do primo.

— Por favor, Selim, se isto cair no ouvido de minha mãe, ela não olhará novamente em meu rosto.

Selim riu.

— Por que você acha que eu contaria para Emine? Não se preocupe. E você não tem que temer mais nada, Mürvet. Você é uma mulher casada agora. Está aqui com seu marido, e com ele vai aonde quiser — sussurrou ele, bem próximo aos ouvidos dela. — Pare de dar satisfação à sua mãe e aos seus irmãos. Isso agora é com seu marido.

— Mas você conhece minha mãe, Selim. Se ela ouvir que estive em um lugar assim — ela apontou —, sentada com homens desconhecidos, vai quebrar tudo e não me olhará no rosto de novo.

— Bem, eu não vou dizer nada, Mürvet. Mas, ouça-me: você está colocando muita pressão em sua própria vida, e desnecessariamente. Viva em paz com seu marido, prima. Olhe a beleza disto aqui! Outra mulher, em seu lugar, não sairia deste restaurante. Toda noite, como rainha, ela viria jantar, ouvir música e se divertir com seu marido...

Seyit se inclinou e o interrompeu.

— Confidencial? — ele perguntou.

— Oh, não, irmão — Mas Selim mudou de assunto imediatamente. Seyit, você fez um ótimo trabalho aqui, irmão. Que beleza de lugar! Parabéns!

— Obrigado, Selim. Obrigado, amigo.

Seyit levantou o copo e todos os homens ergueram suas taças com o mesmo desejo, e depois começaram a cantar as canções reproduzidas. O pequeno grupo estava emocionado. As garotas russas os serviam com garrafas de licor. Mürvet observou a atitude delas com um olhar flagrante. Ela não podia aceitar essas mulheres, elas eram tão bonitas, tão elegantes. Não podia acreditar que entre elas e aqueles homens as relações eram de trabalho; não, ela achava que eram extremamente quentes. Eram como as damas da noite com seus amigos...

Alheios ao turbilhão que ela vivia, os homens estavam sorridentes. Uma das meninas subiu no palco com sua balalaica. Ela acompanhava uma música folclórica russa, e o acordeão e a balalaica fluíam juntos. Mürvet não entendia a letra, mas a canção era tocante. Ela não pôde impedir o acúmulo de lágrimas em seus olhos. Seyit, Manol e Alexander, de onde estavam sentados, cantavam em um trio emocionado. Aqueles homens, grandes ou não, simplesmente se entregaram ao ritmo triste da melodia, que varria o riso e trazia reflexão e lembranças de uma triste época passada. A orquestra, como se notasse que o clima tinha caído, acelerou o ritmo, trazendo uma canção animada, uma peça agradável sobre uma história engraçada. Agora os homens esvaziavam seus cálices em uma postura ereta e gritavam de alegria.

Mürvet pensava como o humor deles podia se alterar tão rapidamente. Era difícil de entender. Estavam rindo, de repente estavam chorando, para logo depois se afogarem em gargalhadas e novamente voltarem ao choro. Mas logo depois retornavam ao entusiasmo com um tom tão exuberante que a chocava. Ela ficava tentando descobrir o que eles diziam. Mas era como assistir a um jogo de xadrez. Ela apenas notava seus semblantes, ou o som suave da voz que ora emanava tristeza, mas que desaparecia na pequena fatia de tempo e retornava à alegria. Se havia uma coisa que ela entendia bem era essa mudança de humor em Seyit. Essa era a sua vida.

Mürvet sentia-se esgotada e queria ir para casa. Queria voltar para seu calmo e seguro mundo. Não queria mais ficar ali sentindo-se sozinha em meio àquelas pessoas, que falavam um idioma que ela não conhecia, que riam e choravam, e ela, alheia a tudo que se passava, sentia-se ignorante, tonta e boba. Seyit podia estar chorando por Shura, rindo também por Shura, e ela jamais saberia. Ela queria que o marido fosse embora com ela, pois estava nauseada e doente. Com o cotovelo sobre a mesa, ela levou a cabeça entre as palmas das mãos. Seyit imediatamente a abraçou.

— Você está bem, Murka?

Ela não conseguiu responder. Todos na mesa voltaram seus olhos curiosos para ela. A garçonete, uma das meninas, correu e lhe trouxe água. Ela conseguiu, muito mal, pronunciar quatro palavras:

— Quero ir para casa...

— Isso está acontecendo com frequência. Provavelmente devido à gravidez — Seyit explicou, olhando curiosamente para Selim. Então, ele se levantou e abraçou a esposa. Murka se despediu dos amigos dele com um aceno de cabeça. Seyit abraçou a todos e disse que os esperaria lá no dia seguinte.

Mürvet não se lembrava de como entraram no carro, como chegaram em casa e subiram as escadas até o quarto. Com os olhos meio cobertos pelas mantas, ela viu que Seyit havia se deitado ao seu lado. Naquela noite, Seyit decidiu não ir ao restaurante novamente. Ah, se ela pudesse tê-lo sempre só para ela, ter todo seu carinho, seu amor e sua risada! Ela o faria. Ela não suportava compartilhá-lo com ninguém. Quando ele estava com outras pessoas, ela sentia o quão longe, de fato, estava dele, e não queria experimentar aquela inadequação novamente.

Mürvet ficou na cama até o meio-dia do dia seguinte. Náusea e tonturas a amarraram lá. De fato, com algum esforço ela se recuperou. Seyit, com ela naquele estado, permaneceu por um tempo em casa. O pensamento involuntário de que ela poderia mantê-lo ainda mais em casa passou pela mente dela. Mas pouco mãos do meio-dia ele usava seu traje cuidadosamente escolhido. Ele beijou sua esposa, que o olhou de forma melancólica.

— Você deve descansar mais um pouco, Murka. Mandarei um carro buscá-la às oito da noite.

O murmúrio saiu com toda a sua miséria e desilusão.

— Seyit. Nenhum carro virá me buscar. Eu não posso ir. Eu não sou boa nisso.

— Não quero que você se sinta sozinha esta noite, Murka. Gostaria que fizesse um esforço e fosse. Você precisa aprender a conviver com outras pessoas. Eu sei que você foi educada de uma forma diferente, por uma mãe muito rígida, mas agora você é minha mulher.

Ele beijou sua esposa no rosto, certificando-se de que eles concordavam em ela ir. Mürvet ouviu a porta se fechar e começou a chorar. Sentia-se desamparada. A falta de afinidades com a vida do marido, sua incapacidade de dizer a ele como se sentia miserável, sua falta de ânimo de se levantar, de sacudir esse sentimento de miséria, a deixava péssima. E ela não enxergava o que poderia ser feito para corrigir seu temperamento.

Como Seyit disse, o carro veio buscá-la às oito. Mas a jovem desistiu quando se viu no espelho. Era impossível ela sair de casa. Especialmente naquela noite, com todas as mulheres bonitas e agradáveis que ela pensou que estariam no restaurante. Se ela chegasse lá com os olhos inchados de tanto chorar, seria muito pior para Seyit do que se ela não fosse. Então decidiu permanecer na cama e mandou o carro de volta.

Seyit, que esperava sua esposa chegar até as 8h30, ficou desconfortável quando descobriu que ela não compareceria em sua noite de inauguração. Ele achou aquilo um capricho infantil, que eles não pudessem compartilhar com alegria aquele momento. Ficou triste por ela não ter comparecido naquela noite.

"O que posso fazer?" Baixou seus ombros e deu um profundo suspiro. Ele se levantou de onde estava sentado, numa cadeira no escritório que havia montado no segundo andar, foi até a janela e olhou para a rua em frente ao restaurante. Com mais um suspiro ele puxou as cortinas de veludo e fechou a janela. Olhou para a cama de latão com uma rede mosquiteiro, colocada entre as duas colunas, que havia providenciado para que pudesse descansar alguns instantes antes de receber seus clientes.

Seria um grande prazer para ele ver as outras mulheres com inveja dos olhos negros de Murka, de seu pequeno nariz arrebitado e de seus tornozelos finos. Especialmente quando sua pequena esposa sorrisse, depois de um copo ou dois de vodca, com suas bochechas rosadas e os olhos brilhantes. Ele ficaria muito feliz se ela tivesse vindo. Mas ela não estava ali. Provavelmente ela não quisera ir. Após o nascimento da criança seria pior, Mürvet nunca iria se juntar a ele. Mais um motivo pelo qual ele queria que ela estivesse ali naquela noite, ao lado dele. Mas ele não podia forçá-la a ir. Por que sua esposa não queria aprender a aproveitar a vida? Por quê? Não queria compartilhar seus amigos, suas músicas, seu idioma.

Mas agora não era hora desse tipo de pergunta e desse tipo de pensamento que o colocava para baixo. Ele precisava mudar o rumo de suas reflexões. Depois de verificar seu colete e gravata no espelho, ele saiu do seu escritório e decidiu se juntar aos convidados. Mas os pensamentos não o obedeceram e o acompanharam. Como ele queria descer as escadas agora, com a esposa no braço! — pensou novamente, abrindo a cortina que separava o restaurante da área privativa. Mas logo sorriu com orgulho ao ver que o local estava lotado. As garçonetes russas andavam em volta das mesas, sorrindo; a orquestra, entusiasmada, tocava, e o som das músicas se espalhava na noite iluminada por velas. A tristeza pela ausência de Mürvet havia diminuído. Pouco tempo depois, ele já havia esquecido que morava em Istambul e parecia estar na sua amada Crimeia. Ele vagou pelas mesas uma a uma e, fervorosamente, fez um brinde aos amigos que não o deixaram de prestigiar. Esta noite era a noite dele. E ele estava gostando.

CAPÍTULO 4

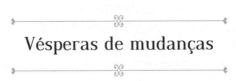

Vésperas de mudanças

Não levaria muito tempo para o nascimento da filha de Seyit e de Mürvet. Três dias se passaram depois da inauguração do restaurante e ela não conseguia mais se sentar numa cadeira. A pele de sua barriga estava esticada como uma fissura e ela aguardava o parto com uma mistura de medo, emoção e frustração, pois Seyit permanecia tão pouco tempo em casa que havia uma grande chance de ela estar sozinha quando chegasse a hora. Até o pensamento disso a fazia chorar. Finalmente, certa manhã, antes que Seyit saísse ao meio-dia, ela disse que não suportava mais a ansiedade de estar sozinha às vésperas do parto e que queria ir para a casa da mãe ou trazer Emine para ficar com ela.

— Seyit, por favor, e se chamarmos a mãe para ficar aqui... Estou com tanto medo. Isso me ajudaria a ficar mais calma.

— Se é uma companhia que você quer, vou encontrar alguém e enviar para ficar com você.

— Seyit, uma estranha nunca será igual à minha mãe. Além disso, haverá muito trabalho após o nascimento. Minha mãe deve ficar aqui comigo. Isso seria ruim?

Mas Seyit não queria discutir aquele assunto. Ele estava feliz com o arranjo em sua casa e não queria viver em uma residência lotada novamente, sem qualquer privacidade e com a sogra se intrometendo em tudo, como era do feitio dela. Ele não queria dar satisfações à sogra quando saísse para dar uma volta a pé ou beber um copo de vodca, nem sequer poder abraçar e se sentar com sua esposa em paz. Tudo teria que ser feito com a porta do quarto fechada, para fugir dos olhos bisbilhoteiros de Emine. Seria impossível, para ele, viver daquela forma. No entanto, os medos de Mürvet eram reais. Ele não tinha hora para voltar para casa e geralmente só chegava a uma hora da manhã, e retornava ao trabalho ao meio-dia. Como ele podia se sentar em casa, segurar a mão da esposa e esperar pelo nascimento? Ele tinha um restaurante para administrar. Talvez tivesse que suportar a sogra por um tempo. Se ele fizesse um esforço, sim, eles poderiam viver juntos. Ele sorriu para o rosto choroso de Mürvet. Não queria entristecê-la.

— Está bem. Vamos mandar um recado para sua mãe. Deixe-a vir até nós.

Ele viu os olhos de sua esposa brilharem. — Vou mandar alguém imediatamente, para perguntar se ela pode vir.

Mürvet ficou muito empolgada.

— Mas eu preciso arrumar um quarto. Como vai ser?

Seyit nunca tinha pensado em transformar um dos dois quartos em um quarto de hóspedes. Mas eles não tinham outra escolha.

— Nós podemos lidar com isso também. Não se canse. Vou enviar uma ou duas pessoas para arrumar o quarto. Tudo bem? Não quero que você dê à luz enquanto estiver arrumando as colchas — ele sorriu, beijou a esposa, e saiu apressado, pois tinha que verificar as contas da lavanderia antes de ir para o restaurante. Enquanto caminhava em direção à barcaça, pensou no quanto estava se esforçando para viver bem com sua esposa. Sentado e olhando a paisagem da baía, pensava nas mudanças que certamente ocorreriam até que ele voltasse para casa, e o quanto isso afetaria a recente paz do casal. O que aconteceria com suas vidas, com a intromissão de sua sogra? Ele estava imaginando essas alterações, como Mürvet podia ficar chateada se ele se opusesse à sua mãe, a mulher que foi capaz de escolher entre o meio-irmão e o marido. Ele estava confiante de que não poderia viver pacificamente sob o mesmo teto com aquelas pessoas cujas opiniões sobre a vida eram completamente diferentes das dele. Da mesma forma, a presença dele deveria perturbar a sogra. De fato, a família de Mürvet queria controlar a vida dela diante de seus olhos, apesar do marido dela.

De acordo com a sogra, tudo era "vergonha" e "pecado". Mesmo como marido e mulher, com frequência sentiam o peso dessas duas palavras. Ele lamentava a educação intolerante que sua esposa tivera. Lembrou-se com angústia de que não podia beijar a esposa com a família por perto; não podia colocar a mão nos ombros dela e não podia sequer brincar com ela e rir. Ele se lembrou sem saudades dos olhos verdes, desconfiados, orgulhosos e luxuriantes de sua sogra, e soltou uma pequena imprecação.

Ele teria que olhar para o mesmo rosto quando acordasse na manhã seguinte. Mas não tinha outra escolha, devido à gravidez de Murka. E desta vez a casa era dele. Talvez o relacionamento entre eles fosse diferente. Embora o instinto lhe dissesse o contrário, esse pensamento o reconfortou um pouco. Além disso, naquele dia, havia muitas razões para ele ser feliz. As coisas estavam indo muito bem. Sorrindo, ele entrou na lavanderia.

Há seis anos ele chegava em Istambul, fugindo dos rebeldes que tentavam matá-lo e estavam atrás de todos que apoiavam o czar. Lembrou-se dos seus sonhos quando era tenente de cavalaria e das patentes que desejava alcançar. Em Istambul, tornara-se dono de uma lavanderia, e agora um restaurante onde se tocavam músicas de seu país era um motivo de alegria. A vida era estranha, mas ainda era bonita. Ele fora um hóspede naquele lugar, mas a vida lhe reservava um futuro diferente, e ele estava confiante.

Seyit cumprimentou as garotas russas que trabalhavam na lavanderia e subiu para falar com o contador Pyotr Sergievic, que esperava por ele.

CAPÍTULO 5

Emine e Hasan

No passado, houve dias em que Emine, embora muito ocupada e atenciosa para com sua família, sentiu que fora despedaçada, e parecia não haver nada que ela pudesse fazer para juntar os cacos. Mürvet saíra de casa com o marido, pois Seyit decidira abandonar a residência em que moravam juntos. Ele queria comprar uma casa própria, onde pudesse morar sozinho com a esposa e o filho. Emine estava pensando no que ela fizera para ter um genro que lhe pagasse daquela forma. Sua fé em Alá era infinita, e ela tivera que fazer muitos sacrifícios para criar seus filhos. Agindo daquela forma, Seyit só poderia ofender a Alá. Ela trabalhava incansavelmente para cuidar das filhas mais novas, Fethiye e Necmiye, e manter o teto que o marido batalhara para comprá-lo, aquele que mantivera seus filhos aquecidos por todos aqueles anos. Agora, teria que vender a casa porque seu filho Hakkı queria isso, queria ir para longe dela, com sua mulher. Mas mesmo em anos de guerra e pobreza ela não tinha permitido que aquilo acontecesse. Por fim, tudo havia terminado, e a casa tinha sido vendida. Com um pouco mais de dor, certamente. Mas, talvez, tenha sido o melhor. Todos tiveram que se retirar para sua própria concha e viver em silêncio.

Emine agora estava flutuando em ouro, com a venda da casa. Mürvet, Fethiye, Necmiye e Hakkı também receberam trinta moedas de ouro. Mürvet deu a Seyit sua parte por se casar com ela, o dote. Para Emine morar, conseguiram encontrar uma casa bonita e confortável onde ela pudesse descansar sua cabeça. Mas no coração de Emine, que não gostava de se desfazer dos bens, havia o sentimento de que sacrificara o passado. Contudo, para proteger a família, para proteger a paz e o pão de sua casa, fora seu dever concordar com tudo. Ela havia feito isso voluntariamente, sem pedir nada. No entanto, ela nunca encontraria os filhos ao seu redor em sua velhice. E ela estava amedrontada. Havia visto dor nos olhos de Mürvet depois de seu casamento com o moscovita. A cabeça de Emine estava cheia com esses pensamentos quando um garoto apareceu à sua porta, certo dia. Ele levava um bilhete. Emine leu com surpresa e alegria que a filha a chamava.

"Seyit e eu estamos esperando por você". Mürvet escrevera.

Mas a alegria de Emine foi fugaz. Logo ela voltou a ficar chateada: será que o marido da filha e ela poderiam viver juntos? Mas voltou a refletir: se eles tentassem novamente, talvez conseguissem. Além disso, sua filha precisava muito dela agora. Ela sentiu que estava morrendo de vontade de segurar o bebê da filha em seus braços e cuidar dele. De repente, sorriu para si mesma, lendo a carta novamente. O jovem mensageiro estava esperando à porta.

"Se você quiser, pode vir imediatamente, com o jovem que levou a carta", a filha continuava. Quando ela leu sua última frase, pensou um pouco e cogitou ir imediatamente. Mas voltou atrás. Ela achou que era errado ir tão ansiosamente para a casa do genro. Então, disse para o mensageiro.

— Obrigada pelas notícias que você me trouxe, filho. E por esperar. Diga a eles que eu irei depois, que estou arrumando a casa. Daqui a um ou dois dias.

De repente, seu pessimismo acabou. Ela pediu que o garoto aguardasse e, entusiasticamente, continuou a coletar seus pertences, pensando que Alá fora generoso com ela, que Alá a amava por dá-la de novo uma família numerosa com a filha, genro e netos.

Mürvet também estava ansiosa pela chegada da mãe. Seyit ouvira seu pedido e, pela primeira vez, ela hospedaria sua mãe em sua casa. Ela queria que tudo estivesse completo. Seyit enviou, da lavanderia, um rapaz e uma forte mulher grega, para ajudá-la com as arrumações.

A mulher grega e o jovem ajudaram Mürvet a preparar o segundo quarto da casa, que se pensava ser um quarto de hóspedes. Emine chegou logo depois, e trouxe Necmiye. Quando Mürvet viu sua mãe e sua irmã mais nova, ela ficou cheia de alegria.

Ela gostava das duas irmãs, mas era quase como a mãe de Necmiye, seis anos e meio mais nova que ela. Então ela disse à irmã que era como se estivesse olhando para sua primeira filha. Durante os anos de guerra e das aventuras das viagens de Emine a Anatólia para coletar suprimentos, ela sempre estivera cuidando de suas irmãs. Seu pai estava doente e ela é que cuidava delas.

Quando Mürvet entrou na cozinha para fazer um café para a mãe, começou a se perguntar como seria quando o marido voltasse para casa. Será que tudo ficaria bem?

Ela esperava que sim. Ela, a mãe e a irmã tomavam seu café em frente à janela e matavam a saudade das semanas de ausência. Era como uma festa para Murka. Logo depois elas continuaram a tagarelar animadamente enquanto espalhavam as roupas e os sapatos que tiravam das malas e preparavam as roupas para o novo bebê, que se juntaria à família.

Embora Emine estivesse extremamente curiosa para saber como ela e o marido estavam, nada perguntou sobre Seyit. Ela teria tempo de sobra para ver tudo isso. No entanto, o brilho nos olhos de sua filha e a arrumação da casa denunciavam que tudo estava bem. Emine não podia deixar de se perguntar como seria quando encontrasse o genro, e muitas perguntas passavam por sua cabeça. Sim, eles não tinham sido muito amigáveis há alguns meses. Era o mesmo que se passava pela cabeça de Seyit na sala do andar de cima de seu restaurante, na Timyoni Street.

Ele enviou um homem para casa, para saber se sua sogra havia chegado, e soube que a cunhada havia ido junto. Ele disse ao homem:

— Leve esse dinheiro imediatamente para casa. Pergunte se elas estão precisando de alguma coisa. Diga que eu vou estar em casa para jantar.

Quando ele fechou a porta, pensou profundamente nas noites com Emine. Sobre o que eles iriam conversar à mesa, a noite toda? Seria sobre fatos antigos ou haveria algo novo para se falar? Ele já sabia o que sua sogra pensaria sobre seu novo trabalho. "Seu genro em Beyoglu? Ele não tem vergonha de administrar um restaurante?" Era como se Seyit já estivesse ouvindo Emine falar. Ele tombou a cabeça para o lado e riu. Não havia nada que ele pudesse fazer. Ele não podia mudar o mundo. O que era estranho era que, embora Emine tivesse apenas cinco anos a mais que ele, eles olhavam a vida de diferentes ângulos, como se fossem pessoas de diferentes épocas. Não era apenas por ter nascido homem ou mulher. Havia um penhasco muito maior entre eles.

Ele voltou seus pensamentos para o livro e as contas à sua frente. O sol de junho estava quase se pondo nas ruas, nas paredes dos edifícios, e podia se sentir a temperatura caindo com as primeiras sombras. Após o agitado horário comercial do dia, essas eram as horas em que Pera respirava antes de começar sua sedutora vida noturna.

Ele se levantou de sua mesa de trabalho, desceu os punhos das mangas de sua camisa, que estavam nos cotovelos, e os abotoou. Era o momento ideal para ir para casa. Ele queria retornar para o restaurante antes das nove da noite.

Estava prestes a sair quando ouviu uma voz que não era estranha aos seus ouvidos. A voz voltou a chamar em um turco familiar. Ele foi às escadas e gritou, surpreso.

— Hasan! Pequeno Hasan! De onde você veio?

Na porta de entrada do restaurante, tentando explicar o problema ao porteiro, estava um jovem com os olhos assustados. Seyit desceu de dois em dois degraus, enquanto o garoto corria em sua direção. Eles se abraçaram apertado. Era o filho de sua irmã mais velha, Hanife. Seyit estava empolgado demais para descrever.

— Meu pequeno Hasan. Você aqui também? Eu não posso acreditar! — Quando foi que você chegou, e com quem veio? — ele abraçou novamente o garoto. — Sinto o cheiro da Crimeia.

O que Seyit disse era verdade. No momento em que viu Hasan na frente dele, foi como se um vento doce o fizesse esquecer o calor de junho. Ele sentiu o cheiro da água salgada e dos vinhedos da costa de Alushta. Mas era um vento soprando com os cheiros das folhas de Pera, e que trazia uma brisa fresca.

CAPÍTULO 6

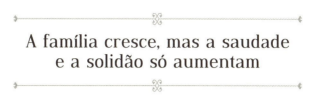

A família cresce, mas a saudade e a solidão só aumentam

Todos pareciam felizes com suas vidas. Emine e Necmiye já estavam na casa de Murka há três dias, e a sogra ainda não tinha ofendido ninguém. Seyit, como sempre, saía de casa ao meio-dia e voltava à uma da manhã. Emine, meticulosamente, tivera o cuidado de não falar sobre os negócios do genro e o horário de sua chegada em casa. De fato, ela não estava nem um pouco satisfeita. O homem da casa ia trabalhar ao meio-dia e voltava de madrugada, pois tinha que administrar um restaurante em Beyoğlu. Não era algo bonito de se ver, na opinião de Emine. Mas agora o mais importante era que a filha pudesse ter um parto saudável. Havia uma preparação frenética na casa: roupas de bebê, lençóis de maternidade e cobertores eram lavados e passados.

Mas Seyit não estava muito interessado em todos esses preparativos. Certamente, a criança era um novo membro na família, e seu filho, mas ele não havia sentido o prazer que o pequeno patrimônio traria. Além disso, ele não havia sido consultado sobre ter filhos. Tampouco fora sua decisão. Apesar de toda a sua boa vontade, ele não podia evitar sua raiva de tempos em tempos. Uma nova vida, um novo emprego, um casamento e um filho. Eram mudanças que afetariam seu trabalho e suas vidas. Por que Mürvet tinha que se apressar com filho? Todos esses pensamentos nasceram na mente de Seyit e afetaram seu relacionamento com a esposa e a criança, gerando mais um obstáculo à felicidade deles. Isso o estava incomodando. Além disso, se ele decidisse emigrar para Paris ou Nova York, as desvantagens de ser uma família também o assustavam. Mas a única coisa que ele podia fazer agora era aceitar a situação e seguir em frente.

Ele trabalhava muito, para não deixar faltar nada em casa. E eles precisavam mudar de residência imediatamente. A casa era pequena para a nova família, incluindo a sogra e a cunhada. Algo deveria ser feito com urgência. Caso contrário, ele ficaria inquieto. Seyit mandou vários de seus homens para Beyoglu e arredores, para encontrar um apartamento espaçoso. Quando ele chegou em casa, no mesmo dia, encontrou o genro do tio de Mürvet,

Kasımpaşa, em uma visita. Kasımpaşa possuía uma casa de três andares e vista panorâmica. Ele era casado e sua filha morava no último andar, mas o andar do meio da casa estava vazio. Seyit nem perguntou sobre o aluguel. Ele imediatamente concordou. Murka ficou surpresa com a decisão.

— Mas, Seyit, acabamos de nos instalar aqui, e pintamos o quarto de hóspedes há três dias.

Seyit riu e acariciou a bochecha de sua esposa.

— Sim, Murka. Nós nos instalamos aqui, assim como nos instalaremos lá.

— Mas estou a poucos dias do meu parto, podemos deixar para depois do nascimento.

O rosto de Seyit estava sorrindo, mas havia um brilho teimoso em seus olhos. Ele decidiu de uma vez: viveriam somente mais um dia nesta casa, ele não podia suportar dois.

— Está feito. Amanhã nos mudaremos.

Seyit ficou contente que a questão da casa fosse resolvida com tanta facilidade.

Pois era muito difícil arrumar uma casa disponível em Beyoglu, perto do seu trabalho e, ainda por cima, espaçosa. Ele não achava que poderia levar a esposa para morar em Beyoğlu sem uma disputa. Pelo menos mudar para a casa de seus parentes não seria um problema para ela. Emine, por outro lado, encontrou objeções, obviamente. Ela estava na casa há menos de uma semana e, embora estivesse implícito em seu rosto que a casa era estreita, ela não pôde se conter ao falar mal de Beyoğlu como um bairro de mulheres da vida, de pessoas arteiras, e não-familiar.

— Eu vou embora depois do nascimento. De certa forma, um quarto ficará vago, então — disse ela, para contrariar Seyit.

Seyit sentiu que sua paciência iria esgotar, respirou fundo e voltou para a sogra com uma voz suave:

— É uma casa mais espaçosa, e Murka terá parentes nos outros dois andares.

— Mürvet não deve se mudar agora — respondeu Emine, enfrentando o genro. Mürvet continuou sua insistência, tomando coragem com a atitude de sua mãe.

— Mas, Seyit, nós gastamos muito dinheiro nesta casa, para devolvê-la ao dono agora.

Emine pensou que o dinheiro investido na casa fora herança de Murka. De certa forma, não saiu do bolso do genro. E seus pensamentos estavam em seu olhar. Mas quando Seyit decidia, ele não mudava de ideia. Ele estava tentando convencer Mürvet em vão. Então desistiu. Só ele sabia o sacrifício que era ir para o trabalho em Beyoğlu e voltar de madrugada. Sem mencionar a estreita relação com a sogra, que a casa proporcionava.

No dia seguinte, dois carros e alguns carregadores estavam cedo à porta, e em poucas horas a mudança estava feita. Eles se estabeleceram em sua nova casa antes da hora do jantar. Mürvet, que não se mexeu até então, de repente percebeu que o marido tomara a decisão certa. O apartamento tinha uma sala enorme e quatro quartos também grandes. Uma grande bancada de mármore, um fogão com forno, e dois banheiros. Um dos quartos era de frente para o mar, e este parecia ótimo para eles. Seyit, vendo que tudo estava indo bem, saiu de casa para ir trabalhar. Ele se divertiu beijando sua esposa.

— Viu que eu tinha razão? Está achando ruim? — ele riu, apontando para a casa espaçosa. — Está feito, e está tudo acabado. Um dos quartos será de sua mãe. Talvez ela queira trazer Fethiye também. E para nós, se colocarmos essas duas salas conjugadas, ficará confortável.

Murka balançou a cabeça, sorrindo. Os olhos dela estavam agradecidos. Quanto ela amava o marido! Que bem fizeram ao se mudar! Depois de fechar a porta, ela entrou no novo quarto, e os parentes vieram ajudá-la pendurando cortinas e estendendo tapetes. Mürvet olhou entusiasticamente da janela do quarto para o grande mar. Ela tinha sorte em ter seu filho numa casa como esta. Alegremente, ela sorriu, acariciou a barriga, e murmurou:

— Graças a Alá por você.

Mas era muito cedo para agradecer. No segundo dia em que se estabeleceram em sua nova casa, Emine convidou Fethiye. Ela estava agora com suas três filhas. As meninas há muito sentiam falta uma da outra, como se não se conhecessem há meses, e não conseguiam se cansar de conversar. À noite, Hasan também chegou na nova casa do tio.

Seyit levou aperitivos, frutas e carnes grelhadas para o jantar. Mürvet riu quando Hasan entrou na casa. O pequeno estava vestido com uma roupa toda tingida, e suas malas também eram muito engraçadas.

— Olha, Hasan, a sacola de papel arruinou sua jaqueta — disse Murka. O garoto olhou intrigado para sua roupa. Letras pretas, com calor de junho e suor, tinham passado do jornal para sua camisa branca. Com um sorriso puro, ele deu de ombros.

— Tia, pode me ajudar a limpar isto? Meu tio está me esperando lá no restaurante.

Murka, então, saiu com pressa, e chamou o garoto para ir com ela. Seyit havia alugado um pequeno apartamento perto do restaurante, para o sobrinho, e lhe dado um emprego. O jovem parecia muito feliz com sua nova vida. Mürvet entrou na cozinha com Hasan atrás dela e ajudou-o a limpar a roupa. Emine havia assumido a cozinha da filha, desde que chegara, e cumprimentou o garoto.

Os dias foram passando. Naquela tarde, esperavam Seyit para o jantar, e Mürvet ajudava na preparação das refeições. Como sempre, ele iria querer ver os pratos de aperitivo na mesa e Emine já tinha colocado queijo e vários tipos de carne quente. Ela achava tudo aquilo um desperdício. Ela, que vivera em tempos de guerra, pensava que festa os soldados não fariam, com um queijo e um rolo de salsicha! Enquanto pensava naqueles dias, olhou ressentida para os pratos de salsicha, de bacon e de peixe defumado que sua filha preparava. Mas mesmo com o ressentimento de Emine, as refeições foram preparadas, e a farta mesa foi posta.

Mürvet era toda ansiedade esperando pelo marido. O sol havia se posto há muito e por que Seyit não tinha chegado? Será que ele não conseguia ver o quão tarde era? Provavelmente, continuou ela, a qualquer momento ele deveria bater à porta. Ela aqueceu a comida. Depois de uma longa espera, ela a aqueceu novamente. Enquanto isso, tentando não demonstrar angústia, fingia não ver os olhares alusivos de sua mãe. Murka sentiu que sua mãe estava prestes a explodir, e tentou distraí-la. Mas, finalmente, elas decidiram alimentar Necmiye e Fethiye. Emine não aguentou mais.

— Eu não aguento mais te ver esperar, filha. Seu marido não tem jeito. Vamos lá, se alimente agora. Não fique com fome à espera dele.

— Coma, mãe. Eu vou esperar por Seyit.

— Se você não pensa em si mesma, pense no seu filho em seu ventre. Daqui a alguns dias você terá que amamentá-lo. Se você passar fome assim, não poderá fazer isso. Vamos lá, não seja teimosa, dê uma garfada ou duas.

Mürvet não queria brigar com sua mãe. Na verdade, tudo o que ela queria era ficar sozinha e chorar. Por que Seyit não veio? Acontecera alguma coisa com ele, ou era como uma daquelas noites conhecidas? Com mil pensamentos na cabeça, ela se sentou com a mãe e começou a comer. Mas a comida não descia, um nó na garganta a impedia de comer. Ela estava com medo de começar a chorar quando abriu a boca. Emine rapidamente se levantou da mesa e foi para a pia. Sua voz estava preocupada e dura.

— Seyit não se preocupa com você. Vá para a cama e descanse. Vou arrumar a cozinha. Vamos lá, vamos lá, eu não quero nenhuma objeção. Você já está infeliz. Vá se deitar.

— Obrigada, mãe. Será um incômodo para a senhora se eu for mesmo descansar?

— Vá garota. Que Alá descanse sua alma.

A jovem imediatamente procurou refúgio na privacidade de seu quarto. Assim que ela fechou a porta, se jogou na cama. Começou a chorar em soluços silenciosos, para que sua mãe não a escutasse. Ela estava com medo. O cheiro do verão entrava pela janela aberta. A noite estava tão estagnada que as folhas não se mexiam. Sua barriga estava tão grande que começava logo abaixo dos seios cheios de leite e continuava, arredondada, até a virilha. Ela levou a mão à barriga e, de repente, parou de chorar, pois sentiu pequenos golpes na palma da mão. Ela se assustou. Estava prestes a dar à luz? Imediatamente se recostou e ficou parada. Outro pequeno movimento, e isso foi tudo. O resto não veio. Ele deveria ter desistido.

Triste pela ausência do marido, com a cabeça cheia de novas preocupações, ela recomeçou a chorar. E se ela fosse embora para a casa da mãe? E se ela fosse embora com o bebê na barriga? Seyit sentiria falta dela? Talvez não. Talvez ele se sentisse aliviado. Murka sentia pena de si mesma. Então decidiu: se Seyit não voltasse para casa, ela iria ao seu local de trabalho no dia seguinte, para procurá-lo. Ela tinha que estar com o marido quando tivesse o bebê. Se ele ainda estivesse em Istambul, ela iria trazê-lo para casa. Já era meia-noite e ela estava afundada em lágrimas e preocupações. Por fim, adormeceu, e acordou com as primeiras luzes da manhã, constatando que Seyit não estava lá.

Por alguma razão, a corajosa decisão tomada no escuro da noite havia desaparecido. Quando estivera sozinha em sua cama, parecia acertada, mas agora, à luz do dia, era ridícula. Ela não sabia sequer como chegar lá sozinha. E ela não podia nem pedir ajuda à sua mãe. Se Emine alguma vez visse aquela rua, provavelmente arrastaria Mürvet de lá pelo braço. De repente, Murka viu uma solução. Ela saiu do quarto e disse:

— Mãe, eu estou indo dar uma volta, e vou levar Fethiye comigo.

Emine tinha acabado de levar uma xícara de chá aos lábios, e parou com ela entre a boca e a mesa.

— Aonde você está indo?

Mürvet tinha pensado muito na resposta, e as palavras saíram num rompante.

— Vou encontrar Seyit.

— Vai atrás do desaparecido Seyit? — a voz de Emine era sarcástica.

— Mãe... eu vou encontrá-lo.

— Você é que sabe o preço que vai pagar por sair por aí atrás de um marido que não te quer. É uma pena... Deus me livre de homens assim...

Mürvet, mesmo saindo de sua própria casa para procurar seu próprio marido, sentiu vergonha.

— Deve ter acontecido alguma coisa, algum problema — ela defendeu Seyit.

— Ele não pode te deixar sair assim. Deixe que ele volte para casa.

— Estou indo, mãe.

De fato, havia raiva no tom da voz de Murka, devido à atitude de sua mãe. Também havia revolta com relação a Seyit. Mais uma vez, Murka sentiu vergonha por estar naquela situação, mas ela era teimosa em sua decisão. Com Fethiye, chegou à rua Timyoni. Mürvet viu o espanto nos olhos de sua irmã. Ela não fez o mesmo quando caminhou aqui pela primeira vez? Por que a surpresa? Dois garçons estavam limpando o restaurante. Fethiye, diante da elegância do lugar, estava cada vez mais surpresa. Especialmente quando viu a loira russa que estava mexendo em alguns papéis no caixa. Ela nunca tinha visto uma roupa daquelas. Era o tipo de mulher que sua mãe chamava de "mulher má". O rosto rechonchudo de Fethiye, os olhos e a boca se abriram com surpresa. Mas, a certa altura, quando a garota russa a olhou com um sorriso doce, decidiu que ela não podia ser uma mulher má. Que rosto bonito ela tinha, e quão bonito era seu cabelo! O cabelo das filhas do sultão do conto de fadas deveria ser assim. Fethiye, intimidada pela aparência daquela atmosfera encontrada pela primeira vez, estava parada, quase atônita. Mürvet a puxou pelo braço e ela caminhou atrás da irmã. Alguém falou alguma coisa a ela e Mürvet deixou sua irmã no pé da escada, no andar de cima, e seguiu em frente. Depois de alguns passos, parou. Era certo aquilo que ela estava fazendo? Aparentemente, o marido não pudera deixar o emprego e tinha dormido ali, em seu quarto. Sua esposa estava agora ali para levá-lo para casa. Que vergonha diante dos garçons e da garota russa parada no andar de baixo. A princípio ela pretendia voltar, mas depois de um momento de hesitação, desistiu. Se ela já estava ali, deveria ir em frente. E o quarto era do marido dela. Que vergonha poderia haver nisso? Ela ficou aliviada. Então respirou fundo e com uma mão segurando a barriga, continuou a subir os degraus.

— Sente-se nesse degrau e espere por mim — disse ela para a irmã.

A porta no final da escada estava entreaberta. Seu coração batia forte. Empurrando a porta, olhou para dentro, com coragem. Ela viu uma cama com cortinado e Seyit dormindo, semivestido; e uma loira, um pouco gordinha, dormia com a blusa para fora da saia, aos pés da cama dele. Mürvet não podia acreditar no que via diante de si. Um sentimento de ganância tomou conta dela. Ela agarrou a perna do marido com essa ambição. Seyit saltou da cama, assustado. Em seus olhos maravilhados e questionadores havia uma expressão travessa. Ele se perguntou como sua esposa fazia isso, e gostou da coragem dela. Mas ela não o deixou dizer nada e gritou com uma voz furiosa, segurando as lágrimas nos olhos.

— Você não tem casa? Não tem uma mulher em casa? O que significa isso? — ela apontou para a loira que acompanhava seu marido.

Seyit olhou para a mulher que, apesar de todo o falatório, ainda dormia aos pés dele. Era como se ele tivesse notado sua presença pela primeira vez. Levando as mãos aos cabelos, ele falou com atitude.

— Ela? Ela não é importante. Não precisa se preocupar. Venha. Você vai para casa e eu também vou.

Ele acariciou o rosto de Mürvet enquanto pegava sua camisa de cima do assento. A jovem mulher deu as costas vigorosamente e desceu as escadas quase caindo, sendo segurada por uma assustada Fethiye. Murka saiu do restaurante apressadamente, enquanto puxava a irmã pelo braço. Tudo aconteceu tão rápido que parecia que não era verdade aquilo que ela tinha visto. Será que ela tinha imaginado aquela mulher aos pés do marido? Estaria ela enlouquecendo de ciúmes? Não sabia de mais nada. Mas ela conseguiu o que queria. O marido estava voltando para casa atrás dela.

Mas quem era aquela mulher? Não! Ela não tinha inventado nada em sua mente. Havia visto uma loira na cama com seu marido. Como ele ousava fazer uma coisa dessas com ela?

Ela não sabia o que dizer à mãe quando chegou em casa. O que poderia lhe dizer? Que agora ela e o marido tinham um novo problema? Assim que passou pela porta, sua mãe iniciou uma oração. Conhecendo a oportunidade, ela entrou no quarto e correu para a cama. Talvez ela pudesse fingir dormir e se proteger de perguntas e de brigas. Quando Mürvet ouviu a voz de sua mãe, fingiu que dormia. Mas era Seyit que chegava. Emine colocou a cabeça na porta do quarto da filha e chamou.

— Abra os olhos, seu marido chegou.

Inevitavelmente, ela se levantou. Não havia sentido em se esconder ou fingir dormir. Mais cedo ou mais tarde, ela teria que ficar cara a cara com o marido.

Seyit já havia entrado na sala. Estava extremamente agradável, abraçou e beijou sua esposa. Em seu beijo estava o cheiro de sua amante. Os olhos dele riam como se nada tivesse acontecido.

— Como está minha pequena Murka? Você é uma mulher surpreendente, Murka. Você é uma artilheira. Mürvet manteve-se fria. Seyit se mostrava extremamente feliz, com seu lado mais gentil, mas ele também queria mostrar o quanto estava arrependido. Silenciosamente, ele fechou a porta do quarto deles. Tentando controlar sua raiva, ela perguntou:

— Seyit, como você pôde fazer isso? Como você pôde me deixar assim? Neste estado? E com outra mulher em sua cama? Quem era aquela?

Ela fez uma pausa, pois se falasse mais, começaria a chorar. Ela piscou os olhos e impediu que o fluxo de lágrimas caísse. Engolindo o choro, com os soluços presos à garganta, se manteve parada, olhando para ele. Seyit veio até ela com um sorriso. Braços cruzados sobre o peito, prendeu-a contra a porta. Beijou-a primeiro na testa, depois na ponta do nariz, e depois um beijo nos lábios. Falou com a calma de sempre e uma voz convincente.

— Murka. Ah, Murka! Por que você se preocupa com tudo? Eu não te disse que ela não era importante? Era uma menina do restaurante. A noite passada foi de muito trabalho. Aqueles que trabalharam até de manhã, cansados, caíram de sono em qualquer lugar. Ela estava enrolada ao pé da cama. Acredite em mim. Eu nem sabia que ela estava dormindo lá, até que você chegou.

Murka apenas murmurou algo incompreensível.

— Isso já aconteceu antes? Ninguém dorme na mesma cama sem que um não saiba do outro?

Seyit riu.

— Se você beber muito, não vai perceber. E acredite, minha cordeirinha, nada aconteceu entre nós. Acredite em mim. Vamos lá, não se preocupe mais.

Mürvet queria acreditar no marido. Ela estava muito chateada com ele, mas queria acreditar. Seyit disse que a amava. E ela amava muito seu marido. Então, abaixou a cabeça, como se dissesse que sua rebelião havia terminado. Seyit envolveu sua esposa num abraço e terminou a briga com um beijo caloroso.

Naquela noite, Mürvet sentiu dor. Seyit não foi trabalhar, pois sua sogra disse que o nascimento estava se aproximando. Ele foi buscar uma parteira. Mürvet, tentando suportar as dores cada vez mais frequentes, gemia na cama. Emine chamou sua prima e começaram a ferver água, retirar toalhas do baú, lençóis, e deixar tudo pronto. Ela corria de um lado para outro, muitas vezes indo até a filha para animá-la.

— Respire profundamente, Mürvet. Respire profundamente, garota. A parteira estará aqui em breve.

Mas a respiração profunda não conseguia mais curar a dor da jovem. Eram como facas entrando e saindo de sua virilha. E ela começou a gritar.

— Ai, mãe! Mãe! Mamãe! Eu estou morrendo!

Emine sorriu enquanto limpava o suor da testa da filha com uma toalha.

— Não, garota, você não está morrendo. Você está dando à luz. No momento em que segurar seu bebê, esquecerá de tudo tão rapidamente que você se surpreenderá.

Quando Mürvet começou a se levantar, Seyit havia chegado com a parteira. A mulher, que conhecia seu serviço, começou a trabalhar com as mãos e os braços, sem perder tempo. Após a primeira verificação, falou em uma voz satisfeita.

— Tudo parece bem. O bebê já está a caminho. Graças a Deus, será um parto normal. Isso vai acontecer rapidamente.

— Espero que sim! — Murka murmurou. Mas para ela, a noção de tempo parecia perdida. A dor na virilha cortava sua respiração e ela gritava de dor, cada vez mais sem fôlego.

— Respire fundo e empurre! A parteira gritou. — A cabeça está aparecendo.

Vamos garota, lute, deixe-me olhar.

Emine ficou ao lado da filha e apoiou seu braço em seu pescoço. Ela segurava a cabeça dela e falava com uma voz suave.

— Vamos garota, empurre e ajude seu bebê a nascer. Estamos quase lá. Venha, respire mais, vamos empurrar, vamos...

Mürvet, com uma mão presa no braço da mãe, a outra na cama, agarrou um dos pauzinhos de latão, suando e chorando. Ela estava pensando quando esta tortura terminaria. Não achava que poderia aguentar mais tanta dor. Ela não conseguia entender como o bebê poderia sair de seu torso. Quem sabe quanto mais angústia seria necessária? Talvez ela fosse morrer. Com esses pensamentos, ficou completamente doente.

A parteira disse, como incentivo: — Vamos, amor, estamos quase lá. Seu bebê está ficando tonto. Um pouco mais. Ajude-me, empurre. Vamos lá, bom trabalho! Olá!

Olá! Aqui está, mais uma vez.

De repente, ela sentiu a terrível dor na virilha desaparecer e algo escorregando de suas pernas, como água quente. A cabeça dela caiu no travesseiro. Seus olhos escureceram.

— Você teve uma filha, iluminada como o sol! Que Alá me perdoe e retire o mau-olhado.

E então ela ouviu um bebê chorando, parecendo muito distante dali, e desmaiou.

Na noite de verão entre 23 e 24 de junho, às duas da madrugada, a primeira filha de Mürvet e de Seyit nasceu: robusta, uma linda boneca. Seyit, esperando com impaciência e entusiasmo na sala ao lado, extremamente irritado e preocupado com os gritos de sua esposa, não via a hora de aquilo ter fim. Era horrível para as mulheres. Ele não entendia por que elas ficavam tão ansiosas para dar à luz. Ele andava para cima e para baixo com esses pensamentos, até que ouviu a voz da parteira:

— Senhor Seyit, que Alá os abençoe, o senhor tem uma filha, que surgiu como uma bola de luz.

Seyit nunca pensou se queria um menino ou uma menina. Mas, de repente, essas palavras saíram de sua boca.

— Garota? Mais uma?

Ele não entendeu por que disse isso. Sua esposa era quase uma garota, as irmãs dela e sua sogra, tudo parecia reforçar sua solidão. Ele não se sentiu tão alegre quanto se fosse um menino. Estava prestes a entrar no quarto para ver sua esposa, quando Emine o deteve.

— Ela está cansada, Seyit. Agora está dormindo, inconsciente. Não a acorde.

Seyit se ressentiu com esse aviso. Sua sogra parecia querer afastar sua esposa e a filha dele. Ele passou por ela e entrou no quarto. A cor de Mürvet estava desbotada e parecia, de fato, muito cansada. Ela olhou para o rosto dele, que gentilmente acariciou sua bochecha. Tão pequena! E já tivera uma filha, antes de crescer.

— Arrumei sua cama em outro quarto, Seyit. Você também está cansado — disse Emine. Seyit olhou, incrédulo, para sua sogra. De fato, ela havia preparado uma cama para ele em outro quarto. Com esse nascimento, suas vidas privadas estavam completamente acabadas. Agora, sob o pretexto de um bebê, sua cama estava separada da cama da esposa, e a sogra designava isso. Até ontem, pelo menos, podiam fechar a porta do quarto do casal, podiam viver suas vidas particulares em privacidade. Mas agora ele tinha se tornado um convidado em sua própria casa. Não podia nem falar com a esposa. Não conseguia dormir em sua própria cama, ao lado dela. Ele queria dizer alguma coisa, mas desistiu. Estava cansado, sem dormir, e não queria discutir, principalmente com Emine. Então beijou a testa da esposa e saiu do quarto. Ele olhou para Emine, enquanto vestia sua jaqueta, e disse:

— Não se preocupe. Eu tenho uma cama mais confortável para dormir.

Ele desceu as escadas e Emine o olhou, surpresa.

— O que aconteceu com Seyit, que se foi novamente? — ela murmurou. Ele deixaria a casa na noite em que sua esposa deu à luz? Seu genro e ela nunca se entenderiam.

Quando Seyit chegou ao restaurante, os últimos clientes estavam prestes a sair. Ele nunca pensou que se sentiria tão chateado. Estava quebrado pelas muitas decepções. Sentia tristeza, desespero, arrependimento, mas a criança não tinha nenhuma culpa. Ele não se lembrava de ter sido tão ofendido. E em sua própria casa. Sua vida privada e seu relacionamento com sua esposa estavam um caos. Sua sogra era como um escudo entre sua esposa e ele. Não se sentia em casa em seu próprio lar, sequer conseguia dormir lá. Ele não pôde demonstrar amor à esposa. Era tudo muito estranho, como se ela fosse uma desconhecida. Eles não pareciam falar a mesma linguagem.

Ele foi cumprimentar as garçonetes, que se preparavam para sair. Deu-lhes boa noite, mas, embora estivesse muito cansado, não parecia que iria dormir naquela noite. Sua cabeça latejava e ele admitiu que cometera um enorme erro ao se casar. Não queria admitir aquilo para si mesmo, mas não havia saída. Ele estava tentando, tentando, mas se sentia estranho naquela casa. Mesmo depois de uma conversa agradável, da música, da bebida, mesmo depois de noites de riso, havia uma tristeza. Ele não sabia o que fazer. Não era um sentimento que ele pudesse compartilhar com alguém. Apenas com uma pessoa, com Shura, se ela estivesse ali. Se isso fosse possível, ele deitaria sua cabeça em seus seios e, talvez, pudesse compartilhar sua tristeza enquanto ela o ouvia. Mas ela não estava mais lá, estava muito longe dali. O desejo de se estabelecer em Istambul, de amar sua nova família e de ser amado mandara todas aquelas vibrações para um canto de seu coração, mas uma coisa era certa: ele não podia esquecer Shura. Ele havia se prometido, na solidão das noites, que tentaria uma nova vida com sua pequena esposa, e tentou fazer isso acontecer. Ele havia tentado amá-la. Havia tentado ensiná-la a demostrar seu amor..., mas não havia como. Ela não era Shura, nunca seria.

Ele pensou nas ocasiões dos nascimentos de seus irmãos mais novos. Como era festivo em Alushta. A casa toda estava em festa. Quão felizes seu pai e sua mãe ficavam com a chegada do novo bebê. Ele também não se lembrava da separação dos quartos de seus pais. O nascimento do seu primeiro filho, no entanto, o havia tirado da cama do casal.

Talvez ele não fosse um homem das separações. Ou, talvez, ele tivesse que passar por todas as separações do mundo. Perdera seu pai, sua mãe, seus irmãos ficaram para trás. Perdera Shura... Talvez não fosse para ele ter uma família, ser o homem da casa. Sim, aparentemente ele era casado com Mürvet, mas não era aquela felicidade que ele estava esperando, e pronto. E agora ela tinha uma filha. Mas ele realmente pertencia à esposa? Ele sequer a compreendia, tampouco ela a ele. E ele não conhecia a criança. Na verdade, ele se perdera de si mesmo e se perdera de tudo. Mürvet, para ele, era como um país estrangeiro. Havia um limite invisível entre eles, e a jovem não podia atravessar esse limite e alcançar seu marido.

Ele fumava e, quando seus dedos se queimaram, voltou sua atenção para o cigarro. A vida dele era como essa bituca de cigarro. Ele se sentia péssimo. Uma pilha de cinzas. Seu desespero ardeu dentro de si e ele socou a parede. Não sabia o que fazer, para onde ir e como ser feliz. Será que todos os seus amigos que fugiram da Rússia tinham o mesmo problema? Será que eles ansiavam pela terra que abandonaram e por seus entes queridos? Ou eles escondiam seus sentimentos sob uma casca de falsa felicidade? Quem era ele para julgar! Sobretudo, ele estava tentando criar essa falsa felicidade. Como alguns deles, ele jogava com o tempo e até começou a acreditar que realmente fosse feliz ali. Seyit inveja aqueles que, de fato, conseguiram se adaptar.

Mas ele, em vez de esquecer o passado, desejava se lembrar dele o tempo todo.

Ser infeliz fora sua escolha. Sorrindo, ele acendeu outro cigarro. Talvez a infelicidade fosse um modo de vida que Deus lhe dera. Talvez esse fosse seu destino até o fim, e ele não pudesse ter uma vida diferente.

Felicidade deve ser um sentimento que acompanha as pessoas que vivem com seus entes queridos, mas, no caso dele, parecia que isso era impossível.

— Eu cometi um erro ao me casar! — disse ele, na solidão de seu desespero.

Seyit não conseguia descobrir onde sua esposa entrava em sua vida. Ele não conseguia entender por que se casara com uma garota imatura que não podia entendê-lo, não podia compartilhar seu passado, nem seu futuro. Sequer deveriam morar na mesma casa. Só havia ciúmes. Tinha que haver algo mais para permanecer juntos. Ele tinha que se sentar e conversar com Mürvet. Mas sequer isso ele podia fazer. O assunto era profundo demais para que ela entendesse.

Ele precisava pensar. Precisava colocar sua cabeça no lugar. Estava abatido, magoado e frustrado por ter sido impedido de ver a mulher que acabara de dar à luz a filha deles. Estava, sobretudo, esgotado. Talvez, quando descansasse, não pensasse com tanto pessimismo. Ele deveria esperar um dia ou mais. Não voltar para casa. Talvez isso fosse o melhor a se fazer. Ficaria ali em seu quarto no restaurante. Era melhor do que dormir no sofá da sala de estar.

— Queria que meu filho fosse menino — murmurou ele. — Talvez, com o tempo, tudo pudesse ter sido diferente — disse, pensando que o levaria com ele para cavalgar, que o acompanharia e o ensinaria a ser um homem. Mas era uma menina, e essa criança cresceria com as palavras "vergonha! ", "pecado!", e sob o controle de sua mãe e de sua avó. E ele não achava que poderia criar sua filha do jeito que Emine queria, com as regras dela. De qualquer forma, era muito cedo para pensar sobre tudo isso.

Ele só queria ficar longe de casa. Seria benéfico para todos eles que ele permanecesse longe do ambiente em que se sentia um desconhecido. Ele esmagou o cigarro no cinzeiro. Precisava dormir um pouco. Deitado na cama, ele se entregou à eterna droga do sono.

CAPÍTULO 7

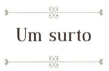

Um surto

Assim que Mürvet recuperou a consciência, olhou ao redor à procura de Seyit. Era um dia quente de verão e tudo estava calmo. Um vento morno entrava pela janela e agitava a cortina de tule, trazendo uma fragrância de lavanda. Ela, incrédula, levou a mão à barriga, como se não pudesse acreditar. Estava plana. Seu corpo doía como se tivesse sofrido uma grande colisão e tivesse sido arremessada longe. Especialmente a carne no fundo de sua barriga estava "podre". No entanto, havia uma leveza inexplicável no seu corpo.

Não havia som na casa. Devia ser madrugada, mas a lâmpada de cabeceira havia sido deixada acesa. Ela se endireitou e se apoiou nos cotovelos, e colocou as costas nos travesseiros. O bebê estava no berço ao lado da cama. Ela suspirou de alegria. Mal acreditava. Ela mesma dera à luz aquele bebê que estava dormindo no berço, e ele era dela. Ela o carregara no ventre por nove meses... Esticou o braço e tocou o pequeno corpo através do cobertor. Primeiro timidamente, depois, com mais coragem. Como era macia sua pele, era quase como algodão. Ela tinha um rosto redondo, lábios retorcidos, uma mandíbula rosada. Que carinha engraçada ela tinha! O final da testa e o pescoço parecia rosado e enrugado.

De repente, ela sentiu um formigamento nos seios. Olhou para a camisola e viu algumas gotas de líquido fluindo nas pontas deles. Ela queria chamar sua mãe. Ao mesmo tempo, o bebê se mexeu, fez uma careta, franziu os lábios e começou a chorar, depois de alguns pequenos gemidos. O rostinho dela estava vermelho. Os olhinhos eram bem desenhados, sua pequena boca estava aberta o máximo possível. Emine veio correndo do quarto, pegou o bebê no berço e deu no colo da filha.

— Vamos, é hora de amamentar o bebê. Ela deve estar com fome. Há muito tempo estou tentando enganá-la com água com açúcar, mas agora ela quer mamar.

Emine estava ajudando Mürvet a abrir a gola da camisola e colocar o bebê no peito.

— Você está bem, garota? Sente dor?

Quando Mürvet balançou a cabeça dizendo que sim, Emine a interrompeu: — Não se preocupe, tudo vai passar. É a última dor. Quarenta dias depois, já se esqueceu de tudo. Pensa que é fácil dar à luz? Mashallah, mashallah, olhe a beleza disso! Vê como ela está com fome?

Mürvet observou, surpresa, a criança procurar seu mamilo com os lábios. Quando a filha começou a chupar o seio, as lágrimas de Mürvet vieram aos seus olhos. Após algum tempo, Emine mudou a criança para o outro peito. Cerca de uma hora depois, talvez menos, a criança havia sugado seu seio esquerdo, seu seio direito e estava saturada, não podia mais engolir o último gole de leite que fluía da borda dos lábios. Caiu em um sono profundo.

— Ela dorme — disse Emine, pegando a criança e levando-a ao peito para que arrotasse. Começou a andar pelo quarto, de um lado para outro, dando leves tapinhas nas costas. Mürvet, de repente, se sentiu cansada novamente. Ela queria dormir. Mas tinha algo que queria perguntar à mãe. Emine podia ouvir sua inquietação.

— Onde está Seyit, mãe?

Quando Emine colocou o bebê na cesta, pareceu responder a uma pergunta não importante, como sobre as cobertas do bebê.

— Eu não sei, garota. Como vou fazer perguntas ao seu marido?

— Está me escondendo algo, mãe?

Emine ajeitou os travesseiros da filha, com uma expressão estranha no rosto.

— Você tem alguma coisa a me dizer, mãe? — insistiu Murka, fazendo menção de se levantar.

— Não tente se levantar por conta própria. Você ainda não pode. Não sei de seu marido. A criança vai dormir por uma hora ou duas agora. Você deve dormir enquanto isso. Vai se cansar muito nos próximos dias. Descanse com Alá — disse ela, saindo. — Vou deixar a porta aberta. Qualquer coisa, grite que eu volto.

Depois que sua mãe saiu, Mürvet continuou a se perguntar: onde estava Seyit? Por que ele não estava ali com ela? A última vez que o viu, ele estava esperando na sala ao lado, quando trouxe a parteira. Como sua mãe não sabia onde ele estava? Talvez ele tenha ido embora para sempre. O que ela sempre temia pode ter acontecido.

Queria se levantar, se vestir, ir atrás do marido novamente. Mais uma vez, onde quer que ele estivesse, ela queria encontrá-lo e trazê-lo para casa. Para sua casa, para sua casa... Mas ela estava tão fraca, suas pernas doíam com pequenas cãibras, e seus seios vazavam. Era como se ela estivesse sem sono por anos e, de repente, o mais profundo sono voltava, exigindo repouso. Ela respirou fundo os cheiros de lavanda, de água de rosas misturado ao de leite da pele do bebê e o do verão, que o vento quente trazia através da janela.

Ela não conseguia mais pensar. Queria apenas dormir. E caiu em um sono profundo.

Três dias após o nascimento, Seyit ainda não havia retornado. Embora Mürvet estivesse preocupada, seu bebê consumia tanto tempo e energia que ela já se sentia esgotada. Além disso, as visitas não deixaram a casa vazia. Mãe e filha, irmãs, irmão, cunhada, estavam sempre ao seu redor. Ela estava sempre cercada pela multidão, mas se sentia abandonada. Apenas na hora de dormir que ela ficava sozinha para poder chorar até adormecer. Nesses momentos, pensava no que estava fazendo de errado, mas não era capaz de encontrar respostas. Se ela as tivesse, entenderia seu marido.

Mürvet estava deitada antes do jantar, amamentando sua filha, quando alguém bateu à porta. Era sua tia, com filhas e noivos. Junto estava Selim, o genro de sua tia.

O murmúrio de repente chegou até ela, e Murka ficou na expectativa. Pensou que Selim poderia lhe trazer notícias de Seyit. Mas a pergunta do jovem arrancou suas esperanças.

— Onde está Seyit, Mürvet? Quando ele virá?

Mürvet estava se esforçando tanto para não chorar, por dias, que sentiu que não tinha mais forças. Ela poderia se controlar a menos que ele não falasse o nome de Seyit, mas Selim falou. E ela chorou, em desespero. Pegou um lenço debaixo do travesseiro e enxugou as lágrimas que tinham caído. Sua voz era infantil, impotente e trêmula.

— Eu ia te perguntar a mesma coisa, primo Selim. Se você tinha visto Seyit.

Selim arregalou os olhos, em espanto.

— Eu não entendo. Como assim: eu ter visto Seyit?

Murka recomeçou a soluçar.

— Ele foi embora após o nascimento, e não voltou. Como posso ir atrás dele neste estado? Onde eu o encontrarei?

Selim pulou da cadeira como se ela pegasse fogo.

— Eu vou fazer isso agora, Murka. Não se preocupe mais. Ele vai voltar.

Murka assentiu calmamente. Forçou um sorriso quando viu Selim voltar para a sala e dizer com sua voz brilhante.

— Vamos lá, não há diversão nesta casa?

Ele chamou as meninas que estavam conversando, sentadas no chão.

— Vamos, meninas, ponham a mesa.

Então ele correu para Emine, que naquele instante entrava na cozinha.

— Tia, pelo amor de Deus, não toque em nada. Há garotas aqui. Deixe-as prepararem tudo.

— Não. Eu vou para a cozinha — protestou Emine.

— Não. Viemos aqui para a celebração do pós-parto. Dê-me o avental. Você vai se sentar com sua filha e ficar lá, e as meninas vão preparar tudo.

Vou sair e já volto — disse Selim.

Şükriye tinha um rosto sorridente enquanto o marido conversava com Emine. Ela os deixou e caminhou em direção ao quarto de Murka. Sentou-se à beira da cama e elogiou o bebê, que dormia profundamente na cesta. A certa altura, seus olhos se juntaram aos olhos preocupados de sua prima. Ela estendeu a mão e tocou a de Mürvet.

— O que está acontecendo, Mürvet? Está tudo bem?

A própria Mürvet não sabia a resposta. Tudo era segredo para si mesma. Ela, então, fez uma pergunta a Şükriye:

— Você não está feliz?

Şükriye não entendeu a pergunta e Murka a repetiu.

— Quero dizer: você está feliz com Selim?

Şükriye tinha mais experiência que Mürvet, em termos de idade e casamento.

A jovem foi rápida em entender a ansiedade e a tristeza por trás do problema da prima.

— Com Selim? Claro, eu estou feliz. Ele é uma pessoa muito boa.

— Selim já te deixou sozinha?

— Não, não — Şükriye começou a rir.

— Para onde ele iria? Ele não tem outro lugar para dormir, além de nossa casa.

Ela confortou Mürvet com um sorriso.

— Quero dizer que ele não iria para outro lugar porque não tem para onde ir, mas, às vezes, ele tem vontade de ficar sozinho — disse Mürvet.

— Pergunte a si mesma, minha querida — disse sua prima, carinhosamente. Şükriye segurou com ternura a mão de Mürvet entre as suas.

— Eles sofreram coisas que não temos como alcançar. Selim já me disse que a distância também pode ser sentida quando as pessoas estão lado a lado. Seu marido se sentará ao seu lado e colocará a cabeça no mesmo travesseiro que você, mas pode estar tão distante que você não poderá alcançá-lo. Não precisa necessariamente sair de casa para estar longe.

— Você está falando sobre Selim ou Seyit? Eu não estou entendendo nada.

Şükriye sorriu e balançou a cabeça.

— Às vezes, Selim passa horas sem falar comigo. Ele tem um mundo só dele, e tenho certeza de que Seyit também tem o seu mundo. Eu sei que você sente falta dele. Mas ele, certamente, sente falta da família. Talvez, Murka, esse nascimento tenha trazido dores que somente ele sabe onde dói. Por exemplo: eu sei que Selim sente falta da esposa que ele perdeu e do bebê, e se pergunta sobre eles. Veja bem, todos esses anos que se passaram, mas ele nunca os esqueceu... Ele tem esperança de os encontrar um dia, e eu sinto isso.

— E se ele encontrar sua ex-esposa um dia? — Murka arregalou os olhos.

— Eu nunca saberia qual seria a minha reação. E eu não vou sofrer por antecedência, pois isso pode jamais acontecer. Alá os abençoe. Mas para que eu vou viver nesse inferno de antecipação?

— Então você não sente ciúmes? Quero dizer: da sua antiga vida, quando você percebe que ele está pensando na esposa dele?

Şükriye respondeu novamente com um de seus sorrisos calorosos e amorosos.

— Não, querida. Eu não tenho ciúmes. Só tenho pena. Eu sinto muito. Que tipo de punição deve ser estar vivo quando se perdeu tudo!

Como a prima podia ser tão compreensiva? Murka não entendia. Seria maturidade? Seyit estava fora por três dias e ela só sentia raiva, ressentimento e ciúmes.

Elas ouviram risadas à porta e ambas viraram a cabeça. O coração de Mürvet acelerou. Seyit havia chegado. Não fazia nem uma hora desde que Selim partira, e eles voltaram juntos. Ela não podia acreditar em seus ouvidos. Seyit havia voltado para casa. Como ela deveria se comportar? O que fazer com seu visual? Ela estava confusa. Deveria se mostrar com raiva ou ressentida? Mas de uma coisa ela tinha certeza: não seria capaz de receber o marido com um rosto muito sorridente.

Seyit apareceu sorrindo, como se tivesse saído de casa pela manhã, e não desaparecido por três dias. Ele se aproximou da cama e beijou Mürvet.

— Como você está, Murka? Está ótima, pequena mamãe.

Então ele se virou para o bebê dormindo na cesta. Inclinou-se um pouco mais sobre o rostinho rechonchudo e rosado. A menininha desfrutava de um sono profundo. Mürvet observou com espanto o marido rindo. Um homem que gostava de sua esposa e de seu bebê iria embora? Ela nunca entenderia Seyit. O homem continuou rindo, olhando nos olhos de sua esposa.

— Que engraçada ela é, Murka! É como uma bola, tão pequena — ele estendeu a mão e roçou as pontas dos dedos nas bochechas da filha. Ele ainda estava rindo. Seu prazer se espalhou para os outros na sala. Şükriye ficou satisfeita pelo ar estar tão leve, que ela veio até Seyit.

— Eu vou colocá-la em seu colo, Seyit.

— Mas ela não vai acordar?

— Nada acontecerá. Ela está cansada.

Mürvet, deitada de costas nos travesseiros, estava espantada com a alegria do marido pela expectativa de segurar o bebê. Quando ele segurou a filha nos braços pela primeira vez, enfiou a cabeça e cheirou o pescocinho dela.

— Cheira bem. E suas bochechas são macias — disse Seyit.

Mürvet ficou muito impressionada com a cena que assistia. Seus olhos felizes viraram para a prima. Şükriye piscou e fez um sinal dizendo: — Está tudo bem...

Seyit continuou falando e olhando para o bebê que estava dormindo em seus braços.

— Como isso pode crescer, pelo amor de Deus? É tão pequena! — dizia ele.

O jantar naquele dia foi em clima festivo. Todos estavam à mesa, exceto Mürvet. Ela estava comendo, bebendo e rindo em seu quarto. Parecia a adolescente do passado, que assistia a tudo pelo buraco da fechadura. Ela pretendia se levantar, mas ainda sentia dor. A filha também não acordou do sono, apesar de todo o barulho.

Em certo momento, ela olhou com espanto: os homens tinham começado a cantar uma música folclórica da Crimeia. Emine, obviamente, tentava silenciar suas melodias. Para Murka, no entanto, ouvir aquelas músicas era como ouvir um conto de fadas. Emine os observava ressentidamente. Ela se chateava principalmente porque as meninas acompanhavam os homens. Para que essa celebração? Toda essa bebida, tanto barulho? Ela chamou Fethiye e Necmiye e disse que elas deveriam ir para a cama. As meninas protestaram um pouco, evitaram o olhar de sua mãe, mas tiveram que obedecer.

Seyit, às vezes, se levantava da mesa, ia até a esposa e beijava seu rosto e sua testa. As horas foram passando e o bebê acordou com fome. O entretenimento ainda acontecia. Seyit e Selim começaram a dançar Kazaska e os outros foram acompanhando com palmas. Eles finalmente estavam exaustos. Todos os hóspedes passaram a noite ali, alguns no andar de cima, no apartamento de Safiye e Süleyman; outros no andar de baixo, na casa do tio. Şükriye e Selim ficaram num quarto ao lado do de Mürvet.

Naquela noite, ao voltar para o quarto, quando Seyit estendeu a mão para sua esposa, ela estava satisfeita. Era daquela forma que ele queria desfrutar sua casa. Por que nem sempre era assim? Ele se endireitou nos cotovelos e olhou para sua esposa. Depois deu um beijo suave nos lábios dela e se deitou em seu travesseiro. Sentiu um calor reconfortante na alma. Ele sentia falta da cama e de sua pequena esposa. Sorriu quando apagou a luz da cabeceira. Ele retornara à sua vida monótona, aquela que seu pai um dia traçara para ele.

No outro dia, a casa ainda estava agitada. O nome do bebê havia se tornado um problema geral na família. Seyit insistia no nome de Mürvet, mas Murka não concordava. Ela não gostava de seu nome e não queria dá-lo à sua filha. Leman foi citado como um nome relativamente novo e diferente. Na língua otomana, a palavra *Lemean* significava brilho e reluzente, e para Emine aquele deveria ser o nome da bebê. Então a menina passou a se chamar Leman.

Mürvet, dia após dia, viu o marido mais em casa. A presença de parentes muito próximos coloria suas vidas. Especialmente Safiye e o marido Süleyman. O fato de Seyit também ter gostado deles criou uma amizade agradável entre parentes. Safiya era sete anos mais velha que Mürvet. Ela era uma mulher branca extremamente elegante e alta. Possuía cabelos pretos e olhos pretos.

Não mostrava timidez enquanto estava sentada à mesa entre os homens. Cantava junto com eles, com sua bela voz, e se fazia ouvir com sua conversa agradável. Seu temperamento brilhante e olhos expressivos refrescavam a vida de Mürvet. Seyit, por outro lado, admirava a capacidade de Safiya de se divertir sem perder nada pelo fato de ter nascido mulher. Ficava extremamente impressionado com isso. Eles costumavam se reunir para jantar.

Era uma noite em que Safiye e Süleyman desceram as escadas para jantar na casa de Seyit. Leman tinha apenas um mês. Emine já havia jantado e tinha se recolhido com suas filhas, pois ela achava que não era apropriado deixar as jovens à mesa sozinhas. Tinha levado Leman com ela. Mürvet podia desfrutar com o marido e os convidados por pelo menos uma ou duas horas, até que a criança estivesse com fome novamente.

Pela primeira vez desde o nascimento, ela tinha se vestido elegantemente. Estava melhor do que há muito tempo. Ela sentia assim. Com a ajuda de Safiye, pôs a mesa. A casa de Seyit novamente tinha pratos cheios de aperitivos. Süleyman e ele preparavam as bebidas e acendiam a churrasqueira na varanda. Era 24 de julho e o tempo estava tão bonito que podiam se sentar lá fora.

Safiye, enquanto colocava os copos e guardanapos na mesa, perguntou a Mürvet em voz baixa:

— Está tudo bem, Mürvet? Você me parece muito bem.

— Sim, tudo está indo bem desde então, Safiye. Graças a Deus. Seyit tem vindo mais para casa.

— Mas esse é o trabalho dele, Mürvet. O que ele deveria fazer?

— Eu não disse nada, de qualquer maneira.

Safiye mostrou os homens rindo na varanda.

— Veja o prazer deles. Você tem um marido muito especial. Que homem deseja que sua esposa passe algum tempo com ele? Que homem quer que sua esposa fique à mesa, ao lado dele, bebendo com ele?

— Você está certa, Safiye.

A noite foi animada, a comida estava ótima. Até Murka entrou na conversa e se juntou aos outros, que choravam de tanto rir. Seyit cantou as músicas da Crimeia.

Safiye, no segundo refrão já havia aprendido a letra, e cantou junto. Quando a música terminou, com os aplausos de Mürvet e Süleyman, Seyit começou a cantar uma música folclórica russa muito romântica. Sua voz era suave, triste e saudosa. As notas melancólicas começaram a cair sobre a mesa, e Safiye ouvia com lágrimas nos olhos. Mürvet sentiu inveja da forma como a outra expressava seus sentimentos, com tanta facilidade. Süleyman tomava sua bebida uma após a outra, como se tocasse a música. Embora o corpo de Seyit estivesse lá, seus pensamentos estavam distantes. Seus olhos perfuravam todos, tudo, olhando através de uma cortina invisível. Ele parecia procurar algo para animar suas letras. Naquele momento, para Mürvet, o marido lhe era estranho outra vez. Ela não podia segui-lo. Não possuía poder para isso, não o suficiente. Acompanhando suas jornadas imaginárias, em seu passado longínquo, era impossível para ela entrar. Era uma vida estranha para ela. E não podia fazer nada além de ouvir a vida, como se fosse um conto de fadas. Ela olhou para o marido com olhares tímidos e desconfortáveis. Seyit, ao mesmo tempo, como se o nome dele tivesse sido chamado, virou-se para a esposa e estendeu a mão, sem parar de cantar a música. Puxou a cadeira para mais perto dela e passou o braço nos ombros de Mürvet. A jovem queria descansar a cabeça no peito do marido, mas não o fez. Ela não conseguiu. E se Seyit lhe abraçasse pensando em outra mulher? Ele estava pensando em Shura, ela sabia disso, podia sentir. Com insegurança e inquietação ao seu redor, ela permaneceu dura como uma pedra.

Seyit acariciou os cabelos de sua esposa e segurou sua mão. Mas a semente da desconfiança já havia sido lançada. Quando a música terminou, Seyit ficou quieto por um tempo. Os outros também ficaram em silêncio: uma tristeza havia caído no meio do entretenimento. Uma pergunta de Süleyman e Seyit começou a falar sobre a Crimeia. Quando Mürvet voltou sua atenção para a mesa, percebeu que o marido havia começado a contar seu passado. A mão do jovem ainda estava no cabelo de sua esposa, imersa nos velhos anos. O choro do bebê foi ouvido e a inquietação de Mürvet aumentou. Em determinado ponto, ela se moveu. Seyit, de repente, se calou, olhou para ela e disse profundamente.

— Não vá a lugar algum, quero que você escute, Murka.

Ele se agarrou ao ombro dela e a puxou para ele. Ele precisava de alguém que compartilhasse sua vida, seus sonhos e suas tristezas. Descrevendo a Crimeia, o colapso, a saudade de casa, a saudade da família, ele prosseguiu. Sua esposa o ouvia, mas o entendia? Ele olhou para ela. Um olhar suplicante, como se perguntasse: você entende o seu homem? Se entendesse, um olhar poderia ser suficiente. No momento, o que ele mais queria era um movimento da parte dela, um gesto, de que o compreendia. Se Murka estendesse a mão e lhe fizesse um carinho, um passar de mãos nos cabelos, ou bastasse um toque de lábios na direção do pescoço, teria sido suficiente. Ele sentiria falta do seu passado novamente, mas nunca a solidão que o massacrava. Mas Mürvet apontou para sua mãe, que a chamava à porta, e se levantou da mesa. Ela tinha que ir até a filha deles. A mão de Seyit, que acariciava os cabelos da esposa, caiu lentamente. Mürvet lentamente deixou o braço dele sobre a mesa e começou a caminhar em direção ao quarto da mãe. Seyit sentiu-se rejeitado. A mulher que ele abraçara e acariciara durante a última hora, a mulher de quem ele esperava algum apoio, sua esposa turca, a quem ele jurou encontrar para agradar seu pai, instantaneamente o havia deixado e saído, porque sua mãe a chamara. Por que ela não podia ouvir seu passado, por que ela não sabia como compartilhar a tristeza dele? Desde que ele voltara para esta casa, o entendimento de Mürvet sobre suas esperanças somente o tinha irritado e feito com que ele perdesse o controle. Ela fazia tudo que a mãe mandava, e a sogra controlava suas vidas. Chamar a esposa de volta? Ele queria, mas sentiu sua voz dar um nó na garganta. Aquela era uma criança que dera à luz outra criança e o amarrara ali. Ela não fazia o mínimo esforço para se tornar uma parceira em sua vida. Ele sentiu como se estivesse preso.

Havia fatias de melancias sobre a mesa. Tudo isso aconteceu em alguns segundos após a partida de Mürvet: Emine voltou dizendo que a filha não voltaria para a sala, e começou a recolher o prato com a fruta. Com o aviso da mulher, Seyit inclinou a cabeça e se afastou. Emine fechou a porta atrás dele, mas ele se virou e a empurrou com força. O prato bateu na porta, e fatias de melancia vermelha caíram no tapete, como sangue. Pela primeira vez, Mürvet testemunhou tal movimento do marido. Ela segurou a filha nos braços e imediatamente ficou embaixo das cobertas, com medo. Apesar de seu medo, não havia ninguém atrás dela. Leman, assim que sentiu o cheiro do seio de sua mãe, se calou. Safiya, do lado de fora da porta, recolhia os pedaços de melancia. Não havia som de Seyit, o surto de nervos havia passado. Mürvet reuniu coragem. Ela tinha que voltar para o marido e os convidados novamente. Emine a parou à porta.

— Garota, não se preocupe, eu vou embora.

O que mais inquietava Mürvet agora era o ressentimento e a inquietação criados por sua mãe. Com quem ela deveria lidar? O marido, a mãe ou o bebê? Qual deles ela escolheria?

— Vamos, mãe, vá para a cama. Que Alá nos dê paz — Murka saiu em direção à sala. Ela andou quase na ponta dos pés, encarando a mesa com olhos tímidos, de longe. Safiya piscou para ela, apontando que estava tudo bem. Murka se sentou silenciosamente à mesa. Seyit sequer olhou para ela. Ele estava cantando novamente em russo. Mas ela estendeu a mão e agarrou a de seu marido. Ele apertou tanto que sentiu o tremor de Mürvet. Seyit acariciou sua esposa, mas sem olhar para o seu rosto. Ele manteve os olhos fechados e cantava sua música. Murka começou a chorar. Ele segurava a sua mão, mas pensava em outra. Ela amava o marido, mas havia algo que eles não podiam atravessar.

Seyit parecia já ter esquecido o que acabara de acontecer. Na realidade, ele estava confuso. Não conseguia mais se reconhecer. Ele bebia para fugir da dor, mas será que sabia que estava sendo violento? Não podia evitar. Ele puxou a cabeça de Mürvet em direção ao peito e começou a lhe fazer carinho. Então sua música se transformou em um murmúrio e ele ficou em silêncio. Seus olhos estavam presos aos galhos das árvores que quase alcançavam a varanda.

Então ele se afastou lentamente da esposa e se levantou. Olhava fixamente para um ponto desconhecido. Aproximava-se mais, era como se visse algo. Ele ficou parado no parapeito da varanda, nem ouviu o boa-noite de seus convidados. Ele procurava Alushta nas luzes bruxuleantes da margem oposta, e algumas gotas de lágrimas rolaram por sua face.

CAPÍTULO 8

Cenas familiares

Seyit amava muito sua filha Leman, a quem ele chamou de "Polus". Quando ele estava em casa, a tinha sempre no colo, mas se havia algo que ele não podia tolerar era trocar fralda. Também não suportava o bebê chorando. Os períodos em que ele estava em casa eram tão raros que ele queria passar um tempo tranquilo e confortável, para apreciar a existência de sua casa, sua esposa e sua filha.

Era a noite de um dia em que Emine fora visitar seu irmão. Seyit, então, pôde jantar bastante tarde. Murka tinha dado o jantar mais cedo para as irmãs, e ela e o marido se sentaram à mesa sozinhos. Seyit tinha mandado trazer, do restaurante, um pato. Quando ele ergueu a torrada, ouviu o grito de Leman, e ficou inquieto. Seyit abaixou a mão e perguntou:

— Por que ela está chorando?

— Como devo saber, Seyit? É um bebê e chora.

— Talvez ela esteja com fome — disse ele.

Os gritos eram estranhos e estavam subindo de tom. Seyit não pôde resistir.

— Vamos, solte sua comida e veja o que a criança quer.

Quando Mürvet amamentou a filha e trocou a fralda, a comida já estava fria. Seyit ainda não havia comido.

— Não podemos ter uma refeição assim, Murka.

— O que posso fazer, Seyit? Ela estava com fome.

— Você estava com sua filha o dia todo. Sabe a hora em que eu volto para casa. Por que não a amamentou antes? Por que você deixa essas coisas para o momento em que vamos nos sentar? Gostaria de poder me sentar com minha esposa à mesa e comer uma comida quente. Eu me pergunto: por que tenho que voltar para casa?

Ele não era compreensivo com Mürvet. Já era um casamento difícil, ainda mais naquelas condições. Ele tentava se controlar, mas quando percebia, tinha externado seus pensamentos. Mürvet, por outro lado, sabia que a agitação desta noite se devia inteiramente à sua própria incompetência. Ela podia ter se planejado e amamentado a filha antes. Então, não abriu a boca. O que ela poderia dizer para fazer aquela noite agradável para Seyit? Quando ele viu sua esposa sentada à sua frente, sem dizer uma palavra, lamentou o que tinha dito. Ele tomou um ou dois goles da taça e começou a falar com uma voz doce.

— Desculpe-me pelo rompante, Murka. Esqueça. Vamos começar novamente — disse ele. Mas depois de alguns instantes, ouviram Fethiye gritando.

— Chega agora, cunhado! O que você quer da minha irmã? Já chega!

Sua voz era inesperadamente grossa e dura. Seu rosto estava vermelho enquanto ela falava, e seus olhos brilhavam de fúria. Mürvet olhava para a irmã, com os olhos arregalados de horror. Ela não acreditava. Só lhe faltava aquilo! Fethiye nunca fizera algo parecido com isso. Murka pulou de seu assento e silenciou a irmã, puxando-a pelo braço e levando-a para o quarto. Ela não sabia o que mais poderia fazer. Estava em choque. Ela olhou timidamente para o rosto de Seyit, mas ele sequer se mexeu. Estava apenas olhando com uma expressão fria e ressentida.

— Que idade tem essa garota, Mürvet? E por que essas palavras?

O que é isso? Diga à sua mãe que ela vai bater no marido quando se casar.

— Seyit, ela é uma criança.

— Como sua língua é do tamanho de um sapato, ela pode alcançar o marido.

Converse com sua mãe. Eu não posso simplesmente me sentar aqui e falar sobre minha filha com minha esposa, ou ter uma refeição tranquila em minha casa.

O tempo da refeição passou. Eles não conversaram mais. Seyit se arrependeu de ter voltado para casa.

Quando Emine chegou, no dia seguinte à noite, ouviu o que havia acontecido. Emine, uma viúva que vivia com suas duas filhas, estava na casa de sua filha casada. Não havia nada que pudesse mudar. Então arrumou suas coisas e apenas esperaram que Seyit viesse, para se despedirem. Ela pegou as filhas e saiu. Seyit as ajudou a entrar no carro.

— Adeus, filho, nós o atormentamos — a voz de Emine tinha um tom entre teimosia e bondade. Seyit, que tinha aprendido a ser profundamente respeitoso com todos, foi educado, mas pensou que não poderiam fazer as pazes. Houve um desentendimento entre eles desde o início, que não podia ser resolvido. Era uma disputa não verbal, inquestionável.

— Obrigado por ter ajudado com minha esposa. Adeus — disse ele, educado, mas frio. Quando Mürvet entrou em casa, ela parecia vazia. Começou a chorar e poderia ter chorado a noite toda, mas previu quanta raiva ela causaria no marido. Felizmente, Safiye e seu marido os tinham convidado para jantar. Eles pegaram Leman e subiram as escadas. Graças a Deus, Leman não chorou naquela noite, e foi uma noite agradável. Há muito ele não passava um tempo tão pacífico com Mürvet. Até ficou surpreso. Abraçou sua esposa, beijou-a e acariciou sua mão e cabelo. Mürvet teria receio se estivesse com outras pessoas, mas Safiya e Süleyman estavam abertos a esse tipo de comportamento. Ela não bebeu porque ainda estava amamentando. Mais tarde, Hasan se juntou a eles. Depois de alguns copos, ele ficou triste e caiu em profunda melancolia. Seyit, colocou a mão no ombro do sobrinho, perguntou:

— O que há de errado, pequeno poeta? Você está escrevendo poesia de novo?

O apelido de Hasan era Poeta Hasan. Ele tinha esse nome entre os amigos de Seyit, porque escrevia constantemente em seu idioma. Ele costumava fechar os olhos e recitar seus poemas. A maioria era sobre tristeza, amor e desamparo. Hasan ansiava por sua família, que tinha ficado na Crimeia. Por vezes, ele chorava. Seyit abraçou seu sobrinho e percebeu que aquele era um dia difícil para ele.

— Sério? Você está escrevendo poesia, Hasan? Recite para nós, meu querido — ele pediu. Hasan curvou os olhos azuis, envergonhado. Com um sorriso tímido, ele esperou.

— O que aconteceu com sua coragem, Hasan? Vamos lá. É apenas um poema — disse Seyit com um sorriso.

— Deixe-o, Seyit — disse Safiye. Não o apresse. Talvez ele esteja criando um agora.

Todos os quatro ficaram em silêncio, esperando por Hasan. O jovem inclinou a cabeça para o lado e com um sorriso tímido, sem levantar os olhos, começou com uma voz tocante.

— Isso me fez pensar, me fez feliz... — ele parou. Pareceu se arrepender do começo. Ele deu a Safiye um olhar tímido e bateu na testa com a mão. Parecia muito envergonhado e angustiado. Seyit chamou por ele, para encorajá-lo, mas isso não aconteceu. Hasan estava chorando. Safiye também começou a chorar. A emoção dele a tocara tanto que ela não conseguia se controlar. Mürvet, com lágrimas nos olhos, se levantou da mesa. Ouviram a voz de Seyit, também emocionada:

— Hasan, você acha que eu não sei o que está sentindo? Sei que está queimando aí dentro de você, meu querido. Mas é essa saudade que vai mantê-lo vivo. Olha, nós nos tornamos uma família aqui. Não há volta para nós. Isso não vai acontecer. Esqueça a Crimeia, meu sobrinho.

As palavras de Seyit foram interrompidas pelos gritos de Hasan.

— Como posso evitar? Não consigo para de pensar em minha mãe e meu pai. Perdoe-me!

— Eu também deixei pai, mãe e irmãos na Crimeia, Hasan. Não há o que fazer, a não ser aprender a viver com essa dor. Pode chorar, você deve chorar.

Hasan acreditava que não poderia voltar e estava cada vez mais introvertido, menos conversador, constantemente escrevendo poesia. Quando ele passava a noite na casa do tio, ouvia-se seus soluços depois que ele se retirava para o quarto, à noite. Em noites como essa, marido e mulher, nos braços um do outro, sentiam muito por esse jovem.

* * *

Leman havia completado três meses, com toda a sua beleza e fofura, e Seyit estava apaixonado por sua filha. Leman respondia a esse amor com pequenos gritos agudos. Seu cabelo castanho-claro liso estava começando a cair sobre os olhos escuros. Quando ela ria, eles se fechavam, tornando-se uma linha.

Seyit pegava a filha no colo e falava com ela como se fosse adulta. Ela parecia entender. Estar com o pai era liberdade e felicidade. Seyit aguardava ansiosamente seu crescimento. Enquanto pensava nisso, ele acreditava que sua filha não precisava necessariamente ser um homem para eles serem companheiros. Bem, ele poderia levar a filha com ele, ensiná-la a cavalgar, levá-la para nadar. Ele sabia que faria um bom acordo com Leman. Eles estavam felizes. Suas vidas pareciam estar em ordem. O trabalho de Seyit estava muito bem. Ele frequentemente entrava em uma das lojas da moda em Beyoğlu e comprava presentes para Murka e a filha, e tentava garantir que não faltasse nada em casa.

Emine ainda aparecia de três em três dias, às vezes com mais frequência, para ajudar Mürvet. Ela fervia as fraldas e as passava. Era melhor, para a paz de espírito de todos, que morassem em suas próprias casas, e ninguém mencionava o recente passado.

Naquele outono, Seyit vendeu a lavandeira. Precisava de dinheiro extra para as adições que queria fazer no restaurante. Ele crescera e não tinha tempo para se dedicar aos dois trabalhos. O contador Pyotr Sergievic havia ido para Paris, e Seyit temia não encontrar alguém tão confiável quanto ele. Não fazia sentido manter outra empresa que ele não podia tomar conta.

Era setembro, um dos últimos dias quentes do verão. À tarde, no jardim, enquanto sua mãe pendurava as roupas que lavara, Mürvet notou um carro se aproximando. O pequeno Hasan descera. Hasan amava se vestir como Seyit, e usava um terno e chapéu brancos. Mürvet o cumprimentou com uma risada e olhou, surpresa, para os pacotes que trazia: Seyit devia ter enviado algo novamente.

— Olá, Hasan, o que você traz?

— As toalhas do restaurante, tia. Meu tio me enviou.

Mürvet pediu que ele os levasse para a lavanderia. Eram lençóis, guardanapos, toalhas empilhadas em sacos. Ela desejou que sua mãe não pudesse vê-los. Mas era impossível. Quando viu a montanha de roupa, Emine começou a falar:

— Pensa que vou lavar isso? O que ele está pensando? Que tem empregada aqui...

Mürvet tentou acalmar sua mãe.

— Você não toca neles, mãe. Eu lavo devagar. Não é necessário lavar todos eles de uma vez. Temos estoque no restaurante.

Mas Emine não estava satisfeita com o que ouvira. Uma pilha de roupas, mandada pelo marido de sua filha.

— Eu não vou lavar, e quero ver quem o fará! Você tem lavadeira, por acaso? Um abuso. Isso, sim.

Mürvet respirou fundo e continuou a pendurar as fraldas que a mãe abandonara.

Naquela noite, ela conversou com Seyit.

— Seyit, as toalhas e guardanapos do restaurante serão sempre lavadas em casa?

— Não temos mais lavanderia, Murka.

Então ele olhou nos olhos de sua esposa e perguntou:

— Há algum problema?

— Não posso dar conta de lavá-las. Elas são muito sujas. Toalhas com cheiro de refrigerante, guardanapos manchados de batom e de comida.

— Não espero e nem quero que faça isso, Murka. Vamos contratar uma lavadeira. Não sei o que me deu para mandá-las para cá.

Mürvet estava se esforçando para viver bem com o marido e até teria assumido aquele trabalho. Mas como impedir que sua mãe fosse informada? Toda vez que sua mãe aparecia, arrumava um motivo para criticar Seyit. Ela queria ajudar o marido, mas arranjaria problemas com a mãe.

Uma noite, uma hora depois do jantar, Seyit ainda estava acordado, e Mürvet passava a ferro. De repente, um barulho irrompeu no último andar. A voz de Safiye se sobrepôs à voz do cônjuge. Seyit e Murka se entreolharam, surpresos. Não era algo que eles costumavam ouvir deles. Eram pessoas tão calmas e agradáveis que a única coisa que eles ouviam de Safiye era sua voz cantando, ou sua risada alta. Seyit imediatamente deixou Leman na cama e foi até a escada. No entanto, ele não conseguiu segurar Süleyman, que descia rapidamente. Safiye estava chorando. Seyit subiu as escadas, pulando de dois em dois degraus, e alcançou a jovem mulher ao lado da porta. Ela se jogou em uma cadeira e chorou mais ainda. Seyit se inclinou sobre ela e tentou tirar as palmas das mãos do rosto molhado.

— O que aconteceu, Safiye? O que está havendo? — Ele mal podia ouvi-la, pelo som dos soluços.

— Ele tem uma amante, Seyit. Você pode acreditar? Ele tem uma amante.

Seyit não podia. Süleyman era um bom homem, e apaixonado por sua esposa. Ele ficou surpreso.

— Onde estão as garotas? — Ele perguntou.

— Ele levou as meninas para visitar suas avós ontem. Ficaram lá, ele voltou e agora quer se divorciar de mim.

Safiye começou a chorar de novo e não conseguia falar. Seyit entrou e se sentou numa cadeira.

— Acalme-se, para que possamos pensar em uma solução. Venha. Vamos lá para baixo. Você não pode ficar sozinha aqui. Onde está sua chave?

A mulher, exausta, mostrou onde estava, no corredor. Seyit pegou a chave, trancou a porta e desceram. Mürvet, muito curiosa, estava à porta esperando por eles. Ela foi para o outro lado de Safiye e entrou. Queria entender o que acontecera com o marido da amiga. Olhou para Seyit, esperando uma explicação, mas ele fez um sinal para ela, para deixar a explicação para depois. Era necessário esperar a mulher se acalmar. Despejando vodca em um copo pequeno, eles se sentaram e conversaram até de manhã. Teria que haver uma forma de salvar o casamento. No dia seguinte, foram enviadas notícias a Süleyman. Seyit foi vê-lo de forma amigável e agiu conforme necessário, mas a sequência não mudou. O marido se divorciou de Safiye, levando as filhas. Sua pensão alimentícia não lhe permitia viver sozinha em um grande apartamento. Seyit e Murka decidiram levá-la para morar com eles, durante o período mais difícil. Safiye, de forma gentil, disse que não podia aceitar a proposta, mas o casal não escutou o apelo. Diante da insistência deles, ela aceitou.

De repente, a vida de Safiye passou por mudanças tão grandes que ela não sabia como se adaptar. Pensou que o marido estivesse feliz, mas o homem a havia deixado por outra mulher. Ela teve que sair da casa que chamava de sua e sofria pela separação das filhas. Para ela, seu coração estava marcado para sempre. Antes era uma mulher alegre, sociável e, subitamente, tornara-se triste, pensativa e chorosa. Ela sentiu que Mürvet e Seyit eram sinceros em sua proposta e que seria bom ficar com eles por um período.

Safiye foi uma grande ajuda para Mürvet nas tarefas domésticas, lavando as toalhas do restaurante e passando a ferro. Mürvet ainda sentia falta de suas conversas doces e risonhas e observava, surpresa, como ela tentava sobreviver a esse período difícil, com uma atitude tão digna e calma. A jovem não estava mais chorando. Mas suspiros profundos eram frequentemente ouvidos. Era um dos dias nublados e nebulosos do outono. As janelas e varandas estavam fechadas, pois o ar estava úmido e frio. As duas jovens mulheres tinham terminado o trabalho e estavam sentadas, tomando café e conversando. A certa altura, os olhos de Mürvet encontraram um homem andando na calçada, com atitudes tímidas.

— Quem é?

Ela se levantou, olhou com mais cuidado e logo murmurou, com um sorriso radiante.

— Deus, o que essa criança está fazendo? Safiye, pelo amor de Deus, não é o nosso poeta Hasan?

Safiye ficou surpresa ao vê-lo. O Poeta Hasan estava de terno, com um chapéu na cabeça e um grande saco apoiado no chão. Elas olharam uma para a outra e riram. Ele correu e se escondeu atrás de uma árvore. Estava apenas passando quando elas o viram. Hasan cobriu o rosto com uma mão. Ele estava extremamente engraçado. Mürvet ria tanto que lágrimas caíram de seus olhos. Safiye ria pela primeira vez em muito tempo. Elas se forçaram a parar quando Hasan entrou pelo portão do jardim.

— Ah, Seyit! Tenho certeza de que ele mandou a criança aqui — disse Murka. — O que ele traz?

— Quem sabe? Vamos lá ver — disse Safiye, se levantando. Elas se depararam com a parte de trás da roupa de Hasan tão preta como azeviche. Havia carvão no saco preto que ele trouxera.

— O clima está ficando frio. Elas devem estar com frio em casa — disse meu tio.

Coitado do rapazinho! Havia vestígios de pó de carvão até sob seus profundos olhos azuis. Mürvet mal conteve o riso.

— Mas Hasan! Carregando carvão com esse traje branco? O que seu tio tem na cabeça? Ele está no restaurante? Há muitos homens lá que podiam fazer isso — disse Murka, e Hasan começou a rir de si mesmo.

— Eu disse ao meu tio que não podia trazer o carvão com esta roupa. Eu disse.

Safiye perguntou novamente, naquele seu tom encantador de outrora: — E o que ele disse?

Hasan, ao se olhar no espelho, percebeu que seu rosto também estava manchado de carvão, e ria enquanto limpava.

— O que ele disse? Ele disse para eu descer pelas ruas secundárias, que ninguém me veria. Eu disse: "tio, e se eu encontrar alguém na estrada secundária?" "Você vai se esconder atrás das árvores". Foi o que ele disse.

Logo depois, elas descobriram que tudo tinha sido uma brincadeira de Seyit.

Depois de ser limpo, Hasan foi tomar café com Mürvet e Safiye. Eles conversaram por um tempo e Safiye parecia ter se recuperado, pela primeira vez em semanas. Hasan ainda tinha um sorriso largo no rosto.

Logo chegou 29 de outubro, o Dia da República, ocasião que todo o país comemorava com entusiasmo. No mesmo dia, Seyit e Murka comemoravam o aniversário de casamento, junto com a alegria do feriado. A jovem mulher estava bem-vestida e usava um broche de ouro, decorado com pequenos diamantes, presente de seu marido. No final das celebrações festivas, os copos que o marido e a esposa levantaram para seu dia especial continuaram a encher e a esvaziar.

O outono foi curto. O inverno parecia avançar mais cedo. Mesmo sendo o começo de dezembro, sentia-se o frio do inverno. O cheiro de carvão e da lenha nos fogões das casas era suficiente para mencionar a estação.

Safiye viu uma mudança no prédio. Depois de um tempo, novos inquilinos subiram as escadas. Era uma família barulhenta. Em duas semanas, Seyit e Mürvet estavam cansados. Resolveram alugar um apartamento em Aynalıçeşme. Todos os amigos íntimos de Seyit estavam na mesma rua: Alexander Beyzade, Manol, Mikhail, Yahya, Löman, distantes apenas um ou dois quarteirões. Aynalıçeşme foi um dos cantos em que os russos brancos criaram uma pequena Rússia em Istambul. E como em outros lugares onde os russos se estabeleceram, era sempre uma festa. Agora, cientes de que seu título e riqueza permaneceram no país que deixaram para trás, estavam em uma rua onde tinham encontrado abrigo. Viver era suficiente. Comparados aos que precisavam se refugiar em mosteiros, igrejas e hospitais, devido à dificuldade das condições de vida, aqueles que podiam comprar uma casa e ganhar a vida eram muito sortudos.

Na vizinhança, o russo e o francês eram ouvidos, em vez do turco.

Mercearia grega, verdureiro armênio e açougueiro albanês. Mürvet era uma daquelas pessoas que não estavam familiarizadas com aquilo. Homens e mulheres, todos eles eram extremamente elegantes e modernos. Havia muito poucos que podiam se dar ao luxo de viver sem trabalhar. Eles também só poderiam proporcionar esse conforto vendendo ocasionalmente seus preciosos itens especiais da Rússia. A maioria deles estava trabalhando. Mürvet ficava surpresa ao ver mulheres saindo de manhã ou no escuro da noite, para ir trabalhar. Sua própria mãe, na guerra da Anatólia, por anos vendeu mercadorias para sustentar a si, suas irmãs, e irmão. Agora a guerra havia terminado, mas a guerra dessas mulheres continuava; desta vez, era a batalha da vida.

Mürvet admirava a suavidade feminina de lutar sem perder nada. Seyit estava certo: trabalhar em Beyoğlu não significava ser uma mulher má. Baronesa, condessa, damas em geral trabalhavam para sobreviver. Eram como personagens de países distantes, como heróis de contos de fadas, quando passavam na frente de sua porta ou se viam na mercearia, enquanto faziam compras. Inadvertidamente arrastados de sua cidade natal, esforçando-se para colocar alimento na mesa. Apesar de toda a dificuldade, seguiam firme; mesmo com os bolsos vazios, estavam sempre vestidos de forma a mostrar sua nobreza, que os colocava em um lugar separado dentro do complexo mosaico de Istambul.

Apesar de admirá-los remotamente, Mürvet tinha medo de fazer amigos. Seyit conhecia muitos deles e falava com eles. Algumas vezes, ele trazia alguns amigos para casa. Mas toda vez ela se sentia como uma espectadora, pois só podia vê-los. Se não havia um turco da Crimeia entre eles, ela ficava completamente fora da conversa e dos risos. Mas, sem saber, ela teria que se contentar com as visitas, pois essas reuniões, confortáveis ou não, seriam repetidas com frequência em sua casa. Se gostava ou não, não dizia nada claramente ao marido.

Eles estavam levando suas vidas por um acordo não-verbal. Seyit mantinha sua vida profissional e amigos o mais longe possível de casa. Mürvet tinha que suportar as horas que o marido passava fora. Se ela o quisesse mais em casa, teria que fazer alguma coisa. Ela nascera e crescera de maneira muito diferente das pessoas que moravam no bairro. O que fazer, então?

Seyit, por outro lado, em seu novo bairro, se sentia em um ambiente relativamente familiar. Pessoas da Crimeia, da Rússia, uma combinação de memórias, rostos, sons, idioma e música. Embora longe, tinha a sensação de que estava perto de seu país. Muitas vezes, mesmo que ele soubesse que era impossível, isso trazia a falsa sensação de um retorno.

O sentimento de solidão de Seyit, seus problemas no trabalho, a única pessoa que o confortava era a filha. Aquela pequena rosa branca chamada Leman, que lentamente crescia e se tornava uma boneca de rosto redondo, iluminada por um par de olhos castanhos reluzentes. Embora ela não pudesse falar ainda, parecia querer conversar o tempo todo. Seyit a chamava de "Lemanuchka". Mürvet ficava ressentida com seu marido por chamar a filha por esse nome.

— O que isso significa? O nome dela é Leman. Por que você não a chama assim?

Seyit respondia com uma risada. — Para mim é Lemanuchka. Você a chama de Leman.

A partir daquele dia, Mürvet notou que a filha tinha preferência pelo pai. Fosse na risada quando o via, nas palavras que ela tentava pronunciar, ela viu os traços de um amor diferente por seu pai. Essa foi uma sensação estranha. Ela sentiu como se temesse um pacto que a deixaria de fora. O estranho era que esse sentimento começou a tomar conta dela. A filha sempre queria dar um passeio com o pai. Ela até queria ir junto. Mas, por um lado, "se vocês se divertem muito juntos, não precisam de mim". Ela pensava. Seyit cantava canções russas para Lemanuchka, embora Murka não tolerasse. Em tais momentos, as palavras de Seyit saíam murmuradas, acariciando os cabelos de sua filha. Ela não permitiria que sua filha aprendesse russo e falasse em casa nessa língua. Em sua própria casa, seu marido e filha contra ela? Ela não poderia viver como uma estranha. Nunca permitiria isso.

Seyit comprava o melhor para a filha, desde vestidos rendados a um carrinho de bebê, encomendado meses atrás, e finalmente entregue da Inglaterra. Tinha quatro rodas de ferro esculpidas e decoradas com laços em espiral.

Colchão de penas, travesseiros, era como um carro que até um grande homem invejaria. Assim que chegou, Seyit imediatamente colocou sua filha de dez meses no carrinho e foram passear. Era início de abril. O tempo ainda estava frio. Mürvet tinha medo de expor a criança ao frio e se opôs. Mas Seyit estava determinado. Ele iria passear com sua filhinha no carrinho novo dela. Mürvet expressou outra objeção desta vez:

— É certo que o marido vá a Beyoğlu com um carrinho de bebê?

Seyit riu. — Divina Murka! Que mal há nisso?

— Mas, Seyit, não é uma vergonha para o vizinho?

— Por quê? Por que seria uma vergonha? Vamos, Murka, deixe isso para lá. Vamos lá, vamos juntos.

— Não, você vai. Vou preparar o jantar.

— Bem, você que sabe.

Seyit saiu assobiando, desceu a escada do apartamento britânico e colocou a filha no carrinho. A menina foi a sensação. Como uma boneca, ela batia palmas e balançava de lado para outro. Estava eufórica, como se entendesse o valor de um enorme brinquedo. Seyit estava entusiasmado com a alegria de sua filha e aceitava aquilo como um grande agradecimento.

— De nada, Lemanuchka. De nada. Agora vamos nos divertir — disse ele para a adorável criança. Ele riu e acariciou as bochechas dela.

— Vamos lá, vamos ver o pessoal de Pêra. Vamos embora, Leman. Você está pronta?

Leman, enquanto o carrinho se movia, gritou de espanto e bateu palmas.

Balançando, ela imediatamente agarrou os lados do carrinho com suas minúsculas mãos gordas. Olhou nos olhos do pai e sorriu.

Eles, então, saíram de Aynalıçeşme.

CAPÍTULO 9

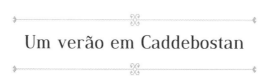

Um verão em Caddebostan

Quando o ar suave da primavera começou a esquentar à noite, Seyit pensou em mudar algo em seu trabalho. Quando o calor do verão chegasse, ele sabia que perderia a maioria de seus clientes para cassinos ao ar livre. O restaurante era colorido e agradável, porém, quente. Ele estava tão acostumado com sua multidão agradável e elegante, que o restaurante dele se tornaria um teatro imaginário. Então pensou em um local onde pudesse abrir um cassino de verão. Um rico grego que frequentava seu restaurante falou-lhe sobre esse projeto em parceria.

— Em Caddebostan, de frente para o mar, Seyit. Podemos abrir um negócio lá. É verão. Seus clientes ricos irão para lá de férias, e sabendo que tem um local para divertimento lá, não deixarão você com muita facilidade. O que mais você pode querer? O imóvel é meu, e você toca o negócio em sociedade. O que acha?

A oferta de Yorgo chegou a Seyit quase como resposta às suas orações.

Ele não pensou muito para responder. Com um trabalho pesado, que durou até o início do verão, o Deniz Casino estava pronto para abrir. O local seria ponto de encontro dos clientes da Crimeia que iam ao restaurante, e dos amigos íntimos de Seyit. Ele reuniu todos os seus materiais, instrumentos e equipe, e se mudou da da Timyoni Street para Caddebostan. Depois de um curto período no local, como aconteceu em Beyoğlu, o cassino de Seyit deu cor ao lugar. Aquele verão foi ótimo. Para quem se lembrava dos últimos anos, os dias eram incomparavelmente bonitos.

O trabalho no Deniz Casino estava indo muito bem, e em harmonia. Possuía cabanas na praia durante o dia e, à noite, o local virava um luxuoso restaurante e cassino. Mulheres e homens, amigos de Aynalıçeşme, russos brancos que se estabeleceram nas ilhas ou as modernas famílias muçulmanas-turcas do lado de Kadikoy, e os levantes de Moda também se juntaram a esse grupo. Para quem queria passar o dia à beira-mar, bandejas e sanduíches eram levados à praia. Comida, cerveja gelada e limonada eram servidas. À noite, muito antes do pôr do sol, a multidão começava a se espalhar. As mães pareciam planejar que seus filhos, esgotados pelo sol e pelo mar, fossem dormir imediatamente, e iam se divertir com seus maridos.

O entardecer era a hora favorita de Seyit, o momento em que tudo ficava silencioso. As nuvens pintadas pelo sol poente, que desaparecia no mar azul. As ondas de cor branca que se chocavam à areia, o momento em que ele relaxava da agitação do dia. Ele ficava na praia por um tempo, para matar a saudade dos sons que sentia falta, do cheiro do mar, do sal, do cheiro de algas... Era uma farsa, mas ele gostava de se imaginar em Alushta.

As noites de verão chegavam e os negócios o tiravam do prazer da praia. Era preciso ganhar a vida, pois logo o cassino começaria a encher. Ele fiscalizava se as mesas já estavam limpas, preparadas para o serviço; se as bebidas e os copos tinham sido resfriados, se os aperitivos estavam alinhados nos pratos. Por volta das oito horas, as belas damas começavam lentamente a chegar. Os homens também, acompanhados ou sozinhos. A noite de verão estava refletida no cheiro quente do mar, das rosas de hera, no cheiro de madressilva e também em uma variedade de perfumes de senhoras. O cassino era como um jardim do paraíso.

Seyit estava feliz com sua vida. As coisas estavam bem. No entanto, cada noite no cassino era uma noite longe de casa. O último cliente ia embora geralmente uma hora após a última balsa. Principalmente nos fins de semana, que durava quase até a manhã. Só era possível dormir um pouco e recuperar a energia para o dia seguinte. Ele sabia que Mürvet havia reclamado disso, mas não conseguia evitar. Ele não queria mudar a casa para o lado de Kadıköy por conta de um trabalho sazonal. Porque quando o inverno chegasse, ele sabia que teria que voltar para Beyoğlu. A vida nesta costa terminaria no final de setembro. Mas ele sentia falta da esposa, e da filha também. Ele pensou em trazê-los para o Caddebostan com mais frequência. Talvez Mürvet pudesse se acostumar com isso.

Ela vinha visitá-lo com mais frequência, pois, aparentemente, era impossível para Seyit se locomover até o final do verão. Seu sócio raramente ia ao cassino e, quando ia, recebia uma mesa cheia, pois levava convidados e só estava interessado neles.

Numa quinta-feira de manhã, ele deixou o cassino com o Poeta Hasan e foi para casa. Queria ver Mürvet e Leman antes do anoitecer. Quando ele chegou a Aynalıçeşme, atravessou a rua correndo e subiu as escadas do apartamento, de dois em dois degraus. Quando ele bateu, encontrou sua esposa com olhos chorosos.

— O que há de errado com você, Murka? Aconteceu alguma coisa?

Fazia dez dias que ela não via Seyit. Estava envergonhada por ser pega com olhos vermelhos, pois estava louca de ciúmes. Durante dias e noites, ela o imaginava sempre cantando e dormindo com mulheres russas. Ela queria muito dizer tudo o que tinha em mente, mas falhou. Queria dizer que sentia falta dele e que chorava por ele. Mas somente uma mulher louca e atrevida diria palavras como aquela, então não disse.

Engoliu em seco. Baixou os olhos.

Ele a abraçou. Seyit pensou que alguma coisa pudesse ter acontecido entre ela e a sogra ou as cunhadas.

— Tem certeza de que não quer dizer nada?

A expressão nos olhos de Mürvet já tinha mudado apenas por ver seu marido.

— Quer um café? — foi o que ela disse.

Seyit respondeu ao entrar no quarto de sua filha:

— Não, obrigado. Eu vim buscá-la. Vamos. Prepare as coisas. Estamos voltando para o Caddebostan.

— Agora? — ela ficou surpresa e animada.

— Agora — disse Seyit.

— Mas se partirmos agora, a que horas voltaremos?

— Você não vai voltar, Murka. Eu quero que você fique lá comigo. Reservei o hotel. Você vai se livrar deste calor por alguns dias. Vamos, vamos!

— Mas, Seyit, não seria muito cansativo para a criança? E se ela ficar doente?

— Murka, também há vida fora deste bairro. Pessoas morando lá. Existem médicos em outros lugares. Não se preocupe, não vou levá-la para a Sibéria. Faça as malas agora, pare de atrasar, acredite em mim. Vai ser muito bom para você e para Lemanuchka.

Mürvet sabia, é claro, que um médico poderia ser encontrado em Caddebostan. Mas não foi isso que realmente a assustou. O que a assustava é que ela sairia da segurança de sua casa. Ela não sabia transitar no mundo das pessoas que não conhecia, compartilhar o marido com a vida. Mas ela não podia contar isso a Seyit. Também não estava feliz sozinha em casa, esperando por ele. Desde que Safiye fora embora, ela se sentia muito solitária.

Chegaram muito tarde a Caddebostan. Ela queria ir imediatamente para o quarto de hotel, mas Seyit levou sua esposa e sua filha ao cassino. Leman, que dormia, assim que entrou abriu seus olhos como um gênio, cheia de risada e olhando ao seu redor, encantada. Seyit enterrou a cabeça no pescoço da filha e cheirou seu perfume.

— Lemanuchka... Lemanuchka... Como está, minha Lemanuchka?

Leman abraçou o pai e roçou os lábios no rosto dele. Enterrou o dedinho indicador na mandíbula do pai e pressionou. Seus olhos foram atraídos pelo efeito de seu sorriso, enquanto ele tentava falar com o toque forçado. Para ela, não estava claro o que ele falava, mas era certo que seu pai estava gostando. Ele se sentia conectado com sua filha. Bem, estava certo. Não precisava ser um menino.

O que ele não podia ensinar para Lemanuchka, que ensinaria para um menino? A voz protestante de Mürvet, enquanto ele se movia pela porta do cassino, foi ouvida novamente.

— Mas, Seyit, Leman ficará arruinada. É sua hora de dormir. Vamos para a cama.

Seyit olhou para Leman em seu colo, em um vestido de chiffon rosa, sacudindo a franja, gritando e sorrindo. Ele olhou para a esposa também.

— Isso arruinará a criança? Murka, acho que você disse isso. Você não acredita nisso, não é? E esta garota está cheia de energia.

Então ele se virou para a filha. Acariciando seus cabelos, disse: — A vida começa agora, não é, filha? Esta é minha filha!

Leman riu como se já tivesse sido ensinada. De seus lábios saíram as sílabas de sua linguagem incompreensível. Era como se ela estivesse respondendo ao pai. Seyit respondeu com um sorriso sincero.

— Claro, Lemanuchka. Sim, minha filha. Como você disse.

Leman, embriagada de felicidade ao ver seu pai, de quem sentia falta há dias, tentava desfrutar o máximo de amor possível. Ela riu até que seus olhos se tornaram estrias, balançando a cabeça freneticamente, sacudindo os tufos de cabelo de milho, para ver se o pai a estava observando embevecido. Ele só tinha olhos para ela, o pai era dela.

Aquela noite foi uma surpresa para todos eles. Apesar de toda tensão, Mürvet não foi afetada pelo prazer do ambiente e da música. Leman foi abraçada e elogiada por todos. Ela observou a noite mantendo o ritmo com a cabeça e os dedos minúsculos, como se sentisse todas as notas da música tocando. Finalmente cansada, adormeceu novamente, deitada em uma cama de duas cadeiras, que eles fizeram para ela. Mürvet não reclamou mais. Ela estava feliz por estar com o marido. Sentada, abraçada a ele, sentindo o toque compassivo da mão dele em seus ombros; sentindo o cheiro do mar, das rosas e das madressilvas. Ouvindo o som das ondas combinado com a música. Ela não podia reclamar de sua vida. Se assim o fizesse, seria ingrata.

No outro dia, Mürvet, sentada em sua toalha na praia, aproveitava o momento tomando alguns goles de limonada gelada. O sol brilhava sobre as pequenas ondulações do mar. Ela esticou as pernas para frente e mergulhou os pés na areia quente. Vestia um maiô que recebera de Seyit, na cor preta, com listras rosa, e olhava com espanto o seu próprio corpo. Se sua mãe estivesse ali, vendo-a naquelas roupas, nunca mais a olharia no rosto. Teria certamente a esbofeteado, como ocorrera quando ela ficara menstruada pela primeira vez, aos treze anos. Supostamente, era fora culpada por expulsar sangue de seu corpo. Era como se sua mãe estivesse ao seu lado novamente. Suas bochechas queimaram como se tivesse levado um tapa. Seu chapéu de abas largas sombreava seu rosto. Ela gostaria de saber se a mãe e o marido poderiam se acostumar, um dia, com o outro. Anos de "vergonha", e depois, de crescer com os conceitos de "pecado". Agora ela vivia com Seyit em liberdade, e era forçada a escolher entre dois mundos: o da mãe ou do marido. Ela também sabia que estar ali, naqueles trajes, significava que havia escolhido o mundo do marido. Mas ela não queria magoar sua mãe. Estava apaixonada pelo homem que a introduziu e a apresentou a este mundo que ela não conhecia. Com as músicas de valsa espalhadas pelo gramofone do cassino para a praia, ela tentou afugentar os pensamentos que estreitavam seu coração. Não importava: ela estava feliz com sua vida. Tomou outro gole de limonada e se deitou.

Os raios do sol atravessaram suavemente as tiras do chapéu e caíram sobre seu rosto. Ela estreitou os olhos e observou as nuvens brancas vagando no céu azul profundo. Seus lábios começaram a cantar as músicas da valsa. Sentia-se relaxada com a temperatura da areia e o contato do vento. Era quase como uma mágica. Curtindo a vida, como eles diziam.

Seyit, que estivera no cassino pela última hora, ficou feliz em ver que as garotas do *showroom* que ele havia contratado estavam lá, além da orquestra. Seria um belo show de verão e manteria a casa cheia. Quando tirou um cigarro do cinzeiro, seguiu pelo deque de madeira que se estendia sobre a areia. Descansando as costas nas colunas de madeira e aspirando profundamente a primeira fumaça do cigarro, ele olhou para sua esposa deitada na areia. Então sorriu. Ela era a mulher mais jovem, mais inexperiente e mais pura de sua vida. Mas os contornos do corpo, das pernas longas, dos braços, eram mais bonitos do que de muitas outras mulheres.

Ele caminhou até ela, a alguns passos de distância, e ficou admirando sua nova beleza. Quando Murka sentiu uma sombra sobre ela, se endireitou, jogando o chapéu para trás. Seu coração batia forte. Agachado ao lado dela, o homem de olhos azuis-escuros e pele queimada, vestido de linho branco, olhava-a profundamente. Mürvet sentiu-se orgulhosa de ser a esposa daquele homem à sua frente. Sentiu uma felicidade e uma emoção que parecia que ela sairia voando. Seyit, sentado na beira da toalha, perguntou:

— Leman está dormindo?

— Sim. A mulher grega está com ela — respondeu Murka.

— Por que você não entra no mar? Parece ótimo.

— A areia está bem quente, e eu gosto muito. Não quero me levantar.

— Quando você sai do mar, a areia fica ainda mais agradável. Venha, preguiçosa.

— Bem, você não vai entrar? — ela perguntou.

Seyit olhou para o cassino.

— Sem dúvida, tenho coisa para cuidar, mas nós vamos entrar no mar juntos — ele acariciou sua esposa. Mürvet puxou os joelhos em direção ao peito.

Depois, olhou para o mar, com o queixo apoiado nos joelhos. Ela não conseguia parar de sorrir. Meu Deus! Quão feliz estava!

Uma hora depois, terminaram a seção de praia e voltaram para seus quartos.

Encontraram Leman prestes a pular do colo da babá. A menina, assim que viu o pai, o cumprimentou batendo palmas. Ele, então, pegou sua mãozinha e levou aos lábios, beijando-as. Seyit entrou no banheiro antes. Ele tinha que estar no trabalho o mais rápido possível. Mürvet olhou, surpresa, quando se viu no espelho: os ombros e as pernas dela estavam vermelhos. Apesar de se esconder do sol, seu rosto e o peito estavam coloridos. Ela não estava acostumada a ver duas cores em seu corpo, e começou a rir. Seyit se perguntou por que sua esposa ria.

— Você vê algo engraçado no espelho, Murka? A jovem pegou o marido assistindo a si mesma e se envergonhou. Ela queria desaparecer lentamente para o banheiro. Seyit pegou o rosto de sua esposa entre as palmas de suas mãos.

— Talvez você me ache engraçada. Eu estava rindo da minha cor. Nunca estive numa praia antes.

Seyit, abaixando as tiras do maiô dos ombros dela, perguntou com uma voz travessa: — Deixe-me ver, talvez isso me faça rir um pouco.

Então ele continuou olhando nos olhos de sua esposa: — Eu senti falta de rir, Murka...

E ele se inclinou sobre o ombro dela, e as palavras desapareceram dos lábios que tocavam a pele.

CAPÍTULO 10

O fim de um verão e dos sonhos

Mürvet havia passado a maior parte do tempo em Caddebostan, com Leman e o marido. Sol, mar, música, dança, elegância, dias e noites emocionantes eles viveram. Mas em meados de setembro, o tempo das sedas, dos chiffons, das cerejas e dos chapéus de palha floridos estava quase terminando.

No início de setembro, Seyit já tinha enviado sua esposa e filha para a cidade. Ele ainda estava em Caddebostan, mas o trabalho não duraria mais que uma semana ou duas. Então, era a hora de se sentar com seu parceiro e prestar conta. Seu sócio estava para chegar. A parte que Seyit mais odiava era esse acordo de dinheiro. Ele poderia tirar pão de pedra, mas quando se tratava de barganha era um aborrecimento. Nunca se acostumaria a ser um comerciante.

Naquela manhã, ele acordou e notou que o dia estava nublado. Enquanto acendia o cigarro e olhava pela janela, pensou que estava perto demais de voltar a Beyoğlu. O céu estava carregado com nuvens de chuva prestes a precipitarem. O azul do mar tinha se transformado numa cor cinzenta, e o vento soprava forte. As espumas brancas chegavam à praia beijando e engolindo a areia, arrastando o que tivesse ali para as águas agitadas. Na areia molhada, os guarda-sóis estavam deitados lado a lado e várias peças, como papel, estavam flutuando na água. Os dias de sol e areias brilhantes tinham ficado para trás. Ainda assim, assistir a este dia sombrio era um prazer mórbido para Seyit. Ele apertou o cigarro entre os lábios e abriu a porta da varanda.

Que estranho. Ele pensou: *os lugares são como as pessoas.*

Olhou amorosamente para o mar e a costa chuvosa. Ele os entendia tão bem! No fundo da sua própria alma, sentia tanta solidão quanto aquele clima lúgubre. E sua solidão não podia ser curada em lugar nenhum, ele tinha certeza de que morreria com ela. Soprou a fumaça do cigarro e cerrou os dentes, com tristeza. *Eu gostaria de olhar para o Mar Negro. Gostaria de estar às margens de Alushta. O que eu não daria para voltar para casa! Por que o homem não tem a capacidade de esquecer as coisas que não consegue obter?*

Pingos de chuva caíam sobre seus braços e ombros nus. Uma gota desceu por sua testa e passou pela borda de um olho, até as bochechas.

Eu preciso esquecer o passado. Por favor, chuva, me traga algum conforto.

Ele implorou. Era como se alguém segurasse seu coração entre as duas mãos e apertasse. O cigarro estava molhado entre os dedos. Os grãos de tabaco marrom-amarelados escorriam por eles. E ele podia sentir um fogo dentro de si, piscando. De repente, se lembrou de todo o trabalho daquele verão. Havia ganhado dinheiro, mas, como tudo, era sem sentido nesta vida. Nada poderia lhe dar a integridade que procurava. Ele já havia perdido metade disso. Tanto a sua vida como a sua alma. Shura, pela primeira vez em muito tempo, veio à sua mente. O que ela estaria fazendo agora? Onde estaria? Quem poderia estar com ela? De repente, ele percebeu o quanto sentia falta dela. Seu interior tremia de saudade. Ele se lembrou do último momento de amor juntos. Suas últimas palavras estavam frescas em sua memória, como se estivessem vivas. Tinham sido no apartamento na Rua Altınbakkal, número 32. Ela chorava em seus ombros. Quando Shura se preparava para ir embora, ele acariciava seu rosto e lembrava de quando a tinha conhecido:

"Você é como a garotinha no inverno de 1916..."

Shura tentou sorrir, enquanto tocava suavemente o rosto de Seyit.

"Você se lembra, Seyit? O que você me disse no jardim?"

"Lembro-me de tudo, querida".

"Você pode dizer a mesma coisa agora?", ela pediu.

"Claro".

"Então me diga. Sei que não muda nada, mas eu quero ouvir".

Seyit a envolveu em seus braços e murmurou, depois de prender seus lábios nos dela em um longo beijo.

"É isso: gostaria de lhe congelar nesta situação. Então você estaria comigo em meus braços, para sempre".

Eles se beijaram novamente.

Enquanto Seyit pensava nas últimas palavras que dissera à mulher que amava, seus lábios repetiram essas palavras com um pequeno murmúrio.

— Então você estaria comigo em meus braços, para sempre.

Como ele pôde se afastar de Shura e mandá-la embora? Mantê-la fora de sua vida não foi um grande negócio. Nunca deveria ter se separado do seu amor. Mas Shura também fazia parte de seu passado irreversível.

— Eu me pergunto o que ela está fazendo agora — ele murmurou.

Será que ela está feliz?

Eles se encontrariam novamente um dia?

Pensamentos, pensamentos... chuva e vento, e ele sequer notava os calafrios em seu corpo.

No final de setembro, o cassino estava completamente fechado. Todos os dias eram chuvosos, e não fazia sentido manter aberto um lugar frequentado pelo vento.

Ele, então, anunciou que estava na hora de se retirar. Foi um dia triste para todos os funcionários. Seyit, sentado no escritório, distribuía o salário final para eles. Garçons, bailarinas russas que vieram de um cassino em Pêra. Os membros da orquestra pegaram seus violinos, suas balalaicas, e se espalhavam para encontrar trabalho em outro lugar, em Beyoğlu. Algumas das bailarinas beijaram as bochechas de Seyit e outras beijaram seus lábios, em despedida. Mas as memórias de um verão maravilhoso estavam gravadas em suas memórias. E elas foram embora.

De repente era meio-dia, e o silêncio tomava conta de tudo. Não havia ninguém além de três empregados que empilhavam as últimas mesas. O local estava vazio de móveis, apenas o piano ainda estava no canto. O belo piano era um acessório, como todo o material que ele trouxera. Como agora não teria dedos finos para moverem suas teclas à noite, parecia inconsciente. Mas ele seria levado para casa, pois o restaurante de Seyit na Timyoni Street tinha sido fechado e o imóvel entregue ao dono.

O carro que ele chamou para a mudança chegou, começaram a carregar o que iria para a cidade, e o espaço foi rapidamente evacuado. Era necessário arranjar um local de inverno imediatamente.

— Eu gostaria de ter feito isso antes — ele murmurou.

Se assim tivesse feito, levaria seus pertences, seus materiais, diretamente para o novo local.

— Vim ver como estão as coisas — ele ouviu a voz do sócio, enquanto supervisionava a instalação, com pensamentos em sua cabeça.

— Você está contrabandeando as mercadorias, Seyit Eminof?

Seyit sorriu, pensando que seu parceiro estava brincando.

— Caro, parceiro, o que eu vou contrabandear?

Ele passou a mão na testa e olhou para o rosto do homem. Não. Ele não estava brincando. O que ele quis dizer com isso? Seyit olhou nos olhos dele.

— O que você quis dizer? Eu não entendi.

— Não há nada para ser entendido, Seyit. O que eu quero dizer? O que é óbvio.

Seyit escutou as palavras do homem com quem fizera parceria há quatro meses e começava a sentir que fora ingênuo como um menino. Ele iria falar, mas o parceiro falou antes dele.

— A situação é a seguinte, Seyit: fiz uma parceria com você durante todo o verão, certo?

— Sim, acho que nós dois sabemos disso.

O homem acariciou lentamente o bigode com o dedo indicador, os lábios imitando um sorriso.

— Bem, se você sabe, por que carregaria as coisas antes de eu chegar, Seyit?

Ele ficou surpreso. Franzindo a testa, balançou a cabeça.

— Eu imploro o seu perdão. Isso é tudo minha propriedade. E você sabe disso muito bem. Trouxe tudo do meu restaurante.

— Você trouxe, e agora é propriedade da parceria — disse o esperto grego.

— Você está louco? Não existe tal coisa no nosso acordo. Você tinha o imóvel, eu trouxe o material e coloquei meu trabalho. Agora a parceria acabou. Todo mundo fica com sua parte e pronto. Você recupera seu imóvel e eu fico com minhas coisas. Compartilharemos o dinheiro restante, e acabou.

O grego interceptou os homens que carregavam o piano. Ele ficou na frente da porta e abriu os braços.

— O que é isso, Seyit Bey? Você entendeu errado. Eu disse que dividiríamos tudo.

— Isso é igualdade? Você sabe o que diz?

— Sei. Eu falei desde o começo.

A paciência de Seyit estava transbordando. Ele caminhou para a mesa onde os livros estavam. Apertou os dentes e tentou falar o mais calmamente possível.

— Olha, não estrague tudo. Nosso acordo foi muito claro. Você entrou com o lugar. Eu trouxe o material e fiz o negócio acontecer. Fora isso, somos parceiros em despesas e lucros. As contas estão aqui. Paguei as dançarinas, os garçons e o material. O dinheiro restante é o nosso lucro. Mas, além disso, nada nos conecta. Você fica com sua propriedade, eu fico com minhas coisas.

Seu sócio, obviamente, procurava lhe dar um golpe. Com a mão no bolso, torcendo o bigode, ele gritou, frustrado.

— A menos que eu concorde, você não vai tirar um único item daqui. Esteja ciente — olhou para os carregadores que, curiosamente, observavam os dois.

Ele continuou, com uma expressão debochada.

— Afinal, somos parceiros, Seyit Bey.

— Yorgo, todo mundo sabe que eu trouxe tudo para montar o cassino.

O outro riu.

— Prove.

Seyit, depois de tantos meses de trabalho árduo, sentiu que seu parceiro tinha enlouquecido pela ambição. Seu cérebro começou a zumbir, e seu coração, a se estreitar. Um movimento repentino e ele agarrou o braço do grego e o arrastou para o lado do cofre. O homem pensou que ele estivesse louco. Assustado, inevitavelmente surpreso, Seyit o empurrou na cadeira ao lado da mesa e sentou-o com um empurrão. Depois, rasgando as páginas dos livros contábeis, começou a jogá-las no chão. Ele gritava:

— Aqui estão suas contas! Se somos parceiros em tudo, agora você cola os pedaços. Eu fiz o que fiz, e você nada fez. Olha, esse é o nosso lucro conjunto, tudo está no papel. Pegue o seu!

O grego estava preso em sua cadeira. Ele nunca se lembrava de ter visto Seyit assim. Piscando, esperou por ajuda do lado de fora da sala. Mas ninguém se mexeu. Tentou dizer algo.

— Oh, senhor Seyit. Acalme-se. Você entendeu errado. Venha, vamos conversar novamente.

Seyit não ouvia mais nenhuma palavra da parte dele. Deixaria tudo para o parceiro, mas se arrependeria depois. Ele não mais gritava. Abriu o cofre. O sócio tentou se levantar, no entanto, Seyit deu-lhe um golpe e ele desabou novamente.

— Você não vai a lugar nenhum, Yorgo, seu truque sujo. Espere um pouco. Vou torná-lo mais rico do que esperava. Você mesmo ficará surpreso. Então você quer minhas coisas, você quer dinheiro, não quer? Você terá tudo, não se preocupe.

Ele se inclinou sobre o rosto de Yorgo e, pegando o dinheiro do cofre, ficou à frente do homem, que descansava a cabeça no encosto da cadeira. Ele abriu os olhos, tentando prever o que aconteceria. Os olhos azuis de Seyit o encaravam. Com uma mão, ele abriu a boca de Yorgo.

— Você quer ser muito rico, não é?

Ele jogou a cabeça para trás e deu uma risada zangada.

— Agora você será muito rico. É todo seu agora. Deixo todas as coisas para você.

E ele começou a juntar o dinheiro na palma da mão e a enfiá-lo na boca aberta do sócio. Os olhos de Yorgo, que estava com as palmas das mãos presas nas bordas da cadeira, saltaram de suas órbitas. Ele não conseguia falar, temendo que o homem lhe fizesse algo.

— Mastigue, mastigue. Mastigue seu dinheiro e engula. Olhe! Quão rico você vai se sentir, seu desgraçado. Engula seu dinheiro maldito.

Ele se virou para o cofre e pegou outro maço. Esmagou-o e derramou sobre a cabeça do sócio. Pegou um ou dois deles e os enfiou em seus ouvidos. Ria alto. Yorgo acreditava que Seyit estivesse louco e que fosse matá-lo asfixiado.

— Veja como você está rico agora. O dinheiro está saindo pela sua boca. Sim, você se tornou o homem mais rico do mundo.

Então ele agarrou o cabelo de seu ex-parceiro e aproximou o rosto do dele. Ele não ria mais. As palavras saíram entre os dentes.

— Ore para que eu não lhe dê o piano e as mesas. E os garfos.

Cansado da tensão que sentia, respirou fundo, erguendo os antebraços. Então foi até a porta. Houve um silêncio. Ele tirou o casaco e saiu para a rua.

Quando estava prestes a voltar, notou Yorgo ocupado, puxando dinheiro amassado da boca. Ele parecia enojado.

— Você sabe o que, Yorgo? Já joguei dinheiro no mar antes. Uma vez, joguei rublos czaristas da ponte de Gálata, para os peixes. Você sabe por quê? Porque não valiam mais nada. Eles me decepcionaram. Essa é a mesma razão pela qual joguei esse dinheiro na sua goela abaixo. Mas eu gostaria que tivesse jogado no mar. Está imundo onde estão agora.

Ele caminhou até a porta, segurando o casaco por cima do ombro. Ao passar pelo piano, passou os dedos pelas teclas, da esquerda para a direita. Então ele fechou a tampa e o acariciou.

O saldo do verão tinha sido zero. O resto eram apenas longas memórias de um tempo que não voltaria mais. Ele iria embora. Desta vez, foi sua escolha. Não queria mais se lembrar de nada sobre aquele maldito grego. Mal podia esperar para ir para casa, ver Murka e Lemanuchka.

Mürvet, no entanto, ficou inconsolável. Ela não conseguia entender por que ele havia deixado o dinheiro para o sócio e voltado para casa sem nada. Como a raiva pode escurecer os olhos de uma pessoa e deixá-la estúpida! Mas ela não disse isso ao marido.

De certa forma, ela estava feliz pelo fim do verão. Seu companheiro não precisava mais sair de casa.

Naqueles dias, Seyit se consolou com a filha e suas primeiras palavras. Mas era necessário recomeçar. Estava na hora de ele decidir. Ainda tentaria a sorte naquele país? Ou encontraria outra saída e seguiria uma nova vida? Nos dois casos, no entanto, era necessário dinheiro. Ele teria de iniciar um negócio e levantar dinheiro rapidamente.

Muito tarde, quando Mürvet já havia adormecido, ele ainda estava acordado. Pensava, enquanto acariciava o cabelo de sua esposa, deitada em seu peito. Perguntou-se se não seria melhor emigrar para a América. Sim, a primeira coisa que ele faria no outro dia era ir a Leginatsa[2] para conversar. Leginatsa era a casa de caridade dos imigrantes russos. Lá havia uma lista de pessoas que queriam ir para a América. Eles estavam enviando. No entanto, era necessário investir em um fundo, e ele precisava de quarenta libras por pessoa. Isso significava que tinha que trabalhar duro para juntar esse dinheiro. Ele nunca contou à esposa sobre o projeto americano, diria quando chegasse a hora.

Seyit passou a sonhar com a América e com uma vida diferente. Mas como seu trabalho no verão estava perdido, aquilo era como um sonho distante. Ele alugou um lugar em Arabacı Sokak, perto da mesquita de Ağa, para abrir um novo restaurante. Embora não fosse tão grande e luxuoso quanto na Timyoni, o restaurante estava aberto, e isso, por enquanto, era suficiente para ele. Seus velhos clientes foram rápidos em encontrá-lo. Então ele começou a passar

---

2 - Associação que fornecia imigração para a Europa e para a América, para as pessoas que emigraram da Rússia para a Turquia. (N.T.)

muito tempo no trabalho. Às vezes, no final de noites prolongadas, a fadiga e o peso do álcool faziam com que ele preferisse dormir no quarto do restaurante.

Em dois ou três meses, as coisas já estavam melhores. Mas ele precisava reunir o dinheiro muito rapidamente para o projeto Leginatsa. Então, um trabalho adicional seria necessário. Tinha que ser algo que não o afastasse do restaurante nas horas de pico. Sendo assim, ele criou um serviço de lavanderia em casa, e venda de querosene. Era necessário lavar as roupas que os clientes do restaurante vestiam, e eles também se locomoviam de carro. Ambas as coisas ele poderia fazer em casa, e era uma fonte de renda que Mürvet poderia ajudar.

Logo, Seyit chegou em casa com um tonel. Encheu-o com querosene e o colocou em uma extremidade da sala. Depois, ele divulgou que retornara com a lavanderia, e começou a prestar esse serviço também. Fazia lavagem a seco, em casa, para os ricos de Pera. Mürvet estava sempre ajudando, estendendo os lençóis um em cima do outro, com Leman, que ficava sentada ao lado de seu pai, curiosamente os observando. Seyit a acariciou com uma mão, enquanto a outra lavava delicadamente o precioso tecido. Eles conversavam. Tinha certeza de que a filha o entendia sem questionar.

— Você entende o que o papai está fazendo, Lemanuchka?

Leman riu e bateu a mão no joelho. Seyit olhou para ela carinhosamente, e continuou seu trabalho.

— Você vê e entende. Sabe por que faço isso?

Ele estava prestes a compartilhar seu segredo com sua filha. Então se inclinou para ela.

— Porque quero juntar dinheiro, Lemanuchka. Nós iremos para a América. É por isso que fazemos este trabalho fedorento. Vou tirar você daqui, minha filha. Vou tirar você daqui e levá-la para a América. Em breve, estaremos num navio enorme, e atravessaremos mares também enormes.

Leman continuava batendo as mãos nos joelhos.

— Vuuuu é!

Seyit riu e olhou para ela.

— Muito bem, minha filha inteligente. Você entende, não é? Sim, está certa, garota!

Ele lentamente torceu o lençol na bacia e chamou Mürvet.

— Murka, tudo bem, você pode colocar no varal?

Mürvet pegou o lençol e saiu. Seyit estava tão empolgado com o sonho americano que, por um momento, esqueceu a querosene, tirou o cigarro do bolso e o colocou nos lábios. Então se inclinou para frente, para acender o fósforo. Mürvet, de repente, viu um brilho, sentiu o cheiro da fumaça e virou a cabeça para trás. As chamas flutuantes já tinham tomado o recipiente que ele mexia. Ela rapidamente pulou em direção à filha. Seyit, quando viu o local cheio de fumaça, correu e abriu a janela, mas aquilo só aumentou o fogo, e Mürvet desmaiou, inconsciente. Ele carregou a esposa e a filha para fora e apagou o incêndio. Quando ela acordou, Seyit estava com um copo de água na mão.

— Como você está, Murka? Obrigado, esposa, obrigado. Como eu fiz isso? Um erro, eu não sei. Você está bem agora?

— Estou bem melhor, Seyit. Leman estava sentada na cama. Ela sorria, com sua alegria habitual. Mas Mürvet parecia horrorizada com o rosto da filha. As sobrancelhas, os cabelos e cílios de Leman estavam pretos e chamuscados. Murka abraçou a filha e começou a chorar. Seyit foi até elas e as abraçou, com um nó na garganta. Ele engoliu em seco, não sabia o que dizer.

— Vamos — disse. — Vamos, pegue a criança e vá para a casa de sua mãe. Eu vou hoje à noite, e voltaremos juntos para casa. Vou mandar limpar tudo aqui. Venha, minha querida.

Quando Mürvet pegou a filha e saiu de casa para ir até a mãe, na rua Necip Bey, em Mahmutpaşa, Seyit estava em uma situação miserável. Ele desabou na cadeira. Por causa de um momento de distração, quase causou um acidente que nublaria a vida de sua família para sempre. Ele ficou horrorizado. Na esperança de uma vida melhor, quase matara a esposa e a filha. Ele sofria. Leginatsa e a América poderiam esperar um pouco mais.

* * *

Ocasionalmente, Seyit costumava convidar seus amigos íntimos, e outros não tão próximos assim, que conhecera em outros cassinos ou bares, para seu próprio restaurante. Eram ocasiões em que ele preparava uma mesa farta para os convidados. Yahya, e sua esposa; Manol Alexander, Mikhail, Kadiyof Mirza. Com eles, um alemão, dois russos e três estrangeiros, e vieram com as esposas. Seyit insistiu que Mürvet se juntasse a eles naquela noite. Um pouco mais tarde, três músicos se juntaram, com seus instrumentos: guitarra, violino e balalaica, enquanto vagavam entre as mesas. O ar mágico do restaurante sempre surpreendia Mürvet.

Ela olhou para a porta e viu alguns policiais, e um garçom em particular tentava mantê-los entretidos. O coração de Mürvet acelerou. O que aqueles policiais poderiam querer no restaurante de seu marido? Era óbvio que eles não tinham ido ali para beber vodca. Rapidamente ela olhou para o marido, com olhos indagadores. Seyit, inclinando-se para acalmá-la, beijou seu rosto. Ele beijava a esposa e olhava para a porta. Sua mão direita estava entre as duas cadeiras, debaixo da toalha, e ele tocou Mürvet por baixo da mesa para chamar sua atenção. Seyit fingiu beijar sua bochecha e sussurrou em seu ouvido.

— Mürvet, olhe para os músicos. Apenas olhe para eles e sorria.

Manol jogou algo no chão. Seyit se abaixou e alcançou o objeto debaixo da mesa. Ele continuou a falar no ouvido de sua esposa, enquanto a abraçava.

— Apenas pegue sua bolsa e a abra para mim.

Mürvet olhava para o rosto do marido, e notou a pressa nos olhos dele.

— Meu Deus! O que está acontecendo?

Mas Seyit não responderia. Ela sabia disso. Imediatamente, ela fez o que lhe foi pedido. Pegou sua pequena bolsa em formato de saco, de cima da mesa, levou para seu colo e a abriu. Naquele momento, Seyit enfiou um pequeno pacote amarelo em sua bolsa. O que era, ele não poderia lhe dizer. No entanto, o que quer que estivesse nele, era isso que causava toda a agitação e, neste caso, não havia nada de bom. Ela se arrepiou. Seyit agarrou-a debaixo da mesa.

— Agora não faça perguntas e volte para casa, Murka. Certo? Você não vai parar para falar com ninguém. Você está cansada e está indo embora. Tudo bem? Vamos, vá em frente, agora...

Ela estava morta de medo, pois não sabia o que havia na bolsa. Tinha um pressentimento de que não era nada bom. Seyit mandou que ela agisse como se nada tivesse acontecido. Sentindo as batidas do coração no ouvido, agarrou sua bolsa com força e caminhou em direção à porta.

Pensando que atrairia muita atenção se carregasse a bolsa daquela forma, tentou uma pose mais natural e continuou caminhando. Ela não levantou os olhos para os policiais. Era como se seus ouvidos, rosto, pescoço e corpo inteiro estivessem pegando fogo. Um dos policiais estava prestes a detê-la e fazer perguntas. Seyit os interceptou com um toque no ombro e empurrou Mürvet para a porta.

— Aqui, senhores, posso ajudá-lo? Sou o proprietário. Espero que nosso barulho não tenha incomodado ninguém...

Ela saiu, mas não tinha certeza de que aquilo acabara. Então respirou fundo e começou a andar rápido. Estava sozinha àquela hora da noite, em estradas quase vazias.

Além do medo de caminhar, ela sentiu que tremia, e isso mostrava que levava uma coisa secreta. Ela ficou surpresa por conseguir andar. Quando saiu da rua e começou a descer Tepebaşı, tinha certeza de que havia seguidores atrás dela. Ouviu alguém vindo com passos rápidos. Sua garganta deu um nó. Ela tinha certeza de que não conseguiria, se tivesse que gritar. Então, começou a correr. A bolsa que ela segurava queimava em suas mãos. Chuviscava desde que saíra do restaurante, mas agora a chuva começou a cair torrencialmente. Mas ela continuou correndo. Assim que voltou para a rua, um beco na lateral da calçada lhe parecia um caminho de salvação. Pegou o pacote dentro de sua bolsa e o escorregou para o chão. Quando fez isso, sua bolsa também caiu. Ela pegou-a, assustada, e ficou na entrada do prédio britânico. Encostou as costas na porta e respirou fundo. Tirou a chave da bolsa, para recuperar o fôlego. Parecia estar pregada ali, de tanto medo.

Passos se aproximaram... se aproximaram... Mürvet sentiu que perderia os sentidos. Duas jovens subiam as escadas, de braços dados. Murka respirou fundo.

Eram duas garçonetes de Aynalıçeşme. Deveriam ser pianistas ou bailarinas russas.

Quando ela entrou no apartamento, estava feliz por estar na segurança de sua casa novamente. Necmiye, que tomava conta de Leman naquela noite, dormia profundamente.

Mürvet, mesmo depois de entrar no quarto, sentia um medo que não sabia a que atribuir. Pensou repetidamente em abrir o pacote para descobrir qual era o segredo. Não o fizera, agora era tarde. No fim das contas, cansada, adormeceu. Sonhou que policiais, com seus cães selvagens, a perseguiam. Ou ela estava presa no fundo de uma parede enorme, em um beco sem saída, ou na beira de um penhasco. Ela queria gritar, mas sua voz não saía. Acordou do pesadelo com Seyit balançando seus ombros e perguntando alguma coisa. Mürvet olhou para ele:

— Onde você colocou, Murka?

A jovem ainda estava impressionada com seu sonho. Ela tentava acreditar que estava em sua cama aconchegante, em casa.

— Onde eu coloquei o quê?

— O pacote que eu lhe dei, que você colocou na sua bolsa...

A questão era novamente o medo real da noite, que causava pesadelos. A jovem tremia, mas Seyit não podia esperar.

— Diga-me, meu cordeiro. Onde você escondeu?

— Não, Seyit. Eu joguei fora.

— Você fez o quê?! Onde? Como jogou fora?

— Eu estava com muito medo, Seyit. Havia pessoas correndo atrás de mim. Seguindo-me.

Então ela se lembrou de que tinha que realmente fazer a pergunta.

— O que havia naquele pacote?

Mas Seyit procurava respostas para o que ela disse que fizera.

— Isso não é brincadeira, Mürvet! Você pode me dizer onde o escondeu? Por favor?

A jovem entendeu, pelo apelo do marido, que não era uma piada. Seyit só a chamava de Mürvet quando estava muito chateado ou com raiva.

— Não estou brincando, Seyit. Joguei na estrada.

Seyit levou a mão direita à testa.

— Onde você o jogou?

— Joguei logo no começo da rua.

— Você jogou na rua?

— Seyit, acredite, eu estava com muito medo. Aqueles dois policiais me seguiam. Eu não tive escolha.

Seyit levantou-se da beira da cama e começou a andar pelo quarto, em passos furiosos.

— Não era justo te dar esse fardo, de certa forma. Mas eu não tinha outra escolha. Não podia confiar em ninguém além de você.

— O que havia no pacote, Seyit?

Seyit estava sentado na cadeira ao lado da cama.

— Cocaína.

— Cocaína?

— Sim, havia cocaína nele.

Os olhos de Mürvet se abriram.

— Seyit!

— Não era minha, mas de Manol. Porém, se fosse pego, eu ficaria triste.

— Seyit, como você pode ser amigo de tais pessoas?

— A amizade não tem nada a ver com isso, Mürvet. É apenas um hábito. Assim como cigarros, como álcool. A maioria deles usa desde a Rússia, e estão acostumados.

Murka estava, agora, ainda mais inquieta.

— Então você me sacrificou para salvar seu amigo?

— Não, eu não te sacrifiquei. Eu sabia que você poderia sair de lá. Mas se Manol saísse, ele seria pego, e todos nós estaríamos em apuros.

— Você nem me disse o que era.

— Se eu tivesse dito, você poderia fingir inocência?

— E se eles tivessem me parado, encontrado o pacote? O que aconteceria, então?

Você acha que permitiríamos isso, Mürvet? Acredite, tinha certeza de que você podia sair de lá em segurança. Eu coloquei você nisso.

— Por que o Manol não jogou fora?

— Não considere o tamanho da embalagem. Havia uma fortuna nela. Agora você pode me dizer exatamente onde a deixou, novamente?

A jovem, ainda surpresa com a atitude do marido, deu o endereço. Seyit sorriu e beijou a esposa.

— Vamos lá, veja se dorme agora. Volto em breve.

Mürvet olhou para o relógio atrás do marido. Eram 3h30 da madrugada. A chuva, em um ritmo acelerado, batia nas janelas e nos peitoris das janelas. Ela se agarrou à colcha um pouco mais e logo depois adormeceu.

O que aconteceu naquela noite, nunca mais foi falado. Depois de um tempo, Manol bateu à sua porta. Apenas três palavras saíram dos lábios dele:

— Madame Eminof, gratidão.

Mürvet olhou surpresa para o jovem, que tinha um enorme buquê entre os braços. Ele tinha um rosto tão agradável e nobre que ela não podia acreditar que fosse viciado em cocaína, muito menos um traficante. Ele beijou levemente a mão de Mürvet e se despediu em russo. Virou-se e desceu as escadas, correndo.

Mürvet recebeu flores pela primeira vez, de um homem que não era seu marido. Mas, desta vez, não foram flores de amor. Foi uma expressão de gratidão. Contudo, ela não gostaria de passar por aquilo novamente. Porém, de uma coisa ela tinha certeza: seu marido e seus amigos eram pessoas de outro mundo.

O restaurante dava lucro, mas não era tão fácil para Seyit economizar dinheiro. Era meticuloso com as roupas de sua esposa e filha, com suas próprias roupas, e isso impedia que o dinheiro se acumulasse na velocidade que desejava. Apesar disso, as condições o obrigavam a tomar essa decisão, que poderia ser o ponto de virada de sua vida. Fazia muitos anos que ele estava na Turquia, e ainda era um cidadão russo. Se ele obtivesse a cidadania da República da Turquia, teria que permanecer em Istambul, pois a América estava fechada para um cidadão turco. Portanto, assim que conseguisse depositar cento e vinte libras, estaria inscrito na lista da imigração.

Em meados de dezembro, finalmente, ele conseguiu juntar o dinheiro. Quando levou o valor ao prédio da Associação Leginatsa e registrou seus nomes na lista de imigração, ficou feliz como se tivesse comprado sua liberdade perdida. Um futuro totalmente novo os esperava. Podia levar meses, mas ele colocara seus nomes na causa da esperança. Ele continuaria administrando o restaurante, até que os Estados Unidos os aceitassem. Enquanto isso, se perguntava o que faria na América. Talvez devesse começar lavando roupa. Seu coração bateu com emoção, e ele se dirigiu para sua casa. Agora, tinha que contar para sua esposa.

Há muito, Mürvet não via o marido em casa tão cedo. Mas quando viu a expressão encantada em seu rosto, sentiu-se aliviada por não ser notícia ruim. Seyit entrou e, como sempre, foi direto ver a filha, que dormia. Então, marido e mulher sentaram-se para jantar. Seyit mal podia esperar para dar a notícia surpreendente.

Estendeu a mão sobre a mesa, pegou a de sua esposa e olhou nos olhos dela, sorrindo.

— Murka, adivinhe o que tenho para você.

Ela balançou a cabeça.

— Como devo saber, Seyit?

— Você sempre procura o lado ruim de tudo, minha cordeirinha — disse ele, sorrindo. — Adivinhe qual é a minha surpresa. Tente adivinhar.

Mürvet não conseguia pensar no que empolgava e encantava tanto o marido.

— Eu não sei, Seyit. Diga-me.

— Bem, então. Cuidado! Não desmaie... Inscrevi nós três na Associação Leginatsa.

Ela não entendeu.

— Leginatsa é uma associação que envia imigrantes para a América. Agora você, Lemanuchka e eu estamos na lista deles. Tudo o que precisamos fazer é obter a resposta, o mais rápido possível.

Mürvet sentiu que estava prestes a desmaiar. Lágrimas incontroláveis brotaram em seus olhos.

— Ir para a América? Nós? — ela murmurou, pálida.

Seyit tentou confortá-la, pensando que sua tristeza vinha da ideia de que iriam embora.

— Claro! Você, nossa filha e eu, todos nós vamos juntos. Coloquei um subsídio de família para três. Eles não podem nos separar.

Mürvet recomeçou a chorar, e Seyit ficou deslocado. Ele se levantou e colocou o braço nos ombros da esposa.

— O que aconteceu, Murka? O que faz você chorar assim? Não estou entendendo.

A jovem respondeu entre soluços.

— Eu não quero ir para a América. Eu nunca quis isso.

A situação era mais grave do que Seyit imaginava. Ele puxou a cadeira para o lado de sua esposa. Pegou a mão dela entre as suas e a forçou a olhar para ele.

— Murka, me escute. Você consegue parar de chorar? Ouça-me. Aqui, eu não posso ter a vida que quero. Tudo é muito diferente do ambiente em que cresci. Eu ainda me sinto um estranho. Você sabe há quanto tempo eu tenho esse sonho? Mas isso só pôde ser possível agora. Vou fazer essa jornada com você e nossa filha, juntos. É agora ou nunca, Murka. Eu quero que você me apoie. Não é importante estarmos juntos?

— Mas eu não posso deixar minha mãe.

Seyit, que havia se esquecido por um tempo, se lembrou do poder efetivo de sua sogra na vida de sua esposa. Ela não apoiaria aquilo. Mas o importante aqui era a atitude de Mürvet.

— Murka, as pessoas não podem viver com a mãe e o pai para sempre. Você fez uma escolha. Você se casou comigo e nós temos uma filha. Agora, somos uma pequena família. Apenas a vida de nós três nos preocupa. Somente nós somos responsáveis por nossas vidas. Outros, não. Seremos responsáveis por nossa dor, nossa felicidade, pelas decisões que tomaremos.

— Mas eu não quero ir embora. Não sei se posso viver entre pessoas que eu não conheço.

— A América, minha querida Murka, é aberta às pessoas do mundo todo. Há tantas pessoas expulsas de seus países, como nós, fugindo ou apenas procurando por aventura. Ninguém pode se sentir sozinho lá. Olha, tenho muitos amigos que foram para lá. Se não estivessem satisfeitos, já teriam voltado.

— Eu não os conheço. Minha mãe, minhas irmãs e irmão estão aqui. Eu não posso deixar minha mãe.

A atitude teimosa de Mürvet de repente desencorajou Seyit de seus esforços persistentes. Ele recuou na cadeira e recostou-se. Enquanto girava o cálice com uma mão, olhou para o rosto em lágrimas. Tinha que sentir pena dela, ele sabia que sim. Ela chorava, mas a verdadeira dor estava em seu coração. A mulher que ele escolheu como esposa e se forçou a aprender a viver juntos não queria acompanhá-lo, muito menos ajudá-lo a realizar seu sonho. Isso o fez sentir como se estivessem em espaços separados e, mais uma vez, ele se arrependeu de sua escolha. Seus esforços eram em vão, para se conectar a essa pequena mulher com quem se casou.

Depois de tomar um gole de seu rakı, ele perguntou com uma voz maçante:

— Você não pode deixar sua mãe... Bem, então você vai se separar de mim?

Mürvet entrou em pânico diante dessa pergunta inesperada. Ela começou a chorar novamente. Ao mesmo tempo, falou com uma voz rebelde.

— Seyit, por que você faz isso? Eu tenho de escolher um de vocês?

— Sim, Murka. Você deve escolher.

— E se todos nós ficássemos aqui, juntos?

Ela se afogava em soluços, sabia que estava a ponto de perder Seyit. Mas como escolher a vida de aventura do marido?

Seyit se levantou sem dizer nada, acendeu um cigarro e foi até a janela. Seus sonhos tinham sido destruídos. É isso aí. O dinheiro economizado com persistência e o sonho da América, que adornava suas noites, tinham ruído. Tudo ao som de um choro caprichoso. Ele poderia ir sozinho? Realmente poderia ir? E deixar a mulher chorando, sentada à mesa? E sua filha?

Ele parou de fumar, esmagou o cigarro e saiu da sala. Entrou no quarto onde sua filha dormia. Leman, enterrada em um colchão de penas, dormia com as mãos nos dois lados da cabeça. Seyit acariciou a bochecha dela e estremeceu por dentro. Ele se inclinou, pegou sua mãozinha e beijou. Como cheirava bem! O odor do sabonete e o cheiro quente de pureza, específico da infância, vieram de sua pele. Enquanto ele a observava, percebeu que seu coração estava cheio de um calor que acabara de conhecer. Como ele podia abandoná-la? Não foi suficiente deixar seus entes queridos na Crimeia? Já não perdera amor e amante suficientes? Nada do que perdera voltou para ele, e o buraco deixado nunca foi preenchido. Desta vez, ele não cometeria o mesmo erro. Não, não deixaria Murka ou Lemanuchka. Eles não iriam. Ele cobriu carinhosamente a filha, e voltou à sala de jantar. Murka ainda chorava. Seyit tocou seu ombro gentilmente.

— Neste caso, também não vamos para a América. Não chore mais.

Ele não disse mais nada. Pegou sua jaqueta e foi até a porta. Havia uma esperança nele, de que Mürvet mudasse de ideia. Ele esperava que ela dissesse que iria aonde ele quisesse, que o amava muito, que não queria perdê-lo. Sim, desta vez, o destino deles estava nas mãos dela.

Ele colocou o cigarro entre os lábios, para acender, e saiu. Enquanto caminhava em direção a Tepebaşı, sentiu-se arrasado e solitário, porque seus sonhos desabaram. Exatamente como se sentira na solidão da praia de Caddebostan, no final do verão. Não eram apenas os sonhos dele sobre a América; ele precisava do apoio de sua esposa, esperava que ela ficasse alegre e se juntasse a ele na realização daquele sonho. Mas era esperar demais dela. Por sua reação, ele entendeu que, mais uma vez, seus mundos eram separados, e ficou muito triste com isso.

Ele foi se sentar no Pera Palace Orients, um bar localizado em Pera, para beber e pensar. Naquela noite, nenhuma cama podia salvar sua solidão. Ele estava sozinho. O rosto familiar do *barman* surgiu com a bebida, e ele bebeu como se fosse remédio para curar sua dor. Depois outra, mais outra. Uma jovem alta, de cabelos loiros, que lhe lembrava Shura, entrou no recinto. Era tudo que faltava para acabar de arrasar sua vida. Por amor a ele, Shura tinha deixado sua família, sua cidade natal, e embarcado com ele em uma aventura. Morando com pessoas e enfrentando costumes que ela nunca conhecera. Seyit sentiu muita falta dela. Shura não teria hesitado em ir com ele. Que grande desgraça ele havia feito de suas vidas! Quão feliz ficaria se tivesse Shura com ele novamente! Ela certamente teria recebido a notícia de uma forma muito diferente. Shura teria cantado e dançado para comemorar. Ela teria feito isso. Depois de se jogar em seus braços, beijá-lo e chamá-lo de meu amor. Talvez eles chorassem um pouco, pelo que deixariam para trás, mas estariam juntos, Shura e ele. Ela jamais teria hesitado em ir com ele. Meu Deus! Como sentia falta dela... Ele sentiu que sucumbiria e cairia ali. Sentia-se irremediavelmente perdido e vazio.

Nos dias seguintes, Mürvet mantivera-se tímida, silenciosa e distante. A vida dela estava uma confusão: estava grávida de novo, e não sabia como contar para Seyit. Neste ponto de suas vidas, o que eles menos precisavam era de um segundo filho. Além disso, toda manhã ela acordava temendo não encontrar mais Seyit na cama. Aguardava ansiosamente o momento em que ele voltava do trabalho. Seyit sequer comia em casa, e Mürvet se preocupava que um dia ele fosse embora de vez. Ela estava com raiva de seu desespero e precisava arranjar coragem para conversar com ele. Teria coragem suficiente para se juntar a Seyit e partir para uma aventura no exterior? Ela pensava continuamente em Shura. O que a outra teria feito? Lembrou-se da história de que Shura largara tudo por ele, e não pôde fazer nada além de invejar a mulher estrangeira. A vida aventureira de Seyit combinava com Shura. Como ela poderia imitá-la?

Seyit não esperava, mas a resposta para sua solicitação à Leginatsa veio rapidamente. Chegou nos primeiros dias de 1926. Ele foi chamado à associação para preencher seus formulários. Tinha agora, nas mãos, uma grande chance. Ou ele abraçaria a sorte e partiria, ou a deixaria escorregar pelos dedos. Ele ficou sentado na sala de espera por cerca de uma hora, segurando os formulários que garantiam sua partida para Nova York. Usava o tempo a seu favor. Se preenchesse em uma ou duas semanas, estaria a bordo, a caminho de Nova York. Naquele momento, a filha de uma jovem no colo lembrou-lhe de Leman. Na cabeceira da cama da filha, ele tinha reconsiderado sua decisão de partir sem elas. Ele pensou. Não poderia deixar sua filha, jamais. Entregou os formulários para a autoridade na sala da petição e obteve o espanto da velha russa, enquanto ela encarava os papéis em branco. Seyit falou, com um sorriso triste.

— Você pode dar meu direito para outra pessoa. Eu desisto.

— Você tem certeza, Seyit Eminof?

— Sim. Sim, tenho certeza.

— Mas não podemos devolver seu dinheiro, você sabe.

Seyit riu. O que eram cento e vinte libras, em troca do fim de seus sonhos?

— Sim, eu também sei disso. Obrigado, de qualquer forma.

Ao sair, ele olhou para a placa "Leginatsa" na porta, pela última vez. As esperanças do Novo Mundo foram deixadas em um pedaço de papel, atrás da porta.

Ele tinha ficado na Turquia. Perto de sua esposa e filha... Mas sentiu que algo faltava por dentro, e que morria lentamente. Não havia muito o que esperar. Ele não podia voltar para sua cidade natal, nem se afastar de Istambul. Estava preso no lugar. Tinha um trabalho, ganhava dinheiro para viver, mas não tinha mais uma causa, um sonho. Nenhum deles significava nada.

Ele caminhou para o restaurante, com esses pensamentos, e imediatamente fez o que tinha em mente: venderia o estabelecimento. A notícia de seu desejo foi divulgada para um ou dois de seus clientes. Alguns interessados apareceram em dois dias, ele vendeu para o que ofereceu o melhor preço, e deixou o lugar. Colocou o dinheiro no bolso e se foi.

Assim que atravessou a porta, olhou fixamente nos olhos de Mürvet, que o aguardava ansiosamente por vários dias. Ela lamentou sua decisão por suas vidas.

— Perdemos a oportunidade de irmos para a América. Não vamos a lugar nenhum.

Então, ele recomeçou, como se tivesse acabado de se lembrar de algo que havia esquecido.

— Oh, eu entreguei o restaurante. Não tenho mais trabalho. Estarei em casa o tempo todo agora. Era isso que você queria, Murka? Um marido colado em você?

Ele estava amargo. — Vamos ver se você será feliz agora.

Ela, por fim, entendeu o que tinha acontecido. Fora um capricho do marido. Ambos estavam se punindo. Ela colocou a mão na barriga e pensou em quanto tempo mais poderia esconder sua gravidez. Ela teria que contar, mais cedo ou mais tarde, mas hoje era o dia mais improvável. O humor de Seyit estava muito baixo.

No entanto, os dias se passaram e nada mudou nele. Ele era um homem solitário e ressentido.

CAPÍTULO II

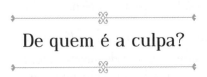

De quem é a culpa?

O aluguel do apartamento britânico aumentou, e a carga estava pesada demais para eles. Mürvet queria mudar para casa de sua mãe. Seyit protestou, mas não havia nada que ele pudesse fazer. O silêncio do marido a preocupava. O abandono do sonho da América o tinha destruído.

A jovem percebeu que nem reconhecia o homem com quem se casara. Ela não sabia exatamente o que era, mas percebeu que seu último comportamento o havia esmagado e que ela havia arruinado sua vida. Não havia nada a ser feito. Pelo menos no que se tratava a mudança deles de Istambul. Um pavor que ele envelhecesse naquela amargura tomou conta dela. Um sentimento ruim e desconfortável. Depois de dar de comer à filha, ela a deitou para dormir, mas seus pensamentos continuaram em conflito, impedindo que ela mesma descansasse.

Seyit havia saído e se afastado rapidamente do novo bairro, que era estranho para ele. Ali ele não conseguia se adaptar, mal conseguia respirar. Subitamente, sentiu urgência de entrar no bonde, e gritou para ele esperar. Precisava sair dali e depressa. Com a desilusão em seu coração, dirigiu-se ao Restaurante Karpof, em Beyoglu. Ele não queria falar com ninguém, somente se fosse forçado a isso.

O garçom, que ele conhecia há muito tempo, o abordou. Por muitos anos, ele desfrutara de seu serviço à noite. Ele conhecia esse jovem, e viu a tristeza estampada nos olhos dele. Seyit não pediu nada, mas o garçom sabia o que Eminof gostava e levou a ele vodca gelada.

Mas os pensamentos de Seyit estavam cada vez mais lúgubres. Para que viver? Com o que viver? Essas perguntas rodeavam sua mente. Os belos anos da infância, a primeira emoção de sua idade, as aventuras da juventude, o amor de sua vida, tudo se fora. A família dele, ele pensou. Havia perdido a esperança de obter mais notícias. Os últimos que ficaram estavam sob vigilância. Ele nem sequer podia escrever para eles. Ficaram devastados. Era como se ele se aproximasse do fundo de uma garrafa de vodca, o fundo do poço. Alguém falou com ele. Seyit se levantou e fez com que seu amigo viesse ao seu encontro, abraçando-o.

— Meu Deus, Seyit. O que você está fazendo?

— Sente-se, Yahya. Como você pode ver, estou aqui para trabalhar. Eu disse adeus a América.

Seyit, bêbado como estava, ficou feliz em ver seu amigo na frente dele.

— O que está acontecendo? — perguntou Yahya.

— Eu tenho que fazer algo, Yahya, algo inspirador. Esse é o problema, e aí eu bebo e fumo. Aquele que não está acostumado a ter dificuldades, que atire a primeira pedra — ele sorriu, enquanto servia uma bebida ao seu convidado.

Yahya colocou os cotovelos na mesa e encarou Seyit.

— Eu sei que você não está bem, Kurt Seyit. Eu o conheço, filho. Vejo isso. Siga o seu caminho.

Seyit sabia que seu amigo via o que se passava com ele, não era necessário negar.

— Juiz Yahya. Há coisas que não vão embora. Estão sempre diante de meus olhos, no meu coração, na minha alma. Há coisas que não estão indo bem na minha vida. Está tudo errado para mim. O que estou fazendo? Este mundo pequeno está apertado, e me sinto como se tivesse cãibras. Eu não posso fazer o que quero. As coisas não funcionam por causa das dificuldades. Eu tenho uma boa educação, mas aqui ela é inútil.

— Você brigou com Mürvet?

— Mürvet... Descobri que Mürvet e eu estamos em lados opostos.

— Você tentou gostar dela?

Seyit levou uma mão à testa.

— Eu lhe fiz uma pergunta, Seyit. Você não respondeu. Pode me convencer de que tentou, pelo menos?

— Yahya.

— Você saiu de casa?

— Eu não tenho casa. Há muito, fui expulso da minha — respondeu Seyit, triste. Como Yahya ficou em silêncio, ele continuou: — Nós deixamos o apartamento inglês. Estamos na casa de minha sogra. Mürvet agora não tem nenhum sinal de ciúmes. É exatamente o que ela queria.

— Filho, você precisa de ajuda...

Seyit levantou a cabeça para olhar nos olhos do outro.

— Conversar com você foi uma grande ajuda — disse ele, sorrindo.

— Obrigado, amigo Yahya

Começou a chover lá fora. As luzes de Beyoğlu começaram a desaparecer, e o dia escureceu. Que coisa estranha, a natureza o entendia.

Na manhã seguinte, quando Leman acordou Mürvet com um som agradável, ela percebeu que Seyit não voltara para casa. Ficou em pânico. Ele teria coragem de ir para América sozinho e ignorá-la?

Mürvet já estava de quatro meses. Seus seios começaram a inchar, e sua cintura começou a desaparecer. Mais um mês, e seria impossível esconder a gravidez. Há dias, Seyit não voltava para casa. Quando estava lá, passava o tempo todo bebendo. Ela se sentia enjoada e doente. Naquele dia, não importava qual fosse a situação, ela contaria para ele.

Quando seu marido retornou, ela deu um suspiro de alívio. Eles mal conversavam ultimamente, e parecia não haver sequer resquícios do amor que achou que um dia ele sentiu por ela. Seyit foi à sala de estar e beijou a filha.

— Você está bem? — ele perguntou. Pensou que deveriam fazer uma trégua. Já que permaneceriam na Turquia e essa situação desafortunada não mudaria, tinham que tentar viver em paz. Ele decidiu se contentar com a primeira oportunidade de trabalho que aparecesse. Pensou no que podia ser feito para colocar suas vidas de volta nos trilhos. De pé ao lado da cama, ele viu que as roupas de sua esposa estavam ficando velhas. Ele sentiu pena dela. Então virou a cabeça e perguntou:

— Mürvet, há algo errado com seu corpo?

Mürvet não tinha escolha. No momento em que precisava de toda sua capacidade linguística, parecia que foi deixada na mão. Depois de uma hesitação profunda, ela disse sem respirar.

— Estou grávida.

Não houve mudança repentina na face de Seyit. Ele olhava para ela no espelho. Parecia que Seyit não tinha entendido, ou não ouvira a frase. Mürvet estava vermelha e, inadvertidamente, apertava os braços.

— Quando você descobriu?

— Eu nem percebi no começo, Seyit. Mas este é o quarto mês.

Ele segurou os ombros dela.

— Gravidez de quatro meses, Murka. Quem mais sabe?

— Minha mãe.

Seyit sentou-se na cama, com um sorriso amargo e disse: — Livre-se da criança.

Mürvet começou a chorar.

— Não houve oportunidade de te falar, Seyit.

— Todo mundo sabia, menos eu — parecia que ele tinha sido traído. Ele não queria mais uma criança. Mais três dormitórios, mais uma babá. Sentia-se responsável e muito preocupado. Ele mal dava conta de se manter em pé, como cuidaria da esposa e dois filhos? Seyit vivia dias dificílimos. Estava muito angustiado e, como Mürvet se sentia perto de seus amigos, como uma estrangeira, assim ele se sentia perto da família dela.

Assim que ele saiu, Mürvet começou a chorar, se olhando no espelho. Ela não sabia o que fazer. Estava cansada daquela vida, dos conflitos entre sua mãe e o marido, e as mentiras de que tudo iria ficar bem. Suas roupas e de sua filha estavam gastas. Ela não queria dar mais despesa para sua mãe e não queria ofender o marido. Ela chorou o restante do dia e Leman também chorou até adormecer.

Seyit, desempregado, fazia uma série de trabalhos sem vínculos, apenas para obter dinheiro para manter a família. Certo dia, ele encontrou Manol em Aynalıçeşme, e se abriu para o amigo. Manol também estava desempregado e, juntos, decidiram vender querosene para sobreviver, além de produzir vodca de limão em casa, para vender para os restaurantes. Não havia jeito, ele teria que voltar a vender querosene. Tinha que ganhar a vida e cuidar de sua família.

Dois dias depois, Mürvet estava sem sono. Não chorava mais. Com a mão na barriga, ela decidiu procurar um médico e dar fim à gravidez, como mandara seu marido. De manhã, quando se levantou da cama com a voz de Leman, ela sabia o que fazer. Depois de alimentar a filha, a deixou com a mãe e foi em direção ao hospital em Kaduna. Ela estava com medo, culpada e envergonhada, mas não tinha escolha. Quando seu nome foi chamado, ficou sem fôlego. Pensou que iria fugir de onde estava, mas aquilo não resolveria seus problemas. Ao entrar na sala de exames, relaxou quando viu o médico Besim Omer Pasha. Ele a conhecia desde a infância. O velho cumprimentou a jovem, cordialmente.

— Minha querida, Mürvet. Espero que não esteja doente.

Ela abaixou a cabeça, envergonhada, e um rubor tomou conta de seu rosto. Besim Omer Pasha, com anos de experiência, poderia prever as coisas. Ele a agarrou pelos ombros.

— Antes de tudo, sente-se e relaxe — disse ele.

— Estou grávida — por fim ela disse.

— Parabéns! Fico muito feliz com a notícia, garota bonita. De quantos meses você supõe que está?

— Quatro meses.

O fato de conhecer o médico não conseguia diminuir a insegurança de Mürvet.

— Eu não quero a criança.

As sobrancelhas de Besim Pasha se uniram.

— Por que você não pensou nisso antes?

— Meu marido não quer outro filho.

— Pois esteja preparada. Você o terá. É impossível interromper uma gravidez com quatro meses.

O soluço dela saiu alto. Seu rosto queimava como se fogo o tivesse atingido.

— Vamos, filha, apenas respire um pouco. Você é uma mulher jovem, saudável e bonita. Tem no ventre um bebê saudável. Nós cuidaremos dele e ele nascerá. Seu marido vai entender. Enfim, você é jovem demais para engravidar, mas, já que engravidou, terá a criança. Não, não. Apenas dê à luz esse menino.

Não faça nada de errado.

Então ele repetiu, aborrecido: — Eu não vou fazer mal a essa criança. Você entende? Você também pode morrer se fizer um aborto. Deixe-o viver e viva também.

Mürvet estava aterrorizada com o que foi dito. Ela balançou a cabeça.

— Vá para casa e relaxe. Foi um dia cansativo o seu. Então, repouse. Boa tarde, senhora Eminof.

A jovem saiu do hospital, nada aliviada. Ainda por cima tinha começado a chover. Ela não queria entrar num bonde e se deparar com todas aquelas pessoas olhando para ela. Gotas caíram em sua face e ela continuou a andar. Andaria o máximo que pudesse. Talvez aquela chuva lavasse seus problemas e suas tristezas.

CAPÍTULO 12

Uma carta de Shura

A gravidez de Mürvet estava bem adiantada. Como na primeira vez, ela se sentia enjoada e sonolenta, muitas vezes ficando de cama. Leman estava em sua idade mais ativa. Andava, corria de um lugar para outro, queria brincar e conversar. Mürvet estava cansada das perguntas da filha e não tinha energia para brincar com ela. Moravam numa casa separada da de sua mãe, porém, no mesmo bairro, e próxima a ela. Murka não conseguia mais sair de casa. Em vez disso, sua mãe e irmãs vinham visitá-la. Seu tio com as filhas também estavam sempre lá, e as vindas deles eram como uma brisa de sua infância, uma visita encantadora.

Seyit, novamente, passava várias noites fora, mas Mürvet não pedia mais nada. O fato de que ela daria à luz o bebê não desejado, e que Seyit não a abandonara, era suficiente por enquanto. O jovem trabalhava e ganhava o aluguel da casa, o custo da alimentação e das roupas deles.

Os dias de inverno, gelados, com neve, foram deixados para trás. As noites ainda estavam frescas, mas à tarde o tempo melhorava um pouco, com exceção das noites chuvosas. Naquele dia, Mürvet estava em casa, deitada em seu travesseiro na sala, enquanto vigiava Leman, que brincava com sua boneca na escada. Ela já falava, mas trocava as letras R pelo L, e não pronunciava o Y. Mürvet se levantou e se sentou à janela, enquanto descascava alguns legumes para o jantar. Ela vigiava a filha pelo canto do olho. Leman estava conversando com sua boneca, em sua linguagem habitual. Mürvet riu. Ela foi à cozinha pôr os legumes no fogo, mas se assustou quando retornou e não viu a filha. Correu para a porta e saiu para o jardim, chamando por ela. Deu a volta na casa, como uma louca, gritou, e finalmente começou a chorar. A garotinha não estava à vista. Todos os vizinhos se mobilizaram à procura da menina. Escurecia. Mürvet tinha medo de cair e desmaiar. Seu ouvido zumbiu e ela ficou tonta. Culpava-se pelo desaparecimento de sua filha.

Ela não sabia mais onde procurar. Seus jardins foram revistados, mas em vão.

Ninguém tinha visto Leman. Mürvet, de repente, ficou sem energia e deixou-se cair, desamparada. Ao mesmo tempo, ela ouviu uma voz.

— Olhe, olhe! Eles a encontraram. Estão trazendo para dentro. Abra seus olhos e veja!

Mürvet correu ao encontro de Leman. Ela vinha de mãos dadas com duas crianças de seis e cinco anos, sacudindo a franja com seu jeito tão peculiar. Murka abraçou sua filha, agradecendo a Deus por encontrá-la. Mas a garotinha ficou decepcionada quando foi entregue à mãe. Graças a Deus não havia acontecido nada, mas estava com raiva.

— Onde você esteve?

Leman levantou os ombros, rindo. Ela abriu as palmas das mãos e as segurou perto das bochechas.

— Eu estava no sol.

Desta vez, perguntou às crianças.

— Onde vocês a encontraram?

Eles estavam rindo.

— Ela estava sentada na rua, em frente ao supermercado, sob o poste de luz.

Após o susto daquele dia, Mürvet evitou mais preocupações e aceitou a oferta vinda de sua mãe. Em visita de Emine à filha, de forma hesitante, chamou Mürvet para ficar com elas em sua própria casa. Ela sabia que seu genro se oporia fortemente a isso. No entanto, ele nunca estava em casa, e Mürvet em breve precisaria de ajuda. Seria muito difícil para Leman quando o novo bebê chegasse. Mas Mürvet ainda hesitava em sua proposta, pois elas tinham se separado por causa de problemas de convivência entre o marido e sua família. Naquela noite, Mürvet falou sobre a oferta da mãe ao marido. Seyit, ao contrário do que ela imaginava, disse:

— Faça o que você achar melhor, Murka. Tenho certeza de que não está sendo fácil para você aqui sozinha. Especialmente após o nascimento. Também não tenho muito para oferecer. Se quiser, vamos nos mudar, antes que você fique mais pesada.

— Você quer, Seyit?

— Mürvet. Você acabou de dizer que quer ficar na casa de sua mãe. Não era a vida que eu queria. E você sabe muito bem disso. É estranho que você me faça essa pergunta. Mas estou pensando em você e em Leman.

E assim, cinco meses antes do segundo parto de Mürvet, eles se mudaram novamente. A casa de Emine era imaculada, encantadora, e possuía um jardim muito bem-cuidado. Emine deu a eles o quarto mais amplo e bonito. Leman abrilhantava mais ainda a casa, e era a favorita de todas as pessoas, por sua doçura. Mürvet gostava do conforto de estar com as irmãs e sua mãe, embora não pudesse declarar isso abertamente para Seyit. Todas as manhãs, ele saía para seu negócio de venda de querosene e sua vodca, com sua camisa engomada, gravata, calça passada com cuidado, e seus sapatos polidos. Voltava para casa sempre muito tarde e tinha seus próprios pensamentos. Um mundo à parte de Mürvet.

Ela estava sozinha em casa. Sua mãe tinha levado Leman para passear na casa de seu tio, e o carteiro trouxe um envelope com aspecto de que viera de muito longe. Estava endereçado a Seyit, e era o endereço da casa onde moravam em Beyoğlu. Alguém lá dissera ao carteiro que eles tinham se mudado. Selos enchiam o envelope escrito à mão, em preto e branco. Foi estranho quando ela leu a palavra "France" nos selos. Parecia sentir de quem viera. Sentiu as velhas apreensões de ciúmes. Primeiro veio à sua mente queimar a carta. Mas ela também ardia de curiosidade para saber o que havia nela. Estava muito chateada e, depois de uma grande luta consigo mesma, finalmente decidiu deixar a carta no console de Seyit.

Aquele dia tinha sido difícil, e a noite não melhorou. O que fazer? O que comer? Sua mente não estava no jantar. Muitas vezes, entrou no quarto e olhou para o envelope, tentando adivinhar seu conteúdo. O ciúme irradiava calor, como se as chamas marcassem seu corpo. Ela não tolerava pensar no nome da mulher que escrevera para seu marido. Cabelo loiro, riso suave, olhos azuis significativos, figura longa e esbelta. Shura estava do outro lado da sala. Mürvet, com dor de cabeça, enjoada, esforçava-se para não chorar.

As horas foram contadas minuto a minuto. Ela fechou as cortinas e jogouse na cama. Tentou dormir, mas não o fez. Seu cérebro latejava. Lembrou-se mais uma vez de que seu marido, com uma filha e outro na barriga, poderia deixá-la. Quando o pássaro do relógio de cuco anunciou que se aproximavam das vinte horas, ela de repente saiu da cama.

Não queria receber Seyit com uma aparência doentia. Entre os olhares que ela enviara ao envelope e a imagem da linda jovem que vinha à sua mente, seu rosto no espelho, seus cabelos desgrenhados, era um contraste e tanto. Ainda tinha a chance de destruir a carta. Havia três anos em que Shura fora embora, por que a jovem tinha escrito? O que ela queria?

Seyit chegou. Abriu a porta. Ela o cumprimentou com um sorriso forçado.

— Seyit.

Ele acariciou sua bochecha.

— Como você está? O que fez hoje?

— Estou bem, graças a Alá. Minha mãe levou Leman à casa de meus tios.

— Por que você não foi também?

— Estava cansada. Elas vão ficar lá duas noites.

Seyit se preparava para o banho. Tinha sido um dia intenso de conversas e negociações.

— Tem certeza de que está bem? Você me parece estranha. Sua mãe disse algo ou Leman fez alguma coisa?

— Não, acredite, nada aconteceu — respondeu ela, de maneira nada convincente.

— Bem, se você diz.

Algum tempo depois, quando ele saiu do banho: — Que cara é essa, minha cordeirinha?

Mürvet, ao lado do marido, olhou para o envelope. Ela queria notar sua expressão facial. Pelo menos seu olhar, pois lhe daria uma pista do que se passava na mente dele, mas não disse nada. Seyit pegou seu roupão e caminhou em direção ao banheiro. Depois, entrou na cozinha. Ele parecia extremamente satisfeito. Assobiava uma canção. Há muito Mürvet não via o marido tão alegre, quase se esquecera de como era nos últimos meses. Ela assistia de longe. Vigiava se ele encontraria a carta. Estava ansiosa para saber o que ela continha. Por que será que Seyit estava tão feliz? Ela começou a fatiar a salsicha: — Seyit, vá se vestir. Vou preparar o jantar.

O homem, que não entendia a atitude estranha e impaciente de sua esposa, disse:

— Pegue uma bebida, vamos beber juntos antes do jantar.

— Não, Seyit, eu não quero beber.

Mürvet queria que ele lesse a carta o mais rápido possível, para acabar com esta tortura. Mas poderiam passar horas, e ela não se aguentava.

No momento em que Seyit tocou na loção de barbear no console, viu o estranho envelope. Ele virou-o e deu uma olhada.

— Esta carta acabou de chegar?

Mürvet cortava o pão. A faca deslizou de sua mão. Seu polegar podia ter sido amputado, mas não sentiria. Sua respiração estava acelerada.

— Murka, você não está aí, minha cordeirinha? Eu perguntei se a carta chegou hoje.

Embora Mürvet tentasse se recompor, não conseguiu impedir sua voz de tremer.

— Sim, Seyit... Ela veio de manhã.

— Tudo bem, vamos ver o que é.

Então ele ainda não abriu o envelope?

Os ouvidos dela estavam atentos. Esperou. Não havia som. Ela não se atrevia a chegar perto de seu marido. Não podia. Alguns minutos depois, Seyit chegou à cozinha, caminhando com a carta na mão. Agora ele entendia a estranheza da atitude de sua esposa. Estendeu a carta para Murka e sentou-se ao lado dela. Pegou um cálice e tomou um gole de raki.

— Leia — disse ele.

Não havia diferença entre o fato de essa carta estar fechada, para Mürvet, e suas linhas serem apresentadas aos olhos. Porque as palavras eram em um idioma que ela não entendia. Ele estava zombando dela? Olhou para o papel sem dizer nada. Então ele virou a cabeça. Seyit queria ler sua carta de amor recebida, agora? Ele não tinha o direito. Deslocada, ela queria se levantar. Nem queria saber as frases que a mataram de curiosidade o dia todo. Shura estava ali. Podia sentir sua presença entre seu marido e ela. Anos depois, ela tinha voltado. Seyit segurou-a gentilmente pelo ombro e disse:

— Tome um gole, Murka. Fará bem a você.

Ela murmurou, meio chorosa.

— Não me fará nenhum bem.

— Esta tensão não fará bem para a gravidez. Tome um gole e relaxe.

Ele quase forçou um gole ou dois à esposa. Então ele começou a falar.

— Shura casou-se... Está morando em Paris. Ela não teve filhos, ainda.

E ele continuou a traduzir a carta.

É... Seyit, esta é minha primeira e última carta para você. Estou muito doente. Esta é a terceira tentativa de hoje, mas gostaria de escrever pela última vez... Eu adoraria ver. Shura...

A carta estava terminada, ou Seyit disse isso? Pensou Mürvet. Ela não sabia, mas foi doloroso ouvir. Ela teve pena da pobre mulher que estava morrendo muito longe de seu país, longe do homem que deixara para trás, de sua terra e de sua família.

Ela voltou-se para o marido, que dobrava a carta.

— Você vai vê-la?

Seyit olhou para ela com espanto.

— Você está doida? Ficarei lá, se eu for. Você quer isso?

E ele se levantou sem esperar por uma resposta. Mürvet, morrendo de ciúmes, não ousava perguntar por que ele ficaria lá. Ela sabia a resposta, ele tinha sido sincero.

— Eu não quero que você fique lá, mas que vá vê-la.

— Não, Murka. A carta foi enviada há quatro meses. Quem sabe o que aconteceu até que ela nos encontrou? Não há mais nada que eu possa fazer por ela...

Ele não podia acreditar no que dissera. O que podia realmente fazer? Não havia nada. Ele continuou tomando sua bebida.

— Além disso, se eu sair daqui... a única pessoa que me conecta aqui... Se eu me separar de você, talvez não volte mais. Você quer que eu vá?

Mürvet percebeu, subitamente, que estava cansada e desamparada demais para lutar. Ela queria se segurar, embora não pudesse. Ela apoiou a cabeça no peito do marido.

— Não, não, Seyit. Eu não sou tão forte quanto ela. Eu não suportaria ser abandonada.

Então ela continuou enxugando as lágrimas com uma mão.

— Lamento muito pelas notícias. Tenho certeza de que ela te amava muito.

Seyit enterrou a cabeça no cabelo de Mürvet e a beijou ternamente. Ele passou os braços em volta do seu corpo e disse:

— Obrigado, minha pequena e grande esposa do coração. Eu te amo.

Embora, de certa forma, ele tenha sido sincero em suas palavras, e até amasse Murka de seu jeito torto, a grande paixão de sua vida sempre seria Shura. À noite, muito depois de sua esposa dormir, ainda lia a carta de Shura, repetidamente. Tinha decorado cada termo. Enquanto passava os dedos sobre as palavras de sua amante, recordava-se de alguns anos atrás. Ele parecia ouvir sua voz convidativa em seu ouvido. Estremeceu ao pensar que a folha de papel havia tocado a mão de Shura apenas quatro meses antes. Ficou assustado com o calor que irradiava em seus ossos e veias. Ele não podia esquecê-la. Jamais! Shura também não podia esquecê-lo. E novamente mantiveram o amor vivo o suficiente para pensarem juntos.

Ele suspirou e leu a carta mais uma vez.

"Querido Seyit,

Não sei se minha carta vai encontrar você. Vou tentar, de qualquer forma.

Ouvi, das últimas pessoas que chegaram, que você ainda está em Istambul. Há tantos russos brancos em Paris que, às vezes, penso que vejo você em um deles.

Logo depois que cheguei aqui tive um bebê, porém, morto. Eu fiquei muito doente. Mas estou bem agora. Separei-me do meu marido. Sinto que não há mais nada para me conectar aqui em Paris. Inscrevi-me no escritório de imigração para ir para a América. Estou à espera de novidades.

Seyit, eu sei, já faz muito tempo, mas sinto que ainda podemos fazer isso. Se você quiser começar uma nova vida, esperarei por você. Acho que estarei em Paris por mais dois meses. Se você vier, meu endereço novo poderá ser obtido no escritório de imigração russo em Nova York, pois eu não sei para onde estou indo agora.

Eu sinto tanto sua falta, Seyit.

Sua Shura, que te ama.

Enquanto Seyit apertava a carta entre as palmas das mãos, seus dedos ficaram brancos. Era como se ele tocasse a mulher de quem tanto sentia falta, mas que estava apagada para sempre de sua vida. À medida que o papel se enrugava, o aroma da mulher que ele amava se espalhava: quente, cheirando a flores, o cheiro do amor. E o bebê que ela tivera? Não falou muito sobre ele. Exceto que nasceu em Paris. Ele ficou confuso com a ideia de que Shura poderia estar grávida dele, ainda em Istambul. Pensou que poderia ser seu próprio filho. Shura sabia que ele teria reprovado a gravidez, e talvez tivesse deixado uma mensagem aberta, para sua interpretação.

Ela teria ido para Paris com o bebê na barriga? Imaginou que poderia ter vivido lá sozinha, com o bebê em seu ventre. Talvez ele estivesse errado. Talvez o bebê fosse de outra pessoa. Era muito tarde para tentar descobrir agora. Ele jamais poderia se encontrar com ela. Ele tinha que esquecer os últimos vestígios da vida com Shura.

Com um suspiro profundo, ele olhou para a carta pela última vez antes de fechá-la. Levou seus lábios sobre o nome dela. O beijo foi um adeus para ele.

Acendeu um fósforo e o aproximou das extremidades do papel. Ele viu a chama abrasadora progredir pelas manchas de tinta. Acendeu seu cigarro e o levou aos lábios, e jogou as cinzas da carta no cinzeiro. As últimas palavras de Shura tinham se transformado em cinzas.

CAPÍTULO 13

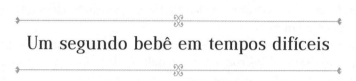

Um segundo bebê em tempos difíceis

Após a carta de Shura, Seyit novamente entrou em um processo de depressão. Mürvet achava que ele estivesse com remorso pela "morte" de Shura. Por outro lado, o fato de que a amante misteriosa estava "morta" era um problema ainda maior, pois Murka acreditava que ele se conectaria ainda mais a ela, e seu coração tentava suprimir o ciúme atormentador que esses pensamentos lhe causavam.

No entanto, além da saudade de Shura, a cabeça de Seyit tinha outros problemas graves, como estabelecer sua família financeiramente. Era muito difícil para eles sobreviver com a pequena quantia proporcionada por seu trabalho. Ele estava acostumado à elegância, e viver na pobreza era muito difícil. Queria criar seus filhos e vestir sua esposa com as roupas das lojas mais elegantes de Beyoğlu, o Palácio de Pera, por exemplo. Mas não era mais possível. Assim como ele desejava jantar no Park Hotel. Queria experimentar sua beleza enevoada e manter Mürvet viva.

Mas, ao contrário do Park Hotel, ele tinha que se sentar à mesa com sua esposa, sua sogra, cunhadas e parentes, e tinha que aceitar aquilo com gratidão. Mas seu desejo era se mudar para Beyoğlu o mais rápido possível. Sua mente estava preocupada com perguntas como por onde começar e como ganhar esse dinheiro para mudar de vida?

Suas cunhadas Fethiye e Necmiye trabalhavam. Emine, por outro lado, por anos aprendera a enfrentar todos os problemas e guerras, e era uma mulher forte e decidida, que sabia se virar. Ela administrava o dinheiro trazido pelas filhas de tal maneira que elas viviam muito bem. Seyit, contudo, estava suficientemente arrasado por se sentar ao lado de sua sogra. Apesar de toda a boa vontade da sogra, ele estava ansioso para se livrar dela e aliviá-la desse peso o mais rápido possível.

Na primeira semana que estavam na casa de Emine, quando se retiravam para os quartos depois do jantar, ele se abria com sua esposa, dizendo que aceitaria ficar ali por um tempo, até recuperar as coisas. Mas ele não queria aquela situação para a vida deles.

— Eu não quero.

Mürvet não entendeu o que o marido queria dizer, e olhou nos olhos dele. Seyit descansava sua cabeça no travesseiro.

Ele se sentou e tentou explicar o que estava em sua mente.

— Em outras palavras, todas as nossas despesas devem ficar por minha conta. Não quero ser um peso para suas irmãs e mãe. Mantenha nossos custos de cozinha separados.

Mürvet ficou atordoada.

— Como, Seyit? Duas famílias separadas na mesma casa, na mesma cozinha. Como viveremos?

— Tudo bem, nós daremos um jeito. Não temos o direito de cobrar mais delas.

— Elas não nos cobram nada — Mürvet tentou convencer o marido.

— Seyit, não pode haver algo assim entre mim e minha mãe. Acredite, ela ficaria ofendida.

— Bom, então não conte à sua mãe.

— Mas...

— Mas o quê, Mürvet?

A jovem ficou brava quando o marido a chamou pelo nome. Ela fez uma pausa, e Seyit continuou:

— Você não receberá sequer um prato de comida de sua mãe. Com nosso próprio óleo vamos cozinhar. Não quero que sua mãe nos alimente. Ela está vivendo com o suor de suas irmãs. De lá, nem uma colher cairá na nossa panela. Você me entende, Murka?

Mürvet não sabia como explicar isso para sua mãe. Mas ela não tinha alternativa.

— Eu entendo, Seyit. Farei o que você quiser.

— Obrigado.

— Uma semana de estadia será suficiente.

Então ele beijou sua esposa no rosto e desejou-lhe boa noite. Eles fecharam os olhos. Mas, muitas horas depois, nenhum deles ainda tinha dormido, cada um perdido em seus próprios pensamentos e fantasmas.

Mürvet tentou transmitir a situação à mãe dizendo que os horários das refeições eram diferentes e que Seyit gostava de beber à mesa, coisa não permitida por Emine.

Emine, todavia, já entendera o estilo de vida e o entendimento do genro, mas não emitiu nenhuma palavra. Na verdade, ela sabia o quanto Seyit era orgulhoso, discreto e teimoso. Quando ela sentia que sua filha tinha dificuldade para cozinhar duas refeições por dia, usava como pretexto cuidar de Leman.

Um dia, a jovem deixou Leman novamente com a mãe e sentou-se à janela do quarto. Estava tão pesada que se movimentava com dificuldade. Até sentar-se e levantar-se era difícil. Ela estava com desejo, havia tempo, de comer um prato de carne picada com alho-poró. De repente, sua boca encheu de água, enquanto ela aspirava o perfume. Ao mesmo tempo, virou a cabeça com a voz de sua mãe, que apareceu à porta.

— Vamos, Mürvet. Seyit não virá, e você é minha convidada à mesa. Nós duas comeremos. Eu sei que você quer. Vamos lá, não seja mimada.

Mürvet não tinha nada de mimada. Ela seguiu sua mãe, agradecendo a Alá.

Em 26 de julho de 1926, Mürvet deu à luz sua segunda filha, chamada Şükran. Depois de um parto longo e difícil, a menina nasceu. Seyit, que inicialmente não queria sua primeira filha, com esta foi da mesma maneira. Mas o crescente amor e carinho por sua primeira filha seria repetido à segunda? Todavia, como Mürvet havia escondido a gravidez por quatro meses, ele pensou que a criança nascera secretamente, como se ela tivesse ido à esquina e encontrado o bebê. Ele mal acompanhara aquela gestação. Ela parecia ser parte da conspiração que parecia lhe apertar.

Mais uma vez a correria na casa: amamentação da bebê, comida para a bebê, aqueles que vinham celebrar a maternidade. Os dias tranquilos na casa foram deixados para trás. Seyit queria escapar ao máximo daquilo tudo, e assistia à distância. Leman observava a recém-chegada com grande curiosidade e admiração. Ela fora deixada em segundo plano. Vozes exageradas para a bebê "Mashallah", e ela tentava entender o que estava acontecendo. Seyit voltava do trabalho tarde demais, mas nos fins de semana ele começou a levar Leman para passear no carrinho de bebê. Ela, com seu vestidinho e sapatinhos mais elegantes possíveis, sentava-se na suavidade do colchão de penas e deitava sua cabecinha no travesseiro, sendo embalada pelo som das rodas de ferro. Ela estava feliz, mesmo com um novo bebê na casa, pois amava muito o seu pai e a criança sabia que era especial para ele. Podia sentir isso em seu coração. Ela falou e perguntou sem parar durante o longo caminho. Seyit observou com espanto o quanto sua filhinha o mantinha ocupado e o fazia esquecer os problemas do mundo. Muitas vezes, rindo debaixo do bigode, ele estendia a mão e acariciava as bochechas e os cabelos da filha.

Novamente, em um domingo bonito, Seyit estava em uma profunda conversa com sua filha. Ele gargalhava de alguma coisa que Leman tentava dizer, quando reconheceu dois homens do outro lado da rua. Ele abaixou-se sobre o carrinho, tentando ao mesmo tempo encobrir a visão da filha e despistá-los. Mas os outros o viram, e um perguntou ao outro:

— Aquele não é nosso distribuidor Seyit Bey, pelo amor de Deus?!

Alguns metros depois, eles estavam de frente para Seyit, e ambos tinham certeza agora.

— Olá, senhor Seyit!

Seyit, apesar de todo o seu desespero, olhou para os rostos dos homens que o chamavam pelo nome. Foi difícil, mas ele respondeu tentando sorrir.

— Olá, senhores.

Eles queriam lhe fazer perguntas e conversar, mas Seyit se esquivava, sentindo um grande peso. Inconsciente de qualquer coisa, a filha continuava a falar e a sorrir. Ele olhou para a filha. Depois de um ano ou dois, ela teria idade suficiente para entender tudo e, certamente, encontrariam pessoas que sabiam do trabalho que ele fazia. Ele pensou e sentiu que suava. Provavelmente, se Leman soubesse que tinha um pai fornecedor de vodca de limão e querosene, não ficaria tão feliz. O que diabos ele estava fazendo? Valia a pena carregar este peso? Ele tinha que encontrar outra forma de sobreviver.

Percebendo que a atenção de seu pai estava em outro lugar, a garotinha colocou as mãos gordas nos lábios e começou a enviar beijos para ele. Seyit derreteu de amor diante daquele olhar, e sentiu seu coração quente. Ele tirou a filha do carrinho, pegou-a nos braços, abraçou-a e a beijou carinhosamente.

— Seu papai vai embora por alguns dias, Lemanuchka. Mas, mais uma vez, ele irá retornar. Não se preocupe, eu sou um trabalhador. Seu pai ganhará dinheiro e voltará novamente.

Leman bateu palmas e disse uma série de palavras compreensíveis apenas para os pais. A garotinha pensou que eles estavam indo dar uma volta maior ainda, e deu um beijo enorme no queixo do pai. O interior de Seyit derreteu mais uma vez. Naquele momento de sua vida sua filha era tudo para ele. Ele a adorava.

Depois daquele domingo, Seyit procurou constantemente por um novo trabalho.

Era fim de agosto, e o tempo estava quente. Seyit estava cansado de procurar uma oportunidade nas recepções ou nas gerências de restaurantes de vários hotéis de Beyoğlu. O dia terminava e ele estava sem querosene há duas semanas. A renda modesta que ele ganhara com aquilo não acumulara, e ele precisava de dinheiro. Eles estavam gastando seu último centavo. Fatigado, para lembrar um pouco os velhos tempos, ele entrou no restaurante Volkof. Imediatamente ele viu rostos familiares sentados ao bar, Manol e Alexander. Acenaram para ele e convidaram Seyit a ficar com eles. Depois de um tempo, mais dois homens chegaram à mesa. Aparentemente, eram estranhos para Seyit. Um deles era Dimyan, um russo branco. O outro era um jovem da Crimeia, chamado Aziz. Dimyan, um corpulento homem loiro, olhou para Seyit como se quisesse se lembrar dele. Então ele perguntou:

— Poderíamos ter nos conhecido antes, Seyit Eminof? Você veio com Wrangel?

— Não, eu vim antes, em 1918.

— Onde você estava antes disso?

— Nos Cárpatos.

Dimyan bateu a mão na mesa. Aziz e ele estavam encantados.

— Nós provavelmente nos encontramos lá. Fui até a planície húngara! — exclamou Dimyan, apontando para o ex-sargento, Aziz.

Seyit, de repente, conheceu em um bar de um restaurante em Beyoğlu alguém que lutara nos Cárpatos como ele. Ele estava muito satisfeito. Então respondeu com uma risada.

— Sim, nós viajamos pelas mesmas fronteiras. Vocês não são mais estranhos para mim.

— Nós três nos Cárpatos! Eu nunca pensei que encontraria alguém... — disse Dimyan, quase emocionado.

Os cálices se levantaram e esvaziaram. Encheram-se novamente e de novo ficaram vazios. Mas Seyit estava com um problema, pois apenas ele estava desempregado. Iskender Beyzade, um fotógrafo, trabalhava. Manol atuava na farmácia russa em Taksim. Quando ele disse que havia encontrado um emprego em Zezemski, o coração de Seyit se estreitou. De repente, ele se lembrou de Shura, que havia trabalhado lá. Recordou quando Shura e ele se encontravam à porta da farmácia e faziam longas caminhadas na chuva, até o último andar da lavanderia, onde faziam amor por horas. Com a lembrança, uma dor latente voltou a miná-lo. Ele, já abatido, depois de algumas vodcas, disse:

— Estou à procura de um novo trabalho. Alguma coisa que eu possa fazer com prazer, que eu possa viver dignamente e sustentar minha família.

Aziz e Manol se entreolharam. Então, o belo Manol falou. Seyit, observando seu rosto, notou com espanto o quanto ele se parecia com seu irmão Osman. Era apenas um pouco mais alto.

— Kurt Seyit, creio que tenho algo para você. Não é um trabalho tão brilhante, e é temporário. Mas o dinheiro não é ruim — disse Aziz.

— O que é?

— É em Veliefendi[3]. Aziz e eu trabalhamos lá, e posso conseguir para você — explicou Dimyan. A maioria dos funcionários é russa branca ou da Crimeia. Afinal, conhecemos cavalos. Porém, como Aziz disse, trata-se de um trabalho temporário. Mas pelo menos você ficará bem por um tempo. Tem alojamento e eles fornecem comida. E o melhor: o dinheiro que você recebe fica no seu bolso, e é limpo e honesto. Venha conosco, se quiser.

Seyit, naquele instante, depois de andar o dia todo à procura de trabalho, em vão, não podia acreditar que havia encontrado algo ali. Sim, isso não era tão brilhante quanto ele pensava, mas era melhor do que distribuir querosene e vender vodca de limão. E ele amava cavalos. Estar longe de casa agora não o incomodava. Ele sentiria falta apenas de Leman, pois Mürvet tinha todo seu tempo ocupado com a bebê.

Ele estendeu a mão.

---

3 - Maior e mais antiga pista de corridas da Turquia (hipódromo), fundada em uma antiga fazenda. [N.E.]

— Quero saber tudo sobre o trabalho.

Havia outra razão para esvaziar os copos.

— Formidável, meu amigo!

Aziz e Dimyan partiriam para Veliefendi pela manhã. Seyit passou a noite na casa de Manol, para se juntar a eles. Algumas horas depois, ele partiu para encontrar Aziz e Dimyan no local marcado, em frente ao hotel. Seyit tinha aceitado o trabalho e iria lá para entender como funcionava. Sua intenção era voltar naquela noite mesmo para explicar para Mürvet. No entanto, quando chegou a Veliefendi, percebeu que não podia sair facilmente. Ao passar pela porta, ele viu uma multidão esperando para conseguir um emprego. Era óbvio que ele não podia voltar. Tinha que segurar a vaga.

Dimyan e Aziz o deixaram em frente ao prédio da administração.

Dimyan falou com Aziz:

— Leve o tenente Kurt Seyit e explique o trabalho para ele — disse. Virando-se para Seyit: — Vejo você mais tarde, tenente Eminof.

— Isso ficou para trás, meu amigo. Aqui não há patentes — disse Seyit, batendo nas costas do antigo colega. O outro riu.

Distante dali, estava Mürvet, que acostumada com a ausência do marido, nos três primeiros dias, não estranhou. No entanto, ela se sentiu envergonhada com a família e os vizinhos do bairro quando Seyit não apareceu. Ela se virou para a esposa de seu irmão e disse:

— Já tem quatro dias. O que eu vou falar?

À noite, um medo caiu sobre ela. E se algo tivesse acontecido com Seyit? Emine observou o estado de ansiedade de sua filha. No entanto, ela não queria mais incomodá-la com perguntas. Aquele turco da Crimeia, que tivera uma amante russa, só trouxera sofrimento à sua filha. Mürvet, por um tempo, tentou administrar a situação, mas não durou muito e começou a chorar. Mas ela pensou que se algo ruim tivesse acontecido com Seyit, já teria notícias. As únicas possibilidades eram ele tê-la deixado por outra mulher, ou voltado para seu país. *Ele me deixou com dois filhos. O que eu faço agora?* Ela chorou por horas, com Emine a consolando. Ela queria dizer alguma coisa para confortar a filha, mas não conseguiu encontrar nada que tirasse Mürvet daquele desamparo.

— Não sei o que podemos fazer, garota. No nosso bairro, se alguém tiver um filho ou um irmão desaparecido, sabemos onde procurar. Mas você não sabe onde está seu marido. Vamos ter que procurar seus amigos, a começar por Selim.

Mürvet não queria envolver a família ou os vizinhos para encontrar o marido. De repente, o dono da casa e a mulher dele vieram. Logo, a mulher, que havia escutado a conversa de Mürvet, a puxou para o lado:

— Conheço uma velha que pode levá-la a uma cartomante. Ela vai te ajudar a encontrar e a trazer seu marido para você.

— Cartomante? — Mürvet estava assustada.

— Sim. Alguma russa fez um trabalho para afastar vocês dois. Você precisa descobrir, para quebrar o feitiço.

Mürvet pensou. Depois de algum tempo, disse:

— Eu acredito.

Embora temerosa, decidiu que iria procurar a velha que a levaria à tal cartomante. Para a mãe, inventou uma desculpa qualquer.

— Mãe, deixe-me ir e cuide das crianças, por favor. Vou sair e perguntar por Seyit nos lugares que ele costumava ir.

Emine ficou irritada ao pensar em sua filha pelas ruas de Beyoğlu.

— Mas não vá sozinha, Mürvet. Peça a Selim para ir com você.

— Não precisa, mãe. Acredite, não há nada com que se preocupar. Já fui lá atrás de Seyit, mais de uma vez.

— Mas isso não é bom. Em outras palavras, você está sempre perseguindo seu marido. Ele sabe o caminho para sua casa. Para que sua esposa tem que ir atrás dele, como se ele fosse um bebê?

Mürvet não queria brigar, principalmente com a mãe. Mas Emine insistiu em não a enviar sozinha.

— Espere, chame Fethiye ou alguém para ir com você. É melhor do que ir sozinha.

— Mãe, não se preocupe comigo. Se eu sair agora, volto antes do anoitecer.

— A teimosia de seu marido passou para você. Vá, vá. Não se atrase, não me deixe preocupada.

Mürvet, embora não tivesse motivos, riu da mãe a chamá-la de teimosa como Seyit. Era verdade: ela havia adquirido persistência para lidar com Seyit. Sua calma teimosia. Ela sabia o quanto isso se parecia com o hábito do marido.

Ela caminhou apressadamente para encontrar a tal velha de quem sua vizinha lhe dera o endereço. Estava sem fôlego quando bateu à porta da pequena casa. Esperou ali, com medo de não encontrar ninguém em casa. Mas ela ouviu sons vindos de dentro e se sentiu aliviada.

— Quem é?

— Sou Mürvet.

Quando ela disse seu nome, sentiu vergonha. Um calor subiu ao seu rosto, deixando-a vermelha, e uma agitação tomou conta de seu corpo. A velha mulher a recebeu com bondade.

— Bem, diga-me, garota Mürvet. O que há de errado com você? Como posso ajudá-la?

Mürvet tentou falar, mas lágrimas apareceram em seus olhos.

— Seyit, meu marido, há dias não voltou para casa, e eu não sei onde posso encontrá-lo.

— Mas mesmo se descobrir onde ele está, como vai amarrá-lo em casa? — perguntou a velha.

— Eu não sei. Não conseguimos encontrar nenhum tipo de paz. Não posso mantê-lo comigo.

— Shhh, não chore, não chore. Tenha pena desses lindos olhos. Eu não te disse que há uma solução? Certamente há feitiço na vida desse homem. Alguém fez algum trabalho para afastá-los. Ou ele não deixaria uma esposa linda e jovem como você. Vamos, seque esses olhos. Espere aqui. Eu conheço a pessoa que pode curá-lo e vou levá-la lá por alguns centavos.

Mas quando sua condução parou em frente à simples casa de dois andares, Mürvet foi tomada por mais uma difícil agitação. *O que se fazia em uma adivinha?* Ela continuou pensando, zangada consigo mesma. Mas esta era sua última tentativa.

Quando deixou sua acompanhante na antessala e entrou no quartinho onde estava a cartomante armênia, percebeu que uma escura cortina deixava o sol de fora. Mürvet estava assustada. E se a cartomante fizesse perguntas sobre sua vida privada? Felizmente, a velha senhora não tinha muito o que conversar. Em poucas palavras, ela disse que a jovem iria manter o marido em casa; que se conectaria novamente a ele.

— Você encontrará cura, e a beleza voltará à sua vida.

A armênia saiu do quartinho e entrou em uma espécie de cozinha, separada da sala por cortina. Ela foi a um balcão onde vários jarros com ervas secas e outros óleos estavam dispostos. Mürvet, sentada na cadeira de cedro, observava a mulher pelas frestas da cortina e sentia medo. A adivinha fazia uma espécie de ritual que envolvia grama seca e um enorme objeto de pelúcia, que Mürvet não identificou. A estranha mulher sussurrava algo enquanto esmagava algumas ervas. Os quadris dela tremiam. Em outra ocasião, Mürvet até poderia ter achado a cena engraçada. Então a mulher acendeu um fósforo, e algo pegou fogo. Depois, ela voltou a socar, pegou um pouco de pó, encheu um saco de papel e saiu da cozinha. Um estranho cheiro se espalhou. Ela entregou a mistura para Mürvet.

— Olha, garota, entenda isso agora. Esse é o incenso que mudará a sua vida. Enquanto fazia a preparação, juro que senti um arrepio muito grande. Você deve jogar essas cinzas do incenso nas roupas do seu marido. Mas tenha cuidado, não deixe seu marido perceber.

Quando Mürvet percebeu que o saco com o pó em sua mão custaria todo o dinheiro que ela tinha no bolso, estremeceu. Enquanto ela contava, a armênia estava de olho no dinheiro.

— Oh, garota, não se preocupe. Seu marido está muito perto.

Mürvet colocou o dinheiro nas palmas das mãos da mulher de cabelos brancos.

— Oh, quão perto?

— Você saberá em breve, garota, não se preocupe mais.

Assim que chegou em casa, ela disse à mãe que havia deixado notícias em vários lugares, e que não havia outro jeito senão esperar. Quando ela foi deixada sozinha, seguiu as instruções da adivinha.

A jovem viveu em uma grande ansiedade por dois dias seguidos. Após a aventura com a adivinha, ela não sabia mais no que acreditar. Tudo o que ouvira foi o que realmente queria ouvir, e tinha dado todo seu dinheiro por um punhado de incenso e de feijão. Finalmente, tinha perdido a esperança.

Naquela noite, ela foi encher o jarro d'água na fonte do outro lado da casa. Enquanto observava distraidamente a água cair no jarro, levantou os olhos e viu um homem vindo rapidamente, do outro lado da estrada. Seu coração começou a bater como louco. Quando o homem se aproximou, ela percebeu que a roupa do jovem tinha o corte semelhante ao que vira nas fotografias antigas de Seyit. Que aquilo tinha algo a ver com o marido. Ela não estava errada, algo acontecera a Seyit e aquele homem portava uma má notícia.

Ele a saudou com respeito e perguntou:

— Com licença. Estou procurando a casa de Kurt Seyit.

A emoção de Mürvet havia atingido seu limite final. Era o início de um mau prenúncio. Ela levou sua mão na direção de seu coração e respondeu:

— O que você vai fazer na casa de Kurt Seyit?

— Trouxe uma notícia para sua esposa.

— Eu sou a esposa dele.

— Desculpe-me. Eu não me apresentei. Sou o sargento Aziz. Sou amigo de seu marido. Ele me enviou para dizer que está em Veliefendi e que, até agora, não foi possível enviar uma notícia para a família.

Mürvet encarou o homem. Ela não conseguia entender a relação que seu marido tinha com Veliefendi. O que ele fazia lá por tanto tempo?

Aziz continuou:

— Trabalhamos juntos em Veliefendi. Serviços de campo, entre outras coisas, como adestramento de cavalos. Kurt Seyit não quer que você se preocupe. Ele enviou o seu amor.

Aziz pegou um envelope do bolso e o estendeu.

— Você quer um café? Talvez algo gelado?

— Não, obrigado, senhora.

— Adeus.

O sargento Aziz, talvez pelo hábito do serviço militar, girou suas botas tão rápido quanto veio, e se afastou.

Mürvet pensou que o jovem seria digno de Necmiye, e depois riu para si mesma. A mãe dele era da Crimeia. Sua irmã ainda não tinha um noivo. Era algo que certamente aconteceria um dia, mas não pensava nisso agora.

Bem, ela apenas pensou nisso. Talvez o jovem fosse casado.

Mürvet correu para casa. A alegria estava em seus lábios e olhos. Seyit não a tinha abandonado.

— Vamos, cunhada, deixe-me ver. Eu tenho um longo caminho a percorrer. Quando as coisas envolvem Kurt Seyit, não se preocupe.

— Ah, e ele disse: "beije muito Lemanuchka por mim" — leu Mürvet, abraçando a carta e sentindo o afrouxamento do círculo que se estreitara por longos dias. Seyit, em uma breve nota, externara seu amor e lhe mandara cinco libras. Ela colocou o envelope no bolso e pensou se o incenso e os feijões da cartomante tinham algo a ver com isso. De qualquer forma, ela agora sabia onde estava seu marido, e isso era o que importava. Ele não havia fugido dela.

Nos meses seguintes, Aziz sempre levava as notícias de Seyit e deixava uma quantia modesta de dinheiro no envelope. Mürvet não se atreveu a perguntar por quanto tempo o marido ficaria em Veliefendi. Talvez isso fosse um novo estilo de vida para eles. Seyit continuaria vivendo em algum lugar distante, e enviando dinheiro de tempos em tempos.

O fim de outubro chegou e o tempo se preparava para o inverno. Muito raramente os dias do verão mostravam sua cara. Mas, por mais que o sol se esforçasse, o cheiro amargo do outono deixava suas cores pálidas. Na manhã de um desses dias, o sargento voltou novamente. Desta vez, não trouxe carta.

— Kurt Seyit está esperando pela senhora em Veliefendi. Ele quer que vá assim que receber o recado.

Ela ficou surpresa. Lá era um mundo estrangeiro para si mesma, pois conviver com pessoas estranhas era muito difícil, e não ficou entusiasmada com a ideia de ir para Veliefendi. Finalmente ela fez a pergunta que não conseguia fazer por muito tempo:

— Ele ainda não vem?

Nos belos traços faciais de Aziz espalhou-se um sorriso caloroso.

— Não há muito a dizer sobre o que Kurt Seyit vai fazer.

Mürvet quase disse: "E eu não sei?"

Aziz continuou:

— Ele me disse para levar as crianças. Ele está esperando por todos vocês juntos. Mas o caminho é longo. Saia de manhã cedo, ou poderá passar por problemas. Se quiser, posso esperar e voltamos juntos. Seria ótimo se fosse dessa forma.

— Não tem como. Mamãe não está em casa. Levarei tempo para preparar as crianças. Iremos amanhã ou no dia seguinte. Mas como chegar lá?

— Há um trem em Bakırköy. Vá para o lugar de corrida de cavalos. Quando chegar em Veliefendi, é só perguntar por Kurt Seyit. Eles a levarão até ele no mesmo momento.

Depois que Aziz partiu, Mürvet imediatamente começou a se preparar.

Iria buscar seu marido. Mas, por outro lado, estava preocupada. O que significaria ir para lá? Ele poderia querer ficar. Seyit só fazia o desejo dele; e se ele quisesse que ela ficasse lá com ele?

Quando Emine chegou, à noite, ela contou à mãe sobre isso. Mas Emine estava determinada a não deixar sua filha ir sozinha.

— Como pode uma coisa dessas? Com uma criança em seus braços e outra em suas mãos, sozinha, uma mulher jovem, num lugar de corrida de cavalos? Não, senhora, eu não entendo. Tenha bondade!

Mürvet não queria ofender a mãe, mas estava determinada a ir ao encontro do marido. Emine imediatamente sentiu isso em seu olhar. Ela continuou, com uma voz mais suave.

— Mas se você disser que irá, então nós iremos juntas. Se alguma coisa acontecer com você na estrada, o que posso fazer daqui? Nem seu marido, do outro lado. Fethiye e Necmiye trabalham agora, e cuidam de si mesmas.

Elas, então, prepararam as roupas das crianças. Ficaria lá por quanto tempo? Ela não sabia. Queria ser cautelosa.

O dia seguinte era sexta-feira. Partiram de manhã cedo. Era meio-dia quando chegaram à porta do hipódromo. A hora de amamentar havia passado e a criança começava a ficar irritada. Mürvet tentava silenciá-la, balançando-a. Leman estava no colo da avó, feliz da vida porque elas tinham ido ver o pai dela. Ela trazia uma alegria indescritível desde o momento em que entendeu que veria Seyit. Se estava com fome, com sede, não importava. Ela queria ver seu pai o mais rápido possível, e depois fazer xixi. Elas se forçaram a passar pela agitação do povo, procurando alguém para fazer perguntas. O grandalhão à porta disse para elas esperarem. Em pouco tempo, Aziz estava de frente a elas. Ele estendeu a mão, com um rosto sorridente.

— Bem-vinda! Bem-vinda, senhora. Kurt Seyit, no momento, está ocupado. Deixe-me levá-las para minha casa. E depois ele vai se juntar a nós.

Elas, então, foram enviadas para a casa de Aziz, um pouco mais longe. Quando a porta se abriu, Mürvet se surpreendeu com a feiura do local.

— Minha esposa Feyziye. Feyziye, essa é a esposa de Kurt Seyit, e sua mãe. Deixe-as descansar. Nós viremos mais tarde.

A mulher não parecia muito feliz com suas convidadas, embora não demonstrasse isso com a menor das grosserias. Mürvet tinha apenas a intuição feminina de que ela sentia ciúmes. O sargento Aziz falara sobre Seyit. Será que isso a deixara desconfiada e a torturara? Especialmente quando viu Mürvet agora, era óbvio que estava bastante desconfortável. No entanto, enquanto a dona da casa fazia café, Emine e Mürvet puxaram conversa, e Feyziye se mostrou mais à vontade. Contou brevemente a história de sua vida, sua vinda pelo Mar Negro, que o primeiro marido morrera na guerra, a fuga de Aziz da Rússia e quando eles se conheceram em Sinop, tornando-se mais um jovem casal em Istambul. Quando Mürvet ouviu sobre Sinop, inevitavelmente a aventura de Shura e de seu marido veio à sua mente. Ela percebeu, com espanto, que seu ciúme ainda não estava curado. Aquela mulher estrangeira, anos depois, ainda tinha poder para entrar em sua vida. Ficava como à espreita, em todo lugar, esperando a oportunidade de aparecer e torturá-la. Ela, tentando absorver o que Feyziye falava, esforçava-se para distrair sua mente desses pensamentos.

Cerca de uma hora depois, ouviram um barulho na porta, e Seyit, Aziz, Dimyan e sua esposa, Fatma, chegaram. Mürvet nunca tinha visto o marido tão malvestido, com roupas tão amassadas e empoeiradas. Estava, no entanto, bronzeado, e sua pele, por causa do tom escuro, transbordava felicidade. Olhos azul-marinho brilharam quando viram a filha. Ele tomou Leman nos braços, beijou a mão de Emine e abraçou sua esposa. Beijou ternamente sua testa e suas bochechas. O rubor imediatamente tomou a face de Mürvet, e ela ficou vermelha como uma noiva. Então Seyit voltou-se novamente para Leman, deu graças a Deus por ela estar bem, e começaram a conversar febrilmente.

A esposa de Dimyan, Fatma, também era da Crimeia. Tinha um rosto amigável e cheio de atitude. Mas o olhar de Feyziye, especialmente depois que Seyit apareceu, sempre deslizava do marido para Seyit, e isso começou a perturbar Mürvet extremamente. Em dado momento, Dimyan perguntou a Seyit, em turco:

— Seyit Eminof, e agora? O que você me diz?

Certamente havia algo entre eles que Mürvet desconhecia. Ela não tinha entendido o porquê da pergunta de Dimyan. De fato, volta e meia, ele retornava à mesma pergunta: — O que você me diz? E agora?

Decerto eles tomaram algumas decisões, mas como falavam em russo, Mürvet não sabia quais eram. Depois de sussurrar com o marido, Fatma veio com um sorriso no rosto e pegou o braço de Mürvet.

— Vamos, Mürvet, estamos indo para nossa casa. Vocês são nossos convidados.

Eles, então, deixaram a casa da mal-humorada Feyziye e foram embora com Dimyan e Fatma. Mürvet havia gostado dela. A casa do casal ficava na outra extremidade do pasto, era de pedra, de um só andar. Mürvet e Emine logo notaram que Fatma gostava de asseio, pois eram evidentes a limpeza e o cuidado da casa, desde a entrada no portão, o pequeno jardim e a casa em si. Fatma também parecia gostar muito de crianças. Logo a mesa foi posta. Enquanto Dimyan preparava as bebidas num balcão, Seyit entrou no banheiro para se lavar um pouco. Mürvet aproveitou para amamentar Şükran, e Fatma, para preparar dois quartos para seus convidados. Ela cobriu os colchões com lençóis limpos e Mürvet olhou com gratidão para a mulher que a recebia tão bem, sem nunca a conhecer.

— Obrigada, Fatma — murmurou Murka.

— É uma honra receber a família de Kurt Seyit em nossa casa. Se você tivesse vindo antes, que lindo verão teríamos passado juntas! Fico muito sozinha aqui, e adoro a companhia de outras pessoas — disse Fatma, olhando com carinho para as crianças.

— Somos muito agradecidas mesmo — complementou Emine, que até aquele momento se mantivera calada, só observando.

— Não é esforço nenhum, minha senhora. Que Alá a proteja! — disse ela, debruçando-se sobre Şükran, que mamava avidamente.

Mürvet sabia que a admiração que ela via nos olhos de Fatma, talvez até uma tristeza, não se devia apenas à falta de filhos. Não havia o menor ciúme ou inveja em seu coração. Ela tentou confortá-la, pois Fatma havia perdido um filho.

— Você é jovem ainda, e terá outros filhos — disse Emine.

— Acho que não. Eu vivi tempos difíceis. Sofri muito. Não quero me lembrar daqueles dias de dor, mas a verdade é que a lembrança sempre viverá comigo.

Então ela se levantou, rindo. Era aquele tipo de pessoa que ria em meio à dor.

— De qualquer forma, o passado está no passado, e eu tenho Dimyan agora.

— Sim. E, como disse a minha mãe, vocês poderão ter filhos.

As duas sorriram timidamente uma para a outra. Fatma aconselhou que Mürvet desse um banho em Şükran e a colocasse na cama, pois a criança estava quase dormindo, mas necessitava se lavar. Leman também se banhou na água da irmã, mas, ao contrário, estava elétrica e não queria dormir.

— Vamos, deite seu bebê confortavelmente e venha jantar um pouco — disse Fatma.

Murka fez sua filha dormir e se juntou aos outros.

Leman estava nos braços de seu pai. Tentava acalmar suas saudades dele, acumuladas por meses de ausência. Ela sacudia sua franja, murmurava no ouvido do pai, beijava seu queixo e suas bochechas. Às vezes, batia palmas de pura satisfação por estar com seu pai novamente. Ela parecia que passaria a noite toda acordada. Seyit conversava com a filha, entre goles de bebida. Enchia as bochechas e as mãozinhas de Leman com beijos. Ele estava feliz naquela noite. Estava falante, brincalhão, e contou histórias engraçadas, que fizeram até Emine rir.

Na hospitaleira mesa de Fatma e Dimyan eles tiveram uma ótima noite. Emine se incomodou um pouco com as bebidas, mas escolheu o silêncio como sua companhia.

Mürvet, por outro lado, estava grata demais por ter encontrado seu marido.

Muito tarde da noite, todos se desejaram boa noite e se retiraram para seus quartos. Emine se instalou em um quarto com as crianças, e Seyit e Mürvet foram para o quarto que Fatma tinha preparado para eles. Assim que a porta do quarto se fechou, cheio de saudades, ele abraçou sua esposa. Aquele foi muito diferente do abraço que ele lhe dera antes, quando se encontraram. Mürvet sentia que sua respiração estava entrecortada, e ela se perguntava o que acontecera com todas as frases de raiva e de revolta que ela queria expressar ao marido por todos aqueles meses de ausência. Ela se deixou ficar entre os braços bronzeados pelo sol de seu marido, e deixou todas as queixas no passado. Seyit, ora a sufocava com beijos, e ora com os lábios enterrados entre os cabelos, murmurava o quanto sentira falta dela. Era tudo que Mürvet queria ouvir.

Algum tempo depois, deitados um nos braços do outro:

— Amanhã todos voltaremos juntos, Murka. Eu vou embora com você.

A jovem, espantada, olhou nos olhos dele.

— Por que você não foi antes, Seyit?

O homem, que segurava sua esposa nos braços, estremeceu levemente.

— Eu não podia, querida, eu não podia. Não tinha cinco centavos no bolso quando consegui um emprego com o Dimyan. Eu não podia deixá-lo na mão, mas me recuperei muito bem aqui e juntei algum dinheiro. Começava a trabalhar antes do nascer do sol, e trabalhava até quase cair nos campos ou nos estábulos. Estou cansado, mas valeu a pena. Ganhei um bom dinheiro, Murka. No entanto, se eu saísse daqui sozinho, gastaria esse dinheiro — ele olhou para a esposa, rindo. — Sabe, um pouco de vodca, um chapéu, um vestido para as crianças, e o dinheiro acabaria antes de eu chegar em casa. Aqui não tem onde gastar, por isso eu o juntei.

— Onde você ficou? Você sempre esteve aqui na casa do Dimyan? Quando decidiu voltar conosco?

— Nossa, quantas perguntas — ele riu. — Vamos lá: eu tinha um quarto perto dos estábulos, um simples quarto, e não tinha como receber você, sua mãe e as crianças lá. Eu não pensava em ir, mas Dimyan, ao ver Lemanucha e Şükran, me aconselhou a voltar com vocês. Então, já que ele não precisa mais de mim, decidi ir.

Seyit abraçou sua esposa e a puxou para seu colo. Seus olhos brilhavam como dois isqueiros acesos. Ele sorriu.

— Quando vi você, eu decidi — ele a beijou. — Talvez, se você não tivesse vindo aqui, eu não pensaria em voltar por um longo tempo.

Mürvet balançou a cabeça, discordando do comportamento do marido, e o velho ditado "o que os olhos não veem, o coração não sente" veio à sua memória. Mas ao olhar a aparência do marido, sentir o calor dos braços fortes dele, ela percebeu o quanto sentira falta daquele amor. E pensou que, talvez, eles ainda tivessem uma chance de serem felizes juntos. Olhou com compaixão para o rosto de Seyit, que pegou a mão dela e pressionou os lábios na palma, subindo para o comprimento do pescoço. Ela fechou os olhos e se entregou àquela sensação.

— Quanto eu senti sua falta, minha linda Murka — murmurou ele, enchendo o coração dela de alegria.

Era quase manhã quando eles se abraçaram e adormeceram.

Na manhã seguinte, partiram, depois de um agradável e longo café da manhã preparado por Fatma. Quando eles estavam de volta à casa na Praça Cinci, Mürvet sentiu como se tivesse vencido uma grande batalha ao trazer o marido de volta. Seyit também ficou contente ao ser recepcionado com alegria por Fethiye e por Necmiye que, quando viram o cunhado, gritaram e aplaudiram. De repente, ele percebeu o quão feliz poderia ser com a numerosa família de sua esposa. Ele era o único homem esperado na casa pela sogra, cunhadas, esposa e filhas, e isso tinha que ser um prazer. Como ele não percebera isso antes? E ele riu de seu próprio espanto.

Seyit não saiu de casa até a manhã de segunda-feira. Mas ele precisava arrumar uma forma de ganhar dinheiro. O que havia acumulado, se não fosse investido, logo acabaria. Ele, então, saiu decidido a procurar um local para abrir outro restaurante.

Seyit esteve no ramo do entretenimento quase a vida toda. Tinha altos e baixos o tempo todo, mas nunca houve um momento de total firmeza. Ele gostava de abrir restaurantes com música ao vivo e dançarinas russas. Então, novamente, ele tinha um plano. Possuía sete libras para alugar um espaço, uma loja. Seu sobrinho, o poeta Hasan, novamente poderia trabalhar com ele. Não podia ser um local elegante nem um restaurante caro, como ele sonhava, pois ainda não tinha meios para isso.

Caminhando pelas ruas à procura de uma placa de aluga-se, ele se lembrou da oferta de ajuda de Yahya, tempos atrás. Poderia ir falar com ele. Então, antes de voltar para casa, decidiu parar em seu bar.

Yahya recebeu Seyit, a quem ele amava muito, com cordialidade.

— Seyit, estou tão feliz em vê-lo! Onde você esteve? Venha se sentar e me diga — Yahya continuou, depois de apontar para uma cadeira. — Meu amigo, você me parece bem. Saiu para o alto-mar, o que você fez? A saúde jorra do seu rosto.

— Graças a Deus, Yahya. Eu tive um tempo difícil, mas agora é como se tudo estivesse indo bem.

Então ele contou para o amigo sobre os últimos meses. E, finalmente, sobre seus planos.

— É por isso que eu te incomodo, Yahya. Talvez você possa me ajudar. Eu quero montar um novo restaurante, mas tem que ser um local barato.

Sabe, pode ser um lugar fechado que você conheça, melhor ainda se já estiver montado.

Yahya se inclinou para trás, sorrindo. Seyit estava curioso.

— O que é isso, Yahya?

— Você veio a mim bem a tempo, filho. Por que não me diz quando está com problemas? Eu não me importo, Seyit. Você não confia em mim?

— Você sabe o quanto eu confio e amo você, Yahya. Mas todo mundo tem sua própria vida, e todo mundo tem problemas suficientes para se incomodar com os dos outros.

— Bem, se eu me encontrasse com um problema, você não me ajudaria? É isso?

Pois eu estou enterrado neles. Não importa se você traz mil ou mais um.

Eles começaram a rir. Yahya sabia que tinha que ser extremamente cuidadoso em sua oferta de ajuda a Seyit. Então ele disse o que tinha em mente.

— Olha, Seyit, quero que você me escute desta vez, por favor. Porque o homem que você procura está sentado na sua frente.

Seyit imediatamente balançou a cabeça, em objeção. Yahya, estendendo a mão, agarrou o braço dele.

— Escute-me. Meu Deus! Eu sei da minha vida. Você é o homem mais teimoso que já conheci, Seyit Eminof. Estou velho e cansado, já tenho o suficiente para viver, não tenho herdeiros, e quero lhe passar este lugar.

Seyit pensou um pouco e apresentou sua condição.

— Com uma condição. Quero lhe pagar um aluguel e também por tudo que tem aqui.

— Ok, ok. Se você quiser pagar, você paga. Ok.

— Tem certeza de que quer me passar este lugar?

— Absoluta. Eu estava à sua procura.

Seyit pensou por um momento e disse: — Concordo. Obrigado, Yahya. Muito obrigado.

Uma semana depois, o restaurante, que começou a servir pratos típicos da Crimeia, com suas toalhas e guardanapos engomados, estava aberto na rua Küçük Bursa, adicionando um novo sabor à variedade fervente das ruas de Beyoğlu.

CAPÍTULO 14

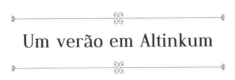

Um verão em Altinkum

Alguns meses após o início do pequeno restaurante, Seyit já havia pagado suas dívidas com Yahya. No entanto, para estabelecer um negócio tão bom quanto ele pensava, tinha que trabalhar duro. Logo o lugar começou a parecer pequeno, então ele ocupou um grande espaço ao lado e continuou com seu trabalho.

Eles ainda moravam ao lado de Emine, na parte turca de Istambul. No entanto, Seyit não estava mais com aquela ideia de separar as despesas da cozinha da sogra. Afinal, agora ele se sentia confortável com sua contribuição para as despesas da casa.

O restaurante possuía um porão, e Seyit, com a ajuda de dois russos brancos e um conhecido da Crimeia, novamente começou a produzir vodca de limão e vender para restaurantes, além de servir no seu próprio estabelecimento. Era uma nova fonte de renda. Embora ainda se visse longe de onde queria estar, estava satisfeito com sua vida. Estava de volta ao ritmo febril dos velhos tempos. Mas ele estava feliz por ter trabalho suficiente para fazer, e esperançoso em relação ao futuro. Logo, ele teria juntado uma renda com a qual poderia manter um belo apartamento em Beyoğlu, e viver a vida que desejava.

Quando o outono chegou, Seyit abriu outro restaurante perto da Mesquita Azul e colocou seu sobrinho Hasan à frente na administração. Como sempre, ele havia mobiliado seu próprio quarto confortável no local de trabalho. As noites em que o restaurante fechava muito tarde, não retornava para casa e dormia em Beyoğlu. Por causa dessas curtas noites de separação, Mürvet se rebelou. Ela admitia que fazia parte do trabalho de seu marido, mas depois de três meses separada dele, ela o queria por perto todos os dias.

As crianças estavam crescendo. Leman tinha quase três anos, com sua atitude glamorosa, calma e agradável. Şükran também era uma criança muito linda. Tinha os olhos azuis como os do pai, embora, mesmo assim, ela não conseguisse chamar a atenção dele para ela. Seyit sempre fora muito ligado a Leman, e Murka, talvez para não deixar que sua caçula se sentisse rejeitada, sempre fora muito ligada a Şükran.

Seyit agora pensava em uma só coisa: estabelecer sua situação financeira em Istambul e garantir que fosse permanente. Ele amava Mürvet, amava suas filhas, e não queria mais se separar da família. Ele sentia falta delas. Mesmo nas noites em que era obrigado a dormir fora de casa, ele se sentia muito solitário. Eram os laços do casamento, aquelas conexões permanentes e sensíveis que ele aprendera com seus pais, e estava feliz por agir assim. Se ele se lembrava de Shura? Sim. Sempre se lembraria dela, e a amaria também. Shura fora seu grande amor na vida. Era impossível para ele sentir o amor e a paixão que sentira por Shura, por uma segunda mulher. Embora tivesse consciência de que Shura estava no passado, também sabia que ela estava guardada em algum compartimento dentro dele, separado só para ela, que somente ele podia ir lá e visitar aquelas lembranças. Ele não se culpava por, às vezes, ir lá visitar aquelas memórias. Havia atravessando muitas estradas com Shura. Ela fizera parte de sua vida e estava de forma indelével dentro dele. E como é possível desgostar de mais de uma pessoa, de graus diferentes de desgostos, é possível amar mais de uma mulher. Mas, como seu passado na Crimeia, com seus pais e irmãos, Shura agora estava "enterrada" em outra parte do mundo. Quando ele mentira a Murka dizendo que Shura estava morrendo, de certa forma ele a matara do convívio físico dele; cortava os laços. Mas como conter seus pensamentos?

Mürvet, por outro lado, era tão amorosa quanto uma boa esposa podia ser. Sempre lhe esperava em sua casa, e era a mãe de suas filhas. Embora ciumenta, era leal.

Até seu rosto lhe parecia bonito aos seus olhos agora, e eles estavam aprendendo a viver juntos.

O inverno que ligou os anos de 1926 a 1927 passou ligeiro. O trabalho não diminuiu o hábito de beber de Seyit, mas pelo menos ele se afastara do pessimismo e da miséria que o haviam rodeado. Agora ele tinha projetos de independência financeira. Seu objetivo era fornecer entretenimento aos seus clientes em todas as estações de Istambul. Ele queria estabelecer uma cadeia de cassinos. E perto dos cassinos, hotéis elegantes. Ele vivia dia e noite com esse sonho.

Era início da primavera. Os dois clientes que constantemente iam ao restaurante o convidavam para sua mesa. Os proprietários da Akay Ferry Company, Mirza e Beyler, eram extremamente respeitáveis. O senhor Mirza entrou no assunto sem mais delongas.

— Olha, Seyit, estamos observando você há bastante tempo. Devo dizer que o parabenizamos por seus esforços e habilidades na condução e gerenciamento dos negócios. O verão está chegando. O que você pretende fazer?

Seyit levantou os ombros, com um sorriso.

— Francamente, não pensei em nada para o verão fora de Beyoglu, Mirza. Na verdade, eu não tive muito tempo para isso no inverno. Creio que haverá movimento por aqui também no verão.

Ele se lembrava da má experiência do verão anterior. Então riu. Como podia rir ao se lembrar de sua derrota no Caddebostan? Ele também se surpreendeu e, então, ficou sério.

— Existe algo que eu possa fazer por vocês? — ele perguntou.

Beyler tomou a palavra.

— Seyit, como Mirza disse, o verão está chegando. As balsas estarão cheias, e pessoas procurarão um lugar para ir ao Bósforo. Ao avaliarmos isso, pensamos que poderíamos trocar ideias com você e fazer uma parceria.

Seyit ficou subitamente muito empolgado. Estava chegando perto dos seus sonhos? Esforçou-se para parecer calmo.

— Você tem alguma ideia já estabelecida? — Seyit perguntou.

Mirza continuou: — Podemos pensar em algo para entreter os clientes em algum lugar ao longo das rotas da balsa. Não me interprete mal, Seyit, mas você conhece bem essas coisas de entretenimento.

Seyit não conseguia parar de rir.

— Por favor, por favor. Não me interprete mal.

Seyit acenou com a mão no ar, rindo. Então ele continuou.

— No entanto, se eu não tiver que desistir do meu restaurante aqui, terei prazer em participar do seu projeto.

— Bem, o que podemos fazer?

Seyit cruzou os braços e se inclinou sobre a mesa. Praia, lindas paisagens, de repente, Seyit se perdeu em sua imaginação. Ele obviamente gostava do que pensava. Um restaurante à beira-mar, ao lado do píer. Pratos leves e frios servidos durante o dia. O cardápio mudaria à noite, com uma orquestra e dançarinas russas. Para clientes que quisessem pernoitar, havia os hotéis de seus parceiros, e ele ganharia sua parte em tudo isso. Ele olhou para os outros como se tivesse acabado de ser preparado para o julgamento. Os homens estavam excitados pelo brilho que perpassava os olhos de Seyit. Selim disse:

— Você, então, aceita nossa proposta, Seyit?

— Creio que podemos conversar.

— Excelente, Seyit — disse o outro.

— Nós confiamos em você — declarou Beyler.

— Tenho certeza de que sim — disse Seyit.

Após essa frase, esperaram em vão que ele perguntasse sobre suas condições de trabalho. Depois de Seyit sinalizar para o garçom encher os copos vazios, e os pratos de aperitivos, ele parecia esperar os outros falarem. O que eles tinham a dizer, por enquanto. Os dois parceiros se entreolharam. Beyler gentilmente tossiu e limpou a garganta.

— Seyit Bey, se você achar melhor, podemos arcar com as despesas no arranjo do cassino, e o forneceremos montado para você trabalhar. Dividiríamos em partes iguais os rendimentos. Colocaremos todos esses termos no papel. Essa oferta irá satisfazê-lo?

Seyit, ao ouvir aquela proposta, muito melhor do que ele pensava, olhou gentilmente para os dois homens. Não fazia sentido se iludir e fazer um capricho. Então se inclinou para trás e olhou nos olhos deles.

Ele disse.

— Concordo que devemos colocar todas as cláusulas do que discutimos hoje no papel, senhores. E se for da forma como me falaram, aceito sua gentil oferta.

Naquela noite, ele comemorou em seu restaurante, com seus novos parceiros, e depois foi ao restaurante ao lado da mesquita comemorar com seu sobrinho. Ele estava animado para ir para casa e dar a notícia para sua esposa. Mas era tarde demais para bater à porta de casa, e ele somente assustaria as pessoas. Porém, ao receber as notícias da parte de Seyit, Mürvet ficou muito satisfeita. Aquele grande verão seria capaz de se repetir? Enquanto isso, as pessoas da casa tinham novas notícias para Seyit. Fethiye tinha um candidato à sua mão. À meia-noite, a situação ainda era discutida em casa. Seyit era contra esses procedimentos arranjados, colocar a garota diante do noivo para ver com qual candidato ela iria se casar.

— Ela não é nova demais? — ele perguntou.

— Seyit, ele é apenas três anos mais nova que eu. Lembra com quantos anos eu me casei? — disse Murka.

— Como eu posso esquecer que você era uma criança quando se casou?

Então, lembrando que havia tocado no ponto mais vulnerável de sua esposa, a puxou para ele e colocou o braço em volta do seu ombro.

— Mas Fethiye é diferente. Ela sobe nas copas das árvores assim que volta do trabalho, persegue gatos pelo bairro. Ela é travessa como um garotinho. Como vai se casar?

Emine, da sua cadeira, sorriu.

— Quando casada, ela aprende a não perseguir gatos — disse Emine.

— Quem é nosso candidato a noivo? — perguntou Seyit.

— Ele era o chefe de Sarıyer. É uma pessoa muito legal e muito calma. Bem, até onde sabemos — respondeu Emine.

E foi decidido que Fethiye se casaria com Ethem. A mesma pressa do casamento de Mürvet foi repetida. Pouco tempo depois, Seyit foi para um cassino em Altınkum. Mürvet não pôde ir à abertura por causa da noiva. Todo mundo estava com pressa. Mas desta vez havia uma diferença, e tudo correu bem.

Era a primeira semana de junho. As águas do Bósforo, refletindo o sol, brilhavam. Seyit partiu para Altınkum no navio a vapor Company Hayriye número 74, que partiu de Sirkeci à tarde. Altınkum, areias douradas, ou pequena Bretanha, era um distrito no oeste da Turquia. Os visitantes eram predominantemente turcos ou britânicos, mas nos últimos anos os turistas de países como Hungria, Bulgária e Romênia o visitavam cada vez mais. Desta vez, seria diferente. Tudo estava registrado no papel. Ele não investiria seu próprio capital naquele projeto, entraria com seu trabalho e não incorreria no mesmo erro de fechar os restaurantes de Istambul.

Novamente ele estava em meio aos membros da orquestra, que cantavam músicas apaixonadas, como se quisessem se conectar com seus clientes. As sedas flutuantes ao vento, os chiffons das saias estampadas, as meias de seda enroladas nas pernas. Como não se render à brisa novamente? Os chapéus chiques e os cabelos presos em coques; os vestidos vermelhos, rosas, e os rostos travessos dos lábios rosados pelo sol. Para Seyit, não era difícil descobrir quais mulheres seriam as clientes mais assíduas do cassino. Com a elegância de seu terno de linho branco, vagando entre os clientes, os sorrisos aparecendo em seus olhos e lábios, recebia propostas animadas. Ele puxou a corrente presa em seu colete e olhou. Uma ótima noite para viver esperava por eles.

Seyit voltou para casa após a noite de abertura, que foi chamada de "grande sucesso" por seus parceiros.

Logo chegou a noite do casamento de Fethiye, e toda a família e amigos se reuniram para a cerimônia. Mürvet sentiu muito por sua irmã estar inquieta, tensa e sem vontade de se casar. Sentada na condução que as levava à igreja, teve pena dela e segurou sua mão. Olhando uma para a outra, elas sorriram. O som do chamado à oração criou um ar de adoração. Todo mundo se calou. Os idosos levaram a mão direita ao coração e murmuram suas preces. Apenas os sons das ferraduras dos cavalos eram ouvidos. Fethiye apertou mais a mão de Mürvet e ficou rígida.

De repente, cavaleiros que galopavam na direção oposta atiravam, trazendo medo e pavor. As jovens e as crianças começaram a gritar. As mulheres abraçaram seus filhos. Os homens olharam, antes que soubessem o que fazer. Seguindo os cavaleiros armados, vinham carros com som. Logo se percebeu que essa era a equipe que animaria o casamento. Todo mundo soltou um profundo suspiro. Seyit assistia a tudo isso com um sorriso por baixo do bigode. Deus devia tê-la protegido de tal casamento.

Com armas na frente, atrás dos instrumentistas, os convidados atrás, chegaram ao local da festa de casamento. Uma enorme tenda quadrada foi montada no jardim. Em frente à porta havia um carneiro com chifres pintados de dourado e adornado com fitas.

A noiva e os outros convidados desceram dos carros.

Na frente da porta estava a sogra. Ao lado dela, o noivo. Seyit, que levava Fethiye pelos braços, estendeu a mão da cunhada. De repente, seus olhos se encheram de lágrimas, e ela gritou. Mürvet correu para o lado dela. Seyit passou para o outro lado.

— Eu não vou me casar com esse homem, que parece uma abóbora —

murmurou Fethiye para sua irmã. Eles, com muito custo, a acalmaram e a silenciaram. Mas ela foi derrotada e convencida a se casar. Após a cerimônia, os convidados se dividiram pelas casas preparadas para eles e adormeceram.

Mürvet e Seyit começaram a se preparar para ir para Altinkum. Eles se despediram de Emine e estavam prestes a abraçar seus filhos e sair de casa quando viram Fethiye, que vestia seu casaco e segurava sua bolsinha. Seus olhos estavam inchados de tanto chorar.

— Eu vou com vocês. Não vou ficar aqui.

Murka tentou convencê-la.

— Vamos lá, Fethiye, você é casada agora. Seu lugar é ao lado do seu marido. Você vai fugir e voltar para a casa de nossa mãe?

— Bem, eu vou — disse Fethiye. — Se minha irmã pode ficar, eu também posso. Eu vou — ela batia o pé como uma garotinha. Seyit endureceu a voz levemente.

— Olhe para mim, Fethiye. Você se casou com Ethem. Sua irmã está casada comigo. Você ficará com seu marido, e ela virá comigo.

Seyit não conseguiu suportar as lágrimas que caíam aos montes dos olhos de Fethiye.

— Ok, querida. Você fica esta noite com as crianças, e irá amanhã.

Mürvet, naquela noite, conversou bastante com Fethiye, que voltou para o marido, após refletir. Ela finalmente entendeu.

No dia seguinte, Emine foi a Sultanahmet com sua filha Necmiye, e Mürvet foi para Altınkum com as filhas, para encontrar o marido.

Fethiye e seu marido barbeado, o melhor homem do mundo, ficaram em Sarıyer para se entenderem.

Quando Mürvet se aproximava do cassino, escutou as músicas de tango e as vozes alegres ao redor da praia. Leman segurava sua mão. Seyit correu ao encontro delas assim que as viu, rindo e beijando sua esposa.

— Bem-vinda, Murka. Você se sente confortável? Sabe, eu não tinha certeza de que Fethiye deixaria você vir. Que menina louca!

Mürvet também não pôde deixar de rir, mas pareceu um pouco pensativa.

— Finalmente ela se convenceu de que estava casada.

Seyit, segurando Leman nos braços, dando a mão à sua esposa, disse:

— Vamos lá, agora aproveite o momento.

Uma casa pequena e charmosa ficava ao lado da entrada do cassino. O lugar cheirava a limpeza, e a sala e os quartos estavam mobiliados. Um com armário e cama de latão, e outro com uma mesa redonda de três pernas e várias cadeiras, um console de cedro e um espelho. Tudo estava impecável. Todas as janelas estavam voltadas para a praia. Mürvet voltou-se para o marido e sorriu com prazer.

— Seyit, que lugar adorável é este!

— Estou feliz que você tenha gostado. Você virá comigo toda vez que eu vier.

— Eu não posso vir toda vez. É difícil para as crianças, mas eu gostaria de vir de vez em quando.

Şükran estava com fome e começou a resmungar. Murka tentou silenciá-la, sacudindo-a em seu colo.

— Vou levar as crianças para comer alguma coisa.

— Você está cansada, Lemanuchka? — perguntou Seyit para a menininha, que estava na ponta dos pés para alcançar o peitoril da janela. Leman balançou a cabeça e sacudiu a franja.

— Estou com fome. Eu não comi — respondeu a menina.

— Muito bem, filha. Vamos comer — disse Seyit.

Leman bateu palmas, rindo. Aos olhos de seu pai, ela estava feliz por estar em um lugar especial.

— Lemanuchka é filha do chefe Seyit — disse Leman.

Ela riu com tanta alegria que Seyit se juntou à filha, dando risadas.

— Você quer ir à praia? — ele perguntou.

— Sim — Leman bateu palmas e gritou.

— Então coma toda a comida. Depois, sua mãe vai levá-la à praia.

— Ela também vai entrar no mar? — perguntou Leman.

— Lógico que vai! — exclamou Seyit. — Vamos, Lemanuchka, depois você vai trocar de roupa e se vestir para tomar bando de mar.

— Oba! Lemanuchka vai nadar no mar! Lemanuchka vai tomar banho no mar. Lemanuchka vai...

Mürvet, pensativa, trocava seu vestido por algo confortável enquanto ouvia a conversa da filha mais velha com o marido. Para Seyit, era como se eles só tivessem uma filha. Ela se virou para Şükran, que bocejava de exaustão. Então a pegou nos braços e logo a filha adormeceu. Mas Leman não tinha nenhuma intenção de dormir. Quando Mürvet colocou Şükran para dormir, deparou-se com uma senhora gordinha, simpática, de bochechas vermelhas e de meia-idade, que chegava. Seyit a tinha contratado como babá. Ela trazia uma pequena cesta cheia de papéis de ráfia, pedaços de arame, tecidos coloridos e materiais de costura. Quando ela viu que Mürvet olhou com curiosidade, puxou e mostrou a flor que estava fazendo. Murka expressou sua apreciação com um pequeno grito de espanto. A peça possuía uma haste verde e fina, e era como um broto de rosa pronto para se abrir. A flor era semelhante ao sexo feminino.

Ela queria, forçosamente, dar a rosa a Mürvet. Mas Murka ficou envergonhada.

Ela sabia que a mulher não fazia isso por diversão. Cada flor que vendesse, beneficiaria seu ganha-pão. Era seu trabalho.

— Muito obrigada. Eu não posso aceitar. É muito bonita, mas eu não posso.

A babá continuou sorrindo e parecia não entender o que Murka dizia. A rosa permaneceu nas mãos de Mürvet, que expressou seu agradecimento colocando a mão no ombro da mulher.

— Muito obrigada, madame.

A russa sorriu, mostrando dentes brancos.

— Nina, Nina Adrianova.

— Obrigada, madame Nina.

Nina entrou para cuidar das roupas das crianças, Mürvet pegou sua bolsa de praia e se foi com um sorriso. Antes, colocou a rosa na ponta do chapéu de palha e se olhou no espelho, ouvindo a voz encantadora da mulher russa.

— Haraşo! Haraşo!

Quão feliz ela a fez, sem perceber!

Murka respondeu com um sorriso e tomou Leman pela mão.

No momento em que pisaram na areia, foi impossível segurar Leman. A pequena saiu pulando, rindo, e voltou e abraçou as pernas da mãe. Uma moça que se aproximava delas cumprimentou Mürvet com respeito.

— Kurt Seyit disse para você preparar um lugar debaixo daquela árvore e descansar à sombra ao meio-dia — a moça apontou para uma árvore.

— Oh, sim. Obrigada.

Leman corria novamente pela areia, ia até a beira da água e voltava, e agarrava as pernas de sua mãe. Ela parecia muito fofa e engraçada em seu maiô amarelo.

— Não saia da minha vista, Leman, está bem?

Leman gritava quando as ondas alcançavam seus pés.

— Sim, sim, sim — repetia Leman. — Já vem elas de novo! Veja, mamãe, as ondinhas estão querendo me pegar... — ela saltava e ria à vontade e feliz.

A cozinha do restaurante possuía uma variedade de carnes frias, salada com maionese, pratos com frutas, e muitos outros. Seyit mandou servi-las na praia, no conforto de uma mesa sob a árvore. Foi um dia mágico para Leman. À noite, ele se juntou à família e perguntou, beijando sua esposa na bochecha:

— Você está satisfeita, Murka?

— Não poderia ser de outra maneira, Seyit. Leman está se divertindo demais. Não sei como essa garota não cansa.

— Com certeza ela está cansada, mas deixe-a se divertir.

Ele acendeu um cigarro.

— Sabe, Murka... uma das coisas que mais sofro na vida são as horas gastas no sono. Quem sabe o que perdemos enquanto dormimos?

Mürvet não encontrou nada para responder, por ora. Às vezes, estava tão cansada que não via a hora de dormir.

— O que poderia perder, Seyit? Em algum momento, todo mundo dorme.

O jovem riu.

— Não, Murka. Você pensa assim. Se algumas pessoas dormem, outras não.

Ela havia se calado novamente.

Seyit se inclinou sobre a mesa e beliscou a bochecha de sua esposa, que estava corada por causa do sol. Ele deu um beijo nos dedos da mão direita dela, se inclinou e sussurrou.

— Destino, Murka. O destino nunca dorme.

A filha veio correndo na direção dele e Seyit a abraçou.

— Você está se divertindo?

Apesar de ter um chapéu na cabeça, o rosto de Leman estava vermelho. Ela franziu os lábios e deu um beijo na testa de seu pai.

— Você entraria no mar com seu pai? Vamos nadar juntos?

Leman bateu palmas como resposta. Na água com o pai, ela nadou na segurança dos braços dele e bateu as pernas, fazendo uma infinidade de espuma.

— Não tenha medo, Leman. Olha, eu estou com você. Agora vou segurar sua cintura e você vai tentar ficar na água, ok, minha filha?

Leman se atrapalhou e engoliu muita água, mas sua voz ainda estava animada. Ela tinha certeza de que seu pai estava ao seu lado e pronto para lhe ajudar, sabia que ele não iria querer seu mal.

Gritando, se esforçava para cumprir o que era esperado dela. Mas nadar era muito difícil. Seyit, ocasionalmente, a fazia relaxar em seus braços, e depois a soltava e assistia novamente.

— Muito bem, minha filha. Você está quase aprendendo a nadar. Minha filha vai nadar como um peixe. Venha, Lemanuchka.

Mürvet se levantou com entusiasmo para receber o marido e a filha. Seu coração quase saíra pela boca. Ela sabia que o marido nunca iria gostar se revelasse que estava com medo de a filha entrar no mar. Leman era corajosa e queria provar sua habilidade, mas isso era perigoso. O mar não é um laguinho inofensivo.

— Muito bem, filha. Muito bem, Leman. Para hoje, foi suficiente. Você nadou bonito, garota. Vamos comer?

Quando o sol começou a perder a influência da temperatura, Mürvet deu banho em Leman e alimentou Şükran.

— Vou levar Leman para comer — disse Seyit. — Depois de alimentar Şükran, você nos encontra no restaurante. Está bem?

— Mas eu queria ficar um pouco com Şükran.

— Tudo bem. Eu volto para buscá-la.

No entanto, Seyit voltou meia hora depois, sozinho.

— Não se preocupe com Leman. Ela comeu e está dormindo no escritório. Deitou-se e adormeceu.

Sua perda de controle sobre as filhas, mesmo que temporariamente, deixou Mürvet um pouco chateada. Seyit, com uma expressão astuta, perguntou, ao se sentar ao lado dela:

— O que é isso? Você não está feliz por estar sozinha com seu marido?

— Seyit, eu disse algo assim agora?

— Algumas coisas podem ser expressas sem serem ditas.

Mürvet notou que seu marido ainda não havia aprendido a lidar com a sensibilidade. Ele sorriu.

— Eu não sou tão engenhoso assim — disse Seyit, colocando o braço em volta dos ombros da esposa.

O sol se punha e uma névoa cobria a praia. As ondas chacoalhavam a areia, e o mar estava tão intenso quanto Seyit que, segurando a mão de sua esposa, levantou-se.

— Vamos, Murka, vamos passear na praia. É um horário lindo para se ver o mar.

Com as ondas acariciando seus pés, eles começaram a andar na areia molhada. Enquanto a água recuava e as conchas das ostras eram enterradas na areia, a última luz do sol refletia, deixando a superfície da água como madrepérola. A praia estava vazia àquela hora. Eles continuaram a caminhar, sem conversar por um tempo. Seyit parou por um momento e, com cuidado, tocou no rosto de sua esposa. A jovem mulher, com a pele rosada pelo sol, os olhos brilhantes, o nariz arrebitado, os pequenos lábios carnudos, era como uma pintura. O chapéu de ráfia de palha, decorado pela rosa, contornava a bela face e segurava parcialmente os cabelos escuros matizados pelo sol. O vento colava o fino vestido de linho ao corpo esguio, marcando seus seios, a cintura fina e as longas pernas. A expressão daquela mulher, em comparação com a criança com quem ele se casara, mostrou uma imagem contrastante. Seyit estendeu a mão e juntou os fios de cabelo que caíam no rosto dela, e os prendeu debaixo do chapéu.

— Você percebe o quão bonita é, Murka? Especialmente agora, quando está contra o sol? É como se não pertencesse a este mundo.

— Você me mima, Seyit.

— Como posso mimá-la, se você não me deixa fazê-lo?

Então ele continuou.

— Quero dizer: se você aprendesse a olhar a vida como eu, viveria melhor comigo. Olha que oportunidades eu crio para mimá-la!

Mürvet não sabia o que o marido queria dizer. Ela não perguntou, e Seyit mudou de assunto.

— Sabe, Murka, se você tivesse conhecido Alushta, também teria amado aquele lugar. Sim. Eu tenho certeza de que você teria amado Alushta. O litoral, as rochas, as enormes raízes das árvores, o mar... — a voz de Seyit estava abatida, ela pensou consigo mesma.

— Quem sabe... talvez, um dia, eu conheça a sua terra, Seyit.

Ele não respondeu. Não acreditava naquilo. Voltaram em silêncio. Tudo estava quieto. Leman já havia sido levada para o quarto e dormia profundamente. Seyit, lavado e vestido, deixou sua esposa para ir ao cassino.

Ele a beijou.

— Você também pode descansar um pouco, Murka. Nina ficará aqui a noite toda. Não se preocupe com as crianças. E nós voltaremos para casa juntos.

Mürvet olhou para o marido, incrédula.

— Vamos juntos?

Seyit deu-lhe um olhar sério, mas travesso.

— Você quer ficar? Eu tenho que voltar. Sabe, preciso dar uma olhada nos restaurantes de Beyoglu amanhã.

Murka sorriu, envergonhada.

— Eu não quis dizer isso, Seyit. Quer dizer, eu não sabia que você voltaria assim, imediatamente.

— Sim, querida, eu voltarei por um dia ou dois. E então virei novamente. Você pode vir comigo, se quiser. Passaremos o fim de semana aqui.

Na saída, ele a beijou mais uma vez.

— Descanse, mas não demore. Vou te esperar.

Mürvet, depois do banho, deitou-se na cama, vestida sua combinação, e abraçou Şükran. Leman dormia no outro quarto, com Nina Adrianova. Vendo que suas filhas estavam em segurança e dormindo profundamente, ela se entregou ao langor. Seu corpo cansado pelo sol, seus olhos em chamas pela água salgada, a frescura limpa da cama, tudo era tão convidativo para dormir. Lentamente, seus olhos se fecharam.

Sonhou que ela, o marido e as filhas caminhavam nas areias da praia sob um pôr do sol idílico; que Şükran corria ao seu lado, às vezes à sua frente, e Leman sempre ao lado de Seyit, às vezes à frente dele. Em certo momento, o chapéu de Leman foi levado pelo vento, a filha gritou e correu para pegá-lo. Embalando as imagens, um som agradável de música, à distância. Subitamente, ela acordou. Estendeu a mão, e a cama estava vazia. De repente ela pulou, assustada. O quarto estava escuro e ela foi até a janela. Não podia acreditar que não tinha sido real, que fora um sonho. Ela também não fazia ideia das horas.

Nina Adrianova e as crianças não estavam por perto. Eram oito e meia quando ela olhou no relógio de mesa. Ao mesmo tempo, a porta se abriu lentamente, e ela ouviu o barulho das crianças. Ficou aliviada. A mulher russa havia colocado cada uma das crianças em um braço e tentava falar com elas em russo. Leman não entendia direito, mas ria, e embora sua irmã não entendesse nada, participava da brincadeira.

Curiosamente, Nina Adrianova ria mais do que elas. Ela ficou envergonhada quando viu o estado de ansiedade de Mürvet, e tentou se explicar.

— Você dormiu muito bem, madame. Eu alimentei as crianças. Nós já demos um passeio e chegamos agora.

Mürvet ficou tão aliviada quando viu suas filhas ilesas e felizes, que não quis insistir nisso. E quão cansada ela deveria estar, que as crianças acordaram e deixaram a casa, e ela nem percebeu. Na verdade, devia um agradecimento a essa mulher.

Então sorriu para ela.

— Obrigada, madame Nina. Espero que não tenham incomodado você.

— Não. Nem um pouco. Você se chateou?

Mürvet disse que não, e madame Nina se retirou com as crianças. Enquanto ela falava, Leman continuava a rir e a chamava de "Ninushka". Şükran apertava as bochechas rechonchudas da mulher e gritava.

Aparentemente, a amizade delas havia percorrido um longo caminho. Nina chamava Leman da forma que Seyit gostava de brincar com a filha: Yemanuşka. Mürvet, de repente, não gostou que a mulher russa chamasse sua filha de Yemanuşka, pois o nome lhe lembrava o de Shura. Sua filha também repetia o nome Yemanuşka e parecia que estava adorando aquilo. Ela falou com uma voz grave.

— Seu nome é Leman. Le-man. Repita, Leman.

A menina balançou a cabeça, com uma atitude negativa. Sua franja brilhava. Então, teimosamente, jogando a cabeça para cima, ela disse:

—Ye-ma-nush-ka, filha de Kurt Seyit Eminof.

Mürvet fica surpresa com o fato de que o que a incomodava há muito tempo foi explicado em sua própria língua por sua filha. Ela não ia discutir com a menina na frente da mulher.

Mas sentiu a necessidade de dizer uma ou duas coisas:

— Que vergonha, Leman, que vergonha. É muito feio responder à mãe assim.

Leman nunca entendeu por que era uma vergonha ser chamada pelo nome russo. Porque ela gostava do nome que seu pai lhe dera. E era difícil entender por que era uma pena repetir seu nome. Nina, gentilmente, levou as crianças para a sala da frente e colocou Şükran no sofá, enquanto conversava com Mürvet.

— É tarde, madame Eminof. O cassino é muito bom agora à noite. Não se preocupe. Ficarei aqui com as crianças.

Mürvet se arrumou, então, para sair, mas ela não usava batom. Seus olhos pareciam tão lindos em sua pele queimada, que não precisava de outra cor no rosto. Ela usava um vestido de chiffon cor de osso sob uma peça estampada de visom, com o punho da mesma cor. Nos pés, seus sapatos de salto. Uma faixa do mesmo chiffon estava enrolada no pescoço, e seu cabelo estava preso com coque e um laço. Quando se olhou no espelho, se perguntou, espantada, o quanto ela se parecia com as modelos das revistas europeias que vira diligentemente em sua infância. Era tão bonita e elegante que muitas mulheres a invejavam.

Nina Adrianova expressou fervorosamente sua admiração.

— Haraşo, madame Eminof. Linda como uma bailarina.

Mürvet entendeu que a mulher realmente disse: "Você é como uma bailarina". Ela agradeceu com um sorriso, beijou as filhas e saiu da casa.

Quando entrou no cassino, ficou no topo da escada da entrada, à espera de ser reconhecida, mas Seyit imediatamente a reconheceu. Ficou impressionado com a elegância de sua esposa. Ele estava sentado no bar, com um homem e duas mulheres. Era um pouco desconfortável para Mürvet que ele brindasse com duas mulheres, mas ela precisava conter seu ciúme. Pedindo licença às pessoas à mesa, Seyit se levantou e foi até a esposa. Enquanto caminhava em sua direção, um sorriso feliz estampava seu rosto. Ele estendeu a mão, pegou a de sua esposa e colocou em seu braço.

— Você parece uma princesa, Murka. Que vestido lindo!

— Foi presente seu, Seyit.

— Eu sei.

Ele continuou andando em direção ao bar, acariciando a mão de sua esposa. Mürvet novamente teve problemas com a timidez que sentia com todos os estrangeiros que precisava conhecer. Ela não falava o idioma deles e sempre se sentia uma ignorante. Mas eles eram amigos do marido, então ela sorriu para eles. Era óbvio o orgulho de Seyit ao lhe apresentar como sua esposa. De fato, ela era uma das mais belas mulheres do cassino. Não estava em desvantagem entre as mulheres que preenchiam o quesito beleza e graça.

Mürvet se sentou à mesa com os amigos estrangeiros de Seyit. Embora bela, ela estava tão envergonhada, sentia um ciúme tão estúpido, que tinha vontade de sair e se esconder em algum canto.

A orquestra começou a tocar. A mulher que tocava o piano atraiu sua atenção. Os cabelos espessos, loiros e ondulados caíam em direção às têmporas. Ela usava um vestido preto muito simples, mas com um profundo decote nas costas. Com o decote, seus ombros e pescoço estavam à mostra. Era uma mulher muito jovem e linda. Tinha a idade de Mürvet, talvez mais jovem. Os castiçais sobre o piano iluminavam parte de seu rosto, e ela lhe pareceu uma boneca de porcelana. As teclas da música romântica enchiam seus ouvidos e ela não sabia se devia sentir ciúmes ou ter pena dela, pois a jovem lhe parecia triste.

Murka pensou: toda noite, quando não estou aqui, essa mulher está tocando piano, fazendo as pessoas chorarem ou rirem. Ela tinha um lugar importante na vida e no escopo deste cassino. E a mulher lhe lembrou Shura. Ela olhou para o marido, e dele para a jovem ao piano. Seyit também olhava para a mulher, e o coração de Mürvet pareceu se encolher. Foi inevitável não voltar alguns anos. A mulher que ela encontrara na lavanderia na rua Kulluğu.

Na verdade, aquela mulher poderia ser Shura? Não, não, ela deveria estar louca. Isso era demais. Shura estava morta, e ela tinha que parar de ter ciúmes dela.

Então bebeu sua vodca, rapidamente. Sabia que um pouco de bebida a confortaria. Ela não ouvia o que era falado à mesa. Também, mesmo se ouvisse, nada entenderia. Eles falavam em russo. Ela odiava aquele idioma! Seus olhos voltaram novamente para a pianista. Jovem, loira e linda. Igual a Shura. Igualzinha. A multidão ao seu redor parecia despreocupada. A mulher, muitas vezes com os olhos fechados, dedilhava seus longos e finos dedos sobre as teclas, como se sua mente estivesse longe, muito longe, em algum lugar. Quando seu nome foi anunciado, entre os aplausos, Murka suspirou, aliviada. Pela primeira vez, seu rosto foi totalmente iluminado pela luz das velas. Não era Shura. Murka quase ficou de pé para aplaudi-la. Seyit se aproximou de sua esposa e se inclinou na direção dos ouvidos dela.

— Sabe, Murka, se você não fosse minha esposa, eu a faria minha esposa hoje à noite.

— Faria?

Mürvet pensou que o marido queria experimentar uma aventura. Mas ela não pôde deixar de perguntar.

— O que aconteceria, Seyit? Eu não sei.

— Eu a faria minha mulher, cuidaria de você e depois proporia casamento.

Um copo de vodca tinha sido suficiente para relaxar os nervos de Mürvet. Descobrir que a pianista não era Shura, e ainda ouvir as palavras sedutoras do marido... De repente, ela estava explodindo de felicidade. Olhou para o marido, com um sorriso tímido.

— Seyit, todo mundo está nos assistindo, não?

Seyit a tinha colocado em seu colo.

— Você não é minha esposa, Murka? Você está satisfeita por ser minha esposa? Então, nada mais importa.

Seyit estava de bom humor. Ele estava feliz com sua vida. Passando pelo bar, ele apresentava sua esposa para todos. Na hora do jantar, levou-a para a mesinha do canto e, finalmente, se sentaram sozinhos. Mürvet sentiu que sua cabeça estava leve. Ela apreciava a música e a bebida.

— Os meus instintos dizem que você gosta daqui. Estou errado ou adivinhei? — disse ele. A jovem cruzou as duas mãos e respirou fundo, como se quisesse saborear o momento que vivia.

— É um ótimo lugar, Seyit. Eu o adoro. Gostaria que pudéssemos sempre ficar aqui.

— Vamos ficar, então.

— Mas e seu trabalho em Beyoglu?

— Bem, eu vou e volto. Você fica aqui com as crianças. Não seria ótimo tirar férias de verão? Sério, Mürvet. Se você quiser ficar, podemos ajeitar as coisas.

Vou a Beyoglu e volto no dia seguinte.

— De jeito nenhum, Seyit. O que eu vou fazer aqui sem você? Nós vamos juntos amanhã.

— Como você quiser, Murka.

Mürvet viveu uma noite dos sonhos. Ela olhou para o marido, com gratidão por sua vida. Estavam vivendo a melhor fase de seu casamento. Aquela noite estava sendo fantástica. Ela não queria sair dali. Mas o relógio não parou e a noite se foi. Seyit disse:

— Murka, se você for voltar para a cidade comigo, vá para casa e faça as malas.

Eu vou ficar aqui até o cassino ficar vazio, e depois vou buscá-la. A balsa sai cedo. Se você mudou de ideia, pode ficar.

— Estou indo para casa para arrumar as coisas.

— Não acorde as crianças. Nós as carregaremos em nossos braços, de qualquer maneira.

Nina Adrianova os acompanhou até o cais. Ela carregava seus pacotes.

Şükran embarcou na balsa, no colo de Mürvet, e Leman no colo de Seyit. Quando a balsa saiu da costa, o cassino parecia tão solitário que a tristeza cobriu Mürvet, pensando que o que havia deixado para trás nunca poderia ser repetido.

CAPÍTULO 15

Notícias de Alushta

Embora a mente de Mürvet permanecesse no fim de semana que passaram no litoral, ela não pôde voltar com o marido, pois Şükran estava doente, com febre e vômito. Então, ela teve que ficar com as crianças, perto da mãe, para receber ajuda de Emine, enquanto Seyit voltou sozinho.

Três dias se passaram desde o casamento de Fethiye com Ethem. Emine fez uma bandeja de torta e a entregou a Mürvet.

— Vamos, garota, leve isso para Fethiye. Quero ver como as coisas estão por lá. Não me sinto confortável sem saber das novidades.

Mürvet, segurando Leman pela mão, a bandeja de torta na outra, foi para Sarıyer, onde Fethiye morava com o marido. Ela também estava ansiosa para ver sua irmã. Ao chegar, encontrou a porta entreaberta, mas não entrou. Bateu uma e depois várias vezes seguidas, sem nenhuma resposta. Colocou a cabeça para dentro e gritou:

— Fethiye! Fethiye! Estou na sua casa, irmã.

Mas tudo era silêncio na casa. Mürvet ficou intrigada, e lentamente entrou e largou a torta sobre a mesa. A casa estava toda desarrumada, o dote de Fethiye tinha sido desembrulhado e estava aberto no chão. O café da manhã estava servido na mesa de jantar, em frente à janela com vista para o quintal, mas as louças usadas estavam sujas. Mürvet ficou muito preocupada e correu para olhar o quarto aberto, mas também estava vazio. De repente, ela sentiu seu coração apertar. Lembrou-se de que a irmã queria voltar para casa na manhã da noite de núpcias. Ela pulou para fora da casa, gritando, arrastando Leman pela mão, pensando que Fethiye, cheia de infelicidade, poderia ter feito algo louco.

— Fethiye! Fethiye! Onde você está?

Sua pressão sanguínea parecia ter subido. Seus ouvidos zumbiam, e sua cabeça parecia que iria explodir a qualquer momento. Ela mal podia ouvir sua própria voz. De repente, do jardim vizinho vieram risos, e o som de uma música cantada por crianças. Ela não podia acreditar em seus olhos. Uma das meninas usava o vestido de casamento de Fethiye, e a própria Fethiye estava sentada embaixo da árvore, conduzindo uma cerimônia de casamento de mentirinha. Era óbvio o quanto ela se divertia.

Mürvet, após os momentos de medo pela vida de sua irmã, ficou com raiva.

— Fethiye! — ela gritou, com mais ira do que queria demonstrar.

Então Fethiye se virou para a irmã e sorriu, animada.

— Não é uma vergonha, Fethiye? Você parece uma criança. Você agora é uma mulher casada, e não pode largar sua casa naquele estado e vir brincar com as crianças. O que sua vizinha dirá? Tire seu vestido de noiva daquela garota e vamos para casa.

Fethiye, mesmo com a bronca, ficou feliz em ver sua irmã. Então, com um sinal visual indicando que elas continuariam a brincadeira em outro momento, ela pegou o vestido de noiva da menina e acompanhou a irmã e a sobrinha, que agora dava a mão à tia. As duas irmãs arrumaram a casa e depois fizeram um chá para tomar com uma fatia da torta enviada por Emine.

Mürvet, o melhor que pôde, de forma doce, aconselhou sua irmã que cuidasse da casa e tentasse agradar seu marido. Com a promessa de Fethiye de que visitaria a mãe no outro dia, era hora de Mürvet voltar para casa. Ela tinha um longo caminho até Sultanahmet.

No outro dia, a promessa foi cumprida, e Fethiye e o marido apareceram. Ethem tinha, de fato, feito a barba, e seu rosto estava tão bonito que a pureza do seu coração era lida em seus olhos. Ele se sentou na beira de um banco improvisado, de cedro, e parecia bastante envergonhado.

— Graças a Alá, Fethiye está em boas mãos — disse Emine, quando recebeu o beijo do genro.

Ethem ouviu em silêncio, mas não estava nada confortável. Apesar das palavras ditas, a mãe estava preocupada com a filha, que havia entrado quase forçada naquele casamento. Ela esperava que o tempo a fizesse amadurecer e amar o marido.

Se Fethiye não estava tão feliz com o marido que lhe arrumaram, o mesmo não acontecia com sua irmã. Naquele feliz verão, tudo estava muito bem para Mürvet e Seyit. Tanto os restaurantes de Beyoğlu quanto o cassino de Altınkum estavam indo muito bem. Seyit ganhava o dinheiro que queria há muito tempo. Mürvet, toda vez que seu marido ia para Altınkum, o acompanhava com as crianças, que eram loucas pelo mar. Brincavam até a exaustão e depois iam para casa, dormir com Nina Adrianova. Leman, é claro, se divertiu mais que Şükran, pois tinha idade para isso.

Marido e mulher viviam em lua de mel na praia, com banhos de mar e carícias apaixonadas. Murka estava cada vez mais arrebatada por Seyit, que se não era tão apaixonado pela esposa como ela por ele, a amava do jeito dele de amar e de demonstrar. Ele a enchia de presentes caros, vestidos e joias.

Na verdade, Murka não sabia o que se passava na mente de Seyit. Ele possuía uma alma inquieta e inconstante. Às vezes, parecia que era louco por ela, e em outras, sua mente vagava como um barco levado pelas ondas do mar de Altınkum. Mas naquele verão ele parecia em paz. O fantasma de Shura e todos os outros de Alushta pareciam ter dado uma trégua. Eles caminhavam na areia, para ver o pôr do sol, e depois se preparavam para as noites, que eram sempre fantásticas, cheias de músicas, danças e elegância. Não foi à toa que os empresários fizeram a proposta de parceria com Seyit: ele era especialista no que fazia.

Apesar de toda a agitação do verão, quando voltou a Istambul, Mürvet não se esqueceu de visitar Fethiye. Observou com espanto que as coisas não tinham mudado muito. Fethiye largava a casa e ia brincar com as crianças do bairro. Ela havia se libertado de Emine, e agora, com um marido permissivo, que a adorava, vivia sua infância reprimida.

Mas Murka estava vivendo neste verão uma vida até então de invernos e, aconselhada pelo marido, tinha mais para viver do que se preocupar com Fethiye. Se o marido dela não se importava, por que ela se incomodaria? A alegria de Seyit afetava a todos. Ele estava tão satisfeito que refletia isso ao seu redor. Contava piadas, e Mürvet, que havia perdido parte daquela inibição, ria, entusiasmada. Eles não brigaram desde o começo do verão, e não mais se separaram. Mas sempre havia um "mas". Embora o braço de Seyit estivesse sempre no ombro da esposa, seus olhos distraídos estavam perdidos lá longe, no mar. No que ele pensava? A ciumenta Murka nunca perdeu totalmente seu ciúme, mas aprendera a conviver com ele, e o sentimento passara a fazer parte de si, como um membro de seu corpo. Estava sempre lá e, às vezes, não era nem notado.

Mas o que Murka não sabia é que, às vezes, ele não estava pensando em Shura, mas em Alushta. Era inevitável, para Seyit, olhar para o mar e não se sentir triste. Como o ciúme fazia parte de Murka como um membro de seu corpo, a tristeza fazia parte de Seyit. Ele também aprendera a conviver com ela, e sorria apesar dela.

Um dia, eles caminhavam banhados pela última luz do sol, e Murka resolveu falar algo em que há muito tempo ela pensava. Então quebrou o silêncio.

— Seyit...

— Sim, diga.

— Eu gostaria de conhecer minha sogra e meu sogro.

— Eles, certamente, iriam querer conhecer você também.

— Então, por que não escrevemos para eles?

Seyit ficou sério e balançou a cabeça.

— Não, Mürvet. Nossa carta não vai chegar lá.

— Bem, vamos tentar. Poderemos ter uma resposta. Você não quer tentar?

— Não, não quero!

O jovem suspirou profundamente com esse discurso de Mürvet. Ele se lembrou que nunca falara do que acontecera para sua mulher, da guerra[4], e não sabia se ela entenderia. Não queria mexer naquela ferida.

Depois de alguns instantes:

— Eu não sei onde eles estão, ou como estão, Murka.

— Mas eles devem estar curiosos sobre o filho deles, e muito preocupados. Eles nem sabem se você está vivo, Seyit. Quem sabe quanto tempo eles têm de vida? Se eles soubessem que você está com boa saúde, que não há mais perigo...

Embora a persistência de Mürvet não tenha convencido Seyit, seus olhos se suavizaram diante dela.

— Ok, Murka. Você escreve quando chegarmos em casa.

Mürvet, entusiasmada, colocou seu branco entre os do marido e apoiou a cabeça no ombro dele.

— Obrigada, Seyit. Olha, você vai ver. Vamos saber notícias deles.

— Não tenha muita esperança.

Seyit cumpriu sua promessa. Escreveu o nome de seu pai num envelope: Crimeia, Gort Alushta, Sadovi Ulitsa, e orientou Murka que não colocasse o nome dele como remetente, que assinasse apenas como Mürvet, sem usar o sobrenome Eminof.

Ele não estava preocupado enquanto entregava o envelope para sua esposa.

— O endereço que eu conheço é esse, Murka. Mas não envie carta alguma, se não quiser. Eles não estão mais desesperados. Não aflija seu coração.

Mürvet não respondeu. O simples fato de pegar o envelope com o endereço a animava. Era como se ela fizesse parte da família dele agora. Pensava que assim que as notícias da família de seu marido chegassem, ele pararia de se preocupar tanto e de ficar tão triste toda vez que olhasse para o mar.

Naquele mesmo dia, ela pegou papel e caneta e escreveu, se apresentando à família Eminof como nora deles. Ela contou sobre as crianças, que eles tinham duas netas, uma chamada Leman e outra chamada Şükran, cujo nome significava Dia de Ação de Graças. Escreveu que eles estavam com boa saúde, mas aguardavam ansiosamente por notícias deles. Depois enviou a carta pelo correio.

O verão estava terminando, e uma névoa de tristeza parecia chegar. Os dias se tornaram mais curtos, e as noites de festas chegavam ao fim. Na última noite do Altınkum Casino, uma grande fogueira foi acesa na praia. As pessoas cantaram e dançaram ao redor dela. A bebida correu solta e muitas

---

4 - Seyit fizera parte do Exército Branco, que era formado por forças nacionalistas e contrarrevolucionárias russas. Eram anticomunistas, conservadores e pró-czaristas, defensores da antiga República Russa. Ele havia lutado conta o Exército Vermelho e os bolcheviques, e era chamado de traidor da nação. [N.E.]

pessoas ficaram bêbadas, e tiveram que entrar na água para ficarem sóbrias. Seyit também bebeu muito, cantou como se fosse o último ato de sua voz, e dançou a noite toda, sem se sentar.

Havia chegado a hora de voltar. Nesta última viagem de verão, a balsa Altınkum 74 estendeu o caminho o mais longe possível, fazendo ziguezagues entre as duas margens. Eles bebiam também durante a viagem e a música continuava, como se os acordes fossem proibidos no inverno. As melodias melancólicas entusiasmadas foram lavadas com as luzes da balsa e se despediram do verão do Bósforo.

Mürvet, que não chorou pelo fim de nenhum verão na infância, não conseguiu se conter nessa noite. Seyit tivera um verão muito produtivo e amigável com seus parceiros, e já pensava em implantar o mesmo programa no próximo verão. Ele, então, resolveu expandir as lojas em Beyoğlu, e começou a investir. Abriu um restaurante na Bursa Street, e depois outro na Arabacı Street.

Passou a produzir pepinos em conserva, além da vodca feita no porão. Ele estava ganhando muito dinheiro. Mürvet estava ocupada criando as filhas, com a ajuda de sua mãe. Depois que o verão acabou, ela não pôde participar da vida noturna do marido. Nos fins de semana, apesar da insistência de Seyit, raramente podia se juntar a ele. Şükran estava sempre doente e Mürvet preferia ficar com sua filha, enquanto Seyit levava Leman com ele. Os laços entre Seyit e Leman estavam cada vez mais fortes, enquanto Şükran, sempre doente, sempre ranzinza, sempre dependente da mãe, facilitou a ligação de Murka com sua filha mais nova. Na família, por enquanto, ninguém percebia que tipo de problema isso criaria no futuro.

Passaram-se vários meses desde o dia em que Mürvet enviou uma carta a Crimeia, mas eles ainda não tinham resposta. Murka, todos os dias, vigiava o carteiro, na esperança de ver um envelope estrangeiro. Ela começou a se preocupar com os bolcheviques, e que sua carta pudesse causar problemas para Seyit. Arrependeu-se por sua insistência em escrever. Talvez eles também tivessem fugido para outros lugares, como o filho. Talvez eles não estivessem mais no mesmo endereço.

A carta de Mürvet foi enviada em janeiro de 1928. Após cinco meses, o envelope tão esperado chegou. Murka estava sozinha em casa. Ela não conseguiu abrir o envelope amarelo com endereço estrangeiro: selos e números escritos em russo e em turco, pois a excitação e o medo tomavam seu coração. Talvez a resposta tivesse sido escrita por outra pessoa, e fossem más notícias. Ela notou que suas mãos tremiam. Então foi para sua sala de estar, sentou-se e, reunindo coragem, abriu o envelope. No momento seguinte, começou a chorar. Ela não podia acreditar no que seus olhos viam. A carta de Mirza Eminof era muito curta. Fora escrita à mão, em turco antigo.

"Querida garota,

Recebemos sua carta. Nossa felicidade foi infinita. Não se preocupe conosco. Estou pronto para responder todas as suas cartas. Eu oro por sua saúde cinco vezes por dia. Espero que um dia, com sorte, possamos nos encontrar.

Mirza Eminof

Mürvet esperava uma carta longa e mais entusiasmada. Mas era muito melhor do que não receber nenhuma notícia. Ela a releu várias vezes e chorou. Estava ansiosa pela chegada da noite, para mostrá-la para Seyit. Ela pensou em como ele ficaria feliz quando lesse a carta.

Então parou. Era uma pena que seu sogro não tivesse mencionado Seyit.

Ela deu a notícia para Emine e para Necmiye e todas ficaram muito emocionadas. Mürvet pensou em ir a Beyoğlu, contar para seu marido, mas desistiu. O melhor era esperar. Pouco depois da meia-noite, ela viu Seyit saindo do táxi, em frente à porta. A animação da jovem era visível ao cumprimentar o marido.

Seyit ficou surpreso ao ver sua esposa o esperando com olhos brilhantes, atrás da porta, antes mesmo de ele girar a chave.

— Olá, Murka! O que se passa em sua mente?

Mürvet falou, com uma expressão sorridente.

— São boas notícias, Seyit.

— Você tem boas notícias para mim. Que ótimo, Murka.

O marido e a esposa entraram em silêncio nos quartos, para não acordarem os outros moradores da casa. Seyit deu um beijo nos lábios de sua esposa e a olhou com um olhar paquerador.

— O que a fez esperar por mim acordada?

Mürvet pegou a carta que tinha colocado debaixo do travesseiro e mostrou ao marido, sem dizer nada. Seyit congelou naquele momento. Ele olhou, incrédulo, para sua esposa. A expressão de felicidade de Murka significava que ele não tinha nada a temer. Mesmo assim, pegou o envelope de forma hesitante.

— Eu não acredito nisso.

— Pode acreditar, Seyit. Eu não te disse...

O jovem devorou a carta com os olhos e depois a leu lentamente, de novo, como se não pudesse acreditar. Ele se sentou na beira da cama e fechou os olhos. Levou o papel ao nariz e o cheirou profundamente, como se pudesse absorver o cheiro de sua terra natal. Seus olhos se encheram de lágrimas. Murka veio e se sentou ao lado do marido. Seyit, de repente, se virou e abraçou sua esposa. Beijou-a na testa e enterrou a cabeça nos cabelos dela. As lágrimas começaram a fluir.

— Minha Murka. Você é a minha pequena Murka.

Mürvet começou a chorar nos braços do marido.

Eles leram a carta juntos, muitas vezes. A certa altura, Seyit acariciou sua esposa e falou.

— Você sabe como é estranho...

Mürvet esperou em silêncio, afirmando com o olhar que o ouvia.

Seyit continuou:

— Parece que um dia poderemos ir e vir, como essas cartas vão e vêm — ele sorriu amargamente. — É isso, Murka. Foi só um pensamento, pois eu sei que não pode ser.

— Não diga isso, Seyit. Isto é obra divina. Acredite. Se Alá quiser, isso acontecerá.

— Oh! Minha pequena esposa. Claro que eu acredito em você. Mas é o destino...

Ele não queria continuar seu discurso, com um humor tão pessimista. Mudou de assunto de uma maneira alegre.

— Vou te dizer uma coisa. Amanhã, vamos tirar uma foto sua com as meninas e vamos mandar para o meu pai.

— Seria ótimo, Seyit. Eu já escrevi a resposta.

Seyit se levantou, enquanto ria.

— Divina Murka! Você é mais rápida que os mensageiros tártaros.

Ele abraçou a esposa com ternura. Mürvet, com a cabeça no peito do marido, perguntou:

— Quem são os mensageiros tártaros?

Seyit beijou seu cabelo e sua testa, e apertou a esposa em seus braços.

— Vou contar para você a história deles, outra noite. Venha, venha.

* * *

Logo após Mürvet postar a foto e a carta da família, que continha as crianças, outra resposta veio da Crimeia, mas muito curta. Não havia a menor notícia sobre os membros da família nem sobre suas vidas. No entanto, ao ler os nomes turcos atrás de uma das duas fotografias, que vieram com a carta, Mürvet percebeu que era um sinal de aquelas pessoas estavam vivas. Os nomes eram do pai Eminof, de sua esposa, de seu filho Osman e sua noiva Mümine; de Mahmut, esposa e filhos. Assim, Osman, que Seyit acreditava que também havia morrido nas mãos dos bolcheviques, e vivido anos com sua dor, não estava morto. Mürvet ficou cheia de entusiasmo. No entanto, não havia explicação de como Osman havia sobrevivido e o que, de fato, havia acontecido com ele. Na outra fotografia, o filho da tia de Seyit, Arif, estava em frente à Casa Eminof, em Alushta, e era datada de 18 de junho de 1928.

Quando Mürvet viu os degraus da escada e seus canteiros de flores, as videiras ao redor da casa e a porta decorada com vitrais, era como se ela estivesse lá, pois há anos Seyit lhe falava sobre cada detalhe.

Eu recebi sua carta. Estou muito, muito feliz. Que Alá esteja satisfeito com você. Vou orar pela sua saúde cinco vezes por dia. Sua carta está no meu peito. Eu durmo e me levanto com ela. Nós estamos bem. Nossas orações estão com você. Mirza Eminof

Seyit ficou olhando as fotografias atrás de uma névoa de lágrimas. Mürvet o observava, mas não conseguia dizer uma palavra. Seyit, sem falar, moveu os dedos sobre um por um nas fotos, como se acariciasse o rosto deles. Por fim, disse:

— Osman — murmurou. — Meu pequeno Osman... você quer dizer que está vivo? Você vive... Graças a Deus!

Então, com imensa saudade, ele levou a foto aos lábios e os beijou. Seu pai ou sua mãe, nenhum deles se parecia com os pais que ele se lembrava. Suas roupas estavam diferentes, seus olhares. Ele estava olhando para pessoas que havia perdido tudo. Mesmo assim a imagem passava dignidade. Todos na foto estavam diferentes. Ele suspirou profundamente. Lembrou-se dos dias de sua infância e juventude com os irmãos e Arif e sorriu. Murvet observou que quando ele sorria rejuvenescia muitos anos. Mürvet foi até ele como se estivesse com medo de perturbá-lo e perguntou suavemente:

— Por que seu pai escreve tão pouco, Seyit?

— Estou surpreso que ele tenha escrito tanto, Murka. Tenha muito cuidado com o que diz. Os bolcheviques leem as cartas. Não dê detalhes sobre nossas vidas, e não use o meu nome de forma alguma.

— É por isso que você nunca escreve?

Seyit se calou. A pergunta lhe feriu.

— Você escreve por mim. Certo?

Ela não esperava uma resposta, de qualquer maneira. Quando ele voltou com uma garrafa de vodca da cozinha, era óbvio que não queria mais conversar, então ela não insistiu. Após uma longa pausa, sentiu que seu marido queria ficar sozinho com seus pensamentos. Ela sabia que nessas ocasiões ele estava desesperado, e ela não podia ajudá-lo. Hesitou diante dele.

— Vou dormir, Seyit. Você quer alguma coisa?

— Não. Boa noite. Durma bem, Murka.

Durante a noite inteira, ele ficou entre a varanda e o quarto. Olhava para o papel em branco e a caneta. Tentou escrever, mas isso não aconteceu. Não podia ser. Ele não sabia por onde começar ou o que dizer. Como ele contaria ao pai anos de segredo e de ansiedade? Todos os lugares em que ele passou e como sobreviveu. Como perguntar ao pai sobre Osman, em uma carta lida pelos bolcheviques antes de chegar em suas mãos? Não causaria nada além de problemas para eles. Mesmo quando era impossível chamá-lo de papai, o que escreveria? Apenas um seco "com amor" ou "eu te amo"?

Nada do que pensou em escrever lhe satisfez. Quando as luzes do amanhecer começaram a aparecer, ele colocou as fotos no console da lareira, pegou a última carta que dizia "eu te amo muito", rasgou o papel em pedaços e jogou no cesto de lixo, entre os outros. Seus olhos ardiam. Sua alma queimava. Na agonia de não poder dizer eu te amo, sua alma estava em brasa. Ao apagar a lâmpada, murmurou para si mesmo: — Vamos, desamparado, adormeça.

Ao se levantar, Seyit voltou a ler a carta de seu pai repetidamente, como se quisesse ouvir sua voz em seu ouvido. Há muito a lembrança daqueles sons havia se perdido.

Depois que Seyit saiu, Mürvet alimentou as crianças e imediatamente se sentou para escrever uma nova carta para o sogro. Ela estava tão empolgada que pensou muito sobre por onde começar e o que dizer. Ela queria enviar a melhor carta que pudesse escrever. Quando terminou, sentiu que era uma boa carta, mas não fechou o envelope imediatamente. Pensou em pedir que Seyit tirasse outra foto bonita com as crianças. No entanto, o desejo de se comunicar com o lar Eminof o mais rápido possível prevaleceu, já que ela não queria esperar muito. Selecionou uma das fotos no álbum da família: Leman no carrinho de bebê, e Seyit atrás. Ao fechar o envelope, de repente, ela não achou certo fazer isso sem perguntar a Seyit; mesmo assim, no último minuto, mandou a foto. Postou a carta na certeza de que esperaria impacientemente pela resposta.

Seyit decidiu que novamente se mudariam para uma casa em Beyoglu, e começaram a procurar. Agora tinham meios financeiros para isso. Foi nos últimos meses de 1928 que se mudaram para uma casa localizada na rua Chios Ağacı, em frente ao grande restaurante. Eles se mudaram para o apartamento no quinto andar. Emine e Necmiye ficaram em sua casa na Praça Cinci. Ela não queria se intrometer na vida de sua filha e do genro, a menos que fosse necessário. E, no mais, Emine nunca pensou que poderia viver em Beyoglu.

Eles se mudaram para seu novo apartamento cheio de cristal fosco, ferro forjado, com um pavilhão com tetos altos adornados, esculturas de pedra e escadas de mármore.

Era um prédio muito bonito, e o apartamento estava decorado. Mürvet ficou feliz com a casa nova. Sentia-se como crianças pequenas com brinquedos novos. As filhas também ficaram muito satisfeitas com o novo lar. Era espaçoso e elas ficavam correndo entre o corredor e os quartos, brincando de esconde-esconde. Mürvet arrumou todo o apartamento e, quando tinha acabado de tomar um banho, ouviu alguém batendo à porta.

— Quem é?

— Meu nome é Seyit. Mas eu não sei se você vai se lembrar.

Mürvet abriu a porta, rindo. Seyit e dois jovens, que carregavam uma caixa de papelão, entraram. Os carregadores colocaram a caixa onde Seyit orientou e foram embora com uma gorjeta. Marido e esposa se abraçaram. A jovem estava com pressa de mostrar a arrumação da casa e puxava a mão do marido, arrastando-o para a sala e os quartos. Ela esperava por sua aprovação. Seyit demostrou espanto e a beijou.

— Como você fez isso sozinha, Murka? Nós faríamos isso juntos.

— Você já trabalha demais, Seyit. Fiz com prazer. Tudo é tão bonito! Mas eu não consegui preparar o jantar ainda.

Seyit pendurou o chapéu em um cabide e tirou o terno.

— Não se preocupe, Murka. Não há necessidade de cozinhar em casa. Sua cozinha fica do outro lado da rua. Vamos brindar à nova casa.

Ele foi em direção ao bar e preparou as bebidas. Após brindarem, tomarem alguns goles, Seyit disse:

— Oh, Deus! Por que você não me lembrou, Murka?

— Eu não sei do que lembrá-lo.

— Eu não voltei para casa com um pacote?

— Realmente! O que há nele?

Seyit deu uma piscadela travessa e apertou o nariz da esposa, como se ela fosse uma criança.

— Sim, eu me pergunto o que há nele?! Agora vamos abrir e ver juntos.

Ele pegou a mão dela e a levou com ele.

— Venha, venha. Você não está curiosa?

Mürvet seguiu o marido, com os olhos brilhando, com a feliz embriaguez causada por sua bebida. Quando o pacote foi aberto, ela não pôde impedir o grito de alegria. Era um enorme gramofone.

— Seyit, mas isso é tão caro! — ela exclamou, sorrindo.

— Caro o quê? Para nosso padrão de vida há um ano era muito caro, mas não o de hoje. E para que dinheiro, meu cordeiro, se não posso gastar com você?! Você precisa aproveitar sua vida.

Ele pôs o gramofone para tocar.

— Nada na vida é para sempre, querida. Aproveite enquanto estiver viva.

Parecidas com as que ele ouvia no Altınkum Casino, uma melodia e a voz de uma mulher, em um idioma que Mürvet não entendeu nada, encheram a sala. Seyit tomou sua esposa nos braços e começou a dançar pela sala. A jovem parecia, agora, não fugir da felicidade. Ele viu a recompensa de sua paciência. Murka fechou os olhos e se deixou levar pelo homem que amava. Sentia uma sensação doce, como se ela fosse voar. Era como se seu coração tivesse asas, sendo puxado acima da cabeça.

Seyit beijou o rosto da esposa. Observou seu rosto, amorosamente, e depois fechou os olhos. Quase podia ver seu coração bater por cima do vestido.

Ele pegou a mão direita dela entre as palmas das mãos e trouxe-a para seu peito. Com a outra mão, agarrou a cintura dela e a puxou para ele. Então aspirou o cheiro do cabelo recém-lavado e de rosas, no pescoço dela. Quando olhou para o rosto dela, ela pensou que seu coração estava prestes a parar. Sabia muito bem o significado do que via nos olhos do homem que amava, os olhos escuros cintilavam. O domínio de seu corpo estava na mão que agarrava sua cintura.

— Eu o amo muito, meu marido.

Era como se ela tivesse ouvido metade das próprias palavras. Devia ter bebido demais. Mas as palavras de Seyit foram rápidas ao responder.

— Eu também te amo, minha esposa.

Mürvet, por um momento, sentiu uma leve vergonha. Mas diante do sorriso afetuoso e sorridente de Seyit, ela percebeu, pela primeira vez, que era um prazer para uma mulher confessar seu amor ao marido. No momento em que sentiu o contato dos lábios dele, fechou os olhos novamente, para receber beijos amorosos em seu rosto.

Quando ele entrou no quarto com ela no colo, parecia tão empolgado como em sua noite de núpcias, mas ela estava feliz porque não estava naquele dia. Seyit colocou-a na cama e acendeu a lareira. Ele voltou para a esposa e enterrou suas mãos nos cabelos espalhados pelo travesseiro. Sua voz era baixa, suave, mas dominadora.

— Vamos lá, me diga novamente, Murka. Diga o que você acabou de dizer no meu ouvido. Eu quero ouvir de novo.

Ela sentiu vergonha novamente.

— Se não o fizer, deixarei seus braços. Vamos lá. Ou não era verdade?

De repente, ela ficou brava por ser tão conservadora, e porque não podia admitir seu amor pelo marido. Ela tinha que superar esse sentimento. Então deixou que a voz do coração, do cérebro, saísse dos seus lábios.

— Eu te amo, Seyit.

Eles se abraçaram. Repetindo as mesmas palavras repetidas vezes, pela primeira vez em seu casamento, fizeram o mais intenso amor da vida deles.

Quando Mürvet acordou na manhã seguinte, ela se sentia mais madura. Porém, desta vez não era uma mulher repleta de dor, de ausência, de ansiedade, mas cheia de felicidade e de amor. Ela agora aprendia os pequenos jogos da felicidade, do romance, e a inevitável emoção do casamento. Tinha aprendido que um homem é tão sensível quanto uma mulher, e espera também ser amado. Ela viu que os limites da vergonha entre os maridos apaixonados eram diferentes. Sim, naquela última noite, ela tinha aprendido alguma coisa. Ouviu o delicioso assobio de Seyit por cima do som da água no banheiro, levou a mão direita aò peito e deu graças a Alá.

Ela acordara em um belo apartamento, mobiliado lindamente. Estava com seu amado e suas filhas. Quando acordasse, ela poderia cozinhar somente se quisesse. Se não quisesse, poderia atravessar a rua e comer no restaurante do marido. Talvez ela pudesse ouvir o gramofone o dia inteiro e se divertir. Ela nem precisava entrar na cozinha. Ainda não podia acreditar em tudo aquilo. Ela pulou da cama, com uma risada curta e alegre. Estava muito feliz.

CAPÍTULO 16

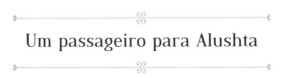

Um passageiro para Alushta

No primeiro final de semana instalados em seu novo lar, eles fizeram uma pequena recepção em casa e convidaram Selim, Manol, Alexander, Yahya e seu irmão, Mustafa. Os jovens, poeta Hasan, Hulki e Necmiye formaram um alegre grupo a parte.

Todos estavam sentados à grande mesa, e a comida vinha do restaurante. A bebida fluía como água. Eles cantaram juntos as canções do gramofone e dançaram. Até Leman e Şükran ficaram sentadas com os adultos até tarde, eventualmente, quando estavam cansadas de pular.

Muito tarde da noite, Seyit disse: — Vamos ver o que isso vai lembrá-los, senhores — colocando uma canção russa para tocar.

Todos cantaram juntos e suprimiram o som do gramofone.

Mürvet disse: — As crianças vão acordar!

Leman, em uma camisola com a bainha estendendo-se até os tornozelos nus, apareceu à porta do corredor. Andava como uma bêbada, e esfregava os olhos enquanto caminhava. Seyit, cantando, deixou o mundo em que entrara naquele momento, se inclinou para frente e abriu os braços:

— Lemanuchka. Venha para o seu pai; venha, minha filha.

Mürvet não queria que a criança ficasse acordada até àquela hora e queria levá-la para a cama, mas a menina escapou de suas mãos e se jogou nos braços de seu pai. De repente, ela estava totalmente desperta. Batia palmas e balançava a cabeça para acompanhar a música. Seyit perguntou:

— Você gosta disso? Vamos ouvir de novo? Deixe-me mostrar como se coloca a música para tocar.

Ele colocou Leman em uma cadeira ao lado do gramofone e a fez inserir a agulha. Depois de alguns chiados a melodia começou, e a criança gritou de alegria.

Ela queria ficar sentada com os adultos a noite toda, mas com a insistência de sua mãe, teve que voltar para a cama.

Em resposta aos insistentes pedidos, o poeta Hasan leu alguns dos seus poemas. Todos eram sobre saudade, tristeza e solidão. Em dado momento, Hasan começou a chorar. Seyit foi imediatamente até ele e passou o braço em volta dos seus ombros.

— Ei! Ei! Vamos, pequeno Hasan. Vamos. Estamos aqui apenas para diversão, não para se incomodar. Chega de poesia. Vamos conversar sobre algo divertido.

Mas era impossível para Hasan conversar. Ele chorava como uma criança.

— Eu não quero mais ficar aqui, tio.

Seyit riu.

— Ninguém está mantendo você aqui, meu querido. Se você está entediado, vá dormir. Mas não posso deixar você ir para nenhum lugar nesta situação. Arrume uma cama para o pequeno Hasan, Murka.

O garoto continuou falando, entre os soluços.

— Tio, eu não mencionei esta casa. Eu não quero ficar aqui, em Istambul.

Seyit falou, com uma risada: — Oh! Eu sei. Para onde você quer ir? Paris? Nova York?

— Eu quero voltar, tio. Eu quero ir para casa.

Seyit entendeu que ele já estava longe de ser persuadido.

— Hasan, me escute. Eu te entendo muito bem e nós conversamos sobre isso, você sabe. Ninguém te entende tanto quanto eu. Você acha que eu não sinto falta deles?

— Quero ver minha mãe. Eu realmente sinto falta dela. Toda noite ela entra nos meus sonhos.

— Sua mãe é minha irmã, Hasan. Eu também abandonei uma mãe. Deixei meu pai, irmãos e irmãs.

— Você é mais velho, tio. Você é mais forte.

— O crescimento, Hasan, não fortalece o nosso coração. Sinto a mesma dor em mim, e o meu desejo é o mesmo que o seu. Mas eu amadureci o suficiente para descobrir o quão inacessíveis eu os deixei. Seja paciente, você os verá um dia.

— Eu não posso, tio. Não posso. Eu irei.

Seyit viu que não o acalmaria com doçura. Seu pequeno sobrinho, a quem ele amava e protegia como seu irmão, ansiava pela mãe. Ele não o queria perder por conta da teimosia. Então bateu na mesa com o punho.

— Você tem de ir? Sabe o que acontecerá quando você chegar lá? Os bolcheviques vão te matar antes de você sair do mar. Você não entende? Não há como voltar atrás![5]

5 - Entenda por que Hasan não podia voltar à Alushta (Crimeia) sem causar graves riscos a ele e à sua família. A Revolução Russa tinha derrubado a Monarquia Russa e levado ao poder o Partido Bolchevique, composto por uma grande massa de operários e camponeses revoltosos, que trabalhavam muito e ganhavam pouco. Além disso, o governo absolutista do czar Nicolau II, a quem Kurt Seyit e sua família serviram antes, tinha caído, ocasião em que Seyit fugira para Istambul com Shura. Hasan tinha fugido depois. Ao fugir, tanto Seyit quanto Hasan deixaram suas famílias em perigo. A família de Seyit era aristocrática, dona de muitas terras, e seu pai era senhor delas, uma espécie de lorde. A Crimeia havia se tornado parte da União Soviética, e seus habitantes passavam fome. Houve dois grandes períodos de fome na Crimeia, no século XX: a de 1921-1922, e o Holodomor, que quer dizer "deixar morrer de fome", "morrer de inanição", que levaram à morte milhares de pessoas (talvez a irmã mais nova de Seyit, Havva, tenha morrido nesse período), entre os anos de 1931 e 1933, causado por Josef Stalin. [N.E.]

O miserável garoto ficou perturbado.

De repente, Seyit suavizou sua voz.

— Hasan, me escute. Você não tem ideia do quanto eu te amo. Se acreditasse que existe uma forma de você voltar com segurança, eu não o seguraria aqui à força. Mas não há. Olha, se nada acontecer com você quando voltar, mesmo assim eles certamente irão pegar você e matar. Além disso, você levará problemas para sua mãe. A vida dessa mãe que você ama tanto também estará em risco. É isso que você quer? Pôr em perigo a sua família? Você me entende? Está ciente disso?

Hasan não mais chorava. Mas ele estava determinado a voltar.

— Eu vou, tio. Deixe-me ver minha mãe à distância, mas não como escória. Não me segure. Ou eu vou morrer de saudade. Ou me matar.

Seyit sentiu-se impotente.

Ele colocou a mão na de Hasan e acariciou-a com ternura.

— Certo, certo. Mas não se apresse. Vamos pensar em uma forma. Ok?

A noite que começou com alegria terminou com tristeza. Nos dias seguintes, Seyit esperou, em vão, que seu sobrinho retornasse à sua vida cotidiana. Mas o jovem mantinha seu silêncio dia após dia, com depressão e sem comer. O azul de seus olhos desapareceu por trás do olhar nebuloso e melancólico. Hasan estava ressentido com a vida e, naquele estado, cometia suicídio lentamente.

Seyit começou a investigar como seu sobrinho poderia retornar com segurança a Crimeia, mas temia que as estradas estivessem completamente fechadas. Até a menor informação do que acontecia lá era difícil de se obter. Por fim, eles decidiram que a única maneira de Hasan ir de Sinop para a Crimeia era em um barco de pesca. Seyit contou para seu sobrinho quão perigosa era essa fuga, e que ele havia conseguido com um amigo.

— Hasan, olha, querido, você ainda pode desistir de sua decisão.

Mas o garoto não havia desistido de voltar ao seu país. Ele estava tão animado que não conseguia ficar parado. Não tinha intenção de ouvir nenhum aviso.

— Você verá, eu irei para lá e escreverei para você imediatamente.

— Gostaria de poder convencê-lo a ficar. Se eu pudesse ver sua chegada! Pense no que você pode encontrar lá. Não quero que você morra.

— Pelo menos eu vou morrer tentando voltar, tio. Se eu ficar aqui, morrerei da mesma forma.

Seyit colocou a mão no ombro do sobrinho e respirou fundo.

— Tudo bem. Se tudo que você quer é isso, o que eu posso fazer agora é garantir sua passagem da maneira mais segura.

Alguns dias depois, Hasan se despedia para ir a Sinop. Mürvet não pôde evitar e começou a chorar.

— Vá com Alá, Hasan. Eu gostaria que você ficasse.

— Não se preocupe, tia. Eu disse ao meu tio que vou escrever uma carta assim que chegar lá, você verá.

Havia felicidade e esperança nos olhos de Hasan. Eles se lembrariam dele, com essa imagem, pelo resto de suas vidas.

Três dias depois, um barco de pesca que partia do porto de Sinop foi visto pela última vez entrando no Mar Negro, à meia-noite. Adentrava em águas territoriais russas com o motor desligado. Entre o som das ondas, outro som de marcha lenta foi ouvido. Uma embarcação abordava o barco de pesca. Instantaneamente, o jovem passageiro de Sinop pulou para o barco estrangeiro. O pescador murmurou para Hasan, enquanto virava o rosto para Sinop.

— Alá esteja com você, rapaz.

O barco entrou no porto de Alushta com as primeiras luzes da manhã. Hasan seguiu o pescador experiente, que parecia ter as costas dobradas, como se carregasse uma enorme carga. Seu cabelo era branco, e sua barba era comprida. Seu rosto estava castigado pelo sol. Parecia que as portas se abriam para ele.

Mas surgiram quatro soldados vermelhos. Embora três estivessem ocupados brincando entre si, os olhos daqueles que costumavam trabalhar com suspeita eram suficientes para capturar todos os movimentos. Cercaram o pescador e pediram seus documentos. Eles examinaram o velho por um longo tempo.

— O camarada está atrasado.

O pescador deu um passo e saiu, mas não se mexeu. Sua mente estava em sua jornada. Ele queria parar e esperar. Enquanto isso, Hasan, fantasiado de jovem pescador, entregou sua papelada. Eles analisaram a foto e os documentos falsos que foram dados a Hasan. Os militares estranharam que o outro ainda esperasse seu jovem companheiro.

— O que você está esperando, camarada? Você terminou, siga o seu caminho.

Não havia escolha a não ser fazê-lo.

Depois disso, Hasan estava sozinho, sentindo calafrios. Estava avermelhado e com medo. O soldado tentou levantar a fotografia do papel com a unha. Ele olhou para seu companheiro, mas o outro parecia calmo e até entediado. Hasan sentiu o suor frio descendo em suas costas. Ele notou que um canto da foto já havia sido rasgado. O momento em que a imagem original seria vista estava muito próximo. Ele sentiu que seu coração sairia pela boca. Não havia nada a fazer agora. O soldado gritava, enquanto segurava as duas fotos separadas. Hasan tinha que escolher uma das mortes. Ele sabia. Ou corria para o mar ou se entregava. Das duas formas, ele morreria. Então virou as costas para os homens, escolhendo a primeira opção, em uma cadeia de pensamentos que passavam por sua cabeça na velocidade da luz. E saiu correndo para o mar. Naquele momento, ele ouviu um tiro nas costas e sentiu um calor entre os pulmões. Suas pernas estavam mais pesadas, mas seu coração ainda batia, e ele estava aliviado. Não havia mais nada a temer. Ele morreria de qualquer maneira. Queria morrer o mais perto possível de sua casa, e tentou diligentemente correr um pouco mais. Os tiros estavam disparados agora. Era como se bolas festivas fossem jogadas nele. As balas que entravam não lhe deram nova dor, ele estava entorpecido. Era como se seu corpo agora estivesse livre das pernas, pois elas não podiam mais se sustentar, e seu corpo foi empilhado como um saco. O corpo do pequeno Hasan, à beira da água secular, beijou a terra da qual sentia tanta falta. No momento em que o atingiram de forma fatal, ele não sentiu dor. Apenas deu a última e final respiração, longamente. Ele estava de volta. Um sangue fino se espalhou por seus lábios até suas bochechas, e seus olhos ainda estavam abertos.

* * *

Na sala da casa grande, que ficava em frente ao jardim, na rua Sadovi, Mirza Eminof tinha acabado de terminar sua oração da manhã. Ele elevou, impotente, o rosto com a barba branca para o céu e, de maneira irada, olhou pela janela, para o lado do porto de onde vinham os gritos, e murmurou.

— Seus porcos vermelhos[6]. Quem sabe qual vida inocente vocês tiraram agora?!

---

6 - O Exército Vermelho ou Exército Vermelho dos Operários e dos Camponeses, ou Bolcheviques (maioritário), foi o exército da União das Repúblicas Socialistas Soviéticas, criado por Leon Trótski em 1918, para defender o país durante a Guerra Civil Russa. O nome Exército Vermelho faz referência à cor vermelha, símbolo do socialismo, e ao sangue derramado pela classe operária em sua luta contra o capitalismo. [N.E.]

CAPÍTULO 17

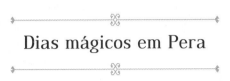

Dias mágicos em Pera

Nenhuma notícia chegou do pequeno Hasan, e Seyit continuou esperando. Ele preferia não acreditar em más notícias e optou por não ouvir, assim, pelo menos, a esperança permaneceu. A propósito, ele também estava longe de sua própria família há muito tempo. Mas os meses passaram e não houve notícias. As cartas que Mürvet escreveu voltaram, e esse não era um bom sinal.

Istambul, coberta de neve, estava branca, como as cidades de conto de fadas; Beyoğlu, por outro lado, vivia a última semana com um entusiasmo que não se via em nenhuma outra parte da cidade. Mürvet testemunhava, pela primeira vez, o Natal e o Ano Novo em grande estilo. Beyoğlu elevava-se entre Galata e Taksim, atrás dos muros seculares e dos portões, no meio dos pátios que também existiam há séculos. Os sinos das igrejas tocavam em perfeita harmonia, respondendo uns aos outros. Até assistir à cerimônia de Natal era um pecado para Mürvet, segundo Emine. Mas Seyit, novamente, tentou convencer sua esposa, com seus suaves argumentos.

— Isso é cultural, Murka. Não passe essas obsessões para as crianças. Vamos sair.

Então ele brincou dizendo que conhecia o verdadeiro medo de sua esposa.

— Não se preocupe, não vou contar para sua mãe.

Não era apenas o Natal que Beyoğlu comemorava naquele dia. Ela também celebrava a liberdade de crença das minorias cristãs que viviam no país. Na Igreja de Santa Maria Draperis, as pessoas começaram a chegar assim que a porta da igreja foi aberta. A cerimônia era comparada à emoção de um carnaval. Finalmente o momento esperado chegou. As pessoas começaram a cantar hinos e a andar pela rua. Os sinos de todas as igrejas vizinhas inundavam o local. Sob as nuvens de inverno, flocos de neve caíam suavemente.

O grupo, carregando a cruz, caminhava lentamente até a Basílica de Santo Antoine, e centenas de expectadores nas calçadas observaram aqueles que entravam na igreja, entre eles Seyit, Mürvet e as meninas. Ao chegar em Saint Antoine, seguindo os padres, os cidadãos cristãos entraram para assistir à cerimônia na igreja.

Finalmente, os sons divinos se suavizaram atrás das grossas paredes de pedra, e a neve começou a cair forte. Agora, a oração, que se levantava da mesquita, era misturada ao som dos sinos. A vida em Beyoglu era diferente e cosmopolita. Fora um dia novo, incompreensível, mais que um conto de fadas para Mürvet. Mas havia o medo de pecar por ter seguido um ritual cristão.

Naquele dia, almoçaram em Tokatlıyan, e as crianças fizeram perguntas sobre o ritual cristão. Seyit explicou a razão dessa celebração e o que significava o Natal. Ele teve um grande prazer em falar sobre isso às filhas. Mürvet ficou em silêncio.

— As crianças pequenas não fazem tantas perguntas, Leman. Algumas coisas, somente entendemos quando crescemos. Deixe seu pai em paz e vamos comer — disse Murka. Seyit, sorrindo, colocou a mão sobre a da esposa.

— Deixe, Murka, deixe que ela pergunte.

— Mas elas ficarão confusas, Seyit.

— Eles não ficarão, se aprenderem comigo.

— São pequenas demais para entenderem.

— Não quero minhas filhas cheias de dogmas de pecado, Murka. Não quero que aconteça com elas o que sua mãe fez a você. Elas serão esclarecidas e farão suas próprias escolhas quando crescerem.

Então ele falou com a filha mais velha, com uma piscadela.

— Pergunte à mamãe, Lemanuchka, o que você queria saber.

— Você já viu o pai de Jesus?

A boca de Mürvet se abriu, surpresa, ela engoliu em seco, tossiu e se afastou apressadamente.

— Pare com isso, Leman. É pecado...

— Murka — advertiu Seyit. Ele falou, olhando para o rosto dela.

— Claro que é.

Ela verificou o ambiente, para ver se eram ouvidos, e se inclinou para o marido.

— Seyit.

Ele continuou a dizer.

— Se você olhar com atenção, verá Deus em toda parte, Murka.

Mürvet tinha certeza de que pecara ao ouvi-lo. Estava vermelha. O garçom trouxe o que eles pediram e os serviu. Seyit esperou um momento. Pegou sua bebida e continuou, depois de tomar um gole.

— Lemanuchka, Deus está em todas as coisas. No tronco de árvore, nas folhas, nas partículas de água, nas nuvens.

Os olhos de Leman se arregalaram de espanto ao ouvir o pai.

— E na neve também, papai? Você consegue ver Deus na neve?

Seyit riu e acariciou a bochecha da filha.

— Claro. Comece a comer — respondeu ele.

Ele notou o olhar da menina, atento ao outro lado da janela, e o olhar reprovador de sua esposa.

— Você não pode ver nada, pode?

Leman sacudiu a cabeça.

— Você não precisa manter os olhos abertos. Mesmo com os olhos fechados, se você pensar, sentirá.

— Mas com quem Deus se parece?

— Com ninguém. Não tem forma nem semelhança com nada. Ele é o todo de tudo, e tudo é uma pequena parte dele. Ele é tudo o que está no Céu e em toda a Terra. Nós voltaremos a falar sobre isso depois, está bem? Agora, não deixe sua sopa esfriar.

Mürvet ficou muito satisfeita pelo término da conversa. E mais ainda por sua mãe não a ter testemunhado. O maior medo era Leman falar o que ouvira de Seyit para sua avó.

Após o jantar, Seyit deixou sua esposa e filhas no Cinema Gloria, e voltou ao trabalho. As janelas de Beyoğlu já começavam a brilhar com nuvens de neve.

CAPÍTULO 18

Nova história

Seyit queria comemorar o Ano Novo com um jantar em sua casa. Mürvet não se opôs a isso, pois não teria que comprar suprimentos, cozinhar e lavar a louça. Então, não haveria problema. Tudo viria pronto: toalhas de linho, guardanapos engomados e os alimentos. A ela apenas ficaria o encargo de limpar a casa para a recepção.

Ao meio-dia, o marido e a esposa passaram de duas a três horas em Beyoglu, para conseguir algo para as crianças e alguns amigos que Seyit fazia questão de comprar um presente. Ele adquiriu uma lembrança para Yahya, que viera de Ancara, onde morava, para estar com Seyit. Aliás, Seyit sempre fora grato ao amigo, que lhe apoiara em momentos difíceis; comprou presentes também para os amigos de Veliefendi, Aziz e Dimyan. Murka fez questão de comprar um para Fatma também.

Para escolher os presentes, como em todas as compras, Mürvet seguiu completamente as sugestões de Seyit. Ele sabia onde conseguir tudo de bom, de elegante e de bonito. Foi um grande prazer passear pelas vitrines e fazer compras. Embora ela ainda não estivesse acostumada com a quantidade de dinheiro que gastava, ela, secretamente, estava gostando. Para as meninas, eles compraram um par de chapéus de camurça e veludo decorados com flores. Com jornais europeus nas mãos, presentes embalados com enormes fitas, eles voltaram de braços dados. Seyit levou a esposa para o apartamento deles e voltou-se para a porta.

— Vou dar uma volta pelos restaurantes, Murka, mas não vou me atrasar — ele beijou a esposa e desceu as escadas, correndo. Mürvet admirava a energia infinita de Seyit. Ela o mandou embora com um sorriso.

— Tchau, e até a noite — disse ela.

Então ela chamou do corredor.

— Leman! Şükran! Mamãe está aqui!

Pela primeira vez, as meninas foram deixadas sozinhas em casa. Quando ela as viu brincando nos quartos, ficou aliviada. Elas também ficaram felizes em ver sua mãe e continuaram suas brincadeiras.

Aquele ano seria muito bom. Ela teve um pressentimento. Colocou uma roupa casual e começou a preparar a casa para a festa. Colocou uma música no gramofone e, ao som da canção, arrumou a casa. Separou lençóis, travesseiros e toalhas para os hóspedes que quisessem pernoitar, e removeu vários potes e caixas do balcão. Em breve, cada centímetro do lugar seria necessário. Regou as flores do salão que, embora limpo, teve os móveis afastados para receber o buffet. Poliu a superfície das mesas de café, mais uma vez. Então, ela chamou as meninas.

— Crianças, preparem-se, a hora do banho está chegando.

Ela aqueceu a água para as meninas se lavarem. Todo esse trabalho foi acompanhado pelo som que saía do gramofone. Ela tinha a alegria de uma criança em dia de festa. Primeiro deu banho em Şükran, alimentou-a e a colocou para dormir. Ela sabia que sua filha ficaria irritada se não dormisse. Então foi a vez de Leman. Ela se juntou à alegria de sua mãe, levada pelas canções. Mas parou por um momento, pois tinha sabão nos olhos, e doía. Murka lavou os olhos da filha e a envolveu em uma toalha. Seu próprio rosto estava molhado. Ela ouviu um barulho na porta e gritou:

— Quem é?

— É a casa de Seyit Eminof?

Era uma voz jovem e masculina, com sotaque. Tais momentos sempre davam medo a Mürvet. Novamente ela perguntou, às pressas:

— Quem está aí?

— Ele fez um pedido para nós. Disse-nos para trazer uma encomenda para este endereço.

Mürvet não sabia de nada, e tinha certeza de que não reconhecia a voz de quem estava à porta. Sem abrir a corrente, abriu a porta e olhou. Era um rapaz de uns quinze a dezesseis anos, com dois pacotes nas mãos.

— Eu não errei de endereço, não é?

— De onde vêm esses pacotes?

— Da senhora de Ali Kokarca. Você é a esposa de Seyit Eminof?

Murka balançou a cabeça.

— Estes pacotes são para a senhora. Sinto muito, não tivemos como trazê-los antes.

Não havia escolha a não ser abrir a corrente e pegar os pacotes, e Mürvet fez isso. O menino grego saiu correndo, dando um adeus.

Quando ele desceu as escadas, Mürvet voltou para o banheiro onde tinha deixado sua filha. Leman estava enrolada numa grande toalha, tentando se secar. Mürvet riu e a abraçou. Ela se vestiu, comeu, e entregou-se à cama convidativa. Então, com muita curiosidade para descobrir o que teria nos pacotes, Mürvet foi para o corredor. Ela sabia que eram presentes de Seyit. Um dos pacotes revelou um vestido, e ela soltou um pequeno grito de alegria. Olhou-se com admiração, segurando-o nos ombros, com as duas mãos. O tecido de crepe verde lhe caía perfeitamente.

— Meu Deus! Que lindo!

Ela deixou o vestido no sofá e abriu o outro pacote. Nele, estava um par de sapatos de couro preto, de salto alto, com três tramas. A marca era estranha para ela. Mürvet só conseguia entender a palavra Paris na caixa vermelha. Então abraçou os presentes e os levou para o quarto.

Depois disso, ela teve cerca de duas horas para se arrumar. Tomou um banho, secou o cabelo e o modelou. Quando se sentou à penteadeira, pensou no quanto gostava de todos esses prazeres. Usando o tempo que lhe restava, cuidadosamente compôs sua maquiagem.

Ela acordou as filhas e as preparou primeiro e, finalmente, se vestiu. Ficou muito satisfeita com o que viu no espelho. Os olhos escuros, os cabelos e o verde do vestido tremeluziam à luz. No pescoço, o colar brilhava como uma vela. Passou o batom e realçou a beleza de seus lábios. Calçou o sapato que ganhou de presente, de saltos finos, pela primeira vez, e olhou-se no espelho como quem se reconhece finalmente. Então olhou para a foto do marido, em pé, na moldura em frente ao espelho. Seyit, no ano de 1917. Ela o observava na fotografia que ele tirara em São Petersburgo. Murka murmurou devagar, timidamente.

— Eu amo você, Kurt Seyit.

Ela terminava de se arrumar quando os garçons trouxeram as cadeiras do restaurante. Eles terminaram de servir a mesa e cuidaram das bebidas, de acordo com as instruções que tinham recebido de Seyit. Aperitivos frios, frutas e nozes foram colocados sobre a mesa. Às sete horas os convidados começaram a chegar, e foram levados para a espaçosa sala. Por causa da neve, a varanda teve que ser fechada. Os convidados eram mais ou menos os seus amigos habituais.

O segundo homem mais importante de Istambul, Bahattin Bey, e sua esposa, que moravam no andar de baixo, ocuparam seu lugar entre as figuras vibrantes da noite. Necmiye e Şükriye também se juntaram a eles. Elas vieram com Selim.

Emine entrou pedindo desculpas, chamou Mürvet e lhe entregou um envelope que havia chegado em seu antigo endereço. Era a resposta da carta que escrevera para a Crimeia há alguns meses.

A jovem mulher olhou animada para o envelope e abriu a carta. Lágrimas vieram novamente aos seus olhos. Alexander Beyzade perguntou, surpreso:

— Como essa carta chegou aqui? Eu não acredito!

Todos se reuniram em torno da jovem. Mürvet piscava, tentando não chorar, para não borrar a maquiagem que fizera de forma tão elaborada. Ela leu as linhas da carta como se as devorasse. Não conseguiu mais se conter. Chorava. Ao mesmo tempo, fechou o envelope e se virou para seus convidados.

— Ninguém fala desta carta, ou no que aconteceu, com Seyit. Eu quero surpreendê-lo.

Quando ele bateu à porta, Mürvet tinha dúvidas de que conseguiria dissimular sua expressão facial. Ela olhou-se no espelho, para ver se havia borrado sua maquiagem. No momento em que abriu a porta, Seyit a abraçou, com olhares de admiração e assobios.

— Murka, como você está linda!

— Seyit, muito obrigada. Você é muito gentil.

— Estou feliz que você tenha gostado e já esteja usando.

— Não consigo imaginar uma mulher que não goste deste vestido, Seyit.

Seyit, com o braço em volta da cintura da esposa, entrou no corredor. Depois de abraçar seus convidados, ele abriu a porta da varanda. A neve caía lá fora, e tinha começado a chover. Empilhada no peitoril da porta, a neve caiu sobre o tapete. Um vento gelado acariciou seus cabelos e rosto. Seyit, procurando sob a neve, tirou duas garrafas que colocara ali para gelar.

— Vamos lá, o que estamos esperando? É quase 1929, e nós ainda não começamos a beber. Venham para a mesa!

Ele estava tão alegre, tão entusiasmado, que imediatamente contagiou os outros. Mürvet trouxe a carta e a escondeu atrás dela. Seus olhos sorriam.

— Seyit — ela o chamou. Ele a abraçou pelo pescoço e perguntou.

— Eu acho que há novidades.

— Tenho um presente para você, Seyit.

— Entregue-me, então. Estou curioso.

Quando a jovem entregou a carta, observou com felicidade a alegria no rosto do marido. Aquilo não tinha preço e não podia ser comprado.

Seyit leu as curtas linhas da carta como se também as devorasse. Espanto e tristeza estavam presentes em seus olhos. De repente, ele parou. Sentiu que todos olhavam para ele. Não podia estragar a noite para os convidados. Com uma voz alegre, convidou as pessoas a se divertirem.

— Onde estávamos? Venham para a mesa!

Não demorou muito para que todos começassem a se divertir novamente. Canções foram cantadas, poemas foram lidos. Leman e Şükran tiveram o prazer de se sentarem de colo em colo e ficarem acordadas até tarde. Elas abriram seus presentes com grande alegria. Leman estava ansiosa para colocar seu sapato e chapéu novos, e Seyit a ajudou. Mas a garotinha não estava satisfeita ainda. Agora ela queria sair na rua.

Seyit riu e acariciou as bochechas da filha.

— Você quer sair na rua à noite?

Então ele se virou para a filha e perguntou: — Você realmente quer passear pela rua agora?

Leman assentiu alegremente ao entender que seu desejo se tornaria realidade. Seyit, segurando a mão da filha, abriu a porta da varanda. Mürvet apelou.

— Amor, Seyit, a criança vai pegar um resfriado.

— Não se preocupe, nada acontecerá.

Seyit enterrou os pulsos de Leman na neve. Ela gritava de alegria. Todos os convidados riam com eles. Mürvet ressentiu-se, lembrando da emoção ao receber o novo par de sapatos, e lembrou-se do cuidado com que eram usados. Então não aguentou e gritou mais uma vez.

— O que você fez com os sapatos novos, na neve? Isso não é uma pena, Seyit?

Ele, quase tão divertido quanto a filha, na varanda repleta de neve, chamou a esposa, rindo.

— Nós não usamos seus sapatos, Murka. Por que você está tão chateada?

Então ele perguntou a Leman:

— Certo, garota?

Leman tentava pegar os flocos de neve que caíam. Ela abraçou as pernas do pai e riu.

— Vamos lá, vamos cantar, Lemanuchka. Você quer?

A menina bateu palmas e esperou. Seus cabelos, os cílios sob a franja, estavam adornados com brancos flocos de neve. Suas bochechas estavam coradas. Ela parecia tão fofa que Seyit se inclinou sobre a filha e beijou suas bochechas. Então, com a mão esquerda, segurou a mão dela e começou a cantar uma canção típica da Rússia, e a dançar.

— Mais uma vez... — repetiu ele para a filha.

Yahya e Manol começaram a acompanhar a música. Era uma canção folclórica sobre um amor desesperado de uma jovem russa ortodoxa por um jovem alfaiate judeu. Mürvet desistiu de chamá-los da varanda, pois era inútil se debater com a teimosia de ambos, sua filha e seu marido. Ela se sentou ao lado das outras senhoras e entrou na conversa. Necmiye era a mais nova delas. Ela parecia muito satisfeita. Ainda assim, seu riso era extremamente modesto. Era morena, de pele lisa, alta, e com os cabelos pretos brilhantes como carvão. Seus olhos eram intensos, seu nariz era pequeno, e seus lábios eram carnudos. Necmiye era muito bela, mas era como se não percebesse. Era quieta, extremamente quieta. A graça e a simpatia de seu comportamento eram imperceptíveis. Reagia de forma embaraçada a todos os elogios que escutava. Ela tinha uma atitude diferente, e era a mais enigmática das irmãs. Possuía uma serenidade misteriosa e sensível. Seyit demonstrava um carinho especial por ela. Olhando para Necmiye, ele se lembrava de sua irmã Havva, a quem ele havia deixado em Alushta quando era adolescente. Ele não podia evitar compará-las.

De repente, a música se transformou em um murmúrio em seus lábios. Ele pensou em seus familiares distantes. O que estariam fazendo naquele momento? Teriam motivos para comemorar a chegada de um ano novo? Quando ele abraçou e beijou Leman na face, soprou a neve de seus cabelos. Então, virou a cabeça para o céu. O mesmo gesto havia sido repetido há muitos anos.

Na noite em que Shura e ele pisaram pela primeira vez em Istambul. Ele se recordou da noite que passaram no quarto do Hotel Seref, em Tepebaşı. Eles abriram a janela e observaram a neve cair. Lembrar-se daquela noite, especialmente agora, não era algo que queria, mas as memórias não eram lembradas apenas quando solicitadas. Ele estendeu Leman para Selim, que estava em pé à porta. Selim segurou a menina em seu colo e a beijou:

— Vamos lá, chega de frio, garotinha — brincou Selim. Enquanto ele brincava com Leman, Seyit deu vazão às lembranças. Ele amava aquele clima. Naquela noite, Shura e ele tentavam deixar para trás as lembranças do país. Ele se recordou de que Shura chorava enquanto observava a neve cair. Então envolveu a jovem em seus braços, beijou-a e sentiu o gosto salgado das lágrimas de sua amante. Beijou ternamente os lábios dela. Soltou seus cabelos da fivela que os prendia, segurou os finos fios loiros e os cheirou. Ele novamente sentiu aquele perfume de forma tão pungente, que era como se seus olhos a vissem ali. E ele se lembrou de algumas frases, do pouco que falaram. Shura perguntou, com uma voz tímida:

"Seyit, você se sente como eu?"

"Como, querida?"

"Tipo... eu não sei... é como se metade de meu corpo, de minha alma, estivesse em outro lugar".

Seyit havia entendido o que ela quis dizer, e murmurou, enquanto olhava nos olhos dela.

"Sim, minha pequena Shura. É verdade. Sempre sentiremos isso. Não tem como ser diferente, querida".

Quando Shura perguntou se ele estava feliz ali, com ela, Seyit nunca a amou tanto. Tomou a mulher entre seus braços, porque sabia o quão irresistível era seu desejo por ela. Sua resposta foi sincera.

"Eu completei minha alma, meu corpo, tudo com você, Shura".

Era como se Seyit visse a saia de veludo de Shura. Ele escutava até o atrito entre a roupa e as pernas da amante. Sentiu o odor pungente do amor dos dois, quando eles se encontravam entre os lençóis de chita. Sentiu o toque dela em sua pele, lembrou-se do quanto amor eles faziam. Sentiu o barulho do tijolo queimando na lareira, os estalidos da madeira, e viu as minúsculas faíscas que saíam através da abertura da tampa de ferro. Viu a vermelhidão do fogo que crepitava, as cortinas brancas de tule, era tudo como um conto de fadas oriental. Todas aquelas lembranças faziam parte dele. Livrar-se daquelas memórias, que eram como uma chama quente dentro de seu corpo, era como arrancar um pedaço dele. Seyit balançou a cabeça, como se para sair do transe. Eles o chamavam lá na sala.

— Kurt Seyit, venha. Você vai passar a noite na varanda?

O jovem sorriu. Ele estava realmente na varanda?

— De jeito nenhum — murmurou para si mesmo. Momentos antes, ele estivera nos últimos dias de 1919, no acolhedor quarto do Hotel Seref. Mas estava na hora de voltar. Deu um profundo trago no cigarro e jogou a fumaça no frio e na solidão da noite. Muitos anos haviam se passado desde o dia que ele admitiu que o desejo rasgava seu corpo e sua alma. Foi o que ele dissera naquela noite. "Acho que manterei minha promessa por muito tempo". Ele deu de ombros e entrou.

Quando se sentou à mesa, pegou a jarra. Seus lábios estavam ressecados pelo frio. Quando o primeiro dia do Ano Novo estava prestes a nascer, a festa acabou. Selim e sua esposa, e Necmiye foram dormir. Os outros convidados se despediram e foram embora.

Quando todas as pessoas acordaram, a mesa estava posta novamente. Mas quando Mürvet entrou na sala e se sentou, o marido estava enterrado novamente em seu próprio mundo. Seyit estava sentado com uma foto de sua família na mão, e a carta que recebera na noite anterior. Era como se ele pudesse sentir o calor de seus parentes através da fotografia. Seus olhos estavam presos carinhosamente em cada rosto querido, mas estavam também repletos de sentimentos confusos: amor, saudades e desespero.

Ele pensava naqueles que não estavam mais entre eles, a dúvida se o pequeno Hasan estava vivo ou não. Sua irmã mais velha, Hanife, estava na fotografia, mas Hasan não. Se tivesse chegado, teria se juntado a eles quando a foto foi tirada. Então, sua jornada fora para o outro mundo.

Colocou a foto em seu colo, por um momento, e moveu-se rapidamente. Ele pegou os fósforos no bolso, acendeu um cigarro e o colocou entre os lábios. Soltou um longo e profundo suspiro. Era como se estivesse prestes a se afogar e buscasse o ar desesperadamente. Através da fumaça acumulada na frente de seus olhos, enquanto olhava para os rostos que amava e sentia tanta falta, ele tentava conter seus sentimentos. Olhou para o rosto fresco e brilhante de sua mãe, os olhos brandos e os cabelos ruivos. Ele não podia acreditar que seu pai tivesse envelhecido tanto em onze anos. Seus cabelos e barba estavam brancos, a testa enrugada, e entre as sobrancelhas havia uma profunda marca de desgosto. Ele se lembrou do dia que tinham se ofendido. Que colapso, grande Eminof. Mas seu olhar era firme, sua coluna, ereta, e sua cabeça mantinha a dignidade. Seu orgulho, então, não havia mudado. Juntamente ao olhar orgulhoso havia as velhas botas de cavalaria do pai Eminof. Osman também estava muito diferente do garoto recém-amadurecido de onze anos atrás. Sua noiva Mümine havia perdido aquele sorriso jovial. Não havia muito mais dos dias que ele tanto amava.

Ele soltou uma baforada de fumaça no ar e jogou a cabeça para trás. Seus olhos estavam fechados. Ele fez muitos círculos na testa, com as pontas do polegar e estreitou os olhos. Era como se a dor e o desejo em seu coração estivessem derramados no sangue e pulsassem em suas têmporas.

Mürvet observava o marido, discretamente. O que ela podia fazer, não sabia. Seus olhos já estavam cheios de lágrimas. Ela não tinha forças para ajudá-lo a sair daquele sofrimento. Então se aproximou dele, estendeu a mão lentamente e tocou o ombro do marido. Seyit segurou a mão dela e a acariciou. Mas, por trás dos olhos fechados, ele estava sozinho com seus próprios pensamentos. Mürvet saiu da sala, silenciosamente. Ela pensou que seria melhor se o deixasse em paz. Talvez ele pudesse chorar quando estivesse sozinho.

Mas Seyit não chorou. Era incapaz de chorar. Por um longo tempo ele ficou lá sentado, com a fotografia em suas mãos. Relembrava que havia deixado sua casa, com raiva e sem reconciliação com seu amado pai, com quem ele sabia muito bem que não poderia ter uma chance de se reconciliar. Ele olhou para os rostos deles novamente. O enevoado das árvores retratadas na cortina, na decoração. Ele viu os caminhos profundos das florestas de Yalta, e era como se pudesse sentir o cheiro dela. A cachoeira de Akansu, que caía do topo das montanhas, cujas águas chegavam ao lago Karagöl. Ele ouviu o clamor das águas. Seu coração se estreitou, seu coração sangrava, mas seus olhos eram incapazes de chorar. Quem dera ele pudesse chorar e gritar!

As fotos nem sempre realizam desejos. Pelo contrário, no caso dele, seu desejo não foi aliviado, mas aumentado. Ele estendeu a mão e abriu a porta da varanda. O ar frio encheu seus pulmões. Então ele se lembrou de uma garrafa de vodca que havia posto ali para gelar. Pegou o copo e sentou-se novamente. Encheu o copo e murmurou para o ausente pai:

— Eu sei, pai. O senhor nunca quis que eu bebesse. Mas agora eu bebo por sua causa.

Ele levantou seu copo em um brinde solitário, deu alguns goles e continuou:

— Olha, como o senhor pediu, eu me casei com uma garota turca, pai. Por isso, perdoe-me por beber agora.

A voz saía de sua garganta, mas o sorriso era doloroso. Pelo menos, agora seu pai sabia que seu desejo havia sido realizado. Talvez ele não estivesse mais chateado.

Aquele pensamento lhe deu um pouco de paz.

Ah! Se ele pudesse ter abraçado seu pai, e beijado sua mãe e irmãos quando deixou Alushta...

CAPÍTULO 19

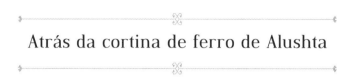

Atrás da cortina de ferro de Alushta

Uma carta contendo uma foto de Seyit com sua filha, transportada por um navio sem passageiros, chegou ao porto de Alushta, levada pelos Correios. Estava em um saco sobre uma mesa no cais. Quando o envelope vindo de Istambul foi visto, um homem de barba ruiva arregalou os olhos e corou ferozmente ao olhar para ele. Balançou a cabeça e disse um bocado de blasfêmias, enquanto batia na mesa. Pegou uma lâmina de barbear e habilmente abriu a correspondência. Ele não estava satisfeito. Se encontrasse uma ou duas palavras escondidas ali, eles estariam perdidos. A carta estava endereçada à casa dos Eminof, e ele reconheceu Kurt Seyit na foto. Era hora de punir a família do fugitivo. Esta última carta seria uma boa razão.

Na casa no distrito de Popofka, que liga a rua Sadovi a Simferapol, Mirza Eminof estava em seu quarto. Sentado junto à janela, ele pensava. Seus olhos estavam perdidos entre as árvores, em direção ao porto. Parecia esperar alguém voltar. Por trás do seu olhar duro, muitas dores tinham sido congeladas. Ele ainda não estava acostumado aos estranhos passos das crianças nas escadas, correndo em direção ao jardim. Não queria sair do quarto, a menos que precisasse. Veja no que aquela bela casa e o jardim se tornaram. Tinha sido devastador. Havia novas famílias morando na casa, e eles tinham destruído tudo que ele passara a vida construindo. Não queria ver nada daquilo.

As árvores centenárias do jardim foram cortadas, para atender às necessidades de combustível de outros moradores da casa. Eminof, junto à sua amada Zahide, assistiam à destruição das árvores em que seus filhos brincaram e corriam sob elas, e viam suas vidas desmoronarem.

Eram tantas as tristezas pelas quais eles passavam, a maior parte do tempo vivendo o passado. Naquela idade, não restava nada além de lembranças. Viviam na casa sua esposa e Osman. Seu filho Mahmut, sua esposa e dois netos moravam algumas quadras dali. Anos atrás, o outro membro de sua família, que ele havia orgulhosamente reunido ao seu redor, tinha ido para longe dele. Mas Alá não queria isso. Que a terra, que as vinhas fossem abandonadas, que as casas se tornassem ruínas, que as pessoas matassem umas às outras.

Perdera Seyit, aquele de quem mais se orgulhava. Havia perdido seu amado filho para um país além do mar.

Durante séculos, o solo da Crimeia, cercado por floresta e jorros d'água, que gerara abundância, anos depois, era fome e miséria. Quaisquer que fossem as riquezas do solo eram carregadas em navios e começavam a se esgotar. Ele não tinha mais trigo, nem uvas e nem animais. A fome havia levado Havva, que era muito delicada, e seu corpo não suportara. A filha mais velha, Hanife, e seu marido, após perder seu filho Hasan, foram levados para um interrogatório e não tinham voltado ainda. Mirza Eminof chorava lágrimas de sangue em seu exílio. Ele queria manter suas esperanças de que estivessem vivos, mas não via como fazer isso. Que Alá o perdoasse, mas lhe restara apenas Mahmut e Osman.

Tentava encontrar consolo na presença deles e de sua esposa, caso contrário, a vida estava longe de ser vivida. Osman, com seu espírito alegre e bem-humorado, lembrava Seyit, juntamente à suavidade e à docilidade que não estavam em seu irmão.

Ele se levantou do assento, tirou o casaco do cabide e colocou o chapéu na cabeça. Olhou com carinho para onde ficavam os tapetes e tentou se lembrar do que acontecera com eles. Sua esposa e ele eram os únicos que pisavam neles. Mas tudo era passado, e até o piano de sua esposa não existia mais. Despediu-se e desceu as escadas, tentando não fazer contato visual com ninguém. Ele não suportava ver os homens nas escadas, ouvir o barulho da criançada malcheirosa e gorda, suas esposas sórdidas e moleques viscosos causando estragos em sua propriedade. Ele não tolerava nenhum deles. Tocou amorosamente os corrimões curvados, agora fragmentados e malcuidados. As paredes de gesso haviam sofrido com os golpes e estavam esburacadas.

No momento em que se aproximou da porta, ela se abriu. Acompanhados por um dos inquilinos, com seu sorriso de dentes amarelados e sujos, vinham dois soldados.

— Camarada, esse é o Eminof.

Mirza sentiu novas nuvens escuras sobre sua cabeça. Mas falou sem perder a compostura.

— Sim, eu sou Mirza Eminof.

Os soldados se dirigiram a ele pelos lados e o empurraram rapidamente.

Ele foi puxado para fora. O velho resistiu, mantendo seu corpo forte ainda de pé.

— O que está acontecendo? O que você quer de mim?

— Você saberá em breve, camarada.

Mirza sabia muito bem que não havia escolha a não ser segui-los. Começou a andar entre eles, tentando seguir seus passos rápidos. Todos os dias alguém era retirado de suas casas e, embora as pessoas estivessem acostumadas a ver isso, ainda estavam com medo. Não havia para quem reclamar, e ficavam felizes em ver o dia passar antes de se meterem em problemas.

Quando eles entraram na delegacia, Mirza foi levado para uma das celas.

Estava prestes a entrar no espaço quando viu Osman e Mahmut na outra cela. Queria gritar, mas foi empurrado para frente. O olhar do velho estava endurecido. Era óbvio que o oficial sentado à mesa esperava por ele. O homem o olhou com menosprezo. Queria diminuir seu espírito, seu orgulho, Mirza sabia disso. Mesmo aqueles que não tinham culpa se sentiriam culpados após aquele olhar. Que crime seus filhos e ele tinham cometido? Inventavam-se criminosos com essa tática.

O maldito oficial achava seu trabalho divertido. Ele não falou por um tempo. Agia como se estivesse sozinho na sala, ignorava Mirza. Lentamente acendeu um cigarro, e aspirou várias vezes seguidas. Então ele se levantou e virou as costas para Mirza, e ficou observando pela janela. Por fim, virou-se para ele e disse:

— Como está seu filho, camarada Eminof?

Mirza entendeu imediatamente de que filho ele falava, mas fingiu não entender.

— Qual deles? Vi meus filhos lá fora. Você sabe melhor do que eu.

O outro, com os braços atrás do corpo, falou em um murmúrio.

— Você não entendeu minha pergunta, camarada?

Mirza era tão paciente quanto seu oponente.

— Você perguntou sobre o meu filho e eu respondi. Você ainda não nos disse por que estou aqui.

O queixo do homem veio para frente, como se a gola do uniforme estivesse apertada. Ele a esticou e moveu o pescoço. De repente, veio até a mesa e esmagou o cigarro. Estava vermelho, e o ódio fluía dele.

— Você não entende, não é? Você não está brincando comigo, não é camarada?

Ele parecia angustiado por não ser capaz de controlar sua voz. Tentou suavizá-la, mas a ameaça era clara. Então acendeu outro cigarro e se conteve. Mirza ainda estava de pé, porque ninguém dissera para que ele se sentasse. E olhava para o oficial, com olhar calmo. Não queria fazer perguntas, implorar ou esperar por gratidão. Isso só aumentaria o prazer do homem e facilitaria seu trabalho. Então esperou que ele falasse. Desta vez, a pergunta veio em um tom muito suave e muito claro.

— Nós dois sabemos de quem eu estou falando, certo, camarada Eminof?

Mas quando não recebeu uma resposta, ele levantou a voz e repetiu. Seu corpo se curvou sobre a mesa, mostrando que estava impaciente.

— Não! Nós dois não sabemos. Eu tenho apenas dois filhos. E eles estão no corredor lá fora, agora.

O comissário decidiu tirar sarro da teimosia da vítima e demonstrou uma falsa amizade.

— Vamos lá, não seja tão teimoso, Eminof. Estou falando do seu filho que atravessou o mar.

Ele parou, encarou Eminof e tentou sentir o efeito de suas palavras.

O velho respondeu com uma atitude de quem estava entediado com o fato de repetir um assunto que ele não conhecia.

— Eu perdi meu outro filho, anos atrás.

Recebeu um olhar sarcástico, como se dissesse: "É isso mesmo?"

Ele continuou:

— Ele nem disse adeus para mim. Não sei para onde ele foi. Isso já faz muitos anos.

— Você nunca se comunicou com ele?

— Não. Eu nunca me comuniquei com meu filho.

Ele poderia jurar. Apenas escrevia para sua nora, mas tinha certeza de que o homem que o interrogava sabia disso.

— As notícias da Turquia pertencem a quem, então?

Mirza começou a demonstrar tédio novamente. Mas aquilo lhe requeria grande quantidade de energia, e ele não sabia quanto tempo seu coração cansado aguentaria. O outro reconheceu imediatamente sua angústia, então achou que era uma boa hora para ir para cima.

— Sim. Diga-me, quem é a jovem e as crianças?

Mirza entendeu que todas as cartas recebidas haviam sido abertas. Sua cor fugiu da sua face; no entanto, entre Seyit e ele nenhuma correspondência se passou, e estava aliviado por Mürvet nunca ter mencionado o nome dele. As fotografias eram da nora e das netas. Ele respondeu, confortável com esse pensamento:

— São minhas parentes distantes.

O capitão respirou fundo, impaciente. Abrindo a gaveta, ele retirou de lá um papel.

— Camarada Eminof, assim você me força a fazer com que sua memória funcione um pouco mais. Afinal, é um homem velho. Venha, sente-se.

Quando Eminof se sentou em frente à mesa, um arquivo com seu nome foi aberto. Sobre a mesa havia um envelope e muitos papéis assinados e carimbados. O capitão olhou-o nos olhos e estendeu o conteúdo do envelope. Mirza, hesitante, mas também com muita curiosidade, o olhou. Ele sentiu surpresa, emoção e desespero de ser pego. Se esse envelope tivesse sido entregue em sua própria casa, teria chorado de alegria e felicidade. Mas agora, a foto de Seyit, a quem ele ansiava ver, com sua família, parecia queimar na sua mão. Ele se perguntou quantas cartas haviam chegado e estariam naquele arquivo.

A carta estava amassada, como um sinal claro de que tinha sido violada.

Apesar de seu desejo de se conter, ele não pôde impedir que seus olhos lacrimejassem. O oficial o tirou de sua emoção com a pergunta.

— Você não vai dizer que esses são parentes distantes, Eminof? Porque não será nada convincente.

Mirza, irritado, perguntou:

— Quando isso chegou?

— É importante? Que diferença faz? Isso é um crime.

— Crime!?

— Sim. Crime, camarada. É um crime. Para o soviético, isso é uma traição.

— Você encontrou algo nisto para provar algum crime? — Eminof o desafiou, apontando para a fotografia. Que crime? Que crime há em se receber uma foto de um parente?

— Talvez eu não precise explicar, camarada. Sua correspondência com eles é suficiente. Por que você não podia ser feliz com seus filhos restantes, Eminof? Por que arrisca a sorte de todos?

Mirza percebeu que havia recebido uma ameaça contra Osman e Mahmut. Seu contato com o outro filho estava prestes a pôr em risco as vidas deles. Em um tom convincente, ele disse.

— Eu não sabia que era um crime. Então, não escreverei mais. Eu lhe garanto que não. Você pode confiar em mim.

O capitão pareceu satisfeito. Ele sorriu enquanto tamborilava na mesa, com a caneta.

— Bom, bom. Eles disseram que você era um cara esperto. Eu esperava por algo assim, Eminof — o capitão estava prestes a pegar de volta a foto e a carta da mão de Eminof. Mas Mirza não tinha intenção de lhe dar.

— O que é isso? Você está pensando em esconder os elementos criminosos?

Você não quer admitir, não é? Deixe-os ficar aqui.

A foto foi retirada da mão de Eminof e ele achou que estaria livre, porém, estava errado. Ele não estava autorizado a sair ainda, ficaria sob custódia.

— Sim, sua decisão é muito sábia. Você me convenceu. Mas aqui temos superiores que não estão satisfeitos. Você terá que convencê-los. Acho que haverá perguntas.

— Quanto tempo tenho que ficar aqui?

— Eu não sei.

— Minha esposa ficará preocupada.

O outro deu uma risada curta e imediatamente se inclinou sobre a mesa, à frente de Mirza.

— Temos muita curiosidade, camarada. Você terá de nos convencer, caso contrário, sua esposa não terá mais motivo para se preocupar.

— O que meus filhos têm a ver com isso, e por que os trouxeram?

— Seus nomes também foram mencionados nas cartas.

Mirza percebeu que dimensão uma simples correspondência tinha tomado.

— Nós não mencionamos nada que fosse crime.

O comissário gritou, dando um soco na mesa.

— O que será mais? Você se comunica com seu filho, inimigo do regime, um traidor, enviou e recebeu fotos, o que mais? Que imagem de sua terra você passa? Você entende, velho Eminof?

Com o chamado de um sino na parede, dois soldados apareceram à porta. O capitão entregou-lhes um endereço e disse:

— Recuperem e concluam as operações.

Mirza, desesperado, se viu levado pelos soldados. Depois disso, não haveria nada escondido na memória de Eminof. O capitão acendeu um cigarro e se recostou na cadeira, com um sorriso sádico. Naquele dia, fumar um cigarro era muito mais agradável do que antes.

Pai e filhos Eminofs, durante quatro dias e quatro noites, ficaram em celas separadas uns dos outros, sendo interrogados repetidamente. Estavam famintos e com sede. Cada vez as mesmas perguntas eram feitas, por pessoas diferentes. Eles não tinham informações para responder a muitas das perguntas repetidas: como Seyit escapara, como ele se preparara, quem o ajudou, quando ouviram falar dele pela primeira vez. E não foram convincentes. Eles lhes bateram e golpearam. Quando um não suportava mais, era transportado para fora, e o outro era interrogado, depois o terceiro. Após quatro dias de tortura e perseguição, primeiro libertaram Mirza, depois Osman, e por último Mahmut.

Zahide soube pelos vizinhos que o marido havia sido levado pela polícia. Ele retornou ferido, inchado, cheio de coágulos de sangue em sua barba, e ela pensou que o perderia. Mümine cuidou de Osman quando ele voltou para casa. A bela esposa de Mahmut, desesperada, cuidou do marido ferido. Por ora, não conseguiram encontrar nenhuma prova que os incriminasse, mas a polícia estava à espera de alguma carta de Kurt Seyit para seu pai.

Mirza Eminof estava muito velho, o suficiente para não conseguir fugir desta terra. Depois disso, ficou óbvio que ele não teria coragem de se corresponder com Seyit e nem com ninguém mais. Mas os bolcheviques não tinham certeza da mesma coisa por parte de Mahmut e Osman. O último era muito jovem e cheio de ideais. Quanto a Mahmut, depois do que acontecera ao seu pai seu irmão caçula, era impossível para ter um ideal na Rússia comunista. Mas, mesmo sem provas, ele foi condenado.

Tudo aconteceu no meio da noite, na Sadovi Street, quando a porta da casa 41 foi derrubada. Mahmut e sua esposa tinham acabado de se deitar para dormir. Os quatro dias de medo e de incerteza pelo choque de ele ser levado para a delegacia ainda dominavam a bela mulher, e ela não teve tempo nem de comemorar a libertação do marido, quando percebeu que o problema ainda não tinha acabado. Ela soluçava no peito de Mahmut, que tentava dizer palavras para confortá-la. Mas desde 1918 que tudo sinalizava que não alcançariam a paz. O último interrogatório, embora tenha sido o de maior dimensão depois da perseguição, não fora o primeiro. Desde que Seyit fora embora, ele perdera as contas de quantas vezes fora interrogado e agredido.

Quando o portão da rua foi derrubado, eles se assustaram e saltaram da cama. A mulher arregalou os olhos, apavorada, mas nada poderiam fazer. Mahmut saiu correndo da cama, para a janela. Até onde ele podia ver, quatro ou cinco soldados estavam ao portão. Ele não teve oportunidade de pensar em nada. A porta foi derrubada e os soldados se instalaram no andar de baixo, e em breve estariam no quarto. Imediatamente, às pressas, Mahmut vestiu suas calças e a camisa, e ao mesmo tempo abraçava a esposa, na tentativa desesperada de acalmá-la.

Mas ela chorava de soluçar.

— Mahmut!

— Shhhhh! Não grite. Você vai acordar as crianças, meu amor. Vamos, querida, acalme-se. Mais uma vez eles vão me interrogar e me libertar. Não se preocupe.

— Mahmut, estou com medo. Receio que desta vez eles façam algo de muito mal com você.

Ouviram passos na escada. Ela vestiu seu roupão e agarrou-se ao marido, firmemente, e ele a puxou para seu peito. Ela tentava falar, entre soluços.

— Eu sabia... eu sabia!

Quando a porta do corredor que ligava os quartos às escadas foi aberta, eles se beijaram pela última vez. Talvez nunca mais se encontrassem. Quando Mahmut abriu a porta, viu que um deles era o soldado que o levara quatro dias antes. Eles não disseram nada. Mahmut sentiu o contato frio das algemas em seus pulsos e, entorpecido pela dor e pela revolta, virou a cabeça para trás e olhou para a esposa uma última vez. Nos olhos deles estava escrito o quão preciosos eles eram um para o outro.

Mesmo antes de derrubarem sua porta, havia a sensação de que a tempestade não havia passado, e que o pior ainda estava por vir. No entanto, ele escondia sua inquietação de sua esposa e, quando a estranha sensação se apossava dele, ele a abraçava, trazendo-a completamente para ele, como se ansiasse guardar cada calor que o abraço trazia. Naquele último instante, procurando guardar cada feição do lindo rosto da esposa, a outrora sensação havia se transformado numa certeza, e o pensamento de que não a veria mais tomou-o de vez. No fundo de sua alma, Mahmut ansiava para que sua intuição tivesse errada.

Ele tinha de ir. Não havia escolha.

Mas a intuição que se passava na mente de Mahmut não ficou indiferente para a esposa. No momento em que o soldado algemou seu marido, ela leu a preocupação no rosto de Mahmut, a tristeza e a despedida naqueles olhos que sempre a olharam com alegria e esperança. Curiosamente, em seu coração, ela podia sentir cada sentimento dele, e o medo do futuro incerto a dominou. Podia ouvir o batimento cardíaco em seu próprio peito. Ela correu para Mahmut e o abraçou, e a sensação desesperada de estarem juntos pela última vez tomou sua alma, e o desespero a tragou.

Na agonia daquela certeza de um terrível fim iminente, ela correu e empurrou os soldados que levavam seu marido, impedindo, com seu corpo, que eles passassem. Ela gritava e implorava. Mahmut sabia que os gritos e as lágrimas de sua mulher não os impediriam, apenas aterrorizariam seus filhos, que dormiam no quarto ao lado. Um dos soldados usou as costas de sua mão e empurrou o corpo gracioso da mulher, e rapidamente desceu as escadas, levando Mahmut. Mas a jovem mulher não se deu por vencida e os seguiu, com seus gritos e choro:

— Deixem meu marido! Ele não tem culpa.

Mahmut temia que algo acontecesse com sua esposa.

Ele balançou a cabeça e disse com carinho, tentando manter-se calmo:

— Vá para casa, querida! Vá para casa! Fique com as crianças! — disse Mahmut, em turco.

Mas ele levou um soco nas costas, e o soldado gritou, furiosamente:

— Fale em russo, camarada. Fale em russo! Quer que eu afunde seu nariz, não é?

Mahmut sentiu que seus pulmões sangravam sob o impacto do punho. Os soldados não deixavam que ele virasse a cabeça para olhar para sua esposa. Arrastaram-no para fora do jardim, com gestos cada vez mais violentos. O homem podia ouvir sua esposa ainda gritando e chorando, mas não tinha mais chance de dizer nada a ela. Os soldados não estavam intimidados, mas furiosos. Eles o espancavam no rosto com os punhos, chutavam para que ele andasse mais rápido. Mahmut sentiu o sangue pungente escorrendo em seu nariz, e tinha certeza de que tinham lhe quebrado os dentes. Ele mal enxergava o caminho.

A linda circassiana, com os pés descalços, os seguia, gritando. Seus cabelos estavam espalhados pelos ombros, e sua voz agora rasgava sua garganta. Eles levavam Mahmut na frente dela, e ela não podia vê-lo indo para a morte, sem fazer nada.

Então, no auge de seu desespero, ao ver o sangue do marido, se agarrou ao braço do soldado com quem havia crescido e brincado quando criança. Tentou não chorar ou gritar em revolta, e implorou, em nome de uma antiga amizade. Mas o soldado a pegou pelos dois braços e a empurrou com violência. Ela voltou para cima dele, revidou, e começou a socá-lo. Os olhos azuis da mulher se abriram como se estivesse louca, nas garras do desespero. O soldado ficou com muito ódio por apanhar de uma mulher e bateu nela, zombado de sua angústia. O tapa estalou na bela face, que caiu no chão sob o violento impacto. Ela sentiu como se nunca mais pudesse se levantar. Mahmut, desesperado, percebeu que sua esposa estava muda, e achou que o soldado a tivesse matado. Ele os chamou de malditos assassinos e covardes e, embora sofresse a retaliação dos punhos dos soldados, esticou a cabeça ensanguentada para trás, para ver sua mulher estirada no chão frio. Lágrimas quentes banhavam seu rosto. Ele ficou louco quando viu sua esposa, e tentou de todas as formas se livrar daqueles que o detinham. Por um instante ele foi bem-sucedido, e voltou correndo para ela. Mas foi impedido de dar mais um passo. Sentiu o sangue fluindo de sua cabeça, escorrendo por sua face, ganhando os sulcos de seus olhos, encharcando-os de forma a cegá-lo completamente. Apenas sibilos foram ouvidos de seus lábios, ansioso para chamar o nome de sua esposa. Ele caiu onde estava. Seus últimos instantes foram de gritos e blasfêmia, que despertaram a maioria dos vizinhos. Os moradores das casas, escondidos atrás das cortinas, com medo, espreitavam com avidez o que acontecia na rua. Perguntavam-se por que os soldados vermelhos estavam com tanto ódio do casal Eminof.

Após uma discussão acalorada, os soldados agarraram Mahmut, que estava deitado, inconsciente, no chão frio, e o arrastaram. Embora muito ferido pelos golpes na cabeça, Mahmut estava vivo, e sentia seu rosto rasgando sobre as pedras. Mas ele não tinha mais forças para se rebelar contra aqueles que o arrastavam, e salvar sua honra. Por trás das pálpebras inchadas e sangrentas, ele sentia que tinha falhado com sua esposa, em não poder protegê-la. Seu olhar capturou um buraco em uma calçada, sob a fina linha amarelada de um poste de luz. Todos os ossos de seu corpo pareciam estar separados. No momento em que começou a se recuperar, a primeira coisa que chamou sua atenção foram as botas dos soldados. Pela última vez ele colocou os pés no chão e tentou se levantar, mas não havia firmeza em suas pernas e ele sentiu que flutuava, como se estivesse morto. Mas a dor por sua esposa era muito maior que a dor por si mesmo. Não havia vida suficiente para lamentar por isso.

A mulher, por outro lado, percebeu que a levavam para a mesma direção em que seu marido fora levado. Ela tentou falar alguma coisa, mas sua bochecha e o olho esquerdo estavam inchados demais, e seus lábios estavam partidos, então sua voz não saiu. Mas, pelo menos, ela podia ver seu marido novamente.

Entrou em pânico quando se lembrou das crianças, que havia deixado dormindo em suas camas. Se pudesse pelo menos deixar uma mensagem na casa do sogro, ela pensou, mas não era possível. E não achava que os malditos soldados vermelhos fossem ouvir seu pedido.

Os olhos de Mahmut não podiam mais abrir, mas ele sentiu uma luz diferente, a iluminação do edifício, e distinguiu de onde vinham os ruídos altos e o odor. Ele tinha sido levado de volta para onde estivera antes. Mas, daquela vez, ele não voltaria com vida para casa. Sabia que não poderia sair dali vivo. Pela colisão constante do rosto e dos joelhos, ele percebeu que era arrastado escada abaixo.

Depois de ser arrastado por um tempo, estava de joelhos. Desta vez eles o amarraram com uma corda, em um poste. Mesmo com todo o seu esforço, ele não conseguia manter seu pescoço em posição vertical. O seu peso puxava seu corpo inteiro para a direita. Os braços e as pernas estavam amarrados com uma corda, e ele se sentia como uma marionete. Não tinha controle sobre nenhum de seus membros. Não sentia mais dor em seus ossos ou carne, mas seu coração machucado anda doía. Ele queria gritar, amaldiçoar as pessoas ao seu redor, e anunciar sua revolta. E porque não conseguia fazer isso, ele amaldiçoou a si mesmo. Ouviu um motim e pareceu escutar a voz de sua esposa.

Ela, quando foi levada para o pátio da delegacia, deu um grito amargo ao ver o estado devastador de seu marido, meio morto e amarrado como um bicho. Ela não conseguiu se controlar. Tentou correr para ele, mas os soldados a agarraram. Mahmut tentou chamar o nome de sua esposa pela última vez, mas não foi possível. Então usou suas últimas forças para abrir os olhos e, na luz enevoada do amanhecer, viu seu rosto bonito, seu corpo elegante sendo empurrado para outro poste. Enquanto a olhava, viu, desesperado, que sua esposa teria o mesmo destino que ele, e duas grossas gotas de lágrimas caíram de seus olhos. Como aquilo era possível? Que mundo era aquele? Sua linda mulher estava prestes a compartilhar o mesmo destino do marido.

Ele tentou acreditar que faziam aquilo para assustá-lo. Talvez eles ainda a soltassem. Mas o cruel soldado vermelho amarrava uma corda, com crueldade, nos pulsos da jovem mulher, e Mahmut viu que eles sangravam. A maior dor do mundo é ver a pessoa que você ama sendo massacrada, e nada poder fazer. Que lhe matassem e cortassem aos pedaços, mas que poupassem a inocente mãe de seus filhos. Ele sentiu como se o sangue tivesse congelado. Seus dedos estavam dormentes, mas ainda gritou:

— Assassinos! Malditos!

Sentiu um novo impacto em sua cabeça, que abriu outra grande ferida, e perdeu os sentidos. Mas o soldado vermelho não teve piedade da jovem mulher, bonita e inocente. Para os vermelhos, aquela era uma inimiga que, se sobrevivesse, poderia abalar o regime em que eles acreditavam. Ela e o marido eram de famílias ricas e influentes em Alushta, e tinham de ser exterminados como ervas daninhas. Eles mereciam somente uma coisa, a morte. Suas mãos estavam com coceira para executá-los.

A jovem mulher fez um esforço para não engolir o sangue acumulado em sua boca. Ela inclinou a cabeça para o chão, tentando abrir os lábios, que não sentia mais. Mahmut voltou a si para assistir à sua esposa vomitar sangue, e rezou para que a tortura terminasse o mais rápido possível. Eles não seriam liberados de nenhuma maneira, então, que morressem logo. Estar meio vivo, assistindo um ao outro sofrer, era muito pior.

Eles morreriam. Disso Mahmut tinha certeza.

A luz do sol começou a dissipar a névoa da manhã, e um pelotão de soldados encheu o local. Mahmut conhecia muitos deles, mas, apesar disso, nunca estiveram tão perto da morte. Sua esposa ainda tentava se libertar, chorando e gritando, mas ela também seria morta. Eles eram tão jovens, tão belos e cheios de vida. Ela tinha vinte e quatro anos, mas também sabia que logo estaria onde estava sua cunhada, Havva, que havia morrido há muito tempo. Agora, sua única preocupação era o que aconteceria com seus filhos. Foi como se uma corrente elétrica tivesse se formado entre eles. Mahmut, com o mesmo pensamento, forçou-se a olhar para a esposa. Os dois estavam juntos agora, e estariam depois. Mas e as crianças? Para onde seriam enviadas?

Com os rostos sangrando, inchados e perturbados, os dois olhos se prenderam um ao outro e disseram "até daqui a pouco. Seja forte". Confirmaram o seu amor um pelo outro e a certeza de que jamais se separariam. Ninguém percebeu isso. Mas Mahmut e ela sabiam que nem a morte agora poderia separá-los. Eu te amo, murmuraram em silêncio. Foi a última comunicação dos dois em vida, e o último brilho nos olhos de ambos. As balas do esquadrão de tiro chegaram primeiro ao corpo magro e encantador dela. Aquele corpo que Mahmut amou, cheirou e acariciou. Por causa da fuga de Kurt Seyit, considerado o traidor do regime, Mahmut foi considerado culpado a ponto de, antes de morrer, assistir à morte de sua amada. Ele se ajoelhou na poça de seu próprio sangue e um chiando saiu de sua garganta, expressando sua última rebeldia. Agora, mais do que nunca, ele estava pronto para morrer.

Seus carrascos não o deixaram esperar muito. Em alguns minutos seu corpo já entrava em colapso, morto.

Naquele nefasto dia, os alushianos, com a primeira luz da manhã, foram acordados pelo pelotão de fuzilamento. Aqueles que tinham visto o jovem casal Eminof ser levado, adivinharam quem tinha sido sacrificado daquela vez. Mas a maioria deles nunca conheceu, de fato, Mahmut e e sua linda circassiana.[7]

* * *

7 - A Guerra Civil Russa envolveu o novo governo bolchevique, alçado ao poder desde a Revolução de Outubro de 1917, e seus opositores, incluindo militares do antigo exército czarista, conservadores e liberais favoráveis à Monarquia. Aqui entra a família de Kurt Seyit, que era favorável à Monarquia. Os bolcheviques venceram a Guerra Civil e massacraram seus opositores que não conseguiram fugir, como Mahmut e sua esposa, e milhares de outros. Os antibolcheviques russos derrotados, que conseguiram escapar, fugiram para o exílio em Istambul (como Kurt Seyit), Belgrado, Berlim, Paris, Estados Unidos e até Brasil. [N.E]

O vizinho de Mahmut, Arzı Eminova, secretamente enviou a má notícia para Mirza e Zahide Eminof. Desesperados para pegar seus netos antes que as crianças acordassem, o casal correu para a casa do filho. Agiram como se não soubessem de nada, e foram se escondendo para não serem vistos.

Zahide chorava com a notícia da morte de seu filho restante, mas quando ela ouviu o que acontecera à nora, ficou muda. Não havia mais lágrimas para derramar.

Quando chegaram à rua onde Mahmut morava, atravessando as ruas secundárias, paralelas às vias onde se escondiam, tudo parecia calmo. Eles viram algumas pessoas, mas elas fugiam deles e mudavam seu caminho para evitar encontrá-los. Ter qualquer relacionamento com eles era uma ameaça.

No andar de cima, com uma inesperada agilidade, Mirza abriu a porta do corredor que levava ao quarto das crianças, mas não podia acreditar em seus olhos. A sala de estar e o quarto grande ao lado haviam sido saqueados. Os armários e as gavetas foram esvaziados, os papéis no escritório de Mahmut, os livros na biblioteca, tudo estava destruído. Almofadas e colchões tinham sido rasgados. Era uma confusão.

— Oh, meu Deus! O que aconteceu aqui? — murmurou ele. Mirza, respirando fundo, segurou a mão de Zahide e seguiu em frente. Eles não podiam parar para lamentar.

Zahide correu para abrir a porta do quarto adjacente. Mirza correu para o mesmo lugar e ouviu o grito de sua esposa. Ele tapou a boca de Zahide com a mão e quis reprimir seu grito. Olharam para as camas de seus netos, vazias. Duas pequenas camas: uma com o mosquiteiro azul, e a outra com o mosquiteiro rosa. Zahide, com seus cabelos prematuramente brancos, começou a correr entre os aposentos. Ela gritava como uma louca, embora seu esposo tentasse contê-la. Abria as portas dos armários e olhava à procura dos netos. Mirza sentia-se tão mortificado como se uma pedra tivesse caído sobre sua cabeça. Ele viu o que acontecera. Sabia que seu filho Mahmut não voltaria. E eles tinham levado as crianças embora. Seu coração estava pesado como uma pedra. Avançando, sacudindo a esposa pelos ombros, pediu que ela se acalmasse.

— Ok, Zahide. Vamos lá, vamos para nossa casa.

— Eu quero meus netos, Mirza! Eles são os únicos que me restaram. Eu os quero!

Pela primeira vez desde que soube o que acontecera a Mahmut, Zahide chorava. Mirza, levando a esposa entre os braços, tentava silenciá-la.

— Vamos para casa. Certamente alguém sabe onde eles estão. Vamos buscar Osman na casa da noiva. Ele nos ajudará a encontrar nossos netos. Ninguém pode tirá-los de nós, enquanto vivermos. Não se preocupe, prometo que os levarei de volta.

Eles saíam quando Zahide, de repente, se virou. Ela pegou a tesoura em uma mesa e caminhou primeiro para a cama do filho, e depois para a da nora. Temendo que sua esposa tivesse enlouquecido, Mirza a seguiu e a observou. Entre soluços, Zahide primeiro cortou um pedaço do mosquiteiro branco de Mahmut e da nora. Então, foi para o quarto dos netos. Da mesma forma, cortou os pedaços de tule rosa e azul, e os acariciou na palma de sua mão. Seus olhos pareciam congelados. Com os pedaços de tule no peito, ela pegou a mão do marido e eles deixaram a casa de Mahmut.

Enquanto caminhava pela estrada, Mirza percebeu que sua esposa agora era uma pessoa completamente diferente. Ele percebeu, horrorizado, que ela parecia estar fora de si. Zahide começou a murmurar coisas e a sorrir, num momento em que não havia nenhuma razão para isso. Ela estava quase infantil. Ele apertou a mão dela e tentou lhe dar forças. Mas Zahide citava, como em um delírio, os nomes de todos os seus filhos e netos, dizendo-os em sequência e retornando ao início quando a lista era concluída. Mirza, preocupado, enquanto observava sua esposa, se perguntava o que eles encontrariam pela frente.

— Zahide, querida, ouça-me. Eu prometi a você, não prometi? Nossos netos estarão de volta, contanto que você não perca sua força. Senão, como poderemos cuidar deles?

Zahide olhou para o marido, sorrindo. Mirza poderia ter pensado que ela estava quase feliz, se não conhecesse a agonia das profundezas de seus olhos. Espantado, ele ouviu sua esposa dizer:

— Talvez eles estejam nos esperando em casa, Mirza. Talvez eles tenham tido medo de ficar sozinhos e foram até nós.

Ambos sabiam muito bem que isso não poderia ser verdade. Hasan tinha apenas cinco anos e, Havva, que recebera o nome de sua falecida tia, tinha três. Ainda assim, a resposta de Mirza foi: — Talvez.

Quando já tinham se distanciado de Sadovi e estavam a alguns metros de casa, avistaram os soldados que tinham ido buscá-los. Os netos, como Mirza sabia, não estavam à porta. Assim que viu os uniformes vermelhos, Mirza apertou mais a mão da esposa. Era inútil tentar escapar, ele sabia. Se agissem com inteligência, talvez pudessem se livrar depois de algumas perguntas.

O mais graduado dos soldados, com uma atitude formal, se voltou para Mirza.

— Camarada Eminof?

Mirza ainda não tinha se acostumado a esse camarada, mesmo depois de muitos anos. Em vez de responder sim, ele escolheu dizer seu nome de forma desafiadora.

— Mirza Eminof, sou eu.

A resposta foi simples e clara.

— Você está preso.

Nada mais foi dito. Ele apertou a palma da mão da esposa, em despedida, mas Zahide a agarrou com força, gemendo, não disposta a soltá-lo. E continuaram de mãos dadas. Ele agora estava muito preocupado com a mulher que amava, pois Mirza via a rebeldia nos olhos dela, e algo lhe dizia que ela não poderia suportar mais.

Queria dizer uma ou duas palavras a ela antes de sair, mesmo sabendo que não estava em condições de confortá-la. Então pediu permissão ao oficial:

— Pelo menos permita que eu deixe minha esposa em casa e lhe diga adeus.

— Não há necessidade. A camarada Eminof também virá conosco.

— O quê? Ela é apenas uma senhora idosa — Mirza não podia acreditar, mas Zahide não estava mesmo disposta a soltar a mão do marido.

E marido e esposa foram levados para a delegacia, antes que pudessem entrar em casa. Durante todo o caminho, ninguém falou uma palavra sequer. Por alguma razão, os camaradas vermelhos tentavam ser o mais educados possível. Talvez por causa da idade avançada deles.

Ao lado dos soldados, com uma compostura inacreditável, Mirza estava cada vez mais preocupado com sua esposa. Seu mutismo, sua atitude incontestada, dura e até absurda, dadas as circunstâncias.

Depois de horas de julgamento, de perguntas sobre Seyit, onde ele estava, o que tramava contra o regime, as quais Mirza dava-lhes as mesmas respostas de antes, eles decidiram deixar o casal de idosos ir embora. Mas agora era inútil voltar para a casa deles, na rua Sadovi. Como aproveitar aquela bela casa, suas grandes salas, sem seu filho, nora e netos? E a idade deles era bastante avançada para conviver com pessoas da Rússia soviética morando na casa e perturbando a paz do casal. Osman, a quem o vizinho de Mahmut, Arzı Eminova, fora enviado com uma ordem do pai que o filho não regressasse para casa, ao saber o que acontecera com Mahmut e sua esposa, escondera-se, ajudado por parentes de Mümine.

Depois de uma noite sentados numa cadeira, sem água e sem comida, Mirza e Zahide Eminof foram deixados na casa da vinha, para continuarem com suas vidas. Quando a porta se fechou, Mirza olhou pela pequena janela, com um sorriso amargo. As encostas que se estendiam diante de seus olhos, em direção ao Mar Negro, eram vinhedos que já tinham sido suas próprias terras. Tinham lhe tirado tudo. *Eles fizeram isso de propósito.* Pensou ele, para me humilhar mais ainda. E certamente lhe causou uma dor tremenda.

Assim que Zahide chegou ao velho casarão, desmoronou na cadeira de balanço e olhou para um ponto fixo. E continuou citando os nomes de seus filhos. Vendo que os soldados tinham se afastado da vinha, Mirza se aproximou de sua esposa. Ajoelhou-se ao lado de sua cadeira e agarrou suas mãos. Ao contrário da expressão dura no rosto e nos olhos, falou em tom suave com ela:

— Zahide, você sabe para onde eles nos trouxeram? Para nossa outra casa, Zahide.

A resposta de Zahide foi incompreensível.

— As crianças estão todas aqui, não estão? Eles vieram, eu sei... — disse ela e, novamente, continuou citando os nomes dos filhos, por ordem de nascimento:

Hanife... Kurt Seyit... Mahmut... Osman... Havva... Hasan... Havva... Hanife... Kurt Seyit...

E isso durou horas. Mirza admitiu que não podia mais devolver a razão à sua esposa. Acariciou suas mãos e, exausto, se levantou. Mas ainda ficou ouvindo por um tempo.

— Hanife... Kurt Seyit... Mahmut... Osman... Havva... Hasan... Havva... Hanife... Kurt Seyit...

E, além disso, o rangido da cadeira de balanço. O homem idoso, com um suspiro profundo, balançou a cabeça e caminhou em direção à varanda da frente. Lembrou-se das incontáveis festas à sombra da videira; agora, até a videira tinha sido cortada e transformada em fileira de toras, que virariam cinzas. E quanto a si mesmo? Apenas um de seus cinco filhos fora poupado. Mas até quando? Que Alá ajudasse a esconder Osman! Ele se apoiou na madeira no final da varanda e olhou em direção ao Mar Negro. Quantas gerações cresceram ali, olhando para aquelas videiras, cultivando aquela terra fértil, mas que agora não estava mais em suas mãos? Desceu da varanda, ajoelhou-se e pegou um punhado de terra, a terra de que tanto sentira falta. Então apertou-a na palma da mão e sentiu a textura macia. Cheirou a terra que sonhou que seus filhos herdariam. Ele, teimosamente, não quisera deixar a terra de seu nascimento, mas sua terra o abandonara. Como isso aconteceu àqueles que ficaram? A terra natal fora tirada deles. Pela primeira vez, sentiu-se satisfeito por Seyit ter escapado. Sim, essa era a verdade, a única verdade. Seyit sempre fora seu filho favorito, e estava vivo. Não havia mais perigo para ele. Ele tinha que lhe enviar uma última mensagem, dizendo que eles não podiam mais se corresponder.

O grande Eminof tinha que admitir que tinha sido derrotado pela vida. O último baque aconteceu recentemente, a perda de Mahmut e sua família. Ele não queria se lembrar disso. Céus! Doía demais, latejava. Deixaria aquela dor ali, adormecida por enquanto. Ele precisava cuidar de sua esposa.

Depois de uma longa hora de reflexão, Mirza sentiu a necessidade de entrar. A noite tinha esfriado. Quando voltou para a varanda, não conseguiu ouvir os sons que esperava. *Ela deve ter dormido.* Quando abriu suavemente a porta, ele a viu com as mãos no peito, e a cabeça virada para o lado. Parecia em um sono profundo. Não querendo incomodá-la, ele pensou em levá-la para o quarto no andar de cima, como o jovem soldado do passado fazia. Pegava-a nos braços e a levava escadas acima, para o quarto deles. As lembranças vieram como por trás de cortinas enevoadas, como se fossem uma história de tempos distantes. Agora, se apenas a pegasse em seus braços, poderia dar somente alguns passos.

Ele amava muito sua esposa, e sempre a amara. Queria muito confortá-la, vê-la dormir feliz, arrancar cada uma daquelas dores de seu peito. Uma a uma. Ele sentiu medo de perdê-la também. Com esse medo, inclinou-se para o rosto de Zahide. *Como ela pode dormir com um sorriso assim, depois de toda a dor?* Ele se perguntou, perplexo. Mas não demorou muito para entender a verdade: que sua esposa, que há anos olhava para seu rosto com tanto amor, não respirava mais.

No momento em que ele entendeu, congelou em seu lugar. Ele balançou o rosto dela e gritou:

— Zahide! Zahide! Responda-me!

Quando ele afrouxou as mãos, a cabeça de Zahide caiu novamente. Nada havia mudado em seu sorriso. *Ela deve ter dado seu último suspiro enquanto vivia seus anos felizes novamente.*

Mirza, agora fraco, deixou seu corpo cair de joelhos e sufocou o rosto de sua esposa com beijos quentes. As lágrimas escorriam dos olhos azuis, frios como aço, molhando a barba branca. Ele chorava agora. Apesar de tanta dor, se negaraa a chorar, mas, naquele momento, se rebelou contra Alá, pois havia perdido seu bem mais precioso, a maior que todas as suas perdas. Seu peito e ombros estavam caídos, e todo o seu corpo era abalado por soluços. Ele enxugou os olhos com a mão e segurou a de Zahide. Entre os dedos da esposa morta, estavam as peças de um mosquiteiro nas cores branca, azul e rosa.

*   *   *

A muitos quilômetros de Alushta, no pátio de uma escola convertida em orfanato, cercadas por altos muros de pedra, estava muitas crianças chorando. Algumas sentadas no chão, outras deitadas, e poucas ainda de pé. Todos estavam separados de suas mães há dias, semanas, e não sabiam onde estavam. Muitas tinham se cansado de gritar por suas mães e pais. Mas agora os maiores desejos deles eram uma fatia de pão. Nenhum deles havia comido nos últimos dois dias. Aqueles que eram pequenos demais para expressar sua fome e sede, faziam barulho, choravam e gritavam.

No segundo dia de choro, exaustos, foram levados para seus dormitórios. Os mais velhos começaram a entender que se suas mães e pais lhes abandonaram, apesar de todo o choro, Alá também não podia ouvir suas súplicas. Mas Stalin[8] estava ali para lhes dar pão. No terceiro dia, saíram para o quintal, e o

---

8 - Josef Stalin foi um ditador comunista que governou a União Soviética de meados da década de 1920 até sua morte, em 1953, chamada de Era Stalin ou Era Stalinista). Foi responsável por milhões de mortes, e milhões de exílios. Durante seu tempo como líder da URSS, Stalin fez uso frequente de sua polícia secreta com poder quase ilimitado, para remodelar a sociedade soviética. [N.E.]

pai Stalin "alimentou" seus filhos restantes.

Agora eles estão a caminho de conhecer seus novos guardiões e pais genuínos. A nova geração da Rússia comunista, desconectada do passado pelo massacre de seus pais, sem saber que foram deportados, são agora os filhos de Stalin, do pai dos soviéticos, e com eles têm que começar suas novas vidas. Após as primeiras lições, as crianças que sobreviveram à fome e foram adotadas cresceram sob os auspícios de famílias comunistas, que fizeram suas cabeças. Os vestígios do pequeno Hasan Eminof e da pequena Havva Eminof, depois desse orfanato, são desconhecidos. Provavelmente os irmãos foram separados para sempre.

CAPÍTULO 20

Primavera de 1929 em Istambul

Na primavera de 1929, Mürvet recebeu outro envelope carimbado. A carta tinha sido aberta e queimada na ponta. Emine, que visitava a filha naquele dia, entendeu o significado.
— Garota, esteja preparada. A notícia é amarga.
Ela abriu o envelope com dedos trêmulos e encontrou uma carta miserável, rabiscada à mão e rasurada. Mesmo sabendo que se aborreceria, ela tentou ler.

"Criança Mürvet,
Suas cartas me confortaram muito... e as fotos. Por dias... Muito... Eles levaram... Mahmut... enterrado. A partir de agora, não espere nenhuma notícia nossa. Eu confio você a Alá.
Amor eterno".

Mürvet, que havia chorado de alegria pelas cartas que vieram antes, estava, desta vez, afogada em tristeza. Havia muitas outras palavras na carta, que não podiam ser escritas, exceto aquelas que não haviam sido censuradas.
Enquanto Mürvet estava chateada por ter perdido as pessoas que nunca conhecera, a dor de Seyit se manifestou de outra maneira. Há muitos anos, desde que escapara, em 1918, sabia que o relacionamento deles seria perigoso, e os aceitou como mortos-vivos. Aceitar a morte de seus entes queridos era como se os visse morrer pela segunda vez, e ele se enterrou em depressão e culpa. As cartas, juntamente às fotos, haviam, por alguns instantes, lhe dado esperança de reunir a família, e agora tudo tinha desmoronado. A dor em seu coração, que pensou ter começado a ser tratada, tornou-se tão forte como se tivesse levado uma facada.
A única alegria que sentiu foi saber que seu pai ainda estava vivo. Mas quem sabe, talvez, ele já o tivesse perdido no decorrer da carta. Pegou as fotografias de sua família, antes de ir dormir, e chorou sobre elas. Imaginar que eles nunca seriam feridos havia funcionado. Embora não tivesse contado para ninguém, ele ficava esperançoso, aguardando uma resposta à carta de sua esposa.

Mas a recomendação de seu pai era uma carta queimada, a última carta. Eles estavam completamente desconectados de Alushta. Alushta estava completamente desconectada deles.

CAPÍTULO 21

Feodor Feodorovic Tomas

Não importa o que aconteceu com seu passado e à sua família, a vida deve continuar como sempre. Seyit, amargurado, culpado, pensou em acabar com sua própria vida, mas suas filhas e esposa dependiam dele, e ele não queria um minuto de tempo livre para pensar. Decidido a viver, queria aproveitar enquanto a vida o aceitasse.

Antes do inverno terminar, uma nova aventura surgiu à sua frente. Ele encontrou a oportunidade de se tornar um parceiro de Feodor Feodorovic Tomas, um russo negro. Durante anos, ele administrava um parque de entretenimento chamado Stella. Seyit e ele tiveram conversas amigáveis entre uma cerveja, uma vodca e um peixe defumado. Stella era um local aconchegante e bem frequentado, Feodor Tomas era conhecido pelo mundo, e muito respeitado naquilo que fazia. Feodor precisava de um parceiro para administrar uma nova casa de entretenimento em Tarabya[9], na verdade, um cassino no Tokatlıyan Hotel. E Seyit era o homem perfeito para isso.

Eles concordaram em ir visitar seu novo local de trabalho. O hotel era um edifício de madeira no início de Tarabya. Tinha passado por uma grande reforma e ficava em uma localização perfeita, perto de uma floresta que ia até uma praia, onde havia um pequeno cais. Apesar de toda a distância da cidade, isso tornava sua localização atraente.

Em pouco tempo, Seyit e Tomas começaram a trabalhar juntos. Inspirados num cassino que Tomas operara em Moscou, eles o nomearam Maxim. Maxim logo se tornou um dos principais locais de entretenimento, não apenas para clientes do hotel. Muitos iam de Pera para lá. A decoração elegante, ótima orquestra, uma variedade de comida deliciosa, atraíam as pessoas.

Quando a primavera chegou, Mürvet e as crianças foram para Tarabya e gostaram de lá. Depois de Altınkum, novamente ela estava muito feliz porque viveriam um verão muito bom. Agarrada ao braço do marido, ela novamente foi fazer compras em Beyoğlu. Seyit, a esposa e as filhas tinham um guarda-roupa novo para o verão em Tarabya. Mürvet, com as mãos cheias de pacotes de roupas, sapatos, chapéus, estava eufórica. Juntos, então, eles

9 - Localidade no distrito de Sarıyer, em Istambul, Turquia. [N.E.]

se mudaram para Tarabya.

Seyit, que levava sua família na noite de quinta-feira, os trazia de volta no último trem de domingo e, às vezes, num sábado à noite, e voltava ao trabalho na manhã seguinte. A viagem de trem entre Eminönü e Tarabya era em clima de férias e muito agradável. Em todos esses fins de semana, Leman estava com seus pais. Mas Şükran não ia. Ou ela estava doente antes de ir, ou ficava doente depois de ir para Tarabya. Na primeira vez, algo que ela bebeu a levou para a cama imediatamente. Isso acontecia toda vez que Mürvet ousava levar a filha pequena.

Para Leman, os dias em que ela estava vestida com sua roupa nova, segurando a mão do pai e embarcando nessa pequena jornada, foram os mais felizes de sua vida. Passava o dia inteiro tomando banho de sol na praia, com sua mãe, e brincando na areia, ou com seu pai na água. À noite ela ia jantar no Maxim com seu pai, ouvia música, via os jogadores do Kazaska, os casais dançando. E assistia a tudo curiosamente. Era como assistir a filmes.

O mais surpreendente foi saber que se comia melão com pimenta-do-reino. Foi um gosto novo para Leman. Mas mesmo que ela achasse estranho, gostou do sabor. Seus momentos favoritos eram ver aqueles trajes maravilhosos de banho e os chapéus que sua mãe usava. Os vestidos em jersey de lã azul, as papoulas vermelhas e brancas, e as margaridas nos cabelos. A mais linda mulher daquela praia. Até os adultos ao seu redor achavam sua mãe chique, fofa e muito bonita. Ela continuou brincando com as conchas na areia, muito satisfeita com sua vida.

Como eles foram felizes naquele verão! Mas o que eles tinham antes, terminou. Tomas tinha ido para a América responder ao seu pedido de migração. Seyit teria que comprar suas ações ou encontrar um novo parceiro. Não podia contar com seus amigos, pois todos eles tinham um emprego agora.

Era o retorno da última visita de Mürvet e Leman a Tarabya. Seyit não tinha voltado com elas. Dois dias depois, ele deixaria Tarabya e fecharia o negócio. A família o esperava no porto. Leman, com a mãe, mandava beijos para o pai, que acenou de volta para ela. Foi um dia de muito vento. A menina, com seu vestido de seda decorado com cerejas, e um chapéu na cabeça, o segurava com uma mão. A outra estava erguida para seu pai, e o seu lindo chapéu voou. Mürvet tentou pegá-lo, em vão. Leman logo começou a chorar. Ela certamente gostava do chapéu. Mas a principal razão pela qual ela o amava era porque foi comprado em um ótimo dia com seu pai. Ela chorava por algo que sentia falta, mas não conseguia entender exatamente o quê. Era, de fato, o medo de que um dia seu amor por seu pai voasse como seu chapéu.

CAPÍTULO 22

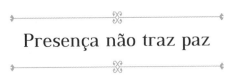

Presença não traz paz

Seyit bebia muito, e a quantidade só aumentava. Ele passava as noites fora, e voltava para casa de manhã. Mürvet fez o possível para manter o marido em casa. Ela preparava diferentes aperitivos, fazia jantares, sentava-se com o marido e bebia com ele para agradá-lo. Mas Seyit estava cada vez mais triste. Segurando sua cabeça entre as mãos, seus olhos claros estavam sempre distantes. Ele precisava buscar conforto na bebida.

Seyit parecia amar sua esposa e ter se esquecido de Shura. Mürvet, entretanto, ainda ficava em dúvida se seu silêncio, às vezes, era pelas mortes em sua família ou pela amante perdida. À noite, quando ele estava em casa, as crianças eram levadas para seus quartos. Então, quando estava a sós com Murka, ele observava os brilhantes olhos negros, alegres e entusiasmados de sua linda esposa. Mas, depois de uma noite tão agradável, Mürvet não conseguia entender por que ele retornava para a bebida.

Depois de mais uma noite de espera inquieta, quando eles se sentavam à mesa, ela tentava conversar com o marido. Mas para relaxar, ele, novamente, tinha que beber alguns copos de vinho. Então, não podia ajudar a si mesmo, mesmo que quisesse, e ele começava a dizer o que acontecia dentro dele. Mürvet tentou expressar docemente sua rebeldia.

— Seyit, eu preciso lhe dizer uma coisa.

Ele, sentado à mesa, beliscou com carinho a bochecha da esposa, e lhe deu uma piscadela.

— O que minha pequena Murka quer dizer?

Mürvet precisava de conforto e tomou outro gole do vinho. Ela estava confusa e inquieta, mas precisava falar. Seyit ficou curioso ao olhar a expressão facial da esposa, e riu. Então, ele se forçou para parecer sério e preocupado:

— E se eu a impedisse de falar?

— Não, Seyit. Quero lhe contar uma coisa.

— Estou ouvindo, minha pequena esposa. Diga-me.

— Seyit, e se eu lhe pedir uma coisa?

— Oooh! Parece algo sério.

Murka balançou a cabeça.

— Você não precisa me implorar para dizer o que quer, Murka. Você não disse sempre o que queria?

De repente ele perguntou, animado:

— Você, agora, quer ir para a América? Então, acredite, não precisa implorar. O primo de Manol acabou de ir, na semana passada. Estamos com sorte, Mürvet...

Assim que ela percebeu que os sonhos americanos de seu marido ainda não estavam mortos, e que não tinham nada a ver com o que queria dizer, ela abaixou seu olhar. Quão longe seus pensamentos estavam um do outro! Seyit havia aceitado a vida em Istambul, mas ela percebeu que a aceitação não era verdadeira. Sua tentativa de ganhar a vida ali não havia se destacado em seus sonhos. Ele estivera o tempo todo apenas à espera de um sinal dela. Mas a pessoa que lhe daria esse sinal não seria Mürvet. Ela era uma mulher daquela terra, e não podia sair dali. Quaisquer que fossem as ambições e os sonhos de seu marido, ela não permitiria. E tinha uma boa razão para isso. Seyit já havia se separado de sua família e de sua terra natal. Ela acreditava que se ele fosse para a América, se perderia mais ainda. Mas e quanto a si mesma? Sua família estava em Istambul, e ela ficaria muito infeliz caso se separasse deles. Ela tentou dizer ao marido o que se passava em sua mente, sem fazê-lo desmoronar.

— Não é o que eu quero dizer, Seyit.

— O que é, então? Desde que você hesitou tanto em dizer, senti que deveria ser algo importante.

Mürvet tomou o restante do vinho de sua taça e disse:

— Seyit, por que você bebe tanto?

A risada do marido, em resposta à sua pergunta, mostrou que ele não tinha ficado com raiva dela, e isso a confortou e surpreendeu ao mesmo tempo.

— Por que eu bebo demais? Por que eu bebo tanto? Divina Murka! Não bebo muito. Só bebo o quanto quero beber, e porque eu amo isso.

— Um dia você ficará doente, Seyit. Se continuar bebendo assim. Eu tenho medo.

Seyit não ria mais. O som de sua voz também era um aviso.

— Olha, Murka, se você está me dizendo para parar, saiba que é inútil. Não se incomode comigo.

Depois de alguns instantes: — Bem, se você acha que eu vou ficar doente, é diferente. Mas você não precisa fazer beicinho e me punir hoje. Está bem, minha pequena esposa?

Como não recebeu resposta, ele repetiu a pergunta:

— Murka, você entende o que digo? Não tente me pressionar sobre isso. Não tem nada a ver com amor. Não tente colocar meu amor à prova pedindo isso.

Se eu tivesse escutado o amor, não teria deixado o meu pai. Você me entende? Mas nunca me diga isso novamente, não fale sobre isso.

Essa foi a primeira e a última vez que eles falaram sobre isso. Mürvet podia ter impedido sua migração para a América, mas era impossível afastá-lo da bebida.

Ele acendeu um cigarro e se levantou.

— Aproveite a sua refeição — disse ele.

Mürvet lamentou o modo como a noite havia terminado. Aquela bela mágica noturna tinha se acabado. Seyit estava distante e havia se retirado para sua concha, com seus próprios pensamentos. Em seu assento perto da janela, fumando, ele bebia. Mas não estava realmente lá. Ele remoía seu sonho americano. Sua esposa não havia mudado de ideia.

A vida vale a pena? Ele se perguntava. *Valeu a pena perder os amores ao meu redor, matar meus entes queridos? Eles morreram por causa da minha fuga. Valeu a pena deixar meus entes queridos ressentidos?* Ao se perguntar, ele pensou que teria sido mais fácil ter ficado em Alustha e ter morrido por lá. Quanta dor ele teria evitado? Porque nada mudaria, afinal.

Depois de remoer os piores pensamentos, decidiu alterar o curso macabro deles. Ele não queria morrer. Havia Leman. Sua filha era sua alegria. Ele ficaria satisfeito com as coisas como estavam. Aqueles pensamentos nefastos não curariam sua tristeza. Mas como se livrar dos sentimentos complexos e irreprimíveis? Ele levou as duas mãos à cabeça. Tinha que mudar aqueles pensamentos, em nome do amor por Leman. Amava seu entusiasmo, seu orgulho obstinado e até doloroso.

Ele não queria morrer.

Eles viviam bem. Tinham uma vida incrivelmente confortável, em comparação com os outros habitantes de Istambul e com a infância e juventude de Mürvet. Financeiramente, no momento, sua esposa se sentia como a filha do sultão do conto de fadas. Os restaurantes iam bem. As fábricas de bebidas e de picles também. Por que ele tinha que beber tanto, então? Não sabia, ou sabia e não queria pensar sobre aquilo.

Do outro lado da sala, Mürvet também estava perdida em seus pensamentos.

Ela não tinha preocupações financeiras, pois seu marido encontrara uma cura para cada escassez. A comida vinha pronta do restaurante. Não se lavava mais roupa em casa. Tudo era lavado numa lavanderia. Desfrutava de seu conforto e vivia sua vida da maneira mais fácil e elegante possível. Kadiyof, um dos táxis de Mirza, esperava na porta com frequência. Sempre que ela estava entediada, pegava suas filhas e ia passear. Era assinante dos cinemas elegantes, o Alkazar e o Gloria. Toda semana assistia a algum filme. As costuras do alfaiate grego Ali Kokanca continuavam a encher seu guarda-roupa. Até o cabelo das crianças era cortado pelo cabeleireiro. Por que também não estava totalmente feliz? Ela também sabia, mas não queria ir a fundo naquilo.

Ainda percebia com espanto as despesas do marido consigo mesma e com as filhas, e temia que os dias difíceis voltassem. Tinha medo do futuro. Ela pensava que esta vida cara e elegante era tão incrível que um dia acordaria e perderia este sonho. Mas o que mais a preocupava era o mundo inacessível do marido. A que distância estão seus pensamentos e seu humor?

Por um instante, ela se sentiu muito desamparada. Do que adiantava ter uma vida confortável, sabendo que para o desespero dele não havia solução? Era algo que nem o amor podia completar.

* * *

Uma noite, no final do verão, estava quente e chuvosa. Mürvet deu banho nas crianças, as deitou, e esperou pelo marido. Os pratos que Seyit enviara do restaurante já haviam chegado e esfriado. Os copos estavam na mesa de bebidas, junto com os aperitivos. A jovem colocou uma música no gramofone e tentou matar a solidão com a canção. Colocou um xale nas costas e desceu à espera do marido. Seus olhos perscrutaram a esquina da rua. Ele, porém, não veio, e ela subiu novamente. Estava com fome, mas não queria tocar na comida, pois Seyit poderia vir a qualquer momento. Cortou um melão e comeu algumas fatias. O tempo não passava. Para distraí-la, pensou em algo. Pegou um livro, mas ele não conseguiu prender sua atenção. Olhava constantemente para o relógio e, à medida que os minutos e as horas avançavam, sua inquietação só aumentava. Voltou à varanda. Chovia, e a rua estava vazia. As gotas de chuva deslizavam pelos beirais e, exceto pelo som melancólico que ela fazia ao cair, tudo estava silencioso. Mürvet apoiou a cabeça e os braços na grade da varanda. Ela ouviu vozes na calçada e, com esperança, virou a cabeça naquela direção. Era um grupo de jovens mulheres, e ela viu o marido na rua. Ele parecia em paz. Ria muito. Como poderia não ter pensado nela? Mürvet não queria ser vista esperando na varanda. Lentamente, levantou-se da cadeira e entrou. Correu para a cozinha e acendeu o fogão para aquecer a comida. Seus ouvidos estavam na escada, à espera dos passos. Ela abriu a porta e olhou, mas não havia som de alguém chegando. Então voltou para a varanda e, timidamente, abaixou a cabeça, para não ser vista. Viu Seyit parado no meio da rua, com uma mão no bolso da calça. As luzes do restaurante já estavam apagadas, e Mürvet não entendeu o que ele esperava. O cheiro vindo da cozinha sinalizou que a comida começava a queimar. Ela estava prestes a correr quando viu que Seyit começou a caminhar na direção da Mesquita de Aga. No momento em que ouviu seus passos nas pedras do pavimento, ela se esqueceu da comida.

Aterrorizada, começou a assistir a cena que se desenrolava. Ao ver os abraços da mulher e do marido, sua respiração parou. Quando Seyit jogou o cigarro e segurou a mulher nos braços, Mürvet sentiu-se quase desmaiar. O chapéu dele escondeu seus rostos quando se beijaram. O corpo de Mürvet começou a tremer. Ela sentiu ciúmes e inveja da outra, que tinha a atenção e o carinho dele.

Por um momento, ela ardeu com o desejo de se curvar sobre a varanda e gritar. Mas agora ela não tinha nem o poder de sussurrar. Então se afastou e colou as costas na parede. Sua respiração estava alterada. Tentou recuperar a consciência e olhou para baixo novamente, e os viu desaparecer na esquina. Não conseguia mais se segurar e começou a chorar.

Depois de um tempo no corredor, correu à cozinha, pois a fumaça e cheiro de queimado já tomavam conta de tudo. O assado tinha virado carvão. Ela chorava enquanto desligava o forno e abria as janelas. Não queria acordar as crianças ou atrair a atenção dos vizinhos.

Quando voltou para o corredor, percebeu que a chuva havia começado novamente. Saiu para a varanda, para fechar a porta, e ouviu passos na rua. Olhou para baixo ao perceber os sons das vozes deles. Para sua surpresa, viu Seyit caminhando em direção à casa. Embora estivesse animada por ele voltar para casa, a raiva em seu coração era igualmente forte. Seu corpo pegava fogo. O interior de sua cabeça formigava. De alguma forma, ela deveria punir o homem com o qual não conseguia lidar. Mas como ela faria isso?

Chorando? De repente, uma ideia maluca lhe veio à mente. Correu para a cozinha e pegou sob o balcão, as cascas de melão e as sementes que havia colocado num saco de papel, voltou correndo para a varanda e despejou tudo sobre a cabeça de Seyit. Surpresa com o que fez, ela correu para dentro e rapidamente entrou no quarto. Imediatamente se despiu e foi para a cama. Ela ainda chorava, mas seu interior era o mesmo, cheio de raiva e despeito. Não havia medo. Pensou que o que fizera tinha sido infantil, mas pelo menos tinha feito alguma coisa. Ela virou as costas para a porta do quarto e fechou os olhos com força. Alguns minutos depois, ouviu a chave girar no portão da rua, e os passos de Seyit nos degraus. Prendeu a respiração e tentou se manter calma.

Assim que Seyit entrou no quarto, acendeu a luz e se olhou no espelho do corredor. Ela deu uma olhada de esguelha e viu seu terno cheio de sementes e pedaços de melão. Era vergonhoso. Ele pendurou o chapéu e estendeu a cabeça em direção ao corredor. E riu, tristemente, enquanto olhava para a mesa de jantar preparada.

— Querida Murka — ele disse para si mesmo. Então a chamou.

— Murka! Murka!

Mürvet ficou aliviada ao ouvir a voz suave do marido, já que esperava por um tom furioso. Fingindo, ela se levantou, como se tivesse acabado de acordar.

Ao mesmo tempo, Seyit apareceu à porta do quarto.

— Eu adormeci... — disse ela.

Seyit sorriu e se aproximou dela.

— Desculpe, eu teria ficado mais quieto se soubesse que você estava dormindo.

Quando Mürvet viu as manchas na roupa do marido, não soube o que dizer. O rosto dela ficou vermelho. Sabia que tinha que perguntar, mas sua voz estava presa na garganta, tanto pelo medo que agora veio sobre ela, quanto pelo ódio da traição. Mas ela fez um esforço.

— O que aconteceu com o seu terno, Seyit?

O jovem veio na direção dela, acariciou seus cabelos e a beijou nos lábios. Mürvet não conseguiu entender a atitude do marido. Seria culpa? Será que ele sabia que tinha sido ela a autora da ação? Mas com aquela resposta, ele tomava o fato como um incidente.

Começou a tirar a parte de cima de sua roupa e respondeu com uma risada.

— O que aconteceu? Alguma cadela jogou lixo em minha cabeça — dizendo isso, ele entrou no banheiro. Os olhos de Mürvet se arregalaram e ela engoliu em seco.

— Cadela?! — ela murmurou do lado de fora.

Que diabos foi isso? Seyit estava com uma puta, e eu sou a "cadela" que jogou o lixo sobre ele? Sou mesmo uma tonta por esperar por ele horas a fio. Que dignidade eu tenho? Será que já me esqueci da dor de ser enganada?

Começou a chorar, envergonhada por saber que a "cadela" era, de fato, ela. Seyit veio até a esposa e acariciou sua cabeça

— Ei! O que está acontecendo agora? A mulher chora quando o marido chega em casa?

Mürvet estava sentada, chorando de costas para o travesseiro. Ela se sentia uma idiota sem autoestima. Seyit ficou quieto e pensativo.

Eu estava esperando por você, Seyit. Por que você não veio?

Ela pensou, mas nada disse.

Sim, essa era uma razão para chorar. Seria estranho perguntar ao marido qual o nome de sua puta?

Mürvet chorou mais ainda.

Seyit virou-se para ela e sentou-se na cama.

— Fale, Murka. Por que está chorando?

Ela soluçou. Ele insistiu.

— Sabe quantas vezes eu esquentei a comida esta noite? E ela esfriou, porque você não veio... até que eu a queimei... — soluços entrecortados.

Seyit não ouvia, pois o rosto dela estava entre as palmas das mãos. Ele beijava o rosto dela, os olhos e o queixo, e murmurava seu perdão. Ela não tinha mesmo amor próprio, pois seu corpo já reagia a ele. Mesmo com raiva, ela o amava demais, e não queria perdê-lo para outra. Seyit ainda ficou ofendido por ela não querer responder às carícias amorosas dele. Murka fez menção de sair da cama.

— Você está com fome? Devo preparar sua refeição?

Seyit a acariciou e a beijou em resposta. Quando ele enterrou a cabeça em seus cabelos e aspirou seu aroma, ela se esforçou para resistir. Então ele sussurrou, enquanto beijava sua orelha.

— Então, Murka. A mesa esperou por tanto tempo, um pouco mais não fará diferença.

Mürvet não pôde impedir seu rosto de se incendiar novamente.

Meu Deus! Ele sabe que fui eu, e agora finge e me pune.

Ele, por outro lado, se por vingança ou culpa, continuou beijando e abraçando a esposa, quase a sufocando.

Como pode ser? Ela se perguntava. *Como ele pode estar revoltado e amoroso ao mesmo tempo?* Ela queria gritar e chorar. Queria acusá-lo de traição, mas não conseguia, e isso a fazia chorar mais ainda.

Ela descansou as mãos no peito do marido, disposta a se afastar. Para expressar sua revolta, ela abriu a boca, mas novamente não conseguiu dizer uma palavra. Com Seyit puxando-a contra o peito, suas mãos foram esmagadas. Os lábios do homem já haviam coberto sua boca.

Seyit sabia que ela sentia ciúme, e que era uma tonta com alma infantil. Que ela se entregaria a ele toda vez que ele viesse. Sabia que sempre a encontraria em casa, à espera dele. Então a abraçou com força e sussurrou:

— Murka, minha Murka.

Mürvet enfiou a cabeça no travesseiro, com ciúme e violência. Ela tinha de fazer uma escolha. Rebelar-se e acusá-lo de traição, largá-lo e ir viver com sua mãe, para sempre infeliz? Ou perdoar mais uma vez e permanecer?

Ela subjugou seus sentimentos de raiva e chegou a conclusão de que seria mais infeliz se não tivesse nenhuma parte dele. Seyit jamais seria inteiro para alguma mulher, pois não era inteiro para ninguém. Parte dele tinha ido com Shura, parte estava com cada um de seus familiares mortos ou vivos, e parte teria que ser dividida. Sua decisão de ficar tinha prevalecido. Ela teria que perdoar mais aquele flerte de Seyit. Mas sabia que eles também tinham uma história. Mesmo que flertasse com outras, da forma torta dele, ele a amava.

Estendeu a mão e enxugou as lágrimas do rosto dela, lágrimas que ele mesmo tinha sido o causador. E desligou a lâmpada ao lado da cama, pois conhecia a timidez de sua esposa.

CAPÍTULO 23

Uma noite agradável

Depois de uma de suas aventuras, Seyit tentava se desculpar e mostrar o seu *amor* enchendo Mürvet de presentes. Ele a enfeitava com roupas novas, com broches, e a olhava com entusiasmo e admiração. Talvez quisesse desesperadamente amá-la como um dia amou Shura.

No entanto, Mürvet sentia isso. Mas enquanto seu amor obsessivo por ele aumentava, o ciúme também se tornava insuportável nas mesmas dimensões. Seyit não tolerava ciúmes. Parecia que queria ser livre. Ser dela, mas também da vida. Ele tinha sede de viver, como se a morte fosse alcançá-lo na manhã seguinte.

As brigas estavam cada vez mais intensas. Seu ciúme tinha se tornado patológico, uma doença, que colocava em risco sua felicidade. Seyit tentava ser o mais cuidadoso possível, mas lhe dera motivos e Mürvet não conseguia confiar mais no marido.

Era um dos dias ensolarados e sem chuva do outono. Necmiye veio lhes visitar e ficou com as meninas para ela à tarde. Então Murka aproveitou e foi ao cinema com Seyit.

Eles saíram, Mürvet vestida com um casaco preto com gola de pele, chapéu cor de chiffon de seda, um penteado na cabeça, segurando o braço do marido. Quando eles chegaram em frente a uma das lojas em Tunel, Seyit lhe mostrou os chapéus extravagantes na vitrine, pegou a mão da esposa e entrou.

— Vamos comprar um chapéu novo para você.

— Não precisa, Seyit.

Assim que entraram, ele disse:

— Tire esse aí — apontou para o que ela usava. — Quero que você use este chapéu.

— Eu não posso usar isso, Seyit. Não estou acostumada.

— Pagaremos por ele. E as pessoas se acostumam a tudo que parece bom e bonito. Vai te servir muito bem. Porque você é linda.

Mürvet insistiu para não desatar o de chiffon na cabeça.

— Seyit. Eu não me sentirei confortável com esse chapéu extravagante.

Seyit começou a rir.

— Você se acostumará, Murka.

Ela sabia que nada adiantaria sua objeção. Então desamarrou o de chiffon que prendia com alfinetes de pérolas, e Seyit, ajudado pela vendedora da loja, colocou o chapéu na cabeça da esposa e alisou as mechas que caíam na testa. E ele falou com um sorriso feliz.

— Olhe no espelho, Murka. Ficou lindo, veja por si mesma.

Ele agarrou a esposa pelos ombros e a colocou em frente a um espelho. O chapéu de renda de seda e fita de cetim creme parecia trazer a brisa dos dias de verão. Mürvet não pôde deixar de se admirar.

— É lindo mesmo, Seyit! — tinha que concordar com ele.

O jovem acariciou os cabelos da esposa e, com um sinal, levou-a até o balcão e pagou pelo acessório.

Mürvet colocou o chapéu de chiffon de volta na cabeça. Quando eles deixaram a loja, Seyit ainda não tinha intenção de voltar para casa.

— Murka, vamos deixar os pacotes à porta. Quero levá-la ao Orient Bar hoje à noite. Não aceito nenhuma objeção. Necmiye está com as crianças. Vamos tomar uma bebida juntos.

Mürvet não queria ir a Pera, mas não queria estragar a beleza do dia. Ela também sabia que quando Seyit colocava algo na cabeça, não adiantava se opor.

Com o pôr do sol, as luzes de Beyoğlu começavam a acender. O Pera Palace estava muito atraente, de tirar o fôlego, rico e elegante. A decoração era mágica, e o som da música que emanava do grande salão chamava os transeuntes a entrarem e gozarem de todo aquele luxo. Era como entrar em outro mundo. Seu marido, um frequentador assíduo, logo foi cumprimentado. Ele apertou as mãos de muitas pessoas, e cumprimentou com aceno a outras. Acabou sendo uma noite muita agradável. Voltaram para casa muito tarde, depois de uma refeição maravilhosa no restaurante do hotel, acompanhada por luzes de velas e músicas de orquestra. Necmiye e as crianças já estavam dormindo profundamente.

Mürvet, pela primeira vez, não se sentiu culpada por ter deixado suas filhas. Estava feliz por ter compartilhado os momentos com o marido. Isso era necessário. Por causa das filhas, muitas vezes se negara a sair com ele, abrindo brecha para outra mulher entrar em seu casamento. Ela estava começando a sentir isso. Já passava da meia-noite quando foram dormir, um nos braços do outro.

CAPÍTULO 24

Lev Trotsky: um bolchevique em Istambul

Na manhã de 4 de fevereiro de 1929, as notícias do jornal de İkdam não receberam nenhuma atenção em muitos distritos de Istambul, mas um bolchevique importante tentava fazer mais uma vítima.

Houve uma grande emoção em torno de Pera. A matéria disse que Lev Trotsky[10], estadista bolchevique, viria a Istambul a caminho para a Alemanha, e que Trotsky já estava em Ancara.

A notícia não pôde ser investigada, pois apareceu nos jornais com um atraso de dois dias.

Treze de março foi um dia muito frio. Seyit tinha ido ao bairro Tokatlıyan'a para se encontrar com alguns amigos. Estava na estrada na parte de trás do hotel quando, de repente, o último carro atraiu sua atenção. Um homem e uma mulher estavam sentados atrás. Ele usava um chapéu que lhe cobria parte do rosto. Na frente, sentado ao lado do motorista, estava outro homem, com o cotovelo para fora, e olhava vagamente pela janela.

Seyit olhou com espanto. Ele conhecia um dos homens muito bem. Mas o que ele fazia ali? O revolucionário bolchevique Lev Trotsky era seu inimigo, e seu nome estava na lista de mortes dos bolcheviques por causa de sua fuga da revolução. Encontrá-lo numa rua de Istambul era uma surpresa muito grande. Será que ele tinha fugido de seu país e pretendia morar na mesma cidade que Seyit?

Durante dias, esse tópico foi discutido entre amigos. A inimizade de Trotsky com o novo líder, Stalin, era apenas uma questão de briga pelo poder. E Lev Trotsky, que agora estava em contato próximo com organizações ao redor do mundo fora dos soviéticos, esperava voltar com uma força anti-Stalin.

O líder bolchevique estava hospedado em Büyükada, na mansão Iliasko, também conhecida como Izzet Pasha Mansion.

A presença de Lev Trotsky gerou uma tempestade política na Turquia.

---

10 - Leon Trótski (1879- 1940) foi um intelectual marxista e revolucionário bolchevique, organizador do Exército Vermelho e, após a morte de Lenin, foi rival de Stalin na disputa pela hegemonia do Partido Comunista da União Soviética. Foi assassinado no México, onde estava exilado. [N.E.]

Os apoiadores soviéticos acreditavam que Trotsky devia ser imediatamente deportado para seu país, enquanto os defensores que se opunham ao regime na Rússia aplaudiram esse homem. No entanto, eles esqueceram que Trotsky também era um dos bolcheviques assassinos.

Na primavera e no verão daquele ano, houve um afluxo de pessoas de todo o mundo, que queriam ver e conversar com Trotsky. Estranhamente, Istambul recebeu um líder bolchevique com o mesmo calor com que recebera os inimigos dele.

CAPÍTULO 25

As pedras de Alustha

A estadia do bolchevique em Istambul somente trouxe velhas lembranças à tona. Seyit não conseguia se livras delas. O pesadelo das recordações voltou com tudo e começou a influenciar sua vida. Sua separação ressentida do pai, sua incapacidade de alcançar os sobreviventes, tudo isso o levava a ter muitas horas pensativas e solitárias. Essa era uma das razões pelas quais ele amava tanto Beyoğlu. Mesmo em todos esses momentos de solidão, as luzes, os sons e a música ao redor o levavam, de certa forma, à sua cidade natal. Se ele não podia voltar para Alustha, Pera era onde viveria.

Ele novamente voltou a passar horas olhando a foto da família. Não houve uma noite que ele fosse para a cama sem ficar horas fazendo a mesma coisa. Mesmo que voltasse para casa de manhã, isso não mudava.

Casar-se com uma garota turca e ter filhos com ela foi uma forma de agradar seu pai, era reconfortante. Mas o que ele realmente queria era lhe dar um abraço apertado. Quando foi a última vez que abraçara o pai?

A dor era grande. E pensar que nunca mais ele poderia fazer isso...

Tentou se lembrar de quando dera esse abraço. Foi quando ele foi ferido nas montanhas dos Cárpatos, em 1918? Ou em Petersburgo? Teria sido na Crimeia, antes de entrar de cabeça na revolução? Teria sido no final dessa fuga, quando os bolcheviques de Alushta entraram na casa de seu pai? Sim. Foi nesse momento o último abraço. Ele nunca se esqueceria da noite em que foi abraçado. Juntamente ao seu amigo de infância, Celil Kamilof, na rua Sadovi. Quão entusiasmados eles foram recebidos por seu pai em casa! O aperto de mão forte do patriarca. Quão apertado e por tanto tempo ele segurou suas mãos! Mirza Mehmet Eminof estava feliz por rever seu filho, e também Celil.

E isso foi há muito tempo. Como tudo aquilo podia ter acontecido depois? Eles eram pai e filho, que grande quebra de amor. Como pôde acontecer?

Seyit, toda vez que olhava para a foto, prendia seus olhos na imagem de seu pai. Ficava tentando imaginá-lo vivo. Seus lábios se moviam em uma prece, ele pareceu ouvi-lo dizer que o havia perdoado. Nesses momentos, sempre estava com seu único amigo fiel: o álcool. Mas ele tinha que aumentar sua dose gradualmente.

Podia sentir seus sonhos ficando mais fortes enquanto bebia em um ritmo que não podia. Para capturar os sonhos distantes, ele aumentava a quantidade. Para afastar a amargura, bebia cada vez mais. Enquanto bebia, preferia ficar sozinho para se aproximar das imagens distantes.

Quando Murka se queixava que ele bebia demais, era insuportável ouvi-la. Parecia que a esposa sentia ciúmes de sua bebida.

Mürvet, de fato, não conseguia compreender o principal motivo da paixão do marido pelas bebidas. Houve uma discussão entre eles. Certa vez, Mürvet disse que Seyit estava no ramo de restaurantes por causa da bebida.

— Você vende bebida no restaurante, é por isso que bebe tanto. Deixe-os ir. Encontre outro emprego. Viveremos mais confortáveis.

A jovem estava com muita raiva. Ela não queria que o marido passasse tantas horas em seu trabalho, como Seyit fazia. Bebia muito, por lá mesmo ficava, e a traía.

— Você disse confortável? Confortável!? A que você acha que deve o conforto em que vive agora? Aqueles restaurantes estão sempre cheios, as garrafas estão vazias, e estamos confortáveis com isso. Quantas vezes eu te disse, Mürvet. Eu vou trabalhar à noite, e virei para casa pela manhã. Eu não posso vir para casa. Não posso abandonar os restaurantes.

— Eu sei disso. Você está sempre fora à noite.

— Você entende? O que está acontecendo, por acaso? Você não está feliz com sua vida?

Mürvet não era mais a menina envergonhada dos primeiros dias. Ela expressou sua insatisfação imediatamente.

— Seyit, você também não me entende. Não tenho queixas sobre as partes boas da minha vida. Eu não quero é ver você beber o tempo todo e me...

— Que mal você viu na minha bebida? Eu bato em você? Espanquei minhas filhas? Deixei você com fome? Qual é o problema com a minha bebida?

Mürvet, em face à sua voz e atitude enfurecidas, sentiu que tinha que encerrar aquela discussão.

— Seyit, por favor. Eu não disse isso.

Mas a raiva do homem sobre o desejo de sua esposa de controlar sua vida não pareceu diminuir.

E ele continuou:

— Ou os vizinhos fofoqueiros de sua mãe, que se mudaram para este bairro, estão falando que sou um bêbado? — sua voz tinha um tom zombeteiro.

— Sua mãe te contou e você está repassando para mim?

— Seyit, por favor, não fique com raiva. Minha mãe não tem nada a ver com isso. Eu quero que você pare de beber. Você fica pessimista quanto bebe. Eu me preocupo.

— Não toque na minha bebida, Mürvet. Ela me protege de desaparecer. Você entende? Não venha mais me dizer nada sobre isso.

— Mas a bebida mantém você fora de casa. Você precisa beber com todos os que bebem, até que o restaurante esteja vazio, Seyit?

— Você sabe com quem eu bebo, e quanto? Quantos vezes você foi comigo?

— Temos que passar a vida lá fora? Na noite, morar nas ruas, nos bares? Por que não ficamos em casa como todo mundo?

— Não sou como todo mundo, Mürvet. Meus conhecidos estão no mesmo lugar que eu. Com essa idade, você não pode mais me moldar. Se aceitar isso, nós dois seremos mais felizes.

Mürvet pensou que tinha que encontrar um argumento mais forte. Ela ficou surpresa por não poder argumentar tão facilmente.

— As crianças veem isso.

Seyit deu uma risada amarga.

— Não é suficiente que eu tenha um emprego onde trabalho com honra e ganho dinheiro? O que falta para as crianças? Poucas famílias têm uma condução à espera à porta. Elas podem ser vestidas com o que quiserem, e dar um passeio de carro na hora que desejarem. Quantas crianças têm isso? Você pode me dizer? Enquanto eu trabalhar, essas crianças viverão assim. Mas se você continuar me enchendo a cabeça... pode acontecer o que você tem medo.

Mürvet estava cansada daquela luta, e começou a chorar.

— Seyit, o que acontecerá se você não trabalhar no futuro? Nós gastamos todo o dinheiro que ganhamos. Nós temos tudo. Vivemos muito bem, mas não temos nada para o futuro.

Seyit estava aborrecido com essa briga. Além disso, tinham substituído os suaves argumentos por um discurso esmagador, e ambos estavam chateados.

— Mürvet, eu vivia do modo como você falou. Perdi as terras e a riqueza de minha família. Todo o meu dinheiro era inútil aqui. Joguei rublos na ponte de Gálata para os peixes. Tive que vender o meu anel de família, a minha insígnia. Perdi muito, e eu não penso mais em acumular propriedades. Você entende?

Murka suavizou sua voz. Eles estavam tentando se entender.

— Mas tudo mudou agora, Seyit. Pelo menos compre uma casa. As meninas estão crescendo. E no dia em que você não puder mais trabalhar? Temos que pensar nisso. Não podemos passar a vida comendo o que se ganha.

— Esse discurso é de sua mãe. Tenho certeza disso, Mürvet. Mas você quer comprar uma casa para as garotas agora?

Ela pensou, por um momento, que tinha convencido seu marido. Então balançou a cabeça afirmativamente.

— Sinto muito, mas não posso comprar uma casa.

— Há uma perto da de minha mãe, Seyit.

— Eu não quero nem ouvir falar nisso, Mürvet. Sermos vizinhos de sua mãe de novo?

Ela começou a chorar novamente. Seyit se aproximou e acariciou seu ombro.

— Vamos lá, vamos lá, não chore. Vá lavar o rosto. Nós dois precisamos descansar.

Ele se inclinou e beijou a esposa na testa. Mürvet fechou os olhos. Ela não sabia se estava chateada porque havia magoado o marido ou se por ela mesma. Naquela noite, a jovem foi para a cama sozinha. Ela pensou por tempo suficiente se valia a pena chorar. Era constante o medo de Mürvet, de abandono e da solidão.

Seyit fora sincero no que lhe dissera. Ele não queria propriedade conectada à de sua mãe. Depois de tudo que perdera, ele sabia o quão incrivelmente rápido tudo poderia desaparecer. Não importava onde ele morasse, sua confiança não poderia ser restaurada. Mas as preocupações da esposa, em comprar uma casa para as filhas, mexeram com ele. Talvez Mürvet estivesse certa. Se queria uma casa, talvez ele devesse comprá-la.

No dia seguinte começaria a procurar uma. Claro, havia apenas um bairro em que ele desejava: Beyoğlu. Poucos dias depois, encontrou um apartamento na rua Hacı Ahmet, porém, para alugar. A ideia de se mudar para lá de repente cresceu em sua cabeça. Um belo apartamento, espaçoso. Assim que ele entrou, sabia que queria se mudar para aquele apartamento. Não havia necessidade de pensar muito. No mesmo dia, Fatma Hanım, uma senhoria de Creta, assinou o contrato. Seu aluguel mensal era de vinte e cinco libras. Mas Fatma fez um pedido após a assinatura do contrato. Sua filha precisava de mais dinheiro para se casar. Seyit, então, ofereceu pagar cento e cinquenta libras adiantadas. Os primeiros dez meses de aluguel. Seyit nem pensou em emitir recibos por seu pagamento adiantado. Estendendo a cabeça à porta do piso inferior, a dona do apartamento sorriu de volta para suas filhas.

Mürvet não estava acostumada às mudanças repentinas do marido, mas eles não pensaram muito sobre o motivo de terem se mudado. Em dois dias, já tinham se mudado para sua nova casa. Novos itens e tapetes foram comprados. Novamente, eles hospedaram seus amigos após um convite para jantar. Cada nova casa era motivo para festejar. No entanto, após a correria dos primeiros dias, Mürvet começou a lembrar ao marido que eles deveriam comprar uma casa e não viver de aluguel, por mais luxuoso que fosse o imóvel.

Desde o primeiro dia, Mürvet não gostou das filhas da dona do apartamento. Elas moravam num andar abaixo do seu. Eram atrevidas e assanhadas. No entanto, o mesmo não aconteceu com Seyit. As moças eram sempre boas com ele. Esperavam por seus passos e sempre o convidavam para entrar e comer.

Mürvet ficava muito ressentida, pois elas recebiam Seyit antes dela. Ficou mais irritada ainda quando o marido respondeu a essas acusações rindo. Seyit ainda mimava completamente as moças, e o táxi começou a servir essas meninas tanto quanto a Mürvet.

Aquelas moças cortejavam seu marido, e ela estava enfeitiçada de ciúmes. Achava que Seyit tinha um caso com uma delas, e pensava que ele seria capaz de gastar dinheiro e deixar a amante tão confortável quanto sua própria família.

Seyit, enquanto isso, ainda procurava uma casa em Beyoğlu para que pudesse comprar. A ideia de comprar um apartamento para suas filhas e esposa agora não saía de sua cabeça. Quando ele descobriu que o apartamento em frente a Hacı Bekir estava à venda, finalmente tinha encontrado o que queria. O único problema era que as nove mil libras acumuladas não eram suficientes. O proprietário insistiu em dez mil libras.

— Seyit, não é necessário comprar esse apartamento. Nós temos nove mil libras, talvez possamos achar uma casa mais barata. E você também adiantou o aluguel deste apartamento. Se vamos sair, é obrigação delas devolverem o dinheiro. Consiga um prédio único. É suficiente. Por que você está tentando comprar um de cinco andares?

— Eu gostei do prédio. Se vou gastar meu dinheiro com uma casa, que seja com uma coisa boa, e que eu possa alugar os demais apartamentos.

— Seyit, isso não é engraçado! Então, se não podemos comprar um prédio de cinco andares, não vamos comprar nenhum?

Mürvet sabia que nada iria quebrar a teimosia do marido, pois ele era obstinado.

— Bem, então vamos pegar emprestado com alguém.

— De jeito nenhum — disse Mürvet. — Começar com dívidas? Foi muito difícil para nós aquela época. Não estamos doentes, não estamos com fome, não estamos nus. Empréstimo, não.

Não havia escolha a não ser calar-se e esperar. Embora Seyit estivesse zangado, ela não podia deixar de expor sua opinião.

Seyit tentou convencer o proprietário a vender o imóvel a ele por nove mil libras. O homem disse que não, e que não aceitava receber o restante depois. Desta vez, a teimosia de Seyit não funcionou. Mas ele queria aquela casa e não procurou outra. Estava com raiva porque havia perdido um negócio pelo qual lutou muito.

A mesa de jantar estava pronta quando ele chegou em casa, à noite. Enquanto beijava Mürvet e as crianças, pensou que poderia relaxar depois de beber alguns copos. Ele foi para a mesa. Mas não havia bebida.

Da cozinha, ele olhou para a prateleira onde as garrafas eram guardadas. Estava vazia. Ele não fazia ideia de para onde elas tinham ido, e chamou a esposa.

— Murka! Você mudou as garrafas de bebidas de lugar?

Quando Mürvet apareceu à porta da cozinha, prendia a respiração. Mas respondeu em voz lenta.

— Não mudei, Seyit.

— Onde estão? Nós não bebemos tudo.

Mürvet, com uma determinação repentina, revelou seu segredo.

— Eu joguei fora, Seyit.

Ele não podia acreditar no que ouviu e arregalou os olhos, esticando-se para frente.

— O quê?! Jogou fora? Você está brincando comigo, Mürvet?

— Estou falando sério. Joguei tudo fora hoje. Não quero que você beba, Seyit. Não quero mais que você beba em casa.

Seyit bateu a porta da varanda, com toda força, e gritou.

— Eu já te disse isso, Mürvet! Minha vida é assim. Não tente assumir o controle sobre mim. Você se lembra? Você está me afastando. Você está me distanciando de você.

Chorar era uma arma mais eficaz do que falar, e Mürvet sabia disso. Ela falou, com lágrimas nos olhos.

— Mas você está se afastando de mim, Seyit. Qual é a diferença? Quando você bebe, é a mesma coisa.

As meninas, que brincavam no corredor, silenciaram suas vozes. Seu pai estava gritando, e sua mãe estava chorando. Seyit continuou a gritar e caminhou em direção ao corredor. Şükran se escondeu debaixo da mesa e começou a chorar. Seyit não tolerava choro de criança. Sua esposa, por outro lado, amava aquela menininha. Ele chamou Mürvet, que ainda estava na entrada da cozinha.

— Leve sua filha daqui.

Mürvet entendeu, pela voz do marido, que ele falava sério, e atendeu seu pedido.

— Venha, minha filha. Vamos, querida. Não tenha medo. Venha para sua mãe. Minha pobre filha!

— Vamos, vamos, entrem. Não me incomodem mais.

Leman, sentada na cadeira gigante ao lado do gramofone, assistia à toda a conversa como se fosse a um filme. Os gritos e a raiva de seu pai não a assustaram. Pelo contrário, ela tentava entender por que ele estava tão bravo.

Seyit caminhou em direção ao corredor. Não queria ficar em casa, mas se virou com a voz suave de sua filha.

— Pai!

Seyit se aqueceu enquanto olhava para seu corpo minúsculo, perdido na cadeira larga, à luz da lâmpada.

Ele se voltou.

— Você é travessa. O que está fazendo aí?

Ele se aproximou dela, colocou as mãos nas laterais do assento, e curvou o rosto. Leman arregalou os olhos, tentando descobrir algo na expressão no rosto de seu pai. Seyit leu as perguntas que se passavam em sua cabecinha.

— Venha, você vem jantar com seu pai?

— Onde?

— Onde quer que seja. Nós comemos juntos em um dos restaurantes.

— Mas eu já comi.

— Realmente. A sua hora da refeição já passou. É hora de dormir. Você vai?

A menina balançou a cabeça, e sua franja sacudiu junto à luz do abajur.

— Não, eu não durmo.

— Por quê?

Leman, tocando no buraco do queixo do pai, respondeu.

— Se eu for dormir, você estará sozinho.

Seyit tossiu para desatar o nó na garganta. Ele se sentou no sofá ao lado de sua filha, a abraçou e beijou. O único amigo que ele já teve na vida foi essa menininha. Ele não podia simplesmente deixá-la.

— Olha, Lemanuchka, ouça o que eu digo. Você me espera aqui. Irei e voltarei. Então nos sentaremos à mesa. Ok, meu coração?

Ela bateu palmas, satisfeita em compartilhar a noite solitária com seu pai. Ela mandou seu beijo para ele. Quando Seyit voltou, dez minutos depois, com pacotes de aperitivos e uma garrafa de raki, a menina já havia adormecido no sofá. Apesar de seu desejo, ela não tinha idade suficiente para acompanhar as noitadas do pai. Seyit abraçou-a amorosamente e a levou para a cama.

A outra cama no quarto das crianças estava vazia. Mürvet devia ter levado Şükran para dormir com ela. Seyit colocou a camisola em sua filha e, depois de a vestir, cobriu-a e ficou assistindo seu sono por um tempo. Ele beijou sua testa e saiu do quarto.

Caminhou até o outro extremo do corredor, para abrir a porta e falar com Mürvet. Mas desistiu. Pegou sua jaqueta e chapéu e desceu as escadas. Podia ser tarde demais para algumas pessoas, mas a vida estava acontecendo em Pera.

* * *

Mürvet sabia que seu marido não dormiria em casa, e não estava enganada. Seyit não voltou. Ela ficou surpresa com sua atitude. Não era algo que tinha a ver com a natureza de Seyit. Toda vez que eles discutiam, faziam as pazes. Mas, daquela vez, ele tinha ficado muito magoado com ela.

"Passei a noite com um pouco de barulho", ele diria. Pensou ela, debruçada na mesa intocada. Mürvet confessou para si mesma que nunca poderia aprender a lidar com Seyit. Ela soube que, quando a porta foi batida naquela noite, Seyit não viria. Quando viu sua mãe e Necmiye na porta, ela não ficou tão feliz. Estava triste e cheia de problemas, e não as queria por perto. Sua família não deveria se meter em seus desentendimentos com o marido. Colocou um sorriso nos lábios e cumprimentou as duas. Mas Emine conhecia sua filha, e conhecia também os horários de chegada e partida de Seyit. Então nem perguntou por ele. Mãe e irmã se sentaram com as crianças e comeram sua comida. Mürvet mantinha sua família, tanto quanto possível, longe de sua vida privada.

À noite, quando se preparavam para ir para a cama, bateram à porta e ela ouviu a voz de Seyit:

— Murka! Murka!

Mürvet acalmou sua mãe, tentando sorrir.

— Entre no seu quarto e vá dormir, mãe. Vejo você pela manhã. Que Alá a proteja em seu descanso.

Ela saiu correndo por uma porta, e Seyit entrou por outra. Parecia estar bêbado.

— Olá Murka. Olhe, eu trouxe uns convidados para você.

De fato, oito a dez pessoas estavam subindo as escadas. Murka ficou horrorizada. Eles estavam todos bêbados ou pelo menos fingiam estar. Cantavam canções russas e contavam piadas. Alguns se apoiavam nos ombros de outros, e outros se agarravam nos corrimãos. Eles cumprimentaram Mürvet e entraram um a um. A jovem ficou tão surpresa que manteve a porta aberta.

Havia alguns rostos familiares no grupo, mas foi a primeira vez que ela viu a maioria deles. Estava prestes a fechar a porta quando viu um homem alto, subindo devagar. Então esperou pacientemente. Ele segurava o corrimão com uma mão, e com a outra, acompanhava o ritmo da música. Quando alcançou o último degrau, olhou para cima. Mürvet, olhando para aquela testa larga e os olhos azuis, imediatamente reconheceu Alexander Beyzade. Ele ficou muito surpreso ao ver Mürvet em sua frente. A canção em seus lábios congelou. Ele se inclinou com respeito e segurou sua mão. Então, notou o olhar tímido da jovem, e a largou instantaneamente.

— Desculpe, Mürvet, eu sinto muito.

Ele puxou uma pistola do bolso interno da jaqueta e a estendeu.

— Pegue isso e atire em todos nós. Livre-se deste rebanho bêbado.

Murka estava prestes a vomitar a qualquer momento. O barulho da multidão era tão alto que ela achava que alguém não ouviria mesmo que a arma atirasse. Seus ouvidos zumbiam. Ela engoliu em seco e tentou conversar:

— Senhor Alexander, por favor, coloque essa arma no bolso. É mais seguro.

Com coragem, ela alcançou a mão do homem e empurrou a arma para ele.

— Peço que a destrua. Armas me deixam triste.

— Mas você não quer se livrar de nós?

Murka sorriu, convencendo seu convidado louco de que ela estava satisfeita.

— Não, eu não quero atirar em ninguém. Vocês são convidados de meu marido. Então, são meus convidados também. Entre, por favor.

Alexander Beyzade colocou a arma no bolso, levantou os ombros e entrou. Mürvet correu para a cozinha. Seyit e seus convidados já haviam aberto as bebidas que trouxeram. As músicas continuaram. A jovem correu para fechar a porta do corredor que dava para os quartos, quando deu com sua mãe já vestida.

— Por que acordou, mãe?

Emine estava determinada, enquanto se dirigia para a cozinha.

— Como você vai dar conta disso sozinha? Deixe a cozinha por minha conta. Esse barulho não deixa ninguém dormir, de qualquer maneira. Pelo menos me deixe trabalhar.

Mürvet sorriu para a mãe e a fez entrar. Logo a mesa de jantar foi posta, e os homens se acomodaram. Alexander constantemente observava Mürvet, enquanto ela corria para ajeitar as coisas. Então foi até ela e perguntou em um sussurro.

— Você tem certeza de que não a incomodamos? Deixe-me lhe dar minha arma antes que seja tarde demais.

Mürvet não pôde evitar. Jogou a cabeça para o lado e começou a rir.

— Alexander, tenho certeza. Agora sente-se. Divirta-se. Por favor, não se preocupe comigo.

Os aperitivos foram preparados por Emine, com grande habilidade, e colocados sobre a mesa com a ajuda de Mürvet. Seus olhos e os do marido se encontraram. Seyit não era o mesmo homem que discutira com sua esposa antes, saindo de casa com raiva. Ele admirava a beleza e graça de sua jovem esposa. Mürvet respondeu ao seu olhar amoroso com apenas um sorriso. Seyit se levantou e foi até ela, que trocava os pratos. Acariciou seus cabelos e lhe deu um beijo na bochecha. A jovem mulher ficou envergonhada e vermelha. Seyit deixou os pratos na mesa e a chamou.

— Vamos lá, deixe todos se virarem aí — disse ele, puxando-a pelo braço.

Então ele pegou sua esposa mais uma vez, firmemente, independentemente de objeções, e a abraçou, beijou e sentou-a ao seu lado.

A mudança de local e o tempo gasto na preparação da mesa parecia ter deixado os homens sóbrios. Eles começavam a ficar alegres e cheios de energia. Mürvet não entendia o porquê das risadas exageradas. Ela corava por causa das histórias atrevidas. Em um dado momento, Seyit chamou a esposa.

— Murka, vamos trazer minha Lemanuchka. Faça com que ela se sente conosco.

Mürvet não podia acreditar que o marido pudesse ser tão irracional. Como tirar uma menina de cinco anos da cama, a uma da manhã?

— Seyit, a criança está dormindo.

— Bem, acorde-a então. Deixe-a se divertir. Vamos, vamos.

Mürvet sabia que argumentar não ajudaria. Especialmente depois do que acontecera ontem à noite. Ela não queria discutir na frente de todos esses amigos dele. Então entrou no quarto onde Leman dormia e acendeu o abajur na mesinha de cabeceira da menina. Leman dormia suavemente usando sua camisola branca. Sua cabecinha estava afundada na suavidade do travesseiro, e ela respirava profundamente. Uma de suas mãos gordinhas, brancas e minúsculas apertava um travesseiro, e a outra segurava uma boneca. Mürvet tocou suavemente na testa da filha, beijou-a e esperou. Leman dormia tão profundamente que não sentiu nada. Não respondeu aos carinhos de sua mãe.

Então houve um som no corredor e a menina sobressaltou-se.

Seyit não pôde esperar.

— Onde está Lemanuchka, Murka? Lemanuchka! Minha Lemanuchka.

Leman abriu os olhos primeiro, depois murmurou, olhando para a mãe. Mürvet imediatamente abraçou a criança acordada.

— É de manhã?

Murka sorriu.

— Não, não é de manhã. Seu pai está aqui. Ele quer ver você.

Antes que Murka terminasse, a menina deslizou para fora de seus braços e correu para o pai. Seus pezinhos gordos descalços tocavam o chão frio.

— Pai! Pai!

Seyit agachou-se e abraçou a filha.

— Filha do papai. Vamos lá, meu amor.

Ao entrar no salão, a menina ficou feliz em ver os amigos do pai e sorriu. Sentou-se no colo de Seyit e começou a tagarelar.

— Não deveríamos ter jantado juntos ontem à noite? Você estava dormindo quando cheguei, pequena dama.

Leman tocou no rosto do pai, como se quisesse tocar em seu coração.

— Vamos comer juntos agora — disse ela.

Seyit ficou emocionado e seus olhos se encheram de lágrimas. Ele as dissimulou, evidentemente. Mas Leman, que aprendera a conhecer a alma do pai, as percebeu.

Seyit chamou Mürvet.

— Vê, Murka? Parece que essa garota nunca procura uma soneca. É filha de seu pai mesmo.

A menina levantou a cabeça e respondeu com uma voz orgulhosa:

— Lemanuchka é filha de seu pai.

As risadas aumentaram.

Deseja colocar um disco para nós, Lemanuchka?

Leman aceitou a oferta com todo o coração. Saiu do colo do pai e correu para o gramofone. Então parou e olhou para o pai, por um momento.

— Vamos lá, escolha um disco e dance um pouco.

Seyit, com os cotovelos na mesa e a cabeça apoiada nas mãos, observava a filha com admiração.

Leman ainda não sabia ler, mas conhecia todos os discos pelo nome. Puxou a cadeira e tentou subir. Com a ponta dos dedos, ela tentava colocar o disco. Um dos amigos se levantou para ajudar, mas Seyit o deteve.

— Deixe-a fazer isso sozinha.

Leman, finalmente, conseguiu. De pé na cadeira, ela colocou na capa um disco que retirou do gramofone, e com as mãos minúsculas, pôs outro disco. Ficou de joelhos e desceu da cadeira. Então abriu as saias da camisola, com as duas mãos, foi para o meio do tapete e ficou na ponta dos dedos dos pés. Levava seu trabalho tão a sério, de dançar para agradar seu pai, que as conversas e sussurros cessaram. No momento em que a valsa Danúbio Azul, de Strauss, encheu o salão, após a reverência, Leman girou na ponta dos pés. Quase que flutuava no tapete, dobrando e girando. Toda vez que ela passava pelo pai, ele olhava para ela, e ela sorria para ele. Os olhos de Seyit brilhavam com orgulho.

Leman, em sua camisola branca comprida, era como o pequeno cisne do filme que ela e sua mãe assistiram. No final, ela cumprimentou o público com a graça de uma bailarina. Um dos cavalheiros em volta da mesa aplaudiu, e todos o seguiram com aplausos. Seyit levantou-se e abraçou a filha.

— Muito bem, minha dançarina. Muito bem, Lemanuchka.

Então ele se virou para seus convidados.

— Sim, senhores, a bailarina mais jovem do Bolshoi.[11]

Ficou claro que Leman não tinha intenção de acabar com a diversão. Ela gostava de ser o foco das atenções. Muitas horas depois, após muitas apresentações da pequena bailarina, Seyit disse para a cansada esposa:

— Leve-a para a cama, Murka.

— Agora vá para a cama, querida. Obrigado pelo show. Diga boa noite para todos. Ok? — Seyit disse para a filha, beijando-a.

Mürvet a levou para o quarto, trocou sua camisola e a colocou na cama.

— Agora vá dormir, ou você ficará doente.

— Por que, mãe? Uma pessoa fica doente quando canta e dança?

— Não, mas fica doente se não dormir.

— Então todos os tios lá dentro ficarão doentes?

---

11 - O Teatro Bolshoi é considerado uma das melhores companhias para dançar balé, além de ser um edifício histórico da cidade de Moscou, na Rússia. Foi desenhado para abrigar espetáculos de ópera e balé. É sede da *Academia de Balé Bolshoi*, sendo uma das mais antigas e prestigiosas companhias de dança do mundo. O Teatro Bolshoi possui uma única filial de sua escola de balé fora da Rússia. A filial situa-se na cidade de Joinville, Santa Catarina, no Brasil. [N.E.]

Mürvet riu.

— Sim, se eles beberem mais, todos ficarão doentes.

Ela beijou a filha e olhou para onde Necmiye e sua mãe dormiam profundamente. Mürvet não queria que sua mãe fosse perturbada. De repente, sentiu como estava cansada. Decidiu que a mesa não precisaria mais dela e foi silenciosamente para o quarto, dormir.

Quando abriu os olhos de manhã, Seyit não estava com ela. Ela vestiu o roupão e saiu da sala. O cheiro de aperitivos, de cigarros e de álcool estava por toda a parte. Torcendo o nariz, ela seguiu em frente. Não podia acreditar em seus olhos quando entrou no corredor. Os convidados de Seyit estavam dormindo sobre o tapete e sofá, mas ele estava ausente. Cascas de frutas, cigarros, xícaras e copos estavam espalhados ao lado deles no tapete, nas mesas e em todo lugar. No gramofone, um disco chiava. Por alguns instantes, impactada, ela ficou olhando o caos, e fez um movimento para esclarecer as coisas. Então, voltou para o quarto, temendo que um dos estranhos acordasse e a visse de roupão. Dentro dela, um medo a sufocava. Como tirar tantos homens de casa, quando o marido tinha se mandado?

Era como um pesadelo. Bateram à porta enquanto ela pensava no que fazer. Era Seyit. Ele parecia muito fresco. Tinha trocado de roupa.

— Bom dia, Murka — ele a beijou no rosto.

— Bom dia. Você não dormiu, Seyit?

— Não. Já era de manhã. Tomei meu banho e fui dar um passeio para limpar minha cabeça. Tudo correu bem.

Em poucos instantes, Seyit foi à sala e despachou seus convidados, sem cerimônia. O que aconteceu com o hospitaleiro Seyit?

— Vamos, levante-se! Chega de hospitalidade. Ei, você também! Vamos, ajeite-se — ele gritava, em russo.

Mürvet não entendeu o que os russos diziam, mas ouviu um dos crimeanos dizer:

— Ok, Kurt Seyit, ok. Nós estamos indo. Desculpe-me.

Seus amigos pegaram suas coisas e começaram a sair. Seyit, parado no meio do corredor, olhou para o estado miserável da casa. Ele estava chateado agora. Mürvet escolheu ficar lá dentro durante tudo isso. Finalmente, quando ouviu a porta se fechar, ela entrou na cozinha, fez um café, e levou para a sala de estar.

— Seyit, eu fiz café — disse ela.

O homem olhou para o rosto cansado da esposa enquanto tomava a bebida. Ele se lembrava vagamente da noite. Tinha sido muito ruim para Mürvet. Será que eles fizeram algo para perturbá-la? Não se lembrava. Então olhou para os olhos dela, à procura de uma pista.

— Obrigado, Murka. Este café vai me fazer bem. Minha cabeça ainda está atordoada.

— Durma um pouco — respondeu ela.

— Não, eu tenho que olhar as coisas. Volto cedo, à noite.

Ele terminou o café, acariciou a bochecha de sua esposa e saiu de casa.

Mürvet acendeu o fogo da lareira e começou a limpar a casa. Logo Emine acordou e juntou-se à filha. Mãe e filha não disseram uma palavra sobre a noite anterior.

Seyit passou o dia inteiro tentando se lembrar do que aconteceu à noite.

Ele verificou suas contas. Havia um sentimento estranho e inquieto nele, que sempre lhe ocorria às vésperas de uma mudança. Uma voz no seu coração sussurrou, como se ele sentisse a loucura transmitida por seu cérebro. Mas, por enquanto, ele não sabia. Tudo o que sentiu foi que estava entediado com a vida.

CAPÍTULO 26

Teimosia de Seyit e destino em andamento

Mürvet não fez a menor censura ao marido pela noite barulhenta. Mas depois que a mãe e a irmã deixaram a casa, ela suspirou aliviada.
As discussões por causa das meninas gregas, as bebidas, as chegadas tardias, agora eram cotidianas. Cada luta era mais acirrada, mais ofensiva. Os gritos de raiva de Mürvet e de Seyit eram ouvidos longe, e ele sempre saía de casa depois.

Seu trabalho, que era a fonte de dinheiro, a manutenção do seu estilo de vida, não podia trazer felicidade total para ele e sua esposa. Seyit estava entediado com os vizinhos, com tudo. Enquanto se concentrava nisso, começou a pensar que nada que possuía era tão importante, e sentiu o momento de mudança se aproximar. Tudo que ele sabia era que deixaria sua vida atual. Os restaurantes eram muito bons então não achou que teria dificuldade em repassá-los.

Foi um dos dias mais frios do inverno. Há dias nevava, e a cidade estava toda coberta de branco. Seyit havia passado o dia todo em Beyoğlu, tratando de negócios. Depois de várias assinaturas e apertos de mãos, como previsto, ele havia se desfeito dos restaurantes. Nem sequer pensou se estava certo ou errado. Havia um vazio nele, que comprimia seu peito.

Seyit caminhou até a rua Hacı Ahmet, deixando suas pegadas na neve. Nunca reclamou dos flocos que caíam. O contato frio em seu rosto lhe dava uma doce frescura, reconfortando-o. Já estava escuro. Nuvens volumosas no céu parecia que pousariam na terra. Quando entrou no apartamento, subiu lentamente as escadas. Os bons tempos nesta casa logo se tornariam uma lembrança.

Acabou de chegar ao segundo andar quando a porta do apartamento se abriu. Orevia, uma das irmãs gregas, apareceu no limiar. O decote profundo de seu vestido de lã era convidativo. Com uma mão na porta, a outra colocada em sua cintura, os olhos grandes e negros; lábios grossos e atraentes, convidavam Seyit para o quarto.

Eles sorriram em um clima de paquera.

— Bem-vindo, Seyit. Se você quiser entrar...

A garota, que usava o carro de Seyit para passear, lhe fazia um convite direto ao sexo. Mas aquilo não tinha sentido.

— Encontre outra pessoa, garota louca — ele respondeu, enquanto continuava a subir as escadas. Não tocou a campainha lá em cima. Abriu a porta com sua própria chave. Assim que ele entrou, viu Mürvet. Sabia que ela o vira conversar com Orevia e tinha certeza de que tentara ouvir a conversa.

— Bem-vindo, Seyit. Você veio cedo esta noite.

— Espero que não seja um problema também.

— Eu não quis dizer isso. Apenas fiquei surpresa.

Seyit deu a notícia enquanto pendurava seu sobretudo e chapéu.

— Então você ficará um pouco mais surpresa agora.

Ele continuou, sem esperar por nenhuma pergunta.

— Sairemos em breve desta casa.

Mürvet seguiu o marido com olhar atônito, enquanto se moviam em direção ao banheiro.

— Está brincando, Seyit? Acabamos de nos mudar para cá! Pagamos tanto dinheiro. Nós compramos todas essas coisas apenas para encher a casa.

— Tire tudo que colocamos aqui.

— Seyit, pelo amor de Deus, o que está acontecendo? Neste inverno rigoroso...

— Qual a diferença? Além disso, se o verão nunca chegar, você não mudará de casa? Estou cansado daqui. Das pessoas, da vizinhança — a voz de Seyit era sarcástica.

— Por quê? — insistiu Murka.

Seyit estava sobrecarregado de perguntas. Então falou para a esposa:

— Olhe, me escute. Você me empurrou para isso. Não consigo entender sua atitude. Não haverá mais inquietação com as meninas lá embaixo. Você não gosta do meu trabalho, de meus amigos... Você não gosta de nada. Você não está feliz por eu ganhar dinheiro com bebidas. Agora eu decidi agradar você. Não terá mais motivos para reclamar.

Mürvet sentiu que ouviria notícias surpreendentes. Ela se sentou na beira da cama, suas pernas tremiam. As meninas chegaram à porta do quarto. Enquanto Leman correu e abraçou as pernas de seu pai, Şükran, com passos tímidos, correu e ficou entre os joelhos da mãe.

Mürvet, com um olhar, advertiu o marido, pois temia briga na frente das meninas.

— Seyit, conversaremos mais tarde.

Mas Seyit continuou a falar, depois de se inclinar e beijar a testa de Leman.

— Elas também podem ouvir. Em breve nos mudaremos, pessoal. Iremos para outra casa, e agora seu pai nunca vai deixar vocês à noite. Ele estará com vocês o dia todo, a noite toda.

Mürvet não sabia se deveria ficar feliz ou triste. O tom do marido mostrou que o que ele dizia era verdade, mas uma leve zombaria foi sentida. Seyit respondeu a pergunta dela imediatamente.

— Eu entreguei o negócio. Seu marido não tem mais restaurantes, nenhuma fábrica de vodca. Não há trabalho que você não goste. As bebidas desapareceram, Mürvet. Eu vou ficar em casa por três anos agora. Vou ficar à sua disposição, como você quiser. Está satisfeita?

Ela não sabia o que dizer. O dinheiro não duraria; eles iriam perder a vida de facilidades que viviam. Sabia muito bem disso, e sentiu-se desconfortável. Uma inquietação a tomou e um frio estranho perpassou seu corpo dos pés à cabeça.

— Se tivéssemos a nossa própria casa... — ela começou a falar.

— Eu não consegui a casa que queria. Eu não quero outra casa.

— Mas nem ficamos aqui os dez meses que pagamos adiantado. Isso é um desperdício de dinheiro.

— Esse dinheiro já se queimou, Mürvet. O dinheiro que emprestei a uma viúva não voltará.

Mürvet entendeu que tinha que começar a se preparar o mais rápido possível. E não insistiu mais.

A proprietária do apartamento estava em viagem para Anatólia. Eles não tinham como conversar com ela, então deixaram uma carta por baixo da porta, informando seu novo endereço. Os itens foram embrulhados e embalados. Sacos cheios de carvão, para passar o inverno, foram retirados. Durante todo o dia, a mudança foi colocada e retirada do caminhão. Mudaram para outra casa, em Beyoğlu mesmo, pois Seyit não queria morar em frente ao restaurante que passara adiante. Não era apenas uma casa nova, era também o começo de uma nova vida. Mas Seyit estava muito infeliz, e em silêncio. Seu orgulho teimoso de se afastar de uma vida o estava matando.

Mürvet estava muito inquieta. Por enquanto, havia dinheiro para a comida. Mas Seyit estava certo, mesmo que não tenha dito claramente: ela o empurrara para aquele fim. O futuro era incerto.

CAPÍTULO 27

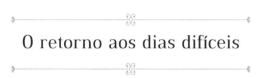

O retorno aos dias difíceis

Poucos dias depois que se mudaram, bateram à sua porta. Quando Mürvet abriu, deparou-se com o advogado da dona do antigo apartamento, a senhora grega, e mais dois homens. Ela não conhecia nenhum deles. Um dos homens estava com uma papelada na mão e falou.

— Queremos ver o senhor Seyit.

Mürvet sentiu que aqueles que vieram não eram amigos, mas para qual trabalho eles foram contratados ela não podia prever.

— O que querem? Ele não está aqui. Algum problema? — ela perguntou, segurando a porta com força. Mas o homem a empurrou e colocou o pé para dentro.

— Sou o advogado da senhora Fatma. Ela tem uma reivindicação para vocês. O contrato é claro. Vocês devem vários meses de aluguel. Agora me deixe entrar. Nós vamos entrar e ver a casa.

Na verdade, o advogado não esperava uma permissão. Mürvet começou a se assustar. O homem começou a lhe fazer perguntas.

— Por que vocês saíram da casa de Fatma Hanim? Por que vocês saíram antes do término do contrato? Por que vocês saíram sem aviso prévio?

O homem perguntava como um capitão da polícia, como se eles fossem criminosos. Ela respondeu.

— Meu marido retornará em breve, se você esperar um pouco. Pode fazer a ele todas as suas perguntas.

Os outros homens deram um passo à frente. Um deles era tão arrogante quanto sua expressão facial.

— Você só tem nove meses para terminar o contrato. Vai pagar a sua dívida. Você saiu sem pagar.

Mürvet se desesperou com o que ouviu e suou frio. Ela fortemente objetou.

— A senhora Fatma nos devia dinheiro. Demos a ela dez meses de aluguel, adiantados.

Apesar de toda a sua legitimidade, sua voz saiu excitada e zangada. Ela tremia.

— Ficamos lá apenas três meses, mas pagamos por dez. O que a senhora Fatma quer?

Um dos homens empurrou o outro e se aproximou da porta.

— Não há empréstimo. Vocês estão devendo. Não há prova de que pagaram.

— O que você está dizendo, está louco? Como transgride a nossa casa? E por que você não me escuta? Fatma Hanım recebeu dez meses de aluguel adiantado. É verdade o que eu digo.

Por ordem do advogado, um dos homens que estava com ele pegou um caderno e começou a escrever uma relação das coisas na casa.

— Eu lhe juro. Pagamos dez meses de aluguel... — a voz de Mürvet saiu chorosa.

— Você tem provas, senhora? É o que diz. Mas nada foi assinado, e existe um contrato.

Murka começou a chorar.

— Minha cliente é viúva, não tem um marido para protegê-la e foi passada para trás — afirmou o advogado.

— Ela está mentindo — gritou Mürvet. — O senhor não tem piedade?

O advogado não pareceu muito impressionado.

— Há um direito neste país, há uma lei, senhora. Vá ao tribunal. Se estiver certa, a senhora ganha. Mas tem de ter provas. Onde está o documento?

Eles pegaram a assinatura da proprietária, como administradora dos pertences da casa, e foram embora.

Quando Seyit chegou, encontrou Mürvet inconsolável. Ele não podia acreditar em sua esposa quando soube do ocorrido. Nos seus lábios havia um sorriso amargo.

— E agora? O que vamos fazer? — perguntou Murka.

— Eu não sei. Nunca passei por nada assim antes. Mas tenho um amigo advogado. Vou consultá-lo.

O marido e a esposa deixaram as filhas com a sogra e imediatamente foram para Tepebasi, para o escritório do tal advogado amigo de Seyit. Enquanto ele lia o contrato assinado, Seyit parecia calmo, e até Mürvet estava um pouco esperançosa. O advogado, que fez algumas anotações, disse que não via o caso como perdido.

— Antes de tudo, temos que apresentar um argumento racional. No contrato diz que você tem o direito de transferir a casa para outra pessoa. Encontre um inquilino e o envie para o apartamento.

Mürvet ficou aliviada pela primeira vez em horas. Se tivessem que desembolsar aquele dinheiro, eles ficariam em mau estado. O advogado recebeu uma procuração. E o marido e a esposa deixaram o escritório, esperançosamente.

No entanto, em poucos dias, eles descobriram que dois candidatos a inquilino precisaram retornar da porta. A senhora Fatma não abriu a porta para eles. Murka ficou louca. Seyit, por outro lado, havia se deparado com tantos trapaceiros astutos que não podia ficar muito chateado. Não era costume pedir recibo do dinheiro que já havia sido liberado uma vez. Mas a ideia de pagá-lo o incomodava. Além disso, eles estavam consumindo suas reservas rápido demais.

Quando chegaram para registrar a queixa no tribunal, eles perceberam que a reclamação de Seyit não era a primeira. Fatma Hanim já havia comparecido antes dele, com seu advogado para representá-la. Se o valor não fosse pago, pegariam os móveis da casa de Seyit como pagamento.

E chegou o dia da audiência. Estava escuro e chovia muito. Mürvet iria comparecer ao tribunal pela primeira vez em sua vida. Ela estava pessimista e algo apertava seu coração. Seyit saiu de casa para procurar testemunhas. Mürvet estava prestes a pegar um táxi e encontrar um advogado quando, ao sair de casa, avistou um homem com um casaco com gola de pele preta. Parecia uma viúva de luto, com um chapéu preto e um guarda-chuva de seda da mesma cor. Era o motorista do advogado de Fatma Hanim.

Ela voltou para dentro de casa e se olhou no espelho. Sentiu-se mal, pois, apesar de todo o cuidado que tinha feito em seu rosto, tinha certeza de expressar seu sentimento: estava com medo. Mesmo assim, pegou o guarda-chuva e saiu. Ao chegar no tribunal, o advogado veio em sua direção.

— Bom dia, senhora Mürvet. Como você está?

— Acho que não muito bem.

— Nunca perca sua coragem. O juiz lhe fará perguntas. Responda com calma. Se a outra parte perceber sua hesitação, se aproveitará disso. Lembre-se, eu estou com você.

O advogado disse que Mürvet deveria relaxar e não entrar em pânico.

— Eles vão me fazer perguntas? Mas, quais?

— O juiz pode perguntar, mas não é certo que pergunte. Mas esteja preparada. Lembre-se, como falamos antes, seus móveis pertencem a você. Precisamos convencer o juiz.

A partir daquele momento, Mürvet se fechou em um silêncio tenso e frustrado. Na sala do tribunal, enquanto esperavam, ela torcia a alça do guarda-chuva com movimentos furiosos.

Fatma Hanım e seu advogado estavam do outro lado do corredor. No momento em que Mürvet a viu, sentiu seu corpo inteiro queimar de revolta. Quando o oficial de justiça leu os nomes, o coração de Mürvet acelerou. Ela tentou impedir que suas mãos tremessem, agarrando-se à madeira à sua frente. Mas não conseguiu impedir que sua voz tremesse. Ela tentou explicar que Fatma Hanım recebera dez meses adiantados de aluguel, para pagar o dote de sua filha, e que ela não abriu a porta para os inquilinos que eles levaram. O juiz voltou-se para Mürvet, depois de olhar para o advogado do outro lado. Ela esperava simpatia da parte do juiz. Mas a outra parte, usando o advogado, fez declarações expressivas e levou testemunhas falsas. Ela notou que estava sendo ridicularizada, e engoliu em seco. Poderia chorar a qualquer momento e tentou, diligentemente, manter o controle. Não sabia o que dizer, como se defender. Por fim, ela falou, violentamente.

— Fatma Hanım anunciou num jornal nas vésperas do casamento de sua filha? Eu me pergunto.

Risos. Depois de convocar a plateia a silenciar, o juiz voltou-se para Mürvet.

— Isso não tem nada a ver com o caso, garota.

Mürvet estava em revolta. Aquilo que crescia em sua mente derramou por seus lábios.

— Eu não sou desonesta, senhor juiz.

Então ela se voltou para o advogado de Fatma Hanım, de Creta.

— Você invadiu a casa de uma mulher solitária à noite, para assustar-me. Isso está certo?

Ela falou de novo, olhando para o juiz.

— Desejo que este caso seja ouvido em outro tribunal — disse ela, por fim, orientada por seu advogado.

O juiz adiou o caso para outra audiência, para ouvir as testemunhas. Mürvet, para não chorar na frente de todos, despediu-se do advogado e entrou no táxi que esperava à porta. O guarda-chuva de seda não estava em suas mãos.

Quando Mürvet retornou, Seyit esperava ansiosamente por ela em casa. Confusa e com lágrimas nos olhos, ela contou ao marido o que havia acontecido. Seyit balançou a cabeça e pensou um pouco. Ele não era um cidadão turco, então, sua mulher teria que tomar à frente naquele maldito processo, coisa que ele lamentava, pois ela era muito inexperiente.

— Esses caras não vão nos deixar em paz, Murka. Que porcaria é essa? Pagaremos as cinquenta libras, ou eles vão pegar todas as coisas.

Ele continuou, depois que acendeu um cigarro e tragou.

— Há outra possibilidade, é claro.

Mürvet olhou para o marido, com esperança.

— A maldita viúva sempre esteve com más intenções, e perder esse dinheiro será bastante doloroso. Não estou disposto a pagar por isso.

— Então, o que vamos fazer, Seyit?

Seyit encolheu os ombros, como se fosse dizer algo muito simples.

— Vamos embora amanhã, ou perderemos tudo.

— Vamos fugir?

Seyit riu.

— Não, nós não vamos fugir. Nós vamos sobreviver.

— Mas o advogado não pode fazer algo, Seyit?

— Se puder, será tarde demais para perceber que não pode fazer mais nada, Murka. Precisamos cuidar de nós mesmos.

— Bem, para onde vamos?

— Precisamos ir para longe. Vou ver isso — dizendo isso, Seyit saiu.

No dia seguinte, ele encontrou uma casa na rua Şeref, em Cağaloğlu, na parte não-europeia de Istambul. No entanto, eles não podiam sair de casa a qualquer momento. A proprietária era uma senhora russa, que em poucos dias se mudaria para a América. Ele conversou com ela e entregou o imóvel. Em seguida, pediu que um amigo assinasse o contrato de aluguel da outra casa e, no início de um dia, dois caminhões saíram com sua mudança. Mürvet e as crianças seguiram o comboio em um táxi. Ela virou a cabeça e deixou para trás os últimos edifícios de Pera. Mürvet se lembrou de que no passado fora forçada por Seyit a se mudar para Beyoğlu, e agora seu coração doía por deixar aquele lugar. Ela não conseguiu impedir que as lágrimas viessem em seus olhos. Sentiria falta dali.

As meninas, que tinham acordado antes do sol nascer, adormeceram novamente no colo da mãe. Ao longo do caminho, tudo era silêncio, e Mürvet pensou nos últimos anos. Tudo tinha sido como um sonho. Ela havia partido para uma jornada de sonho, numa terra mágica cheia de estranhos, e agora voltava para o bairro onde crescera. Ela se ressentiu. Mas podia fazer melhor uso de seus dias restantes do que lamentar.

De repente, percebeu com tristeza quantos argumentos inquestionáveis criara, e como resistira a acompanhar seu marido. Tudo poderia ter sido muito melhor, ela pensou.

Depois das casas em que viveram em Beyoğlu, a casa em Cağaloğlu era como uma caixa de fósforos. No entanto, Seyit poderia encontrar a casa mais arrumada agora. Porém, apesar de seus esforços, um caminhão de mudanças permaneceu do lado de fora. Mürvet não sabia o que fazer, ela continuava correndo, procurando espremer mais algumas coisas, mas era impossível, pois não havia mais espaço na casa. Quando Seyit chegou, percebeu seu desamparo.

— Não se incomode. Escolha apenas as suas coisas favoritas.

— Mas eu amo todas elas.

— Eu sei. Eu também. Mas se você insistir um pouco mais, a chuva vai cair e estragar as coisas. Vamos lá, não seja teimosa. Vamos separar aquilo de que mais necessitamos.

— Mas o que vamos fazer com as outras coisas?

— Farei um bazar, para serem vendidas.

Mürvet arregalou os olhos.

— Vender nossas coisas?

— Não há outra escolha, Mürvet. Temos que fazer as pazes com nossa nova vida. Vamos separá-las sem perder mais tempo.

— Mas, Seyit. Saímos da outra casa apenas para evitar a venda de nossos pertences.

— Agora vamos vender por conta própria.

— Bem, é verdade.

— Se fosse vendido lá, o dinheiro iria para a cadela da Fatma. Agora permanecerá em nossos próprios bolsos.

Mürvet, no meio da rua, empilhava aquilo que queria, um sobre o outro. Ela olhava para o céu e observava as nuvens. Seyit estava certo: se chovesse, estragaria todos os móveis. Não seriam nem eles e nem de Fatma.

Depois que Seyit anunciou o bazar pelo bairro, um grupo de compradores apareceu na frente de sua porta e os móveis foram vendidos. Mürvet estava com um nó na garganta. Móveis britânicos, esculpidos, emoldurados, tudo tinha sido vendido. Observar seu amado espelho nas mãos dos homens foi decepcionante. De vez em quando ela olhava para o marido e tentava entender o que ele pensava. Mas isso era quase impossível. Na expressão facial de Seyit, para uma pessoa que acabara de perder suas coisas preciosas, havia uma atitude despreocupada. Talvez houvesse outros sentimentos escondidos nas profundezas dele, mas Mürvet não conseguia alcançá-los.

A última peça foi vendida à noite. Quando eles encontraram um comprador, estavam exaustos, espiritual e fisicamente. Compraram salsicha e ovos na mercearia do bairro, mais próxima, e Mürvet fez o jantar.

As crianças desmaiaram antes do fim da refeição. Mürvet, depois de colocá-las na cama, continuou a arrumar as coisas que tinham sobrado. Seyit organizava seus pertences e os livros. Não houve muita conversa entre eles. Ambos estavam perdidos em seus próprios pensamentos: o ponto de virada de suas vidas. Seyit sabia que o que previra dias atrás havia chegado. Mas ele não queria falar sobre isso.

* * *

Seyit, como prometido a Mürvet, não mais saía de casa. Ficava sentado em casa o dia todo, lendo um livro ou com Leman no colo, e conversavam como se ela fosse uma pessoa adulta. O que ele não contou para sua esposa sobre seu passado, sua infância, a casa de seu pai, as memórias de sua mãe e irmãos, sobre Petrogrado, tudo foi contado para Leman que, curiosamente, ficava com os olhos abertos e o queixo na palma da mão, olhando para o pai.

Ele ia a Beyoğlu uma ou duas vezes por semana e levava as crianças ao cinema. Bebiam chá no Patisserie, comiam no Volkof, e voltavam para casa de táxi. Nada havia mudado em suas vidas, por enquanto, exceto que eles estavam presos em uma pequena casa, em outro bairro. Eles tinham que se acostumar com aquela mudança e continuar a viver a vida.

Mas depois de um tempo, como esperado, o fim do dinheiro chegou. As idas a Beyoğlu acabaram. Mürvet, cada vez mais apreensiva, assistia com medo o dinheiro se esvair de suas mãos. Finalmente, um dia, foi decidido que seria preciso vender os itens mais desnecessários da casa. E, então, eles tiveram que deixar ir alguns outros, necessários. Mürvet achava que seu marido tinha um plano de trabalhar novamente, mas nada falavam sobre isso. Aliás, ela sabia a resposta muito bem. Quando Seyit vendera os restaurantes, prometera a ela ficar sentado por três anos, sem trabalhar. Ele morreria e nunca desistiria de sua promessa. Seyit, por outro lado, teimosamente esperava o dia em que Mürvet se rebelasse e pedisse para ele trabalhar. Mürvet, com medo da venda de itens bonitos, um por um, que acumulara há anos, estava muito preocupada. Quando iam dormir à noite e ela colocava a cabeça no travesseiro, o sono não vinha. Ficava olhando o marido com os olhos fechados, mas sabia que ele também estava acordado e com a mente cheia de pensamentos. Ambos pareciam ver a calamidade que vinha, e assistiam a tudo silenciosamente.

Em uma de suas noites de reflexão, Mürvet teve a ideia: ao invés de vender os móveis, Seyit poderia vender as armas que trouxera de Sinop, quando fugira. Ela se levantou à primeira luz do dia, fez chá, pôs a mesa de café da manhã. Quando ouviu sua voz, pulou, como se estivesse fazendo algo muito errado.

— Olá, Mürvet! Tomaremos café da manhã quase antes do amanhecer?

Ela tentou sorrir para o marido.

— Hoje, especialmente, eu me levantei mais cedo. Gostaria de ir à casa de minha mãe, se você não se importar. Eu tive um sonho durante a noite. Que um lobo caía em cima de mim.

Ela esperou, temendo pelo que o marido diria. Esperava que ele dissesse: "Vamos juntos" e ficasse animado para visitar sua sogra. Mas ela não ouviu Seyit dizer isso, muito pelo contrário. Ele disse:

— Então vá. Apenas volte antes de escurecer e não me faça ficar preocupado.

Mürvet ficou feliz de convencê-lo tão rapidamente. As crianças ainda dormiam, então as deixou com Seyit e saiu de casa. A verdade é que ela foi à casa de sua tia-avó, em Şehremini. Şükriye e seu marido Selim a receberam com alegria, e foram rápidos em entender que havia um problema por trás da ida de Mürvet lá. Selim perguntou, timidamente.

— O que podemos fazer por você, prima?

— Selim, irmão, eu quero fazer algo sem Seyit saber. Ele não me ouviria. Você sabe como é teimoso.

Selim riu e ficou sério novamente. Mürvet contou para ele sobre a sua ideia da venda das armas, mas vender uma arma como aquela requereria permissão das autoridades turcas, e Selim não estava muito esperançoso, francamente.

— Não sei, Mürvet. Eu preciso perguntar para alguém que entenda disso. Como você pode lidar com isso sem o próprio Seyit saber, eu não sei. Mas tenho um amigo na Prefeitura. Se você quiser, eu posso perguntar. Talvez isso nos mostre um caminho.

Selim prometeu ajudá-la, mas o jovem tinha seu próprio negócio e teve que deixar Mürvet para ir trabalhar. Ele disse:

— Eu posso marcar um horário para você amanhã, se quiser. Nós vamos juntos.

— Não, irmão Selim. Eu quase não saio de casa. Tive que inventar uma desculpa hoje, e não consigo encontrar outra para amanhã. Preciso ir ainda hoje, agora.

— Vou ver o que posso fazer. Vou mandar um recado para meu amigo. Mande um abraço para Seyit — e lembrando que Mürvet estava li em segredo, Selim corrigiu: — Esqueça, esqueça. Nós nunca nos vimos hoje, não é?

E eles disseram adeus, rindo.

Mürvet, quando procurou o amigo de Selim na Prefeitura, bateu em uma ou duas portas e persistentemente conseguiu entrar no escritório. Ela não era o tipo de mulher a que se estava acostumado a ver naqueles corredores, e chamava bastante atenção. O homem foi extremamente gentil e perspicaz. Desesperada, tímida diante do passado do marido, Mürvet ouviu atentamente o que o homem dizia. Ele falou com uma voz sincera.

— Olha, senhora, se você escrever e deixar uma petição que conte a história que me contou, prometo que a farei seguir em frente. Repito, porém, não sei do resultado.

Mürvet agradeceu a atenção do homem, escreveu a petição solicitada e assinou-a em nome de seu marido. Quando partiu, foi à casa de sua mãe em Mahmutpaşa, mas ficou menos de uma hora. Ela precisava fazer isso, pois se Seyit passasse por sua mãe e falasse sobre este dia, ela seria desmascarada.

Emine sentiu que sua filha carregava um segredo. Era certo que algo estava acontecendo. Ou a filha veio lhe contar e desistiu no caminho.

Quando Mürvet voltou para casa, foi até onde Seyit estava com Leman. Şükran estava no chão, debaixo da mesa. Assim que Murka entrou, ela correu para sua garotinha, levantando-a do chão.

— O que aconteceu, garota? Por que você está sentada no chão?

Seyit explicou: — Ela estava sentada aqui ao meu lado. Mas passou uns cavalos na rua, e ela ficou assustada. Você acostumou essa garota a ter medo de tudo. Ou ele se refugia em você, ou se enfia debaixo da mesa. Ela crescerá como uma covarde, com pena de si mesma.

— Mas você sabe que ela tem medo do barulho das patas dos cavalos.

— Não há som de que ela não tenha medo, Murka. Se eu bater palmas, ela vai correr para debaixo da mesa, ou enfiar a cabeça no meio de suas pernas.

Seyit ria assim pela primeira vez em muito tempo.

— Não posso ficar bravo com a garota. A culpa é sua.

Mürvet não queria mais responder. Ela tomou Şükran nos braços e entrou na cozinha.

Passou uma semana e Mürvet esperava ansiosamente uma resposta sobre as armas de Seyit. Havia uma probabilidade de que a resposta fosse positiva, embora muito fraca, mas era uma esperança.

Um envelope chegou em casa e Murka o abriu imediatamente. Queria aproveitar a ausência do marido, pois Seyit tinha ido comprar comida. Não podia acreditar em seus olhos, queria gritar de alegria. Em resposta à sua petição, eles completariam o processo. Escreveram que a solicitação pessoal de Seyit era necessária. Mürvet esperou com impaciência a volta dele. Assim que ouviu a porta se abrir, pulou de alegria. Seyit ficou curioso.

— O que foi? O mundo está começando a se reverter?

— Seyit, tenho uma surpresa para você. Você não vai acreditar, mas esta carta vai melhorar tudo — Mürvet não pretendia ser influenciada por seu pessimismo, então lhe entregou a carta.

Seyit deixou os pacotes em cima da mesa e pegou a carta. Murka esperava ver uma expressão de alegria no rosto dele. Mas esperou em vão. Pelo contrário, dentro de alguns segundos, sua cor foi alterada. Suas narinas se abriram, e Mürvet foi fulminada com um par de olhos azuis assustadores. Confusa com a reação do marido, ela se encostou na parede.

— O que é isso? Você pode me dizer o que é isso? Quem apresentou estas petições? Diga-me! — ele gritou.

Mürvet tentou responder, com uma voz tímida.

— Eu fiz isso.

— Você pediu ajuda em meu nome? Você já pensou no que vai fazer comigo? Não tenho a intenção de escrever uma petição! Eu não queria nada assim antes... Você não percebeu que eu...

— Seyit, nossa situação é muito ruim — Murka o interrompeu. — E dias piores virão, se não fizermos nada. Isso é algo que você merece. Nós não estamos implorando.

— Esqueça, esqueça! — gritou ele.

Mürvet, com lágrimas nos olhos, observou o marido rasgar a carta. Então ela desabou no sofá. Não aguentou e começou a chorar. Naquela casa minúscula, era impossível manter a briga longe das crianças. Elas estavam sentadas em seus quartos, ouvindo tudo. Ao escutar a mãe chorando, Şükran também começou a soluçar. Leman abraçava a irmã, tentando calá-la.

Seyit, para acalmar sua esposa, que tivera boas intenções, embora estivesse zangado, pensou em seu esforço. Ele foi até ela e acariciou sua testa, e falou em voz baixa:

— Sinto muito, Mürvet. Eu não queria machucá-la. Mas fazer algo em meu nome, sem aviso prévio, me deixa louco, você sabe disso.

Mürvet não respondeu, apenas continuou chorando.

Naquela mesma noite, Seyit decidiu que deveria conseguir um emprego. A falta de dinheiro não valia a teimosia de não trabalhar por três anos. Na manhã seguinte, quando Mürvet acordou e saiu da cama, nuvens cinzentas cobriam o céu. Ela não sabia para onde ir e o que fazer. Havia um vazio, uma tristeza dentro dela. Depois de tanta fartura que passaram, tanto esbanjamento em roupas e coisas inúteis, como suas vidas chegaram a este ponto?

Seyit havia saído para procurar trabalho. Não era fácil. Depois de anos de reinado, de fartura, ele não sabia o que poderia fazer. No dia em que partiu com esses pensamentos, realmente não sabia para onde ir. Beyoğlu foi o único lugar que lhe veio à mente. Mas onde antes ele era chefe, agora andava com passos hesitantes em busca de uma vaga de emprego.

Depois de alguns segundos de hesitação em frente à loja de sapatos, que dizia "Procura-se aprendiz", ele continuou andando. Imaginou-se carregando caixas de sapatos, e ajoelhado, calçando os sapatos dos clientes. Não podia fazer isso. Era estranho ser assistente de uma loja quando ele mesmo usava sapatos de couro italiano, sob medida.

Quando estava prestes a voltar para casa, um recado na porta de um pequeno restaurante chamou sua atenção. Eles precisavam de um contador. Seyit não era contador, mas tinha o conhecimento e a experiência de manter sua própria empresa por anos. Foi um trabalho relativamente difícil. Ele entrou e seguiu à direita por um corredor estreito, e chegou a um restaurante que não tinha mais que doze mesas. No fundo havia um velho barbudo, pequeno, com óculos grossos. Duas garçonetes discretamente se retiraram enquanto Seyit avançava na direção do velho. Elas não estavam acostumadas a esse tipo de cliente. Ficaram admirando Seyit com seu casaco alinhado, o cachecol, o chapéu e os sapatos, e fizeram sinais de espanto uma para a outra.

O homem barbudo, sentado à mesa, imediatamente se levantou e, respeitosamente, fechou os botões do seu colete de lã.

Ele perguntou:

— Aqui está, senhor, aqui está, senhor. As moças não lhe mostraram um lugar?

Seyit, com a mão direita no bolso do casaco, coçou a testa com a outra.

— Obrigado. Eu não vim para comer.

— Como posso ajudá-lo?

Eu vi um anúncio na porta.

— Bem. Ah! Sim, estou procurando alguém para cuidar da contabilidade. Eu perdi meu parceiro. Ele morreu, e sabia fazer isso muito bem.

— Meus pêsames. Você encontrou alguém, a propósito?

— Não, você me recomendaria alguém?

Seyit sorriu.

— Sim.

— Eu estava mesmo me perguntando por que esse cara de aparência elegante estava interessado no meu pequeno restaurante. Eu me questionei, espantado — disse o velho. — Oh, senhor. Por favor, me diga. Quem o senhor quer indicar?

— Eu mesmo.

O velho não acreditou. Seyit foi completamente olhado mais uma vez, de cima a baixo, pois o homem achava que Seyit estivesse zombando dele.

Ele estava ciente de seu espanto e repetiu.

— Posso ajudá-lo com sua contabilidade.

— Oh, senhor...

— Estou falando sério. Eu aspiro a isso.

— Sinto muito, mas eu não tenho como pagar a um cavalheiro como você.

Percebendo que o homem, mais uma vez, o olhava da cabeça aos pés, Seyit falou, sério.

— Eu quero esse trabalho. Eu preciso dele.

O homem pensou por alguns instantes e disse:

— Quando você gostaria de começar?

— Agora, agora.

— Então deixe-me mostrar a papelada.

O outro se levantou e o convidou para o mezanino. Seyit o acompanhou pela escada estreita e foi forçado a abaixar a cabeça para evitar bater no teto. Havia uma pequena mesa de tábuas improvisadas, e a lâmpada que descia sobre a papelada era a única iluminação do ambiente. Seyit alcançou a cadeira pela passagem estreita entre a parede e a mesa. Ele pensou como faria para não tocar o teto, sem ficar sentado o dia todo. O proprietário perguntou, ao pegar o livro com as contas.

— Desculpe-me, qual é o seu nome?

— Seyit Eminof.

— Senhor Seyit, vou lhe trazer a comida aqui.

— Não, não se preocupe. Não estou com fome.

A primeira coisa que ele fez quando ficou sozinho foi passar o lenço que tirou do bolso, na cadeira. Então, com um papel de rascunho, ele limpou a mesa. Sua testa quase encostava na lâmpada, e as teias de aranha roçavam em seu paletó. À sua frente, páginas repletas com manchas de tinta. Ele ficou enojado. O restaurante parecia ter graxa em toda a papelada.

Apenas doze mesas. O restaurante, com apenas três garçonetes, parecia negligenciado por muito tempo. Naquela mesma noite ele organizou a papelada e, antes de descer, olhou para o pobre lugar e pensou: os copos de vidro e os guardanapos deveriam ser renovados. Não havia castiçais de prata, nem tocadores de orquestra, cantores e dançarinas do ventre. Ele não parava de rir quando pensava na elegância dos cassinos que já tivera.

No entanto, no primeiro dia, ele tentou se acostumar com as condições; mas no segundo e no terceiro, sua determinação já havia esmorecido. Ele estava extremamente incomodado com o espaço escuro, sem ar, e com um terrível cheiro de óleo. No final de semana seguinte, seu ânimo caiu tanto que ele estava barbudo e sem motivação para nada. No domingo mesmo, à noite, já tinha tomado a decisão de largar aquele trabalho. As cinco libras que recebeu não davam nem para pagar o aluguel mensal de uma casa em Beyoğlu, que era de vinte e cinco libras. Levou o dinheiro para casa, para comprar alimento, e já saiu em busca de outro trabalho. Ele tentou outros tipos de serviço, mas os abandonava após dois dias de experiência. Lentamente, estava ficando com os nervos à flor da pele. Quando voltava para casa e via a expectativa de boas notícias nos olhos da esposa, entrava em desespero. Era terrível lembrar-se da abundância dos velhos tempos e, agora, ver suas filhas à espera de um presente e não poder comprar.

Ele ficava mal-humorado, inquieto e pronto para explodir. Certa manhã, Mürvet preparava a mesa do café quando ouviu alguém chamar seu marido, da rua. A jovem deixou o que fazia, secou as mãos no avental e esperou à porta. Torceu as mãos, nervosamente, pensando no que o marido venderia agora. Seyit já abrira a porta para o homem. Disse para que esperasse na sala, e foi para o quarto. Mürvet, curiosa, correu atrás do marido e o encontrou tirando os ternos e as gravatas do guarda-roupa.

— Seyit, o que você está fazendo?

Ele apenas murmurou enquanto empilhava seus ternos e suas gravatas de seda.

— Vou vender algumas peças.

Mürvet observou, surpresa, o marido, que sabia o quão meticuloso era com relação às suas roupas. Então, ela avançou e o agarrou pelo braço.

— Seyit, pare. Você não é um homem de um terno ou dois. Se vamos vender as roupas, que sejam as minhas. De qualquer maneira, eu não posso usar a maioria delas aqui neste bairro, com essas pessoas simples.

Seyit sorriu, segurando suas bochechas.

— Não, Murka. Nada seu e de nossas filhas será vendido. O que dei a você será seu até você envelhecer, não de outra pessoa.

— Valerá a pena, Seyit? Dará algum dinheiro? Você deveria ter deixado eu negociar um pouco mais.

Ele não falou nada e continuou a empilhar ternos sobre ternos.

— Se eu pudesse vendê-los em Beyoğlu, conseguiria pelo menos dez vezes mais que vendê-los deste lado da cidade. Eu sei que há uma loja por lá que compra roupas usadas. Gostaria...

Mas Mürvet foi interrompida pelo sorriso amargo de Seyit.

— Claro, o próximo passo será eu encher um saco com minhas próprias roupas, colocar nas costas, ir para Beyoğlu e vender.

Seyit começou a rir, mas era um riso cheio de tensão nervosa. Mürvet observou que ele zombava dela. Depois das longas fúrias silenciosas de Seyit, ela agora aprendera que as explosões haviam mudado para amargura. *Eu posso acalmá-lo*, ela pensou. A primeira coisa que lhe veio à mente foi sorrir como se tudo estivesse normal, como se vender as próprias roupas fosse algo comum. Talvez uma ou duas palavras doces poderiam amolecê-lo. E ela tentou rir. Mas ele não esperava isso, e não gostou nem um pouco. Pelo contrário, a voz de Seyit rugiu, furiosamente.

— Você está rindo disso? O que é isso? O que tem de engraçado?

Mürvet ficou assustada. Ela disse, imediatamente, tentando remediar a situação: — Não, Seyit, eu só ri porque você riu.

— É mesmo? Aquilo soou como uma risada? Talvez você ache que eu estou me divertindo muito. Talvez seja isso que te divirta. Então, prepare-se, pois parece que você vai se divertir mais.

— Como me divertindo, Seyit?! Você não vê que eu sinto muito?

Lágrimas já começavam a escorrer em suas faces.

— Não chore, Mürvet. Você deve estar muito feliz. Não queria que eu largasse os restaurantes e arrumasse outro tipo de trabalho? Pois estou trabalhando em algo novo, muito diferente. Agora vendo roupas. O único detalhe nisso tudo é que essas roupas são as minhas próprias.

Mürvet não podia ouvir mais nada. Colocou as mãos nos ouvidos e correu para os fundos da casa, mas as palavras de Seyit continuavam a gritar dentro de sua cabeça. Ele tinha razão. Quantas vezes ela reclamara de ele chegar tarde, por causa dos restaurantes? Por anos ele tentara levá-la com ele, para ela se divertir, e dissera não. Ele queria que ela aproveitasse a vida. Mas o que ela fez? Só lamentou e reclamou. Havia arruinado a vida da família. Que motivo ela tinha de rir? "Você está rindo disso?", ela ouviu os gritos reverberando em sua mente, cobriu o rosto com as mãos e chorou, em desespero e arrependimento. Ah, se ela pudesse voltar atrás!

Então ouviu o portão da rua se fechar violentamente. Seyit deveria ter saído de casa. Ela voltou para a cozinha e olhou para o corredor. As crianças estavam de mãos dadas, olhando para a porta. Havia um misto de tristeza e curiosidade nos olhos de Leman. Ela limpou as lágrimas com um lenço e as chamou:

— Venham, tomem seu café da manhã. Estou um pouco doente.

Quando as viu ainda olhando para ela, insistiu.

— Venham, entrem. A mesa está pronta. Leman, alimente sua irmã. Eu vou para a cama.

Ela passou praticamente o dia todo de cama. Estava tonta e sentia-se doente. Sua pressão sanguínea devia ter caído. Ela se sentia cansada, impotente, e empurrada para um futuro cada vez mais negro. Por que estava sempre errada? Por que fazia tudo errado? Ela fora a responsável por ter enviado uma foto de Seyit e de Leman para seu sogro, e olha na desgraça que isso acarretou! Será que algum dia seu marido entenderia suas boas intenções? Ela chorava enquanto se perguntava.

A filha mais velha passou o dia todo perto dela, em silêncio. Apenas assistia sua dor. Leman, sentada ao lado de sua mãe, olhava-a com compaixão. Mürvet sufocava os soluços, mas a menina colocava a mão em sua bochecha e demostrava carinho. De repente, um novo sentimento brotou dentro de Mürvet. Leman era sua filha, estendia a mão para compartilhar seus sentimentos. Mas ela era a Lemanuchka de Seyit. Ela vira seu pai agredindo sua mãe com palavras. Por que Şükran não estava ali com ela? Ela estava furiosa. Mas não podia ficar brava com Şükran. Pelo contrário, estava brava com Leman por demonstrar carinho por ela, e diferir de sua irmã. Mürvet virou seus olhos vermelhos e inchados para a filha e perguntou:

— Onde está Şükran?

— Lá dentro.

— O que ela está fazendo?

— Ela também está chorando. Ela sempre chora quando você chora.

— Traga-a aqui.

Com a alegria de poder fazer algo pela mãe, Leman saltou da cama e foi até a sala ao lado, e trouxe sua irmãzinha pela mão.

Mürvet abriu os braços para a filha pequena. Ela a pegou e puxou para a cama.

— Não chore, meu bebê. Não chore.

— Ela está com medo — disse Leman.

E Şükran continuou chorando.

Leman estava de pé ao lado da cama e pensava que tinha que haver algo que ela pudesse fazer para que sua mãe e irmã pudessem parar de chorar. Estendeu a mão e acariciou o cabelo de Şükran, e tocou no ombro de sua mãe. Ela continuou acariciando as duas, até que se cansaram de chorar. Lentamente, saiu da sala e fechou a porta do quarto. Sentou-se na poltrona ao lado da janela, de frente para a rua. Seus pensamentos estavam voltados para o pai. Ela sabia que também estava chateado.

As horas foram passando e Seyit não voltava. Mürvet, mesmo sentindo-se doente, teve que se levantar para alimentar as crianças. Quando entrou na cozinha, percebeu que haviam se passado várias horas do jantar das crianças. Şükran, cansada de chorar, tinha dormido. Provavelmente emendaria com a noite. Leman estava no sofá do corredor, em silêncio. Seus olhos estavam teimosamente no portão, à espera do pai. Mürvet imediatamente fez uma sopa, espinafre com molho de iogurte, e macarrão. Como ela previra, foi incapaz de acordar Şükran. Leman, olhando para o rosto da mãe, examinava a comida, mas disse que não tinha fome. O mesmo acontecia com Mürvet. Parecia que a comida estava sem sal. Murka foi dormir naquela noite imaginando a que horas Seyit voltaria para casa, se voltasse. Pela primeira vez em anos, ela pensou em voltar para a casa de sua mãe. Pensou que queria voltar a morar lá. A vida estava ficando cada vez mais exaustiva.

Longe dali, Seyit bebia e pensava. Mesmo no primeiro ano em que escapara da Rússia para a Turquia, nunca houve esta escassez por que passava agora. Shura e ele, embora inquietos e extremamente preocupados com suas famílias, não passaram necessidades financeiras tão graves. Quando ele pensou naqueles anos, percebeu que não podia se isolar de Shura. Eles tinham compartilhado tudo. Belezas e problemas. Mas eram somente os dois, eles pertenciam um ao outro e eram responsáveis um pelo outro. Agora ele tinha uma família, e vivia os prós e os contras de sua própria teimosia. Agora, todas as suas decisões afetariam o futuro de suas filhas, de sua esposa.

Naquela noite, no bar de Tokatlıyan, era se sentia o mais solitário ser humano da Terra. Ele pensou, enquanto bebia em um canto escuro. Não queria ver ninguém, falar com ninguém. Até a ajuda mais bem-intencionada, oferecida a ele, minaria seu orgulho. Ele reconheceu alguns rostos familiares e imediatamente virou as costas. Acendeu um cigarro e ficou no escuro, sozinho com seus fantasmas.

Pensou em Mürvet. Nas atitudes inconsistentes de sua esposa. Embora sem malícia e até por conta de suas boas intenções, eles estavam se afastando. Como recuperar a boa convivência com ela? Tudo no que ele conseguia pensar agora era em ir para casa e ganhar o coração de sua esposa. Como ficou tão louco, como dissera aquelas palavras pesadas? A culpa não tinha sido dela. Ele fora um inconsequente, um orgulhoso, um mimado e um fraco.

Muito tarde da noite ele saiu do bar, de seu exílio, e voltou para casa. A residência estava escura e silenciosa. No quarto, Mürvet ainda refletia. Uma parte dela realmente aceitava que não deveria estar tão brava com o marido. Ele dissera somente a verdade. Quando ouviu o som dele chegando, sentiu que começaria a amolecer e a chorar novamente. Naquele momento, esforçou-se para não o fazer. Mas as palavras que lhe feriram não saíam de seus pensamentos.

Ao entrar no quarto, Seyit viu que Şükran dormia em seu lugar. Ele pegou a filha nos braços e a levou para a cama. Depois de cobri-la, a beijou na bochecha.

Então, olhou com amor para Leman, na outra cama. Ele pegou sua mãozinha e deu um beijo suave. Quando se despiu e foi se deitar, ouviu Mürvet respirando profundamente. A jovem ainda suspirava de vez em quando, enquanto dormia. Seyit colocou seu braço debaixo do ombro dela, a abraçou e puxou para ele. Mürvet, cansada das horas de tristeza do dia inteiro, recuou, com timidez e raiva. Mas não conseguia se afastar dos braços fortes do marido. Manteve os olhos fechados. Não queria olhar para ele. Contudo, Seyit beijava sua testa, suas pálpebras, suas bochechas quentes e seus lábios, e ela estremeceu. Seyit achava atraente a atitude ressentida e zangada de sua esposa em seus braços. Tudo o que ele queria era estar com ela e fazê-la sentir que ele realmente a queria. Seus lábios voltaram ao pescoço dela e ele segurou a sua mão, levando os dedos entrelaçados e pressionados firmemente em seu próprio peito.

— Murka, Murka... eu te amo muito... Vamos, vamos esquecer o que falamos hoje.

Mürvet sabia que suas palavras seriam inadequadas para lidar com o marido agora. Eram as lágrimas que melhor explicariam o cansaço do seu coração. E ela realmente queria chorar novamente. Depois de todas aquelas horas, ela ficou surpresa porque ainda tinha lágrimas. Seyit puxou a cabeça dela na direção do seu peito. Ele pediu que se acalmasse, movendo seus lábios entre os cabelos dela.

— Shishshish Shishsh, Murka. Não chore. Nossa tristeza acaba quando começa o nosso arrependimento.

Ele a balançava no peito, como se faz com uma criança para dormir. Acariciava suas costas suavemente, do pescoço ao cóccix, e Mürvet finalmente se acalmou.

— Olhe para mim agora — ele pediu.

Ela não queria olhar para o marido, com seus cabelos espalhados, olhos vermelhos e rosto marcado pelo choro de um dia todo. Mas ele puxou seu rosto delicado para cima, e Mürvet encontrou o rosto dele.

— Murka, oh, Murka! O quanto eu senti a sua falta!

Mürvet não achou que ele falava aquilo para ela. Acreditar naquilo significaria estar bêbada sem ter bebido. Mas ela fechou os olhos e colou o rosto no do marido, e permitiu que os lábios dele caíssem dos cabelos para seus lábios, e depois para baixo. Ela o ouviu dizer:

— Eu amo você.

Naquele momento, ela queria responder.

"Eu te amo, Seyit". Mas não disse. Seyit era para ela, agora, a continuação dos contos de fadas de sua infância. Ele era seu príncipe; o príncipe que junto a ela experimentara a dor, a pobreza e as preocupações que lançavam uma sombra sobre sua felicidade e seu futuro.

No outro dia, em paz, ela sugeriu a Seyit que fossem morar perto de sua mãe. Para sua surpresa, ele aceitou essa oferta sem nenhuma objeção.

No dia seguinte, foram procurar uma casa perto de Emine, e encontraram uma casa na rua Efendi. O aluguel de uma casa de dois quartos era de seis libras. No piso inferior havia uma adega maior que a área total dos quartos. A cozinha, com uma pia de mármore, também era enorme. Como das outras vezes, não demoraram para se mudar. Sua pequena mudança, entretanto, coube na carroceria de um pequeno caminhão. Com a ajuda de Emine arrumaram tudo, e na noite do mesmo dia eles já tinham limpado os quartos e se instalado.

Estar perto de sua irmã confortou Mürvet. Necmiye trabalhava em uma fábrica de meias e se viam toda a noite. Já, Fethiye, havia se mudado de Sarıyer para Ortaköy e estava bem longe da família, portanto, não se viam com muita frequência. Mürvet sentia muita falta dela, de suas conversas alegres, de suas piadas. Mas ela tinha a mãe e Necmiye por perto, além de suas filhas.

Ela quase não saía de casa e sua vida era muito previsível agora. Então, Mürvet ficou encantada quando, certo dia, Seyiy sugeriu que saísse um pouco com as crianças. Era como se ele tivesse lido sua mente.

— Murka, você parece muito entediada ultimamente. Vá com as crianças na casa de Fethiye, se quiser. Não vou voltar antes do jantar. Hoje, novamente, vou sair para procurar trabalho — ele pegou o dinheiro do bolso e deu a ela. — Não vá de mãos vazias. Eles não conseguiram pagar o aluguel nos últimos dois meses. Estão passando necessidades.

Mürvet ficou feliz com a boa vontade do marido. Ela abraçou Seyit e disse:

— Obrigada, Seyit. Voltaremos antes do anoitecer.

— Leve saudações minhas para sua irmã.

Mürvet, com entusiasmo, preparou suas filhas. Até então elas não tinham motivos para usarem seus vestidos de sair, pendurados há muito tempo. Ela também vestiu um de seus vestidos bonitos, e partiram para Ortaköy. Quando chegaram à casa de Fethiye, em İskele Sokak, sentiu uma grande alegria. A filha de Fethiye, Sevim, tinha acabado de completar dois anos, e era uma linda menininha de olhos e cabelos negros, e maçãs do rosto salientes. Sua irmã e ela passaram o dia todo conversando. A vida de Fethiye nunca alcançara o luxo que Mürvet tivera no passado. Mas mesmo com sua vida humilde, ela não perdeu sua alegria e seu humor. Era delicioso, para Mürvet, estar sob sua influência o dia todo.

Quando retornou para casa, um pedinte a abordou e pediu seu chapéu e seu casaco. Mürvet ficou muito assustada e contou para Seyit, quando chegou em casa.

— Estamos vivendo tempos difíceis, Murka. Mesmo uma pessoa qualificada não encontra trabalho facilmente.

Mürvet olhou para o lado e viu grandes sacos, e perguntou:

— O que tem naqueles sacos, Seyit?

Seyit respondeu enquanto deixava os pratos na pia.

— Naqueles sacos estão meu novo trabalho.

— Seu novo trabalho?

— Sim, eu vou começar aqui em casa. É a localização disponível no momento. Se der certo, se o negócio continuar, talvez eu abra um local — ele sorriu, esperançoso.

— Então, talvez, voltemos a Beyoğlu — complementou.

Mürvet estava curiosa.

— Então o que, em nome de Deus, você vai fazer agora?

— Canudos recheados com chocolate, e pratos típicos da Crimeia.

— Você está brincando!

— Não, eu não estou brincando. Há muitos restaurantes neste bairro, e acho que vou encontrar muitos clientes.

A dúvida de Mürvet não diminuiu. Depois daquele dia, Seyit começou a preparar canudos recheados de chocolate. Havia sempre óleo fervente no fogão, e uma extremidade do longo balcão de mármore estava cheia de material de trabalho. Latas grandes eram empilhadas uma em cima da outra. Seyit quase nunca dormia. Fazia massa recheada e toda espécie de guloseimas. Ele trabalhava com a ambição de ser capaz de recuperar o atraso. Toda lata que ele fechava o aproximava de conseguir seu intento. Tinha certeza de que seria um grande negócio, se o mercado o aceitasse. Mas ele sonhava era com a abertura de um grande restaurante em Beyoglu, chique e decorado com castiçais.

Ganhou algum dinheiro com a venda dos pratos que fazia em casa, e aumentou a quantidade de material. A cozinha da casa era como uma cozinha de restaurante. Seyit fazia sozinho o trabalho de cinco a seis pessoas. Concomitantemente, ele tentava distribuir seus preparados no mercado. Depois de um tempo, os atacadistas vinham até ele, com seus carros, e começaram a comprar mercadorias em sua porta. Os restaurantes Mahmutpaşa e Cağaloğlu também pediram suas tortas. Mürvet ajudava na limpeza do balcão e comprando materiais. O esforço era incrivelmente exaustivo. Mas todo carro que chegava à sua porta significava dinheiro entrando em sua casa.

Naquele ano, ele não saiu de casa para ver a neve. A primavera chegou e foi embora, pois nada poderia impedir o tempo de fluir. E depois de dias de trabalho exaustivos, Seyit não percebeu que já era verão. Os jardins e os vasos de flores nas janelas estavam coloridos, as crianças corriam pelas ruas esburacadas do bairro, com seus gritos e risadas, cansadas de ficar dentro de suas casas pelo longo inverno. E o verão também se expirou, e os quitutes de Seyit estavam nas mesas dos restaurantes e nos cafés das ruas de Istambul.

Pouco tempo depois, com o dinheiro que havia ganhado, Seyit abriu um pequeno restaurante na rua que descia para Acıceşmeler. Embora fosse um lugar modesto, novamente, como sempre, os guardanapos eram de linho engomado, e o serviço, imaculado. No cardápio havia pepinos em conserva, torradas, carne de porco enlatada, saladas diversas e maionese. O negócio foi aumentando, e ele, ganhando dinheiro. Não devia nada a ninguém e ganhava seu sustento honestamente, com o suor de seu trabalho. Dormia pouco e passava a maior parte do dia na cozinha da casa. No balcão estava um cálice, seu rakı e, às vezes, sua amiga vodca.

Na cozinha, durante as horas em que trabalhava sozinho, muitas vezes Leman ajudava seu pai. Ela gostava das horas que dividia com ele, pois toda vez o pai lhe contava uma grande história, de pessoas que ela nunca conhecera, lugares remotos e aventuras que ele havia vivido. Para Leman, seu pai era o seu herói.

Seyit ficava muito feliz que Leman estivesse com ele. Estava tão distante do mundo, que o frescor, a curiosidade para aprender e a inteligência brilhante de sua filha o mantinham animado e conectado à vida.

No final do verão de 1932, Leman havia alcançado a idade escolar. Necmiye pegou Leman pela mão e a levou para a escola primária, que ficava muito perto de suas casas. Leman ia com entusiasmo para lá, pois ela queria aprender a ler e a escrever.

As crianças estavam crescendo rapidamente. Şükran herdava as roupas de Leman, mas era diferente com a mais velha, pois não tinha de quem herdar nada. Mürvet, por um tempo, pegou suas saias e vestidos e os transformou para a filha. Ela ficou feliz que Seyit não tivesse vendido essas roupas bonitas, pois leman as poderia aproveitar.

A roda da vida continuava: Leman estava muito feliz em ir para a escola. Seu amor pela leitura, pela escrita, trouxe uma emoção totalmente nova à sua vida. Sua professora, Şükriye Hanım, também era uma artista de teatro em Darülbedayi, extremamente talentosa e agradável. Ela era uma mulher inteligente e amiga dos alunos. Leman, desde o primeiro dia, sentiu que se lembraria da senhora Şükriye a vida toda.

Ela estava bem crescida agora. Aprendera a ler e a escrever. Como o percurso de sua casa à escola era muito curto, ela ia sozinha. Poderia passear sozinha, com permissão de sua mãe. Em algumas tardes ela saía da escola e ia à casa da avó. Emine e Necmiye moravam no primeiro andar de uma casa de dois andares, com um jardim. Leman achava a casa da avó muito grande. Mas quando comparada às casas em que viveram em Beyoglu, era pequena. No Natal, a família toda se reunia na casa da avó.

O verão chegou novamente, e Leman ficou aliviada. Seyit continuava com sua cozinha em sua casa. À noite, as carnes de porco eram fritas em caldeirões e guardadas em latas de banha. Durante o dia ele estava ocupado com o restaurante. Leman tinha passado de ano na escola e estava já na segunda série.

Certo dia, aconteceu a circuncisão do filho do meio do irmão de Mürvet, Hakkı. O jardim da casa de Emine estava em festa. Os vizinhos e parentes tinham sido convidados. Mürvet, no entanto, estava calada e quieta. Sentia saudades do verão que havia passado em Altınkum Beach e do casino. Um lindo verão tinha sido aquele, mas agora era tão distante como um sonho. Quão rapidamente ele tinha acabado!

Algumas semanas depois, Leman voltou à escola. As férias tinham terminado. Seyit continuava com sua labuta, fazendo entregas de porta em porta aos atacadistas. Naquele dia, quando as terminou, ele voltou para casa. Ao entrar, seus olhos procuraram sua esposa. Ele tentou localizá-la no quarto das crianças, na sala, mas ela não estava em lugar nenhum. Então gritou:

— Mürvet! Eu preciso ir para o restaurante, Mürvet! Onde você está?

Ele ouviu gemidos e correu em direção ao banheiro.

— Mürvet! O que está havendo?

A voz da jovem era difícil de se ouvir.

— Estou muito doente, Seyit. Ajude-me.

Quando Seyit abriu a porta, às pressas, encontrou a esposa meio inconsciente, muito pálida. Suas mãos e queixo estavam gelados, e ela tremia. Seyit a envolveu em um roupão de banho e a levou para o quarto. Ele nunca a vira assim antes.

— O que aconteceu? O que há de errado, Murka?

Mürvet tentou falar.

— Estou perdendo muito sangue, Seyit. Faça alguma coisa.

Seyit não fez mais perguntas. Ele vestiu sua esposa com o que achou pela frente e correu até sua sogra, para buscá-la. Deixou Şükran, que ainda estava dormindo, com a sogra, e partiu para o Hospital Haseki.

O médico disse que Mürvet deveria fazer uma cirurgia na manhã seguinte. Seyit e Mürvet voltaram para casa e imediatamente ele a deitou na cama. Emine, muito ansiosa, esperava por eles. Mas ficou arrasada pela notícia da cirurgia. Seyit tentou apaziguá-la.

— Ela vai ficar lá por alguns dias. Se descansar, se recuperará rapidamente. Pode levar as crianças e ficar de olho nelas?

— Claro, filho. Imagine se eu não ficaria com minhas netas e não cuidaria delas como se fossem minhas próprias filhas. Não se preocupe.

Naquela mesma noite, as meninas deixaram a casa e foram com a avó. Na manhã seguinte, Mürvet foi imediatamente operada. Quando ela abriu os olhos, Seyit estava ao seu lado, sentado em uma cadeira, segurando as mãos dela. Os olhos dele estavam preocupados, e seu rosto estava cansado. Mürvet, ainda sobre a influência dos analgésicos, com seus olhos semicerrados, olhou ternamente para o marido. Ele beijou a mão dela e falou com um sorriso cansado:

— Olá! Você está ótima.

A jovem sussurrou:

— Você me parece terrível.

Ele riu.

— Como você está agora?

— Acho que estou bem.

— Você ficará ainda melhor. O médico quer que você descanse por um longo tempo.

Mürvet ficou alarmada.

— Tenho que ficar muito tempo no hospital?

— Não, você terá alta em alguns dias. No entanto, repouso é essencial, disseram eles.

Embora ela quisesse dizer algo, não disse. Voltou a dormir profundamente. Cinco dias depois, quando saiu do hospital, de braços dados com o marido, ela ainda se sentia exausta. Estava magra e pálida. Mas o pior é que, com a cirurgia, os custos com remédios, o orçamento deles foi danificado. Por um tempo, as crianças ficaram com sua avó. Levaria muito tempo para que Mürvet pudesse correr atrás delas. Seyit agora tinha que assumir todas as tarefas, das compras à preparação dos alimentos. A esposa dele só podia ficar olhando. Embora Mürvet estivesse chateada por não conseguir se levantar o mais rápido possível, ela podia ouvir, e descobriu um lado dele que nunca conhecera. Seyit era tão duro quanto teimoso. Quão severo e animado o homem poderia ser? Ele era perspicaz e paciente em tal desafio. De vez em quando ela pensava: *quem é Seyit? Que tipo de homem era ele?* Pensou que ainda não conhecia o marido. O que se passava do coração e na mente dele era segredo absoluto. O homem com quem ela compartilhara sua vida, a cama, por anos a fio, ainda era uma incógnita para ela. Mas a vida não é um segredo, afinal? A escuridão não está presente na vida humana? Todo dia, novos segredos vêm à luz, alguns deliciosos, outros angustiados, alguns doces e outros amargos?

Os últimos dias, por algum motivo, foram cheios de surpresas que anunciavam problemas e dificuldades. Nos dias em que Mürvet tentava se recuperar, com pequenas caminhadas pela casa, eles tiveram que mudar a ordem de suas vidas novamente. Más notícias da parte do proprietário da casa os tiraram do eixo: o senhorio reclamava que sua casa era usada também para fins comerciais, e pedia que deixassem o imóvel; caso contrário, ele os levaria ao tribunal.

Seyit não precisava pensar muito. Seu trabalho agora não dava para pagar o aluguel, e ele não tinha paciência para lidar com uma nova causa no tribunal. Ao entregar ao advogado do proprietário o aluguel do último mês, eles saíram da casa. Mürvet ficou surpresa com seu marido. Rapidamente e sem barulho, ele cuidou da mudança. A vida estava lhe trazendo mais esforços, e como ele podia aguentar? Era como se ele não se importasse.

Para Seyit, no entanto, não foi tão simples quanto a esposa achava. Sua inquietação estreitou seu coração. Ele se achava um azarado, e o pensamento de que o azar não iria deixá-lo estava prestes a se tornar fixação. A vida havia se tornado tão insuportável que não se preocupar trazia um pouco de conforto. Ele sentia que estava desafiando o destino, que o destino constantemente mudava de face, mas sempre trazia as mesmas consequências. Ao tomar decisões loucas e repentinas, era como se ele o ignorasse.

De fato, ele tinha vivido dias muito agradáveis. E também tiveram dias piores que aquele. Para ele, o tempo no bairro em que moravam estava encerrado. Eles não ficariam mais ali. Mürvet perguntou para onde eles iam agora, mas jamais adivinhou a resposta.

— Nós nos mudaremos para Büyükdere.

— Por que Buyukdere, Seyit? Não podemos encontrar outra casa por aqui?

— Não quero mais ficar aqui, Murka. Nossa aventura neste bairro acabou. Este lugar nos trouxe azar.

— Gostaria que procurássemos uma casa perto da de minha mãe novamente.

— Eu já aluguei uma lá. Consegui um emprego no mesmo lugar. Agora nós iremos para Büyükdere.

O fato de o marido ter, pelo menos, um emprego novo apaziguou Mürvet.

— Que tipo de trabalho, Seyit?

— Na fábrica de fósforos.

Enquanto ele conversava, arrumava seus livros numa caixa. E riu de modo sarcástico.

— Claro que não é um trabalho como gerente. Aparentemente, vou operar uma máquina.

Mürvet pensou que operador de máquina não era trabalho para o marido e ficou inquieta, pensando que ele logo se cansaria daquilo.

— Como conseguiu esse trabalho na fábrica de fósforos?

— Eu encontrei o Hamdi, e ele é o gerente da fábrica. Uma das máquinas está sem operador, então ele me ofereceu a vaga e eu aceitei.

Hamdi era filho da tia-avó de Seyit. Embora não se encontrassem com muita frequência, gostavam um do outro. O tio Ali também trabalhava lá.

— Achei melhor alugar uma casa perto deles. Teremos rostos amigáveis novamente, e estaremos entre parentes e amigos. Você não precisa ficar tão alarmada, Murka.

— Bem, e o restaurante? — ela indagou.

— Eu já entreguei o restaurante. Para ele funcionar, depende de eu estar por perto, e a distância de Büyükdere até aqui é grande. O que eu podia fazer?

Ele parou e riu. Depois continuou: — No dia em que eu nasci, a sorte estava de férias...

Mürvet não fez nenhum comentário. Tampouco entendeu o que ele quis dizer. Já não havia mais tempo para conversar. Seyit continuou a embrulhar as coisas, para que não se quebrassem. Quando Mürvet fez menção de se levantar para ajudá-lo, ele disse: — Não se canse. Deixe comigo.

Mürvet se lembrou da mudança de Beyoğlu. Quantos dias eles levaram para embalar tudo, e foram necessários dois caminhões. Agora, meio dia seria suficiente para embalar os poucos pertences. Apesar de tudo, Mürvet ainda procurava um motivo para ficar no bairro. Eventualmente, ela fez uma pergunta que lhe veio à mente.

— Seyit, e a escola de Leman? A garota começou o segundo ano agora, e ela adora sua professora, seus amigos. Como podemos sair do bairro?

— Sem mais objeções, Mürvet. Ela adora sua professora, seus amigos, mas, acima de tudo, nos ama. Nós somos a família dela. Aonde quer que tenhamos que ir, é claro que ela virá conosco.

— Mas, por favor, não deixe que a criança tenha dificuldade e se sinta uma estrangeira.

— Minha filha não é estranha. E se acostumará. A vida em si não fica no mesmo lugar. Cabe a você terminar onde começou? Não. Então, não se incomode com as crianças. Elas devem aprender a aceitar todas as mudanças.

A estratégia de Mürvet não foi motivo suficiente para deter Seyit, então ela desistiu de criar dificuldades.

Seyit, à tarde, foi até a escola e solicitou a transferência de Leman; e na manhã seguinte, ele carregou o carro com a mudança. Ao meio-dia, chegaram a Büyükdere.

A pequena e charmosa casa, que ficava no final da rua Maltızdere, pertencia a um armênio chamado Ardaş. Possuía dois andares e um jardim. Era uma casa toda de pedra, e ficava no sopé da colina onde uma floresta começava. O próprio jardim era como uma pequena floresta. Era composta por dois quartos, uma pequena sala, cozinha e um banheiro. As crianças gostaram do que viram e começaram a correr pelo jardim. Mas quando Mürvet entrou na casa e olhou para os pequenos cômodos onde eles se instalariam em algumas horas, pensou que o luxo das casas em que moraram em Beyoglu nunca mais voltaria. Aquilo estava fora de suas vidas para sempre. Seyit, como se tivesse lido sua mente, tentou mostrar as coisas por outro lado.

— Ainda bem que não temos muita coisa, não é, Murka? Pense como seria difícil. Não saberíamos onde colocar o quê.

De fato, depois de algumas horas, a pouca mobília já tinha sido colocada na pequena casa.

Na manhã seguinte, Seyit pegou Leman pela mão e a levou à nova escola primária. Leman, apesar de adorar a escola que deixou para trás, também a professora e seus amigos, não se queixou da mudança em sua vida. Para ela, estar com o pai era suficiente. Mas Seyit havia notado a emoção de sua filha, que segurava com força a sua mão. Ele perguntou, olhando para o rosto dela.

— Você está infeliz, Lemanuchka? Queria ficar na outra escola, não é?

Essa era uma pergunta que não havia feito à esposa. Mas, de alguma forma, ele sentiu a necessidade de perguntar à filha. Talvez porque soubesse exatamente qual seria a resposta. De fato, Leman não o decepcionou. Ela respondeu, com prazer.

— Não. Eu não me importei de sair de lá, papai.

— Por quê? Você adorava sua professora, não é?

Por um momento, Leman sentiu como se estivesse sendo testada e, muito madura para sua idade, percebeu que seu pai queria ouvir dela que estava feliz com a mudança. Ela respondeu com uma voz extremamente séria.

— Mas eu te amo mais, papai.

Seyit sentiu seu coração inchar de orgulho. Com certeza, ele esperava ouvir exatamente aquela resposta. O que ele quisera ouvir da esposa, sua filha dizia por si mesma. O que mais ele poderia perguntar? Queria brincar um pouco com ela, então perguntou de novo.

— Você me deixaria um dia, Lemanuchka?

Leman sacudiu a franja quando, teimosamente, moveu a cabeça.

— Não! Eu nunca vou te deixar, papai.

Eles caminhavam por uma rua estreita e antiga, cercada por castanheiras que iam até as colinas de Büyükdere. Os raios de sol, que passavam pelas folhagens das árvores, incidiam sobre os rostos do pai e da filha.

Um passo depois, Seyit olhou para o estreitamento da estrada entre as árvores, e era como se elas nunca terminassem e chegassem ao céu. Ele imaginou que iam em direção às florestas de Karagöl, de Yalta. Karagöl, com suas águas claras, era onde Seyit havia se banhado, à luz da lua. Ele se lembrava muito bem do lugar, mas não era mais aquela pessoa. Agora era alguém muito diferente. Aquele Seyit do passado era como uma pessoa que ele havia conhecido muito bem. Nunca teria aqueles sentimentos e aquele entusiasmo novamente. Apenas se lembraria deles. Ele ficou muito condoído com esses pensamentos. Comparar o entusiasmo e o apego à vida que ele tivera anos atrás, com a persistência do momento em que se encontrava agora, era bastante errado. *Você é o dono de si mesmo.* Pensou consigo, e se inclinou para a filha, rindo.

— Diga ao seu pai: um dia, quando você amar outra pessoa, não me deixará para ir com ela?

Leman tinha certeza da resposta. Ela balançou a franja novamente e seu rosto se iluminou.

— Não! Não! Eu nunca lhe trocarei por ninguém, papai.

— Então o quê? Você nunca vai amar ninguém?

— Eu sempre vou te amar mais.

Seyit quis parar o tempo por um momento. Mas como ele não tinha poderes para congelar o caminhar do tempo, parou e se ajoelhou à frente da filha, e segurou as duas mãos dela. Olhou nos olhos de Leman e lhe contou sobre Yalta, aquele dia na floresta, o dia em que ele foi a Karagöl. Não estava acostumado a compartilhar seus sonhos com ninguém, mas sentiu necessidade de contar para Leman. Eles estavam todos muito longe de lá, mas queria uma testemunha que sonhasse com ele, que compartilhasse suas experiências. Ele tentou dar à menina uma visão semelhante à antiga, mostrar à filha a quem ele tanto amava, e que sabia que era correspondido com a mesma cota de amor, um sentimento irrestrito e despretensioso, como quando vivera sua infância. Tirou o chapéu e olhou para a filha, segurando seus braços, e lhe contou como era feliz em Yalta. Contou como ele tinha sido feliz quando criança. Leman sabia que havia um significado para que seu pai estivesse de joelhos, ali, no meio daquela estrada sombreada pelas árvores, a caminho para a escola. Ela o abraçou com olhos brilhantes e Seyit entendeu quanto amor existia naquele abraço silencioso, que parecia compartilhar muitos segredos que ele ainda não havia revelado.

A frescura matinal do outono, coberta de orvalho, lentamente se esvaía, e os raios do sol ficavam cada vez mais quentes. Outros alunos indo para a escola apareceram em grupos, e eles seguiram seu caminho. Leman, ainda segurando a mão do pai, olhou para os altos muros de pedra da escola, que cercavam um lindo jardim, e sentiu que adoraria aquele lugar.

Seyit matriculou sua filha e a entregou à sala de aula. Então, ele foi para a fábrica de fósforos. A primeira coisa que fez foi procurar o escritório do gerente. Apesar de toda a proximidade e interesse com seu parente Hamdi, não misturou as coisas. Ele recusou o café e o chá oferecidos pelo gerente. Era um empregado como outro qualquer.

— Obrigado, Hamdi. Vou tomar café quando chegar em casa. Seja qual for o meu trabalho, envie-me para lá agora. Não vamos dizer uma palavra a esses funcionários, que somos parentes.

Hamdi ficou um pouco desconfortável.

— Na verdade, sinto muito, Kurt Seyit. Não sei se esse trabalho irá satisfazê-lo. Temos uma máquina desocupada, mas acredite em mim, e me desculpe: não é um bom trabalho para você...

— Mas... — Seyit começou a falar, mas notou algo estranho na expressão de seu parente que lhe oferecera um emprego.

— Hamdi, por favor, relaxe, me mantenho como candidato ao emprego. Se eu não gostar, não importa, é um trabalho como outro qualquer.

— Eu o conheço, Seyit. Parece que um homem como você não pode ser feliz aqui. Você não foi criado para isso.

Seyit riu.

— Qual de nós está vivendo para o trabalho em que fomos criados, Hamdi? Qual de nós está fazendo o que queríamos fazer? Esqueça isso. Envie-me para o meu novo emprego. As crianças não estão satisfeitas com minhas histórias russas no jantar. Você sabe que passado não alimenta ninguém. As belezas e as riquezas de meu passado não colocarão comida na mesa. Você sabe muito bem disso, Hamdi.

Ele sorriu enquanto balançava o chapéu em direção à porta.

— Vamos, agora me leve para o meu posto. Até esta conversa é uma tortura para mim.

Hamdi estava tão preocupado, enquanto levava Seyit à máquina que fazia a cabeça do fósforo, que parecia que Seyit era o gerente, e ele, o operário. Seyit caminhava atrás dele, com sua gravata de seda, seu terno e colete, com seus mocassins polidos, e os outros trabalhadores o olhavam como se ele fosse o dono da fábrica.

No momento em que começou a trabalhar em sua máquina, ele tentou abstrair-se de todas as imagens do seu passado próspero, para colorir as dezenas e centenas de peças de madeira magras, todas iguais. Ele tentou se livrar do tédio pensando que acendia um cigarro novo, enquanto as lascas de fósforo caíam no fosfato. Depois de um tempo, estava cansado de não poder fumar os cigarros imaginários que ele acendia. Ao seu redor, no conforto de não pensar em nada, cortando os palitos de fósforo, ele olhou para os trabalhadores que estavam, como ele, empilhando fósforos e mais fósforos numa montanha amadeirada. Eles pareciam entorpecidos pela monotonia do que faziam. Depois de alguns dias, não conseguia nem ver isso. Ele próprio estava entorpecido.

Cuidar dos cavalos no Hipódromo de Veliefendi era um trabalho muito melhor. Pelo menos aquilo lhe lembrava o nobre que fora um dia. Ele também gostava dos animais. Os restaurantes também eram agradáveis, pois lhe lembravam de sua juventude, a vida noturna que costumava ter. Mas aquilo ali era uma tortura para ele. Não era uma aventura. Era ver com seus próprios olhos as grandes árvores da floresta sendo cortadas e queimadas em cadeia. E não era emocionante para ele.

Ao meio-dia, seu primo o convidou para comer com ele em sua própria sala.

Mas Seyit preferiu ir almoçar em casa. Não queria comer no trabalho. Pediu desculpas educadamente, porém o outro foi insistente.

— Não vale a pena andar por todo o caminho, Kurt Seyit. Vamos lá, enquanto comemos, trocaremos algumas palavras.

— Obrigado, Hamdi. Mas deixe estas pernas andarem o mais longe que puderem.

Assim que saiu para o jardim, ele parou e acendeu um cigarro. Alguns dos trabalhadores, homens e mulheres, sentados sob as árvores e junto à parede, comiam macarrão, que caía em suas roupas sujas. Eles observavam com estranheza o novo trabalhador de terno, com seus sapatos brilhantes, que caminhava em direção à estrada arborizada. Seyit os ignorou, assim como ignorou os sussurros e os risos. De repente, ao olhar um grupo de pessoas sentadas no chão, sujas de farinha de rosca, de farelo de pão seco que comiam com queijo, ele se lembrou de algo, e seus olhos brilharam.

— Por que não? — ele murmurou, alto. Por alguns instantes, o pensamento lhe encantou, então subiu os degraus e começou a assobiar uma música.

Mürvet, pela janela, viu a chegada do marido e correu para a porta. Ela se perguntou por que ele estava alegre.

— O que foi, Seyit?

O homem abraçou e beijou sua esposa. E imediatamente deu a notícia que o fez feliz.

— Vou sair da fábrica, Murka.

Mürvet pensou que estava prestes a cair e desmaiar. O que tinha acontecido? No primeiro dia de trabalho, ele já pediria demissão? Ela ficou pálida.

— Você está brincando comigo, Seyit.

— Não, não. Nem um pouco.

Mürvet já estava quase chorando.

— Mas não estamos aqui em Büyükdere só porque você conseguiu um emprego na fábrica? O que aconteceu lá, para você já querer sair?

Seyit não conseguia entender a aflição de sua esposa.

— Eu não disse que estou desempregado, Murka. Vou ter um emprego novamente. Mas terei o meu próprio negócio.

A jovem quase implorou.

— Seyit, o que aconteceu? Não vamos ter mais aventura, por favor. Nós acabamos de nos mudar para cá. Não importa o que se passa em sua cabeça, agora temos que pagar esse aluguel.

— Não se preocupe, Murka. Nós não vamos a lugar algum. Pelo menos, não por agora.

Mürvet, hesitando, com medo de incomodá-lo, perguntou:

— Eles te demitiram?

— Ninguém me demitiu, Murka. Eu saí sozinho ao meio-dia. Você sabe o que eu pensei no intervalo? Numa grande fábrica tem trabalhadores, e não há lugar para comer por lá. Vou abrir um restaurante.

— Você vai abrir outro restaurante?

— Por que você ficou surpresa? É um trabalho que eu nunca fiz?

— Mas não será uma vergonha para o senhor Hamdi?

— Abrir um restaurante?

Mürvet levou a sério a pergunta travessa do marido.

— Não, ele te deu um emprego. Pode não ser o que você esperava, mas ele lhe arrumou um trabalho.

Seyit começou a rir.

— Essa é a verdade, Mürvet: não gosto do meu trabalho, não gosto nem um pouco de ficar o dia todo em pé, entediado, pintando a cabeça de centenas de pauzinhos e empilhando fósforos.

— Mas é necessário, ou enfrentaremos graves problemas. As crianças...

— Um homem que não gosta de seu trabalho não é um bom trabalhador, Mürvet. Hamdi é inteligente o suficiente para entender isso.

— Mas é um trabalho digno. É uma pena deixar um trabalho como aquele — Mürvet estava desesperada.

— Se você diz que é uma pena, vá no meu lugar.

Começou como uma piada, mas essa oferta se tornou realidade alguns dias depois. Mürvet, sem qualquer hesitação, aceitou o trabalho, que poderia contribuir para o orçamento da casa. Ela não sabia quanto tempo duraria a nova aventura do marido, e um pouco de dinheiro adicional seria segurança para ela e para as crianças.

Uma parente distante de Seyit, Mahinur, esposa de Ali Dayi, que morava na mesma rua, tomaria conta de Şükran e de Leman, quando a filha mais velha voltasse da escola.

Mürvet, então, começou seu trabalho na fábrica de caixas de fósforos. Ela chegou à indústria e parecia que flutuava diante do olhar desconfiado dos colegas de trabalho. Sentiu vergonha de estar com um manto de lã e meias de seda sob o uniforme dos trabalhadores. Passou por eles sem levantar a cabeça.

No primeiro dia de trabalho, ela tentava reunir as caixas de fósforos que tinham saído do corte, antes que alguém achasse que ela não levava jeito para o serviço. Muitas vezes, os maços de fósforo escorregavam da palma de sua mão, caíam sobre o balcão ou se espalhavam pelo chão. Nesses momentos, ela sentia que todo o seu corpo estava em chamas, e entrava em grande angústia. Mas ela se acostumaria, em vez de desistir. A ideia prevaleceu. Uma voz vinha de dentro dela, murmurando que a senhora elegante de outrora tinha que se acostumar a ser uma trabalhadora, uma operária. Mas em pouco tempo, a simplicidade de seu trabalho, a escassez de dinheiro que ela recebia, ajudou a sepultar a pessoa que ela fora alguns anos, e até a se esquecer daquela vida. Era como se fosse a vida de outra pessoa.

Seyit havia entrado em contato com o proprietário de um terreno em frente à fábrica, para abrir um restaurante. Lâz Ahmet concordou, mas quis ser parceiro do negócio. A parte coberta do restaurante era muito pequena, contudo, mesas de madeira foram colocadas no jardim e ele começou a funcionar.

Durante o dia, o local era frequentado por operários. Claro, não havia taças de cristal e nem conjuntos de serviço de prata. Era um simples restaurante, porém, muito limpo. As refeições também eram ótimas. À noite, o mesmo ambiente se transformava num cassino, para receber os entusiastas da vodca. Em meio à natureza, aos guaxinins, peixes eram cozidos em tijolos, e muitos vinham de longe para provar os pratos que Seyit fazia.

Leman estava feliz com sua escola, sua nova professora e seus novos amigos. Todas as manhãs, ela saía de casa com o pai e ia para a escola, e depois ia direto para o restaurante. Mürvet, a caminho da fábrica, deixava Şükran com Mahinur, e a pegava após o expediente do trabalho. Mas a menina sempre chorava na hora de se levantar da cama. Ela não queria se levantar. Mürvet atribuiu aquilo ao fato de a filha se sentir solitária, pois nunca se separara da mãe. Şükran insistia em ficar em casa, mas Mürvet não aceitou isso.

— Como posso deixar você sozinha, garota? Sozinha até a noite?

— Deixe-me comida pronta. Eu como quando estiver com fome.

— Bem, por que você não quer ficar com Mahinur?

Şükran começou a chorar e respondeu, entre soluços.

— Ela me envia para o riacho todas as manhãs, para buscar água. Minhas mãos ficam congeladas.

O sangue de Mürvet ferveu, e seu rosto ficou vermelho. Ela abraçou a filha, mas a vontade que tinha era de gritar com Mahinur.

— Está bem, querida. Não vou mais deixar você com Mahinur. Vamos, pare de chorar. Conversaremos com seu pai e pensaremos em algo. Vamos lá. Hoje vou deixar você com seu pai.

Şükran, surpresa, arregalou os olhos. Mas sua mãe não esperou por sua resposta. Não havia tempo a perder e elas saíram de casa. Seyit e Leman já estavam fora de casa há muito tempo. Embora o restaurante só abrisse na hora do almoço, ele deixava Leman na escola e ia preparar as coisas. Às vezes, depois do horário escolar, eles subiam numa colina e ficavam observando o mar, que se encontrava com a floresta. Para os dois, aquilo era uma fonte de felicidade.

Naquele dia, Seyit se separou de Leman na porta da escola, mas ao voltar para o restaurante, viu que Şükran vinha com sua esposa. Enquanto Seyit estava de bom humor, Mürvet estava sombria e pronta para chorar. O que teria acontecido? Sorrindo, ele saiu para a rua.

— O que foi? Você sentiu minha falta?

Mürvet não estava para piadas. Ela estava muito nervosa.

— Seyit, não posso mais deixar essa criança com Mahinur. Ela a envia para buscar água no riacho, todas as manhãs.

As sobrancelhas de Seyit se franziram.

— Então fique com ela em casa. Saia do trabalho, Mürvet. O dinheiro que você ganha não é suficiente para fazer nossa filha passar por isso. Ela fica comigo hoje. Mas vamos nos sentar e conversar.

Şükran abraçou e beijou sua mãe. Quando o pai lhe estendeu a mão, ela inclinou a cabeça e pareceu tímida. Seyit agarrou a mão dela e entrou.

— Venha aqui e sente-se. Você quer comer alguma coisa?

Şükran ficou em silêncio. Estava receosa de ficar sozinha com o pai. Ela o temia por causa de sua mãe, que repetia sempre em seus ouvidos: "Seu pai está chegando, vá para o seu quarto, rápido". Então, na cabeça da criança, ela não era bem-vinda, e seu pai não gostava dela. As frases ditas pela mãe agora vinham à mente da criança: "Não faça barulho. Seu pai está com raiva, não saia do quarto".

Şükran, portanto, manteve-se de pé e muda. Olhava para seu pai, temerosa, como um animalzinho prestes a escapar. Seyit, finalmente, entendeu que nunca fizera nada para aproximar-se da filha e para ganhar sua confiança. Que todo o seu amor, sua atenção, foram dados a Leman. Que, de alguma forma, sempre rejeitara aquela pobre criança. Haveria tempo, ainda, de consertar tudo aquilo? Certamente, conversar com ele não era fácil para a filha caçula. Sentindo-se culpado, mais uma culpa para ele, Seyit preparou o café da manhã, com leite, colocou numa bandeja, e ofereceu a ela.

— Eu não sei se você está com fome ou não. E, obviamente, você não precisa conversar comigo, se não quiser — disse ele, sorrindo, e complementou: — Quem sabe, se você comer alguma coisa, sua língua se solte.

Ele tentava chamar a atenção da criança e ganhar um pouco de sua simpatia. Já era um começo. Talvez, uma vez que seus olhares se encontrassem, a garotinha enxergasse amor dele por ela, e seus medos acabassem. E Seyit continuou insistindo, sorrindo para ela. Mas Şükran mantinha os olhos presos à toalha de mesa. Era como se ela estivesse prestes a ser repreendida e punida. Seyit desistiu depois de algumas tentativas. Era impossível fazer amizade com Şükran. No entanto, dar-se conta disso o machucou, e ele ficou sério de repente. A expressão de tristeza na face do pai foi interpretada como raiva pela tímida e confusa menina, que se retraiu mais ainda.

Na parte da tarde, graças à chegada de Leman, Şükran ficou um pouco mais alegre e conversou com a irmã. Mas era a sua mãe que ela esperava ter perto dela. A ligação de Şükran com Murka sempre foi muito forte. Finalmente, quando ela segurou a mão da mãe e começou a caminhar em direção à casa, sua expressão emburrada foi substituída pelo olhar doce, naqueles olhos como de vidro azul.

Şükran continuou indo para o restaurante do pai por mais dois dias, quando Mürvet compreendeu o desconforto de sua filha. Admitir para si mesma que a menina tinha medo do próprio pai era muito difícil para ela, mas era verdade. E a culpa era dela. Sua filha Leman se dedicava ao pai e deixava Şükran sozinha. Havia um forte vínculo entre Seyit e Leman, que eles não compartilhavam com mais ninguém. Por causa disso, desde o primeiro dia em que a segurou nos seus braços, ela se preocupou em não perder também aquela filha para Seyit. A atitude de proteger Şükran do pai foi instintivamente causada por essa preocupação. Tudo isso era uma verdade que Murka tinha medo de admitir. Mas certamente a culpa do medo da filha caçula, do pai, fora causado por ela, por seus próprios medos da solidão e da rejeição.

Era tarde quando Mürvet voltava do trabalho para Büyükdere. Estava pensativa. Refletia numa forma de aliviar os medos de Şükran pelo pai. A menina precisava ficar mais perto dele. Convencer o marido não exigiria muito esforço, ela imaginava. "Mas, talvez, seja mais apropriado que Şükran fique na casa de sua avó, por enquanto", ela pensou. Isso era certo. Emine certamente teria ficado contente em cuidar de sua netinha. "Sim, a deixarei com minha mãe", decidiu.

Ela continuou pensativa. Eles eram muito pobres agora. Mürvet trabalhava para ajudar nas despesas da casa, e frequentemente sentia falta dos anos de fartura que passaram em Beyoğlu. Mas ela jamais admitiria isso para Seyit. Também sabia muito bem que seu capricho e inquietação tinham afugentado os sonhos do marido. Agora ele estava sempre lá para ela. Sem bares, sem música, sem mulheres bonitas e encantadoras. Não havia mais nada disso em seus círculos de amizade. Não havia mais canções russas, nem poemas, tampouco amigos bêbados em sua casa. Mas ele estava feliz? Ela nem queria fazer essa pergunta. Certamente ele estava muito preocupado com o futuro da família. Embora Seyit nunca reclamasse, ela sabia que algo acontecia dentro dele. Ela via a emoção em seus olhos. O tom eufórico de sua voz também fora diminuindo gradualmente. Não havia mais nada do Seyit que ela conhecera, do passado. Ela sabia que ele não tolerava aquela vida pacata e de pobreza, vivendo na periferia, sem nenhum dos antigos luxos e prazeres. Ele não fora criado dessa forma, não estava acostumado à escassez, como ela. Mas ela também não estava feliz e não tinha o direito de reclamar.

Os longos dias quentes davam adeus. Numa tarde, Leman, com sua mochila nas costas, chegou na porta do simples cassino e encontrou o pai esperando por ela. Seyit abriu os braços para receber a filha.

— Olá, Lemanuchka! Vamos, eu preparei algo gostoso para você.

— Oi, papai. Tenho tantas novidades!

— É mesmo? Lave suas mãos, seu rosto, e enquanto você come, me conta tudo. Então, depois, vamos ver o pôr do sol.

E eles conversavam como dois adultos; ou seriam duas crianças? Depois, sairiam para passear, e esses passeios eram sempre os mesmos, todos os dias. Iam até a floresta, caminhavam entre as árvores, e iam para um canto que tinham descoberto, de onde podiam observar o mar. Leman nunca cansava de ouvir o pai. As histórias dele eram reais, diferentes das histórias imaginárias que sua mãe lhe contava. O mais interessante era que os heróis das histórias eram seu pai e seus parentes.

Leman deu a mão ao pai e ambos começaram a subir a colina. O vento já trazia uma brisa diferente, o suficiente para avisar que o inverno estava batendo à porta. Seyit, a certa altura, percebeu que andava com passos muito apressados, e olhou para a filha.

— Vamos parar um pouco? Você está cansada?

— Não. Vamos lá, vamos subir a colina.

Seyit riu com prazer. Sua filha compartilhava os mesmos gostos que ele. Leman era entusiasmada, apontava para uma árvore à frente, e perguntava sobre alguma coisa.

— Você conhece aquela árvore, pai? Eu não sei o nome dela.

— É uma pereira. Você sabe como a chamamos lá na nossa terra?

Leman sacudiu a cabeça. Seyit continuou.

— Chamamos de pera da Crimeia. Quando eu era menino, escondia as peras dos outros meninos, e as enfiava nos bolsos para comer depois.

A menina riu alto.

— Ela é doce?

— Tem pera doce e pera azeda.

Então ele apontou para os fungos no fundo da árvore.

— Viu os cogumelos?

— É de comer?

— Nem sequer toque neles. São venenosos.

Seyit mudou de assunto.

— Vamos lá, vamos subir a colina. Vamos lá!

Ela saiu correndo na frente, e ele foi atrás. Então a chamou:

— Olha, se você continuar correndo nessa velocidade, não conseguirá chegar ao topo.

— Você quer ganhar de mim — brincou Leman.

— Não é isso, querida. Corra mais devagar. Você sentirá cãibras no estômago.

— Você está perdendo de mim — ela rebateu, rindo.

— Ficará sem fôlego, e estamos somente na metade do caminho.

— Estou cansada. O que eu faço?

— Inspire e expire devagar. Assim — ele explicou. — Mantenha seus ombros erguidos e corrija sua postura. Se fizer assim, o peso nas pernas é reduzido. E claro, o mais importante, acredite que aonde quer que você queira chegar, você deve atingir esse objetivo.

— Está bem — respondeu ela, séria, andando tão ereta quanto um soldado.

— Cuidado. Existem animais selvagens por aqui. Então você pode esquecer, temporariamente, seu objetivo.

Ele ria.

— Se um aparecer, você tem que se agachar e ficar parada, sem fazer barulho. Se o animal se aproximar e cheirar, você não pode se mexer.

— Mas tem animais selvagens nas florestas de Büyükdere? A professora disse que não.

— Lógico que tem. Tem ursos siberianos. Corra, lá vem um deles — ele começou a correr e Leman saiu em disparada atrás do pai, rindo e gritando por ele. Quando chegaram ao topo, Seyit se jogou no chão e ela se deixou cair em cima dele.

— Você me enganou. Não tem ursos aqui. Vamos, pai. Diga-me.

— O que você quer que eu te diga?

— O que mais preciso saber sobre a floresta?

— A floresta é como a própria vida, Lemanuçka. Você descobrirá como se vive. Agora, tudo o que você precisa fazer é sentar-se nas folhas, esticar as pernas e descansar.

— Onde você aprendeu que a floresta é igual a vida da gente?

Seyit riu.

— Nas florestas de Yalta.

— Você falava sobre as florestas de Yalta outro dia, e não terminou de me contar.

— Não está cansada de ouvir as mesmas coisas, Lemanuçka?

— Você está cansado de me contar?

Seyit não aguentava e ria da filha.

— Divina, Lemanuchka! Minha filha divina. Eu nunca me canso de te contar nada. Como eu poderia, se tenho uma ouvinte como você?

Eles estavam sentados no tronco de uma árvore seca e tombada, e olhavam para o mar lá embaixo. O galho da árvore sobre o qual estavam sentados estava dobrado e retorcido e, vez ou outra, gemia sob o peso deles. Mas eles mal escutavam: ela totalmente absorvida pela história do pai, e Seyit totalmente envolto na bruma do passado.

O pôr do sol coloria a paisagem, e Seyit fumava. Seus olhos observavam as nuvens avermelhadas que abraçavam o mar. Lá embaixo as ovelhas pastavam, mas ele sequer as via, tão longe estavam seus pensamentos além-mar.

Quando ele terminou mais um capítulo de sua história, brincou com a filha, com um sorriso malicioso.

— Você já decorou essa história, não é, Lemanuchka?

Leman estufou as bochechas, sem hesitar, e eles riram. Seyit, segurando o cigarro com a mão direita, abraçou o ombro da filha com o braço esquerdo.

— Olhe, Lemanuchka. Está vendo essas cores? É assim que acontece em Alushta, quando o sol está se pondo. O vento sopra as nuvens avermelhadas, tingidas pelos raios do sol, e as leva para o mar. Elas fazem sombra na água, e a água adquire umas cores tão loucas! Fica avermelhada, às vezes, roxa. E o mar se torna único.

Respirando fundo, ele fez uma pausa em suas palavras, e disse:

— O mar escurece, mas uma luz profunda reaparece no céu novamente. Acima das nuvens, umas linhas coloridas, como se fossem desenhadas com um lápis colorido. Mas até você olhar para o céu, verá somente a noite fechada.

Leman, como se estivesse hipnotizada, ouvia o pai. Seus olhos estavam mais escuros, e ela parecia entender a profundidade daquilo que ele falava. Ela inclinou levemente a cabeça. A voz de Seyit era suave e familiar, e a história continuava.

— Então a noite começava em Alushta. E era quando a lua saía. Aí era como se fosse um cassino, com suas bailarinas usando vestidos prateados. As árvores eram as bailarinas e se dobravam suavemente com o vento. As colinas onde elas dançavam desciam até a praia. Havia vinhedos nas colinas logo acima da costa. Você não podia provar o seu vinho. Mas com o vento, o cheiro das vinhas entrava nas casas. Claro, e o cheiro do Mar Negro era adicionado a ele. Cheirava a sal. Exatamente como aqui, como o odor que você sente. Cheire.

Leman imitou seu pai, que inspirou fundo. Fechou seus olhos e aspirou o cheiro do vento que batia em seu rosto. Quando ela olhou para o rosto de Seyit, novamente viu um brilho úmido em seus olhos. Ele secou os olhos, pegou a mãozinha, segurou-a firmemente e a beijou. Por fim, sorriu, emocionado.

— Talvez, um dia, possamos ir juntos a Alushta. O que você acha?

Leman ficou empolgada.

— Quando?

— Quando? Eu não sei... Talvez um tempo que nunca chegará.

Por alguns segundos, ele ficou em silêncio. Mas voltou a acariciar a bochecha da filha, e sua voz reviveu:

— Vamos lá, vamos nos levantar, Lemanuçka. Você começará a sentir frio logo, logo. Está escurecendo.

De mãos dadas, através das árvores, eles começaram a descer, e Seyit continuou a contar a história de seu passado.

— Nas colinas de Yalta, no meio da floresta, há um lago chamado Karagöl... acho que eu já te falei isso — ele olhou para ela, mas Leman, educadamente, o incentivou a continuar. — Nas margens dele há ciprestes imensos, pinheiros que se estendem de fora a fora. A água do lago brilha quando há lua cheia. Parece um espelho. No inverno, parece que solta fumaça. Uma neblina paira sobre ele. É lindo, Lemanuçka.

— Mas existe um lago aqui na floresta?

— Não, não.

— Não seria legal se tivesse um aqui também?

— Claro que sim.

— Então seria como Yalta.

Seyit riu.

— Talvez... quem sabe.

Ele sentiu que aquela menininha entendia mais do que ninguém seu desejo e sua solidão. Ele apertou a mão dela com carinho. Eles continuaram conversando, e os sons, juntamente às imagens, lentamente desapareceram entre as árvores.

Os últimos raios avermelhados, que banhavam as ovelhas de Büyükdere, estavam prestes a ser tragados pela noite. O vento cheirava a água salgada e o gosto úmido da floresta. Quem sabe, este mesmo vento, no dia anterior, tivesse acariciado as margens de Alushta.

CAPÍTULO 28

Mestre Leon Sedov[12]

Em 28 de abril de 1932, Leon Sedov foi a Moscou para visitar Stalin[13]. Em 10 de maio, o retorno de Ismet İnönü[14] a Istambul, com generais soviéticos, criou inquietação para quem mantinha laços com a velha Rússia, como Seyit Eminof. Em particular, a visita de Leon resultou aos soviéticos um empréstimo de US$ 8 milhões e, assim como Trotsky[15], ficou hospedado em uma casa na ilha de Buyukada, a maior das nove ilhas dos príncipes no mar de Mármara, perto de Istambul.

De fato, o Ministério das Relações Exteriores da Turquia, representado pelo ministro Tevfik Rüştü Aras[16], havia ido a Moscou para visitar Stalin, em fevereiro, com instruções sobre a remoção de Trotsky da cidadania soviética. Quatro dias após o retorno de Ismet İnönü de Moscou, então primeiro-ministro da Turquia, tanto Leon Trotsky quanto sua esposa, Natalie Trotsky, e seu filho, Leon Sedov, foram deportados da cidadania soviética.

Em 14 de novembro de 1932, Trotsky emitiu um passaporte italiano em nome de Leon Sedov Efendi. Ele sairia de Istambul embarcado no trem para Praga.

Eram política e ambições ideológicas, mas assistir de fora era assustador. Esse flerte da Turquia com nomes ligados a Stalin ameaçava aqueles que tinham feito de Istambul sua segunda pátria. Cidadão da Crimeia e russos, principalmente, tinham se estabelecido ali, mas não tinham seus passaportes como cidadãos. Estavam ameaçados de ficar desempregados e sem teto. Os russos brancos tinham que deixar a Turquia, e Trotsky, que tinha passaporte bolchevique, estava sob proteção do governo turco na Buyukada. Mas, agora, todos ligados a Trotsky foram expulsos de Istambul, por vontade de Stalin.

---

12 - Lev Lvovich Sedov foi o filho do líder comunista russo Leon Trotsky com sua segunda esposa, Natália Sedova. Nasceu quando seu pai estava preso, enfrentando prisão perpétua por ter liderado a primeira Revolução Russa, de 1905. [N.E.]
13 - Josef Stalin. Político soviético que governou a União Soviética de meados da década de 1920 até sua morte, em 1953. [N.E.]
14 - Mustafa İsmet İnönü (1884-1973) foi um general e político turco. Foi o segundo presidente da República da Turquia, e conhecido como Chefe Nacional. [N.E.]
15 - Leon Trótski. Revolucionário bolchevique organizador do Exército Vermelho. [N.E.]
16 - Tevfik Rüştü Aras (1883-1972) foi um político e diplomata turco. [N.E.]

Qual seria o resultado das visitas aos turcos? O que os turcos da Crimeia ganhariam com essa reaproximação? Eram perguntas que ainda não tinham respostas.

CAPÍTULO 29

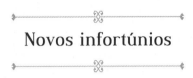

Novos infortúnios

No inverno de 1933 a 1934, o destino trouxe novamente uma brisa inesperada. De frente para o Norte, o vento soprava e cortava gelado, como um chicote, e mais uma vez suas vidas ficaram borradas.

Com as chuvas, o cassino de Seyit não recebia clientes. Ele ainda tentava abrir uma vez por semana, mas as coisas ficaram nítidas: não tinha como continuar.

Embora Seyit sofresse muito com o trabalho de sua esposa na fábrica, ele estava determinado a administrar aquilo por um tempo, sabendo que precisavam de dinheiro adicional. Enquanto isso, pensava no que poderia fazer como trabalho extra. Toda vez que ele passava em frente à Embaixada da Rússia, pensava se poderia encontrar algo para fazer ali. Ele era fluente em russo, e o Consulado Geral em Beyoglu não saía de sua mente. Mas era apenas uma ideia, e ele a superou dizendo para si mesmo que não seria apropriado.

Mesmo que Mürvet não reclamasse de trabalhar, ele sentia que era fraqueza dele deixar que a mulher sustentasse a casa. Mas as coisas também não estavam indo bem para ela na fábrica de fósforo. Murka permanecia o dia todo no trabalho, e mal havia se recuperado completamente da cirurgia. Depois de uma hora, suas mãos começavam a tremer, e seus olhos escureciam. Mas ela não contava nada para ninguém, com medo de perder aquele sustento.

Numa certa manhã, ela se sentiu muito doente. Seyit disse para sua esposa ficar em casa, para ir ao médico. Mas, depois do café da manhã, ela se recuperou bastante e foi trabalhar. Naquele dia, na hora da refeição, não saiu para comer, não tinha fome. Usou o intervalo e sentou-se num banquinho, apoiou a cabeça no balcão e adormeceu. Sentia-se tonta e enjoada, e sua pressão sanguínea parecia que tinha caído. Quando a campainha tocou, se assustou e empurrou o banco para o lado, e se levantou. Dois segundos depois, estava trabalhando de novo. Ela agia como um autômato. Pegava as caixas vazias do banco e as enchia de fósforos. Uma após a outra. Os movimentos eram quase entorpecentes. Mas as tonturas, os joelhos trêmulos tiravam sua atenção, e ela se esforçava para não cair. Uma mão seguia com o trabalho, enquanto a outra era levada à testa para limpar o suor frio. Mürvet estava com uma cor branco-acinzentada, e manchas rosa voavam em frente aos seus olhos.

De repente, tudo ficou escuro. Ela sentiu uma dormência na mão, e uma dor profunda. Percebeu o contato da mão com as engrenagens, como se fosse um pesadelo. Com um súbito reflexo, apertou o interruptor com a outra mão, desligando a máquina. Seu corpo caiu sobre o balcão, sobre as caixas de fósforos, que foram espalhados. Os funcionários, gritando, se reuniram em torno dela. O médico da fábrica entrou em cena imediatamente. Quando as engrenagens foram removidas, eles viram o dedo mindinho da jovem, completamente esmagado. O gerente de fábrica, Hamdi, mandou avisar Seyit, enquanto ela era levada com pressa para seu carro particular. Seyit recebeu a notícia de que Mürvet estava inconsciente, e quase enlouqueceu com as notícias trazidas pelo trabalhador.

Quando encontrou Hamdi, viu sua esposa inconsciente no banco de trás. Sentou-se ao lado de Murka, pegou a cabeça dela e colocou-a em seu colo. As lágrimas corriam por seu rosto branco, e a mão ferida de Mürvet estava enrolada até o pulso, com o curativo coberto de sangue. Ele se curvou e murmurou, enquanto beijava as bochechas de sua esposa.

— Deus me amaldiçoe! Minha querida esposa! Deus me amaldiçoe! Como eu te enviei para lá?

Sua voz tremia, assim como suas mãos. Tentando usar o carro o mais rápido possível, Hamdi tentava apaziguá-lo.

— Acalme-se, Kurt Seyit. Sua esposa vai precisar de você.

Quando eles chegaram ao hospital, Seyit levou a esposa nos braços para a maca. O médico decidiu não levar Mürvet para a sala de raio-x, mas direto para a cirurgia. A explicação do médico não confortou Seyit. Não havia tratamento para o mindinho.

— Ela vai perder o dedo, doutor? — Seyit perguntou.

— Não sabemos ainda. O que sei é que, infelizmente, não será como costumava ser. Talvez tenhamos que cortar o dedo.

Vendo a agonia no rosto de Seyit, ele acrescentou.

— Lembre-se, senhor Seyit, de que poderíamos ter perdido a mão inteira. Sua esposa teve sorte.

Seyit acompanhou a maca até a sala de cirurgia, onde uma placa indicava que ele não podia passar dali.

Mürvet ficou internada por vinte dias. Tanto seu físico quanto seu espírito precisavam de um bom cuidado. No entanto, a jovem, embora pequena a parte que faltava de seu corpo, podia sentir isso com um grande pesar. Ela tentava se acostumar com seu novo visual. Mas isso não foi muito bem-sucedido, e volta e meia ela chorava. Em um desses momentos, Seyit enxugou as lágrimas nos olhos dela e a consolou com um grande buquê de flores. Ele podia sentir o que sua esposa estava passando. Fora ferido nos Cárpatos e tivera que operar sua perna. Ele não podia esquecer o quanto temeu perder parte de si.

— Olá, Murka! Você está ótima hoje.

Ela fechou os punhos. Ele se aproximou e deixou as flores no colo dela. Primeiro ele se abaixou e a beijou na testa. Então, puxou a cadeira para o lado da cama e se sentou.

— Lindas flores, obrigada — murmurou ela.

Seyit estendeu a mão operada de sua esposa, até as pétalas das rosas, e ela pegou uma. Então olhou nos olhos dele, com os olhos cheios de lágrimas. A jovem não pôde se conter enquanto o marido beijava o pulso e os dedos, um a um. Seyit levantou-se da cadeira e se sentou ao lado dela na cama. Com ternura, com o braço estendido, ele a envolveu em seus braços.

— A minha presença te faz chorar, Murka? Eu sou um homem tão mau assim?

Ela, então, se deixou abraçar como uma criança, e chorou mais ainda.

— Chore, querida. Chore. Chorar faz bem. Traz conforto que nenhum amigo lhe traria.

Mürvet, apesar da tristeza que experimentava, no peito do marido sentiu que superaria aquela perda. Eles ficaram em silêncio por um tempo, e Mürvet foi a primeira a falar.

— Lembra-se de que você dizia que eu poderia ser uma grande pianista?

Ela parou um pouco e depois continuou: — Você disse que eu tocaria bem, com meus dedos longos.

Sua voz estava chorosa novamente. Seyit pensou se seria a hora de fazer uma piada. Sua voz soou suave e ele perguntou:

— Você queria tocar piano?

— Eu não posso tocar, mesmo que quisesse.

Seyit sabia que sua esposa estava sensível e isso lhe partia o coração. Sabia que ela estava com medo, mas tinha que aprender a viver com isso.

Ele respondeu com um sorriso sincero, longe de ser sarcástico.

— O que devemos fazer? Então nós venderemos o piano.

A ideia de vender um piano que não possuía fez Mürvet rir. Naquele dia, ela decidiu não chorar mais pela perda do dedo.

A fábrica, além de pagar os custos com a cirurgia e hospital, pagou a Mürvet oitenta libras de indenização pelo acidente. Era uma quantia incrível, no dia em que eles mais precisaram.

Durante o período em que Mürvet estava no hospital, Seyit levou Şükran para ficar com Emine. Leman e ele ficaram em Büyükdere. Filha e pai sempre juntos, com uma compreensão e um amor ainda mais profundos. Apesar do frio, eles fizeram seus passeios à tarde. Quando Mürvet saiu do hospital, Şükran voltou para casa.

O restaurante, como o cassino, também não estava indo muito bem, e Seyit o fechou. Era hora de procurar um novo emprego para recuperar seus orçamentos. Usar o dinheiro da indenização de Mürvet, pela perda do dedo, para comprar comida parecia muito humilhante para ele. Era hora de deixar Büyükdere. Foi um pouco estranho, um pouco engraçado, mas facilitou as coisas.

Na encosta oposta à casa em que moravam, novos inquilinos haviam se mudado. Uma mulher e uma menina. Exceto as saudações quando passava por elas na estrada, eles ainda não tinham nenhuma intimidade. Um dia, a menininha bateu à porta enquanto Mürvet estava no quarto. Leman levou a notícia de que sua vizinha havia mandado um recado, que queria visitá-la. Ela disse que ficaria feliz em esperar. Talvez houvesse alguém ali, nesta vida na floresta, para se fazer amizade, ela pensou.

No entanto, quando sua convidada chegou, seu principal objetivo apareceu. Depois de cinco palavras simpáticas, a mulher falou:

— Sua mãe não mora aqui?

— Minha mãe mora em Istambul. Ela raramente nos visita. É muito longe para ela.

A mulher pareceu curiosa.

— Bem. E seu pai?

Mürvet estava começando a se sentir desconfortável com aquelas perguntas sobre sua vida privada.

— Meu pai está morto.

Mas a visitante era curiosa. De alguma forma, ela não poderia deixar de perguntar.

— Bem, há um cavalheiro aqui. É seu irmão?

Mürvet agora havia entendido. Ela sorriu.

— Não, não. Aquele cavalheiro é meu marido.

A mulher ficou surpresa.

— Aaaa! E as crianças?

Mürvet estava prestes a rir.

— Elas são minhas filhas.

A vizinha estava à procura de um pai para sua filha e pensou que Seyit pudesse ser um candidato. Naquela noite, Seyit gargalhou com a história.

— Então eu estou tão desmoronada que ela veio aqui pedir você para ela? Uau! Uau! Uau!

— De qualquer forma, diga a ela que já tenho uma esposa e duas filhas.

Seyit continuou rindo.

— Bom, bom. Muito bom — respondeu Mürvet, satisfeita.

— Mas como eu estou desempregado... Se ela precisar de uma guarda-costas... — ele brincou.

Murka imediatamente apertou seus lábios.

— Seyit! Por que zombar disso?

— Não estou zombando, Murka. Estou falando a sério.

Murka se enfureceu.

— Que tipo de coisa você fala? Ela não viria aqui saber de você, se não tivesse dado trela para ela — o ciúme havia voltado. Ainda mais agora, que ela se sentia feia porque tinha perdido um dedo.

— Minha esposa, por que você é tão feroz? Eu disse alguma coisa para te magoar?

— Mas aquela imbecil bateu à nossa porta e ficou aqui perguntado sobre você.

Ele começou a rir, e ela pareceu corar. Lágrimas teimaram em vir aos olhos dela. Mas Mürvet, embora irritada, juntou-se ao marido, rindo da situação. Ela nunca entenderia as piadas e o sarcasmo dele. Como muitas outras coisas que ela não entendia sobre o marido.

No final daquela semana, Seyit voltou com um novo emprego. Iria trabalhar como jardineiro na Embaixada da Rússia em Istambul. Um amigo russo, encarregado da Embaixada da Turquia em Ancara, o ajudara a arrumar o trabalho. Seyit, cuja vida mudara tanto desde a revolução, quase se esquecera de sua verdadeira identidade.

Na Embaixada, ele reencontrara um antigo "inimigo" da guerra dos Cárpatos, Cazaque. Mas removeu a rixa da cabeça, e o jovem Cazaque não fez diferente com relação a Seyit. Eles se viam muito pouco, mas se davam bem. Este último trabalho foi um sinal desse acordo. Todo o resto era passado. Quantas vezes ele se sentara com os russos brancos, em Beyoglu, para beber? Mas tudo aquilo também era passado. Seyit sabia muito bem.

O trabalho foi ótimo até o verão chegar. Ao longo do Bósforo, a Embaixada da Rússia, que é um dos bosques mais perfeitos, se estendia das fronteiras de Büyükdere ao Mar Negro. Seyit trabalhava no jardim sem descansar, e a despeito do cargo, achava aquele um lugar de paz. O estranho era que ele havia encontrado a paz no jardim de um edifício dominado por pessoas que haviam deixado seu país. Mas ele também estava ciente de que isso era temporário. Exceto pelos guardas de plantão no portão, quase não havia pessoas ali.

Seyit cortou as árvores secas da floresta e organizou o jardim. Ele tinha o cuidado de não falar muito com estranhos, e se concentrava em seu trabalho. Sabia que era observado, e eles nunca o deixavam sozinho. Um dos guardas estava sempre por perto. À noite, estava ansioso pelo seu horário de voltar para casa, uma cabana ao pé da floresta, que lhe fora cedida como casa. Nos fins de semana, ele voltava para casa para ver a família.

Seu maior prazer era se sentar na fileira de madeira em frente à cabana e saborear seu raki, depois de tomar um banho. Sentado no escuro, ouvindo o som da natureza, tomando seus goles, ele perdia a conta do número de cigarros que fumava. Seu corpo estava cansado de balançar machados e de carregar tarugos o dia todo, então se entregava ao álcool e à nicotina por horas.

Ele estava passando mais uma noite ali, respirando a umidade e o orvalho do ar. Então olhou para o céu e sentiu um arrepio, e uma brisa gelada soprou das árvores. Um conjunto escuro de nuvens flutuava para cima e para baixo com o vento.

— Vai chover amanhã de manhã — murmurou. A floresta já cheirava à chuva. Ele inspirou profundamente. Da direção da praia, um trovão foi ouvido. A tempestade deveria estar mais próxima do que o previsto. Com o recém-aceso cigarro na mão, ele começou a caminhar às margens da floresta. Cada estação ali tinha sua própria magia. Naquele dia, ele se aproximou da seção onde empilhavam as toras recém-cortadas e viu duas pessoas conversando de forma suspeita no jardim em frente à Embaixada.

Seyit jogou o cigarro no chão e o apagou com o pé. Escondeu-se atrás de uma árvore e começou a ouvir. Se não fosse pelo vento, eles estariam perto o suficiente para serem ouvidos. Tentou descobrir quem eram os homens, forçando seus olhos a se acostumarem à escuridão. E ficou olhando. Os relâmpagos os iluminavam de forma intermitente. Com os raios piscando um após o outro, ele reconheceu um dos guardas, mas o outro era desconhecido. Seyit os observava, sem se mexer. Depois de um tempo, o guarda caminhou em direção à porta e assumiu o seu posto. O outro entrou no edifício.

Seyit disse para si mesmo que o homem estava indo encontrar alguém lá dentro. Por que ele teria ido lá àquela hora da noite? Esperou por mais um tempo. De repente, houve uma agitação dentro do prédio. Alguém tinha sido morto? Talvez. Ele não teve escolha senão admitir para si mesmo que estava no lugar errado, no momento errado. No entanto, não era mais possível sair dali, naquela noite. Os homens, mesmo se fossem meramente suspeitos, tê-los visto teria sido útil para confirmar suas suspeitas. Ele voltou para sua cabana e se deparou com a porta aberta. Entrou com passos cautelosos. Ele não se lembrava de tê-la deixado aberta. Será que o vento teria aberto a porta? Pouco provável. Ele olhou para seu interior, a postos para um ataque. Quando ele percebeu que sua preocupação era em vão, acendeu a lâmpada. Não havia ninguém. Tudo estava no lugar. Mas algo dentro dele dizia que alguém tinha acabado de estar naquele lugar. Era como se houvesse um odor no ar e um vento proveniente do movimento de uma pessoa recém-saída. Ele correu imediatamente para as janelas e fechou as cortinas com força, e trancou a porta. Além do som do vento, dos trovões e das árvores balançando do lado de fora, nada mais podia ser ouvido. Seyit estava sozinho na cabana, mas havia algo que ele não conseguia entender, faltava um item naquele quebra-cabeça. Então examinou a sala, detalhadamente. De repente, olhou para o cabide onde pendurava suas roupas, suas camisas e seu chapéu. Ele tinha certeza de que alguém estivera ali. Nunca pendurava o chapéu daquela forma.

Ele verificou o paletó e os bolsos da calça. Sua carteira, seu dinheiro, estavam no lugar. Sentado na beira da cama, pensamentos conflitantes vinham à sua cabeça. Ele se inclinou e abriu a carteira. Pegou a foto de Leman quando ela tinha um ano de idade. Ele a carregava sempre ali, e olhou-a como amor. O que queriam com ele? Por que invadir sua cabana? Eles esperaram que ele fosse embora? Sabiam de onde ele tinha vindo? Fora delatado por um inimigo? Seyit percebeu que as pessoas que estavam no prédio fechado da Embaixada tinham a ver com aquela invasão.

Apagou a luz e olhou pela fresta da cortina. Tinha começado a chover. Não havia nada além da escuridão, vento e sombras na floresta. Mas ele estava inquieto e acendeu um novo cigarro. Ficou muito tempo ali, só sondando e tentando ouvir algum movimento humano. Por fim, deitou-se.

Quem quer que fosse que estivera ali, sabia que ele estava sob custódia naquele país. Será que essa pessoa recebera uma incumbência particular? Será que sabiam de sua verdadeira identidade? Uma nova aventura estava se iniciando? As perguntas fervilhavam em sua cabeça. Enquanto tentava encontrar respostas, ele notou que não queria mais aventuras. A ideia de colocar sua esposa e filhas em perigo lhe soou de forma assustadora. Ele tinha que sair dali o mais rápido possível. No outro dia seria sábado. Se nada acontecesse com ele até que o dia amanhecesse, iria embora e nunca mais voltaria. Ele passou a noite sem dormir, ouvindo os sons lá fora. A chuva e o vento eram violentos. Com a primeira luz da manhã, ele se acalmou. Não houve outro incidente.

Na presença do sol, o que acontecera na noite anterior foi deixado para trás, como um sonho. Novo dia, luz brilhante, quente e, obviamente, uma nova vida. Depois do céu banhado pela chuva, na floresta, ele estava pronto para receber um novo dia de primavera. Junto com a escuridão, a noite estranha estava longe de ser real. Seyit sabia que esse era um sentimento enganador. Mas se permanecesse ali, mais cedo ou mais tarde, aconteceria algo; de uma maneira ou de outra, ele sabia.

Seyit tomou um banho em sua cabana e vestiu seu terno. Suas roupas de dormir foram trocadas pela roupa de negócios. Isso era tudo que iria acontecer, de qualquer maneira. Quando ele pegou sua mala, colocou o chapéu na cabeça e começou a descer, não viu ninguém por perto. Mas logo ouviu um assovio.

— O que foi? Você está se mudando?

Seyit não achou necessário responder. Ele fez uma saudação com os dedos, segurando o cigarro, e saiu para a rua. O tempo estava ótimo. Ele estava voltando para casa. No entanto, uma voz lá dentro dele lhe dizia para ser cauteloso. Ele ficou lá por um momento, fingindo ajeitar o chapéu. Em seguida, colocou a bolsa entre as pernas, no chão, e pegou um cigarro novo. Ao abaixar-se para acender o cigarro, pareceu ter visto algo. No final do muro da Embaixada, encostado na parede, um homem olhava para a direção oposta. Ele também começou a ir para aquele lado. De repente, Seyit alcançou a rua, e continuou a caminhar ao longo da costa. Inclinou o chapéu da esquerda para a direita, e começou a assistir o movimento do estranho, que o seguia do lado oposto. Seus passos eram vagarosos. Seria uma longa caminhada, pensou Seyit, mas ele o levaria para longe de sua família.

Kurt Seyit continuou a andar, até que Kireçburnu[17] passou e se aproximou do bairro Tarabya. Ele quase começou a gostar daquela perseguição. Apenas acendia um cigarro de vez em quando, para alterar o ritmo.

Quando chegou perto dos hotéis Tokatlıyan[18], olhou para a estrada, para atravessar a rua novamente. Olhou de esguelha para a direita e viu o estranho. Entrou rapidamente em um dos hotéis, saiu pela lateral e mergulhou num bazar. Ele tinha sido rápido e percebeu que o outro corria. De repente, o estranho estava novamente atrás dele. Estava prestes a enfrentar seu seguidor. Era o que ele queria. Mas o outro virou a cabeça e não o desafiou, caminhando na direção oposta por um tempo.

Seyit, naquele momento, viu o bonde se aproximando, e a multidão correndo. Acelerou os passos e pulou na condução. Somente aí respirou fundo. Ele precisava disso. Assim que expirou, sentou-se novamente, inclinando o chapéu na direção da sobrancelha esquerda. Então sorriu para a imagem cada vez mais distante do perseguidor, que tinha emergido do bazar. Murmurou com um sorriso:

— Desgraçado.

Foi bem tarde da noite que ele chegou em Büyükdere. Ele sobrevivera. Mas um novo aborrecimento estava à empreita em Büyükdere: Mustafa, parceiro no cassino de Büyükdere, não era muito indiferente a Mürvet, e esse interesse nela os poderia perturbar em breve. Ele estava sempre fora de casa e sabia que o homem ia lá com frequência, com o pretexto de ajudar. Então, uma ou duas semanas depois, com o fechamento das escolas, eles partiram e voltaram para Yeşildirek, seu antigo bairro.

Para cada membro da família, a razão da felicidade estava presente. Depois de uma longa pausa, eles se uniram de novo. As crianças ficaram extremamente felizes com isso. Mürvet estava feliz com sua vida, com a confiança de morar em uma rua perto de sua mãe e de Necmiye. Leman voltava para sua antiga escola e sua amada professora, e estava muito empolgada.

Seyit logo encontrou um lugar para eles morarem, e concordou em administrar um restaurante. A casa não era perfeita, mas com a pressa, era o que se encaixava em seu orçamento. Quando se entrava, havia um declive onde a

---

17 - Kireçburnu é um bairro do distrito de Sarıyer, na província de Istambul, Turquia. [N.E.]
18 - Os Tokatlıyan Hotels eram dois hotéis de destaque localizados em Istambul. Eram considerados hotéis de luxo, onde muitas pessoas famosas, como Leon Trotsky e o marechal Mustafa Kemal Atatürk, revolucionário turco e fundador da República da Turquia, se hospedaram. [N.E.]

terra tinha cedido, e a sala era toda de madeira. Mas o quarto dava para um jardim, e na frente das janelas havia um cedro.

Eles pagaram o aluguel de um mês adiantado e se estabeleceram ali. No entanto, de manhã, quando bateram à porta, eles encontraram o proprietário na frente deles, de pijama. O homem quis que suas galinhas ficassem no jardim da casa alugada. Quanto isso, razoável, mas Seyit achou muito estranho quando o senhorio disse que tinha que atravessar a casa para alimentá-las.

Ele bateu a porta atrás de si, com raiva. Então imediatamente retornou a Mürvet e relatou sua decisão.

— Levante-se, Mürvet. Outra noite nesta casa eu não fico. Se precisasse ver o rosto daquele cara em minha casa, todas as manhãs, eu o mataria. Não suporto isso. Ele balançava as duas mãos no ar, expressando sua raiva.

— Que tipo de pessoas são essas? Como alguém passa no quarto dos outros para alimentar galinhas? Como eles entram na vida privada de outra pessoa? Diga, Mürvet, são normais?

Mürvet começou a se recuperar, concordando com o marido. Eles nem tinham se estabelecido por vinte e quatro horas e teriam que se mudar da casa. Além disso, o dinheiro que eles deram adiantado, com tanta necessidade, estaria perdido.

— Ele não vai nos devolver o dinheiro, Seyit?

— Você acha que eu vou fazer essa pergunta a ele? Não suporto ver o rosto daquele cara, nunca mais. Deixe-o roubar o aluguel. Vou procurar outra casa. Vou encontrar um lugar. Você, por favor, arrume as coisas.

Por um acaso, uma casa de três andares, perto de onde Emine morava, estava prestes a liberar um andar em alguns dias. Eles passaram os dois dias instalados temporariamente na casa de Emine, e depois se mudaram para a nova casa. Era uma residência de alvenaria espaçosa, com um grande jardim, e sem galinhas do senhorio no quintal. Em um andar morava o irmão mais velho de Mürvet, Hakkı, com sua família. Embora Mürvet tivesse sofrido por ter se separado de sua família por muito tempo, Seyit agora estava se acostumando com essa vida cheia de gente, afastando-se das questões que eram discutidas, o máximo possível.

Ele saiu para o trabalho, como gerente de um restaurante, e Mürvet ficou com as filhas. Ela tinha se tornado amiga da filha do novo proprietário. Bedriye era uma jovem agradável, bem-arrumada e bem-vestida. Ela trabalhava no restaurante da Universidade de Istambul. Normalmente, quando retornava do trabalho, ia à casa de Mürvet, e elas bebiam uma xícara de café e conversavam.

Certo dia, ela fez uma oferta a Mürvet:

— Não me entenda mal, Mürvet, mas você não quer trabalhar fora?

— Eu não sei, Bedriye. Tive uma péssima experiência de trabalho. Depois disso, Seyit não quer que eu trabalhe fora.

— Essa não é uma tarefa muito difícil, Mürvet. É trabalho limpo. Precisamos de uma funcionária no restaurante da universidade. Apenas para fazer comida, e seria tão bom estar com você o dia todo! Você não vai colocar a mão na máquina de lavar louça. Você me conhece, eu não mentiria. Quando o serviço de alimentação é recolhido, o trabalho está terminado. Não é como trabalhar em uma fábrica de fósforos. Você lidará com estudantes universitários brilhantes. Pense nisso.

Mürvet sabia a importância de cada centavo que poderia contribuir para a casa. Mas ela tinha que pensar e conversar com o marido.

Seyit deixou a decisão para ela, quando Mürvet falou sobre o assunto à noite.

— Se é um trabalho leve e limpo, como me disse a Bedriye, eu não sei. Se você quiser experimentar, tente. Que você nos ajudaria com o nosso orçamento, isso é verdade.

— Temos um acordo?

Ele disse que Murka poderia ir com Bedriye para sondar tudo, e voltar com ela à tarde. Bedriye ficou muito feliz com a notícia.

— Virei por volta das nove da manhã, para buscá-la.

— Com quem deixo as crianças?

Mürvet tomou essa decisão rapidamente. A mãe dela ou a tia, de alguma forma, ficaria de olho nelas. Então passou a noite agitada e sem dormir. Na manhã seguinte, se levantou antes de Seyit, e começou a se preparar.

Ela tentou escolher sua melhor roupa. Achou seu vestido de colarinho branco digno da ocasião, mas desistiu, pois era muito arrumado para o trabalho. Finalmente, escolheu uma saia bordô trespassada. Depois de dividir o cabelo com pequenas ondas em ambos os lados da testa, ela os penteou e fez um coque na parte de trás do pescoço. Amarrou o coque com um laço do tecido bordô da saia. Era como se fosse para uma festa, e não, trabalhar. Estava muito empolgada. Quando Bedriye veio buscá-la, disse com uma voz de satisfação:

— Oh! Os alunos vão amar você, Mürvet! Você está ótima. Mas passe um pouco de maquiagem, pelo amor de Deus.

— Bedriye, a esta hora da manhã, maquiagem para o trabalho?

— Vamos lá, não seja mimada. Pelo menos pinte seus olhos.

A insistência de Bedriye não ajudou. Fazer maquiagem pesada Mürvet não aceitou, mas ela pintou os olhos para agradar a amiga. As duas jovens saíram juntas. No bonde, Bedriye cumprimentou muitos homens com grande facilidade e conversou animadamente, e isso deixou Mürvet desconfortável. Seus olhos, tanto quanto possível, estavam virados para a janela, e ela tentou ficar indiferente aos estranhos e às conversas.

Quando entraram no restaurante da universidade, Bedriye apresentou várias mulheres que vieram até elas. Era um restaurante digno, usado apenas pelos estudantes, professores e funcionários da universidade. Mulheres e moças arrumadas se sentaram para tomar seu café da manhã juntas.

— Nas mesas no canto você pode colocar um vaso cheio de flores frescas, no meio delas — orientaram a Mürvet. Essas mesas eram separadas para o reitor e para personalidades importantes, como deputados que vinham palestrar na universidade.

As palpitações de Mürvet aumentaram.

— Bedriye, que bandejas? — ela perguntou, um tanto aturdida. Era responsável pelas mesas onde deixara os pratos vazios.

Eram doze horas, e começaram a ouvir passos nos corredores. As mãos de Mürvet estavam geladas. Quando os alunos tomaram seus lugares às mesas, um grande zumbido foi ouvido. Risadas, conversas, e o serviço começou. Mürvet observou Bedriye cuidadosamente servindo as mesas pelas quais ela era responsável, e começou a fazer igual. Sem tirar os olhos dos pratos, ela servia os alunos, indo e vindo. Era um barulho ensurdecedor, misturado com o ruído de talheres e o rangido das cadeiras. Toda essa multidão, todas essas vozes, pareciam sufocá-la. Jovens tentavam ficar cara a cara com ela, alguns piscando, outros olhando-a com admiração. Mürvet sentiu o rosto queimar.

Um dos jovens gritou:

— O nosso jardim está recém-florescido, viram?

Outros falaram, por sua vez.

— Mas essa flor não viria conosco hoje à noite?

— Casada! Você não pode ver? Ela usa aliança!

— Isso não importa para nós. Será que ela virá? Vamos perguntar.

Mürvet estava quase chorando. Não ouviu mais nenhuma palavra, mas todas as risadas pareciam ser apenas sobre ela. De repente, a dor de cabeça foi aliviada por um fluxo quente no osso nasal. Aterrorizada, ela percebeu que seu nariz sangrava. Mal teve tempo de deixar a bandeja vazia de um lado da mesa. Ela tentou segurar a cabeça, mas tudo girava. Os rapazes estavam aterrorizados. Um imediatamente agarrou Mürvet pelos braços e sentou-a em uma cadeira, antes que ela caísse. Eles colocaram um guardanapo no nariz dela, para estancar o sangue. Mürvet tirou o lenço do bolso e o colocou debaixo do queixo, e fechou os olhos. Ela sabia que havia sofrido aquilo porque estava pronta para chorar, com o constrangimento de seu estado de desamparo. Com a cabeça jogada para trás, ela respirou profundamente. A certa altura, quando puxou o guardanapo do nariz, o sangue escorreu para os lábios.

Desde o começo, desde a adolescência, ela sofria daquilo quando passava por grandes constrangimentos. Deram a ela outro guardanapo limpo, e ela o colocou sobre o nariz. Alguém retirou o casaco, dobrou-o e o colocou sob a cabeça de Mürvet.

Gradualmente, os alunos começaram a retornar aos seus lugares. Eles estavam apenas mais quietos agora. Mürvet queria sair o mais rápido possível dali, mas estava tonta. O jovem que não foi embora a deteve, segurando seus ombros.

— Você não tem como andar.

Mürvet murmurou, seus olhos cheios de lágrimas.

— Eu quero ir embora. Por favor, eu quero fugir daqui.

Percebendo pela primeira vez que o jovem olhava tão de perto para seu rosto, Mürvet não pôde deixar de se perguntar o que ele fazia ali. Obviamente, não era nada do que estava acostumada. Mas o jovem queria apenas ajudá-la. Ele segurou-a pelo braço e a ajudou a se levantar.

— Bem, se você quiser ir, eu vou te levar para onde você quiser — disse o jovem, autoconfiante. A esperança de Mürvet era que Bedriye ficasse do outro lado do corredor, ocupada, servindo, e não aparecesse para aceitar a oferta daquele jovem.

— Vamos. Há uma enfermaria logo ali. Você pode se deitar e esperar por ela, pois disseram que voltariam juntas.

Quando Mürvet percebeu que não tinha jeito, teve que concordar com a oferta de ajuda do jovem estrangeiro. Eles não poderiam ir longe demais, de qualquer maneira, pois seu nariz ainda sangrava.

Ela não foi para a enfermaria, mas se sentaram no banco do jardim. O jovem estudante molhou o lenço na água fria e colocou no nariz de Mürvet. Ele sentou-se ao lado dela e esperou. Mürvet, ali, com um homem que nunca conhecera, sentia-se extremamente desconfortável. Ela falou, tendo uma mão segurando o guardanapo.

— Muito obrigada por tudo, mas, por favor, vá agora.

— Eu irei em breve — respondeu ele.

Foi a primeira vez que ela viu o rosto do rapaz. Ele tinha cabelos castanhos jogados para trás, e olhos verdes. Mürvet, quando seus olhos se encontraram, olhou para ele com extrema admiração, e estremeceu. Esse sentimento a fez se recuperar mais rápido. Quando pegou sua bolsa e se levantou, o homem deu o braço para ela e, como um cavalheiro, tencionava acompanhá-la. A jovem, mais uma vez, com medo de criar oportunidades, recuou. O estrangeiro era quase como uma criança magoada. Ele olhava nos olhos escuros dela, à espera de um motivo para a reação de Mürvet.

— É meu dever acompanhá-la até seu destino.

Mürvet sentiu que era difícil mantê-lo longe dela, se continuasse agindo com bondade. Ela deu um passo para trás e endureceu seu olhar.

— Eu sei o caminho. Deixe-me ir, por favor. Obrigado por sua ajuda.

Ela começou a andar em direção ao portão de saída. Mas ele se adiantou para abrir o portão para ela. Ela passou e, então, começou a correr.

Mas o jovem estudante ficara impressionado com a chegada misteriosa da bela e elegante jovem. Queria saber quem ela era, de onde viera, então correu atrás dela. Porém, Mürvet entrou na rua principal e correu para o bonde, e ele a perdeu de vista.

Foi só quando o bonde virou a esquina na direção de Aksaray, que Mürvet olhou para trás. Assim que chegou em casa, tomou um banho e foi para a cama. Ela disse à mãe que sua pressão tinha caído e que precisava descansar. Antes que Seyit voltasse, Bedriye bateu à sua porta. A filha do senhorio tinha vindo repreendê-la:

— Por que você fugiu como uma selvagem, Mürvet?

— Bedriye, aquilo não é para mim. Eu não posso.

— Querida, não olhe para eles. Bem, eles vão tentar flertar com você, mas é tudo conversa. Nada disso pode fazer você desperdiçar essa oportunidade de trabalho. Com o tempo você se acostuma, e todos se tornam como irmãos. Eles queriam testá-la porque você é nova lá.

— Tenho irmãs e irmão, Bedriye. Eu não preciso de mais nenhum. Eu também tenho meu marido e minhas filhas.

Ao se levantar e caminhar em direção à porta, ela avisou gentilmente a sua convidada de que era hora de partir.

— Agora, se você me der licença, prepararei comida para Seyit.

Bedriye entendeu que não poderia convencê-la. Então abriu a bolsa.

— Eu já ia me esquecendo, trouxe o pagamento de seu dia — disse Bedriye, entregando a ela um envelope.

Quando Mürvet fechou a porta, abriu o envelope e encontrou oito libras dentro dele. Aquele não poderia ser um salário merecido. O valor era quase o aluguel da casa. Os estudantes deveriam ter recolhido o dinheiro. Ela não conseguia pensar em outro motivo. Então largou o envelope, como se estivesse queimando sua mão, e começou a chorar. Sim, eles sentiram pena dela.

"Eu gostaria de não ter tentado", ela pensou. "Então eu não estaria em um estado tão patético".

À noite, assim que Seyit entrou em casa, a expressão no rosto de sua esposa foi rápida em denunciar que algo havia acontecido durante o dia. Mürvet não conseguiu esconder, e contou o que tinha acontecido. Ela não mencionou o rapaz, pois não queria arrumar confusão.

— Não tente isso de novo, Murka. Eu te disse. Eu não quero que você seja humilhada. Na verdade, Seyit dizia aquilo por orgulho, para poupá-la, mas era mais que uma necessidade que Mürvet trabalhasse para ajudar nas despesas da casa. O restaurante não estava gerando receita, como costumava gerar, e eles precisavam de uma renda adicional. Şükran tinha começado a escola naquele ano, e suas necessidades aumentariam com o avançar do tempo.

Uma de suas vizinhas, Melek, trabalhava na fábrica de meias Zion. Quando descobriu que Mürvet procurava emprego, veio falar com ela.

— Não se preocupe. Monsieur Zion é um patrão bom, e gosta de empregar donas de casa. Se você aceitar, eu serei sua intermediária. Também vou te ensinar o trabalho. Você precisa aprender. Mas não se preocupe, eu vou te mostrar em sua casa o que fazer.

Contudo, antes que Mürvet aceitasse, disse que tinha que falar com o marido novamente. Seyit até desejava que sua esposa não precisasse trabalhar, mas não podia tomar uma atitude assim tão decisiva. Ele não estava feliz com a maneira como as coisas estavam indo.

— Se não é um trabalho que faça você chorar, como da última vez, Murka, está bom para mim. Se perceber que será infeliz, saia antes de começar.

Com esse acordo, Mürvet, juntamente com Melek, saiu de casa para ir trabalhar. A fábrica de meias Zion, na Double Street, era uma indústria peculiar e familiar a Mürvet. Quando colocou os pés lá, as lembranças a levaram anos atrás. As muralhas da cidade bizantina cercavam a fábrica, que possuía um portão enorme. Tudo era no estilo grego e antigo. Ela sentiu que voltava para casa. Do lado de fora dos muros, no lado oposto da estrada, havia o café, com fontes ao redor da praça. Os que moravam ali, fosse pela guerra moscovita ou aqueles que fugiram de Dubrovnik, na Bulgária, eram estrangeiros. Ela sorriu diante dessa estranha coincidência, enquanto atravessava o portão. Ela também havia se casado com um estrangeiro.

E a partir desse dia, Mürvet começou a trabalhar na fábrica de meias Zion, por três libras por semana. Uma libra por semana era para o aluguel, duas para contribuir com a administração da casa. Uma a duas semanas após iniciar em seu emprego, o restaurante que Seyit trabalhava fechou as portas. Por alguns dias, ele procurou outro trabalho, mas o emprego parecia ter secado em Istambul. Sua esposa saía de casa toda manhã para trabalhar e retornava exausta à noite. E ele estava desempregado. Seria extremamente pesado para Mürvet manter a casa com um orçamento minúsculo.

De repente, novamente ele foi enterrado em seu silêncio pessimista. Por que tanto azar? Ele se perguntou. Será que já vivera todos os bons anos os quais poderia viver? Mais do que seu próprio sofrimento, ele foi forçado a compartilhar seu azar e sofrimento com sua esposa e suas filhas. Azar ou não, eles tiveram que lidar com a falta de dinheiro e com a exaustão de Mürvet. A jovem, entretanto, nunca reclamou. Mas sua feição triste, seu silêncio cansado, faziam Seyit piorar. Ele viu que estava em um beco sem saída novamente. Como se livrar daquela situação? Ele não sabia o que fazer. Não tinha nenhum capital. Pensar não trazia nada, e passear de rua em rua não lhe trouxe cura. Seyit entrou em uma grande depressão.

Mürvet assistia, dia após dia, enquanto ele murchava. Aquele homem animado, quente, aventureiro, forte, tinha morrido. Sua alma havia se desgastado junto com a energia de seu corpo. o consolo dele era o cigarro e a bebida. A cada dia ele estava mais frustrado, mais inquieto. Mürvet fazia o que podia, e acreditava que fazia tudo para apoiar seu marido. De fato, ela não sabia que se reclamasse um pouco, Seyit ficaria aliviado. Ou se ela nunca estivesse sempre cansada, se pudesse manter sua diversão, isso aliviaria sua tristeza até certo ponto. Mas além do corpo cansado, da expressão facial que não podia sorrir, o silêncio reinava entre os dois. O fato de ela aceitar seu sacrifício, fatalmente, enfurecia e entristecia o marido.

Isso o fez se sentir mais desprezado por ela. Não achava que tinha o direito de fazer sua esposa pagar pelas dificuldades da vida. Particularmente, ele se envergonhava perante a família de sua esposa. Mas para Emine era perfeitamente normal uma mulher sustentar sua casa. Ela trabalhara como uma leoa depois que seu marido caíra de cama e, na guerra entre Anatólia e Istambul, trabalhara para sustentar sua família. Ela certamente não gostava de ver sua filha trabalhando. A mulher sempre deveria estar com seu homem, pensava. No entanto, passar fome era pior de que não ser capaz de alcançar a felicidade.

Mas Seyit observava, com tristeza, suas vidas caminhando para aquele despenhadeiro escuro. Seu coração estava partido, e ele estava ressentido.

CAPÍTULO 30

Talvez em outro lugar, ou em outra vida

Era muito difícil. Seyit ainda estava desempregado. Fazia saídas ocasionais em busca de trabalho, e alguns bicos que pagavam muito mal. Ele não conseguia contribuir com o orçamento. Mürvet começara a consertar as meias de seda das mulheres, que coletava nas casas, à noite. As crianças geralmente comiam na casa de Emine, e vinham dormir em casa. Marido e mulher, muitas vezes sem se falar, e quando falavam, somente o necessário, jantavam sozinhos. Cada um deles estava recluso em seu próprio canto, com seus próprios pensamentos, tédios e impossibilidades.

Mürvet pegou as meias rasgadas de suas clientes e as aproximou da luz. Estava sentada no chão e trabalhava por horas sem levantar os olhos. Seyit, sozinho, andava pela casa ou bebia. Às vezes, folheava as páginas de um de seus livros. Ele quase não dormia ultimamente. Fumava um cigarro atrás do outro. Quando ia para a cama, já estava amanhecendo. Seu estado estático e pensativo começou a assustar Mürvet.

Ela estava preocupada que algo explodisse por trás de seu profundo silêncio. Em nenhum período de suas vidas ela vira o marido tão fechado e atraído para sua concha.

Uma manhã, ela acordou e viu Seyit já vestido. O café da manhã estava pronto, e o marido tinha preparado a mesa e feito o chá.

— Olá, Seyit? Você está indo a algum lugar?

Ele respondeu a essa pergunta com um sorriso pouco claro.

— Não se preocupe. Estou tão morto que não posso sair atrás de ninguém.

A voz de Seyit saiu ofendida, irritada ou arrependida.

Mürvet entendeu que o marido havia vinculado sua pergunta ao ciúme.

— Seyit, eu só fiz uma pergunta. Por que você está pronto para sair?

O homem continuou a encher a xícara de chá da esposa.

— Você não vai me dizer? Não estou pedindo nada demais, eu acho — disse Mürvet.

Silêncio.

— Seyit! Por que você faz isso?

A resposta foi uma risada tensa, curta e abafada.

— Eu não fiz nada... Ainda.

Mürvet o olhou, preocupada. Ele repetiu: — Eu não estou fazendo nada.

Mürvet começava a entender onde se originava o problema: ele não sabia lidar com isso. As crianças, na noite anterior, tinham ficado com a avó, e eles poderiam conversar livremente agora. Para suavizar a voz e acalmar o marido, ela disse:

— Você está se torturando, Seyit...

— Oh! Sim! Você está certa sobre isso. É o que estou fazendo. Estou sendo injusto com todas vocês.

— Seyit, eu não disse isso. Você está sendo injusto consigo mesmo.

Mürvet percebeu, de repente, que não tinha mais medo de o marido estar frustrado e gritando. Agora, o homem que há anos a dominara parecia ter se transformado numa criança rude, obscura e teimosa. Ela se levantou e foi até a cadeira dele, colocou seus braços nos ombros do esposo e abaixou sua boca na cabeça dele, entre os cabelos. E murmurou: — Você me deixa triste, Seyit. Passamos por tantas coisas em todos esses anos. Quantos problemas nós tivemos e os enfrentamos? E, graças a Alá, um novo dia sempre nasceu, maravilhoso. Tivemos dias de contos de fadas e de filmes, e eu sou grata a você por ter me proporcionado vivê-los! Agora deixe-me ajudar um pouco, deixe-me ajudá-lo. Vamos ficar bem. Eu sei, tudo ficará bem. Não fique tão triste. Isso me faz mais mal que tudo. Sinto falta da sua antiga alegria.

Mürvet falava e não chorava. O que era estranho, pois quando tinha uma vida de fartura com o marido, ela era cheia de queixas e chorava como se vivesse numa masmorra. Certamente ela sentia falta de seus dias de choro em Pera.

— Sinto falta das suas brincadeiras...

Seyit levantou-se devagar, olhou para o rosto de sua esposa e, de repente, a abraçou.

— Oh, Murka!

Quando ele tocou seus lábios nos dela, Mürvet percebeu o quanto sentia falta de sua plenitude. Mas ele se conteve e recuou, pensou que não tinha o direito. Sua esposa estava prestes a sair para ir trabalhar. Quanto a ele, não tinha negócios para onde ir. Mürvet observou com desapontamento quando ele se fechou novamente, em um momento em que pensou ter encontrado o marido, com quem ansiava por seu contato. Ela tentou entender, mordendo os lábios. Com pressa, arrumou a mesa, vestiu o casaco, colocou o chapéu e se dirigiu para a porta. Seyit virou as costas e ficou olhando pela janela. Mürvet queria dizer algo, seus lábios se abriram, mas ela desistiu. Fechou a porta suavemente e saiu.

Seyit, atrás da cortina de tule, viu sua esposa se afastar do quintal, e acendeu um cigarro. Quando terminou de fumar, uma expressão de dor marcava seu rosto. Ele entrou no quarto, com uma repentina decisão. Isto não poderia ficar assim. Ele não podia viver daquela forma. Sua vida em Istambul estava fora de suas mãos. Então tenho que ir para outro lugar, onde há trabalho, ele pensou. Talvez outra vida, em outro lugar. Sim, por que não? Depois de virar as páginas do livro de Ivan Nikitin[19] entre os dedos, de pé ao lado da cama, ele tirou a jaqueta do armário, colocou algumas peças de roupa numa pequena bolsa, guardou seu livro ali também, seu cigarro no bolso, e saiu.

* * *

Quando Mürvet voltou para casa, depois de todas as cansativas e monótonas horas passadas no balcão da fábrica, ficou surpresa ao não ver luzes nas janelas de sua casa. Àquela hora, Seyit deveria estar em casa, esperando por ela.

De repente, seu coração acelerou. Algo devia ter acontecido. Então correu até a porta da casa de sua mãe. As crianças estavam lá, e saudáveis. No entanto, Seyit estava ausente. Mürvet deixou os pacotes no corredor. Com as mãos trêmulas, ela tirou a chave da bolsa e abriu a porta de sua casa. A escuridão da sala a saudou. Ela acendeu a luz e o chamou.

— Seyit! Seyit!

Era normal, para ele, não responder. Por que ninguém estava em casa?

Ela correu para os quartos. As camas estavam desarrumadas, mas as persianas não estavam abertas. No momento em que voltava para o corredor, ela dirigiu seu olhar para algo que chamou sua atenção. O livro de cabeceira de Seyit não estava no lugar. Ela ficava chateada por ele se levantar todas as noites para ler o livro em russo, um volume de capa dura. Também não estava no console. Ela abriu o guarda-roupa, com pressa. Todas as roupas estavam ali, exceto um terno e uma bolsa de escritório. As malas, o baú, tudo estava lá. Ela não conseguia entender o que estava acontecendo. Seyit havia largado, há tempos, o hábito de sair. Será que sua vida noturna havia recomeçado? Tentando se segurar, ela voltou para a casa da mãe. Todos estavam curiosos com a ausência de Seyit. Mas achavam que de manhã, ou no dia seguinte ou no próximo, ele voltaria para casa, à noite. Ou enviaria um recado por alguém que eles não conheciam. Era isso que ele sempre fizera.

Depois de uma noite inquieta e sem dormir, Mürvet foi trabalhar, com os olhos cansados e inchados. Durante todo o dia, por trás de sua aparência mascarada e o movimento dos fios de meias, ela tentava responder às perguntas de onde seu marido poderia estar, e com quem. Mas cada questão suscitava mais suspeitas e inquietação. Ela tentou esquecer o que estava em sua cabeça, ou ficaria doente e teria que parar de trabalhar. Ela teve que se segurar firme.

19 - Poeta e pintor russo, 1680-1741. [N.E.]

Cinco dias se passaram desde que Seyit partiu. Mürvet havia começado a chorar. No entorno, ninguém vira Seyit. Alguém disse que ele podia estar em Beyoğlu. Foram até lá e perguntaram para conhecidos, mas todos disseram que há muito tempo não viam Seyit. Ele literalmente tinha desaparecido. Seu irmão Hakki foi à delegacia e notificou o desaparecimento.

Mürvet estava desesperada. Aquele comportamento retraído, estagnado, infeliz e frustrado de Seyit, ela se culpou por não o entender melhor. Deveria ter entendido seus problemas, ela pensou. Seyit estava deprimido, sem nenhuma conexão com algum amigo, e o desaparecimento dava a entender uma única coisa: suicídio. Quando essa possibilidade lhe ocorreu, Mürvet perdeu a calma e começou a gritar. Havia desespero na casa de três andares. Mürvet gritava e chorava, parentes corriam na esperança de trazer notícias.

Yahya havia enviado notícias a todos os seus amigos russos da Crimeia a quem ele tinha acesso, para perguntar se alguém tinha visto Seyit. A motoristas russos nos táxis de Kadiyof, onde quer que viajassem, foi suplicado que olhassem, na esperança de ver o louco da Crimeia sentado no banco de trás. Todos os hospitais foram revistados. Polícia, todos os trens, registros de passageiros de balsa foram verificados, não havia sinal de Seyit Eminof indo para o exterior.

Mürvet, apesar da esperança de que seu marido pudesse voltar um dia, entrou em dias de luto, pensando que o havia perdido para sempre. Mas como explicar a ausência do pai, especialmente para Leman? Para Şükran, a falta do pai trazia alguma paz, algum conforto. Para ela, a mãe bastava. Mas não era a mesma coisa para Leman. Ela sentia muita falta do pai. Sentia falta do sorriso caloroso e do amor que ele lhe dava. Ela não conseguia entender por que o pai não voltava para casa.

Mas, apesar de todos os esforços, não havia notícias de Seyit. No final da segunda semana, as lágrimas de Mürvet parecia que tinham secado. Ela tinha que seguir em frente, pelas filhas. O fato de o marido ter deixado o país, o fato de estar morando com outra mulher, com alguma velha amante que ele provavelmente voltara a procurar, não podia paralisá-la. Embora ela tivesse noventa por cento de certeza de que ele cometera suicídio. E com isso em mente, ela chorou tanto que não tinha mais lágrimas para chorar. No momento ela tinha um emprego, um aluguel para pagar.

Mas a pior coisa era ver o sofrimento de Leman, e a solidão. Quando ela dormia, sonhava que Seyit estava em casa e que tudo havia sido um pesadelo. Mas quando acordava e olhava para o travesseiro vazio ao lado, recomeçava a chorar: era real.

Este triste estado continuou. Ela se levantava morta de cansada e ia para o trabalho, para no fim das contas perceber que não tinha dinheiro para o pão no final da semana. Ela voltou a trabalhar à noite com a costura nas meias, para garantir o sustento dela e das meninas. Embora sua mãe e irmãs a ajudassem, elas também viviam apertadas. Era uma vida muito difícil para todos.

Um mês se passou desde que Seyit desapareceu, junto com o livro de poesia de Ivan Nikitin, e não havia nenhuma notícia dele.

* * *

Era uma da manhã na cidade de Zonguldak, no norte da Turquia. O frio e a névoa ofuscavam a luz do dia. As minas de carvão deixavam uma nuvem negra sobre a cidade, que se misturava à neblina, ao frio, e nada se via.

Os trabalhadores estavam em fila na entrada da mina, para marcar seus cartões de ponto. Lá estava um homem branco no meio deles, com gestos tão bruscos como todos os outros operários. Estava tão sujo de carvão que ninguém diria que era branco ou, de qualquer maneira, que no passado tivera outra vida, que fosse instruído.

Ali em Zonguldak todos eram iguais. Jovens, idosos, exceto os deficientes, e é claro, todos estavam em ruínas. As mulheres, tão sujas e maltrapilhas como os homens, enviavam seus maridos pela manhã, para a escuridão. Quando as portas se abriam, o vento gelado chacoalhava os corpos e eles saíam cambaleando no sereno, e era como se nunca mais fossem encontrados.

As crianças se despediam dos pais à noite, pois era possível que nunca mais os vissem com vida. As noivas faziam o mesmo com seus noivos. As minas de carvão de Zonguldak eram mortais, sabiam como consumir a vida dos homens. Era como um dragão de boca enorme.

Havia também meninos trabalhando lá. E lá, naquele lugar escuro, eles deixariam seus pulmões, seus corações e suas almas. Nunca chegariam à vida adulta.

Estavam esperando em fila, na porta do elevador que os levaria para a entranha da mina. Nas mãos os cigarros, talvez dando o último suspiro antes de serem enterrados na escuridão da terra. Eles tentavam dar e receber fumaça.

Para piorar o frio, logo começaria a chover. Seria uma chuva quase ácida, acinzentada. Um homem passou a mão na cabeça e limpou os pingos gelados, mostrando um feixe de cabelo ruivo. Logo a chuva revelou a brancura da pele e o corte do bigode. Ele parecia um homem diferente dos demais agora. Na frente dele, atrás dele, aqueles que estavam na fila começaram suas queixas, em seus discursos habituais mal falados. O homem de cabelos ruivos estava em silêncio. Alguém olhou para ele. Deveria ser um dos homens importantes que queriam ver a mina de perto. O que estaria fazendo ali?

A fila se movia lentamente. No entanto, no momento em que aterrissaram na galeria do elevador, o homem branco esfolado, de mãos brancas, começou a trabalhar, junto com os demais. Mas ele não falava com ninguém.

Era como se fosse mudo e surdo. Ele apenas usava sua palheta, carregava carrinhos com carvão, e voltava diligentemente ao trabalho.

Os mineiros, com crescente interesse, começaram a vigiar o estrangeiro. Mas ele trabalhava duro tanto quanto eles. A questão era que não olhava para ninguém e não respondia as perguntas feitas a ele. Apenas cavava e cavava. Mesmo que alguns adolescentes quisessem brigar com ele, fingia que não percebia. Os adultos, entretanto, não o desafiavam. Eles assistiam à atitude do estranho, com preocupação. Mas quão bem ele escavava! Sabia usar a pá, mas uma coisa era certa entre eles: aquele homem não parecia um mineiro. Jamais.

Durante a semana, ninguém foi capaz de falar com o estranho. Logo eles desistiram de tentar. Exceto naquele dia da chuva, não havia classificação entre eles: todos eram da cor do pó de carvão. Apenas os olhos se viam. Os olhos castanhos e pretos brilhavam entre a poeira do carvão. Eram os olhos de alguém que vivia no escuro, no subsolo.

Chegou o dia do pagamento. Enquanto os nomes eram lidos, um dos rostos cobertos com pó de carvão avançou para pegar seu envelope. Era o estranho de pele branca. Suas mãos sangravam, rachadas e cheias de calos. Somente as narinas, os lábios e as orelhas rosadas eram vistas, em meio à cor do carvão.

— Kurt Seyit!

E ele avançou. O azul dos olhos era absorvido pelo pó de carvão, e havia lágrimas em seus olhos.

* * *

Dois meses depois, Seyit desceu do trem em Sirkeci, em Istambul. Quando se olhou no espelho do banheiro da estação, percebeu o quanto havia deixado de ser ele mesmo. Em Zonguldak, seu corpo havia sentido muita falta de água e sabão. Mas não era só isso. Sua expressão facial também havia mudado.

Não posso voltar para casa assim. Ele pensou, se olhando no espelho. Então saiu da estação e foi a uma das lojas baratas do entorno, e comprou um terno barato e um par de sapatos. Seus belos sapatos italianos e seu terno francês tinham se acabado em Zonguldak, mas ele não tinha dinheiro para substituir as roupas originais. Pegou suas novas aquisições e se dirigiu para a casa de banhos Cağaloğlu. Depois de se limpar e vestir as roupas novas, doou as velhas para serem queimadas e foi para casa. Sua maior alegria é que trazia em seu bolso dinheiro vivo. Mesmo nas minas de carvão, ele tivera sucesso. Não foi o cara que não trabalhou. Ele viveu dois meses no inferno, não gostou nada disso, mas aceitou calado, como se fosse seu castigo. Em toda a sua vida, houve alguma espécie de trabalho. Quando ele nasceu, não teve a chance de fazer as coisas que queria fazer. Ninguém lhe perguntou o que ele queria fazer, onde queria trabalhar. Apesar de tudo, ele tivera sorte. Com seu cigarro na mão e seu livro no bolso da calça, ele sentia o calor do dinheiro que logo daria à esposa.

O retorno de Seyit causou comoção e festa. Quando Mürvet viu o rosto do marido, deu um grande grito e quase caiu, inconsciente. Todos achavam que ele tinha se suicidado, e ele aparecia lá, vivo. Seyit foi recebido com alegria. Mürvet, descuidada, cansada e fraca, ficou envergonhada de seu estado. Mas ele não disse nada a ela sobre isso, pois percebeu que ela estava mais sensível do que nunca.

Embora Seyit quisesse capturar a vida que deixou quando partiu, sentiu que não era a mesma coisa. Algo havia mudado e muito. Estranhamente, sua emoção, seus desejos, seus sonhos tinham-se esvaído. Ele tinha 42 anos e nenhuma perspectiva de vida. Estava mais estagnado do que esperava. Ele sentiu uma teimosia oculta, mas não mais do que a teimosia que sempre o acompanhara. Tinha que sair dali, mas para onde? O que fazer? Se houvesse um sonho, a teimosia teria funcionado. Mas sem objetivos, a vida estava presa, apenas se desgastando. Aquilo lhe soou amargo. Ele não queria lutar, de todo modo. Toda a sua ambição tinha ido embora. Ele estava recebendo seu acerto de contas. Assim ele pensava, e não gostava de lidar com esses pensamentos.

Na ausência de seu marido, pensando que poderia estar morto, Mürvet teve que carregar sua tristeza e de sua família sozinha. Ela parecia ter ganhado uma força que nunca havia conhecido antes. Pagou o aluguel por dois meses e sustentou suas filhas, e viveu sem receber nada de ninguém. Ela sentiu como se tivesse passado por um exame importante, e que fora aprovada. A volta do marido não afetou a vida dela. De certa forma, era como se tivesse se cansado de perseguir Seyit, de seguir suas aventuras. As crises de ciúmes de outrora tinham ficado no passado. Não havia mais tempo e nem forças para isso. Seu pensamento era suas filhas e seu sustento. Ela não queria e não podia mais passar o dia imaginando o que seu marido estava fazendo. Tratava de trabalhar no máximo de meias possível, pois era dali que viria o dinheiro para o futuro de Leman e de Şükran.

Seyit, por outro lado, juntava o que lhe restava de forças e tentava se conectar à vida. Ele queria novamente abrir um restaurante, mas foi o menor restaurante que já dirigiu. Quando as coisas melhoraram um pouco, seu ânimo aumentou consideravelmente. Mesmo que lhe parecesse difícil alcançar a vida que perdera, pelo menos um trabalho digno ele tinha. Agora tentava pegar uma pequena fatia da felicidade.

Leman, novamente, ia para o restaurante depois da escola. Estava feliz da vida. Comia o que seu pai lhe preparava e conversavam como antes. Seyit estava curioso para redescobrir o mundo da filha, seus talentos, e mantinha sua conversa viva com perguntas. Os papéis que Leman assumira na comunidade, os poemas que ela memorizara, seus desenhos pendurados na parede, suas notas no boletim escolar, tudo isso foram os eventos a que ele sempre assistia com orgulho.

Naquele dia, Leman vinha da escola, segurando sua bolsa. Ela murmurava uma música que acabara de aprender. Um homem que estava próximo, num beco, não chamou sua atenção. Mas logo depois, quando ela virou a cabeça, percebeu que o estranho a seguia. Então começou a correr, e entrou em pânico enquanto corria. Alguém queria fazer mal para ela. Era óbvio. Leman entrou correndo no restaurante e gritou, desesperadamente.

— Pai! Pai! Um homem quer me matar.

Seyit estava tirando algumas garrafas vazias e guardando atrás do restaurante. Assim que ouviu os gritos da filha, jogou as garrafas no chão e correu em direção à porta. Seyit saiu para fora, seguido por Leman, que apontava a direção em que o homem estava. Seyit, chamando seu assistente, continuou correndo atrás do outro.

— Leman, vá para dentro e fique lá!

E ele ficou surpreso com a rapidez com que ainda podia correr. Suas pernas não perderam seu antigo poder. Logo ele alcançou o homem que ofendera sua filha e o agarrou pelo colarinho. Tinha o rosto vermelho, os dentes amarelados. Era um vagabundo vadio e repugnante. Seyit não perguntou nada. Na velocidade da luz, socou a cara do homem, jogando-o no chão. A ideia de que poderia ser machucado por aquele cara sujo não passou por sua cabeça. O outro estava atordoado, implorando para ser salvo, mas Seyit pegou-o pela gola e continuou a bater. Em pouco tempo, os entusiastas se reuniram ao redor deles. Seyit, convencido de que a penalidade fora suficiente, largou o homem.

— Se eu te vir vagando por aqui de novo, não vou deixar você viver. Seu bastardo sujo!

No entanto, ele não poderia imaginar que sua ameaça causaria problemas. Voltou ao restaurante. Leman, que assistiu ao evento de longe, com o coração na boca, estava muito satisfeita por seu pai não ter sofrido nenhum dano. Ele a tinha salvado daquele homem mau. Seyit agradeceu ao seu assistente.

— Obrigado, Daltaban.

Ivan Daltaban tinha um corpo enorme, com pés e mãos grandes. Era um camponês ucraniano que servira na artilharia do exército czarista. Ele tinha um coração tão grande quanto ele. Quando Seyit estava zangado com Şükran, sempre dizia: eu vou te dar para Daltaban, e a menina chorava de medo. Mas Ivan era inofensivo. Logo ele voltou a lavar os pratos, e pai e filha sentaram-se um em frente ao outro e comeram seus doces quentes, com seus chás, falando sobre o evento desagradável. Estavam rindo enquanto conversavam, apontando o corpo enorme de Ivan, pulando sobre as garrafas, para evitar a fuga do vagabundo. Mas o riso deles terminou com os dois policiais que chegaram à porta.

Seyit foi convocado à delegacia por espancar e ameaçar de morte. Leman estava quase chorando. Seyit acariciou a cabeça da filha e disse:

— Vamos lá, Lemanuchka. Melhor deixar Daltaban levá-la para casa. Eu já volto. Vamos, querida. Ânimo.

Com uma atitude muito calma, ele tomou o último gole de chá da sua xícara e jogou a jaqueta sobre os ombros. Leman foi convidada a ir como testemunha, mas Seyit não aceitou isso. Ele não aceitou o fato de que uma garota daquela idade testemunharia à polícia em uma delegacia. O comissário insistiu:

— Senhor Seyit, não faça isso. Vamos levar a menina. Se ela testemunhar que ele a estava molestando, o salvará de ter cometido um crime. Você não pode ser sua própria testemunha. Você arrasou o rosto daquele homem, e ameaçou tirar a vida dele. É uma ofensa, e isso é crime.

Mas Seyit não queria expor sua filha.

— Minha filha é muito nova para ir a uma delegacia, tenente. Ela nunca mais verá o rosto daquele homem, nem entrará naquele edifício. Qualquer que seja a culpa, cumprirei a sentença.

— Você é muito teimoso, senhor Seyit — disse o comissário.

Seyit riu. E foi condenado a três dias de detenção, por espancar o vagabundo.

Como se tudo estivesse indo bem em suas vidas, e o fato de terem essas surpresas desnecessárias e desagradáveis, para piorar, alguns homens começaram a assediar Mürvet.

CAPÍTULO 31

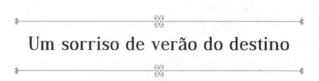

Um sorriso de verão do destino

A final, este verão parecia estar indo bem. Seyit, com a ajuda de Yahya, alugou um grande terreno atrás da estação de trem de Florya[20] e montou um quiosque, onde vendia salgados, cerveja, limonada e refrigerantes. A grande maioria que frequentava aquela praia era russos brancos. Muitos tinham escapado da revolução na década de 1920 e fugido para Istambul. Mulheres, homens, crianças, tomavam banho de sol juntos, nadavam e bebiam limonada gelada, cerveja e desfrutavam do prazer da natureza.

No quiosque de Seyit, deliciosos sanduíches frescos eram embalados e servidos. Fatias de frutas eram levadas para as mesas em frente ao mar, a gosto dos clientes, ou em tolhas brancas sobre as mesas, sob as cabanas de madeira. À noite, o local se transformava em um cassino, e pratos quentes eram servidos sob uma lona fechada, além de aperitivos. As mesas ficavam sob duas grandes árvores, e havia uma cabana na pequena colina acima da praia.

Mürvet, como em outros verões, levava as filhas nos finais de semana. Mesmo que não fosse como em Altinkum, era um verão divertido e colorido. À noite, na praia, a orquestra com sua balalaica voltara a tocar, e os clientes russos brancos enchiam o local. Ocasionalmente, na praia, jovens faziam fogueiras e ficavam ouvindo o som do mar e da balalaica, do violino e do acordeão.

A beleza do Bósforo novamente o encantava. Mürvet, com suas filhas, sentadas em uma mesa debaixo da árvore, que Seyit especialmente reservara para elas, desfrutavam do verão. As meninas nadavam, corriam na areia da praia e, quando tinham fome, serviam-se de costeletas.

Certa vez, Mürvet presenciou a chegada de uma expedição militar chamada Gazi, que acompanhava o governador Muhittin Altındağ e Şükrü Kaya. O rosto do governador estava queimado pelo sol, e seus olhos brilhavam, profundamente azuis. Ele vestia uma camisa esporte e calça de golfe. Mürvet viu Seyit correr de dentro do quiosque para cumprimentá-los. Perguntou-se qual foi a conversa entre eles, mas não conseguiu ouvir. O governador, segurando o

---

20 - Florya é um bairro pertencente ao distrito de Bakırköy, na grande Istambul. Está localizado ao longo do Mar de Mármara. É uma das áreas de classe alta e rica de Istambul. [N.E.]

ombro de Seyit com uma mão, falava amistosamente com ele. Seyit se encaminhou para a mesa onde estavam Mürvet e as crianças, pois não havia mais mesas disponíveis.

— Não temos pressa, senhor Seyit. Quando uma mesa desocupar, nos sentaremos.

Mas Mürvet pegou as crianças e deixou a mesa, sem dar oportunidade para o marido dizer alguma coisa. Ela estava tão animada por estar perto deles que nem percebeu que deixou sua bolsa lá. O próprio governador lhe estendeu sua bolsa, e ela agradeceu.

— Não precisava se incomodar, senhora. Nós esperaríamos.

— Pasha[21], nós já estávamos de saída.

Mürvet não achou que pudesse falar mais. Ela ficou sem palavras. As crianças abriram os olhos e observaram o grande homem, com admiração. Seyit, com um sinal, se aproximou do Pasha e pediu para tirar uma fotografia.

— São minha família, Pasha. Não são estranhos.

— Obrigado, Seyit.

Então, de repente, o governador perguntou, como se naquele momento se lembrasse de algo.

— E essa garotinha linda? Você sabe dançar Kazaska? — ele questionou Leman.

— Sim. Eu sei — ela respondeu, mais que depressa.

— Então virei assistir você hoje à noite. Você quer brincar com Rüstem?— perguntou o homem, referindo-se à sua filha mais nova. Ela tinha cabelos e olhos negros e brilhantes, destacando seus traços faciais esbeltos e graciosos. Ela tinha apenas doze anos de idade. Leman e a filha do governador saíram para brincar juntas, e Şükran ficou com Mürvet, olhando-as de longe.

Foi um verão cheio de novidades para contar, e Seyit ganhou um bom dinheiro. Mas Mürvet não estava segura o suficiente para deixar o trabalho na fábrica de meias. Ela não conseguia se sentir segura. Suas vidas tinham sido de altos e baixos, e ela hesitava. Em particular os períodos de baixa, quando parecia que uma tempestade passava sobre eles. Estranhamente, era como se o destino esperasse uma nova oportunidade para provar seu pensamento. Seyit também não colocou qualquer pressão sobre o assunto. Logo o vento, a chuva e as primeiras noites úmidas e escuras mostravam o fim da temporada em Florya.

Seyit continuava bebendo muito quando pegou o último trem para Sirkeci. De fato, ele se sentia um pouco melancólico. Quanto mais amava o frio e a neve, mais triste ele ficava, pois o fim do verão trazia a brisa de seu passado.

Os vagões estavam vazios. Primeiro ele pensou em tirar uma soneca. Mas sentiu um peso no peito, como se sufocasse, e abriu a janela. Um vento

---

21 - Paxá ou Pasha é a denominação dada entre os turcos aos generais e governadores de províncias do Império Otomano. Corresponde ao título de "Excelência" usado no Ocidente. [N.E.]

frio soprou em seu rosto. Ele respirou fundo. As luzes se destacavam como pequenas partículas estelares. O som das rodas nos trilhos e, ocasionalmente, um longo apito, o levou anos atrás. Em 1917, quando eles partiram de São Petersburgo para a Crimeia. Isso veio à sua mente como se tivesse acontecido ontem, e dois nomes saíram de seus lábios em um murmúrio: — Querido Celil, querida Tatya, onde vocês estão agora?

Ele se lembrou de quando o trem foi parado pelos bolcheviques, e eles se jogaram nos trilhos e entraram nos campos de trigo para salvar suas vidas. Fora em algum lugar perto da cidade russa Riazan. Stepan, um oficial czarista disfarçado de camponês, os ajudou.

Seyit estava espantado. Então seu cérebro realmente não havia se esquecido, apenas havia coberto aqueles tempos dolorosos com uma cortina, até o momento em que um apito trouxe tudo de volta à sua memória. Agora que a cortina foi aberta, o ano de 1917 começou a desafiar sua mente para que se lembrasse dos anos seguintes, de 1918 e os posteriores.

Atravessou a cidade de Rostov para Kislovotsk[22] procurando por Shura e uma incrível coincidência na cidade de Novorosisk. Era como se ele visse um filme. O momento em que ele se lembrou do quarto daquela estalagem, a incredulidade daquela noite, como foi chamada, e pareceu revivê-la novamente. A sopa de repolho e uma simples garrafa de vinho. Celil e Tatya tinham saído da sala e os deixado sozinhos. Ele ainda sentia dor na perna inchada, por causa da cirurgia. Enquanto esperava o efeito das drogas que tomara para aliviar seu sofrimento, foi até a janela e acendera um cigarro. Imediatamente, Seyit se lembrou que sentia falta do sabor do tabaco, e acendeu um. Depois de um trago profundo, ele voltou às suas memórias.

Os flocos de neve de outrora eram quase do tamanho de uma bala de fuzil. O vento se movia cortando tudo, e enferrujando ganchos, persianas e cercas. Fazia um ruído agudo, como um tiro. Se a neve não caísse tão violentamente, talvez o trem que passava a poucos metros dali pudesse ser visto através das árvores. Ele estava tão perto da namorada que havia perdido! O desejo de ver Shura era grande. Ele parecia ter esquecido sua família e o fim ruim que os aguardava. A droga estava começando a mostrar seu efeito. Tirou a roupa e deitou-se nu na cama, cansado e preocupado com a noite, como se ainda estivesse acordado. Entre profundos sonhos, ele caíra em um sono agitado, que seu pai o beijara no portão de Moiseyev e partira para a guerra.

Sentiu o frio daquela manhã novamente. Seu cérebro estava acordado, enquanto seu corpo ainda dormia. Ele começou a ouvir vozes que não estavam relacionadas aos seus sonhos. Sons remotos à porta, sussurros, uma porta se fechando novamente e, de repente, um cheiro chegou às suas narinas.

---

22 - Kislovodsk é uma cidade russa situada no Krai de Stavropol. Kislovodsk, em russo, significa "água amarga", e o nome é oriundo das diversas fontes naturais existentes ao redor da cidade. [N.E.]

O cheiro de flores, um odor que ele conhecia muito bem... Que cheiro é esse agora, no meio dos Cárpatos? Sentiu um calor como se dedos finos acariciassem com leveza seu rosto, um toque quente como o vento de verão em seus lábios, como se transformasse seu pesadelo em um sonho maravilhoso. Mãos acariciando seus cabelos, como pentes macios. Como se ouvisse seu nome em um sussurro que atingiu seu ouvido, ele abriu os olhos, com receio de acordar daquele sonho lindo. Ao lado da cama estava uma lâmpada, e sentada na beira dela, o rosto de uma jovem e seu pescoço eram iluminados. Requintada, bela, e sorria para ele. Mas havia também preocupação naqueles olhos. Todas as emoções estavam juntas. Lágrimas fluíam dos olhos cheios de amor. Essa jovem linda e amorosa não era outra senão Shura.

Seyit, sem dizer nada, a abraçou como um louco. Era como se temesse que ela fosse tirada dele.

Ele se sentiu quente por dentro, enquanto se lembrava daquela cena. Naquela noite, as lágrimas quentes o haviam lavado, como se ele tivesse esquecido todo o tempo doloroso. Quando puxou sua amada para seu peito e beijou seus cabelos loiros, ele olhou através da escuridão e viu seu olhar ansioso.

Shura se despia à luz da lâmpada. Seu corpo era branco como cera de abelha. Ela era tão linda quanto a estátua de uma deusa grega, e seus corpos se amaram sedentos. Eles redescobriam o corpo um do outro tantas vezes, que era como se o alívio da fome não chegasse. Era um amor louco, que os tomava por inteiro.

Seyit estava imerso no passado. Naquelas noites de inverno que ele deixara para trás. As noites de verão de Livadia, de Alushta, de Yalta não eram mais que reminiscências. As florestas de São Petersburgo, Moscou...

Ele fora tão feliz... Mas o real agora era Istambul. Todos os lugares que ele realmente sentia falta estavam a milhas e anos de distância. Os quilômetros foram ultrapassados, mas, e as lembranças? Elas não puderam ser vencidas. Ele podia se aproximar do passado tanto quanto sua memória e imaginação permitissem, mas nunca mais o teria. Aquilo se tornara um conto de fadas. Apenas um conto de fadas...

— Shura, Shura — ele murmurou, olhando para a estrada de cascalho. Cada segundo naquele trem o levava a um novo momento do seu sonho. Mas então ouviu um estrondo, e era como se tudo tivesse partido. Ele tinha morrido? Seu passado estava em sua mente, estava lá na escuridão, parecia que estava pendurado em algum lugar no ar. Ele queria acender um novo cigarro, mas algo o queimava. Tinha acontecido um acidente com o trem. Ele voltou para a realidade. Estava ferido, muito ferido. Mas, em vez de pena, sentiu seu coração quente. Sentiu um arrepio interior que não conseguia encontrar desde os doze anos de idade. Ele estava morrendo. Não tivera chance. Sentiu que os trilhos que deslizavam sob ele o levariam para o fim. Ele estava tonto. Era como se uma vida inteira estivesse fora de suas mãos. Tudo estava além do tempo, e quase atrás de uma tela cinza. Por trás dessa cortina, ele queria capturar os tempos que via tão claros quanto vivos e estendeu a mão, mas seu braço não foi suficiente para alcançar todos aqueles sonhos.

Sim. Todos os seus sonhos, de fato, tinham acontecido. Mas ele não queria contar para ninguém. Não queria dizer às pessoas que nunca poderiam entender suas experiências, tristezas e anseios. Elas nunca compartilhariam sua vida com ele.

Ele caíra no colo da morte, na escuridão. Mas a morte ainda não estava pronta para abraçá-lo. Ele foi levado para o hospital, e ainda estava respirando. Todos os seus ossos estavam quebrados, as fibras foram rasgadas, os órgãos internos danificados, o corpo se transformou em um monte de sucata. A longos intervalos, mesmo com as respirações leves, seu sofrimento era evidente. As dores eram diferentes de qualquer sofrimento que ele já tivesse experimentado. Não era como quando fora ferido nos Cárpatos.

Maca nos corredores, raio-x e médicos. Ele via tudo como se assistisse a outra pessoa. Os médicos ficaram satisfeitos ao ver que ele estava consciente. Seyit mal conseguia manter as pálpebras machucadas abertas. Tentava seguir o movimento dos médicos, ouvir o que era falado. Aparentemente, ele tinha um problema grave. Especialmente com a perna esquerda. Quando ouviu algo, murmurou:

— Eu desejo ser enterrado em outro lugar... Eu gostaria de ser enterrado em Alust...

Os médicos que o assistiam se entreolharam e concordaram baixinho que ele estava louco. Mas também foram unânimes em afirmar que era direito do paciente escolher onde ser enterrado. Seu ombro estava rasgado demais para ser tratado. Os ossos estavam presos entre carnes desfiadas, como pedaços de lasca. Os médicos tomaram a decisão de cortar o braço dele. E ouvir aquilo foi como um tiro no cérebro. Em choque com o que ouvira, ele tentou levantar a cabeça e chorou.

— Haayırr! Não! Não vão cortar meu braço!

O mais velho dos médicos tentou acalmá-lo.

— Senhor, eu sei que isso é muito difícil, mas precisamos. Acredite, gostaríamos de poder salvar seu braço. No entanto, não existem mais ossos nem a pele do ombro.

Seyit, apesar da dor que subia da caixa torácica a cada respiração, continuou gritando:

— Notifique minha esposa. Deixe-a vir e me pegar. Não quero ficar neste hospital.

— Senhor, por favor, acalme-se. As notícias já foram enviadas para sua casa. Mas não podemos deixar você ir. Depois de um tempo, seu braço se transformará em gangrena. Será mais desagradável do que agora, e irá colocá-lo em uma situação de morte. Precisamos intervir o mais rápido possível.

Seyit sentiu pânico naquele momento. Amarrado a uma maca, ele estava impotente.

— Não quero ser mutilado, doutor! Eu não quero! Mesmo se eu morrer, meu braço, minha perna estarão comigo. Você me entende?

Mas ele não tinha forças para fugir, e os médicos o sedariam, cortariam seu braço e jogariam longe.

Mürvet veio correndo pelo corredor, como uma louca. Ele viu sua esposa e respirou fundo. Quando Mürvet viu a aparência do marido, ela quase desmaiou. Abraçando Seyit, chorou em meio ao sangue. Mas agora ela também sentia que precisava dominá-lo, mais do que nunca. De fato, somente a cirurgia poderia salvar sua vida. Um médico a puxou para o lado e disse que se Seyit não tivesse o braço amputado, morreria em questão de horas. Ele tinha que ser persuadido a fazer uma cirurgia. Mas todos os pedidos de Mürvet eram em vão. Seyit, cada vez mais mal-humorado com sua esposa e com os médicos, queria morrer com seu braço.

Mas ele poderia ser operado mediante uma autorização com assinatura de Mürvet.

— Eu quero ir para casa! — Seyit gritou.

Finalmente, apesar da condição crítica do paciente, ela optou por atender ao pedido do marido e não dar a autorização. Mürvet, em lágrimas, abraçou Seyit e o levou para casa, deitado em seu colo. Quando eles chegaram em casa, com a ajuda do motorista de táxi e Hakki, subiram. Mürvet chorava, enquanto tirava o marido inconsciente do carro. Emine soltou um suspiro quando olhou para o genro em estado miserável, deitado na cama. Ela não sabia o que poderia fazer para ajudar. Mürvet estava igualmente desesperada. Ela não poderia assistir à lenta morte do homem que amava.

Alguém falou de uma curandeira muito boa no bairro, e mandaram chamar a mulher. Quando ela chegou, toda a família ficou surpresa com sua imagem. Ela era do tamanho de um homem. Seus braços eram grandes e musculosos. Quando entrou no quarto e olhou para o paciente, a expressão áspera e sem alma de seu rosto denotou que ele estava muito mal. Parecia-se com um lutador que se preparava para lutar, enquanto se aproximava da cama. Enrolando as mangas do seu vestido de flanela escuro, com flores cor de vinho e pretas, ela se aproximou. Mürvet estava de pé na cabeceira de Seyit, com um olhar tímido, do outro lado da cama. A mulher, com dedos experientes, tocou o corpo do paciente. Quando ela girou as mãos, Mürvet se rebelou contra a dureza de seus movimentos.

— Oh! Mais devagar!

Ela nem olhou para o rosto de Mürvet e continuou a examinar o ombro e o braço. De forma seca e dura, ela listava o que precisaria:

— Quero seis copos de azeite, seis ovos e um recipiente fundo.

Ela começou a retirar alguns frascos da bolsa.

— Qual é o caminho da cozinha?

Mürvet lhe mostrou. Enquanto isso, ela rezava para que Seyit não recuperasse a consciência. Se ele visse essa mulher ao lado da cama, não queria nem pensar na reação dele.

Na cozinha, a grande mulher preparava uma mistura feita com seus próprios pós e ervas especiais, para passar no ombro ferido de Seyit e no braço. Quando ela começou a passar o unguento, Mürvet ficou horrorizada. A mulher não era afetada pelo sangue; seus dedos tocavam todos os pontos do ferimento, e seu olhar era como se tivesse encontrado algo. Era quase como se tirasse um som debaixo da pele, com a ponta dos dedos.

Ela passava a mistura sobre os mamilos de Seyit e fazia uns movimentos, como se puxasse. Mas era tão rápida e cruel que não demorou muito para que Seyit voltasse a si, pela dor. A velha de bigode estava curvada sobre ele quando abriu os olhos. Primeiro, precisava descobrir quem ela era.

Naquele momento, ele gritou de dor. Seu corpo ferido estava sendo esmagado entre os dedos, como em um torno.

— Heeyy! Que diabos você está fazendo? Quem é você? Saia daqui!

A mulher pressionou a cabeça dele com a mão direita, sem olhar para o rosto do paciente, colocou um travesseiro nas costas dele e continuou seu trabalho. Seyit havia se esquecido momentaneamente da dor de seus ferimentos e das fraturas, de tão assustado que ficou. Era uma tortura total aquilo pelo qual ele passava. Mais uma vez, lutou para se livrar das mãos da mulher, e soltou um palavrão enorme.

— Deus, droga! Deixe-me ir, sua esposa imunda!

Então as bochechas de Mürvet ficaram vermelhas, como se um fogo as tivesse atingido. O marido dela, em todos esses anos, nunca a xingara assim. Surpresa, ela levou a mão à boca. Mas a curandeira pareceu que nem ouviu. Com a mão, ela empurrava Seyit no travesseiro e se pendurava no braço ferido, com mais força. Ela puxou um pouco seu ombro, empurrou um pouco o cotovelo, e passou a pomada na ferida. Seyit entendeu que não podia lidar com a pessoa pelo qual ele foi capturado. Então se virou para a esposa.

— Isso partiu de você, Mürvet? — e, ao mesmo tempo, gritou: — Aahhh!

Então, respirando fundo, voltou-se novamente para sua esposa.

— Se você me deixasse morrer facilmente, seria melhor. Onde você conseguiu...

— Aahhh!... Onde você conseguiu isso... aahh! ... Inferno dos infernos!

Deus, não vai me deixar em paz nem quando estou morrendo? Provavelmente, não... Aahhhhhh!

Embora a mulher não respondesse, era como se seus movimentos estivessem ficando mais difíceis. Finalmente o unguento da tigela acabou, mas Mürvet imaginou que tivesse assassinado seu marido, e Seyit pensou que seu castigo havia terminado. Porém, a mulher repousou seu joelho direito no colchão e, com uma mão, segurou o cotovelo do paciente; com a outra, apertou o ombro ferido. Seyit trancou os dentes, tremeu, gritou e desmaiou.

Mürvet chorou. Mas a curandeira estava enfeitiçada. Ela ria enquanto cortava o lençol em duas partes.

— Eh, eh, eh. É isso aí.

Mürvet olhou para aquele rosto sem alma e se perguntou o que ela fizera.

— Isso é tudo o que é preciso — a mulher continuou. E começou a envolver o braço de Seyit com o tecido.

— Não se preocupe, garota. Seu marido ficará bom novamente. Ele suportou bem a dor. Meus pacientes não conseguem ver meu rosto por mais de alguns segundos.

Ela quase riu alto.

— Seu marido suportou bem.

Então, com a ajuda de Mürvet, Seyit foi enfaixado da cintura para cima.

Apesar das objeções de Seyit, das palavras irritadiças e das maldições, o tratamento do deslocamento continuou por um mês. E acabou que Seyit não morreu de gangrena. Gradualmente, ele começou a sentir menos dor todos os dias, durante a aplicação do unguento. Então, finalmente, ele desistiu de teimar com a idosa. Ao final de duas semanas seu ferimento começou a melhorar drasticamente, e Mürvet ficou contente por ter trazido o marido do hospital e entregado a essa mulher, embora estivesse inicialmente aterrorizada.

No entanto, eles estavam no inverno de suas vidas novamente. E, de fato, o inverno era difícil para todos. Embora ele reconhecesse que Mürvet tinha que trabalhar, estava com vergonha de não fazer nada, além de permanecer como um inválido. Novamente, as conversas com Leman o salvaram do tédio profundo. No final do conturbado inverno, enquanto Seyit se recuperava, o dinheiro acumulado no verão anterior já estava esgotado.

CAPÍTULO 32

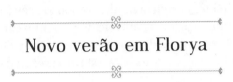

Novo verão em Florya

Quando maio chegou, sem perder tempo, Seyit novamente alugou o mesmo terreno em Florya. Se tudo desse certo, com o dinheiro que arrecadaria neste verão, ele poderia guardar um capital para abrir um negócio no inverno. Mas foi apenas um pensamento simples. Ele não queria mais pensar ou sonhar com o futuro. Seu destino sempre o enganava. A impossibilidade de combater o desconhecido, com as desgraças que se seguiram uma após a outra, era impossível para ele voltar a sonhar. No entanto, a teimosia que ele conhecia e amava, assim como seu nome, não o deixava. Mas precisava trazer alguma cor para sua alma, para poder continuar vivendo. Ele estava bem ciente de seu desbotamento. Essa era uma sensação assustadora. Quando não há imaginação e entusiasmo na alma, o fogo se apaga e o corpo morre. E era como se o desânimo o sugasse lentamente, e ele tentava viver em um mundo menor.

Apesar de todos esses pensamentos confusos, ele não conseguia eliminar completamente o ritmo do trabalho diário, a emoção de viver a vida e devolvê-la às pessoas ao seu redor. Nesse período ele passou menos tempo dormindo, e mais trabalhando duro. O cassino em Florya funcionava muito bem. Naquele ano estava melhor do que o anterior. Mürvet e as filhas foram ficar com ele, novamente, nos fins de semana. Ele de novo foi honrado com as visitas do Pasha, com a orquestra Balalaica e as danças cazaques à noite.

Eles estavam satisfeitos. Leman novamente encantou o público com a dança Kazaska da Crimeia. No entanto, os russos brancos que moravam nas costas de Florya viviam dias de tensão novamente.

Em 16 de junho de 1934 foi deflagrada a República da Turquia. Os turcos cantavam e comemoravam, mas seria obrigatório a carteira de identidade de cidadão da República da Turquia para viver em Istambul. Todos corriam atrás de resgatar seus sobrenomes turcos. Essa era a questão mais atual. Aqueles que registraram seu sobrenome começavam uma nova vida e abraçavam seus novos nomes com o sentimento de recompensa.

Quem não aceitava a mudança tinha que deixar o exílio em Istambul, onde tinham vivido por tantos anos. E russos brancos começaram a deixar o país, um por um. Isso não significava insultar a Turquia, pelo contrário, eles eram gratos, pois a Turquia os tinha abraçado em dias mais difíceis. Eram apaixonados por esta cidade de conto de fadas chamada Istambul. Eles tinham construído novas vidas ali, e tentaram dar mais do que receberam. No entanto, eram russos brancos. Um dia, esperavam voltar para sua pátria, portanto, não podiam se tornar cidadão turcos; senão, jamais voltariam. No entanto, alguns deles, para proteger os negócios, foram obrigados a se converter ao Islã.

A costa de Florya foi imediatamente afetada por essa agitação. Embora Seyit ainda tivesse seu trabalho de verão, à noite, a orquestra, com sua balalaica, ficou em silêncio, e os cossacos tiraram seus uniformes. Agora, no cassino e nos restaurantes, as refeições eram feitas apenas com bate-papo. Não havia o que comemorar.

Durante o dia, havia somente o barulho das pessoas que enchiam a praia para aproveitar o mar, até o pôr do sol.

O Pasha, que passava o verão em sua mansão, foi novamente ao cassino. Um menino russo chamado de pequeno Leonid, que há muito tempo trabalhava naquela praia, se aproximou dele e disse:

— Senhor, não estamos mais autorizados a trabalhar, só porque não somos cidadãos turcos.

O Pasha, depois de ouvir o menino, virou a cabeça um pouco para o lado e tomou um gole de seu raki. Essa não era a ordem do Pasha, pois viera de escalões muito acima dele. Entretanto, seus olhos tristes contemplaram o garoto, e ele disse:

— Vamos, deixe-os trabalhar em paz.

Isso criou entusiasmo em todos os russos brancos de lá. Imediatamente, os comunistas se dispersaram nos cumes de Florya. Em pouco tempo, os membros da orquestra e os dançarinos tinham tomado seus lugares, e a festa recomeçado. Eles cumprimentaram o Pasha e começaram suas apresentações, com um entusiasmo nunca visto até então.

O pequeno Leonid sentia-se emotivo por sua coragem de ter ido falar com o governador, e o Pasha o ter escutado. Ele sorria cheio de empolgação e esperança.

* * *

Seyit não queria se apressar para obter a cidadania turca e um novo sobrenome. Mürvet e seus parentes o pressionavam sobre isso, mas ela sentiu que ele poderia ter outros pensamentos por trás de sua lenta tomada de decisão. Ela estava preocupada com as situações difíceis que as crianças poderiam enfrentar na escola, sem seus sobrenomes turcos. E Mürvet tinha razão.

Naquele momento, pensamentos sobre a possibilidade de se mudar para a América novamente vieram à mente de Seyit. Por fim, sem saída, ele aceitou a questão de obter um sobrenome turco, e eles se inscreveram no Departamento de População de Alemdar. Seyit, contudo, queria tentar a sorte com os sobrenomes Eminof, Eminova ou Eminoğlu. Doía-lhe ter que tirar seu amado nome de família. O primeiro, como era um nome russo e não diferente de seu passaporte, não foi aceito. Os outros já tinham sido adotados. Mas ele procurava um sobrenome que trouxesse a memória do passado. E, finalmente, aceitou o sobrenome Gürçınar, pois em Alushta, no jardim da casa de seu pai, tinha uma árvore com um nome parecido, onde ele e seus irmãos sentavam-se com seu pai à sombra dela e conversavam. Ela tinha flores de pétalas retorcidas. Talvez o nome lhe trouxesse boa sorte para suas vidas futuras.

Quando a escola foi reaberta, Leman e Şükran receberam o sobrenome Gürçınar e Mürvet estava aliviada. Mas se tornar um cidadão turco não trouxe nenhuma vantagem para Seyit. Após o encerramento das atividades na praia de Florya, ele passou o outono e inverno procurando um lugar para abrir um cassino. Quando percebeu que ficaria bastante apertado financeiramente, passou algum tempo procurando parceiros. Enquanto isso, eles viviam novamente com o dinheiro que ele ganhara no verão. Tinha um sobrenome turco, mas não tinha trabalho.

No final da primavera, Şükran começou a ficar lenta. Não conseguia acordar de manhã, mas era forçada a ir à escola e, quando chegava, estava sempre procurando um lugar para encostar a cabeça. Ela perdeu o apetite, e sua cor desaparecia dia após dia. Mürvet pensou que havia um problema na escola, mas quando conversou com Leman e sua professora, ela entendeu que não era. Seyit começou a acreditar que sua filha inventava desculpas para viver sua natureza chorosa da qual ele não gostava. Ele amava o estado saudável, agressivo e ativo de Leman, mas a caçula era o oposto. Várias vezes ele sentiu a necessidade de avisar sua esposa, para não a estragar ainda mais.

Uma manhã, Mürvet entrou no quarto para acordar as crianças e encontrou Şükran queimando de febre. Aterrorizada, ela tentou confortá-la com toalhas molhadas, mas não ajudou. Neste caso, não poderia ir trabalhar. Então pediu a Necmiye para ir à fábrica e relatar seu pedido de desculpas ao seu patrão. Claro, esse comunicado não impediria que seu salário fosse descontado, mas pelo menos eles não pensariam que ela teria desistido do trabalho e não a substituiriam.

Na ausência de Seyit, Emine pegou Şükran nos braços e saiu correndo em direção à rua, mas não conseguiram encontrar um carro que as levasse para um hospital. Emine e Mürvet, revezando Şükran nos braços, caminharam de Mahmutpaşa até Haseki. O médico, depois de uma verificação rigorosa, diagnosticou que Şükran estava com malária, e prescreveu o tratamento.

Quando voltaram para casa, colocaram a menina em sua cama e começaram o tratamento. Não havia alternativa, Mürvet teria que deixar o trabalho para cuidar da filha. Escreveu um bilhete para seu patrão e pediu a Fethiye que fosse levar à fábrica. Nele, ela informava que não podia ir trabalhar enquanto sua filha não se recuperasse, no entanto, não desejava deixar seu emprego.

Mas, no fim de uma semana de tratamento, Şükran parecia que não estava reagindo às drogas. Estava fraca, dormia o tempo todo, e às vezes perdia os sentidos. Em alguns momentos, parecia prestes a acordar, mas um dia após esse alívio enganoso, Şükran se perdia novamente na inconsciência. Seus lábios estavam meio espaçados e ela começou a delirar. A situação parecia muito grave. Todos se reuniram em volta da cama, conversando sobre o que poderia ser feito. A propósito, Seyit não estava em casa. Seguindo os conselhos da vizinha Safiye Hanım e Kuledibi, levaram a menina para o Hospital St. George.

Fethiye foi imediatamente buscar um carro, carregaram Şükran às pressas para ele, e partiram em busca de ajuda especializada. Dr. Fakaceli, depois de examinar Şükran, perguntou, em tom de repreensão:

— Quem é a mãe dessa criança?

Ele continuou à espera de uma resposta das três jovens sentadas lado a lado.

— Essa criança está com febre tifoide — disse o médico. Ela tem que ser internada imediatamente. Jamais poderia ter ficado em casa.

Murka começou a chorar.

— Não podemos deixá-la aqui, doutor, tenho outra filha para cuidar em casa.

Seu verdadeiro medo era que eles não pudessem arcar com os custos de um hospital particular.

— De jeito nenhum! Ela não pode voltar para casa, ou morrerá! Essa garota precisa de muito tratamento — bradou o médico, e continuou: — O tratamento dela está atrasado — ele disse, como se implorasse.

— Eu agradeço pelo seu diagnóstico, doutor. Mas, acredite, não podemos mantê-la aqui.

O médico foi até sua mesa e começou a preencher uma receita.

— Se você insiste... Bem, antes, deixe-me dizer: esteja ciente de que você está assumindo um grande risco. Jamais diga que um médico deste hospital não lhe advertiu. Essa criança necessita ficar num ambiente muito calmo e escuro, e repousar. Ela dormirá o máximo possível. Além disso, você lhe dará os medicamentos que prescrevi. Preste atenção: você desinfetará o quarto antes de colocá-la na cama. Todos os dias, as roupas dela e de cama deverão ser fervidas e desinfetadas. Tudo que levar até ela deve ser desinfetado com água quente: pratos, canecas, garfos... Não deixe ninguém entrar no quarto, além de você. Essa doença é contagiosa. Mantenha sua outra filha separada da paciente.

E uma última coisa: se ela se recuperar depois de quarenta dias, estará salva.

Murka agradeceu ao médico, pegou a filha, com uma pilha de instruções de cuidados, e voltaram para casa. Levaram Şükran para a casa de Emine e a colocaram no antigo quarto de Necmiye. Emine se ofereceu para cuidar da neta, enquanto Leman ficava com Seyit, para que Mürvet pudesse voltar ao trabalho. Embora essa fosse a melhor alternativa, o coração de Mürvet não concordou com isso.

Seyit, novamente, estava à procura de um lugar para montar um restaurante. Quando ele retornava para casa, era evidente, pela agitação e expressão desesperada em seu rosto, que não obtivera sucesso. Estavam, novamente, quase na miséria. O peso de viver em casa, com o dinheiro do trabalho de sua esposa, era mais forte do que ele podia suportar.

Şükran, na primeira semana, a cada duas horas de intervalo, recebia uma injeção. O custo com os remédios era alto, e Necmiye notou o sofrimento de sua irmã e de seu cunhado. Seyit, com seus pequenos meios, alguns bicos, ajudava. Finalmente, depois do quadragésimo dia, aqueles que estavam à espera do lado de fora do quarto, ou ao lado da cama da doente, foram tomados de alegria com a voz miada da menininha. Şükran, lentamente, recuperava a consciência. Pela primeira vez em dias ela falou, com uma voz muito fraca, que logo se esvaiu. Estava abatida, magra, e com seus olhos azuis opacos.

Mürvet, em sua própria casa, preparou uma cama em frente à janela e carregou sua filha para lá. Por alguns instantes, Seyit e ela esqueceram a preocupação com a falta de dinheiro, e acolheram a filha que estivera tão perto da morte.

CAPÍTULO 33

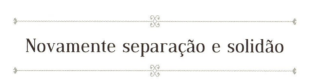

Novamente separação e solidão

O inverno de 1935 a 1936 chegou cedo, e Istambul passava pelo clima mais severo dos últimos anos. Uma grande tempestade havia virado a vida dos moradores de cabeça para baixo. Uma correnteza tinha afundado barcos e levado parte da ponte que ligava a parte turca à parte europeia da cidade. O marido de Fethiye, Ethem, tinha sido uma das vítimas do desastre. Ele fora arrastado pela água e jogado no mar. Apesar da água gelada, ele flutuou por horas, e estava acamado e muito ferido. Fethiye, que estava grávida do segundo filho, sofreu um grave choque.

Emine agora tinha que lidar com os problemas de suas duas filhas. Perguntava-se por que tanta tristeza, e não podia mais suportar aquela vida. Ela se mudou para a casa de Fethiye, para ajudar a cuidar de Ethem, que aceitou com alegria a ajuda de sua mãe, já que não sabia como lidar com a difícil fase.

Nas vésperas de Ano Novo, Fethiye finalmente deu à luz, e nasceu um menino saudável e robusto. Eles o chamaram de Seçkin.

A vida continuava. Mürvet aumentou a carga de trabalho na fábrica de meias, e seu salário subiu para cinco libras por semana. No entanto, mesmo com o aumento, o dinheiro não dava para cobrir os custos dos medicamentos de Şükran. Seyit, que agora vendia palitos recheados numa banca perto de sua casa, sabia que, com aquele trabalho, jamais conseguiria atingir o nível de vida que almejava. Era necessário procurar uma nova saída, mas as portas da fortuna que Istambul poderia lhe dar estavam fechadas para ele. Começaria um novo ciclo em sua vida, ele sentia. Era a hora da mudança.

Ele, então, vendeu a banca e deu o dinheiro à esposa, para pagar os remédios e outras despesas; novamente tomaria a estrada, e partiria apenas com uma pequena quantia. Mürvet sentiu que o perdia novamente. Ela não entendia por que ele tinha que ir embora, por que não tentava a vida por ali mesmo, e o que ele queria. Ela choramingou, depois chorou de verdade e tentou dissuadir o marido. Mas na sua mente ela sabia que ele já tinha tomado a sua decisão de ir. Desta vez, Seyit queria tentar a sorte em Ancara[23]. O principal medo de Mürvet era que nunca mais o visse.

Quando eles se abraçaram, ambos tiveram sentimentos diferentes. Não tinha nada a ver com sexualidade ou desejo. Foi um abraço caloroso e compassivo, que surgiu do compartilhamento das dificuldades, da exaustão, da determinação de superarem o azar juntos. Mürvet pensou que desde que conhecera aquele homem, era a primeira vez que experimentara o amor de verdade. Ele era duro, teimoso, irritado, com suas piadas desagradáveis, com seu sarcasmo, mas cada uma das facetas daquele homem louco era amada por ela. A ausência dele traria muita dor, ela não queria nem pensar. Agarrou-se ao marido, chorando.

Seyit, por outro lado, tinha dificuldade em analisar seus sentimentos. Ele a abraçou ternamente. Certamente, sentia algum tipo de afeto por ela, também tinha pena, pois os problemas e as tragédias que tiveram que compartilhar juntos não tinham sido poucos. Mas Seyit não queria parar para pensar nos seus sentimentos. Ele, então, deixou a esposa chorosa sentada numa cadeira e foi se despedir de suas filhas. Quando ele pegou Şükran nos braços e olhou nos olhos da filha, a menina parecia ainda esperar por uma reprimenda. Com esse medo, ela não pôde corresponder ao abraço caloroso de seu pai. Seyit, brincando, falou com ela, enquanto a deitava novamente na cama.

— Olha, eu não vou te encontrar na cama quando voltar. Está bem? Tome cuidado.

Ele segurou as mãos de Leman, que esperava por sua vez, e se agachou em frente a ela, encarando aqueles olhos cheios de lágrimas. Mas Seyit sabia que não choraria na frente da filha, só depois.

— Sim, Lemanuchka. Nós nos encontraremos novamente em breve. Não negligencie as lições de casa, obedeça à sua mãe e seja boazinha. Leia muitos livros no verão. Você vai me contar as histórias deles quando nos encontrarmos. Está bem?

Leman, que cerrava os lábios para não chorar alto, acenou com a cabeça para cima e para baixo. Ela, então, não aguentou, jogou os braços em volta do pescoço do pai e soluçou:

— Mas eu queria que você não fosse...

Seyit acariciou a cabeça da filha, deitada em seu ombro.

— Eu preciso ir, Lemanuchka. Eu tenho que ir. Se tudo der certo, você virá depois, junto com sua mãe e Şükran. Ou eu voltarei.

— Mas eu vou sentir muito a sua falta, papai!

---

23 -Ankara ou Ancara fica na região da Anatólia Central. Fica distante de Istambul cerca de 450km, uma distância de São Paulo ao Rio de Janeiro, e foi ocupada pelos aliados (ingleses) entre 1919 e 1922. O nome da cidade vem da lã angorá, um tecido fino e macio feito a partir do pelo do coelho angorá. Ancara é um dos lugares mais secos da Turquia. [N.E.]

Seyit queria deixá-las sem lágrimas, tanto quanto possível.

— Eu também sentirei sua falta. Vou sentir falta de todas vocês. Mas eu tenho que fazer essa viagem, querida. Além disso, quando sentir muita saudade, pode ir me ver, você sabe.

Leman tomou certa distância do pai e olhou para ele, para ver como seria. Seyit continuou:

— Você se lembra, eu lhe ensinei certa vez sobre Deus.

Leman balançou a cabeça novamente.

— Então, quando você sentir uma grande solidão, anseios, dor, lembre-se de Deus. Olhe para as nuvens, olhe para as árvores e pense. Pense em como Deus está perto de você e O imagine em uma nuvem, talvez nas folhas de uma árvore...

Leman ouvia o pai como se estivesse enfeitiçada. Ela ficou aliviada e olhou para Seyit sorrindo.

— Essa é a minha filha! Sempre olhe a vida com um sorriso, Lemanuchka. Agora, me dê um grande beijo.

Todas as pessoas se reuniram na porta, para se despedir de Seyit. Ele beijou a mão da sogra e, mais uma vez, abraçou esposa e filhas. Pegou sua mala e, com passos largos, entrou na rua principal. Enquanto caminhava, muitas vezes virou a cabeça e acenou para eles. Pela primeira vez em muito tempo, Kurt Seyit chorou. Leman, em seu quarto, deitada no travesseiro naquela noite, também chorou. Ela, então, abriu a janela, procurando uma nuvem no céu, para encontrar seu pai.

Ao mesmo tempo, em um dos compartimentos do trem em direção a Ancara, Seyit estava, mais uma vez, a caminho de uma vida da qual não sabia o que esperar. O que o futuro traria para ele? Não queria pensar. Doía tanto o seu anseio não se tornar realidade, que ele estava determinado a viver sem planejamento. Até que chegasse em Ancara, não pensaria em nada. Lá, teria a oportunidade de pensar. Então se levantou e abaixou a janela. Tirou uma garrafa de vodca da mala, encheu o copo e acendeu um cigarro. Com a fumaça do tabaco prestes a se espalhar, o som das rodas do trem, a memória do acidente veio à sua mente e trouxe medo ao rosto de Seyit.

Tinha sido uma noite de lindas recordações e, depois, um pesadelo. Como tudo na vida dele. Fases ótimas, e depois desgraças. Ele voltou os olhos para o céu e deteve-os numa nuvem que flutuava ao vento, e sorriu. Lembrou-se de Leman, sua pitada de alegria na vida.

CAPÍTULO 34

Mágoa. Houve algum tratamento para ela?

O calor do verão se aproximava e as escolas já estavam de férias, mas Mürvet ainda chorava em sua cama, ao lado de um travesseiro vazio. Leman, por outro lado, havia parado de chorar, e se contentava em olhar para as nuvens, e pensar em Deus e no pai.

Um mês inteiro se passou e eles ainda não tinham notícias de Seyit. Mürvet não conhecia ninguém em Ancara para escrever e perguntar se tinham visto o marido. Seyit, talvez, nunca tivesse chegado lá. Podia ser que ele tivesse desistido e mudado de rumo. A aventura em Ancara poderia ter sido apenas uma distração. Novamente, os antigos pensamentos de sempre assolavam Mürvet: em algum lugar, talvez ele tivesse começado uma vida nova, a vida que perdera ao seu lado.

No departamento em que trabalhava na fábrica, eles se preparavam para o lançamento de meias de fios de seda. Caso contrário, se trabalhasse em um local onde as guilhotinas funcionassem, como em Büyükdere, seus dedos e mãos teriam sido cortados, pois ela estava muito dispersa.

Depois de um tempo, a escassez de meios de subsistência, os problemas na própria casa, as necessidades das filhas, a ansiedade do futuro, a tinham feito parar de chorar. Ela agora tinha problemas urgentes para resolver. Se Seyit nunca mais voltasse, o futuro das filhas estaria somente em suas mãos. O estranho era que à medida que as preocupações da vida se intensificavam, o amor dela por Seyit se transformava em um conto de fadas longínquo, em outra dimensão e tempo.

Para espairecer, no domingo, Mürvet saía com as filhas, para aproveitar o calor do verão e tomar banho de mar em Kumkapı. Às vezes, ela as levava para ver o sol se pôr. Apesar de suas vidas limitadas, tentavam aproveitar as oportunidades; comprava roupas para as filhas e tentava viver o mais próximo possível dos hábitos da vida moderna. Novamente, o cinema teve um lugar importante em suas vidas. Elas iam ao cinema Alemdar duas ou três vezes por semana. Mürvet tentava manter as filhas ocupadas. Ela, de fato, acreditava que Seyit havia desaparecido para sempre. Não queria pensar e sequer falar sobre isso. Às vezes, seu amigo mais próximo, Monsieur Zion, algum parente ou colega de trabalho na fábrica perguntavam por ele. No trabalho, ela fez novos amigos, como Mahmer, uma judia georgiana e seu marido Moisés. Eles tinham criado sua filha Ássia e seu filho Misha em Istambul. Embora morassem ali, não aderiram às maneiras do povo europeu. Mürvet aproveitou a amizade com eles para passear com as filhas em outro ambiente, fora a casa da mãe e da irmã.

Nada contra a mãe, pois era com a ajuda de Emine que ela criava suas filhas. A mãe se dividia entre olhar o marido acamado de Fethiye e cuidar de Leman e de Şükran. Necmiye, por outro lado, estava no frescor dos vinte e dois anos, entusiasmada e esperançosa com sua vida. Ela ajudava a cuidar das sobrinhas, mas como era uma bela moça, com cabelos pretos que adornavam sua bela face, uma beleza notável à primeira vista, com seus grandes olhos negros no rosto moreno, tinha muitos pretendentes, outra preocupação para Emine, que não a deixava sozinha. Ela tinha se apaixonado por Kemal, um tenente da Marinha, e o jovem casal se via todo fim de semana. Eles ficavam conversando sobre seus sonhos. No entanto, para que esses sonhos se concretizassem, Kemal tinha que se tornar um capitão. Mürvet estava satisfeita pela sorte da irmã, e parabenizou Necmiye.

— Ele é um rapaz de sorte — disse Mürvet.

Necmiye, com o sorriso mais profundo com covinhas, balançou a cabeça, negando.

— Não. Eu tive sorte. Ele é uma ótima pessoa.

Elas, então, mesmo antes do pedido formal de Kemal, começaram a preparar o enxoval de Necmiye. A moça tinha um brilho em seus olhos apaixonados. Emine, como parece acontecer às mães, passou a desconfiar das intenções de Kemal, pois o rapaz há mais de mês não aparecia, mas não perguntou nada. Escolheu deixá-los em paz, embora escutasse sua filha chorando. Certa noite, bateram à porta, e uma garotinha trouxe um envelope em nome de Necmiye. Ela leu o bilhete de Kemal:

Estou envergonhado por não ter ido à sua casa, mas venha ao nosso ponto de encontro habitual. Eu preciso falar com você".

Necmiye, com a permissão de sua mãe, foi ao encontro de Kemal. Novamente, uma esperança palpitava dentro dela. Ele devia ter uma explicação para sua ausência, tanto física quanto das cartas. Kemal esperava por ela em uma praça vazia. Mas no momento em que viu um anel em seu dedo, foi como se Necmiye fosse atingida por um raio. O rapaz, com uma expressão confusa no rosto, tentou explicar à jovem que a noiva era filha de um parente, que as mãos dos dois tinham sido prometidas ainda quando eram crianças. Assim, ele prometeu à mãe que se casaria, e no mesmo dia seu pai colocou a aliança em seu dedo.

Necmiye não pôde mais ouvir. Saiu chorando pela rua. Todos os seus sonhos foram destruídos.

Os dias seguintes não trouxeram nenhuma carta de Kemal, e ela se fechou em seu quarto e só chorava. Pensou que não poderia amar assim nunca mais. Tornou-se mais introvertida, mais emocional, e chorava por qualquer motivo banal. Um dia, depois do trabalho, encontrou Kemal esperando por ela. Assim que o viu, o amor em seu coração foi revivido. Ela não havia conseguido esquecê-lo. Então aceitou dar um passeio de barco com ele, para que conversassem. Ele alugou um barco em Samatya, e Necmiye notou que não havia mais anel no dedo do rapaz, mas optou por não perguntar nada. Talvez ele não estivesse usando apenas para não a machucar. No entanto, Kemal capturou seu olhar secreto e nervoso.

— Eu joguei meu anel fora. Mas, por insistência de minha mãe, ela ainda o mantém. Eles acham que eu vou mudar de ideia. Mas eles vão entender que não hoje.

Kemal apontou para uma casa grande na praia.

— Vê aquela casa? É a minha. Eles estão todos lá ou no jardim. Estão nos observando. Depois de verem que eu ainda estou com você, não poderão me forçar a me casar com outra pessoa.

O rosto de Necmiye foi invadido pela revolta.

— Leve-me de volta à terra, imediatamente, Kemal.

O rapaz ficou surpreso com sua atitude.

— Por quê?

— Como você pôde fazer isso comigo?

Ela estava apavorada, sabendo que a família dele os observava.

As explicações de Kemal não ajudaram

— Como você pode me humilhar assim?

— Necmiye, não diga isso. Estou desesperado. Não consegui convencer minha mãe. Mas se aquela garota nos vir aqui, o casamento não vai acontecer. Se ela perceber que eu te amo, que não estou fugindo de você, ela me deixará.

Necmiye chorava.

— Deixe-me ir agora, ou eu vou gritar o máximo que puder.

— Certo, certo. Nós vamos para outro lugar.

— Não, não vamos a lugar nenhum. Vou para a minha casa.

Quando eles desembarcaram, apesar da insistência de Kemal, ela deixou Samatya sozinha. No trem, se retirou para um canto quieto e chorou.

Alguns dias depois, um amigo em comum disse para ela que Kemal iria para outra cidade e queria vê-la pela última vez. Ela lutou muito tempo consigo mesma para não ir. Finalmente, o amor prevaleceu. Ele não podia partir sem se despedirem. Mas quando ela foi ao local do encontro, o garçom entregou-lhe um pedaço de papel. Kemal tinha esperado o máximo que pôde, mas teve que pegar o trem. Ele também escreveu que amava muito Necmiye.

Ela sentiu seu coração apertar. O homem que amava loucamente, com tanto infortúnio, tinha ido embora, e nunca mais o veria. Se ela pudesse ter chegado alguns minutos antes... Com a última carta de seu amor em mãos, com lágrimas nos olhos, ela voltou para casa.

Nos dias seguintes parecia doente. Ficou sem falar, sem comer e sem beber. Emine sentia que sua filha estava caindo aos pedaços. Não houve mais notícias de Kemal. Logo depois, o dono da casa em que Mürvet morava pedira a mão de Necmiye para o filho deles. Era um garoto legal, bonito e gentil. Ela o conhecia desde a infância. Necmiye não o amava, apenas gostava dele como amigo. Não era como os sentimentos que tinha por Kemal. Mas ela sabia que não podia amar ninguém do jeito que amara anteriormente. Na verdade, não esperava mais amar ninguém. Sem nenhum pensamento, sem nenhuma emoção, aceitou. Ela, então, ficou noiva de Ibrahim. Pelo menos era amada. Sabia que era uma noiva desejada agora. E um dia, talvez, pudesse amá-lo tanto quanto ele a amava.

Depois de um tempo, Hakkı foi transferido do trabalho para Ancara, e mudou-se com sua família. Quando Mürvet ouviu a palavra Ancara, uma luz de esperança surgiu em seu peito. Talvez seu irmão encontrasse Seyit. Embora ela tentasse não pensar no marido, ainda o amava muito. Com entusiasmo, ela começou a esperar as cartas do irmão.

* * *

No clima seco de Ancara, nos últimos dias de agosto, a noite proporcionava pouco frescor. O sol se punha, mas como havia absorvido o calor crescente das estepes, ainda estava muito quente.

O céu estava pintado em tons de amarelo, alaranjado e vermelho. O jardim tinha as cores do outono. No térreo de uma casa de dois andares com vista para o jardim, a janela estava aberta. Lá dentro se via a silhueta do espectador, em meio à fumaça do próprio cigarro. A fumaça se misturava à escuridão e produzia pequenas sombras, preguiçosas e nebulosas. Nenhum movimento se via no entorno, e até a fumaça do cigarro desapareceu dentro de casa.

Quando a porta foi aberta, a impaciência era visível nos olhos da mulher que esperava no limiar da porta. Seu corpo era alto, mas bastante rechonchudo. Ela esperava com a mão no peitoril, com um olhar de desejo por algo que antes era muito bonito. Apesar de parecer imprudente e despreocupada para o mundo, ela tinha uma atitude amorosa. Entrou sem esperar um convite, e falou:

— Eu estava quase voltando, Kurt Seyit. Não combina com você manter uma senhora respeitável esperando à porta por tanto tempo assim.

Quando o homem fechou a porta, agiu com indiferença, como se não a tivesse escutado. Quando ela entrou na sala, se virou para ela. Ficaram cara a cara por um momento, mas logo Seyit voltou à janela onde estivera. Tirou um lenço do bolso e secou a testa. O cigarro estava prestes a queimar entre seus dedos. Ele continuou olhando para fora, descansando as mãos no peitoril. A mulher se aproximou e o acariciou. Ela, então, com uma atitude ousada, tirou o cigarro dos dedos dele. Obviamente, queria conversar.

— Você parece entediado. Pensei que estivesse feliz com sua vida.

Mas Seyit estava com os pensamentos anos atrás, na lavanderia, contemplando a beleza de Shura. Aquela mulher, Marushka Zarife, por um instante lhe fizera lembrar de Shura. Mas as noites com Marushka, com seu charme glamoroso, logo se tornaram tediosas. A diferença era a idade e o idioma. Aquela aventura era definitivamente para uma noite só. Ele não a queria. Mas por conta da solidão, ter que dormir sozinho, por causa de sua bebida, ele tentara compartilhar o entusiasmo com ela. Mas Marushka Zarife apenas lhe trouxera mais solidão, pois fazia com que ele se lembrasse de Shura e de tudo que ocorrera depois que ela partira para Paris.

Ele queria paz. Não queria conversar, tampouco se lembrar. Então colocou a mão sobre o ombro dela e apoiou as costas no peitoril da janela.

— Não sou uma boa companhia hoje, querida. Quero ficar sozinho. É melhor você subir para sua casa.

A mulher cruzou as duas mãos no peito, em sinal de contrariedade.

— Você nunca me disse isso antes. Por que é tão teimoso, Kurt Seyit? Eu sei como você se sente sozinho. Moramos na mesma casa. Se você quiser, podemos criar nosso próprio mundo aqui.

Seyit entendeu que ser educado não resultaria em nada.

— Eu quero ficar sozinho. Até onde eu sei, não há nada que possamos dar e receber um do outro, certo?

Ela achou que Seyit falava do aluguel que pagara a ela.

Então respondeu com uma risada.

— Eu gostaria de receber. Assim, nos daríamos melhor.

Ele encaminhou a proprietária em direção à porta.

— Se você não me entende, não podemos concordar em nada. Chega, deixe-me em paz — disse ele, um tanto rudemente.

A mulher estava chateada, mas agiu como se não fosse nada. Não era a primeira vez que fora recusada. Ela estava determinada a tentar novamente.

— Sua mente não está em sua pequena esposa, está? Mas pense nisso. Todo esse tempo. Ninguém veio procurar por você, ninguém sequer perguntou. Uma jovem tão bonita é deixada sozinha numa cidade como Istambul. Quem sabe ela já te esqueceu? Se tivesse alguma curiosidade, algum interesse por você, ela já o teria encontrado.

A atitude atrevida e doentia da mulher deixou Seyit furioso. Mas ele não levantou a voz. Apenas puxou a gola do vestido dela com a mão esquerda, olhou-a nos olhos e falou devagar:

— Eu não quero ouvir você dizer nada sobre a minha esposa novamente.

Os olhos dela brilharam. Um estava furioso com o outro.

— Ela não sabe onde estou — ele acrescentou.

— Mas se você gostasse dela, pelo menos lhe enviaria uma carta, certo? Você nem isso fez.

Seyit sabia que ela estava certa. Ele até escreveu uma carta, mas nunca a colocou nos Correios. Sempre deixava para depois, para o outro dia, e os meses foram passando. Pareceu-lhe que poderia recuperar sua vida antes de lhe enviar uma carta. Do que adiantaria escrever e dizer que tudo se encontrava na mesma de sempre, que ele não tinha dinheiro suficiente, que morava num mausoléu? Mas, naquela noite, ele queria ficar sozinho e pensar. Sua família estaria melhor longe dele. Sentiu que elas estavam seguras longe de seu maldito destino, que todas as suas maldições, seus problemas não as alcançariam se ele permanecesse distante. Ele, de fato, acreditava que todos que tinham um relacionamento com ele sofriam uma parte disso.

Certamente elas estavam muito chateadas e decepcionadas com ele; talvez estivessem chorando, esperando que retornasse. *Não*. Pensou ele. Elas estavam saturadas com sua sucessão de problemas e azar. Talvez elas estivessem muito melhor.

Depois de deixar Marushka Zarife, ele ficou de pé junto à janela e continuou a encher os pulmões com nicotina. Marushka, no entanto, não conseguia entender por que ele havia escolhido a solidão e pensou que, ao convidar aquele homem para sua cama, substituiria uma mulher de quem ele não gostava. Talvez ela não fosse assim tão brilhante.

Seyit, no andar de baixo, pensava que deveria, pelo menos, enviar notícias para sua esposa, e deixar que ela escolhesse ficar perto dele ou não. Todavia, as condições eram muito piores do que as de Istambul.

Ele foi até o quarto e tirou a foto de uma gaveta. A luz da lâmpada mostrou os rostos de sua esposa e filhas. Com o dedo indicador da mão direita, acariciou as três mulheres de sua vida, e seus olhos se encheram de lágrimas. Ele sentia falta delas. Será que elas sentiam falta dele? Iria arrastá-las novamente para uma decepção? Suas vidas sem ele deviam estar em ordem agora. Com a fotografia na mão, ele se deitou na cama e ficou refletindo. Decidiu que escreveria uma carta no dia seguinte. Ele não sabia o que suas vidas trariam. Tudo o que sabia era que sentia falta de sua pequena família.

Ele dormiu com o conforto de ter decidido.

No dia seguinte, ao meio-dia, ao sair de casa para ir ao restaurante que abrira em Yenimahalle, ele encontrou Zarife, que pendurava roupas no varal do jardim. Ela sabia que havia sido dispensada na noite anterior. Sua esperança de ir para a cama dele não havia arrefecido. Mas não era mulher que demonstrasse estar magoada por um homem. Então, com uma atitude alegre e não agressiva, a mais educada possível, disse:

— Bom dia, Kurt Seyit!

Ele estava relutante em responder, mas precisava ser educado.

— Bom dia.

Assim que abriu o portão de madeira do jardim, a mulher deixou as roupas e os prendedores na cesta, e saiu correndo atrás dele.

— Tenho novidades para você, Kurt Seyit.

Então, ela notou a expressão dura e cautelosa nos olhos do homem. Sua cabeça inclinou-se para o lado, como se seu coração estivesse partido. A voz dela se tornou suave.

— Você ainda está bravo com o que eu disse ontem à noite? Olha, eu esqueci a noite passada. Esqueça, vamos ser amigos novamente.

Silêncio da parte dele.

— Está bem? Eu entendo que você *ame* sua esposa. É que eu pensei que, como você estava sozinho, com o coração partido, eu poderia... Acontece que seu problema era diferente. Vamos, esqueça a noite passada, eu tenho boas notícias.

Seyit não sabia o quanto poderia acreditar naquela mulher, mas pelo menos podia ouvi-la. Então esperou.

— Olha, eu vou a Istambul daqui a dois dias, para visitar um parente. Escreva uma carta, eu levarei para sua esposa.

Seyit não conseguiu entender o objetivo da mulher a quem ele havia expulsado de casa na noite anterior. Não acreditava que ela tivesse boas intenções. Ele abriu os lábios e pareceu que ia perguntar. A outra continuou:

— Não era o que você queria? Isso é ruim? Vou trazer sua esposa e suas filhas. Você só precisa escrever sua carta e me dar o endereço delas, que vou encontrá-las lá.

— Será um incômodo. Não quero incomodar ninguém.

— Não se preocupe, eu vou para lá mesmo, e não custa nada.

— Obrigado, Zarife. Não esquecerei essa bondade.

Seyit, ao sair do jardim, ainda estava abismado com a repentina mudança. Ele pensaria a respeito. Ainda lhe restavam dois dias para isso. Zarife, enquanto estendia a combinação branca no varal, colocou um pregador de roupa na boca, olhou para as costas de Seyit e, maliciosamente, sorriu.

* * *

Ao voltar do trabalho naquele dia, Mürvet passou antes na casa de sua mãe para vê-la, e encontrou uma convidada esperando por ela. A mulher disse ser de Ancara e que trouxe notícias de seu marido. Mürvet ficou muito empolgada e convidou a hóspede enviada por Alá para sua casa. Ela fez café e quando se sentaram uma diante da outra, mal podia esperar para ouvi-la. Então perguntou, com pressa.

— Como está meu marido? Ele está bem? Onde mora? Por que nunca me escreveu?

Zarife provou seu café com longos goles, como se quisesse aproveitar a agonia da jovem à sua frente. Então, como se houvesse algo na garganta, ela tossiu uma ou duas vezes, respirou fundo e esperou. Mürvet estava prestes a desmaiar de tanto nervosismo. O que havia com aquela mulher? Por fim, a visitante estendeu a mão e acariciou a bochecha de Mürvet.

— Não se preocupe, querida, não se preocupe. Seu marido está bem. Ele está bem.

Mürvet soltou um "oh" profundo e sorriu.

— Obrigada, senhora Zarife. Muito obrigada.

— Aaaaa! Estou ofendida, a menos que me chame de Zarife. Eu vim até aqui para tratar você como uma irmã mais velha, mas você formaliza as coisas quando me chama de senhora.

Mürvet não estava acostumada a tanta intimidade, porém a única conexão com o marido era essa estranha mulher. Ela não tinha decidido se poderia gostar dela ou não. Havia algo enigmático na atitude de Zarife, em seu discurso, algo que incomodava Mürvet. Mas seria inútil duvidar de sua boa vontade. Ela viera de Ancara, encontrara seu endereço e lhe trouxera notícias de Seyit. Então sorriu novamente e decidiu abrir seu coração.

— Bem, irmã Zarife. Estou curiosa, me diga o que aconteceu com meu marido. Onde ele mora? O que ele está fazendo?

Zarife deixou a xícara de café sobre a mesa e olhou para sua anfitriã.

— Não se preocupe. Eu disse que está tudo bem em Ancara. Seu marido está indo bem. Se ele quiser você lá, você vai?

Mürvet sentiu certa incerteza na pergunta da mulher.

— Seyit enviou você, não foi?

— Não importa como eu vim. Responda a minha pergunta.

Mürvet começava a acreditar em sua intuição inicial sobre aquela mulher. Mas não sabia o que era exatamente, só que podia sentir algo velado.

— Claro, se meu marido quiser, eu largo o emprego e vou embora.

Zarife recostou-se na cadeira e acendeu um cigarro. Mürvet achou que a mulher era muito folgada, que se comportava como se estivesse em sua própria casa. Ela fumava um cigarro atrás do outro, e continuava soprando baforadas na cara de Mürvet.

— Olha, Mürvet, querida, eu preciso lhe dizer. Você é tão jovem, tão bonita, tão engenhosa. Eu acho uma pena. Nada de bom virá daquele homem.

Os olhos de Mürvet se arregalaram. Essa mulher deveria saber alguma coisa.

— O que você diz?

— Se quer um conselho de irmã, Mürvet, não largue seu trabalho e vá para Ancara. Se você quer ir, vá, mas não volte para aquele homem, tenha pena de você. Imagino que, com essa beleza, haveria homens em Ancara aos montes, que iriam querer você.

Mürvet estava apavorada. Ela se movia, inquieta, na cadeira. Se sua mãe ouvisse essa conversa, provavelmente bateria na cara de Zarife e a expulsaria daquela casa.

— O que você está dizendo? Eu amo meu marido e, se ele me escrever, me chamar, irei até ele.

Zarife se inclinou e sussurrou, como se fosse uma grande confidente.

— Não abuse de mim, Mürvet. Mas acredite no que digo. Estou falando a verdade. Olha, eu tenho alguns conhecidos... Você está ciente... Você é muito inocente, está fora deste mundo... Se você aparecer, encontrarei homens que farão você viver como uma rainha. Se quiser, evidentemente.

Mürvet levantou-se, exaltada.

— Como você pode me dizer uma coisa dessa? Como pode dizer isso sem vergonha? Que direito você tem de vir à minha casa e me ofender, falar sobre outros homens? Você está aqui para trazer notícias do meu marido. Abrimos nossa porta para você. Se eu soubesse o que tinha a dizer, você não estaria sentada nessa cadeira. Peço que vá embora e nunca mais volte.

Zarife entendeu que tinha que se levantar. Ela o fez, e murmurou de maneira despreocupada.

— Oh! Minha jornada parece que terminou aqui. Fiz a minha parte, na maior boa vontade. Mas você parece que não quer me ouvir, e vai se arrepender. Seu marido não é um bom homem para você. Quando ele estava em Istambul, talvez, mas agora, eu duvido. Eu disse que poderia ajudá-la. Em Ancara, eu poderia lhe apresentar a um notável homem, e você teria dado uma lição naquele que diz ser seu marido, mas que não se lembra de você.

Mürvet não conseguia mais se segurar. Com um nó na garganta, ela abriu a porta da rua e disse:

— Por favor, vá imediatamente. Agora, agora!

Zarife foi como veio, mas só trouxe preocupação em um momento que Mürvet tentava colocar sua vida em ordem. Ela ficou completamente confusa. Quem era essa mulher? Por que estivera ali? Como tinha seu endereço? Ela não trouxera nenhuma mensagem de Seyit, nem fizera promessas. Apenas lhe dissera coisas baixas e desagradáveis.

Naquela noite, esmagada pelo peso do desconhecido, chorou até dormir.

Em Ancara, Seyit estava ansioso pelo retorno de Zarife. Seu anseio para ver sua esposa e suas filhas já havia chegado ao máximo que ele podia suportar. Ele olhou para a entrada do jardim e pensou que veria sua Murka e suas filhas entrando pelo portão. Mas como elas morariam naquele mausoléu? O que ele faria para arrumar aquilo?

O retorno de Zarife foi atrasado, de propósito, por ela. Seyit pensou que ela poderia estar esperando Mürvet para trazê-la junto. Então, toda vez que retornava do restaurante para casa, vinha com a esperança de encontrá-las. Quando ele chegou em casa naquela tarde, as janelas do andar de cima estavam abertas. Uma alegria repentina se espalhou por seu rosto. Murka deveria estar lá em cima, esperando por ele.

Seyit subiu as escadas, de dois em dois degraus. Quando chegou à porta da proprietária, sua animação era enorme. Ele tocou a campainha. Como sentia falta da esposa e das filhas! E agora estava prestes a tomá-las em seus braços. Ele tocou a campainha novamente e Zarife abriu a porta, vestida somente com um roupão. Os cabelos estavam enrolados em uma toalha.

Seyit perguntou, sem fôlego.

— Onde elas estão?

— Olá, Kurt Seyit, nenhuma saudação? Você não vê que estou sozinha em casa?

— Minha esposa não veio?

A outra ergueu os ombros e deu um olhar lamentável para ele. Em seguida, torceu os lábios e balançou a cabeça, negativamente. Ela também tentou sugerir, com um suspiro profundo, quão chateada estava. Então se afastou e convidou o homem para entrar.

— Venha, entre e vamos conversar.

Quando eles se sentaram à pequena mesa de jantar na sala, Seyit sentia que iria explodir, à espera do que seria dito.

— Você pode me dizer imediatamente o que está acontecendo?

— Dê-me um cigarro primeiro.

Seyit, com gestos apressados, acendeu um cigarro e o deu à mulher.

— Sim. Diga. O que está acontecendo?

— Eu juro, não há muito a dizer, Kurt Seyit.

— Você entregou minha carta?

— Eu procurei a casa e a encontrei. Acredite, tenho calos nos pés, de tanto andar. Mas eu encontrei a casa, e sua esposa estava no trabalho. Esperei algumas horas na casa da mãe dela. Então, quando Mürvet chegou... — ela deu uma longa baforada. Seyit ficou esperando, mas sua paciência tinha limites, e ele bateu com a mão na mesa.

— Diga-me: o que aconteceu a seguir?

Zarife, com uma atitude séria e inocente, olhou fixamente nos olhos de Seyit e falou:

— Elas já me receberam de maneira estranha. Eu disse a ela por que estava lá e dei a carta, mas ela nem perguntou como você estava. Aparentemente, está muito feliz lá.

Então, com uma expressão um pouco obscena, ela se inclinou e continuou a falar:

— Quem sabe, há uma razão. Mulher jovem, linda e sozinha...

Seyit não podia mais tolerar. Ele se levantou, batendo os dois punhos na mesa.

— Então ela não vem para Ancara agora?

A maldita mulher usou todas as máscaras de boa vontade e de amizade.

— Juro por Deus, ela foi muito fria. Eu derramei todo o meu palavreado, disse que você era seu marido, que a amava, falei, falei e esperei. Por fim, ela disse que não tinha nenhuma intenção de largar seu emprego e se mudar de Istambul.

Seyit parecia um vulcão prestes a entrar em ebulição. Ele sabia que havia quebrado o coração e os sonhos de sua esposa. Sentindo que não havia mais nada a dizer ali, silenciosamente empurrou a cadeira e caminhou até a porta. A mulher correu e a abriu para ele, como uma mãe pronta para consolar, cheia de compaixão.

— Oh, Seyit! Você não sabe o quanto eu sinto muito. O quanto eu adoraria ter trazido sua esposa e filhas. Acredite em mim, dei o meu melhor. Fiz o que pude, mas ficou claro, para mim, que aquela jovem não lhe quer mais — ela estava prestes a estender a mão e acariciar os cabelos do homem. Seyit, então, agarrou seu pulso e a empurrou para trás, lentamente. Ele não queria mais intimidade com essa mulher.

— Obrigado, Zarife. Boa noite.

Enquanto descia as escadas, todo o cansaço tomou conta dele. Seyit, mais uma vez, havia sonhado alto demais. Atrás dele, Zarife, que esperou muito tempo no limiar, ouviu o som da porta se fechando lá embaixo, sorriu, satisfeita. Ela dera seu primeiro passo decisivo para tê-lo de volta à sua cama. Mas estava enganada. Em casa, Seyit sentia-se impotente. Ele encostou as costas na porta e chorou.

Naquela noite, Seyit não dormiu até de madrugada. Tudo havia sido destruído por causa de seu orgulho e de sua teimosia. Ele pensou repetidamente em todos os laços e amores que havia separado de si. Sua mesma teimosia havia levado Shura embora, e agora acontecia o mesmo a Mürvet. Era certo que essa união tinha acabado ali.

O que ele deveria fazer? Escreveria outra carta para Mürvet. Toda a sua ambição, sua raiva, seria descrita nessa carta. *Não.* Não podia fazer isso, pois era uma questão de orgulho ferido. Ele tinha abandonado sua esposa e suas filhas. Não havia lhes enviado nenhuma notícia. Embora essa ausência não fosse, de fato, um abandono, ele entendia que Mürvet tinha encarado dessa forma e deixado de amá-lo. Apesar de toda sua mágoa, o amor de Seyit pela família, pela primeira vez, superou seu orgulho.

* * *

Quando Mürvet recebeu a carta com a letra e o nome de seu marido, foi um choque. Mas ela se forçou a não se alegrar até que abrisse e lesse a carta. Após a visita de Zarife, não tinha mais nenhuma esperança de que seu marido lhe escrevesse. Quando ela leu, não havia limite para seu espanto. A carta de Seyit era extremamente formal e difícil. A jovem, incrédula, releu-a muitas vezes.

"Mürvet,
Você sairá de Istambul uma semana após receber minha carta. Estou esperando você e minhas filhas. Se vocês não aparecerem, eu vou buscá-las à força".
Seyit.

Alegria, tristeza, medo e surpresa. Mürvet não sabia qual sentimento era mais forte. Por que seu marido estava tão bravo? Ela não conseguia entender. Era a primeira vez que ele lhe escrevia em meses, e de forma tão fria, tão autoritária. Ele parecia repreendê-la. Mas por quê? O que ela fizera?

Ainda assim, ela não perdeu tempo pensando nas razões do marido. No dia seguinte, largou o emprego, e imediatamente escreveu uma carta para seu irmão, dando o endereço de Seyit e pedindo a ele que o procurasse e lhe desse notícias. Seu irmão havia se mudado há pouco tempo para Ancara.

Embora ela tivesse viajado sozinha com as crianças para Mahmutpaşa e Tophane, Ancara parecia uma cidade muito estrangeira para ela. Quanto às crianças, Murka se dirigiu à escola das meninas e pediu suas transferências. Leman estava na classe média, e sua caçula, na quarta série.

O próximo passo era a questão do dinheiro. Mürvet vendeu os últimos itens restantes, móveis, vasilhas e até mantimentos, e imediatamente guardou o dinheiro em seu peito. Na manhã seguinte, se despediu de sua família e embarcou no ônibus com destino a Bursa de Yalova, com suas duas filhas e onze libras.

Ancara era distante de Istambul cerca de quatrocentos e cinquenta quilômetros. Bursa ficava em um terço da viagem. Elas se hospedariam lá e pegariam outro ônibus para Eskişehir, mais uma cidade onde dormiriam antes de chegar em Ancara.

O início da jornada se mostrou diferente. Novas paisagens, novos cheiros, e a emoção de ir a uma cidade distante de Istambul. Seu coração estava cheio de alegria. Depois de algum tempo, começou a ficar incomodada com as sacudidas do velho ônibus, com a poeira que se acumulava em suas roupas e nos cabelos. Quando chegaram a Bursa, seu estado era miserável.

Mürvet, embora tivesse ficado com receio, pois havia homens e mulheres e ela não conhecia ninguém, se hospedou em uma pousada. Mas nada de ruim lhes aconteceu e, na manhã seguinte, elas se despediram de Bursa e pegaram o ônibus para a cidade de Eskişehir, na Anatólia central.

Pararam apenas uma vez, para se alimentar. Tomaram uma sopa. Passavam por estradas lamacentas, por templos de oração, por vilas e cidades diferentes. Onde quer que passassem, havia uma mesquita. O ônibus parava, elas desciam para orar, beber água, e voltavam para o balanço do ônibus. Depois de um tempo, o cheiro de poeira somado ao odor de suor dos passageiros mais o cheiro de álcool, tudo isso se misturou, e o ar ficou insuportável dentro do ônibus.

As roupas limpas e elegantes de Mürvet e de suas filhas estavam sujas e amassadas. Para piorar, Şükran, desacostumada a viajar de ônibus, vomitava continuamente. Tudo isso tornou a viagem cansativa e frustrante. Por fim, Şükran adormeceu de exaustão.

Quando chegaram a Eskişehir, Mürvet encontrou Jacob, o maior confidente de sua infância. Há anos eles não se viam. Quando Jacob a viu, se abraçaram como os antigos amigos de infância.

— Oh, querido! Você cresceu!

Eles lembraram um ao outro os anos anteriores, quando eram filhos dos imigrantes. Anos sofridos, que ficaram na memória de cada um deles, mas que agora eram recordados com saudades. Jacob as levou para a casa dele e as apresentou à sua esposa Behire.

Três dias depois, finalmente, elas se despediram de Eskişehir e partiram para Ancara.

Quando o ônibus parou na Praça Hergele, Mürvet não conseguia acreditar que elas haviam chegado. O nome da praça era, na verdade, Hergelen, pois era o lugar onde todos os recém-chegados a Ancara pisavam. Ela olhou para a multidão de pessoas à procura de um rosto conhecido, esperando ver em meio a elas o irmão, mas viu o marido. Os olhos de Seyit brilhavam, sua família estava em Ancara. Ele foi correndo até elas, abraçou suas filhas, mas não olhou para sua esposa. Não conhecia mais Mürvet, não sabia o que se passava em seu coração. Mürvet, por outro lado, nunca vira o marido tão descontente com ela. Ficou muito surpresa. Não conseguia entender o motivo, e estava quase chorando de tristeza. Ela não merecia uma atitude assim.

Seyit as levou para casa. Mürvet queria tomar um banho e dormir o mais rápido possível. Ela estava tão cansada, tão exausta, que não foram capazes de conversar e resolver a situação. Ela não conseguia nem imaginar o motivo da atitude do marido. E assim que colocou a cabeça no travesseiro, após o banho, dormiu.

Quando acordou na manhã seguinte, foi surpreendida pela chegada de Hakkı, sua esposa e filhos. Ela viu que Seyit se preparava para um piquenique, mas percebeu que não tinha sido incluída no passeio. Mesmo assim, se aprontou e foi junto para a Fazenda Floresta. Todos sorriam, exceto ela. As crianças estavam tão alegres, Leman tão bem-humorada, que Mürvet não quis atrapalhar o passeio deles. O dia estava nublado, no entanto, era um dia quente e tranquilo. Seyit fazia o possível para se sentar longe da esposa, e não fazia contato visual com ela. Mürvet percebeu que ele estava ressentido com ela, mas não entendia o porquê. Porém, Seyit não dera a ela nenhum instante para que abordasse o assunto.

Depois que a comida terminou e os pratos voltaram para os cestos, Hakkı e sua esposa desapareceram com o pretexto de levar as crianças para verem os bichos, e Seyit e Mürvet foram deixados sozinhos. Na toalha de mesa estavam seus copos de vinho, mas nenhum deles os tocava. Seyit não tentou ir com os outros, mas era como se estivesse sentado sozinho na grama. Ele ignorava a presença dela. Mürvet não sabia o que fazer. Ela dobrava o guardanapo para ter para onde olhar, de tão envergonhada que estava. Não sabia por onde começar, para quebrar a barreira de gelo que seu marido erguera diante dele. Aquilo era inacreditável. Finalmente, Seyit quebrou o silêncio. No entanto, seu olhar estava fixo no copo.

— Você não me queria mais, então por que veio?

Mürvet arregalou os olhos e quase rasgou o guardanapo, tamanho foi o choque.

— Seyit! O que você está dizendo? Eu estou esperando uma...

Seyit riu, ironicamente.

— Ainda bem que você está esperando. Você não veio por causa da carta de amor. Veio porque eu ordenei que viesse.

Murka estava atordoada. Seyit, provavelmente, estava colocando a culpa nela para encobrir alguma coisa que ele fizera.

— Uma carta de amor? Você me escreveu uma carta de amor, Seyit? Quando? Você me mandou uma única carta, e não era uma carta de amor.

O tom de voz de Mürvet mostrava que ela estava perdendo o controle. Seyit, pela primeira vez, voltou os olhos para a esposa.

— Como? Você não recebeu a carta que enviei por Zarife?

— Você enviou uma carta por Zarife?

— Claro. Por isso ela foi até você. Para levar a minha carta. Então, vocês retornariam a Ancara juntas.

Mürvet lentamente entendeu o que acontecia, e suavizou a voz.

— Seyit, eu juro, aquela mulher jamais me entregou carta sua. Ela não o fez e ainda me disse para desistir de você.

Seyit torceu e jogou fora o pedaço de grama que estava em suas mãos.

— Deus, droga! Como eu fui acreditar naquela cadela? Como eu acreditei nisso?

Na frente dela, de joelhos, desesperado, solitário e triste, ele olhou para a esposa e entendeu tudo: Zarife envenenara a vida deles, injustamente. Ele se levantou e se sentou ao lado de Mürvet, abraçou-a e a beijou. Ele pegou a mão dela e a beijou, repetidamente. Não sabia pedir perdão, mas seus beijos e olhares refletiam toda a sua tristeza.

Todavia, seu olhar não era tão travesso como costumava ser. Mürvet, colocando a mão no braço do marido, olhou-o de forma amorosa. Eles pegaram seus cálices e beberam seus últimos goles. Tudo o que eles queriam agora era ir para casa e ficar sozinhos.

CAPÍTULO 35

Uma nova vida em Ancara

Naquela mesma semana eles se mudaram para a casa de Moisés, no distrito de Ismet Pasha, na Avenida Yenişehir e Anafartalar. Moisés era um libanês dono da padaria do bairro.
Leman foi matriculada na Escola Secundária de Ancara, e Şükran na Escola Primária do distrito. Seyit continuava a servir a culinária da Crimeia em seu modesto restaurante, juntando dinheiro para transformar o local num restaurante chique e musical que ele sempre sonhou. Recém-chegado àquela cidade, ele estava determinado a conseguir aquilo que um dia conseguira em Istambul.

Mürvet também saiu à procura do que fazer, para ajudar nas despesas da casa. Passou de loja em loja oferecendo seus serviços de consertadora de meias de seda. Ela começou a coletar as meias e a trabalhar no período em que as meninas estavam na escola, e à noite.

A vida de Leman, na escola, era muito colorida. Selma Afacan, que a recebeu com carinho logo que entrou na aula, tornou-se sua melhor amiga. Selma tinha a pele escura, cabelos pretos, e olhos negros e brilhantes. Leman tinha a pele muito branca, os cabelos castanho-avermelhados, e era um contraste ao lado da amiga. Um lindo par de cores. Ela também fez outras amizades na sala de aula, Joy e Sevim Tevs também concordaram em ser seus amigos.

Leman adorava seus amigos e, juntos, eles abriram novos mundos para ela, um mundo delicioso e cheio de esperança. Muito inteligente e comunicativa, ela se destacava na escola, nas competições de pintura e representações teatrais. Um estilo de vida diferente havia começado em Ancara. Se tivéssemos que fazer uma analogia com Istambul, levavam uma vida parecida com os tempos em que viviam em Beyoglu, com menos luxo, evidentemente, mas no sentido de Ancara ser uma cidade cosmopolita. A vida era mais fácil lá.

No inverno, eles se mudaram para o bairro Borsa, esquina com a rua Anafartalar. Foi um inverno bem difícil, mas o prazer de Seyit com a neve não havia mudado. O jardim da casa estava cheio dela, e ele cortava lenha, como um atleta, para a lareira. Era um trabalho exaustivo, mas enquanto fazia isso, se esquecia de todos os seus problemas. Balançava o machado para cima e para baixo e assobiava.

Nos fins de semana, Seyit começou a preparar bebidas em sociedade com um parente de monsieur Moisés, um tal de monsieur Mahmer, que havia se mudado para Ancara recentemente. Eles também sempre se encontravam com Hakki e sua esposa.

Certa vez, Mürvet ouviu da parte da cunhada que seu marido havia se relacionado com uma egípcia chamada Zarife, mas nunca pensava nisso. O que quer que tenha acontecido, ficara no passado. E Seyit não ficaria tanto tempo em Ancara sem nenhuma mulher. Certamente, não fora a primeira traição dele. Ela, contudo, torcia para que fosse a última.

Nos fins de semana, a família procurava viver a vida que Ancara poderia dar. Todos os domingos eles iam, de trem, à Fazenda e Zoológico Florestal de Atatürk, uma ampla área de agricultura recreativa que abrigava um zoológico. Lá eles comiam kebab nos restaurantes Marmara ou Mar Negro. Comiam e bebiam cerveja. Na fazenda da floresta de Atatürk havia uma vinha, ao lado da estrada que levava aos restaurantes. O maior prazer de Seyit era caminhar pela vinha. Ele deixava a estrada principal e se embrenhava pelo vinhedo, assobiando e tocando as folhas da videira; às vezes, ele as cheirava. Naqueles momentos, fechava os olhos e se imaginava em Alustha. Muitas vezes, eles eram convidados para ficar no alojamento de um amigo, dono da vinha. Mas, mesmo que não se hospedassem lá, era um prazer para Seyit caminhar pela vinha e beber no restaurante do Mar Negro. Ali ele sentia um pouco de cheiro de Alushta, e um pouco de nostalgia que o aproximava do passado.

Ancara tinha seus próprios prazeres, o que fazia Seyit feliz. Outro programa dos fins de semana era ir assistir à Orquestra Presidencial, que se apresentava em uma plataforma alta e semicircular no jardim do Segundo Parlamento. Leman era a primeira a aceitar a proposta de ir ver o show.

— Aqui está minha filha, Lemanuchka. Vamos lá, vamos lá.

Os shows de fim de semana eram uma aventura para pai e filha. De mãos dadas, tinham longas conversas regadas a chá com leite, e depois, no jardim do Parlamento, o concerto às cinco horas. Eles tiveram a oportunidade de se sentarem em uma das cadeiras da frente, e Seyit e sua filha tinham os olhos brilhando. O público era tão escasso que a orquestra quase lhes concedia um concerto especial. Entre eles, havia alguns homens da Embaixada estrangeira, engenheiros, por exemplo, com suas esposas, que também eram frequentadores regulares. Os amantes da música clássica já estavam familiarizados um com o outro. Todos se saudavam e se sentavam nos lugares de costume.

Como a vida tinha melhorado um pouco, Seyit voltou à sua paixão pelas roupas, e andava meticulosamente na moda atual, com calças brancas ou bege, e a elegância das gravatas de seda. Quando terminava de se arrumar, colocava o chapéu e sentia que tinha merecido o direito de se vestir daquela forma.

Eles não podiam mais comprar como antes, mas mesmo nos dias mais difíceis de Seyit, ele andava de forma elegante. De tempos em tempos, um vestido de Mürvet era descosturado, cortado e, nas mãos hábeis dela, transformado em uma roupa chique, que combinava com o estilo de Leman. A jovem estava muito feliz com sua vida. Além do que sabia, tinha orgulho de seu pai por escolher coisas diferentes na vida. Apesar dos meios financeiros limitados, ela se sentia uma princesa quando estava com o pai. A atitude aristocrata de Seyit fazia-o se destacar aonde quer que eles fossem. Ela ficava tão impressionada com as conversas dele, cheias de conteúdo e cultura, que o seguia o máximo possível, e o ouvia ansiosamente.

Na primeira vez, quando se sentou ao lado de seu pai para assistir à orquestra, ela era uma pessoa diferente de muitos de seus colegas. Ela olhou agradecida para o pai, por lhe apresentar este lado da vida. Ouvindo o concerto número um de Tchaikovsky, ela foi imersa num novo mundo que se abria para si. Prendendo a respiração, assistiu com incrível emoção em seu coração. Seyit, por outro lado, estava feliz que sua filha apreciasse o melhor da música, e acariciou seu ombro. Quando o concerto terminou, pai e filha aplaudiram. As mãos de Leman ficaram vermelhas. Ela sentiu necessidade de expressar seu entusiasmo com palavras ao pai:

— Papai, que lindo! Que lindo! Eu amo isso!

Eram essas músicas que você disse que ouvia na Rússia?

Seyit riu e recordou os shows, o balé e a ópera de São Petersburgo, em Moscou. Sua filha tinha aprendido a gostar do mesmo que ele. Seyit tentou explicar como era o Bolshoi, o teatro Mariinski de São Petersburgo. Depois de descrever o magnífico teatro para Leman, a filha olhou para a praça onde eles moravam. Era óbvio que ela não tinha muito interesse no Bolshoi. Seyit a tinha deixado confusa, e riu da expressão infantil da filha.

— Olha, eu vou lhe dizer uma coisa, Lemanuchka. Vamos fechar os olhos. Imagine o que eu te contei. Estávamos lá, sentados nas cadeiras de veludo vermelhas, e agora suponha que escutemos a orquestra. Vamos fazer uma viagem, juntos, à Rússia. Está bem?

Leman gostou daquele jogo. Ela não sabia que era exatamente isso que seu pai fazia em todos os seus momentos de solidão. Naquele jogo, ou sonho acordado, ele capturava suas memórias.

Quando a orquestra tomou seu lugar para o segundo ato, a música do compositor Checo Bedrich Smetana tomou suas mentes e corações. Às vezes com acordes calmos e, às vezes, fortes, como as espumas exuberantes do Mar Negro. A única coisa que Seyit pensava era em Yalta, nas florestas de Karagöl, na costa de Alushta e em sua família que estava longe. Seu coração se enchia de saudade, e seus olhos teimavam em se encher de lágrimas. Leman, sentada ao lado dele, por trás das pálpebras fechadas, também imaginava as belezas descritas por seu pai: o Bolshoi, que ela nunca tinha visto em sua mente.

Com a última nota, eles se afastaram do reino de sua imaginação. Quando Leman abriu os olhos, era como se acordasse de um sonho e voltasse para outro mundo. Ela tinha sentimentos inexplicáveis. Então olhou para os olhos do pai e viu tristeza. Sem dizer nada, estendeu a mão e segurou a dele. Seyit engoliu em seco, um punhado de amor estava sendo oferecido por sua filha.

Eles começaram lentamente a deixar o jardim do concerto. Por um tempo, caminharam em silêncio, não precisavam conversar agora. Estavam ainda em outro mundo, numa costa distante, onde a música os tinha levado. Eles tinham experimentado a alegria e a tristeza de outras almas.

Todo fim de semana depois desse dia, aonde quer que eles fossem com sua família durante o dia, Seyit e Leman tinham certeza de que iriam ao show das cinco.

E a vida continuou. Depois de um tempo, Seyit encontrou Hasan, um amigo da Crimeia, na rua Anafartalar, que falou sobre um trabalho como intérprete na Embaixada Russa. Um trabalho respeitável, e Seyit aceitou o desafio de concorrer à vaga. Embora a experiência da Embaixada em Büyükdere, ocasião em que foi confundido como espião, estivesse bem vívida em sua mente, era uma chance e ele iria tentar.

Mas tinha que passar pelo processo de seleção. A expressão maçante do oficial lhe lembrava o rosto dos soviéticos do país que havia deixado para trás. Era como uma imagem ao vivo. Sentado, com seus documentos nas mãos, ele estava preocupado que fosse desmascarado. Hasan Kopsel entrou e notou o desconforto de Seyit, então sussurrou entre os lábios, enquanto desviava o olhar.

— Não se preocupe.

Isso não foi suficiente para confortar Seyit, mas depois de ir até ali, ele iria até o fim. Na pior das hipóteses, seria expulso da Embaixada. Eles não podiam prendê-lo e enforcá-lo no coração de Ancara. Seyit assistiu com espanto às expressões faciais sem alma das pessoas que encontrou nos corredores e nas escadas. Eram pessoas exuberantes, altivas e até bonitas. Ele se lembrou dos dias mais difíceis dos russos brancos que encheram Istambul, lutando com miséria, sofrimento longe de sua pátria. Mas ali os rostos eram sombrios, nenhum deles parecia ter sentido. Todos os segredos da vida eram guardados para si mesmos.

No edifício, ele tinha uma atitude de temer sua própria sombra. Depois de uma a duas horas de formalidade, de conferência de documentos, foi dito a Seyit que esperasse alguns dias. Em sua identidade, a única coisa que o conectava ao passado era seu local de nascimento: nascido em Alushta, em 1892. E, claro, o local de nascimento é algo que nunca se altera. Quando ele escreveu o nome de seu pai, não usou o sobrenome Eminof, mas apenas Mirza Bey e Zahide.

Três dias depois, quando soube que poderia começar a trabalhar na Embaixada, não conseguiu acreditar. Neste mesmo dia, entregou o restaurante ao primeiro voluntário que encontrou pela frente. À noite, ele sentiu que havia começado a recuperar a empolgação que pensava ter perdido há muito tempo. Ser intérprete não era ruim. Talvez ele pudesse fazer novos amigos, a quem pudesse gostar de lidar. Talvez até pudesse ter a chance de entrar em contato com a Rússia, de alguma forma. Ah! Se pudesse descobrir o que aconteceu com seu pai e sua mãe!

Na manhã seguinte, ele se levantou mais cedo do que o normal. Percebeu que estava um pouco nervoso. Demorou para escolher a roupa e optou por uma camisa branca, cuja diligência de sua esposa em passá-la tanto podia atrasá-lo. Ele saltou para Mürvet:

— Vamos, Murka! Vamos lá! Pelo amor de Deus, já falei. Quantas vezes eu te disse para não engomar tanto?

Era uma dificuldade passar a camisa, que parecia muito endurecida.

— Você não aprendeu, meu cordeiro? Por tanto tempo!

— Seyit, eu apenas comecei a passar agora. Vou desamassá-la. Não se preocupe, não vou deixar nenhuma dobra.

— De jeito nenhum! Depois de engomar assim os ombros, a camisa não prestará novamente. Dê-me isso.

Ele tirou o ferro da mão da esposa e continuou. Mürvet, sem entender o motivo de seu comportamento, estava ofendida. Ela prosseguiu em direção à cozinha, para preparar o café da manhã. Seyit, de repente, percebeu que fora injusto com a esposa. Foi até ela e a abraçou por trás, e beijou seu pescoço.

— Desculpe, Murka. Estou desconfortável hoje, nervoso. Eu não quis machucá-la.

Ela sorriu, acariciou a mão dele e beijou a palma, sem dizer nada. Sabia que ele estava muito nervoso com aquele novo trabalho e relevou seu comportamento. Eles já tinham passado por tanta coisa juntos e ela tinha que apoiá-lo.

Mas a maldição ou o azar que pesava sobre a cabeça de Seyit novamente veio sobre ele como um machado afiado. O trabalho na Embaixada não durou quinze dias. Numa manhã, ele não foi autorizado a passar pela porta, e foi demitido. Não queria acreditar naquilo: havia sofrido mais um de tantos golpes. Ele não sabia o que fazer agora. Desempregado, se sentou num banco na praça e ficou desesperado. Não podia voltar para casa. Sentia-se arrasado, ofendido em sua honra, desmoralizado e incompetente.

Por horas, ele vagou pelas ruas de Ancara, sem rumo. Era novamente outono, e ele não sabia o que fazer para sustentar sua família no inverno. Precisava de um lugar onde pudesse respirar profundamente. A primeira ideia que veio à sua mente foi a fazenda florestal. Quando bateu à porta do alojamento na vinha, seu amigo da Crimeia o recebeu com surpresa.

— Olá, Kurt Seyit! Que surpresa, a esta hora do dia!

Seyit respondeu com um sorriso amarelo.

— Sim, hoje é o dia de grandes surpresas, de fato.

Curiosamente, quando falava sobre isso, era como se falasse sobre a vida de outra pessoa. Uma vida lamentável. Ele não podia acreditar no que acontecera. Falou com seu amigo que precisava trabalhar, e seu conterrâneo disse que ele podia ficar no negócio da vinha por um tempo, mas era um trabalho sazonal. Mesmo assim, Seyit concordou em ficar. Seu amigo não sabia por quanto tempo poderia mantê-lo, mas pelo menos ele não ficaria em casa ou de porta em porta nas ruas de Ancara, procurando trabalho.

Ele trabalhou nas vinhas por um tempo, mas poucos meses depois, seu amigo Hasan e sua esposa Safiye Kopsel apareceram para lhe visitar à noite. Seyit estranhou. Hasan estava muito chateado com os eventos, mas não havia nada que pudesse fazer. A situação de Hasan não parecia muito boa agora, e ele não podia mais pagar o salário de Seyit.

Novamente desempregado. Mas antes de toda a reserva de dinheiro de Seyit se esgotar, ele abriu outro pequeno restaurante. Era a única coisa que sabia fazer no mundo, a única língua em que poderia falar era oferecendo pratos da Crimeia na praça Hergele. O pequeno restaurante abria para o almoço e dava um movimento modesto, mas à noite ficava às moscas.

Mürvet aumentou o número de meias que consertava, e ela temia que os dias ruins que eles viveram fossem repetidos. Ela andava de loja em loja oferecendo seu trabalho e às vezes se sentia desamparada, com medo, e sempre ganhava calos nas solas dos pés.

Ela remendava as meias até meia-noite; no dia seguinte, ia entregá-las, e pegava outras que os fios tinham escapado. Antes de entrar o inverno de 1937, eles se mudaram para um pequeno apartamento no último andar, em frente ao prédio da Direção Geral de Registro de Terras. Era um prédio de quatro andares, em Anafartalar. No térreo morava um engenheiro de mineração, um jovem bonito e trabalhador chamado Sabahattin. Ele morava com a irmã Merzuka, que era enfermeira e trabalhava no hospital militar. No outro apartamento morava a viúva Dildar, a proprietária. Ela era loira e estrangeira, partia o cabelo ao meio e fazia um coque que cobria as orelhas.

Não era uma mulher tão brilhante, mas tinha graça e beleza. Com olhos castanhos cheios de mistérios, ela não escapava da atenção de um homem. E Seyit olhou para ela já no primeiro dia. Embora seu velho entusiasmo estivesse acabando, era difícil uma mulher bonita não chamar sua atenção. Mas agora, cansado de viver casos, ele estava determinado a deixar sua amizade com a bela e jovem mulher apenas em olhares românticos e elogios. A devastação moral que poderia ocorrer a partir de agora seria gigantesca, e ele não conseguiria mais lidar com encontros obscuros. Sua vida estava fechada para pequenas aventuras. Seu destino foi suficiente para derrubá-las.

Chegaram notícias de Istambul: Necmiye queria visitá-los em Ancara. A jovem tinha pedido permissão na fábrica para se ausentar durante pelo menos duas semanas. Mürvet, com alegria, preparou o quarto de hóspedes. Para Seyit, era como se sua irmã Havva estivesse vindo da Crimeia para passar uma temporada com eles. No entanto, após duas semanas, nada de Necmiye chegar.

Naquela noite, Hakki e sua esposa Meliha vieram visitá-los depois do jantar. No momento em que entraram, era óbvio, pelo rosto deles, que algo havia acontecido. Mürvet olhou para o marido, pedindo-lhe para não perguntar nada. Eles, obviamente, tinham brigado de novo.

Mas quando Mürvet olhou para Hakki, viu que seus olhos estavam vermelhos, como se tivesse chorado. Então olhou para a cunhada, mas Meliha correu para o banheiro, soluçando alto. Mürvet virou-se para Seyit e viu uma expressão que nunca vira antes. Ele tinha muita dor nos olhos. Ela se conteve para não gritar, mas perguntou às pressas:

— O que está acontecendo? — ela perguntou para Hakki. E começou a chorar, pois sabia que algo que lhe traria muita dor havia acontecido. Hakki começou a chorar, e Mürvet se virou para o marido.

— Por favor, me diga o que está acontecendo, Seyit!

Seyit virou a cabeça para a janela, e ela viu lágrimas nos olhos dele. Foi a primeira vez que o viu chorar. A resposta veio do irmão:

— Perdemos Necmiye.

Ela não podia acreditar. Aquilo não podia ser verdade. Era um erro. Eles tinham acabado de receber uma carta dela! Sua irmã havia ficado noiva recentemente, tinha apenas 23 anos. Não podia ser verdade!

Seyit não controlava mais o choro, e Mürvet tinha os soluços presos na garganta. Seyit chorava por Necmiye, e era como se sua irmã Havva tivesse morrido pela segunda vez.

Então era verdade. Pensou Mürvet. Necmiye estava morta. Não havia nada errado, não era mentira. Com um longo grito, ela gemeu e entrou em colapso.

— Nãooooo! Não!

Seyit a abraçou, mas nada consolava Mürvet. Ela se lembrava do rosto radiante de Necmiye, e gritava de dor. As meninas, na sala lá dentro, ficaram chocadas, e começaram a chorar também. Nunca mais veriam a tia Necmiye.

Necmiye havia morrido em decorrência de seu apêndice, que havia rompido.

Emine, desde a infância, enterrara seus parentes, um por um. Era uma mulher forte e acostumada a perdas dolorosas. Mas essa última dor a havia desmoronado e a deixado em um estado miserável. Sua filha mais nova, a mais gentil das moças, tinha deixado este mundo. A única coisa que impediu Emine de se rebelar foi seu temor a Alá. Ela não conhecia outro remédio além de confiar.

Apesar de carregar o corpo de Necmiye, ela não podia acreditar que sua filha se fora para sempre. Seu sorriso encantador e tímido, olhos negros e brilhantes. Até sua voz era tão fresca em seus ouvidos... Era como se suas últimas palavras fossem proferidas repetidamente.

— Eu também te amo — ela disse, em despedida.

Seu noivo Ibrahim, pela primeira vez, tinha escutado que ela o adorava. Ela, que tivera o coração partido por outro. Mas ele não sabia que seria seu último dia de alegria.

Por dias, Ibrahim, ao sair do trabalho, sentava-se à porta da casa de Necmiye, e Emine enterrou sua própria dor ao tentar consolá-lo. Isso não ajudou. A barba de Ibrahim cresceu, ele não comia mais. Nem sua família, nem Emine foram capazes de consolar o rapaz. Ele não viveu muito tempo depois da morte de Necmiye. Um dia, ele não conseguiu sair da cama. Seu corpo se rendeu rapidamente.

Emine não podia mais ficar naquela região. Tudo ali lhe fazia lembrar-se de Necmiye. Ela, então, se mudou para o bairro Ortaköy.

Depois de quarenta dias, Seyit disse a Mürvet para convidar sua mãe para vir a Ancara. A tristeza deles era tão intensa que a presença dela seria um consolo. Emine veio, mas a dor que queimava seu coração não a deixava em paz. Ela ficou apenas um mês e meio, e voltou para Istambul. Emine nunca mais seria a mesma. Foi como se ela morresse também.

Seyit mandou pela sua sogra um saco de mantimentos para Fethiye, Ethem e os filhos. Mürvet, com todos os problemas, estava impressionada que o marido pudesse ser tão aberto. Ela sentia orgulho dele.

— Alá multiplica o óleo daquele que divide com os outros, para que seu óleo possa queimar em abundância. Não é nisso que acreditamos? — perguntou ele.

No entanto, não se sabia se as contas de Seyit não estavam em conformidade com as contas de Alá, de Deus ou do destino, pois à meia-noite seu restaurante pegou fogo e tudo virou cinza. Mürvet não tinha mais forças para suportar tanta tragédia. Ela não sabia pelo que chorar ou o que lamentar. Esta situação toda era pesada demais para ela.

Enquanto Seyit tentava confortar sua esposa, estava ocupado procurando pontos de fuga e saída em um canto de sua mente. Neste dia, ele pensou até em tirar sua própria vida e livrar sua família da maldição que o acompanhava. Mas tentou acalmar sua esposa, e sua voz não era tão vívida.

— Não chore, Murka, não chore. Você chora toda vez que um restaurante fecha. Não se cansou de chorar ainda? — ele tentou brincar, mas a verdade é que também estava desesperado.

— Eu não posso me safar dessa coisa de cozinhar, eu acho — ele continuou. — Voltarei a fazer palitos recheados, não se preocupe. De alguma forma, darei um jeito. Vou encontrar um emprego novamente. A melhor coisa que podemos fazer agora é manter nossa animação e não chorar, para não ficarmos doentes.

Apesar de toda a tristeza, Mürvet finalmente conseguiu parar de chorar. Seyit estava certo. A pior coisa que podia acontecer era um deles ficar doente. Seria um desastre.

Seyit, sem se fazer de rogado, aceitou o primeiro emprego que encontrou, e começou imediatamente. Trabalhadores foram contratados para quebrar pedras na construção do hipódromo. Ele continuou a ser um estranho no ninho lá, como em todos os seus trabalhos braçais. O dia todo ele quebrava pedras, com as mangas da camisa arregaçadas. Depois do trabalho, ele tomava banho com água fria, usava um sabão que carregava num estojo, vestia seu terno e voltava para casa. No almoço, comia massa fria, e nos intervalos, lia. Os trabalhadores ao redor não entendiam o idioma do livro que ele lia. Entre eles, começaram rumores de que Seyit era um espião russo disfarçado de operário, e diversas outras fofocas e suposições. Mas Seyit não se importava com os sussurros de si mesmo, com o trabalho que não lhe convinha, nem com as palmas das mãos cheias de calos. Ele precisava daquele trabalho. Era apenas o dinheiro que precisava para montar outro restaurante. Até juntar o capital, aquele era o trabalho de que ele precisava. Enquanto trabalhava, quem ele fora de nascimento, de onde viera e as condições que perdera, foram deixados para trás. Ele esqueceu todos os bons valores e tornou-se um trabalhador braçal. Não podia se lembrar de nada ou começaria a ter vergonha, a se desprezar e a se magoar, por orgulho. Ali, ele estava entorpecido pelo som do machado, martelo, e das pedras sendo quebradas.

No momento em que estava limpo e vestido, ele era quase uma pessoa importante, com a cabeça erguida e sapatos polidos. Aquilo era o interlúdio.

Mürvet sabia que o trabalho de Seyit era pesado, mas não podia desencorajá-lo, muito pelo contrário. Ela agia como se ele chegasse todos os dias de um trabalho como executivo. Murka também havia aumentado o número de lojas contratadas, para quem trabalhava consertando meias de seda. Todos os dias, ela levava duas horas para contar e entregar as meias. Tinha que trabalhar muito, mas o serviço lhe rendia dez centavos de dólar por meia. As meninas agora estavam crescidas e, pouco a pouco, passaram a ajudar sua mãe. Isso trouxe grande conforto a Mürvet. E se o marido pudesse encontrar um emprego que lhe conviesse, tudo estaria bem.

Como se tivesse ouvido suas orações, Hasan Kopsel veio em seu auxílio e ofereceu a Seyit um empréstimo. Ele não queria pegar nada emprestado com ninguém, mas Hasan insistiu. Convenceu Seyit de que ele não era homem para trabalhar na construção do hipódromo e lhe contou que os outros operários estavam incomodados com a presença dele lá, pois sentiam-se ameaçados e humilhados. Seyit, então, aceitou o empréstimo e começou a procurar uma forma de investir o dinheiro.

Poucos dias depois, ele decidiu que se tornaria um vendedor de tapetes. Viajou para Kayseri,[24] para comprar as peças e dez dias depois estava de volta, com um grande saco de tapetes e uma expressão em seu rosto que dizia que as coisas estavam indo bem. Ele coletava os pedidos nas principais lojas de Ancara e comercializava os tapetes com uma pequena margem de lucro. Quando as peças eram vendidas, ele voltava a Kayseri para buscar novos suprimentos. Na segunda viagem, pagou sua dívida com Hasan Kopsel. Após a terceira, o negócio funcionaria muito bem, se fosse executado com sabedoria. Ele percebeu que havia arrumado um trabalho que poderia lhe render um bom capital.

Na primavera, eles estavam financeiramente bem, mas Mürvet ainda não achava prudente desistir das meias. E, finalmente, no verão de 1938, Murka levou suas filhas para passear em Istambul. Elas voltaram uma ou duas semanas antes da abertura das escolas e das comemorações do Dia da República.

Mas a tristeza escureceu as comemorações do Dia da República naquele ano. O primeiro boletim oficial do Secretário-Geral da Presidência, em 31 de março de 1938, informou que Ataturk[25] estava doente, e toda a nação ficou profundamente triste e preocupada.

Quando Savarona[26] apareceu na imprensa, em 27 de junho, enquanto descansava em seu iate de mesmo nome, todos o olharam com olhos preocupados. Ataturk era um grande homem, e nem a doença nem a morte poderiam tirá-lo do poder. A cada momento, uma notícia milagrosa sobre sua recuperação era esperada. No entanto, Ataturk estava muito doente. Quando Celal Bayar proferiu o discurso de abertura da Grande Assembleia Nacional, em novembro, a gravidade da situação foi compreendida. O ouvido da nação estava nas notícias sobre a saúde de Ataturk.

Na manhã de 10 de novembro, o sino da Escola Secundária havia acabado de tocar; os alunos estavam nas salas de aula e aguardavam os professores. Nem as garotas mais cruéis da classe de Leman emitiram um som. A última coisa que ouviram antes de sair de casa foi que Ataturk estava em coma profundo.

As escolas estavam de luto. As bandeiras, a meio mastro.

Ancara tornou-se uma cidade morta. Ninguém falava. Apenas o som de soluços subia das casas, das ruas. Quando Leman chegou em casa, com o rosto inchado de tanto chorar, descobriu que sua família não estava em melhor situação. Mas ela se assustou com a fala de seu pai. Seyit lamentava, dizendo: "Estamos ferrados agora, agora estamos ferrados!" Sua mãe estava em um

24 - Antiga Cesareia ou Mázaca, cidade da Turquia. [N.T.]
25 - Kemal Atatürk, comumente referido como Mustafa Kemal Atatürk, foi um marechal de campo, estadista e revolucionário turco, fundador da República da Turquia. [N.T.]
26 - Tornou-se presidente da Turquia. [N.T.]

estado miserável.

Por dias, ninguém fez nada. Os alunos usavam fitas pretas no pescoço, e as meninas, amarradas aos cabelos.

Na manhã de 21 de novembro, toda a cidade estava em frente ao prédio do Parlamento, para ver o corpo do Ataturk pela última vez. As escolas, os restaurantes e as lojas estavam completamente vazias. A praça em frente ao Parlamento, de ambos os lados, estava tomada por guirlandas. No dia seguinte, em uma cerimônia magnífica, um canhão disparou, em despedida ao grande estadista. A dor no rosto das pessoas era indescritível. Soluços eram ouvidos do túmulo, no Museu Etnográfico.

CAPÍTULO 36

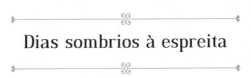

Dias sombrios à espreita

O povo ainda lamentava a morte de Ataturk quando chegou a notícia de que uma guerra era iminente. A Turquia estava novamente ameaçada. Quando, finalmente, em 23 de junho de 1939, um acordo foi firmado com os franceses, a bandeira francesa foi baixada na cidade de Hatay, e a turca foi elevada, uma nova guerra ameaçava o mundo todo. Nesse interlúdio, o pacto de amizade e não-agressão assinado com a Inglaterra e a França, em 12 de agosto, fortaleceu as amizades entre a Turquia e os dois países.

No entanto, o mundo estava perto de abrir novas feridas. Uma guerra terrível era iminente. A Alemanha de Hitler atacou a Polônia em 1º de setembro, a Grã-Bretanha e a França travaram guerra contra a Alemanha dois dias após este ataque, e depois da invasão alemã da Tchecoslováquia.

Depois disso, em 17 de setembro, os russos cruzaram a fronteira oriental da Polônia. O mundo ia para um novo inferno, a uma velocidade assustadora. Em 2 de setembro, os noticiários turcos declararam a visita do ministro das Relações Exteriores, Saracoglu, a Moscou. Ele estava preocupado com os acontecimentos. No entanto, as negociações de Saracoglu com Stalin e Molotov não puderam ser concluídas em 17 de outubro.

A ganância horrenda da Alemanha e o progresso na Europa nesse sentido eram terrivelmente observados com horror. E, ainda, o forte terremoto em Erzincan, em 26 de dezembro, estrangulou a nação. Trinta e oito mil pessoas estavam mortas.

Em 4 de janeiro, o Ministro das Relações Exteriores disse, com bastante entusiasmo: "Somos um agente contra a guerra". No entanto, a escassez de alimentos que varria a Europa chegou à Turquia. Todos tiveram que abraçar seu trabalho e minimizar seus gastos.

As notícias do mundo em guerra chegavam à Turquia e, apesar das dificuldades, o país não estava diretamente em guerra, então tentavam viver suas lutas diárias.

Seyit continuava com suas viagens para Kayseri, e se preocupava com a escassez de suprimentos alimentares que poderiam ser consumidos em Ancara.

Ele trazia mantimentos de lá e distribuía entre os vizinhos, as viúvas e pessoas carentes. Mürvet acreditava que Alá abençoaria seu marido, e que um dia eles certamente veriam o retorno desse gesto.

O inverno de 1940 foi um período diferente na vida de Leman. Ela era sofisticada, encantadora, uma menina linda. O mundo dela seguia a filosofia de vida de seu pai, era bem-humorada, e sua alegria e suas falas contagiavam. Desde a infância tinha sido assim. Ela já estava bem crescida e já se via a diferença no olhar dos homens ao seu redor, entre eles, Sabahattin, o jovem engenheiro de minas. No entanto, ele não ousava ir além de apenas cumprimentos educados e amigáveis. Leman ainda não estava ciente dos sentimentos e da abordagem de Sabahattin, que era nove anos mais velho que ela.

Naquela época, Yahya veio a Ancara para visitá-los, e ficou surpreso ao ver como Leman tinha se tornado uma moça bonita. Antes de voltar para Istambul, ele fez a oferta de Leman ficar noiva de seu filho Mustafa. Seyit, contudo, sem ofender o amigo, disse que era muito cedo, que sua filha ainda era muito jovem. Mürvet não entendeu a decisão do marido. Mustafa era bonito e rico, mas a resposta de Seyit para isso foi muito clara e conclusiva.

— Mustafa bebe tanto quanto eu — ele disse. Então, continuou: — Não há marido bom num homem que bebe muito. Você sabe melhor do que ninguém.

Mürvet não tinha mais nada a dizer, depois dessa resposta.

Após o retorno de Yahya a Istambul, Mustafa se casou com Elena, uma das filhas de Alexander, o russo branco dono da pastelaria Petrograd, e foi para a América.

Leman necessitava de um professor particular de Matemática. Ela, então, aceitou a oferta de Merzuka. Sabahattin iria lá uma ou duas noites por semana, para ensinar Matemática. Seu coração começou a ficar agitado por ele. Logo, Leman foi selecionada e enviada para uma competição internacional em Berlim. Ela estava vivendo um sonho, lindo como uma pintura a óleo.

Um mês depois, a irmã mais velha de Sabahattin, Nimet, também veio de Istambul. Eles fizeram outra visita a Seyit e pediram a mão de Leman para Sabahattin. O coração de Seyit ainda não concordava, mas sua esposa disse que Leman já se correspondia com o rapaz e que a filha gostava dele. Para Leman, no entanto, o amor era apenas um sentimento que ela assistia nos filmes e lia nos romances. A animação de um olhar gracioso, os elogios de um homem experiente, não a tocavam.

Mürvet, de fato, era a favor do noivado de Leman com Sabahattin. Ela se lembrou do entusiasmo e expectativa que sentiu quando soube que se casaria com Seyit, e também estava ciente de que não via a menor semelhança na atitude de sua filha. Leman não era apegada a nenhum homem que não fosse seu pai. Mas a filha se correspondia com Sabahattin, e se encontrava com ele, escondido, em confeitarias, embora para ela fosse como uma amizade.

Ela não ao amava. Então, Seyit, após saber disso, deu o consentimento para o casamento.

Leman, então, se viu quase forçada ao casamento. O noivado aconteceu em agosto, mas depois do casamento eles teriam que se mudar.

— Aqui não há um quarto para Leman e Sabahattin. Deve haver quartos, certo? Como vamos nos encaixar aqui? — disse Mürvet, que empurrava a filha para o casamento.

Imediatamente após o noivado, eles se mudaram para a casa de Fuat Bey, diretor de assuntos municipais de ciências, na rua Işıklar. Era uma casa de dois andares, com um jardim. No interior, era uma residência limpa e bonita. Dez dias depois que eles se mudaram para a casa nova, Kamil e sua esposa Esmirna vieram visitá-los, para pedir a mão de Leman para o filho. Seyit e Mürvet explicaram a situação aos seus convidados: a filha deles acabara de ficar noiva.

Em 21 de novembro, as medidas de proteção passiva começaram no país. A guerra havia chegado às fronteiras muito perto dali. Era proibido acender luz à noite e fazer qualquer fogueira. Então, toda Ancara, incluindo Istambul, estava sujeita à lei marcial.

E entre as notícias da guerra, em 13 de dezembro, Leman e Sabahattin se casaram. Safiye Kopsel, que vestia todas as damas de Ancara, costurou seu manto de casamento e o traje da jovem. Seyit, que vestira sua filha com aprumo desde bebê, queria o melhor para ela no dia mais importante da sua vida. Ele, no entanto, não estava tão eufórico quanto Mürvet. Leman tinha quase idade para brincar de casinha, com os sonhos e amor de uma menina.

Quando se casa cedo, uma jovem donzela de repente experimenta o choque da transição para a feminilidade. Agora que era casada, podia tomar algumas decisões sobre si mesma, ela pensou. Por exemplo, nos últimos filmes de atrizes estrangeiras, as sobrancelhas eram finas, e os cabelos mais curtos. Essa foi sua primeira atitude. Antes do casamento, usava seus cabelos em tranças cor de mel na altura do quadril, mas agora procurava um estilo que a fizesse parecer mais adulta. Ela também sentiu que seu marido gostava de mulheres assim. Então, quando ele voltou para casa à noite, encontrou a esposa com uma aparência bem diferente. Seu cabelo estava cortado curto, com permanente, e as sobrancelhas eram tão finas quanto um arco. Seus lábios estavam com batom vermelho.

Quando ela saiu do quarto, gostou de ouvir a apreciação do marido. Então, ela fizera algo que combinava com o marido. No entanto, quando Seyit os encontrou em casa em visita e a viu, olhou para a filha com olhos incrédulos. A voz de Seyit foi dura e não aceitou explicação.

— O que há com você? O que você fez com seu cabelo? Era um cabelo lindo. E essa boca pintada de sangue?

Leman pensou que seu marido iria salvá-la, mas estava errada.

Sabahattin ficou em grande silêncio, em respeito a Seyit.

Então, ela decidiu se proteger.

— Agora a moda é assim, pai.

Seyit ficou com mais raiva quando olhou para a filha. Isso era óbvio em sua voz.

— Se você está falando sobre o tipo de mulher que se vê nos filmes, vou te dizer que tem sido moda desde a mais tenra idade. Mas são mulheres da vida.

Então ele empurrou a cadeira e saiu da sala. Mas virou-se à porta e acrescentou:

— Antes que seu cabelo e sua sobrancelha cresçam, como minha antiga filha, eu não posso me sentar na mesma mesa que você! Aprecie a sua refeição.

O julgamento de Leman sobre a feminilidade adulta resultou em tal fiasco. A tristeza e a frustração por ter ferido o pai superavam a apreciação do marido.

Um ou dois dias depois, Seyit partiu para Kayseri. Quando entrou no trem em Ancara, a neve estava apenas começando, mas logo a brancura tomou conta de tudo. Para Seyit, parecia a renovação da vida. Em todos os lugares que atravessavam, a paisagem era branca. Por um momento, ele se viu no trem de São Petersburgo para Odessa. As estepes, os campos, as aldeias, tudo estava sob a penetrante brancura. Eram como imagens congeladas de certas paisagens da Rússia, em cartões postais. Ele pegou um frasco de bebida em sua pequena mala, inclinou-se para trás e olhou para os flocos de neve, que corriam na velocidade do trem. Depois, levantou-se e caminhou pelo trem, como se quisesse absorver cada centímetro da paisagem que ficara para trás. Queria manter aquela imagem em sua memória. Ele sorriu.

Do outro lado, uma jovem mulher grávida estava em pé aconchegada aos dois filhos, e tremiam de frio. Ela olhou para Seyit com espanto. Ele, em seu casaco de lã, com gola de pelo azul-marinho sobre um terno, não sentia frio. *Ele deve ter tido uma vida confortável para sorrir*, pensou ela, enquanto olhava para os sapatos brilhantes dele.

Seyit passou do sonho acordado para um pesadelo ao vê-los. Logo o silêncio do trem parando. A estrada estava coberta de neve, não havia como avançar. No meio da Anatólia, a quilômetros de distância da civilização mais próxima, o trem estava atolado em neve. Com a privação da noite de sono, os passageiros não conseguiram entender a extensão do incidente. Mas ainda nevava pela manhã, e chovia, e seus caminhos pareciam intransponíveis.

Perto do meio-dia, o ânimo começou a se deteriorar. Havia até mulheres chorando. Alguns diziam que eles morreriam de fome e de frio ali, e que aqueles que os esperavam, enlouqueceriam de preocupação.

Naquela noite, quando o trem estava enterrado em uma montanha de neve, e o frio congelava até a medula, Seyit procurou a jovem mulher com seus dois filhos, e ela o olhou de volta, com olhos desesperados. Aquilo doeu nele. A mulher abria seu casaco e tentava colocar o pequeno aconchegado em seu corpo. Ao mesmo tempo, tentava cobrir o mais velho, sentado ao lado dela, com suas saias. O menino segurava as palmas das mãos juntas na frente da boca, tentando aquecer a mão com a respiração. As pestanas negras, cercadas por grandes olhos negros, estavam quase congelando, e o nariz estava muito vermelho. O coração de Seyit não suportava ver uma coisa daquelas. Ele tirou o casaco e estendeu para a mulher.

— Aqui está. Por favor, pegue.

Ela ficou envergonhada.

— Obrigada, senhor. Mas o que vai fazer? Eu não posso aceitar.

Seyit levantou-se e os cobriu com o casaco.

— As crianças estão com muito frio — disse ele.

A mulher ia falar novamente, mas Seyit a fez calar com um gesto. Quando ele se sentou, se serviu de vodca e sorriu.

— Além disso, estou acostumado a este clima. E isto vai me aquecer.

Ele mostrou o frasco para a mulher. Então, começou a ler o livro que havia tirado da bolsa. Nada mais poderia fazer.

No final do segundo dia presos à neve, eles foram resgatados. Seyit deixou seu casaco para a mulher e as crianças, que olhou para o homem como se ele fosse louco.

Quando Seyit desceu em Kayseri, ardia em febre. Ele insistiu em não consultar um médico por alguns dias, mas depois foi obrigado a fazer isso. O médico o diagnosticou com pneumonia. O tratamento era rigoroso, e ele prescreveu a receita. Duas semanas depois, o paciente retornou ao hospital com pleurisia, consequência da inflamação da membrana que circunda os pulmões. A água teria que ser coletada entre as duas membranas. A causa era o resfriado grave que ele havia adquirido, seguido por uma pneumonia. A dor era intensa no lado do peito, e ele sentia falta de ar. O repouso e o tratamento eram essenciais. O médico disse que seu tratamento seria muito difícil se Seyit permanecesse em Ancara.

Seyit, com os tapetes trazidos de sua última viagem, não podia mais trabalhar. Ele havia voltado para casa com uma quantidade significativa de suprimentos, mas logo tudo acabaria. Eles começaram a gastar o dinheiro. Seyit tentou sair da cama várias vezes, mas seus esforços não ajudaram: ele tossia, e a febre o estava arruinando. Sentia como se seus pulmões fossem saco de pancadas, tamanho o peso.

Mürvet sabia que o dinheiro não duraria muito, então conseguiu trabalhos adicionais. De vez em quando, o carro de Ismet Pasha se aproximava da porta da frente. Ele trazia meias para serem consertadas, e os vizinhos ficavam curiosos.

Em 15 de fevereiro, o governo decidiu colocar uma cota de compra de comida. Haveria guardas em frente aos armazéns, e aqueles que vendessem além do permitido seriam punidos.

Seyit, com um saco de farinha cheio, repartiu com os vizinhos pobres. Com o último saco de farinha se esgotando, ele se levantou com esforço, preparou um prato e saiu para vender aos restaurantes. Na noite gelada, quando voltou para casa, com cestos vazios na mão, não conseguiu dar um passo a mais e caiu à porta, tentando respirar desesperadamente. Depois daquele dia, Seyit estava de cama, e sua vida parecia impossível. Embora tivesse tomado a medicação, ele não sentia muita mudança.

Mürvet, como todos os dias, foi às ruas Anafartalar, Çankaya e Crescente Vermelho, concluiu as visitas às lojas e voltou com as mãos cheias de novos trabalhos. No momento em que entrou em casa, ficou sem fôlego. Quando olhou para dentro dos cômodos, não havia cadeiras, rádio, mais nada. Ela gritou e correu para o marido, que estava sentado em uma das duas poltronas restantes, no canto.

— Seyit! O que você fez? Por que você fez isso?

Ela começou a chorar. Seyit não tinha forças para se levantar e lutar, ou para manter sua esposa quieta. Ele esperou. Então explicou, com uma voz pesada.

— Vamos, Murka. Nós iremos para Istambul.

— Você me diz isso agora? Depois de vender tudo?

— Nós não podemos ficar com nada disso. Há uma cota. Os trens não carregam todo esse fardo.

— Mas... eu tenho meu enxoval há anos. Tudo isso, tapetes, ternos...

— A guerra está chegando no portão, Murka, e você falando de enxoval, de roupa de cama? Não posso me recuperar em Ancara. Agora eu quero voltar para Istambul.

Mürvet estava sentada na outra cadeira que sobrara, exausta.

— Por que não podemos nos instalar em algum lugar, Seyit? Por que sempre nos mudamos?

— Por quê?... Porque... eu não encontrei onde quero estar, onde quero morar. Há uma casa que eu sinto muita falta, mas é muito longe, em outro lugar. Fora isso, fico entediado onde quer que esteja. Especialmente com esta doença, estou ficando ainda mais aborrecido.

Mürvet inclinou a cabeça e esfregou as mãos.

— Sim. Eu acho que te entendo. Quando vamos?

— Vamos amanhã.

CAPÍTULO 37

Última Jornada

No dia 2 de fevereiro, eles partiram para Istambul. Naquele tempo frio, toda a família embarcou no trem. As despedidas dos vizinhos foram tristes. Seyit enrolou o dinheiro num pano e colocou nas meias. Entre os pertences deles, o último saco de farinha pela metade, sacos de arroz e de açúcar.

Desde que a lei marcial havia sido declarada na Trácia, em 22 de novembro, a ida para Edirne estava cheia de soldados, devido à remessa que tinham de lá. Os vagões eram revistados severamente, por causa do contrabando de mantimentos. Eles viajavam todos com apenas uma passagem, então se revezavam para se sentar. Seyit, no trem, olhando os rostos dos jovens em uniforme de soldado, recordava a sua época como um deles.

O trem estava lotado, e ele não conseguia respirar. Seus ouvidos zumbiam, ele sentia vertigem e suava frio. Mas era injusto concluir toda a jornada sentado, e deixar sua família em pé. Ele lutou para se levantar, com um esforço sobre-humano. Quando chegou a sua vez de se sentar, percebeu que havia atingido o fim de suas forças. Então se deixou cair na poltrona, com a respiração profunda, e fechou os olhos. Quando reabriu, três jovens estavam em cima dele, tentando reanimá-lo. Seyit olhou para eles. Quantos anos tinham? Dezoito? Dezenove? Eles iam para a guerra, eram heróis anônimos.

Enquanto Seyit voltava a si, se lembrava do inferno dos Cárpatos, que passara no inverno de 1916. Ele desejou que essas crianças pudessem sobreviver à batalha, sem cair no mesmo inferno. Balas de canhão, sons de tiro, cada disparo causava um tremor como o inferno. De noite, com as chamas subindo ao céu, não havia diferença do dia. Através das profundezas abertas na terra, fogo e fumaça subiam. Cadáveres de soldados largados em meio às carroças, cavalos e arbustos carbonizados. Corpos cobertos de sangue, suor e lama. Roupas e tudo o que havia estava espalhado pelo ambiente, que parecia da mesma cor. Cinza, preto e carvão. Gemidos dos feridos, os mortos, e os que rezavam pela morte para não ouvirem mais o sofrimento deles... Isso era a guerra. Ele sabia que esses adolescentes passariam por isso.

Quantos anos Vladimir tinha quando morreu? Vladimir, a quem ele e Misha resgataram das chamas da planície húngara, com seu corpo rasgado e a expressão de agonia em seu rosto. Eles o enterraram. Celil, Misha e Seyit enterraram seus amados amigos na floresta. Misha puxou a cruz, e os outros abriram as mãos e fizeram suas orações. Tenente Vladimir Savinkov e outros, mártires não muito afortunados, ortodoxos muçulmanos que morreram nos Cárpatos.

— Perdão. Ele murmurou.

Ele os tinha esquecido. Era estranho, como se o passado deles tivesse começado a causar mais dor agora.

Quando chegaram a Istambul, a neve caía torrencialmente. Nuvens negras cobriam suas cabeças, e a neve ia até os joelhos e cobria toda a cidade. A família saiu da estação. Leman, com o marido e a cunhada, que morava em Beylerbeyi; Mürvet, Seyit e Şükran. Todos partiram para a casa de Fethiye.

Andaram a pé por horas, depois de uma jornada sem dormir, na esperança de entrarem em um ambiente quente. Quando chegaram em casa, Fethiye abriu a porta em lágrimas. Eles encontraram uma grande dor: Ethem havia morrido há uma semana, com trinta e dois anos. Eles se abraçaram, chorando. Seyit admirava o domínio e a sensibilidade de Ethem, e ficou muito emocionado com a morte dele. Os filhos de Fethiye, Sevim e Seçkin, de oito e seis anos, os abraçaram, porque não tinham açúcar em casa, e quase nenhum alimento. Com a chegada da comitiva, eles encheram os potes da cozinha.

No dia seguinte, Seyit saiu de casa para procurar trabalho, pois queria colocar o dinheiro em casa antes que acabasse. Não se sentia bem, mas não tinha escolha. As pernas de Mürvet, devido à viagem de trem, estavam inchadas, e ela não podia sair de casa.

Depois de perambular o dia inteiro, Seyit voltou para casa, tarde da noite. Havia encontrado um lugar para eles morarem, e deu uma chave à esposa.

— Vamos, Murka, boa sorte.

— Você alugou agora?

— Eu comprei.

Mürvet gritou de alegria.

— Eu não acredito!

— Acredite. Você agora tem uma casa.

— Minha casa?

— Sim. Vamos colocá-la em seu nome.

— Mas onde arrumou dinheiro?

— Eu havia juntado com a venda dos tapetes e de tudo que tínhamos em casa. Tencionava montar um restaurante, mas agora acabou essa ideia. Não tenho forças para isso.

— Diga-me, Seyit. Onde, que tipo de casa?

Seyit estava cansado e com dor, então se sentou e respirou fundo. Era uma daquelas dores profundas.

— Havia duas casas à venda, ambas em Ortaköy. Uma custava duzentas libras. Da outra, o valor é um pouco mais alto, mas se vê o mar. Uma casa grega de madeira, de dois andares. Ela tem um porão, e um sótão no segundo andar. O portão fica na estrada principal. A casa tem um enorme jardim no caminho, até a porta dos fundos.

— Bem, me diga rapidamente: qual você pegou?

— A segunda custa quatrocentas libras...

Mürvet se concentrou. Era muito dinheiro para eles.

— Então você ficou com a primeira casa.

Seyit sorriu como uma criança.

— Não. Eu comprei a segunda casa.

Mürvet saltou de alegria, e abraçou o marido.

— Obrigada, Seyit. Obrigada.

No dia em que se mudaram para a casa na rua Üçyıldız, Mürvet encontrou uma residência que precisava de reparos. Havia tábuas soltas no andar de cima, e o teto da cozinha estava aberto, mas com um pouco de cuidado seria um ótimo lar.

Enquanto eles se instalavam, não puderam deixar de atender o pedido do antigo dono. O homem disse que não tinha para onde ir e, se possível, queria ficar até receber uma carta de um parente, que esperava. Seyit, sem nenhuma objeção, aceitou. Mürvet via o marido continuar a surpreendê-la, a cada dia. Não havia vestígios do antigo Seyit.

Na primeira semana após a mudança, eles foram para Kadıköy e visitaram Leman. Na mesma semana, marido e mulher foram ao cartório, e Mürvet observou com espanto e alegria a propriedade da casa passar para ela. Seyit entregou-lhe a escritura.

— É sua casa, Murka, seja abençoada.

Enquanto Mürvet olhava, agradecida, para o marido, não pôde deixar de se assustar com o olhar cansado que viu em seus olhos.

Depois que Mürvet conseguiu arrumar a casa, foi à fábrica de meias e pediu um emprego. Ela foi aceita imediatamente. Seyit também saiu para encontrar Yahya e pedir apoio.

Era 4 de março. A neve havia cessado, mas ainda estava gelado. Seyit ia de Ortaköy para Karaköy à procura de trabalho, uma área agitada perto do porto, onde cafés modernos se misturavam a padarias de bairro e lojas familiares. Ele decidiu caminhar pela calçada. Mas, a cada poucos passos, sentia necessidade de parar e descansar. Ele era teimoso. O tempo que chegava àquelas mesmas ruas, com um corpo saudável e ereto, se fora. Seyit estava tão desgastado que poderia desmoronar a qualquer instante. Quando chegou à estação Tünel[27], ficou muito feliz por ter chegado ao lugar que sentia tanta falta.

— Oh, Beyoğlu! Como é belo! — ele disse.

Logo à frente, encontrou Mirza Kadiyof, e a expressão de surpresa no rosto do homem, mostrou a mudança provocada em Seyit. Kadiyof ficou espantado com o estado de Seyit, mas se recuperou rapidamente. Juntos, eles caminharam para o Olivio's End e almoçaram no Rejans, onde Seyit ansiava pela comida. Seyit perguntou por Yahya.

— O senhor Yahya agora administra o Turquoise e, nos verões, ele vai para Florya.

Depois do almoço, Seyit seguiu para o Turquoise, e seu encontro com o sobrinho de sua mãe foi extremamente entusiasmado. A aparência de Seyit afetou tanto Yahya quanto tinha afetado Kadiyof, mas como Yahya sabia o quanto ele era sensível, fingiu que estava tudo bem. Eles se sentaram e conversaram por um longo tempo. Yahya, finalmente, perguntou:

— O que você planeja fazer agora, Seyit? Você sabe que pode contar comigo sempre que precisar. Se quiser fazer alguma coisa, eu vou ajudá-lo novamente.

Seyit sabia o que ele queria dizer, mas não tinha forças para ter um empreendimento novo. Sua saúde não estava boa, e ele não suportava mais afundar.

— Se você tiver um trabalho que combine comigo, eu prefiro trabalhar para outras pessoas agora.

— Concordo. Venha trabalhar aqui. Seu lugar está pronto. No verão, se você quiser, poderá ir comigo para Florya.

Eles se despediram e Seyit foi embora. No dia seguinte, começou a trabalhar. De vez em quando, sua saúde requeria uns dois dias de descanso, e ele havia perdido seu charme para os negócios. Por vezes, vagava pelas ruas de Beyoglu, onde costumava andar, se sentar e trabalhar. Ele achava que o passado era bonito enquanto se vivia, e que o tempo passava acrescentando amargura. Doía, porque ele sabia que não podia mais voltar àqueles dias. Beyoğlu era como uma parte de si.

Em março, uma bomba explodiu em uma das malas da Embaixada Britânica de Sofia, deixando seis mortos e dezenove feridos. Dizia-se que uma espiã tinha ficado hospedada em Pera. Enquanto isso, a guerra parecia nunca terminar. O mundo estava enredado. A Turquia, na fronteira com a guerra, teve que responder as cartas de boa vontade, em resposta à mensagem de Hitler para İnönü, em 4 de março. Ismet Pasha e o embaixador Hüsrev foram a Berlim em 21 de março, para enviarem uma mensagem de apoio a Gerede e a Hitler. Enquanto isso, em 25 março, a declaração turco-soviética foi assinada.

---

27 - Linha ferroviária subterrânea em Istambul, uma das mais antigas do mundo, inaugurada em 1875, com 573 metros de comprimento, que liga duas estações: Karaköy, perto da embocadura do Corno de Ouro e da Ponte Gálata, e a outra, no alto da colina de Beyoğlu. [N.E.]

Os dois Estados estavam comprometidos a permanecer neutros, se houvesse um ataque mútuo.

No entanto, esses resultados ainda não eram definitivos. Em 11 de abril, foi decidido que as pessoas que quisessem deixar Istambul, sentido Anatólia, poderiam usar os veículos do Estado. Em junho, o pacto de amizade turco-alemã foi assinado. Em 21 de junho, a Turquia declarou sua neutralidade para território russo. Autoridades russas e alemãs estavam curiosas sobre a Turquia, e ela declarou que tinham ambições ocultas.

Vários navios a vapor turcos foram afundados por submarinos desconhecidos, em datas diferentes, no Bósforo, em Istambul. As investigações em nada resultaram.

No país, a pobreza já mostrava sua face. Em 8 de janeiro de 1943, o pão foi racionado. Nos mesmos dias, a carne custava quinze centavos, e a madeira, setenta, e mesmo assim havia pouquíssimos produtos disponíveis.

CAPÍTULO 38

Uma Alegria manchada pelo sofrimento

No dia em que Leman descobriu que esperava um bebê, agentes russos explodiram uma bomba na Embaixada Alemã em Ancara. A Turquia poderia entrar no combate a qualquer momento. Mulheres que carregavam um bebê no útero estavam apavoradas por colocar um filho num mundo como aquele.

Mas, apesar de todas as dificuldades que enfrentavam, a notícia do bebê trouxe alegria para todos eles. O médico recomendou boa nutrição, bastante leite, ovos e carne. Leman, no entanto, sabia que isso não poderia ser feito.

Em 26 de fevereiro, o pão foi reduzido mais ainda. Setecentos e cinquenta gramas para trabalhadores de serviços pesados, e trezentos para adultos; cento e cinquenta gramas de pão seriam dados às crianças. Era impossível, para uma mulher grávida, alimentar seu bebê com trezentos gramas de pão, e nada de carne. Além disso, cidades estavam sendo bombardeadas acidentalmente por aviões estrangeiros. Leman estava muito preocupada.

Na casa de Mürvet, até Şükran tinha arrumado um emprego para ajudar nas despesas. Seyit, ultimamente, sentia cada vez mais necessidade de descanso. Mas quando estava em casa, tentava se manter ocupado com o jardim. Ele havia plantado jacinto roxo, cacho de salgueiro, árvores frutíferas e canteiros de rosas. Também havia plantado videira em ambos os muros, exatamente como na Crimeia. Ele estava ansioso pelas primeiras uvas.

Quando a primavera de 1942 chegou, no início da manhã, ele regou seu jardim e saiu para ir trabalhar. Percebeu que estava melhor, e essa sensação o levou à tentação. Ele tinha parado de fumar por causa da doença em seus pulmões, mas, em homenagem à primavera, poderia fumar apenas um cigarro. Ao descer a encosta de Ortaköy, ele se retirou um pouco da rua e fumou seu cigarro. Então fechou os olhos e respirou fundo. Como sentia falta do cigarro! Ele se sentia ótimo. Pela primeira vez em meses, pegou o bonde.

Na noite do mesmo dia, Mürvet voltou para casa e não viu luz na janela. Şükran dormiria na casa da irmã, em Kadikoy. Seyit devia ter ficado preso em Beyoğlu. Será que seu marido voltaria à sua antiga vida novamente? Ela deixou os pacotes na cozinha e subiu os degraus de madeira. No momento em que abriu a porta e olhou para o corredor, notou uma sombra no chão. Seyit estava sentado numa cadeira. As últimas cores deixadas pelo sol acabavam de se pôr no céu. Ela virou a cabeça para fora da janela, olhando o mar através da agradável escuridão da noite. Honestamente, ele poderia ter sido demitido novamente, pensou. Quem sabe o que aconteceu de novo?

Ela falou:

— O que houve, Seyit?

Ao se sentar ao lado dele, acendeu a lâmpada na mesa e recuou, com medo do que viu. Seyit estava pálido, quase cinza, com olheiras, e gotas de suor na testa e no rosto. Ele tremia debaixo de um cobertor, onde estava enrolado até o pescoço. Ele murmurou, baixando os olhos.

— Isso não é bom.

Horrorizada, Mürvet notou o sangue no cobertor.

— Seyit!

— Estou com muita dor nas costas — murmurou ele. Mürvet estava ciente da gravidade da situação, mas não sabia a quem recorrer e pedir ajuda. Naquela noite, Seyit não comeu. Suou a noite toda, tremeu de frio e teve pesadelos. Mürvet passou a noite em claro. No dia seguinte, antes de ela sair para o trabalho, Yahya estava à porta. Ele havia percebido que Seyit estava muito doente e, como não foi trabalhar, já trouxe um médico consigo. O diagnóstico assustou até o médico: a pleurisia tinha se transformado em tuberculose, e o tratamento era impossível àquela época.

Yahya pagou o médico e o remédio, e deixou para Mürvet algum dinheiro. Ele gostava muito de Seyit e estava extremamente triste.

— Mande me chamar, se precisar de algo. A qualquer hora.

— Obrigado, tio Yahya. Como vamos pagar você?

Yahya, com ternura, colocou a mão no ombro da jovem.

— Você não me deve nada, Mürvet. Não me deixe ouvir isso de novo. Ele é filho da minha irmã.

Sempre que um médico era necessário, e a receita, renovada, Mürvet informava Yahya, pois a situação era muito pesada para eles. Um por um, os tapetes foram vendidos em casa, a preço muito barato, pois em meio à guerra era impossível conseguir um bom dinheiro por eles. Ela os vendia pelo preço que ofereciam.

Nos dias em que Seyit sentia muita dor, Mürvet ficava em casa, mesmo tendo a certeza de que esses dias seriam descontados de seu salário. Além disso, quando estava no trabalho, sua mente estava em casa.

Şükran foi enviada de vez para a casa de Leman. Ela não podia ficar na mesma residência que o pai, pois havia risco de que pegasse a doença. Leman, grávida, estava impedida de visitar o pai. A filha era a única alegria de Seyit, e não podia sequer vê-la.

Seyit, em frente à janela do corredor, com a cabeça apoiada, observava as colinas de Ortaköy e o Bósforo. As drogas que ele tomava não faziam nenhum efeito, ele estava cada vez mais doente, e as dores eram insuportáveis. Sentia-se como se estivesse seco. Seu espírito estava preso em outro lugar. Era como se fosse espremido sob toneladas de peso. Ele manteve a janela aberta, para inspirar profundamente e encher os pulmões doentes com aromas frescos.

Mürvet corria de um lado para outro, tentando encontrar a comida necessária para o marido, mas era inútil: não conseguia encontrá-la, ou não podia pagar por ela, quando encontrava.

Seyit passou todo o verão em casa. Uma ou duas vezes, se sentiu relativamente bem e foi ao jardim. Com cuidado, ele trabalhava num canteiro de rosas. Certa vez, estava no jardim quando sentiu uma forte dor nas costas. Ele fez uma careta e se sentou no chão. O suor desceu frio por sua testa, e ele sentiu que estava prestes a desmaiar. Instantes depois, ainda consciente, levantou-se, acariciando o botão de rosa, e decidiu entrar em casa. Mas do jardim para a casa ele tinha que subir mais de dez degraus. Quando quase chegava no último andar, ele já rastejava. Até ir ao jardim, agora, era impossível para ele.

Em 6 de setembro de 1943, Korhan, o filho de Leman nasceu. Era como o sol. Toda a ausência de proteína, o racionamento, não havia afetado a saúde do bebê. Com o nascimento neto, Mürvet não pôde trabalhar. Sabahattin estava com a esposa quando Leman saiu do hospital, uma semana depois, mas ela não estava bem. O período após o parto foi mais difícil que a gravidez: ela não tinha leite e precisava se alimentar bem, mas isso não era possível.

Sabahattin e Şükran saíam de casa juntos pela manhã e iam trabalhar, retornando somente à noite. Mürvet tinha que trabalhar e cuidar de Seyit. Leman tinha que cuidar do bebê, fazer compras, cozinhar, lavar e passar, tudo isso no pós-parto. À noite, quando se sentava à mesa, na maioria das vezes não conseguia nem comer, de cansaço.

Depois de um tempo, Leman experimentou o primeiro pesadelo de seu casamento. Ela aprendera que um homem bonito, quando estava bêbado, poderia facilmente fazer os mesmos elogios a outras mulheres, e continuava a construir relacionamentos com a mesma facilidade. Quando ela descobriu a traição do marido, sofreu de ciúmes. Uma rachadura havia surgido entre o casal. Ela era jovem e bonita, cuidava de sua casa, tratava o marido com amor e tentava criar seu bebê. No entanto, ele fez facilmente outra escolha, e tinha estragado tudo. Ele a humilhou e ofendeu. Quando Leman olhava para Sabahattin, o via como a um estranho. Ela percebeu que Sabahattin era apenas um homem bonito, mas não estava mais apaixonada por ele. E ele? Amava Leman? Se isso era amor, ela não queria ser amada. O casamento não era mais um jogo romântico para Leman, mas um castigo que esmagava sua alma. Ela tinha se tornado amarga. E graças à explosão de acusações na casa da irmã,

Şükran mudou-se de Ortaköy e foi para Kartal, onde começou a trabalhar no hotel Sultanahmet Tapu.

Seyit sentia que havia algo no ar. Era estranho que Leman, que antes levava o filho para visitá-lo todo fim de semana, não fosse lá há um tempo. Şükran, no entanto, ia uma noite por semana visitar sua mãe. Ele as ouviu discutir algo. Seyit perguntou à esposa, mas não recebeu informações sobre a curta visita. Contudo, tinha algo grave acontecendo na família, isso era certo. Fosse o que fosse, Mürvet estava escondendo dele. Infelizmente, ele não tinha mais o poder de desafiar ou lutar contra nada. Sentir-se um inútil em casa só agravava sua doença.

Seyit, além de sentir falta do neto, sentia muita falta de Leman. Onde estaria Lemanuchka? O que estava acontecendo com ela? Ela estaria feliz? Eles nunca se sentaram e conversaram sobre seu casamento. Que os instintos dentro dele fossem enganosos.

Mas ele não estava enganado, Leman não estava feliz. Ele perguntou à sua esposa e ela disse que Leman estava preocupada com a doença, tomando cuidado para não infectar seu filho. Seyit percebeu que naquele dia ele estava realmente sozinho em sua luta.

Distante dali, Leman travava outra luta, e se sentia também sozinha no mundo, com seu filho. Ela percebeu que se ficasse em casa, enfrentaria eventos degradantes, e seu orgulho não aguentava mais ferimentos. Naquela manhã, quando o marido foi trabalhar, ela levou o filho para Ortaköy. Seyit, quando os viu, subitamente se sentiu vivo de novo. Depois de abraçar sua filha e dizer o quanto estava com saudades, eles se sentaram frente a frente. O velho Lobo teria que enfrentar a bagagem de problemas que sua filha trouxera com ela. Pela expressão nos olhos de Leman, ele sabia que algo não ia bem. Então perguntou:

— Bem, você não vai me contar?

Leman começou a chorar. Seyit, por um momento, havia esquecido seu próprio sofrimento. O mais importante agora era curar as feridas de Leman. Ele a incentivou a falar.

— Podemos conversar sobre tudo, não podemos, Leman? Vamos lá, me diga. O que está havendo? O que é que te tira da sua casa assim?

— Eu não posso mais morar naquela casa, pai.

— Diga-me o porquê.

Leman não sabia como ou por onde começar. Contar para o pai era igualmente doloroso como viver a situação. Ela própria, sua família seria humilhada mais uma vez. No entanto, estava tão desesperada que precisava do conselho e do apoio de alguém. Ela chorava quando terminou. Seyit esticou o braço e puxou a filha em sua direção. Leman colocou a cabeça no peito do pai e continuou a chorar.

— Quem é a outra mulher? — Seyit perguntou.

— Eu não posso dizer isso, pai.

— Por quê?

— Eu não posso dizer — ela chorou mais ainda.

— É alguém que eu conheço?

Leman não fez nenhum som. Ela apenas chorava. Algo começava a ganhar vida na cabeça de Seyit, mas ele não queria dizer isso em voz alta. Aquele era apenas um palpite ruim, tinha que ser.

Leman ficou sentada ao lado dele o dia todo, segurando a mão do pai. Seyit não falou mais sobre a mulher, ambos sabiam o nome dela, mas falar era doloroso demais para ambos.

Seyit tinha um poder incrível sobre Leman. Seu pai não podia mais trabalhar, ganhar dinheiro, mas podia conversar. Estava tudo bem para ela agora, então passou o dia descansando, em paz.

Naquele dia, antes de anoitecer, Mürvet voltou do trabalho. Ela cumprimentou sua filha mais velha muito sem graça. As longas horas de conversas entre pai filha parecia tê-la incomodado. Entendeu que eles tinham ficado sozinhos e que Leman havia contado tudo ao pai.

Sabahattin, que também havia chegado em casa à noite, não encontrou sua esposa e percebeu que ela tinha ido para sempre; ficou louco. Nenhuma esposa jamais saiu de casa após uma briga. Ela realmente estava perdida para ele agora. Tinha que encontrá-la imediatamente.

Deveria dizer a ela que tinha sido vítima de uma paixão passageira e que a amava. Ele queria Leman de volta. Queria sua esposa e seu filho de volta em sua casa. Sua mãe e as irmãs mais velhas, por outro lado, achavam que ele era culpado de tudo o que acontecera.

Naquela noite, ele não dormiu, de tanto pensar. De manhã, sua raiva pela mulher, a quem ele considerava a maior responsável pelo que havia acontecido com sua família, passara diante de todos os sentimentos.

Mais tarde, na recepção do Sultanahmet, os funcionários que trabalhavam em suas mesas estavam curiosos sobre o homem alto e bonito que entrava. Eles viram quando Sabahattin se aproximou da mesa de Şükran. Mordendo os lábios, ela começou a gritar, acusando-o de assédio, antes que ele chegasse ao seu lado.

— Cadela! Você estava na minha cama! Você destruiu a minha família! Eu vou te mostrar!

Ele não conseguiu seu intuito, enquanto a jovem gritava e cuspia na cara dele. Ele parecia louco, queria espancá-la. Şükran, tentando encontrar proteção atrás de sua mesa, enquanto os homens detinham Sabahattin. Eles o arrastaram para fora e, logo depois, Sabahattin foi convocado na Corte, sobre o caso de difamação. Sua parceira do relacionamento, que ele pensou que continuaria em uma pequena aventura, acusou-o de insultá-la e desonrá-la. Sabahattin refletia sobre como superar esse caso. Ele também não tinha conhecimento das pressões concentradas em Leman. O que realmente importava é que o ressentimento e a raiva de Leman em relação ao marido também fossem usados. Se sua própria irmã, que arruinou sua vida era inocente, ela testemunharia no tribunal contra o marido.

Şükran disse na Corte que era constantemente assediada pelo cunhado. Então, Leman poderia facilmente se divorciar, e a honra da irmã teria sido salva; o castigo de Sabahattin, nesse caso, era ir diretamente para a cadeia.

Leman ficou aterrorizada ao ouvir isso. Mas Şükran não teria usado a situação como uma conspiração para colocá-lo na cadeia. Leman não podia tomar partido de ninguém, ela não sabia quem falava a verdade. Mas, mesmo assim, depois de ouvir as queixas de Şükran, o Tribunal Penal de Sultanahmet condenou Sabahattin.

Porém, um recurso foi interposto, e o jovem foi libertado.

Após esse grave acontecimento, Naci, amigo íntimo de Sabahattin, passou várias vezes em Ortaköy, como mediador. Contudo, Leman não queria mais voltar para casa. Embora não fosse fácil morar ali também. Seu único contato na residência era o pai, e ela se odiava por comer o pão que a mãe e a irmã levavam para casa. Sentadas à mesa, ela sentia uma constante inquietação. O olhar de sua mãe sobre ela, sua voz, era de acusação. Embora Leman fosse a vítima, Mürvet ficara do lado de Şükran. E era Mürvet agora quem sustentava a casa, quem trazia dinheiro, e Leman se sentia muito humilhada.

Certa noite sua mãe lhe disse que havia comprado e pago a comida. Leman, então, se sentiu esmagada pelo peso. Ela percebeu que estavam agora em lados completamente opostos. Sua mãe, de fato, tinha tomado o partido de sua irmã. Por outro lado, Leman não podia contar nada para seu pai, pois não queria incomodá-lo.

Mas depois de cada visita de Naci, a mente de Leman se voltava para a casa do marido. Voltar para ele? O que era pior? Ficar ali e sentir a frieza de sua mãe e irmã, ou voltar para aquele que a havia traído cruelmente?

Ela acordou, naquela manhã, escutando a tosse de Seyit, então pulou da cama e correu para ele. Colocou o braço em volta da cabeça do pai e deu a ele um pouco de água. Leman não podia acreditar que aquele homem bonito, que brilhava com seu temperamento, era agora o mesmo homem que descansava em seu braço. Ela colocou o copo de lado e se sentou ao lado dele. Seyit lentamente empurrou a mão da filha, que o segurava.

— Não chegue muito perto, querida. Receio que isso passe para você. Você tem um bebê agora. Vamos, sente-se em algum lugar longe de mim.

— Você está bem agora, papai?

Seyit sorriu.

— Ah, sim — ele estava de bom humor. Ainda podia caçoar dela, esse lado não havia mudado.

— Você precisa de algo, pai?

— Não preciso mais de muito, Lemanuchka. Estou passando pelo período mais simples da minha vida. Tudo que eu quero é respirar.

Então ele olhou para ela, com um sorriso amargo.

— Eu não quero muito, quero?

A voz de Seyit era difícil de se ouvir. Leman manteve-se forte, impedindo que as lágrimas caíssem.

— Você ficará bem, pai. Você vai ver.

— Não, filha. Eu não vou ficar bem.

— Por que você diz isso, pai?

— Não sou eu que digo. Eles dizem.

Leman olhou, surpresa.

— Quem?

— Meus pulmões. Eles dizem. Eu ouço meus pulmões. Escuto meu coração. Ouço meu cérebro. Todos me dizem a mesma coisa.

— Vamos, pai. Não fale assim — ela choramingou.

— Estou falando a verdade, filha. Todos dizem que estão cansados agora. Se eles sabem que vão morrer, isso é bastante significativo para mim.

Leman foi até o pai, chorando, então se sentou no chão em frente a ele e o abraçou. Aquele homem forte, de antes, era agora como um menino, de tão leve. Estava magro e abatido, era como se ela segurasse uma pena.

— Por que você se deixa ir, pai? Quão forte você era! Lute.

Com uma mão, Seyit acariciou o cabelo da filha.

— Eu resisti muito... — ele foi interrompido por uma nova crise de tosse. Então cobriu a boca com uma toalha que retirou debaixo do travesseiro, e acenou para que Leman se afastasse.

Leman, mais uma vez, achou que sua decisão de ter vindo ficar com o pai era certa.

Uma borracha foi passada sobre o que acontecera recentemente entre Leman e sua irmã. Agora, o único problema era o divórcio do antigo casal. Mürvet pensava que, se Leman se divorciasse, ela estaria numa situação muito desagradável. As condições não eram nada fáceis, e falou claramente isso para a filha.

— Leman, olhe, garota, o que eu ganhei e o que Şükran trouxe. Manter uma casa está cada vez mais difícil. Os cuidados com seu pai também. Não posso fazer nada, acredite em mim. Estou tão cansada agora...

Mürvet estava certa nisso, parecia muito cansada. Mas a mulher de anos atrás, calma e de pele macia, que era tímida com seu marido, não tinha nada a ver com a mulher de agora. Era a senhora da casa, e isso era óbvio. Ela continuou:

— O que devemos fazer? Deixe-me arranjar um emprego para você. Se juntarmos a renda de todas nós, não haverá problema. Mas você tem um garotinho, e ele vai crescer. Eu preciso que você arrume um trabalho.

Leman estava desesperada.

— Mas, mãe, eu não posso levar Korhan comigo para o trabalho. Ele é somente um bebê.

— Seu pai pode ficar com ele em casa, de qualquer maneira.

Os olhos de Leman estavam arregalados.

— Mãe! Meu pai precisa de cuidados. Como ele cuidará de uma criança? Não consegue fazer suas próprias coisas, como se levantar... Eu vou cuidar do papai em casa.

Mürvet parecia determinada.

— Você não tem escolha, Leman, precisará de renda para si e para essa criança. A não ser que volte para seu marido.

Leman passou aquela noite chorando. Ela abraçou amorosamente Korhan em seu peito, como um pequeno embrulho, e beijou seus cabelos castanhos. Então murmurou.

— Meu infeliz bebê. Quão solitários estamos.

Na manhã seguinte, ela se organizou sem esperar uma palavra da mãe. Não esperaria a mãe dizer de novo. Alimentou seu filho, preparou o almoço para ele e Seyit, e perguntou ao pai se ele podia cuidar do neto. Ele disse que sim, embora não estivesse certo disso. Aliás, sabia que não poderia mais estar com seu neto, por causa de sua doença. Mas ele podia fazer nada para impedir aquilo, também era um dependente de Mürvet e de sua filha caçula.

Leman, ao deixar seu filho, pensou que um dia o pequeno Korhan entenderia o que era o mundo, e os sacrifícios que as mãe e filhos precisavam fazer.

Até o meio-dia, tudo correu bem com Seyit e Korhan. Não era tão difícil estar com um garotinho, afinal. Uma bola de brinquedo e uma ou duas palavras eram suficientes para mantê-lo entretido. Ao meio-dia, ele pegou a comida que Leman havia deixado para o neto, e se sentou ao lado dele. Quando estendeu a colher, a criança abriu a boca com entusiasmo e moveu a cabeça. Mal podia esperar para pegar o talher. Seyit riu tão sinceramente pela primeira vez, em muito tempo. Korhan era o motivo do seu sorriso.

— Que coisa fofa você é — ele disse para o neto.

Quando estendeu a segunda colher, de repente sentiu uma dor infernal nos pulmões, e agarrou a toalha na cadeira. Seus braços e pernas estavam tremendo. Ele sentiu a necessidade de se sentar, enquanto tossia repetidamente. Seu rosto estava vermelho, seus olhos saltavam das órbitas. O muco enchia sua garganta, e ele não conseguia respirar. Estava a ponto de se afogar.

Korhan chorava ao máximo que podia, com a frustração da refeição inacabada e o barulho assustador que ouvia. Seyit deixou cair o prato ao lado do neto e, apesar dos gritos da criança, não conseguiu se levantar.

Ele fez um movimento, mas caiu de novo na cadeira. Depois de um tempo ele foi até o neto, acariciou-o e tentou silenciá-lo. Naquele momento, alguém bateu à porta, e a vizinha apareceu. Vendo a sopa no prato, ela serviu a criança.

— Aqui está sua sopa. Vamos lá. Tome tudo.

Korhan tomou a sopa de macarrão, com muito apetite. No entanto, Seyit não estava bem. A vizinha colocou o garoto em seu balanço, e pegou o arroz com frango para Seyit. Mas ele não podia comer. Agora, tudo o que queria era dormir. Ele enxugou o suor frio da testa e fechou os olhos. Tentou esquecer a dor nas costas e no peito. Talvez pudesse tirar uma soneca.

Quando Leman saiu do trabalho em uma pequena fábrica de meias e chegou em casa, quase chorou com o que viu: Korhan estava ensopado até a cintura, mastigando a comida do chão. Sua fralda estava suja, e ele chorava. Seyit mal conseguia se levantar e alcançar o neto.

Leman pegou o filho nos braços e, imediatamente, foi até seu pai.

— Como vai, pai?

— Sim, eu vejo que é você, Leman.

Leman ficou arrasada ao pensar que seguiu o conselho da mãe e deixou seu pai e o filho sozinhos. Ela não tinha o direito de fazer isso com eles.

— Sinto muito, pai.

Seyit pegou a mão dela. O toque era como de uma pena. Os olhos dela encheram-se de lágrimas. Ela percebeu que o problema que enfrentava agora tinha uma única saída.

Primeiro, trocou a fralda de Korhan e deu leite a ele. O garoto se acalmou. Ela, então, voltou e se sentou ao lado do pai. Estava determinada.

— Papai, eu vou voltar para o meu marido.

Seyit rugiu com uma voz inesperada.

— De jeito nenhum!

Ele deve ter usado sua última força. Então engoliu em seco e disse, numa voz muito mais fraca.

— De jeito nenhum. Por que você quer ir embora?

— Pai, ele pediu desculpas para mim. Eu não acho que isso se repetirá novamente. Ele diz que me ama.

Seyit mostrou claramente sua decepção. Seus sentimentos ainda eram fortes.

— Decidimos isso juntos, Leman. Você sabe, seu orgulho foi ferido. Você conseguirá retomá-lo, se voltar para ele?

— Não é muito diferente aqui, pai. Morar aqui não me faz esquecer que fui humilhada...

Seyit entendeu muito bem o que sua filha queria dizer. Mas não queria que ela voltasse para o marido.

— E você? Você ainda o ama?

Leman pensou em contar para seu pai a conversa que sua mãe tivera com ela, mas desistiu. Não tinha o direito de jogar o pai contra a mãe. Sendo assim, murmurou com relutância.

— Sim, eu o amo.

Leman percebeu que seu pai tinha lágrimas nos olhos, quando ele virou a cabeça para a janela e desviou o olhar.

— Então você me traiu, Lemanuchka. Você me traiu.

Leman chorava.

— Não! Não, pai, eu não te traí.

Seyit continuou, sem virar a cabeça.

— Se você for com ele, depois do que me disse... — ele hesitou por alguns segundos. Anos atrás, em Alushta, as palavras de seu pai vieram à sua memória, como a velocidade de um raio. O que ele estava fazendo? Devia estar louco. O que seu pai fez com sua teimosia, ele agora fazia com sua filha. Mas seu coração estava acima da razão, e dominou sua decisão. Ele disse:

— Você não pode entrar nesta casa novamente.

Ele próprio não podia acreditar no que saía de sua boca. Como dissera isso à sua filha? A dor no coração era pior que a dos pulmões. Tudo o que ele queria era que a filha dissesse alguma coisa.

No minuto em que Leman saiu do quarto, ele sabia que ela e seu neto retornariam a um mundo onde seria espancada e deixada sozinha. Mas se Leman ficasse ali, ela também teria que tolerar outros ressentimentos. Sentiu-se impotente e sozinho. Leman também queria correr e abraçar o pai, e chorar no peito dele. Mas agora não era mais uma garotinha correndo nas florestas de Büyükdere. Enquanto arrumava suas coisas e de seu filho, sabia que seu pai estava de coração partido. Mas talvez, no futuro, houvesse conversas mais agradáveis entre a família.

Ela deu vários passos em direção ao pai e se inclinou.

— Eu te amo muito, pai.

Mas Seyit nunca respondeu. Não podia. Ele estava em um momento tão sensível que tinha medo que sua voz tremesse. Então, teimosamente continuou olhando para fora.

Leman, pela última vez, tentou dizer algo, mas falhou. Ela pegou o filho, que havia deixado no sofá, e entrou no quarto. Ajoelhou-se e começou a cantar uma canção de ninar para o filho. Naquela noite, pouco se falou à mesa.

CAPÍTULO 39

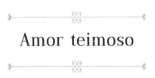

Amor teimoso

Leman ainda trabalhou uma semana em Çemberlitaş. Ela perdeu três quilos em poucos dias. Contudo, não podia continuar ganhando dinheiro às custas de seu pai, às custas de sua negligência com o filho.

Quando chegou em casa, do trabalho, no sábado, sua mãe estava fazendo compras. Şükran devia estar fazendo algum programa de fim de semana. Quando Leman entrou, encontrou o pai vestido, esperando por ela. Seyit parecia bem e queria andar por aí. Depois que ele saiu, Naci veio mais uma vez. Sabahattin insistia que ela voltasse para casa. O amigo dizia que ele pedia perdão e que ela tinha que ouvir a voz da razão.

— Leman, não seja teimosa, pelo amor de Deus. Esta vida que você vive aqui é melhor? Por quanto tempo você poderá deixar seu filho com seu pai e ir trabalhar? Se não trabalhar, não pode ficar aqui. Você sabe disso. A pessoa responsável pelo ferimento que você sofreu em sua vida mora aqui. Se precisa perdoar um deles, deve ser seu marido, e não a outra mulher.

Por fim, Leman percebeu que Naci tinha razão: estava com sua irmã na casa de seu pai, a amante de seu marido, a pessoa que transformara sua vida em um pesadelo. Quanto mais pensava, mais fácil era perdoar o marido, do que viver naquelas condições. O carro de Naci estava à porta, então ela pegou sua mala e entrou no veículo, com Korhan.

Mal se sentou, e voltou. Deixou rapidamente uma pequena carta sobre o travesseiro de seu pai, passou os olhos chorosos pela cadeira dele, pela última vez, e correu para fora.

Seyit, que havia saído para dar uma pequena caminhada, ao voltar para casa, ficou surpreso em não ouvir qualquer movimento. Leman devia estar ocupada com seu filho, supôs. Mas não ouviu nenhum som quando subiu os degraus e entrou no corredor. Ele olhou para os quartos, ninguém estava lá. Então notou que os brinquedos do neto, que costumavam ficar na sala, tinham sido removidos de lá. Ele colocou a mão no peito e respirou fundo. Devia tomar seu xarope. Ao se aproximar da mesa de cabeceira, ele notou o papel em cima do travesseiro. Sentou-se imediatamente. Ele sabia o que estava escrito, e não achava que pudesse suportar. Afrouxou a gravata com uma mão e tentou ler a carta, mas seus olhos estavam embaçados pelas lágrimas. O bilhete de Leman era curto, mas ele levou muito tempo para ler.

"Papai,
Não suporto ficar aqui mais tempo. Eu não posso. Será melhor para todos nós, se eu voltar. Perdoe-me. Vou sentir muito a sua falta. Adeus!
Leman".

Seyit descansou as costas nos travesseiros e virou a cabeça para as nuvens coloridas do sol poente. Sua mão que segurava o papel tremia. Seus olhos estavam opacos, e as lágrimas escorriam por seu rosto. Ele murmurou, com lábios secos:

— Oh, Lemanuchka!

CAPÍTULO 40

Agonia e sofrimento

Seyit havia perdido outra conexão com a vida. Sua alma não podia entender a traição de suas filhas. O que se tornara a sua família? Aquilo estava muito pesado para ele suportar. Agora, procurava seu antigo lado forte, mais do que nunca. Sua família havia se destruído. Estava arruinada. A vida havia machucado a todos.

Ele não sabia como resolver isso. Sua comida, seus remédios, tudo era às custas de sua esposa e de Şükran. Ele também sentiu a dor de ser um perdedor. A vida de sua Leman também tinha sido perturbada. Como ela poderia morar na mesma casa? Ele se lembrou da injustiça cometida contra ela. Não conseguia digerir aquilo.

Şükran tinha sido enviada, por sua esposa, para a casa de sua irmã... Ele talvez estivesse ficando louco. Teria sido um mal-entendido de Leman? Dia após dia, sentia que era inútil e sem sentido viver. Mesmo Leman, em quem ele acreditava, confiava e compreendia, não podia mais ajudá-la. Ele estava dominado pelos outros e não conseguia mais regular sua própria vida. Não esperava mais nada de sua maldita existência. Não havia mais nada que quisesse dela. Ele estava cansado, muito cansado.

Yahya e Selim vinham visitá-lo de vez em quando. Yahya sempre trazia um envelope para Mürvet, e não deixava que Seyit visse que ele ajudava com dinheiro. Mas agora as conversas com os velhos amigos não eram mais tão calorosas quanto antes. As palavras eram sussurradas, e intermediadas por tosses. Ele estava acabado. Rejans, Pera Palas, os dias em Volkof tinham ficado no passado. Os risos, as músicas e as piadas. A conversa sempre terminava rapidamente, e os convidados iam embora mais cedo.

No início daquele verão, por insistência de Yahya, Seyit foi internado no hospital Heybeliada. O estabelecimento ficava perto do mar, e em meio aos pinheiros. Ele agora tinha assistência das enfermeiras, quando aconteciam suas crises de tosse. Estava mais confortável do que em casa.

Seyit inspirava profundamente o cheiro da resina dos pinheiros e do mar. Era como se lavasse seus pulmões. Todos os dias, parecia respirar mais confortavelmente. Ele brincava com as enfermeiras, e isso era bom. Além disso, amava a calma e a distância dos problemas diários.

No hospital ele conheceu um jovem paciente, e gostava de conversar com ele. Era um estudante de Medicina. O rapaz sabia muito sobre sua doença, o que o esperava, e tinha aceitado tudo. Aos vinte e dois anos, aquele jovem encontrava a morte prematuramente. Ele perguntou, em uma de suas conversas no jardim.

— Por que você está se desmoralizando, aceitando a morte por conta própria?

O jovem riu.

— Eu não estou chateado, Seyit. Porque eu me preparei para isso.

— Não há preparação para a morte, rapaz. Até ela realmente chegar, não há preparação. Você deve resistir. Olha, eu tenho esta idade, e ainda estou me arrastando nesta vida.

— Quantos anos você tem?

— Você consegue adivinhar?

O jovem sorriu, educadamente.

— A idade de pacientes como nós não é clara, Seyit. As pessoas que têm essa maldita doença... Bem, quantos anos você tem?

— Vou te contar a data em que nasci — disse Seyit.

— Bem, que assim seja.

— 1892.

— Sério? Vejamos quanto é isso. Cinquenta... três... cinquenta e três anos. Sim, sim.

— Por que você falou o ano?

Seyit curvou os lábios, com um sorriso amargo.

— Eu não sei. Sinto que não mereço a morte. Aos cinquenta e três anos, ainda me sinto um pouco jovem.

Ele disse de modo sarcástico, e os dois riram. O garoto ficou encantado.

— Seyit, você é divino. Mesmo neste estado...

Ele brincou com o garoto novamente.

— O que diabos está dizendo? Eu sou muito jovem ainda.

E ele riu e começou a tossir. As enfermeiras entraram correndo e empurraram a cadeira de rodas para dentro. O garoto, debaixo da árvore, gritou:

— Volte amanhã, Seyit!

Na manhã seguinte, Seyit acordou, descansou e relaxou. O que quer que eles tivessem injetado nele, deixou-o ótimo. Depois do café da manhã, ele saiu à procura do jovem amigo, quando viu uma enfermeira se afastar do quarto do rapaz, com os lençóis nas mãos. Seyit empurrou a porta e olhou para dentro, surpreso. A cama estava vazia, e os lençóis, limpos. O cobertor estava dobrado, e o cheiro de lisol[28] indicava que o chão havia sido limpo e desinfetado.

---

28 - Lisol é uma emulsão formada por cresóis em solução aquosa de sabão, resultante a partir de hidróxido de potássio e óleo de linhaça. Possui propriedades desinfetantes e antissépticas. [N.T.]

Ele correu de volta e perguntou à enfermeira.

— Onde ele está?

A jovem enfermeira, abrindo um pequeno armário, olhou para ele com uma expressão triste.

— Bem, vamos viver por você, Seyit.

Os olhos dela estavam cheios de lágrimas e Seyit achou que houve um pouco de romance entre ela e o jovem médico. De volta à porta, ele olhou tristemente para a cama vazia e voltou lentamente para seu quarto. As palavras da enfermeira ecoavam em seus ouvidos.

— Viva por você!

— Qual vida? — ele disse em voz alta. Amava aquele garoto. Ontem ele estava vivo, e quão agradável foi. Ria alto. Ainda bem que rira.

No dia da visita, Seyit deixou o hospital com Mürvet. Ele não queria mais ficar ali. Não podia se curar vendo crianças irem para a morte.

O médico disse que ele podia sair, se quisesse.

Seyit, às vezes, descia até o jardim, acariciava e cheirava suas rosas, suas folhas de videira. Sempre com uma canção da Crimeia nos lábios. Ele pensou na razão pela qual ele comprara aquela casa. Era como se soubesse que não poderia mais se mexer. Aquela seria a última parada de sua vida.

Mais tarde naquela noite, ele desceu ao jardim novamente, desejando ver suas flores. Sentiu o odor dos últimos jacintos roxos e pegou alguns deles. As rosas estavam secas e necessitavam ser podadas. As uvas não puderam ir além do bosque naquele ano.

Leman tinha ido visitar sua tia naquela manhã, mas sua mente estava lá em cima, na casa de seu pai. Sua mãe e Şükran não estavam em casa durante essas horas, ela sabia. Sentia um desejo irresistível de ver o pai e de falar com ele, sentia muita falta dele, mas não teve coragem.

Ela caminhou para perto do jardim da casa. Seu coração batia como se fosse sair pela boca. Lá estava seu pai, no jardim, parado entre as videiras. De repente, Seyit levantou a cabeça e viu Leman parada embaixo de uma árvore. Olhou carinhosamente para ela. Mas seus pés não deram um passo. Ele pensou em acenar, mas as palavras ditas por ele voltaram à sua mente:

"Se você voltar para seu marido, não poderá voltar a esta casa".

Leman se preparava para entrar no jardim e abraçar seu pai, com alegria. Ela queria abraçá-lo o mais rápido possível, para superar aquele desejo. Estava dando o passo quando a mão de Seyit permaneceu no ar. Ele, de repente, voltou-se para a casa e deu as costas para ela.

Leman ficou onde estava, com um nó na garganta.

O que aconteceu? O que fez o pai parar de amá-la? Ela esperou um pouco mais. Então, o pai não a havia perdoado. Seus olhos, em vão, vasculharam as janelas. Mas não havia ninguém esperando por ela. Em lágrimas, caminhou em direção a Ortaköy Dereboyu.

No momento em que Seyit pensou que sua filha o havia deixado, voltou-se, arrependido. Talvez não fosse tarde demais. Os mesmos erros não deveriam ser repetidos. Ele imediatamente abriu a porta. Mas, ao descer as escadas, teve de parar, com um acesso de tosse. Com a mão na boca, ele correu para a beira do jardim. Leman ia na estrada. Ele a viu. Estava atrasado. Atravessou o jardim inteiro e não conseguiu acompanhá-la. Tentou gritar seu nome.

— Le...

A primeira sílaba, e a dor. Ele segurou as barras de madeira do portão.

— Ahhh!

E ele começou a tossir novamente. Para não cair, se agarrou à arvore da acácia. Ele não conseguia respirar, para remover a obstrução em seus pulmões. Enquanto isso, seus olhos sem vida observavam a filha desaparecer na esquina. E ele não foi capaz de fazer nada. Apenas a assistia afastar-se dele para sempre.

Leman estava destruída. Ele sabia. Tentou ir atrás dela, mas caiu. Fez uma careta de dor e arrastou-se escadas acima, exausto. Seu corpo estava mais pesado que o normal. Era como o último esforço. Ele pendurou sua camisa e a calça e fechou o armário, precisava inspirar e expirar. Então, caminhou lentamente até a cadeira e se sentou, completamente desolado.

Seyit se sentiu como uma árvore. Sim, era como aquele plátano centenário no jardim de sua casa em Alushta. Aquele sicômoro... seus galhos eram tão majestosos e ricos, suas folhas balançavam ao vento. E, no outono, elas secavam e caíam. Agora, ele vivia o outono do mesmo plátano. Com uma diferença: se o velho sicômoro de Sadovi ainda estivesse no lugar, na próxima primavera seria verde novamente, e suas folhas chegariam ao céu. E quanto a si mesmo? Ele sentiu que não havia nenhum ramo vivo para dar à luz.

— Ei, grande Seyit, o Lobo — ele murmurou. — Agora, os lobos estão roendo seu corpo. Foda-se!

Ele estava com raiva por não conseguir lidar com sua doença. Fazia muito tempo que não tinha nenhum sonho bom sobre o futuro. Durante anos, não havia dúvida se o dia seguinte traria riqueza, pobreza, saúde ou morte.

Depois de tudo o que você passou, a única coisa real é isto.

Ele percebeu que havia chegado o momento, e o medo da morte não veio à sua mente. Era pior esperar pela morte do que morrer logo.

Ele estava arruinado.

Noites sem dormir, fortes crises, o xarope que ele tomava, de nada valeria. Não acreditava em nada além do gosto amargo.

Ele já estava vivendo para recordar o passado. Não haveria mais futuro. As lembranças eram tão repetitivas e vívidas que se lembrava dos mínimos detalhes, e observava o que havia experimentado quase à sua frente, como se estivesse vivendo sonhos.

E se eu tivesse a chance de reviver minha vida?

Será que posso consertar isso?

Um teimoso, obstinado e esmagador sentimento de orgulho.

As lembranças tornaram-se venenosas. Ele via apenas a repetição de erros. Ou seria uma cadeia de erros que passara, junto com o sangue, para esta família?

Ele reviveu o inferno da guerra nos Cárpatos. São Petersburgo e o massacre bolchevique. O dia em que voltou para Alushta, anos depois, a felicidade de seu pai em seu rosto. A noite em que se abraçaram, e como ele deixou a casa do pai com o coração partido.

Agora, ele perdera sua filha amada por causa de um orgulho teimoso, e partiu seu coração. Ele se lembrou das últimas palavras de seu pai.

"Você receberá a sua parte do dinheiro da vinha, mas não traga essa mulher para esta casa enquanto viver com ela. Vou viver como se você não tivesse retornado da guerra".

E a vida o levou a uma vida à qual ele não poderia voltar, mesmo que quisesse. Mesmo se eles quisessem fazer as pazes e se abraçar, era impossível. O que ele disse à sua filha foi o mesmo que seu pai Eminof dissera a ele. Uma repetição de uma maldição.

"Se você for, não poderá entrar novamente nesta casa..."

Havia uma diferença: ele não tinha riqueza, herança ou título para deixar para a filha. Leman colhia os erros dos outros, em sua infelicidade. Que escolha ela tivera? Foi deixada sozinha e sem apoio, pensou, com dor.

Será que se não tivesse se separado de seu pai, teria sido diferente com Leman? Teria sido diferente se Leman e ele vivessem em paz? Sua filha certamente sofria pelo pai. Onde estavam os Eminofs? O que eles estavam fazendo? Poderiam sobreviver a esta última batalha?

CAPÍTULO 41

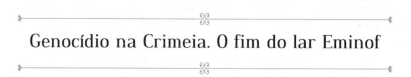

Genocídio na Crimeia. O fim do lar Eminof

Após os horrores da Primeira Guerra Mundial, da Revolução Bolchevique, a dor, o desejo e o sangue dos exilados de 1928 e 1934, a Crimeia ainda encontrou mais desastre. No entanto, o que aconteceu nessa terra na Segunda Guerra Mundial será explicado mais tarde. Ao contrário de suas histórias, durante anos ela permaneceria escondida apenas nas memórias daqueles que viveram as atrocidades, e desconhecida na Turquia.

Na manhã de 18 de junho de 1941, pela ordem de Hitler, o exército alemão atravessou a fronteira da Ucrânia.

Em 31 de outubro de 1941, eles haviam ocupado a península inteira da Crimeia, exceto Sebastopol. Dezenas de milhares de prisioneiros foram levados para Moscou. Em 2 de novembro, a capital da Crimeia, Simferapol, não estava em suas mãos.

Todas as outras nações de origem, incluindo os russos intimidados pelo regime soviético, esperavam a libertação com a chegada dos alemães. Crimeanos, como ucranianos, norte-caucasianos, nacionais do Báltico e russos, estavam nas forças da ocupação. Se a guerra terminasse na Alemanha, os Estados independentes dentro de suas fronteiras sonhavam em se estabelecer.

Mas por gerações, além dos perdedores não serem capazes de agitar suas próprias bandeiras, pessoas que foram submetidas às atrocidades da administração bolchevique, aqueles que se opunham ao regime ou tentavam se comunicar com parentes fora da Rússia, foram mortos.

As sanções eram a morte direta ou o exílio, que significava viver uma morte cujo tempo e lugar não são conhecidos pelos parentes. Centenas de homens da geração jovem da Crimeia desapareceram com essas convicções. Milhares foram deportados para as montanhas rurais da Crimeia, para os campos de trabalho nas florestas da Sibéria, entre eles, Osman. O único crime deles era que possuíam terras. Os gritos de mulheres e crianças abraçaram toda a Crimeia, enquanto homens eram levados em carros. Era óbvio que os exilados dificilmente poderiam sobreviver no frio da geleira, depois do clima ameno das terras paradisíacas da Crimeia.

Anos depois, em 1950, Grigori Alexandrov[29] escreveu sobre esse exílio, dizendo que as pessoas foram deixadas para morrer e que essa atitude não era uma precaução, mas uma destruição cruel e imoral de um povo inteiro.

Os soldados, vindos da terra e do mar para o sul da Crimeia, começaram a prender e torturar sem restrições, sem questionar. Stalin estava satisfeito com os métodos de punição. Cadáveres inchados encheram as ruas da cidade, e os navios nos portos levaram a melhor qualidade do trigo da Crimeia.

A fome varreu toda a Rússia. Na Ucrânia, as pessoas se alimentavam com comida estragada.

A fome de 1933 matou seis milhões de pessoas na Rússia. Em 1934, com ajuda americana, os soviéticos foram libertados do grande desastre da fome.

Os comunistas, prometendo trazer abundância e prosperidade, mataram quinze milhões de pessoas, de uma maneira ou de outra, dentro de dez anos após assumir a gestão.

A administração do déspota Stalin foi de violência, perseguição, tortura, exílio e sentenças de morte. A verdade é que Moscou teve outra preparação tática para a Crimeia. Stalin queria que ela fosse completamente libertada dos crimeanos.

No entanto, a ocupação alemã o impediu de realizar suas ambições. Enquanto isso, na Crimeia, a oportunidade de tirar proveito para a liberdade não foi fácil e barata. Nem os soviéticos nem os russos aceitaram a ocupação alemã. Diante de outras forças, as pobres pessoas foram levadas, e lutaram para abrir o caminho para o primeiro golpe. Quanto à ética dos crimeanos, era a mesma. Alguns deles poderiam subir as montanhas e continuar sua luta de maneira independente.

De qualquer forma, a vítima era o turco da Crimeia.

* * *

Em certa parte de Alushta, saindo de um barco, estava um jovem casal, com uma mala nas mãos e um bebê nos braços da mulher. O cheiro e as cores da primavera estavam por toda parte. O verde era abundante, e se viam as últimas cores do pôr do sol. Mas os olhos deles não viam nada. Era como se alguém os estivesse perseguindo. Esticando-se em direção ao mar, sem falar, correndo, eles chegaram à casa da vinha na colina. A porta da casa estava trancada com pedaços de madeira pregados na diagonal. Uma das janelas fora deixada aberta, e uma cortina de tule, rasgada, era sacudida pelo vento.

O jovem casal, depois de olhar cuidadosamente para a esquerda e para a direita, bateu timidamente na porta. Ninguém atendeu. Eles deram a volta

---

29 - Grigori Alexandrov (1903 – 1983). Proeminente diretor de cinema soviético, que foi nomeado Artista do Povo da URSS, em 1947, e Herói do Trabalho Socialista, em 1973. [N.T.]

pelos fundos e notaram que a porta de lá estava aberta. Então se entreolharam, curiosamente, e o homem chamou.

— Tio Mirza!

Ele esperou e tentou novamente.

— Tio Mirza! Somos nós. Omar e Mary.

O som que veio da penumbra do sofá era tão velho e cansado quanto seu rosto. Cada uma das profundas linhas em sua face mostrava sua dor e a forma catastrófica como a vida o tinha tratado. Sua barba branca destoava nas maçãs do rosto queimadas pelo sol, e os olhos azuis traziam um olhar duro.

Mirza Eminof tinha oitenta e sete anos. Ele ficou surpreso por ter vivido tanto. Perdera seus filhos, um por um. Perdera a esposa, e os netos foram levados. Durante anos ele estava ali, guardando a vinha. Era como se estivesse protegendo o lugar. Mas não queria estar ali, não queria viver num mundo que não conhecia e não entendia.

Ele sorriu quando viu os dois jovens parentes.

— Bem-vindos, crianças. Vão ficar aqui?

— Não, tio Mirza. Viemos dizer adeus. Nós estamos indo.

— Para onde?

— Vamos com os alemães. Deus nos abençoe agora.

— Para a Alemanha? Itália?

— Para a Turquia.

A testa de Mirza estava completamente carrancuda.

— Você tem certeza? Não desperdice nas estradas o seu garotinho.

— Eles não vão nos manter vivos se ficarmos, tio.

O velho sabia que estavam certos. Assim, sacudiu a cabeça, abriu os braços e se despediu. Omar perguntou.

— Venha conosco, tio Mirza. Os alemães levam quem quer ir, sem pedir nenhum dinheiro.

Mirza balançou a cabeça negativamente, sorrindo.

— Filho, salve suas próprias vidas. Não tenho mais vida suficiente para recomeçar em novas terras.

Mary tentou insistir.

— Mas os bolcheviques chegarão em breve, tio Mirza. Quem sabe o que eles farão?

— Eu sei o que vão fazer. O que fizeram com toda a nossa família. Eu tenho oitenta e sete anos. Você acha que esses olhos viveram sem ver nada? É claro que sei o que eles vão fazer.

Mirza acariciou a barba, enquanto caminhava para a varanda. Olhando para o Mar Negro, ele murmurou:

— Na verdade, estou curioso. Por que Alá me deixou aqui por tanto tempo? Depois de me mostrar toda essa dor, ele ainda quer me experimentar?

Quem sabe... Vamos lá pessoal, não vou te abraçar. Abra o seu caminho, Alá esteja com vocês.

Os jovens, pela última vez, beijaram o tio, e seguiram pela estrada principal.

Mirza Eminof, recostado na cadeira de madeira da varanda, olhava para o Mar Negro, sobre as vinhas que desciam até a costa. Olhou para a linha no horizonte, ouviu as vozes das crianças de olhos bonitos, altas, elegantes e saudáveis, e escutou a voz agradável de sua esposa. Pensou nos velhos tempos como ecos do piano que ela tocava com amor.

— Seyit — murmurou. — Ainda bem que ele escapou. A dor de sua separação ressentida, Mirza Eminof nunca tinha esquecido. Mas saber que ele estava vivo agora, era relativamente curativo para a dor do passado.

Ele pensou que as filhas de Seyit, suas netas, eram sua família. Mais uma vez, ficou entusiasmado, e inevitavelmente um sorriso se espalhou por seus lábios.

— Minhas netas — disse. — Talvez o casamento tenha funcionado para ele.

— Seyit Eminof, o Lobo.

Os olhos de Mirza Eminof estavam no horizonte, e em algum lugar ele via seu filho. Imaginou, como se estivesse olhando para o rosto dele. De repente, o sentiu por perto. Foi como se uma eletricidade o tivesse alcançado. Um calor envolveu seu corpo.

— Um coração alcança o outro — ele murmurou. E seu sorriso congelou em seus lábios.

* * *

Omar, Mary e seu bebê conseguiram escapar até a Itália. Milhares de pessoas, que se juntaram aos soldados alemães em retirada, agora esperavam algum país que os aceitassem.

Omar já havia decidido ir para a Turquia. Alguns dias depois, foram lidos os nomes daqueles que podiam partir para Istambul, mas seus nomes não estavam na lista. Ele ficou muito desapontado, entretanto não tinha escolha senão esperar.

Imigrantes, todos os dias, experimentavam uma nova emoção. Nesta atmosfera de guerra, quando as notícias de um lado do campo chegavam ao outro, eram transformadas, muitas vezes, em mais preocupações.

Omar voltava todos os dias ao portão onde as listas eram penduradas. Em meio a muitos outros, ele mantinha a esperança de ver seus nomes. Nas primeiras horas da manhã, todos estavam muito esperançosos. Mas quando a lista era revelada, tudo o que faziam era aceitar que mais um dia estava terminado.

Todos os refugiados estavam em uma espera tensa e cansativa. Os homens ficavam zangados rapidamente, as mulheres procuravam desculpas para chorar, e as crianças aproveitavam sua parte do tumulto.

Alguns disseram que os russos estavam avançando na Europa e que os prenderiam. Ser informado disso não mudava suas vidas. Eles se dispersaram e voltaram para seu cubículo.

A verdade era que, diante do avanço russo, a Itália decidiu extraditar os habitantes da Crimeia que se refugiaram em seu território. Isso era pior do que ficar no país e ser morto. Eles tinham embarcado cheios de esperança em uma nova vida. Era muito difícil voltar ao mesmo lugar, especialmente sabendo que a morte os esperava. Talvez na Alemanha.

Naquela manhã de primavera, novamente Omar estava lá. Quem sabe agora pudesse ver seus nomes. Um zumbido surgiu na multidão. Alguns, de fato, ficariam cativos ali e seriam empregados nos campos, como prisioneiros de guerra. Eles se desesperaram, mas Omar disse que talvez fossem levados para o campo de Mittenwald[30]. Lá, eles poderiam pedir às autoridades que os transportassem para o campo de Alberschwende, na Áustria. Ele tentava demonstrar esperança. Passaram a noite conversando, e dormiram quando o dia estava amanhecendo.

Mas logo que pegou no sono, Mary foi acordada por uma forte batida na porta da cabana. Olhou para o lado e não viu o marido. Intrigada, abriu a porta. Eram amigos da Crimeia, que a puxaram para fora.

— Depressa, Mary. Venha depressa! Você está na lista de Istambul!

Mary pulou de emoção, e agarrou seu bebê. Enquanto seus amigos falavam, ela corria pela estrada de terra.

— Eles não conseguiram encontrar Omar em lugar nenhum, e os que vão para Istambul partirão imediatamente.

Mary começou a chorar de felicidade.

Dez famílias tinham sido autorizadas a ir para Istambul. Mary chegou até onde estavam as listas e quando leu seu nome, ficou muito agradecida. Ao mesmo tempo, olhava para os lados, na esperança de ver o marido na multidão. Para onde Omar teria ido, em um momento como aquele?

Ela preencheu seus formulários e voltou para a cabana, como uma louca. Não podia partir sem Omar, e ele não estava lá. Arrumou suas malas e pacotes rapidamente, porque as autoridades a pressionavam a entrar no caminhão que os levaria à balsa, e partir imediatamente. Mary, chorando, apertou o filho contra o peito. Não havia tempo, e ela não sabia como encontrar o marido. Ninguém tinha visto Omar naquele dia.

Ela entrou em pânico. Omar devia ter ficado doente e estava caído em

---

30 - Mittenwald é um município da Alemanha, localizado no distrito de Garmisch-Partenkirchen, no Estado de Baviera. [N.E.]

algum lugar. Então saiu como uma louca, gritando o nome dele. Começou a correr. A criança chorava, e sua mala e mochila começaram a pesar. Ela suava frio. Correu em direção à mesquita no final do campo, cheia de imigrantes sob um toldo, e se aproximou, procurando entre a multidão por um rosto familiar. Era sua última esperança.

— Irmão, você viu Omar? É a nossa vez, vamos embora. Eu tenho que encontrá-lo.

O jovem não conseguiu responder. O rosto dele congelou, ele virou a cabeça e ficou em silêncio. Mary sabia que algo estava acontecendo. Assim, deixou a mala no chão e tentou ultrapassar a multidão, com seu filho no colo. Enquanto caminhava, os imigrantes se afastavam e davam caminho para ela. Mary começou a murmurar para si mesma:

— O que está acontecendo? O que está havendo? Diga-me. O que é isso?

Instantaneamente, ela viu a resposta. Tinha ido ao lugar certo: o marido estava ali. Seus olhos se arregalaram de horror. Ela abriu a boca para gritar, mas não emitiu nenhum som. Não podia ser real, era um pesadelo. Ela deu outro passo, com o rosto pálido. No final do arco, balançando em um dos galhos da árvore, estava o corpo de Omar, com os olhos abertos, olhando para o acampamento que ele não podia mais ver.

As autoridades vieram retirar o corpo dele, e um grito rouco foi ouvido dos lábios de Mary. Ela queria correr em direção ao marido e abraçá-lo. Ele estava morto, flutuava entre aqueles que queriam mantê-lo preso.

— Oh, não! Ele morreu — começou a gritar, desesperadamente, estava enlouquecida. Várias mulheres vieram para junto dela e tentavam confortar aquilo que não havia consolo. O amigo, que trouxera a notícia da viagem, chegou perto dela e pegou o bebê de Mary nos braços. Ele disse para os outros:

— Pegue essa mala. Ela precisa pegar a balsa!

Mary gritou.

— Eu não vou a lugar nenhum! Não vou deixar meu Omar aqui e ir embora! Eu não vou — ela gritou, em meio aos soluços.

Um dos amigos a envolveu pelos ombros e a arrastou para outra direção.

— Olha, garota. Seu marido está morto. Não há nada a fazer aqui. Salve-se, e a seu filho.

Ela ficou em silêncio, como se pensasse.

— Salve-se, e a seu filho. Aqui, morrerá.

— Eu quero morrer — ela gritou.

— E matar seu filho?

— Não! Não! Meu filho, não!

O conterrâneo rapidamente a levou até o caminhão, e os últimos passageiros embarcaram: era Mary e o bebê que, sentindo a agonia da mãe, chorava. Aqueles que já haviam se estabelecido em filas, primeiro pegaram o bebê.

Uma mulher tentou silenciar a criança, embalando-a nos braços. Outra jovem colocou Mary ao seu lado e tentou confortá-la. Ela não conseguia mais chorar, estava petrificada. Um caroço bloqueava sua garganta; uma nuvem negra ofuscava sua visão. Havia uma dor insuportável em seu coração, mas ela ainda não conseguia mais chorar. Não iria chorar. Tudo aquilo não poderia estar certo. Era um pesadelo. Ela logo acordaria e tudo estaria acabado. Estendeu a mão e segurou seu bebê, olhou para ele e murmurou:

— Sim, tudo vai passar, meu amor, tudo vai passar. É só um pesadelo. Logo sua mamãe vai acordar.

Os crimeanos da Itália embarcaram na última balsa. O resto do campo foi devolvido à Rússia. Os que estavam na balsa, seguiram sua jornada para um fim desconhecido. Os que voltaram à Rússia, sabiam o que os encontraria no fim. Muitos, como Omar, encontraram a salvação no suicídio.

Mas não havia escapatória. Para aqueles que ficaram na Crimeia, o dia foi sinistro. Depois que as tropas do Exército Vermelho entraram, após vinte e quatro horas, encontraram suas vítimas e o massacre começou. Os jovens soldados bolcheviques, que ainda eram bebês nos anos da Revolução, tinham a oportunidade de mostrar para seus chefes que eram inabaláveis e dariam uma lição para o mundo capitalista, que viam como seus inimigos. Muitos desses jovens soldados tinham sido arrancados de suas mães e dos berços, dali mesmo da Crimeia, levados para orfanatos e adotados por famílias bolcheviques. Sem saber, eles voltavam à terra de seu nascimento como assassinos de seus próprios parentes.

Das casas e das ruas ouviam-se gritos e choro. Mulheres e crianças também foram mortas. Em Alushta, durante o massacre ordenado por Moscou, por vinte e quatro horas, tiros, pistolas e gritos continuaram. Os cadáveres eram deixados nas ruas, em frente às portas.

Mirza Eminof tinha acordado antes do amanhecer, feito suas orações, e realizava sua higiene matinal. A porta foi batida, com persistência. Ele já ouvira os passos na vinha, mas não tinha mais nenhuma preocupação com o que aconteceria com ele. Não se importava mais com isso. Durante o dia e a noite, ouvira os sons da cidade perto o suficiente para sentir a dor e o sofrimento dela. Bateram à porta com mais força. Ele secou a mão e avançou. Quando a abriu, enfrentou o rosto maçante e brutal de dois soldados bolcheviques que conhecia muito bem.

— Camarada Eminof! Você recebeu uma missão. Venha conosco.

Mirza, sem perguntar nada, pegou sua jaqueta e seu chapéu.

Qual poderia ser sua missão? Ele tinha oitenta e sete anos. Se o que eles chamam de dever é a morte, não se importava de morrer. Eles podiam matá-lo e pronto. Não queria mais viver num mundo cheio de violência. Mantendo o corpo e a cabeça erguidos, ele acompanhava, com dificuldade, os passos dos jovens e cruéis soldados. Logo chegaram ao Cemitério dos Santos. Ele viu vários rostos familiares reunidos no portão. Alguns cumprimentaram Mirza com reverência. Ele levou a mão ao peito e respondeu aos cumprimentos.

Por um tempo, observou os soldados entrando e saindo do cemitério, como se não soubesse o que esperar.

— Sim, camarada, seu trabalho é aqui. Você vai enterrar os mortos. A missão foi dada a você.

Naquele momento, um caminhão militar surgiu e entrou no cemitério.

— Siga o caminhão. Parará onde você vai trabalhar. Pegue a pá e cave. Mirza tremia de terror. Havia um cheiro ruim no ar. Ele percebeu que não seria deixado ali sozinho. Ao redor do cemitério, os soldados estavam alinhados em vários grupos, e o vigiavam.

Observando o caminhão, eles começaram a andar. Logo ao norte do cemitério, ainda havia espaço vazio. Um soldado desceu da traseira do caminhão e, no momento em que abriu a porta, Mirza pensou que seu coração não podia mais aguentar. Seu cérebro zumbia.

— Meu Deus! Isso não pode ser! Se eu tivesse morrido, não teria visto isso.

Mirza sentiu que uma das veias de seu coração doía. Mas quando viu um jovem parecido com seus filhos, trazido para fazer o mesmo que ele, seus olhos se encheram de lágrimas. Então, a vida ainda podia machucar.

Dentro do caminhão, jogados uns sobre os outros, braços, pernas, sangue, e um emaranhado de corpos crivados à bala. O motorista olhou para ele com uma atitude cética.

— Bem, vamos lá. Tire-os daí. Eu tenho mais trabalho a fazer.

— Eu não posso! — disse o rapaz.

Enquanto o soldado levantava a arma, Mirza agarrou o braço dele. Sem dizer nada, sinalizou para o rapazinho fazer o que era mandado. Não podia mais salvar seus amigos no caminhão, mas não queria ver a cabeça daquele jovem ser esmagada.

— Tudo bem, soldado, tudo bem — disse Mirza.

Eles começaram a tirar os mortos do caminhão. Rostos familiares que se via nas ruas de Alushta, nas docas, amigos, parentes distantes, mulheres e crianças. Muitos estavam com os olhos abertos. Quando terminaram de colocar os corpos no chão, os túmulos começaram a ser escavados.

Mirza trabalhava com uma força inesperada, não queria mais deixar os corpos de seus compatriotas se decompondo em campo aberto. Quanto mais cedo fossem enterrados, pareceu-lhe que eles alcançariam o Céu mais rapidamente. Ele rezava por cada um que enterrava, para cada rosto ele dizia algo, até a última cova estar coberta de terra. Eminof perdeu a conta de quantos enterrou. Isso não importava mais. Ele, que vira tantas guerras a vida inteira, nunca presenciou nada como aquilo. Era o massacre da humanidade.

Antes do fim do dia, o segundo caminhão chegou. Eminof percebeu que não conseguiria terminar de enterrar a todos nas próximas horas. Naquele instante, foi como se uma ferida em seu coração fosse aberta, o sangramento mais grave. Ele se esforçava para não gritar de dor.

Quando os soldados mandaram fazer uma pausa para o almoço, ele foi visitar as sepulturas da filha e da esposa, Havva e Zahide, lado a lado em seu sono eterno. Ele abriu as palmas das mãos e rezou.

Quando ele voltou, e continuou com sua missão, olhou para o rosto de um garoto que ele enterrava.

— Por Alá! — ele disse. — Quantos anos esse menino tinha? Que crime pode ter cometido?

Por trás de cabelos castanhos claros e ondulados, percebeu que tinha talvez quinze ou dezesseis anos. Sonhos interrompidos por nada. Mirza continuou a jogar terra, sem cobrir o rosto da criança. Quanto mais olhava para o rosto jovem, mais se dava conta dos seus anos de vida. Vivera mais do que não tinha direito.

— Eu desejaria... — ele disse ao jovem morto no chão — eu desejaria ter dado meus anos para pessoas como você. Alá poderia ter me levado há anos, e ter te poupado da loucura desses porcos bolcheviques.

O que é isso? Ele provavelmente estava enlouquecendo.

Quando olhou pelo canto do olho, o soldado bolchevique estava ao seu lado. Então, levou a mão ao peito. O som do seu coração sofrido zumbia em seus ouvidos. Ele tentou respirar profundamente. Sentiu uma bota atrás das pernas. Talvez ele tivesse tropeçado e caído.

Sim, sim, este mundo deveria ter sido mais bonito.

Ele caía no túmulo aberto, ao lado do jovem, e o garoto sorria para ele. Quando seu rosto atingiu o chão da cova, sua mão apertou seu coração. Tinha parado. Mirza Eminof havia partido.

* * *

Na noite de 18 de maio de 1944, por ordem de Stalin, os turcos restantes da Crimeia foram despejados de suas casas. Famílias, filhos e cônjuges foram separados e empilhados em vagões fechados, como carga animal, sem ar, com fome, com sede, sob golpes de bastão, e exilados nos Urais e na Sibéria.

Toda a península da Crimeia foi evacuada da noite para o dia. Não havia um acamado, nem mesmo um bebê por lá. Milhares de turcos da Crimeia foram mortos, pois não sobreviveram ao clima frio de onde foram exilados.

A purificação da Crimeia dos turcos não satisfez a ambição e ódio de Stalin. Uma escavadora passou pelos cemitérios, arrancando os ossos daqueles que ali foram enterrados. Stalin exigiu que os ossos dos cemitérios da Crimeia fossem queimados e lançados, como bailarinas usando vestidos de prata, ao luar. Nas bibliotecas e museus, livros e documentos foram queimados. Durante sua visita a Crimeia, ele disse.

— Aqui está! Agora parece a Geórgia.

CAPÍTULO 42

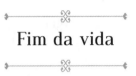

Fim da vida

Em meados do verão de 1945, Mary tentava encontrar rastro de seu parente Kurt Seyit. Não achou que se lembraria dele. Afinal, Seyit deixara a Crimeia quando ela era apenas uma garotinha. Mas em um país estrangeiro, um parentesco é mais importante do que nunca.

Quando Mürvet abriu a porta, olhou para a jovem, que se apresentou com uma expressão envergonhada. Logo a convidou para entrar, e que se sentasse.

— Seyit, adivinha quem está aqui? É uma surpresa para você.

Assim que Mary entrou no corredor, atrás da dona da casa, congelou de espanto. O homem deitado em uma cama, com seu rosto pálido, olhos fundos como um poço, não podia ser o resquício do rapaz que ela conhecera na casa de seu tio. Não podia! Ela achou que tinha se enganado e hesitou à porta. Estava prestes a dizer que aquele não era o seu parente, quando Seyit, depois de olhá-la com cuidado, levantou a cabeça dos travesseiros, e sorriu.

— Meu Deus! Mary! Pequena Mary! De onde você veio?

Mary ficou muito surpresa. Então aquele era mesmo o seu parente, o Seyit que ela conhecera no passado.

— Como você reconheceu Seyit? — Mürvet perguntou.

— Ele está um pouco mudado, mas como não reconhecer seus olhos? — ela sorriu de forma acanhada.

— Você não mudou muito. Mas não mesmo. O mesmo rosto de sua mãe. Eu a reconheceria onde quer que a visse.

Então ele continuou, com uma piada.

— Mas você não me reconheceria, se me visse por aí. Eu mudei muito, não mudei?

Mary tentou mentir.

— Muitos anos se passaram desde que te vi pela última vez. Eu era apenas uma menina...

Seyit a silenciou.

— Não se preocupe, Mary. Eu mesmo não me reconheço mais quando me olho no espelho.

Após as boas-vindas, as histórias da Crimeia foram contadas. Mary, com a insistência de Seyit, contou o que aconteceu. Ela soubera, por um amigo que acabara de escapar, que Eminof morrera. Deu a notícia com relutância, mas não contou como ele partira. Mary sabia que Seyit estava muito doente. Ela não desejava quebrá-lo de vez. Portanto, guardou para si os detalhes das tragédias.

Mas depois que Mary foi embora, Mürvet viu Seyit chorando. Ele olhava para algum lugar distante e era como se falasse com alguém, aos murmúrios. Ele falava com o pai. A morte de Mirza Eminof foi como facas presas no coração de Kurt Seyit. Ele não tinha mais ninguém morando na Terra. Desejando seu retorno. Não havia mais pessoas na Crimeia conversando, com suas fotos nas mãos. E nunca mais haveria.

CAPÍTULO 43

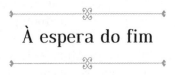

À espera do fim

Depois que Mary partiu, Seyit fechou-se em profundo silêncio. Ele não mais falava. Alguns dias depois, estava exausto, pelas crises que vinham constantemente.

Mürvet percebia que o tratamento em nada o beneficiava, que ele sofria demais. O marido estava definhando bem na frente dela, e ela não podia fazer nada. Mesmo que soubesse, ele não queria mais viver. Ela tentava argumentar, convencê-lo a fazer um exame, mas ele não concordava. Seyit, de repente, percebeu que pensava na morte.

Sim, ele via o fim muito próximo. Pela primeira vez, pensava no futuro. Em breve, terminaria.

Ao pensar em Leman, pela filha, ele tentou reagir. Por instantes, percebeu que sentia falta dos anos que passara com grande prazer, e desejou vivê-los novamente. Até chegou a sonhar em se curar e recuperar aqueles dias saudáveis novamente. Então olhou para Mürvet, com um pedido:

— Vamos, me leve a um hospital.

Mürvet sorriu por dentro, enquanto observava o brilho da esperança em seus olhos. Fez a mala do marido e colocou sete libras, seu último dinheiro do pote, na bolsa. Eles se prepararam e foram embora. Seyit se esforçava, com o desejo de acompanhar o ritmo de sua esposa. Assim que entrou na balsa, ele se deitou no colo dela, exausto. Estavam sentados do lado de fora, no lado coberto. Um doce vento de verão acariciava seus rostos. Seyit olhava, pensativo, para as ondas espumosas que se espalhavam ao redor da balsa. Mürvet tocou a cabeça dele com amor. Fora um homem independente e aventureiro. Muitas vezes a afligira, dominando sua vida com sua forma perspicaz, temperamental e cínica de ser, mas ela o amava. Acariciou seus cabelos e, ocasionalmente, secava o suor da testa dele. Ela tinha lágrimas acumuladas nos olhos. Para não o deixar ver, olhou para a silhueta do Bósforo, para as gaivotas que voavam acima deles. Seyit parecia que dormia. A jovem continuou acariciando a cabeça, até chegar à ilha. Quando se aproximaram do píer, ela gentilmente o acordou, mas esperaram a multidão sair. Ela segurava seu braço e caminhavam lentamente, pois ele estava muito fraco.

Em certo momento, ele não conseguiu andar mais, e se agarrou na cabine da balsa. Mürvet o deixou lá e pulou para a estrada, tentando encontrar um carro. Ela correu para a esquerda e para a direita, mas infelizmente não havia carro vazio.

Seyit estava muito doente. Não conseguia respirar. Seus joelhos dobraram, e ele estava prestes a entrar em colapso. Mürvet veio correndo, tentando segurar o marido.

Enquanto fazia isso, gritou para o passageiro da carruagem que passava na frente deles.

— Pare! Pelo amor de Deus! Meu marido está muito doente.

O passageiro, gentilmente, pediu ao cocheiro que parasse, e ajudou Mürvet a colocar o marido no veículo.

— Vamos para o hospital, rápido — gritou ela, pois a maneira como Seyit olhou para ela dizia que não podia respirar. Mürvet envolveu o corpo tombado para segurá-lo, enquanto enxugava a testa e o rosto com um lenço, e afrouxava a gravata. Mas ela tinha que agradecer ao cavalheiro.

— Muito obrigada. Que Alá esteja satisfeito com você.

— Espero ter ajudado.

Quando o sol nas colinas se mostrava em tons avermelhados, chegaram ao hospital. Ficaram aliviados quando encontraram o médico. Seyit foi levado para o quarto, e imediatamente ações para interromper a dor foram tomadas. Mas durante o exame, Seyit não conseguia nem respirar fundo, quando o médico solicitava. Ele finalmente falou, como se implorasse:

— Doutor, não force. Eu sinto muita dor.

Quando o exame terminou, o médico balançou a cabeça. Seus olhos encontraram os de Mürvet e, no olhar do profissional, havia preocupação. Seyit tinha os dele fechados.

— Aqui neste hospital não há tratamento para ele — o médico disse para Mürvet. — É melhor levá-lo ao hospital em Haydarpaşa.

Mürvet tentava não chorar, mordendo os lábios. Pela primeira vez, sentiu que estava desesperada. Então pegou o braço do marido, e saíram do consultório.

Seyit falou, enquanto caminhavam.

— Você não vai me levar para lá, não é, Mürvet? Eles vão me colocar para dormir com uma injeção. Vamos para casa.

Eles saíram do hospital, ambos calados. Na garganta de Mürvet, parecia ter um nó, e seus olhos estavam cheios de lágrimas. Seyit, apoiado nela, andava se arrastando. Eles caminharam um pouco, mas ela não viu nenhum veículo por perto. O sol estava abrasador e sufocante. Gotas de suor desciam no rosto de Seyit. Eles avistaram alguns pinheiros.

— Venha, Seyit, vamos nos sentar debaixo das árvores. Talvez você possa dormir um pouco, no meu colo. De alguma forma, um carro passará por aqui.

De um lado da estrada, falésias profundas e mortais desembocavam no mar.

De repente, Mürvet percebeu que Seyit havia largado seu braço. Primeiro, pensou que ele caía. Quando virou a cabeça, viu que ele ia em direção às falésias. Tudo aconteceu em segundos. A jovem mulher, como um relâmpago, atirou-se ao marido. Agarrou seus braços, salvando-o de rolar no último minuto. Mas ele ainda estava em perigo, e Mürvet não aguentaria segurar por muito tempo. Alguém tinha que ajudá-la. Ela começou a chorar.

— Seyit, me ajude. Ajude-me, eu vou te puxar para cima. Vamos lá, me ajude!

Seyit estava inconsciente. Mürvet, como se Alá a tivesse dado um poder incrível, puxou-o para cima. Ela, finalmente, caiu ao lado de seu marido, na estrada, depois se sentou de joelhos e o abraçou. Ele chorava.

— Oh, Seyit! Seyit! Por que você fez isso? Por Alá! E se eu não tivesse conseguido te alcançar?

Quanto mais ela chorava, mais ele chorava. De repente, pensou que o perigo ainda não havia passado: via nos olhos de Seyit que ele poderia repetir a mesma coisa. Então o puxou ainda mais, para afastá-lo do despenhadeiro.

Mürvet, soluçando, encontrou sua bolsa em algum lugar que havia jogado, e se sentou, colocando a cabeça do marido em seus joelhos. Com um lenço com água de colônia, ela limpou o suor e a poeira do rosto dele. A roupa de Seyit estava suja de pó e ervas. Enquanto olhava para o rosto cansado e acabado dele, seus soluços ficaram fora de controle novamente. Através das lágrimas, vagamente, ela viu um vulto na estrada, vindo na direção deles. Notou que a silhueta se aproximava. Era um homem com um chapéu de palha. Então, ele começou a correr. Mürvet enxugou as lágrimas com as costas da mão. Aquilo era graça de Alá. Era Selim. Ele veio até eles, sem fôlego, e se ajoelhou no chão.

— O que aconteceu, Mürvet?

Ela ainda chorava.

— Eles não quiseram interná-lo no hospital, disseram que não podiam fazer nada por ele.

Ela não conseguia falar sem chorar. Selim tocou seu ombro.

— Şhıii! Şhıii! Claro que há uma cura.

Mürvet subitamente se perguntou sobre esta coincidência.

— O que você está fazendo aqui, Selim?

— O que eu faço aqui? Eu fui até sua casa, e seu vizinho disse que vocês tinham vindo para cá. Eu corri para cá e, quando não consegui encontrá-lo no hospital, estava voltando, e os vi.

— Ele tentou se jogar das falésias — ela apontou com a cabeça para o local e recomeçou a chorar. — Não sei como consegui segurá-lo. Foi horrível, Selim, foi horrível...

Selim esperou a jovem se acalmar. Seyit tinha tentando suicídio? Não podia acreditar naquilo. O homem nunca se intimidou com nada, mas agora estava muito doente.

— Espere-me aqui, Mürvet. Vou encontrar um veículo e volto já.

Quando Selim trouxe uma carroça, abraçou Seyit, que ainda estava inconsciente, e o colocou nela. Ao longo do caminho, eles assistiram às suas respirações forçadas. Seus olhares preocupados se encontraram. Mürvet estava cansada de chorar agora. Apenas um soluço rouco se ouvia, de vez em quando.

Mas Seyit estava muito mal. Completamente sem fôlego, e não havia nada que pudessem fazer para ajudá-lo. No hospital, ele tinha sido desenganado. O que fazer? Mürvet passou a noite em claro, com Seyit desacordado e delirando. De manhã, uma das vizinhas trouxe um pão para eles e um peixe, e Mürvet ficou tão feliz que quase beijou as mãos dela. Em seguida, limpou o peixe e o fritou imediatamente. Colocou um pouco de salada verde e limonada na bandeja. O médico havia acabado com suas esperanças de que a doença fosse curada com remédios, mas um prato de peixe faria bem para Seyit. Ele adorava o pescado. Quando ele viu o alimento, seus olhos brilharam, e ele olhou avidamente para o prato. Pela primeira vez em dois dias, queria comer.

Mürvet fazia de tudo para agradar o marido, trazer um pouco de alegria àquela vida tomada pela dor. Mas Seyit sabia que a carga estava muito pesada para sua esposa carregar sozinha, e ele não queria mais aquela vida que trazia peso para os outros. Sabia que não podia exigir nada, pois não podia pagar por nada, e agora tinha vergonha de pedir as coisas.

Com as chuvas de setembro e a umidade crescente, a vida nos jardins desapareceu, e as janelas se fecharam. O inverno chegaria cedo, e as coisas seriam mais difíceis ainda.

Era uma noite chuvosa e fria, quando Mürvet retornou do trabalho. Ela só queria se aquecer ao fogão à lenha, mas Seyit não permitiu: quando a esposa acendeu o fogo, ele disse que não conseguia respirar.

— Mürvet. Por favor, a fumaça.

Ele estendeu a mão e tentou levantar a janela. Mürvet correu para ajudá-lo, e Seyit se sentou em sua cadeira, aspirando o ar fresco e chuvoso. Mas Mürvet estava preocupada: aquela friagem também não lhe faria bem. Quanto tempo ele poderia ficar no frio? Mas Seyit queria passar a noite toda ali, com os braços cruzados no peitoril da janela. Ele inclinava a cabeça e respirava o ar frio. Respirar era um luxo para ele agora.

Mürvet não queria dizer que aquilo não era bom para ele, mas como privá-lo do ar em seu rosto? Contudo, seus problemas aumentavam rapidamente.

Ela não sabia como trazer paz para o marido. Mantinha seu travesseiro alto, da melhor forma para que ele respirasse, mas havia a dor, a expectoração, o sangue que ele cuspia em coágulos.

Certa noite, ela arrumou seus travesseiros, desejou-lhe boa noite e apagou a luz. Assim que saiu, a mão de Seyit agarrou seu pulso. Meu Senhor, aquelas mãos poderosas e modeladas, as mãos que a acariciaram, agora eram ossudas e a tocavam como uma pena, sem vida, sem força. Mürvet se voltou, pensando que ele pediria para abrir a janela. Então estendeu a mão para fazer isso, mas Seyit a agarrou e puxou levemente para o lado dele. As luzes do bairro iluminavam o quarto vagamente. Eles não conversavam há um tempo. Seyit manteve a mão da esposa na sua. Seus olhos estavam acostumados à escuridão. Eles podiam ver, e os olhos cansados de ambos encararam um ao outro. Eram os rostos de dois amantes que sabiam que tudo acabara. Seyit sabia do seu próprio fim.

Ela engoliu em seco várias vezes seguidas. Seyit tentava segurar com mais força a sua mão, porém o simples gesto era difícil para ele. Em seguida, a pressionou contra o peito.

— Murka, oh, minha pequena Murka. Eu te machuquei muito.

Sua voz era leve, calma, mas, ao mesmo tempo, pesada. Por um instante, ela reviveu toda a sua vida rapidamente.

Seyit fez uma pausa, respirou fundo duas vezes, e olhou para o rosto dela. A cor dos seus olhos não era mais clara, mas embaçada. Era comovente olhar para ele. Os cabelos ruivos, o corpo forte, ombros largos, braços musculosos... nada mais existia.

Ela pensou em seus momentos tristes com Seyit. Seu sofrimento agora era incomparável ao sofrimento no passado. Não, seu marido, seu homem, não merecia aquele fim. Seu coração estava cheio de compaixão. Então, ela respondeu:

— Seyit, você não fez nada comigo — ela levou a mão dele aos lábios e a beijou. — Meu querido Seyit. Eu sempre me lembro de nossos bons momentos. Dos verões. É isso, dos nossos verões. De nós dois caminhando na praia ao pôr do sol, com Leman e Şükran correndo e brincando na areia. Esse momento ficou gravado em minha memória, e estará gravado para sempre. Eu sempre me lembrarei de você como o verão da minha vida. Você terá novos verões, Seyit. Você vai ter um bom-dia novamente.

— Está tudo bem, Murka. Eu vivi o que foi possível. Não há mais nada para colocar na minha conta.

Ele parou um pouco, respirou forte uma ou duas vezes, depois levantou os ombros e fez uma careta de dor. Então ele continuou, lentamente:

— Eu não tenho mais medo. Eu sei o que vou... Eu sei. Mas, e você? Estou deixando você muito jovem. Vocês três. Deixo ressentimentos, eu não dei o suficiente para você. O que vai acontecer depois de mim?

Mürvet não podia tolerar sua aceitação da morte. Lágrimas caíram por sua face, e uma gota caiu na mão de Seyit. Ele levantou a mão cansada e lentamente acariciou o rosto de sua esposa, com dedos que haviam perdido suas forças. Ela limpou a mão e as bochechas, e implorou:

— Seyit, não fale assim. Você me deixa muito triste.

— Não estou dizendo isso para chateá-la. Acredite em mim. Eu te chateei? O que há em seu pequeno coração? Eu devo ter deixado feridas, quem sabe?

Então, ele murmurou, com uma voz mais leve:

— Mas eu também tinha feridas. E sempre adicionava novas. Mesmo agora, todos os dias que vivo, fico com cicatrizes.

Ele fez uma pausa. Tentou novamente respirar fundo. Ela podia ver o brilho das lágrimas acumuladas em seus olhos, e seu coração se condoeu.

— Seyit, você era meu destino. Eu sou sua. Estarei sempre com você. Eu adoro isso. Tenho certeza de que você também me ama. O que poderia ser mais bonito que isso?

A jovem pensou no que poderia dizer para confortar o marido em agonia. Mas não achou nada. Ela não estava preparada para esta conversa.

— Poderia ter sido mais bonito, Murka. Seria tão bom se eles dissessem: "vivam esses dias novamente".

De repente, Seyit começou a tossir. Ele se virou para a janela e voltou os olhos para o céu. Seus dedos ficaram frouxos na mão de sua esposa e, finalmente, foram soltos. Mürvet colocou os braços do marido sob o cobertor, limpou a testa dele com o lenço. Então se inclinou sobre o rosto dele e disse, numa voz calma:

— Seyit, por que você está se torturando? Você mudou toda a sua vida por mim. O que mais poderia me dar?

Então ele virou a cabeça para ela.

Mürvet continuou:

— Sem mim, você estaria na América, teria tido uma vida diferente. Talvez fosse viver de maneira muito mais confortável. Talvez não tivesse ficado doente.

Ela realmente sentia que Alá a estava castigando, porque impedira Seyit de viver a vida que ele queria, por causa de seu capricho infantil. Ciúmes dos amigos russos, dos amigos da Crimeia, ciúmes até das músicas. Agora ela tinha consciência disso, e ficava inquieta quando se lembrava de sua responsabilidade no fracasso da vida deles. Sim. Por causa dela, ele vendera os restaurantes, e por causa dela, eles tinham ficado na miséria.

O marido também não se ajudou. Sim. Eles poderiam ter tido vidas diferentes, e ela começou a chorar.

Seyit virou a cabeça e olhou nos olhos de sua esposa. Ele sorriu enquanto movia o dedo indicador sobre a mão dela.

— Ainda bem que fiquei.

Ele virou a cabeça novamente.

Sua voz estava tão cansada que Mürvet não conseguia entender se o marido disse essa última palavra com sinceridade, ou para não a machucar ainda mais. Ela ficou pensando nisso à noite toda: Seyit sempre quisera ir para a América, mas ela o impedira.

CAPÍTULO 44

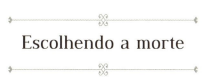

Escolhendo a morte

Seyit disse tudo o que tinha para dizer naquela noite, e os dias seguintes terminaram em silêncio. Estava sempre com os olhos fechados, parecia inconsciente ou dormindo. As imagens que vagavam no véu dos seus olhos eram sempre as de Alustha. Sua infância, a casa do pai, os irmãos, a circuncisão, a abertura do presente do czar Nikolau, seu pai em seu cavalo na entrada do jardim, com as insígnias estridentes. Seu corpo esguio e magro correndo nas escadas da mansão, as janelas, o jardim, as músicas de Tchaikovsky tocadas pelas teclas do piano, a viagem a São Petersburgo, os amigos de seu pai que o hospedaram, seus amigos Celil, Misha, Vladimir, Osman, as florestas de Yalta...

Ele se via tão velho naquela época. Quantos ano tinha? Doze. A baronesa von Slasov... Naquela noite, ele se tornou homem. Como estaria a baronesa agora? Será que a reconheceria, se a visse? Quem sabe quantos anos ela tinha agora?

Sua viagem para Moscou, Livadia... 1916, Moscou, uma das lembranças mais frescas da sua vida. Neve, música, jardim, beira da piscina, cupidos, e a linda Shura. A beleza fresca e pura de Shura, e o primeiro beijo deles. Um dia inesquecível na casa da querida Tatyana. Lareira, bebida, música, e o cheiro floral da pele de Shura. O amor mais emocionante e realizado que ele já tivera. Aquela noite de amor com Shura, a jornada para Alushta, as florestas de Yalta, o Karagöl e os Cárpatos... Bombas, chamas, cadáveres, feridos... A planície Húngara... Pela primeira vez, ele se deparara com a morte de amigos e soldados próximos, provando a dor da guerra... Sua perna ferida. Os dias de repouso em casa... A fuga com Celil e Tatyana e seu grande amor, quando se reuniram num quarto numa pousada.

Quando ele pensou em Shura, esqueceu sua situação, sua doença, sua idade, sua angústia, esqueceu-se de tudo. Shura era uma força que o ligava ao seu passado. Na frente dos seus olhos, ele via a jovem de cabelos loiros, olhos azuis; uma menina bonita e elegante, e um homem jovem, forte e saudável estavam chegando. E quando a imagem sonhada atingiu sua pupila, ele se viu como o Seyit daquela época. O Seyit do sonho se aproximava gradualmente dele.

Podia vê-lo andando; o viu em cima de um enorme cavalo, e ficou surpreso quando ele pegou o lenço do chão. Ele nunca parava de respirar.

Mesmo agora, lembrando, tentava respirar profundamente. Imaginou-se nas florestas de Yalta, mergulhando no lago gelado. Ah! Ele sentiu que poderia fazer isso novamente: sem gelo, sem ar frio.

Sim, ele não queria mais pensar em como ofendera seu pai ao retornar à casa, que o pai dele se fora, que não tinha mais família em Alushta, que não estava lá. Um dia, ele esperava sentir a conexão de onde estavam suas raízes, mesmo que fosse uma possibilidade remota.

Essa era uma das esperanças... E agora acabou. "Um dia, talvez!" Um dia, talvez, ele voltasse à sua terra natal, que pensou ter sido apagada do seu mapa.

E Shura? Querida Shura. Onde estaria ela? Em Paris, entregando-se a outro homem?

Meu Deus! Era louco, esse jovem imaginativo. Casou-se com a menininha de Istambul, chamada Mürvet, a garota que à noite contava contos de fadas para seus amigos. Quinze anos ela tinha. Shura tinha apenas dezesseis anos quando se conheceram e se apaixonaram. Mas elas eram diferentes... Uma com cabelos loiros, e outra com cabelos negros. Uma com os olhos azuis profundos, e a outra com olhos negros. Uma com pele branca como o trigo, é dócil, amorosa e sem expectativa, uma mulher que tolera a vida; a outra era um chiclete, uma amante ciumenta, preocupada com o futuro.

Ele sentia muita falta de Leman. *Leman, minha adorável filha*. Seyit decidiu: na primeira oportunidade perguntaria a outra pessoa por Leman, não a Mürvet ou Şükran. Talvez ela viesse por uma semana. Ele podia pedir a Yahya ou Selim, quando eles aparecessem.

Naquela manhã, ele acordou com tosse, e o lenço era vermelho como o vinho. Fragmentos de coágulo escuro lhe contavam tudo.

Ele se recostou e murmurou:

— Você estava certo, doutor.

Mürvet veio da cozinha.

— Seyit! Você está bem?

— Eu estou bem. Estou bem, não se preocupe.

Mürvet ficou aliviada ao ver a expressão no rosto do marido, embora estivesse cansada.

— Eu estou fazendo seu café da manhã.

Então ele se virou para o lado da parede e escondeu o lenço.

— Eu não vou para a fábrica hoje. Eu tenho permissão para ficar em casa.

— Não havia necessidade, Mürvet. Estou bem.

Quando ela veio com a bandeja na mão, achou que o marido parecia muito bem. Talvez ele estivesse melhorando. *Não há nada impossível para Alá*, pensou.

— Aqui está seu café da manhã, Seyit. Você quer que eu te alimente?

— Não, não. Eu me sinto bem hoje.

Enquanto isso, Şükran estava saindo de casa, apenas se despediu e foi embora. Depois que a filha se foi, Seyit se voltou para sua esposa:

— Mürvet, minhas lâminas de barbear estão muito cegas. Sinto-me bem e quero me barbear. Quero me vestir e andar um pouco em direção a Ortaköy. O que você acha?

Mürvet olhou para o marido, incrédula. Não podia acreditar que ele pudesse se levantar e sair por aí. Mas ele parecia ter certeza disso.

Ela tinha um sorriso adorável no rosto.

— O clima também está bom. Talvez me faça bem. Não saí de casa desde que voltamos da ilha.

Mürvet acreditou, e foi à mercearia.

Ela, além do pedido do marido no estabelecimento, veio com outras compras.

— Devo aquecer a água? Não se levante, eu faço a sua barba.

Seyit observou a esposa trazer a tigela de barbear e as lâminas, e colocar sobre a mesa.

— Obrigado. Mas se você quiser me fazer um favor...

— O quê?

— Eu queria tanto um refrigerante.

— Claro, Seyit. Vou até Ortaköy. Você tem algum outro pedido?

— Não, obrigado.

— Até breve, então. Estou indo.

Mürvet desceu a escada para o terreno pedregoso.

Seyit respondeu, quase como se falasse sozinho:

— Adeus, Murka.

Observando a descida de Mürvet no caminho da fonte até Dereboyu, sua voz desapareceu entre seus lábios. Ele começou a cantarolar as canções folclóricas.

— ... Se eu ficar neste mundo... Há morte para você, para mim.

Mas não pôde cantar o resto, e tossiu. Mürvet desapareceu no caminho, então ele se levantou e fechou a porta do quarto. Voltou para a cadeira e se sentou. Naquele momento, viu toda sua vida passar na sua frente, como em um filme: suas memórias, seus amores, ele havia vivido muitas alegrias. Mas, agora, não era mais feliz. Ele era um peso morto para sua família, alguém que precisava da caridade dos outros para se alimentar, comprar seus remédios, sem mencionar que sua doença era infecciosa. Aquela situação, aquele sofrimento, poderia perdurar por anos, e ele poderia passar aquilo para sua família. Não! Ele não era homem que se sujeitasse a isso. Ele mesmo colocaria um fim em sua história. O Lobo seria morto por ele.

Parecia que delirava. A febre o consumia. Ele levou o lenço sujo de sangue, que escondera de sua esposa, aos lábios e, as partes ainda brancas foram matizadas por coágulos cada vez maiores.

Onde estava aquele jovem da cavalaria? Em seu delírio, ele procurava por alguém no quarto. *Está lá no canto, estou te vendo.* Em sua imaginação doente, o jovem da cavalaria parou na frente do czar Nikolau e o saudou. Ele bateu palmas para Kurt Seyit, o Lobo de outrora. E uma nova crise de tosse, mais sangue.

O que ele está fazendo no cavalo? Está caminhando para o lado agora. Seus olhos são azuis, e sua atitude é autoconfiante. Aquele jovem tem um temperamento alegre. Veja. Ele sorri e acena.

— Olá, rapaz. Como vai, Kurt Seyit Eminof, o Lobo? Quem sou eu? Eu sou você no futuro. Kurt Seyit Gürçınar. Você ri e não acredita, seu jovem sarcástico. Sim, eles mudarão nosso nome de Eminof para Gürçınar — ele gargalhou, e uma nova crise de tosse.

Ele se aproxima com passos fortes e determinados. Está aqui perto, muito perto de mim. Ele está na minha frente.

Seyit estendeu a mão.

— Não se afaste, Kurt Seyit Eminof, o Lobo. O Seyit Gürçınar não quer infectá-lo. Não se preocupe.

Seyit, com o braço estendido mais vigorosamente, tentava tocar, através de uma cortina transparente, a imagem que somente ele via.

— Está zombando de mim? Tire essa expressão zombeteira do rosto, Kurt Seyit Eminof.

Ele se levantou com muita dificuldade e foi até o espelho.

— É isso aí. Eu não mudei tanto assim. Talvez algumas linhas no rosto a mais que você, talvez eu esteja um pouco desbotado — ele mostraria àquele Kurt Seyit que não tinha mudado muito. Se ele olhasse no espelho, entenderia. Então pegou o pequeno objeto e o colocou na pequena mesa ao lado da cadeira. E se olhou nele.

— Meu Deus!

Ele agarrou a mesa com a mão esquerda, e o rosto com a outra. Nunca sentira essa mudança, não chegava nem perto da aparência do Kurt Seyit do passado. Tinha motivo para Seyit Eminof zombar dele.

Kurt Seyit Eminof, o belo jovem do passado, estava parado atrás dele, e ambos olhavam no mesmo espelho.

Deus, Deus! Se eu não soubesse que era você, não acreditaria. Sua mente, no papel do jovem Kurt Seyit Eminof, disse, e ao mesmo tempo, perguntou audivelmente ao outro do espelho:

— Então quem é este? Diga-me, rapaz. Os olhos entraram em colapso e se apagaram, mas ainda assim, quem é este?

Com o dedo ele apontava para sua imagem magra, envelhecida e sem vida, do espelho.

Kurt Seyit, o Lobo, ainda estava lá. Mas ele não mais sorria, apenas olhava para si mesmo no espelho.

— Você não vai me deixar, vai? Você quer ficar aqui? Eu vou de qualquer maneira.

Ele abriu lentamente o pacote de barbear sobre a mesa e ficou surpreso, pois suas mãos não tremiam. Seus pulmões não doíam mais. Suas costas estavam eretas, todo o seu sofrimento tinha ido embora. Seus olhos brilhavam novamente. Como se tudo em seu corpo entendesse que ele agora seria atraído para o descanso eterno.

Ele não era teimoso com a vida? Aqui e agora, seria teimoso até a morte. Ele terminaria com aquela vida no momento de sua escolha. Ele tinha certeza de que poderia escolher o momento do fim. O prazer de ter terminado com sua vida não deveria ser de outro senão dele próprio.

No decorrer de sua vida, ele foi arrastado pelo destino. Agora, estava pronto para ir aonde seu destino quisesse levá-lo. Só que desta vez o destino não faria nenhum jogo. Ele mesmo colocaria o último ponto final, quando quisesse, e como quisesse. Ele pegou a lâmina e...

— Agora você ficará surpreso com este jogo? — ele falou, olhando as imagens no espelho.

— Estou salvando vocês dois. Você também, rapaz. Afaste-se deste homem doente. Vá, viva a sua vida.

Ele queria cerrar o punho, mas não tinha forças para isso. Porém, de qualquer maneira, podia ver suas veias.

Então agarrou a lâmina afiada com a mão direita, e com sua força, passou sobre o pulso esquerdo. De repente, o sangue jorrou no seu rosto, no espelho, no chão. Sua mão estava tomada de sangue. A lâmina na mão direita parecia presa nela. Ele a sacudiu e a deixou cair. Teve náuseas, e sentiu seus joelhos dobrarem. Queria sussurrar, mas nada mais foi ouvido.

No momento que ele se viu caindo, parece que acordou do delírio doentio. Desesperado, ele se viu morrendo, e gritou que tinha que sair dali e se salvar. Ele apoiou o braço esquerdo para se levantar, mas não o sentia mais. Então apoiou o direito e deu um passo em direção à porta, mas não a alcançou. O sangue fluía com tanta rapidez que era como se estivesse esperando cinquenta e três anos para sair. Todo o sangue o estava deixando.

— Não! — ele murmurou. — Não! Eu quero viver.

Esticou o braço direito e agarrou a parede, para não cair, mas o sangue espirrava, quente, em seu rosto e pescoço. Ele sabia que desmaiaria. Não havia mais tempo para viver. Mas havia tempo de sobra para morrer. Seu corpo caiu rente à parede, deixando as marcas de seus dedos.

Mürvet, para ajudar nas despesas, tinha alugado o primeiro andar de sua casa. Naquele dia, os vizinhos bebiam seu chá na sala de estar. Um ou dois sons atraíram a atenção deles, mas em seguida tudo ficou em silêncio novamente, e eles não ouviram mais nada. A esposa do inquilino, de nome Regaip, foi à cozinha buscar mais chá, e viu manchas vermelho-escuras sobre o balcão. Ela achou aquilo muito estranho, tocou com seu dedo e levou ao nariz para cheirar.

Quando ela disse: — Por Alá, por Alá! —, mais duas gotas caíram. Ela gritou o máximo que pôde.

— Por Alá! É sangue! Corra!

Marido e mulher correram para o andar de cima. Passaram pelo corredor e subiram as escadas, como loucos. No momento em que empurraram a porta, a mulher gritou, pois a imagem era terrível. Tudo estava banhado de sangue. As paredes, os tapetes, as cortinas, havia sangue por toda parte. Ainda havia sangue fluindo do pulso de Seyit, que estava caído de bruços.

Regaip puxou a esposa para o lado e foi chamar uma ambulância.

— Por que fez isso, Seyit, por quê?

* * *

Mürvet voltava da casa de gelo em Ortaköy. O caminhão refrigerado tinha demorado a chegar, mas ela trazia um balde cheio com garrafas de refrigerante imersas nele. Quando avistou sua casa, uma ambulância passou muito rapidamente do seu lado, como se o motorista estivesse louco. Ela se afastou para não ser esmagada, o balde de gelo na mão quase caiu. Quando continuou sua jornada, ela viu a multidão e perguntou a uma das crianças.

— Por que todo mundo está aqui?

As crianças pareciam muito animadas e responderam, todas juntas.

— Um homem cortou as mãos, tia.

Mürvet, pensando qual vizinho poderia ter feito aquilo, foi em direção à sua casa. Em frente à própria porta ela viu, além da multidão, os policiais e a ambulância. Correu e tentou romper a multidão. Os vizinhos choravam e queriam abraçá-la. Quando ela entrou em sua casa, empurrando todos, viu o chão de madeira tomado pelo sangue, e desmaiou com um grito.

* * *

Quando Seyit abriu os olhos um pouco, sentiu que estava em um lugar branco. Talvez fosse o paraíso. Ele não se lembrava de outra cor, de qualquer maneira. Sempre esteve nesta brancura, por séculos. Mas o odor no ar era estranho. Ele não tolerava cheiro de sangue. Seu pulso doía. Para entender, ele virou a cabeça no travesseiro. Seu pulso esquerdo estava enrolado, mas também havia sangue no braço direito.

Então ele estava vivo, sobrevivera. Mas sentia uma dor incrível na cabeça. Todavia, não tossia mais, e a dor nas costas também havia desaparecido.

Ao lado dele, ouviu a voz do médico.

— Olá! Como você se sente?

Seyit respondeu abrindo e fechando os olhos. Seus lábios não se moviam.

— Você perdeu muito sangue, mas seu corpo é muito forte.

Seyit teria rido um pouco, se pudesse, então fechou os olhos. Estava tentando descobrir onde estava. Sentia-se exausto.

A certa altura, viu Mürvet com ele. Sua esposa obviamente chorava. Ela estava curvada sobre ele.

— Seyit, por quê?

Seyit mal moveu os lábios.

— Hora. Tempo — ele apenas disse.

Então ele olhou para Şükran, com lágrimas nos olhos. Depois virou a cabeça novamente.

— Onde?

— Quem?

— Leman.

Seyit disse isso, ou achou que sim, não sabia. Ele não conseguia nem ouvir sua própria voz. Seus ouvidos zumbiam. Mürvet pensou em contar, várias vezes, a Leman, mas suas emoções, que haviam se consolidado ao longo dos anos, a impediram. Ela, no profundo tormento da agonia de seu marido, deitado no leito de morte, clamava por uma complexa descrição das profundezas de sua alma.

Lembrou-se que o que acontecera com as duas irmãs fora construído durante todos aqueles anos. Seyit sempre encontrava oportunidades para elogiar Leman, e zombar de sua outra filha. Ele sempre empurrava Mürvet para um confronto sincero, então ela encontrou uma desculpa para aliviar sua decisão.

Seyit, por dias e noites, lutava entre a vida e a morte. Enquanto isso, via vultos à distância, tentando detectar imagens. Pontos pretos, brancos e cinza voando em linhas. Se visse o que estava esperando, faria um esforço. Toda vez que a porta se abria, a cada passo, ele olhava para o umbral, esperando que ela viesse; depois, abatido, virava a cabeça para o lado.

Ele ouviu o que o médico disse a Mürvet:

— Olha, nós estamos no quinto dia. A estrutura dele é muito forte. Se não tivesse tentado suicídio, esses pulmões o levariam algum tempo ainda. Espero que tenhamos impedido a perda de sangue, e que ele sobreviva por alguns anos.

Não! Ele não queria viver por anos.

Não queria. Lembrou-se do que dissera a seu jovem amigo, paciente em Heybeliada.

"Você não está preparado para morrer, até a morte realmente chegar".

Mas aquele jovem sabia que a morte estava chegando. E, agora, Seyit também sabia disso, e estava pronto para morrer.

Sua esposa e Şükran estavam se despedindo. Elas o beijaram na bochecha e saíram do quarto. Quando a porta foi aberta novamente, ele olhou. Não era Leman, mas a enfermeira. Virou a cabeça para a janela e fechou os olhos. Não queria mais um dia em sua vida, estava na hora de ir deste mundo. Murka era jovem e refaria sua vida. Talvez vivesse mais tranquila sem ele. E Şükran, que estivera sob as asas de Murka desde bebê, estava sempre com pena de sua mãe, então, cuidaria dela. Quanto a Lemanuchka, toda vez que sentisse falta do pai, podia olhar as folhas e faria cumprir o desejo com seu sonho, como fazia na infância.

Estava na hora de deixá-los ir. No momento em que pensou nisso, seu cérebro e seu coração o ouviram. Ele inspirou com prazer, como se fumasse um cigarro.

* * *

Uma pequena reportagem no jornal Cumhuriyet, datada de 25 de outubro de 1945, trazia notícias da cidade:

"Na rua Ortaköy Üçyıldız, uma pessoa chamada Seyit Gürçınar cometeu suicídio cortando os pulsos, e morreu no Hospital Zükur, para onde foi removido".

* * *

Numa casa com jardim, em Üsküdar, uma jovem, após ler a nota no jornal, chorava de soluçar, com o jornal abraçado no peito. Ela chorava por seu amado pai, pois em seu colo, nunca mais poderia se sentar. Por dias, Leman gritou em desespero.

Ninguém contou a Leman que seu pai tentara suicídio e que estivera hospitalizado. Quando Seyit estava no leito de morte, a mãe e irmã não queriam que Leman e o pai se juntassem e se abraçassem. Şükran havia se vingado de Leman. A filha predileta, a escolha de seu pai, não se despediria dele.

Nesta noite de outubro, Leman se aproximou da janela, para fechar as cortinas. Nuvens volumosas vagavam no céu azul-escuro, e ela se lembrou das palavras do pai e olhou para cima. "Quando sentir uma grande solidão, anseios, lembre-se de Deus. Olhe para as nuvens, olhe para as árvores, e pense: Deus está em tudo, está em todo lugar. Pense em como ele está perto de você". Ela fez o que o pai lhe dissera há tanto tempo, e olhou para cima. Havia uma nuvem branca e brilhante na escuridão do céu. Leman tocou-a, movendo o dedo indicador sobre o vidro da janela, chorando.

EPÍLOGO

Alguns meses após a morte de Kurt Seyit, na primavera, Shura veio da América para Istambul, para ver sua irmã Valentine. Ela procurou Yahya, em Pera, para saber sobre Seyit. Yahya era o único que tinha todos os detalhes e que teria coragem de falar com ela sobre a morte dele. Shura chorou muito.

— Ele estava muito doente, Shura. Tinha tuberculose, e já havia sido desenganado pelos médicos. Acredite, Seyit está melhor agora. Sua vida estava muito difícil aqui em Istambul.

Depois de dois meses matando a saudade de sua irmã Valentine em Istambul, Shura voltou para a América, pois o marido a esperava.

Murka se recuperou, após um longo período de depressão. Ela continuou trabalhando para se sustentar, e viveu sem precisar de ninguém. Tentou um segundo casamento, mas como não havia escondido as fotos de Kurt Seyit, seu novo marido não tolerou, e após um ano de casados, ele foi embora. Murka fechou os olhos aos 90 anos.

Anos após a sua morte, Kurt Seyit voltou para observar a vida de Nermin, a filha de Leman, em seu local de trabalho. Não falava com ninguém, exceto com ela, esperando que, juntos, escrevessem sua história.

FIM!

CONCLUSÃO DA AUTORA

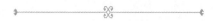

Alguns meses após a morte de Kurt Seyit, na primavera, Shura chegou a Istambul. Ela deveria encontrar com sua mãe, Ykaterina Verjenskaya, que deveria receber a permissão das autoridades para deixar os soviéticos. Mas, como já foi feito tantas vezes ao longo dos anos, ela foi recusada novamente. Shura ficou com sua irmã Tina e também visitou Yahya, em seu hotel em Florya.

Através de Yahya, Shura descobriu que Seyit havia cometido suicídio e sido enterrado muito recentemente. Ela ficou arrasada. Mas ela tinha outra vida e, dois meses depois, voltou para a América, para o marido e a filha.

Shura teve um casamento muito amoroso e seu marido a adorava. Aquela união, mesmo que não tivesse uma paixão ardente como fora com Seyit, era um porto seguro para ela. A vida de Shura, depois que ela partiu de Istambul, é narrada em outro romance, *Shura*, cobrindo seus três anos em Paris. Enquanto eu escrevia, fiquei mais uma vez hipnotizada por sua calma, sua resiliência frente às dificuldades da vida, sua obstinação e capacidade de abraçar todas as mudanças de uma maneira muito elegante e seguir em frente. Sua nova vida foi na Paris vanguardista, junto com artistas, escritores famosos, mas também junto àqueles que ainda estavam lutando para sobreviver. Em meio a uma vida colorida de riqueza e pobreza; fama; amor livre; arte florescente; artesãos batalhadores; famosos e nobres, como a patrona das artes Alice delLamar; a escritora Gertrude Stein; o escritor russo nobel da literatura İvan Bunin; o escritor emigrado russo Gaito Gazdanov; o pintor Pablo Picasso; o compositor, pianista e maestro rurro Ígor Fiódorovitch Stravinsky; o príncipe russo Felix Yusupov, conde Sumarokov-Elston etc. No livro *Shura* ela ainda está em busca do homem certo e da terra que a faria amada e desejada e, acima de tudo, estava em busca de felicidade e segurança. Aguardem o livro *Shura*, creio que vão amar!

A vida de Murka depois de Kurt Seyit não foi fácil. Ela lutou com problemas emocionais por um longo tempo. Continuou trabalhando para sobreviver e nunca deixou que ninguém cuidasse dela ou a intimidasse. Ela se tornara o que Kurt Seyit queria, uma mulher forte.

Após uma insistência contínua da mãe e da família, ela aceitou se casar com um oficial do exército aposentado e muito gentil. Mas o novo marido não podia viver com a fotografia de Kurt Seyit pendurada sobre a cama e ela não aceitou tirá-la, então, se divorciaram depois de um ano.

Murka morreu aos noventa anos, deixando suas duas filhas, Leman e Şükran, quatro netas, sendo uma essa Nermin que vocês conhecem; e cinco netos.

Embora os leitores adorassem ver Kurt Seyit e Shura vivendo felizes para sempre, Murka é a razão pela qual essa história épica de amor ganhou vida. Ela suportou muito e foi tão corajosa em contar tudo, o que a machucou profundamente. Então, por total respeito a ela, narrei no livro *Mengene Göçmenleri* (*Os Refugiados de Mengan*), sua história de imigração familiar, sua infância, como ela se tornou a jovem meiga, trabalhadora e submissa, porém, muito orgulhosa e vulnerável. Sua infância é uma ótima janela para entender seu comportamento *em Kurt Seyit & Murka*. O livro tem início em 1892 na Romênia, onde a família de Murka vivia, e leva o leitor para a noite de núpcias de Murka com Kurt Seyit.

Em *Kurt Seyit & Murka* eu dou uma pequena dica sobre a história de Lemanuchka, a adorada filha de Kurt Seyit, minha querida mãe. Mas sua verdadeira provação, que foi mantida em segredo, e as brigas na casa de Kurt Seyit e de Murka são contadas em outro romance: *Bir Harp Gelini* (Noiva da Guerra).

Leman sofreu muito durante seu primeiro casamento com Sabahattin. Era um inferno com violência doméstica, estupro, insultos, infidelidade, trapaça e engano. Seu pai estava tão doente, sua mãe tentando lidar com a vida e sua irmã ciumenta, gananciosa e arrogante, trabalhando continuamente seus caminhos sinistros em torno do casamento de Leman, deixando Leman sozinha em sua luta para sobreviver com seu bebê recém-nascido. Mas como diziam que ela era corajosa e orgulhosa como Kurt Seyit, Leman assumiu o controle de sua vida. Foi muito difícil, muito cansativo, comovente, mas ela conseguiu.

Sabahattin não é meu pai. Minha mãe se casou com um homem muito carinhoso e amoroso, que era profundo e platonicamente apaixonado por ela, um amigo de Sabahattin. Eu sou a primeira filha do segundo casamento. Tudo o que me lembro é de muito amor na presença deles. Então, o casamento dela com meu pai foi como chegar ao céu depois de ter vivido no inferno.

Quando Lemanuchka tinha oitenta e oito anos, seu precioso primeiro filho (do primeiro casamento) morreu de câncer. E ela ficou arrasada. Depois disso, sua saúde decaiu. Ela não conseguiu encarar sua grande perda. Por dois anos ela ainda sobreviveu por suas duas filhas. Mas morreu aos noventa anos deixando, além das filhas, três netas e seis netos que a amaram muito e que sentem muita falta dela.

Com muito amor. Vejo vocês em *Shura*!

Nermin

Leia o primeiro livro da série Kurt Seyit, lançado pela Pedrazul Editora:

KURT SEYIT & SHURA

O livro que inspirou uma fascinante série de TV, agora exibida pela Netflix, e que continua a encantar milhões de telespectadores no mundo todo.

Um best-seller instantâneo desde o seu lançamento em 1992, o romance *Kurt Seyit & Shura*, de Nermin Bezmen, é um clássico da literatura turca contemporânea, um drama romântico que tem como cenário a decadência do Império Russo e a Primeira Guerra Mundial. Bezmen nos conta a história de um casal que vive um amor proibido à medida que foge da onda de devastação causada pela Revolução Bolchevique. Neta de Kurt Seyit, O Lobo, que procurou refúgio no já enfraquecido Império Otomano, a autora relata a história real até então traduzida para doze idiomas.

Kurt Seyit é o filho de um nobre abastado da Crimeia e um elegante primeiro tenente da Guarda Imperial. Ferido no front dos Cárpatos e, mais tarde, procurado pelos bolcheviques, ele faz uma fuga ousada através do Mar Negro. Orgulhoso para aceitar o pagamento por um carregamento de armas que ele entrega aos nacionalistas, Seyit enfrenta anos de luta para começar uma nova vida na República Turca que surge das cinzas do Império Otomano decadente. Tudo o que ele tem é a sua dignidade e o seu amor.

Shura é a linda e inocente menina, encantada pela música de Tchaikovsky e pelas luzes brilhantes de Moscou, que se apaixona por Seyit quando tem apenas quinze anos. Uma vítima em potencial na mira dos bolcheviques devido à riqueza e à posição social de sua família, ela está determinada a seguir seu coração e acompanhar Seyit na sua perigosa fuga pelo Mar Negro.

Tradução de Feyza Howel e Maria Aparecida Mello Fontes.

Nermin Bezmen

KURT
SEYİT & SHURA

PEDRAZUL
EDITORA

www.pedrazuleditora.com.br

CLUBE DE LEITORES

www.clubedeleitorespedrazul.com.br